# DIE VIER SÄULEN
# ROMS

Uwe Rainer Kaufmann

NEUE FASSUNG

ISBN: 9798416742102

Cover: Uwe Rainer Kaufmann

Lektorat: Sandra Gillmeister

Diesen Roman widme ich meinem verstorbenen Vater Helmut, der mir in seinem Leben und Wirken menschliches Vorbild und für meine schriftstellerischen Werke Inspiration und Kritiker zugleich war.

Uwe Rainer Kaufmann

Inhaltsverzeichnis:

## WORTE DES AUTORS

Der historische Roman ‚Die vier Säulen Roms' ist mein Erstlingswerk gewesen. Nun, nach mehr als einem Jahrzehnt, nach der Enttäuschung und Trennung von dem damaligen Kleinstverlag, ist es an der Zeit gewesen, mich erneut diesem Werk zu widmen.
Für mein Vorhaben, den Roman sowohl sprachlich wie thematisch auf ein ganz neues Niveau zu heben, habe ich mir viel Zeit genommen. Ich bin sicher, Ihnen wird die neue Fassung von ‚Die vier Säulen Roms' zusagen und Sie sehr gut unterhalten.
Besonders bedanken muss ich mich bei meiner lieben Freundin und Lektorin Sandra Gillmeister, die mich mit ihrem Detailwissen und ihrer Erfahrung wie immer begleitet und unterstützt hat. Ihre Arbeit ‚mit dem ganz feinen Kamm' hat mein Werk zu dem gemacht, was es ist.

Bereisen Sie gemeinsam mit mir die Welt des Jahres 75 vor Christus, die auf das Ende der durch und durch korrumpierten, von einer düsteren Machtelite gelenkten römischen Republik zusteuert.
Begegnen Sie Gaius Julius Caesar, wie Sie ihn bisher vielleicht noch niemals wahrgenommen haben: als unbeschriebenes Blatt, als zielstrebigen, äußerst charismatischen jungen Nobody.
Wer konnte schon ahnen, dass dieser junge, aus den Slums von Rom emporwachsende Gratwanderer zwischen Genialität und Machthunger einst Feldherr, Eroberer und Diktator, Gelehrter und Liebhaber Kleopatras sein würde?

Ich wünsche Ihnen, meine lieben Leser, die mir ihr Vertrauen für einen gut recherchierten, sehr spannenden Roman geschenkt haben, viel Freude und gute Unterhaltung bei diesem Trip in die römische Antike.

# PROLOG

Im Jahr DCLXXX ab urbe condita, im Jahr 74 vor Christus

## PERGAMON

Römische Provinz Asia

Das Gewitter entfernte sich zusehends.

Nur noch hin und wieder grollte der Donner.

Das blasser werdende Wetterleuchten kündete davon, dass der Zorn Jupiters vorerst verraucht und die ängstliche Menschheit vor den Konsequenzen ihres Tuns sicher war.

Aeolus, der Gott des Windes, hatte seinen Regensturm mit fast waagerechtem Niederschlag durch die Stadt getrieben, sie geflutet und nass glänzende, von einem feinen Film aus Schlamm und übelriechenden Fäkalien rutschig gewordene Straßen und Gassen hinterlassen. Und noch immer blies der Wind recht kräftig.

Ein Mann sah hinauf zum Nachthimmel. Wolkenfetzen trieben in hohem Tempo übers nächtliche Firmament, vor dem ein seltsam klarer Vollmond das Ausmaß der Schäden durch das Gewitter sichtbar werden ließ.

Wachsam schritt der Mann im Zwielicht dieser seltsamen Nacht durch die Gassen der uralten Königsstadt Pergamon.

Die Römer nannten diese Stadt nun ‚Pergamum'. Sie gehörte seit einigen Jahren zu ihrer neu konstituierten Provinz Asia.

Die ansonsten alle breiteren Gassen zumindest ein wenig beleuchtenden Tellerlampen waren allesamt dem Sturm zum Opfer gefallen. Sie waren vom Regen gelöscht worden oder hatten sich aus ihren Halterungen gelöst und lagen zerstört neben Überresten hölzerner Konstruktionen und zerbrochener Dachpfannen auf dem Pflaster.

Trotz aller Vorsicht hallten seine Schritte an den steinernen Wänden der Häuser unnatürlich laut scharrend wider. Er fröstelte in der kühlen Brise des abziehenden Gewitters. Die Dunkelheit und vor allem der Wein, den er etwas übermäßig genossen hatte, setzten ihm mächtig zu.
Besorgt lugte er nach allen Seiten, zog nervös seinen Umhang fester um seinen Leib und beschleunigte schließlich seine Schritte.
Er war beileibe kein ängstlicher Mann. Ganz sicher nicht. Aber bei allem, was in den letzten Monaten geschehen war, hatte er jeden Grund, Vorsicht walten zu lassen. Seine Feinde waren zahlreich, ja, es wurden fast täglich mehr. Und die Tatsache, dass ihm so gar niemand begegnete, machte es nicht besser.
Er verfluchte Jupiter - oder Zeus, er war ja griechischer Abstammung. War es doch eigentlich sein Ansinnen gewesen, die Stadt zügig zu verlassen, hatte er sich in diesem kleinen Wirtshaus vor dem Gewitter verkriechen müssen. Ganz gegen seine sonstige Natur war er von einem anderen Gast leutselig und dem Wein übermäßig zusprechend in lange Gespräche verwickelt worden. Erst gegen Mitternacht war ihm klar gewesen, dass es Zeit war, sich auf den Heimweg zu seiner gemütlichen, kleinen Unterkunft am südlichen Stadttor zu machen.
Sie lag noch immer ein gehöriges Stück weit entfernt.
Er war mit einem einfachen Gladius[1] bewaffnet. Deshalb beschleunigte er noch einmal seine Schritte.
Eben bog er um eine in tiefem Dunkel liegende Ecke in eine weitere Gasse, als er heftig mit jemandem zusammenstieß, der knapp hinter der Biegung gewartet hatte. Der Kerl stand wie ein Fels, war mindestens einen Kopf größer und sehr breitschultrig, so dass unser Mann durch

---

[1] Gladius: römisches Kurzschwert, gehört zur Standardbewaffnung der römischen Legionen

den Aufprall ins Stolpern geriet und sich nur mit Mühe auf den Beinen halten konnte.
„Hoppla, mein Freund“, meinte der Breitschultrige und lachte kurz auf. „Nun hat’s dich doch fast aufs Pflaster geworfen. Du solltest vorsichtiger sein, wenn du in dunklen Gassen um Häuserecken rennst. Hier wimmelt es spät nachts nur so vor Gesindel.“
Dabei zeigte sein höhnisches Lächeln eine Reihe bemerkenswert gepflegter, schneeweißer Zähne.
„Werde ich beherzigen, demnächst...“, antwortete der Mann, verzog das Gesicht und richtete sich schnell wieder auf, allerdings, für den lachenden Fremden unsichtbar, mit der Rechten am Schwertknauf. „Danke für den Hinweis.“
„Gern geschehen!“
Längst lachte der Kerl nicht mehr.
„Aber vielleicht gehörst du ja selber zu besagtem Gesindel! Du solltest dich entschuldigen für deine unverschämte Rempelei“, knurrte er gefährlich und sah seitlich an unserem Mann vorbei.
„Hörst du nicht? Dieser Mann erwartet eine Entschuldigung für dein unmögliches Benehmen“, sagte die bekannte Stimme eines Mannes, der unmerklich hinter dem Rücken unseres Heimgängers aufgetaucht war. Es war der nette Gast aus der Kneipe, dessen Gesichtsausdruck und der stechende Blick nun Bände sprachen. Es war eine abgekartete Sache gewesen, ihn dort mit Wein und intensiven Gesprächen bis in die Nacht festzuhalten. Die beiden gehörten offenbar zusammen.
Das Wetter hatte ihnen in die Hände gespielt.
Der Breitschultrige holte unvermittelt aus und setzte dem Heimgänger seine riesige Faust an die Schläfe. Der Treffer riss unseren Mann von seinen Füßen. Er wurde hart an die gegenüberliegende Wand geschleudert und verlor wertvolle Augenblicke. Mit verzweifelter Anstrengung versuchte er, die Gewalt über seine Sinne zu behalten und

vor allem nicht zu Boden zu gehen. Das wäre unwiderruflich sein Ende gewesen.

Beide Raubmörder, sicher waren sie genau das, zogen hämisch lachend ihre Schwerter. Jeder der Kerle hielt nun eines in der Rechten. Die Lage wurde brenzlig. Fieberhaft überlegte unser Mann, mit welcher Taktik er den Angreifern begegnen konnte. Ihm fiel durch den heftigen Schlag, den er so unverhofft kassiert hatte, aber nichts ein. Er strauchelte.

So ein von den Göttern verfluchter ...

Er begann zu schwitzen und versuchte, seine Chancen für den Fall des Kampfes abzuschätzen.

Die Entscheidung wurde ihm schnell abgenommen, denn der Gast aus der Kneipe griff unvermittelt an, schlug wechselseitig zur rechten und zur linken Seite auf den einsamen Heimgänger ein.

Geistesgegenwärtig hatte dieser sein Schwert aus der Scheide gezogen und sich den Umhang vom Leib gerissen. Gekonnt parierte er mehrfach die mit der ungeheuren Wucht austrainierter Muskelpakete geführten Hiebe seines Gegners, tänzelte beweglich hin und her, wich mit Leichtigkeit aus, veränderte blitzschnell seine Position, drehte sich um seine eigene Achse und verwirrte den anderen mit dem Umhang in der Linken, den er wieder und wieder zur Ablenkung gekonnt als Schlaginstrument nutzte.

Dann griff unser Mann selbst beherzt an. Er war selbst kein Leichtgewicht mit dem Schwert in der Hand und hatte unzählige Male mehr als seinen Mann gestanden in den Schlachten seines Lebens. Er wusste: Zumindest einen der Angreifer musste er ausschalten, um überhaupt eine Chance gegen den zweiten zu haben.

Unverhofft tat er einen mächtigen Satz, schleuderte seinem Gegner den Umhang, den er geschickt und blitzschnell mit einer Hand drehte und wendelte, um dessen Festigkeit zu erhöhen, in die Beine. Und er erreichte sein Ziel: Für den Moment war der Kerl irritiert.

Der einsame Heimgänger brachte den Mann zu Fall und trat ihn während des Sturzes mit der Stiefelspitze und aller Kraft in die Weichteile. Sein Gegner riss die Augen auf, pustete seinen alkoholgeschwängerten, säuerlichen Atem aus den Lungen, ließ sein Schwert fallen und schlug sich vor Schmerz krümmend und quiekend wie ein ängstlicher Frischling auf dem harten Pflaster der Gasse auf.

Unser Mann hatte eben noch Zeit, dem Kerl einen mächtigen Hieb mit dem Schwertknauf an die Schläfe und ihn damit schachmatt zu setzen.

Aus den Augenwinkeln heraus bemerkte er, wie der Breitschultrige, der ihm den ersten Faustschlag versetzt hatte, auf ihn zusprang. Der zweite Schlag dieses Kerls traf ihn in einer Härte, die ihn erneut von den Beinen fegte. Er flog ungeschickt und rücklings über den bewusstlos daliegenden Kneipengast hinweg und fiel wie ein gefällter Baum zu Boden. Abrollen, um so wieder auf die Füße zu kommen, war unmöglich gewesen. Sofort stand sein breitschultriger Gegner neben ihm und holte zu einem mächtigen finalen Stoß mit seinem Schwert aus.

‚Alles aus', war der nächste Gedanke des einsamen Heimgängers. ‚Um mich ist es geschehen.'

Vor seinem geistigen Auge erschienen seine beiden Söhne, die er niemals wiedersehen würde.

„Halt, Sixtus! Das reicht jetzt! Ihr solltet ihn nur aufhalten, aber noch nicht umbringen! Erst will ich mit ihm reden!"

Es musste ein Aristokrat sein in seiner typischen, aus allen Poren strömenden Gewissheit der überlegenen Macht Roms, der diese Worte mit befehlsgewohnter Stimme gesprochen hatte. Er trat aus einer dunklen Mauernische ins spärliche Mondlicht.

Sofort wich der Breitschultrige, Sixtus genannt, von seinem Opfer zurück und schob sein Schwert in die Scheide.

„Wie du befiehlst, Dominus", murmelte er und zog sich ein paar Schritte zurück.

Der Römer nickte und beugte sich über den am Boden liegenden Heimkehrer.
„Hallo mein Freund, du erinnerst dich doch sicher noch an mich und unsere Verabredung für gestern Nacht“, sagte er mit einer tiefen, sonoren Stimme. Sein in typisch römischer Art gestutztes Haar glänzte silbrig im Mondschein. „Du hast es gewagt, sie nicht einzuhalten.“
Seinem sichtlich sehr hohen politischen und gesellschaftlichen Rang entsprechend war er äußerst kostbar gekleidet. Er vermittelte in seinem Auftritt den Eindruck von unumstößlicher Autorität, aber er war bei Weitem nicht so fortgeschrittenen Alters, wie es sein erbleichtes Haupthaar zu verraten schien. Sein Gesicht war nahezu faltenlos und unter der Tunika besaß er einen durchtrainierten Körper.
„Na ja, von einem kilikischen Piraten kann ich nicht erwarten, dass er sich an Vereinbarungen hält, nicht wahr?“, knurrte er und spie vor dem Mann, der vor ihm am Boden lag, angewidert aus.
Der Angesprochene war bis ins Mark erschüttert, versuchte aber, sich das Entsetzen nicht anmerken lassen, das sein Herz wie ein Schraubstock umspannte, als er, den Kloß im Hals mühsam herunterschluckend, realisierte, wer da vor ihm stand.
„Du ahnst nicht, wie froh ich bin, dich hier erwischt zu haben“, fuhr der Römer fort. „Was führst du gegen mich im Schilde? Sag's schnell, dann darfst du einen schnellen Tod durch das Schwert erwarten. Andernfalls…“
„Im Schilde?“, gluckste unser Mann leise, denn er konnte sich gut vorstellen, was andernfalls mit ihm geschehen würde. „Ich weiß nicht, wovon du sprichst.“
„Oh, dann helfe ich dir mal auf die Sprünge. Wir beide hatten für unsere beiden Seiten einen Handel zu verabreden und ein Treffen auf dem Festungsberg dieser schönen Stadt vereinbart. Für sehr gute, beiderseits lukrative Geschäfte. Aber stattdessen haben mir zwei Römer mit ein paar

Legionären aufgelauert. Und von dir war weit und breit nichts zu entdecken. Was glaubst du, was mir das sagt?“

Der Mann am Boden schwieg beharrlich und sah dem Silberhaarigen fest ins Gesicht, der noch näher herantrat und sich nach unten beugte, einen Moment lang mit der Rechten die Kehle des Hilflosen zudrückte und zischte: „Kilikier, du hast mich verraten. Erst zahlst du mir die Zeche dafür, deine Lumpenbande werde ich danach zur Rechenschaft ziehen.“

Ein kaum sichtbares Handzeichen genügte dem Schläger Sixtus zu erkennen, was nun von ihm erwartet wurde. Auf seinen feisten Zügen erschien sofort ein Grinsen.

Sein römischer Dominus war längst wieder mit dem Dunkel der Gassen Pergamons verschmolzen, als Sixtus flüsterte: „So, mein Freund, es ist Zeit. Verabschiede dich von der Welt. Mein Herr hat das Urteil über dich gesprochen.“

Und sofort begann Sixtus, mit schweren Fäusten auf unseren Mann einzuschlagen, der alle Mühe hatte, bei Bewusstsein, ja, am Leben zu bleiben. Seine schwachen Versuche, Sixtus irgendwie zu entgehen, sich zu wehren, schlugen fehl.

Er sah den Vollmond inmitten der ihn umkränzenden Sterne hämisch grinsen.

Ein Blitz zuckte, begleitet von einem gewaltigen Donnerschlag.

Das Gewitter hatte kehrt gemacht und stürzte sich erneut auf Pergamon, auf ihn und Sixtus, dessen Fäuste ihn trafen, seine Kiefer explodieren ließen. Er spürte das dumpfe Knacken der brechenden Knochen, spürte die Schmerzwelle, als Sixtus seine Nase brach und die Fäuste des Schlägers seinen Körper in die Höhe zogen, um seine Brust und seinen Bauch mit schweren Hieben zu traktieren.

Er gab sich auf, fühlte nach und nach die brutalen Schläge nicht mehr, bevor er in die apathische Starre eines Halbtoten sank. Seine Seele schien hinfort zu schweben, hinauf zum Mond, dessen Grinsen noch breiter geworden schien, zu seiner Frau und den Söhnen, die tot oder verschollen waren. Er würde nie wieder die Chance haben, sie zu finden, sie wiederzusehen.

Er bekam durch die dichter werdenden Schleier seines Sterbens kaum noch mit, was mit ihm passierte. Er hörte noch eine Zeitlang Sixtus' angestrengtes Keuchen, bis irgendwann auch das blasseste Licht der Gasse um ihn herum erstarb.

So wie er selbst starb, irgendwo im Schmutz dieser fremden Stadt.

# KAPITEL I

## DAS ABENTEUER BEGINNT

Wir Menschen ‚leben'.
Doch tun wir das wirklich?
Sehen, schmecken, fühlen, lieben wir wirklich mit dem Herzen?
Und darüber hinaus mit allen unseren lebendigen Sinnen?
Ist es nicht eher so, dass uns nur in seltenen Augenblicken klar wird, dass wir unsere Zeit in dieser Welt zu oft sinnlos vertun? Nur in diesen Momenten spüren wir, dass da noch etwas anderes ist.
Gar nicht so wenige Menschen geben sich ganz dem Anspruch von Macht über andere Menschen hin, oft auch dem vermeintlichen Einfluss auf Leben und Tod von Tausenden oder Millionen, einer vermeintlichen Unbesiegbarkeit, die sie schließlich straucheln und fallen lässt. Es sind ‚politisch denkende Menschen', die die Geschicke von Völkern lenken. Aber was können wir unter diesem Begriff verstehen?
Nun, ein politisch denkender Mensch ist mindestens in der Lage, sofort zu beschreiben, wer die Herrschaft wirklich ausübt, wer das Sagen im Staate hat, wer die Geschicke des Volkes mehr oder weniger gut oder schlecht lenkt. Ich habe in meinem Leben und Wirken im Römischen Reich gleich zwei Kategorien kennengelernt.
Der geneigte Leser dieser Zeilen erlaube mir die kurze, aber prägnante Beschreibung der beiden so unterschiedlichen Protagonisten:

In meinem Rom des Jahres DCLXXIX ist die erste Kategorie oftmals berufsmäßig in der Politik tätig, geprägt von geschmeidigem Anpassertum, willfährig und zumeist auch von Vertretern unterschiedlichster ökonomischer Interessen korrumpiert.

Diese Kategorie des politisch denkenden Menschen dient den wirklich mächtigen, überaus reichen Männern Roms, die es bevorzugen, im Dunkel zu bleiben oder sich öffentlich als Philanthropen zu generieren, obwohl hinter der menschenfreundlichen Fassade das Gegenteil gelebt wird.
Befreit von jeglichem Rückgrat, jeglicher Skrupel und jeglichem Patriotismus lebt es sich als Gaukler ganz ungeniert, als Spiegelfechter, der die Bürger, die ihm vielleicht sogar ihr Vertrauen schenken, mit einnehmenden Phrasen blendet und sein Wort und das Wort derer, denen er dient, als Wille der Götter darstellt. Er überzieht bedenkenlos Andersdenkende mit perfider Hetze und oft auch mit bloßer Gewalt durch von ihm bezahlte Schergen.

Der politisch denkende Mensch der gegensätzlichen Kategorie kann jeder Mensch sein, Mann oder Frau, der Bauer auf dem Feld, ein Gelehrter, Rechtsanwalt, Centurio in der Legion, Straßenfeger oder auch die geschätzte Ehefrau eines Senators. Oder ein aufstrebender Patrizier. Dieser Mensch ist ein Selbstdenker, der es ablehnt, sich in einer vorgegaukelten Realität einzurichten, die von ihm erwartet, ein Halbsklave zu sein, überzogene Steuerforderungen des Staates brav zu entrichten und bedingungslos alles zu glauben, was ihm von den Mächtigen und ihren politischen Paladinen erzählt wird.
Dieser politische Mensch kann ein Renegat sein, offen und manchmal auch öffentlich Fragen stellen und so das Spiel der Rampensäue verschiedenster Couleur vereiteln, die sich dem Volk mit schauspielerischer Begabung im Auftrage der wahren Mächtigen anbiedern und ihm glauben machen, sie wären diejenigen, die irgendwelche wichtigen Entscheidungen zugunsten des Staates träfen.
Das Äußern anmaßender Fragen zieht in der Römischen Republik dieser Tage allerdings einen oftmals mit dem Tode endenden Aufenthalt in

Steinbrüchen, Bleiminen oder auf einer der unzähligen Handelsgaleeren nach sich. Es kann bedeuten, mehr tot als lebendig dahinzusiechen oder die lebenslange Sklaverei für die ganze Familie in Kauf zu nehmen. Manchmal wird solch ein Renegat enteignet und jeder brauchbaren Einkommensquelle beraubt. Seine Familie muss daraufhin darben, oft bis zum Hungertod. Oder sein toter Körper verschwindet für immer und alle Zeiten in der Cloaca maxima, der gefräßigen Kanalisation Roms.
Trotzdem gibt es immer wieder Menschen, die versuchen, die Mächtigen in deren schändlichem, eigennützigen Tun und Streben zu stellen und gegen sie anzugehen. Wer weiß schon, wie viele dieser mutigen Leute in den vielen vergangenen Jahrhunderten der Menschheitsgeschichte ihr Leben verloren haben für eine Frage, die zu stellen sich die meisten Gebildeten nicht trauen und die andere aus Unwissenheit gar nicht stellen können.

Für mich haben sich solch schwermütige, ja existenzielle Fragen der Erwachsenenwelt im Jahre des Konsulats von Lucius Octavius und Gaius Aurelius Cotta nicht gestellt.
Ich war alles andere, nur kein politisch denkender Mensch.
Gerade den Kinderschuhen entwachsen, beschränkte sich mein diesbezügliches Interesse auf gelegentliche Gespräche mit meinem alten Herrn über die aktuellen militärischen Erfolge oder Niederlagen des Kriegsherrn Gnaeus Pompeius Magnus in Hispanien. Oder das andauernde politische Chaos in der römischen Curia, die den Senatoren zumeist nur als Profilierungsplattform diente oder dazu, ihre Geldbörsen durch allerlei Intrigen und illegale Geschäfte zu füllen.
Die Politik, der Senat in Rom und alle Ränkespiele, Intrigen und politischen Morde der römischen Republik, die sich dort abspielten, waren damals für mich so weit entfernt von mir wie Mond und Sterne am nächtlichen Himmel.

Ich ahnte an diesem Frühlingsmorgen noch nicht, dass ich sehr bald einen überaus politischen Menschen kennenlernen würde. Einen Mann, der trotz seiner Jugend unbequeme Fragen öffentlich stellte und der sehr viel später als mächtigster Mann Roms die Geschicke der römischen Republik für immer verändern sollte.
So begann für mich meine persönliche Verstrickung in fundamentale Ereignisse der Weltgeschichte. Alles begann damals in Rhegium[2], der für mich herrlichsten Stadt im Süden Italiens, im Jahre DCLXXIX[3] ab urbe condita.

2 heute: Reggio di Calabria; damals röm. Hafenstadt in Bruttium (Kalabrien) an der Stiefelspitze Italiens

3 römisch: das Jahr 679 seit Gründung Roms, modern: das Jahr 75 vor Christus

**RHEGIUM**

Römische Provinz Bruttium, südliches Italien

Das wärmende Frühlingslicht tauchte den römischen Kriegshafen in so fröhlich leuchtende Farben, dass es eine wahre Pracht war. Mächtige Triremen[4] reihten sich aneinander, stolz und schnittig, Boote fuhren hin und her.

Reges Markttreiben von Händlern aus Afrika und Sizilien, ansässigen Fischern und Soldaten. Dazwischen wuselten einkaufende Hausfrauen und Küchensklaven. Sie alle gaben dem Hafen ein lautes, buntes, südländisches Flair. Es war genau die Atmosphäre, die ich seit Kindertagen so an dieser Stadt geliebt hatte.

Am Kai marschierten mit hölzernen Helmen und Stöcken bewaffnete Kinder in Reih und Glied hin und her und ahmten gekonnt vorbeimarschierende Legionäre nach. Passanten und Soldaten lachten, sogar Offiziere schmunzelten.

So herrlich hatte ich Rhegium noch nie gesehen.

Natürlich kannte ich den Blick hinüber nach Sizilien, seit ich denken konnte. Ich liebte die Felsenküste von Bruttium und dieses azurblaue Meer mit seinen lustigen weißen Schaumkronen, welches es nirgendwo sonst auf der Welt in dieser Schönheit gab.

Ich war hier aufgewachsen und liebte meine Heimat.

Heute jedoch erschien mir der dampfende Vulkan Ätna wie eine Berg gewordene Drohung, die die Meerenge von Messana[5] überragte, als

---

4 Kriegsgaleeren: 38 x 4,60 Meter, 90 Tonnen, drei Ruderdecks auf jeder Seite, ein Hauptsegel mittschiffs, kleineres am Bug; 150 Remiges, bei Feindfahrt etwa 90 Soldaten an Bord

5 heute: Messina auf Sizilien

verspräche mir seine diamantglitzernde weiße Schneehaube all das, was ich mir ersehnte: Abenteuer, Geld und vor allem Ruhm.
Der mächtige Vulkan hinter der Kriegsflotte verlieh ihr etwas Edles, einen Siegerkranz, majestätisch, machtvoll, bereit zum Entschweben in Jupiter' s überirdisches Reich.
Als junger Mann von gerade mal zwanzig Jahren, reichlich unerfahren und ungeheuer abenteuerlustig, brannte ich darauf, mich zu beweisen, die Welt zu erobern, mein junges Leben intensiv zu fühlen.
So schlenderte ich langsam, meinen prallen Seesack lässig über dem Rücken, in eine blankpolierte Rüstung gehüllt und in allerbester Stimmung, entlang des langgezogenen Hafenkais, an dem einige Kriegsschiffe der II. strategischen Hauptflotte Roms festgemacht waren.

Ich suchte das Schiff, mein Schiff, die ‚**Imperium III**', wollte unbedingt mit ihr fort, ich,

Manius Fabius Germanicus.

Nein, nein, der Rückschluss, ich hätte irgendeine Verbindung zu diesen bärtigen Barbaren aus den Wäldern des Nordens ist ganz falsch!
Mein Vater war von bester römischer Herkunft. Allerdings hatte er mir das für einen Römer doch recht ungewöhnliche hellblonde Haar vererbt, die strahlend blauen Augen und eine kräftige Statur.
Auch wenn es mich schon im Kindesalter ziemlich genervt hatte, auf diese Äußerlichkeiten reduziert zu werden, so brachte es mir letztlich den Cognomen[6] ‚Germanicus' ein. Längst hatte ich ihn akzeptiert und trug ihn sogar mit ein wenig Stolz.

---

[6] Cognomen: röm. Namenszusatz, der auf Äußerlichkeiten oder Eigenschaften des Trägers hinweist

Meine Mutter, eine Einheimische aus Rhegium, hatte meinen Vater während einer seiner vielen Geschäftsreisen in den Süden kennen und lieben gelernt. Ein Jahr nach der Hochzeit hatte ich schließlich das Licht der Welt erblickt.

Mein Vater Gaius Fabius Maximus, als Spross der Gens Fabii[7] ein Teil der einflussreichsten Patrizierfamilien Roms, hatte der Hauptstadt den Rücken gekehrt und war in Rhegium geblieben. Seine Geschäfte waren von Erfolg gekrönt gewesen, besonders mit der Legion, da er sich als Hauptausrüster für Marine und Fußtruppen einen sehr guten Namen gemacht und seine Reichtümer gemehrt hatte.

So wuchs ich in einer üppigen schneeweißen Villa mit einem fantastischen botanischen Garten, mit herrlichem Blick über die Meerenge hinüber nach Sizilien im Viertel der wohlhabenden Römer an den Hängen des Aspromonte auf.

Den Reichtum meiner Eltern konnte jeder an der wachsenden Zahl von Dienstboten erkennen. Keine Sklaven, wohlgemerkt! Meine Mutter Quinta, als fünfte Tochter von freien Griechen abstammend, hasste diese „dumme Angewohnheit römischer Familien“, wie sie immer zurückhaltend meinte, und stellte Hausbedienstete mit vernünftiger Entlohnung ein, was meinen Vater wegen der hohen Kosten oft zur Weißglut brachte.

Meine Mutter liebte mich abgöttisch. Ich hatte keine weiteren Geschwister. Und so wuchs ich eher verzärtelt heran, gebildet in Sprachen, Politik, Lyrik und Mathematik. Sportlich war ich aber kein großes Licht.

„Schau dir nur den Jungen an, Quinta, er wird nie zu einem richtigen Mann“, ereiferte sich mein Vater regelmäßig. „Er sitzt im Garten und

---

[7] Mitglied der Familie der Fabier

träumt, während andere Jungs den Schwertkampf üben, herumtoben oder Zeltlager besuchen."
„Also Gaius", erwiderte meine Mutter daraufhin immer, „Bildung ist ein großer Vorteil in der heutigen Zeit. Manius strengt eben seinen Kopf an. Er schreibt Gedichte. Er liest. Du brauchst doch eines Tages einen klugen Nachfolger."
Mir blaue Flecken holen und mich im Schmutz mit irgendwelchen Jungs aus der Nachbarschaft herumprügeln? Nein danke!
Ich liebte es, faul in der warmen Sonne unseres Gartens zu sitzen, auf das blaue Meer zu blicken und mich in spannenden Geschichten zu verlieren. Die Bibliothek unserer Villa gab eine Menge her: Schriften mit Geschichten von Schwertkämpfern, Helden und schönen Jungfrauen, die es zu retten galt. Wie fast alle römischen Jungen in meinem Alter, träumte ich von einer Karriere in den Legionen, als tapferer Offizier, der für Rom von Heldentat zu Heldentat eilte.
Ich lag stundenlang im Gras, sah gen Himmel und dort in der blauen Endlosigkeit riesige weiße Wolkenschiffe vorbeiziehen, Flotten großer römischer Galeeren, die unterwegs waren, neue Kämpfe zu bestehen und immer neue Länder für Roms Größe zu erobern.
In der Realität allerdings waren mir Schwertkampf, Heldentum und Kriegshandwerk absolut fremd. Nie hatte ich ein Schwert in der Hand gehalten, nicht einmal ein hölzernes. Ich wusste noch nicht, wie sehr sich das alles ändern sollte.
Drei Tage vor meinem fünfzehnten Geburtstag starb meine geliebte Mutter und mein Vater übernahm meine Erziehung. Als erstes schloss er meine geliebten Geschichten weg und später meldete er mich sogar bei der Legion zur soldatischen Ausbildung an.

Die privilegierte Herkunft meiner Familie gestattete es, mich als Sohn reicher Eltern nach der viermonatigen Grundausbildung als Probatur[8] direkt zur Offiziersanwärterlaufbahn anzumelden. Etwas wofür einfache Leute Jahre benötigt hätten.

Ich war am Meer aufgewachsen.

Ich liebte die See und so bot sich mir natürlich die römische Flotte an. Am Sitz des Legatus Classicus, des Präfekten in Misenum[9] am Golf von Neapolis[10], wurde ich mit einer Seite des Lebens konfrontiert, die mich aus meinem behüteten, verträumten Dasein auf das heftigste herausriss: Die Brutalität der Legion, die Schikanen der Vorgesetzten und die Machtspiele auch der kleinsten Soldaten untereinander schockierten mich zutiefst.

Aber sie brachten mich letztlich auch zu der Erkenntnis, dass ich mich verändern musste, anpassen und die Verhältnisse akzeptieren.

Ich erkannte die wahre Struktur der römischen Streitkräfte, dass ausschließlich tiefe Furcht die Legionen regierte, nicht Autorität!

Ein Legionär musste mehr Furcht vor dem Vorgesetzten verspüren als vor dem Feind. Nur so wurde er zu der von der Obrigkeit gewünschten Kampfmaschine, die buchstäblich jeden Befehl zur Ausführung brachte. Wie jeder neue Probatur galt ich in der Truppe zunächst als der letzte Dreck. Und doch hielt ich mich erstaunlich gut, arbeitete täglich an meinem zwar kräftig gebauten, aber untrainierten und ziemlich schlaffen Körper. Ich war nach einiger Zeit sogar ein halbwegs brauchbarer

---

8 Soldaten-Anwärter

9 Miseno, heutiger Name ‚Miliscola', bezeugt die einstige militärische Nutzung (Militum schola)

10 heute: Neapel

Kämpfer und in der Lage, mir meine Feinde mindestens auf Armeslänge vom Hals zu halten.
Der tägliche Dienst in der Militum schola von Misenum langweilte mich schon nach kurzer Zeit. Und so half ich mir als junger Signatus[11] nach den vier Monaten Ausbildung mangels Alternativen zumeist mit Trinkgelagen und Mädchen über den Tag.
Heftigste Gelage mit den anderen Soldaten in den heruntergekommenen Legionsspelunken der Hafengegend machten mich zu einem ausgesprochenen Trunkenbold.
Ich war vergnügungs- und vor allem streitsüchtig. Fast täglich kam es zu Raufereien und sogar Schlägereien unter den Soldaten, die zwar von der Kommandantur streng geahndet wurden, aber letztlich trotz des Drucks von oben unvermeidbar waren.
Ich fand mich, wie viele andere auch, des Öfteren in einer Zelle unserer Kaserne wieder und wurde immer wieder streng gemaßregelt. Entsprechend beliebt war die gesamte Truppe deshalb auch bei den Einheimischen.
So kam ich eines recht kühlen Vorfrühlingsabends, an meinem freien Tag, ziemlich angeheitert aus einer Taverne im Vergnügungsviertel von Misenum, in die es mich bereits nachmittags verschlagen hatte. Ich war sehr guter Stimmung, hatte mal wieder ordentlich gebechert. Ich wankte, lautstark Soldatenlieder grölend, durch eine nur mit wenigen Fackeln beleuchteten Gasse Misenums.
Schwerterklirren … Stimmen … Stöhnen …
Die Gasse war menschenleer, aber an der nächsten Weggabelung sah ich zwei Männer einen harten Kampf austragen, einen Kampf auf Leben und Tod.

---

[11] Signatus: Gefreiter

Beide waren Zivilisten.
Ein mittelgroßer, soviel konnte ich im Zwielicht des Abends erkennen, in eine sehr wertvolle blaue Tunika gekleideter Mann, hinter dessen Beinen sich ein kleiner, schwarz gelockter Junge ängstlich verbarg, verteidigte sich verzweifelt mit seinem Gladius gegen einen wahren Herkules. Der Riese wirkte mindestens zwei Köpfe größer als sein Gegner, stiernackig und muskelbepackt wie ein Gladiator und hieb mit höhnischem Grinsen auf seinen Gegner ein.
„Halt!“, rief ich hinüber, all meinen Mut zusammennehmend. „Sofort aufhören! Ich befehle es!“
Wie ein vollkommener Idiot zog ich mein Schwert und stürzte auf die Kämpfenden zu, wobei mir der viele Alkohol tatsächlich Flügel zu verleihen schien. Schien, wohlgemerkt, denn ich lief sozusagen fast in das Schwert dieses Herkules.
„Hahaha, du befiehlst?“, lachte der Riese, während ich seine volle Aufmerksamkeit und der Mann in der edlen Tunika für einige Augenblicke Luft zum Atmen fand. „Komm zu mir, kleiner Legionär, bei mir findest du das, was du suchst: Den Tod!“
Sein unverzüglicher, mächtiger Schwerthieb traf mich am Oberkörper. Ich dankte Mars, dass er mich nicht vorschriftswidrig ohne meinen Brustpanzer hatte ausgehen lassen, der durch seinen raffiniert erdachten, lamellenartigen Aufbau den harten Schlag weitgehend abfederte.
Ich blieb unverletzt, wurde jedoch, vor allem durch meine Eigendynamik, ich stürzte mich ziemlich unkoordiniert in die Szenerie, wüst zur Seite geworfen, schlug hart an einer Hauswand auf und ging zu Boden.
Der Riese wirbelte sehr behände zu mir herum und stürzte sich mit zu einem weiteren Hieb erhobenem Schwert auf mich, um mir den Rest zu geben.
Mein Kopf schwirrte.

Er lachte wieder höhnisch, während er heranflog, und rief: „War's das schon, mein Junge?"
Hart wurde Herkules jetzt von einem dritten Schwert ausgebremst und stolperte über den Fuß des Mannes in der blauen Tunika, der ihn gleichzeitig ordentlich von der Seite her anrempelte. Der Riese prasselte endlich auch einmal selbst zu Boden, sein Schwert glitt ihm scheppernd aus der Hand. Aber trotz allem handelte er noch immer ziemlich unbeeindruckt, rollte sich geschickt ab und landete breitbeinig stehend auf den Füßen.
Nun hatte ich mich ebenfalls wieder gefangen, sprang auf die Füße und gab ihm mit all meiner Kraft einen Fausthieb auf die Nase, die augenblicklich brach.
Ich kann nicht sagen, dass das meinem ‚zierlichen Händchen' besonders gutgetan hätte. Es war wie ein Schlag gegen eine Hauswand. Meine Hand spürte ich nicht mehr, der Schmerz sprang mir wie eine angriffslustige Katze in die Schulter.
Doch auch Herkules war endlich geschwächt. Den Blutschwall aus seiner Nase bremsend, torkelte er grunzend und schimpfend davon. Wir würden uns wieder sehen, schimpfte er, ganz bestimmt. Doch er gab auf, sogar seine Waffe blieb zurück.
„Ich muss mich sehr bei dir bedanken, Legionär", schnaufte der Gutgekleidete völlig außer Atem, aber lächelnd. „Du hast meinem Sohn und mir das Leben gerettet."
„Wer … wer war denn dieser Herkules?", fragte ich ebenfalls schwer atmend und meinen rechten Arm massierend. Inzwischen war meine Hand wieder bewegungsfähig und sicher nicht gebrochen.
„Ein Straßenräuber. Das glaube ich jedenfalls, zumindest hat er uns hier an dieser Stelle aufgelauert." Er schob sein Schwert in die Scheide und nahm den Kleinen auf den Arm, der sich sofort schutzsuchend an den Vater kuschelte. Ich kam gar nicht dazu zu fragen, was er eigentlich um

diese Zeit mit einem Kind an der Hand im Hafenviertel zu suchen hatte. Er reichte mir den rechten Unterarm zum Abschied, den ich gern ergriff und trotz der Schmerzen lange schüttelte.
„Nochmals meinen allerherzlichsten Dank, Legionär“, nickte er und wies auf meine Hand. „Das wird schon wieder. Ist nur geprellt.“
Ich musterte den Gutgekleideten, einen Mann um die Dreißig. Er hatte eben so schwarz gelocktes Haar wie der Kleine, ein ebenmäßiges, griechisch anmutendes, recht sympathisches Gesicht und einen offenen Blick mit einem belustigten Funkeln. Und er war wirklich erlesen gewandet.
Der Mann sprang kurz entschlossen mit dem Jungen auf dem Arm davon.
„Moment mal“, rief ich überrascht hinterher, „und wen habe ich nun gerettet?“
„Spielt das eine Rolle?“, lachte er und bog schon um die nächste Ecke. „Ich bin dir jedenfalls einiges schuldig. Pass gut auf dich auf, Legionär! Leb wohl!“
So stand ich nun alleingelassen mit der Frage in dieser schwach beleuchteten Gasse, mit wem ich das Schwert gekreuzt und wen ich gerettet hatte.
Dabei war mein erster echter Kampf gar nicht so positiv für mich verlaufen. Ich ignorierte nämlich das ‚unbedeutende Detail‘, dass der Gutgekleidete eher mir das Leben gerettet hatte, weil ich kampfunfähig zu Boden gegangen war.

Egal - meine Kampfeslust und mein Abenteuergeist waren entbrannt, verwurzelt in den Erzählungen, die ich als Junge so begeistert verschlungen hatte.

Nach der Rückkehr von meiner Ausbildung ins väterliche Zuhause, nur wenige Wochen nach dem geschilderten Kampf in den Gassen von Misenum, sollte ich das eher zweifelhafte Vergnügen haben, erstmals gemeinsam mit meinem Vater als Gastgeber wirken zu dürfen.
Wir richteten diesmal das jährliche, stets von wechselnden Haushalten ausgerichtete Bankett der Reichen und Schönen der Südprovinzen des römischen Kernlandes aus.
Es verschlang stets immense Summen und bei mehreren Rindern und sonstigem Geflügel an Spießen und jeder Menge regional beliebten Getränken feierten die Gäste ausgelassen bis in den Morgen.
Es fand diesmal nach Jahren wieder in unserem Hause statt. Mein Vater Gaius Fabius Maximus gab wie immer den glamourösen Granden und vor allem den begehrtesten römischen Witwer Süditaliens bis zur Stadtgrenze Roms.
Ein paar seiner engeren Freunde fehlten diesmal, so die Familie meiner Verlobten Claudia, was außerordentlich schade war. Ich vermisste sie sehr. Die anderen Gäste hatten es dafür in sich:
Das Publikum bestand im Großen und Ganzen aus den üblichen Verdächtigen, die sich zu jeder ähnlich gelagerten Feierlichkeit als eingeladen betrachteten und schon lange nur noch in ihren Sommerhäusern weit abseits von Rom entlang der Südküsten von ihren üppigen zusammengerafften, oft zusammengeraubten Vermögen lebten.
Sehr reife Frauen, die viel zu stark geschminkt und auch für den gestählten Magen erheblich zu provokant gekleidet waren, die unbedingt eine welke Haut und viel zu tief ausgeschnittene, faltige Dekolletés ein weiteres Mal zu Markte tragen mussten, komme was wolle.
Hier ergaben sich regelmäßig Klatsch und Tratsch und die übliche Empörung der anderen anwesenden Damen gleichen Alters, die es den Opfern ihrer Häme allerdings absolut gleichtaten und selbst Opfer des Tratsches wurden, sobald sie sich auch nur umdrehten.

Fettleibige Honoratioren fortgeschrittenen Alters aus Rhegium schlugen ungeniert mit ihren oftmals viele Jahrzehnte jüngeren Begleiterinnen auf, die bewusst darauf spekulierten, eines nicht allzu fernen Tages mit seinem ehrenwerten Namen, vor allem aber seinem üppigen Vermögen ein opulentes Lotterleben in Rom führen und sich attraktive, sexuell potentere Liebhaber halten zu können.

Und da waren Senatoren aus Rom mit ihren Gattinnen, deren heute Abend so harmonisch zur Schau getragene Ehen schon seit Jahren eine Farce waren, die sich allesamt vom ungehemmten, freizügigen Verkehr in den Betten Roms kannten, intimer und dekadenter als sich das der einfache Mann aus der Subura, der Legionär im Felde oder der Bauer aus der Provinz jemals hätte vorstellen können.

Und natürlich jene Herren, die sich in den Zeiten der Wirren und des Bürgerkrieges in Rom und den Provinzen hemmungslos bereichert hatten. Männer aus den Armenvierteln, die die Chance des Machtvakuums genutzt hatten, mit kriminellen Methoden ein Vermögen an sich zu bringen.

Hatten sie ihre Konkurrenten während ihrer früheren Raubzüge durch Staat und Wirtschaft ermorden lassen, so feierten sie sich heute als neue Aristokratie in der römischen Republik, gingen ein symbiotisches Verhältnis mit der alten Nomenklatura ein und wurden in der Hauptstadt zu einer bestimmenden Macht.

Würde sich das alles jemals ändern, welche Zeiten auch immer kämen und welches Jahrhundert wir auch immer schrieben?

Ich hatte meine berechtigten Zweifel.

Als komödiantischer Höhepunkt des Abends erwies sich das Eintreffen eines Schneidersohns namens Sergius Calpurnius Armanius. Er hatte sich im gesamten Imperium einen Namen als Hohepriester der edlen und teuren Mode erworben.

Doch nicht nur seine äußerst eleganten und faszinierenden Stoffe für Römerinnen und Römer, bei denen Geld möglichst keine Rolle spielen durfte, sondern auch sein exorbitanter Lebensstil prägten das Bild dieses recht kleinen, eher dicklichen Mittdreißigers und allseits beliebten bunten Vogels.

Die wichtigen Leute kommen immer zuletzt. Diesem Bilde exakt entsprechend schwebte er als letzter Gast in Aufsehen erregender Art und Weise ein.

Seine offene Sänfte wurde von männlichen Halbwüchsigen umtanzt, die während ihrer eleganten Bewegungen auf kleinen Flöten lustige Waisen trällerten. Als Extremkontrast dazu marschierten zehn schwer bewaffnete Männer in Gladiatoren-Art einige Schritte hinter der Sänfte, zweireihig, in martialischem Gleichschritt.

Armanius präferierte diese kontrastreichen, homoerotischen Auftritte und er wurde dafür von allen bewundert und geliebt. Er verstand es, mit dem schwerreichen Pöbel der römischen Republik umzugehen - und an ihm zu verdienen.

„Hallo, liebe Freunde und hochverehrte Kunden!“, rief er vergnügt grunzend und strich sich durch sein wuscheliges, überlanges schwarzes Haar, während er sich aus seiner Sänfte wuchtete und mit durchgedrücktem Rückgrat äußerst wichtig auf die feiernden Menschen in unserem Garten zuging.

Ein sehr wohlwollendes Raunen ging durch die Menge der Gäste.

Ich beobachtete amüsiert, wie er sich gab, von drei leicht bekleideten, genital sichtbar hervorragend bestückten Jünglingen begleitet, die den Boden, den er beschritt, eilfertig mit bunten Blüten bestreuten.

Er ging, den ordentlich gerundeten Bauch in eine geradezu unverschämt edle Tunika aus eigenem Hause gehüllt, mit ausgebreiteten Armen schnellen Schrittes auf meinen Vater zu und rief übertrieben laut:

„Mein lieber Gaius Fabius Maximus, wie freue ich mich, deinem Fest beiwohnen zu dürfen! Lass dich umarmen, lieber Freund!“

„Sergius Calpurnius Armanius!“, spielte mein Vater belustigt mit und drückte ihn fest an sich, während sich eine herumwirbelnde Blüte in seinem Haar verfing. „Der König der römischen Mode ist in meinem Hause immer willkommen. Bediene dich bei den Speisen und habe Spaß mit den anderen Gästen“, rief er. „Den besten Wein für meinen erlesenen Gast!“

Vater winkte einem der Bediensteten, der Armanius sofort ein köstliches Getränk brachte. Dessen Jünglinge tanzten und drehten sich um ihren Herrn und verschafften dem berühmten Schneiderlein durch ihre eleganten Bewegungen viel Platz in der Menge. Eine Freiheit, die er sofort nutzte, um sich weiter in Szene zu setzen, andere Gäste überschwänglich zu begrüßen und vor allem Männer sehr lange zu umarmen.

Viele sehr junge, wunderhübsche und zielstrebige Damen, meist noch unter zwanzig, dienten als Begleitung ihrer reichen Freundinnen und als Beschauungsobjekte für die reiferen anwesenden Herren. Sie alle wussten, dass mein Vater verwitwet, reich, nach wie vor gutaussehend war und vor allem mit ausreichend Manneskraft gesegnet sein musste. So war er seit dem Tode meiner Mutter bekanntermaßen ohne weibliche Begleitung und somit als ein lohnendes Zielobjekt für jegliche Art von Umgarnungsversuchen auserkoren worden.

Er wurde von den süßen blonden, brünetten und schwarzen Schönheiten nur so umflattert. Teilweise genoss er diese Aufmerksamkeit, aber besonders bei Cornelia tat er sich schwer, einem achtzehn Jahre jungen Biest, blond und bildhübsch, mit Traumfigur und den Gesichtszügen einer Göttin - und darüber hinaus ebenso durchtrieben wie eine Göttin.

Ich kannte sie schon lange, die süße Cornelia Dolabella, die angeblich jeder Art sexuellen Abenteuers zugetan, das behauptete man zumindest, und Tochter eines mir nicht persönlich bekannten Konsuls namens Gnaeus Cornelius Dolabella war.
Sie redete unaufhörlich auf meinen Vater ein.
Ich musste dringend etwas unternehmen, ihn von der Last des auf ihn einprasselnden Geplappers der jungen Dame zu befreien.
„Cornelia, meine Süße!“, rief ich ihr zu, nahm sie beim Arm und zog sie mit sanfter Gewalt von der Seite meines Vaters weg, der mir dankbar aufatmend zulächelte und sich freudig den anderen Gästen widmete. „Wie geht's dir so? Lange nicht mehr gesehen!“
„Was soll der Unsinn, Manius?“, erwiderte sie ärgerlich und zog ihren Arm aus meinem Griff. „Wir haben uns gestern erst in Rhegium gesehen. Im Übrigen bin ich nicht ‚deine Süße‘, verstanden? Du hast mich ja schändlicherweise zurückgewiesen, damals, vor drei Jahren.“
„Schändlicherweise...? Na ja.“ Ich verzog das Gesicht. „Ist doch lange her... Das trägst du mir doch nicht etwa noch nach?“
Ich lächelte sie lieb an, aber sie fauchte zurück: „Ist doch egal! Aber du hast mich gerade sehr unsanft aus einem wirklich netten Gespräch mit deinem interessanten und verdammt gutaussehenden Vater gerissen. Sowas mag ich gar nicht. Also lass mich gefälligst in... obwohl...“
Wie auf ein Fingerschnipsen schaltete sie um: Ihr liebliches Lächeln irritierte mich nun vollends. Ich wusste: Nur lieblich zu lächeln war nicht ihre Art, es sei denn, sie führte etwas im Schilde!
„Ach liebster Manius“, hauchte sie, streichelte mir sanft über die Wange und überfiel mich mit einem kurzen, aber intensiven Kuss auf den Mund - und zwar so schnell, dass mir zu irgendeiner Reaktion gar keine Zeit blieb. Ich spürte ihre Zunge und erwiderte ihre intensive Liebkosung mit Freuden und ohne großartig darüber nachzudenken, muss ich zugeben.

Cornelia hatte eben einfach Klasse! Ich bedauerte schon lange, dass ich damals nicht auf sie eingegangen war.
„Gracchus hat mir erzählt", sagte sie, nachdem sich... wie schade... unsere Lippen voneinander gelöst hatten, „du willst dich bei der Legion für lange Zeit verpflichten. Gib mir Bescheid, bevor du das tust, liebster Manius. Ich komm' dann hier vorbei und ... verabschiede mich von dir. Auf meine Weise. Du wirst es sicher niemals vergessen."
Sie zwinkerte mir aufreizend zu, legte den Kopf leicht nach hinten, rauschte mit einem absichtlich übertriebenen Lächeln an mir vorüber und hob kurz die linke Braue für jemanden, der offenbar hinter mir gestanden hatte.
Ich drehte mich verblüfft um und blickte, wahrscheinlich sehr dämlich, in das wütende Gesicht meiner Verlobten Claudia.
Sie stand da, stützte die Hände in die Hüften und verpasste mir schließlich eine saftige Ohrfeige.
„Liebster Manius...?", fauchte sie. Dann drehte sie sich um und stürmte so energisch auf den Ausgang zu, dass ihr sogar die normalerweise wie desinteressierte Mumien dastehenden Wachmänner überrascht nachblickten.
Ich verzog das Gesicht, hielt mir die schmerzende Wange und war dummerweise zu keiner intelligenten Reaktion fähig.
Die Gäste, die in meiner Nähe standen, hatten die Szene grinsend beobachtet und lachten mich lauthals aus. Verdammt, was tat Claudia denn hier? Ich hatte gedacht, sie würde heute nicht aufkreuzen, jedenfalls hatte sie das gesagt ...
Na, zumindest hatten die anderen Gäste ein weiteres lustiges Gesprächsthema.
Irgendein Unfug passierte mir ja immer bei diesen Jahresfeiern.
Bei Salus! Das konnte nicht so weitergehen!

„Wie kannst Du das nur tun, Manius? Wir heiraten bald, wir haben Pläne gemacht und nun lässt du mich für die Legion einfach sitzen! Und du machst auch noch mit dieser kleinen Schlampe Cornelia herum!"
„Cornelia ist nun wirklich keine Schlampe und ‚ich mach' auch nicht mit ihr herum'! Du verstehst das nicht richtig! Das ist ganz anders als du …!"
„… als ich zuerst gedacht habe, was? Für wie infantil hältst du mich eigentlich?"
Ärgerlich drehte sich Claudia zur Seite, kreuzte die Arme über der Brust und sah fassungslos aufs Meer hinaus.
„Ich hab' gestern Abend gesehen, wie du es mit der Treue hältst, Manius."
Wir gingen am Nachmittag nach dem Festabend im weitläufigen botanischen Garten der Villa meiner Eltern spazieren, so wie wir es oft taten. Hier in diesem süßen Blütenduft waren wir uns nähergekommen. Claudia war meine zukünftige Frau, darüber hatten sich unsere Väter schon vor längerer Zeit verständigt, so, wie es nach römischer Tradition üblich war.
Ich hatte sie nicht gekannt. Die Vorstellung, eine mir Unbekannte zu heiraten, hatte mich damals zugegebenermaßen ziemlich angeödet. Doch ihr Wesen besaß einen lieblichen Zauber, dem ich mich nur unter Aufbietung aller Kräfte hatte entziehen können. Ich war, trotz der gegenseitigen Vereinbarung unserer Väter, sofort in sie verliebt gewesen, und zwar schon, als ich dieses wunderbare Geschöpf zum ersten Mal erblickt hatte.
Damals, vor drei Jahren, waren mein Vater und ich auf dem hinreichend beschriebenen jährlichen Festbankett eingeladen gewesen. Einem für mich gähnend langweiligen jährlichen Fest derjenigen, die das Sagen hatten und die Gelegenheit nutzten, vor allem private Kontakte zu knüpfen. Jedenfalls war es nicht das erste Mal und meine Begeisterung

ziemlich begrenzt gewesen, diesen Abend wieder über mich ergehen lassen zu müssen.
Wenige Tage zuvor war mir von meinem Vater auch noch eröffnet worden, ich würde diesmal meine zukünftige Frau kennenlernen, was mich zu heftigsten Abwehrreaktionen veranlasst hatte.
Er hatte also als Pater familias eine Abmachung getroffen. Und das ging gar nicht, so dachte ich jedenfalls. Verlobung und Hochzeit waren für mich immer Gegebenheiten in weiter Ferne gewesen, in einem zukünftigen Leben, irgendwann einmal.
Aber doch nicht jetzt!
Ich hatte wahrlich kein Verlangen nach einer dieser verwöhnten Römerinnen mit Piepsstimme, auf Papas dickem Geldbeutel und einer ordentlichen Portion Arroganz durchs ach so erschreckend unerfüllte Leben rutschend, die mich immer mehr genervt als angezogen hatten.
Doch mein Vater hatte mir keine Chance gelassen, mich zu drücken. Meinen Plan, kurz vor besagtem Abend heimlich zu verschwinden und erst Tage später wieder aufzutauchen, vereitelte er geschickt.
Wie war es nur möglich gewesen, dass er davon wusste?
Er habe als junger Mann dasselbe versucht, verriet er mir viel später amüsiert, nur eben viel erfolgreicher. Er heiratete dann später seine große Liebe, nämlich meine Mutter.
Also rasierte ich an diesem Abend das bisschen Flaum ab, was ich schon männlich-stolz als „Bart" empfand, streifte als braver, frisch gewaschener Sohn meine beste Tunika über, brachte meinen blonden Schopf in Form und erschien gemeinsam mit meinem Vater auf dem Fest. So wurde ich ihr schließlich vorgestellt: Claudia.
Herrliche braune Locken umrahmten ein wunderschön geformtes Gesicht. Sie war sehr gepflegt, hauchzart geschminkt, was ihre geschwungenen weichen Lippen und die rehbraunen, tiefgründigen Augen noch betonte. Sanfter Blütenduft umwob sie.

Wie sie so vor mir stand, in ihrer lindgrünen, goldbestickten Wolltunika, die ihre Traumfigur mit den festen, wohlgeformten Brüsten noch betonte.
Ich vergötterte sie augenblicklich.
Diese Stimme.
Und ihre Intelligenz.
Sie war schon mit siebzehn recht gebildet gewesen. Gespräche mit ihr über Kunst, ferne Länder und fremde Kulturen begeisterten mich von Anfang an. Intelligenz strahlte aus ihren wunderschönen Augen. Alles passte einfach.
Wir lachten, nein, sie lachte vor allem über meine Tollpatschigkeit, als ich, mit einem Becher in der Hand, so ungeschickt über den kleinen Hund eines älteren weiblichen Gastes stolperte, dass der klebrige Inhalt, ein leckerer Mulsum[12], mit der edlen Tunika besagter älterer Dame in einem herrlichen Farbenspiel Vereinigung feierte und ich trotz meiner (zugegeben eher schlampig genuschelten) Entschuldigung eine schallende Ohrfeige für das ruinierte Kleidungsstück fing.
Claudia war aber auch besagte typische Römerin, eine Großstädterin, die schon an diesem Abend genervt herumnörgelte und bedauerte, dass es ihren Vater aus geschäftlichen Gründen vor mehr als fünf Jahren in die italischen Südprovinzen mit römischem Bürgerrecht verschlagen hatte. Sie war in Rom aufgewachsen und mit ihrer Mutter erst vor einer guten Woche dem Pater familias gefolgt.
Claudia konnte herrlichen Stränden und einem Luxusanwesen am Meer nichts abgewinnen und hoffte, eines Tages als Ehefrau eines reichen Kaufmanns, also von mir zum Beispiel, in den Trubel und die

---

[12] gegorenes Mischgetränk aus Wein und Honig, wurde bei den Römern vor dem Essen kalt serviert

Betriebsamkeit der Metropole Rom zurückkehren zu können, die sie nur noch aus wenigen Urlaubstagen kannte.
Trotzdem, als ich sie gesehen hatte, war es augenblicklich um mich geschehen und ich dankte Vater seitdem im Geiste für das Heiratsversprechen mit diesem sanften Engel, denn aus dieser ersten Begegnung erwuchs eine zarte, sehr innige Liebe.
Auch heute lehnten wir wieder am Geländer der kleinen weißen Brücke, auf der wir uns das erste Mal und so oft danach geküsst hatten.
Doch diesmal war alles anders.
Claudia redete sich in Rage und wurde deutlicher, als mir lieb war: „Ich habe auf dich gewartet, als du in Misenum in Alkoholmissbrauch ausgebildet wurdest. Anders kann man das ja wohl nicht nennen. Schon damals war ich drauf und dran, die Verlobung mit dir zu lösen, Manius. Das war für mich unzumutbar. Gut, das ist vorbei. Jetzt bist du zurück und willst mir erzählen, dass du bei der Legion bleiben möchtest! Und du glaubst, ich würde auch noch jahrzehntelang herumhocken und auf dich warten. Pah!“
Wie mein Vater war auch der ihre, Lucius Claudius Benignus, einer der wohlhabenden Männer der römischen Republik. Er hatte durch den Import schwarzer Sklaven aus Nubien sein Vermögen gemehrt.
Diesen Mann als Gast in unserem Hause zu begrüßen hatte meine Mutter früher stets entsetzt. Sie sagte immer, dieser Menschenhändler sei bei ihr nicht willkommen, er habe böse Augen. Letztlich hatte sich der Pater familias für seine Anwesenheit entschieden. Benignus war Vaters Freund geworden.
„Claudia, meine süße Rosenblüte“, rief ich entsetzt. „Mich interessierst nur du! Ich liebe dich, aber bitte versteh’ mich doch! Ich habe kein Interesse an Vaters Unternehmungen und mache lieber in der Legion Karriere! Ich will unsere Hochzeit unbedingt! Klingt das denn für dich nicht gut: ‚Ich bin die Frau eines hohen Legionsoffiziers...?‘“

Zärtlich umfasste ich ihre Taille und küsste sanft ihren zarten Hals.
„Ich bin die Frau eines toten Legionsoffiziers!", äffte sie mich nach, löste sich aus meiner Umarmung und tippte mir vielsagend mit dem Zeigefinger an die Stirn. „Du verstehst mich offenbar nicht. Du glaubst nur an große Abenteuer? Du bist dann Soldat, du kämpfst und wirst vielleicht schwer verwundet, verstümmelt oder sogar getötet. Denk nur an die ewigen Seeschlachten mit den Piraten ..."
Claudia atmete tief durch.
„Ich möchte jedoch keine zwanzigjährige Witwe sein, Manius. Das ist doch nicht schwer zu verstehen. Hast du denn schon mit deinem Vater darüber gesprochen?"
„Nein, aber ich werde es baldmöglichst nachholen. Er wird nicht wirklich begeistert sein."
Ich grinste breit bei dem Gedanken, was wohl etwas deplatziert und ziemlich dämlich wirkte, denn ihre fein geschwungenen Augenbrauen trafen sich fast, als mich ihre dunklen Augen böse fixierten.
„Du findest das komisch, ja? Ich bete zu den Göttern, dass er es nicht zulassen wird, Manius!" Unter Tränen wandte sie sich ab und stützte sich mit beiden Armen auf das schneeweiße Brückengeländer. „Aber ich kenne ihn ja. Er kann dir nie etwas abschlagen."
Claudia schluchzte und verwehrte mir sehr heftig eine erneute Umarmung. Sie sah mich wütend und traurig zugleich an und sagte Worte, die ich jetzt beileibe nicht hören wollte:
„Condicione tua non utor[13], Manius! Du bist frei für alle deine Abenteuer, die du dir in deiner Fantasie ausmalst und auch die, die du in Wirklichkeit erleben wirst."

---

13 übliche Formel zur Beendigung der Verlobung („Ich mache von deinem Heiratsantrag keinen Gebrauch") im ersten Jhd. vor Christus

Sie riss sich den eisernen Verlobungsring vom Finger und drückte ihn mir in die Hand. Ich war fassungslos. Auch mein dämlicher Gesichtsausdruck machte es nicht besser.
„D... das kannst du gar nicht, Rosenblüte“, stammelte ich verblüfft. „Der Bund ist doch von unseren Eltern geschlossen worden. Nur sie können ihn lösen.“
„Nenn mich nie wieder ‚Rosenblüte‘!“, schrie sie mich jetzt an. „Du weißt genau, dass ich das kann! Und mein Vater wird zustimmen! Er tut immer, was ich will! Ich bin seine Tochter!“ Stolz sprühte aus ihren Augen. Sie ließ mich sprachlos stehen und lief wütend und schnellen Schrittes Richtung Haupthaus davon.
„Claudia, ich liebe dich wirklich! Lass uns doch heiraten! Was steht denn dagegen?“
Ich eilte ihr nach, war aber am Fuße der Brücke unvorsichtig, stolperte, stürzte mit dem Gesicht voran in den Staub, spuckte und schrie:
„Au, verdammt... Claudia!“
Sie drehte sich ein letztes Mal um, unter Tränen, aber mit Stolz erhobenem Haupt, und rief mir ein paar Worte zu: „Du verstehst gar nichts. Leb wohl, du... großer Feldherr!“

Wenige Stunden später tobte mein Vater wie erwartet, nachdem ich ihm gesagt hatte, mich hätte die Abenteuerlust gepackt: „So ein Unfug, Manius! Du bist jetzt ein Mann und durch die soldatische Ausbildung gestählt, wirst die Legion verlassen und als mein Nachfolger erste Verantwortung übernehmen. Durch die Militärausbildung wirst du als kompetenter Gesprächspartner für die römische Legion anerkannt sein und man wird dich ebenso akzeptieren wie mich. Schmink dir alle anderen Eskapaden ab.“
„Das ist aber nicht das, was ich mir vorstelle, Vater!“

Ich protestierte - er mauerte. Unser Gespräch verlief wie immer. Ich wollte so gerne in der Legion bleiben und zur See fahren. Auf einer der großen Galeeren, die das Mare Internum[14] befuhren.

„Nein, du wirst irgendwann einmal mein Nachfolger sein und musst dich gut einarbeiten! Ich dulde da keinen Widerspruch!“

Er schlug mit der Faust auf den Tisch, der in seinen Grundfesten erbebte.

„Aber deine Geschäfte interessieren mich nicht, das weißt du genau! Ich möchte mich lieber bei der Legion für sechzehn Jahre verpflichten! Und das Flottenkommando in Neapolis wäre bereit, mich auf einem Schiff einzusetzen! Ich hab' bereits nachgefragt!“

„Lächerlich!“, dröhnte er. „Ein Traumtänzer wie du auf einem Kriegsschiff!“

Jetzt war ich wirklich beleidigt. Ich atmete durch, schwieg aber.

Er war der Pater familias. Er stieß sich rumpelnd am Tisch, während er sich erhob, und sich einen Becher Wein nachschenkte.

„Ist doch nicht zu fassen…!“, grollte Vater und schüttelte den Kopf. „Du hast zwar in Misenum das Kriegshandwerk studiert, im Rahmen deiner soldatischen Ausbildung, aber du hast noch nie auf einem Schiff gedient!“

Er schüttete den gesamten Inhalt des Bechers in sich hinein und bedachte mich mit einem stechenden Blick.

„Hast du überhaupt eine Ahnung, was an Blut und Tod auf dich zukommt? Römische Legionen sind überall im Kampfeinsatz!“

Ich hatte mich ebenfalls erhoben.

„Vater, ich denke, es gibt nichts mehr zu sagen!“

Trotzig und rotgesichtig stand ich vor ihm.

---

[14] lat. Mittelmeer, später auch Mare Nostrum („Unser Meer“, also das der Römer) genannt

„Ich denke doch! Wir haben noch nicht über deine Verlobte gesprochen!"
Auch Vater war das Blut in den Kopf gestiegen. Wie zwei wütende Stiere standen wir uns gegenüber. Den Tisch in der Mitte, blickten wir uns in die Augen.
„Was soll mit ihr sein? Sie hat heute Nachmittag unsere Verlobung gelöst", knurrte ich.
„Ja, mein Freund Claudius hat mich bereits erbost aufgesucht und fast meinen Tisch zerschlagen vor Wut! Ich weiß also über alles Bescheid! Er ist mit der Trennung einverstanden!"
Er ließ den Blick nicht von mir.
„Was hast du der Kleinen denn nur angetan, Manius?"
Vaters Stimme dröhnte durch den Raum, überschlug sich fast.
„Nichts, bei Juno!", schrie ich zurück. „Sie will mich nicht heiraten, weil ich in der Legion bleiben möchte! Ich habe mir nichts vorzuwerfen! Ich - liebe - sie!"
„Nichts vorzuwerfen?", höhnte Vater. „Ist dem Herrn vielleicht schon mal der Gedanke gekommen, dass sie Recht haben könnte?"
Erregt ging ich im Raum hin und her. Lautes Schweigen füllte ihn aus. Vater sah hinunter zum Boden seines fast leeren Weinbechers.
„Sieh es doch ein, Junge", begann er jetzt viel ruhiger. „Die Legion kann nicht dein Leben sein. Claudia ist so süß, sie ist intelligent und aus gutem Hause. Sie will dich. Und Quinta wäre ebenso dagegen wie ich, dass du dein Leben auf einem dieser schwimmenden Särge aufs Spiel setzt. Spannende Geschichten sind eines, das wirkliche Leben etwas anderes."
Ich senkte den Blick und schwieg.
Mein wunder Punkt. Immer wenn er sich nicht durchsetzen konnte, schob er Mutter vor. Wir nahmen beide wieder Platz und schwiegen uns geraume Zeit düsteren Blickes bei unserem Becher Wein an.

„Manius, klar ist, ich will nicht, dass du in den Legionen dienst“, sagte Vater. „Allerdings könnte ich mir für dich den Posten als Tribunus angusticlavius, als Militärtribun mit schmalem Purpurstreifen vorstellen, dem Ordo equester[15] unserer Familie entsprechend. Du dienst drei Jahre in der Legion, die in einer ruhigen Provinz stationiert ist und kehrst dann …“

„Nein, Vater“, widersprach ich. „Mich zieht es auf das Meer. Ich will zur Flotte.“

Nun zog er das Gesicht ziemlich gequält in die Länge.

„Also gut, also gut!“

Er atmete tief durch.

„Ich erlaube dir, dich bei der Flotte für zwei Jahre zu verpflichten. Ich weiß, diese kurze Zeitspanne ist unüblich, aber über meine Beziehungen nach Rom habe ich das schon geklärt. Nach Ablauf dieser zwei Jahre treffen wir beide gemeinsam die Entscheidung, wie es weitergehen soll.“

Welch erstaunliche Wendung, sehr plötzlich und unerwartet!

Ich versuchte misstrauisch, in seinem Blick Heimtücke zu erkennen. Aber da war nichts. Er streckte mir den Unterarm entgegen.

„Nun schlag schon ein, Junge.“

Erwartungsvoll sah er mich an.

Ich schlug ein, ergriff meinerseits seinen Unterarm.

Zwei Jahre. Der Pakt war geschlossen.

Ich würde mich unbedingt daran halten.

„Natürlich wirst du als Offizier dienen und …“

Meinen aufkommenden Protest wischte er mit einer Handbewegung weg.

---

[15] Ritterstand

„Ein Mann aus der Gens Fabii dient nur als Offizier, nicht als Mannschaftsdienstgrad. Ist doch wohl klar!“
So war er eben, mein Vater Gaius Fabius Maximus. Er hatte längst seine Beziehungen nach Rom spielen lassen und schon vor unserem Gespräch alles vorbereitet.
Er konnte mir im Grunde nichts abschlagen, wollte aber vor seiner Zustimmung noch den Familienpatriarchen herauskehren. Natürlich hegte er die berechtigte Hoffnung, dass ich der Seefahrerei schnell überdrüssig oder stark seekrank werden und schließlich reuig in den Schoß des väterlichen Handelshauses zurückkehren würde.
So fand ich mich an diesem wundervollen, frühsommerlichen Vormittag fröhlich und voller Elan am Hafen von Rhegium ein.
Und ich dachte auch nicht mehr an Claudia.

# KAPITEL II

## GAIUS JULIUS CAESAR

### RHEGIUM

Römische Provinz Bruttium, südliches Italien

Die römische Legion, speziell die seefahrende, besaß eine flache Hierarchie mit vielen Abstufungen. Man empfand sich allerdings immer eher als eine Landmacht, die nur notgedrungen Schiffe unterhielt. Deshalb gab es keine speziellen Ränge zur See, außer dem Trierarchus, dem nautischen Kapitän eines Schiffes, dem die seemännische Führung oblag. Ein Centurio, ein Hauptmann, war dagegen der Kommandeur des militärischen Teils einer Schiffsbesatzung und entsprach weitestgehend einem Centurio der Landstreitkräfte.

Ich stand nun auf dem erhöhten Ruderdeck neben dem Schiffskommandanten Gaius Varus Macro, der Centurio und Trierarchus war, die seltene Kombination des militärischen und nautischen Vorgesetzten in einer Person.

Er war ein hochgewachsener, älterer und erfahrener Berufssoldat mit gepflegtem rötlich-grauen Vollbart, sonnen- und wettergegerbtem Gesicht und sehr gepflegter, über und über mit Ornamenten verzierter Rüstung über der Militärtunika. Besonders markant war die überdimensionale Hakennase. Sie stach hervor unter dem bronzeglänzenden, reich verzierten Centurionenhelm mit dem quergestellten Helmbusch aus rotgefärbtem Pferdehaar. Sie erstreckte sich wie ein Vordach über einem viel zu kleinen Mund.

Ich hatte mich vor Dienstantritt über Vaters Kontakte nach meinem zukünftigen Kommandanten erkundigt. Er war einen beeindruckenden Weg für einen einfachen Mann gegangen.

Als Bürger dritter Klasse hatte es der junge Macro vom Gemeinen zum Gefreiten in verschiedenen Schreibstuben gebracht. Nach langen Jahren harter Arbeit kam er als Offiziersanwärter zurück in den Truppendienst, kehrte nach der Ausbildung in Rom und bestandener Seeoffiziersprüfung als Centurio und Trierarchus zur Legion zurück. Er bekam schließlich ein eigenes Kommando über eine große Trireme und bewährte sich in mancher Schlacht.
Ich hatte schon in dieser ersten Stunde nach Aufnahme meines Dienstes den Eindruck, dass dieser Mann mich nicht für voll nahm, einen seiner Meinung nach ‚reichen Schnösel', der überhaupt nur durch aristokratische Geburt und Beziehungen Offizier, unglücklicherweise auch gleich sein Optio ad spem ordinis[16], geworden war.
Und er hatte völlig recht. Ich war absolut grün hinter den Ohren, zu einhundert Prozent unerfahren.
Aber weder war ich naiv noch dumm. Ich hatte vor, ihm meinen Wert als gut ausgebildeter Mann zu beweisen und sah als sein neuer stellvertretender Centurio stolz zu, wie unser Schiff, die ‚Imperium III', die lange Reihe von Kriegsgaleeren im Hafen verließ.
Centurio Gaius Varus Macro diente zwar der intriganten Meute in Rom, aber im Grunde verachtete er sie. Er kannte seinen eigenen Wert als Mann, der von ganz weit unten kam.
Da stand ich nun neben ihm in meiner nagelneuen Rüstung. Ich unterschied mich nicht von den normalen Legionären mit dem Helm, dem Lorica Segementata[17] mit Schulterschutz und Legionärsgürtel. Als Zeichen meines Ranges führte ich allerdings den Optiostab mit mir. Mit

---

[16] Stellvertreter des Centurio, der Optio ad spem ordinis ist zur Beförderung zum Centurio anstehend

[17] vierteiliger Legionärspanzer mit Schulterpanzer

ihm konnte ich die Nautae[18] und die Manipularii[19] durch Stöße und Schläge zur Ordnung rufen oder im Ernstfall die Linien der kämpfenden Legionäre ausrichten.

Ich hatte eine umfangreiche nautische Ausbildung genossen und war deshalb, trotz meiner Jugend und meiner völligen Unbelecktheit vom Seedienst, als Optio auch für die stellvertretende Führung des Schiffes und das Kommando über die Besatzung verantwortlich.

Mein Blick wanderte interessiert über den Hafenkai und den bunten Trubel.

Dort, bei Minerva, da war sie! Beim Verkaufsstand eines Obsthändlers stand sie und unsere Blicke trafen sich: Claudia!

Da stand sie nun, trug wie immer eine elegante Tunika und hatte ihr lockiges Haar hochgesteckt.

Unsere Blicke trafen sich.

Sie lächelte nicht, sie weinte nicht.

Sie sah mich nur ernst an, ununterbrochen, schweigend.

Ich sah schnell zu Boden, dann wieder zu ihr hin, dann ein misslungenes Lächeln und ein schwaches Winken. Aller Schmerz brach jetzt aus ihr heraus, sie weinte hemmungslos, drehte sich weg und vergrub das Gesicht in ihren Händen.

Es war, als stieße man mir ein Messer mitten ins Herz. Wie konnte ich nur? Wie konnte ich diesen wunderbaren Menschen hier, ohne mir tiefere Gedanken gemacht zu haben, zurücklassen und egoistisch meinen eigenen Weg in der Legion gehen wollen?

Der Obsthändler eilte erschrocken herbei, um der fremden jungen Frau zu helfen, die genau vor seinem Stand in Tränen ausgebrochen war. Es

---

[18] lat. Seeleute, Matrosen

[19] lat. Seesoldaten

läge doch nicht etwa an seiner Ware, fragte er aufgeregt. Der Mann hatte ja keine Ahnung.

Claudias Mutter erschien und nahm sie tröstend in den Arm. Ich sah beide schließlich in einer Seitengasse verschwinden und kämpfte selbst mit den Tränen.

Ich würde zu ihr zurückkommen, ganz bestimmt.

„Was gibt es, Optio Germanicus? Geht es dir nicht gut? Wir brechen gleich auf."

Abschätzend blickte der Centurio an meiner Rüstung entlang, bis er mit stechendem Blick in meine Augen sah. „War das dein Mädchen dort am Obststand?"

Er zog die mir zugewandte Braue hoch und sah mich weiter fest an.

„W ... Wie bitte?"

„Na, die Kleine dort drüben. Ein hübsches Ding. Gibt es da etwas, das ich wissen sollte?"

Ich schüttelte überrascht den Kopf. Er hatte unseren Blickkontakt bemerkt.

„Nein, Centurio..., es ist alles in Ordnung", erwiderte ich unsicher lächelnd und atmete durch.

„Hm", brummte er. „Lass dir gesagt sein, Optio, ich brauche Männer an Bord, die ihre Sinne zu jeder Zeit beisammenhaben und nicht bei irgendwelchen Dirnen. Ist das klar?"

Ich nickte und stand stramm.

Befriedigt nickend wandte er sich wieder dem Schiff zu, prüfte oberflächlich die Takelage des Schiffes. Unsere langgestreckte Galeere verfügte über ein Hauptsegel mittschiffs, es zeigte einen riesigen römischen Adler, und ein kleineres auf dem Vorschiff. Die ‚Imperium III' wurde von 150 Mann gerudert, verteilt auf je drei ausladenden Reihen auf beiden Seiten.

Hinzu kamen etwa 30 Nautae und, speziell für diesen Einsatz, über 100 Seesoldaten - was mich wunderte, da wir nicht in einen Kriegseinsatz ziehen sollten - zumindest, soviel ich erfahren hatte.
Das Schiff war fast neu. Das Salz der See hatte dem Schiff noch nicht zugesetzt.
So leuchtete die in kräftigen Rottönen gestrichene Hülle, fein unterbrochen mit bronzefarbenen Elementen, noch immer wundervoll in der Sonne. Der gesamte Bug war mit feinen goldenen Ornamenten geschmückt. Und mit dem kräftigen Rammsporn war es uns möglich, jeden Feind zu versenken.
Mittschiffs war eine Enterbrücke verzurrt, das Heck war der Platz des Steuermanns, mit einem Regendach geschützt, und der Platz für das große römische Feldzeichen mit dem Adler und der Aufschrift „SPQR“, Senat und Volk von Rom.
Die ‚Imperium III‘ war eines der mächtigsten Kampfschiffe der römischen Flotte und um das bärtige Antlitz des Centurio und Trierachius spielte ein zufriedenes, stolzes Lächeln, als die Leinen gelöst wurden und das Manöver begann, das uns aus der Reihe der anderen Schiffe hinausbringen sollte.
Die gesamte Besatzung einschließlich der Rudermannschaft stimmte im Chor ein uraltes Seemannslied an, welches über das Schiff und den Kai erklang. Genau wie Varus Macro sog ich an diesem herrlich sonnigen Mittag in Rhegium die würzig warme Seeluft Süditaliens ein und war überglücklich.
Macro und ich standen nebeneinander und lächelten uns an.
Meine erste große Fahrt.
Das Abenteuer begann.

Die Remiges[20] hatten ihre Arbeit und das Schiff schnell Fahrt aufgenommen. Es pflügte nun, den starken Rammsporn voran, durch die klaren azurblauen Wellen der See. Zusätzlich wurden noch die Segel gesetzt.

Elegant schnitt die große Trireme nun durch den Fretum Siculum[21] in Richtung Norden, vorbei am östlichsten Zipfel von Sizilien. Unser Ziel war mir unbekannt und Varus schwieg sich vorerst aus. Das Schiff fuhr der Küste entlang Richtung Neapolis und wir näherten uns einem malerischen kleinen Dorf am Fuße einer mächtigen Felsklippe: Scyllaneum[22].

Ich kannte die kleine Ansiedlung und wusste um die Geschichte dieses Schwertfischerdorfes, in dessen Nähe der griechische Sagenheld

---

20 lat. Ruderer

21 Straße von Messana zwischen Caenus und Pelorum; Grabenbruch, wechselnde Gezeitenströmung, daher gefürchtete Strudel; trennt Sizilien von Bruttium (Kalabrien, Festland)

22 heute: Scilla, Städtchen am Tyrrhenischen Meer, lebt damals wie heute vom Schwertfischfang

Odysseus eines seiner Abenteuer erlebt hatte. Schließlich hatte ich vieles von Homer gelesen.
Odysseus hatte hier die Scylla bekämpft, ein mehrköpfiges Ungeheuer, und hatte sich danach von Scyllaneum aus wieder zum nächsten Abenteuer eingeschifft.
Ich sah hinauf zu der gewaltigen Klippe, die wie geschaffen sein würde für eine befestigte Wehranlage an ihrer Spitze, eines Tages.
Wir warfen unmittelbar unterhalb des steilen Hanges an der Klippe Anker, steuerbordseitig befand sich der kleine Ort, und warteten. Warteten auf was, auf wen? Niemand war informiert, auch die Besatzung und die Unteroffiziere nicht. Auch ich hatte keine Idee und wartete bis die Nacht hereinbrach.
Es war gegen Mitternacht, als ein kleines Ruderboot längsseits ging. Es kam offenbar aus Scyllaneum und war mit drei Personen besetzt. Ein hochgewachsener, mit einem Paenula[23] bekleideter schlanker Mann, der die graue Kapuze über sein Haupt gezogen hatte, schwang sich mit eleganten Bewegungen an Deck, während das Boot mit den Remiges kehrt machte und im Dunkel der Nacht verschwand.
Macro‘ s große Nase zuckte nervös. Er salutierte vorschriftsmäßig und wies dem Fremden den Weg in die Kajüte des Centurio. Niemand wusste, wer da an Bord gekommen war, auch ich konnte mir keinen Reim auf ihn machen. Und sein Gesicht war nicht zu erkennen gewesen. Die Nautae tuschelten furchtsam, einige sprachen Gebete zu der jeweiligen Gottheit, die sie verehrten. Diese einfachen Leute waren schon immer für ihren Aberglauben bekannt gewesen, der von Geisterschiffen, Teufeln und schrecklichsten Seeungeheuern erzählte. Der Neuankömmling war nichts dergleichen, davon gingen alle aus, aber

---

[23] lat.: Kapuzenmantel

es war eine ausgesprochen dunkle Nacht und der Centurio hatte zusätzlich einige Fackeln löschen lassen. Der Fremde stieg grußlos und schnurstracks hinab in den Bauch des Schiffes, was zumindest bei der Besatzung für einigen angstvollen Gesprächsstoff sorgte.
Macro hatte mich angewiesen, die Wachen für die Nacht zu verdoppeln und sofort bei Sonnenaufgang die Verankerung zu lichten, nördlich am Vulkan Strongyle[24] vorbei außer Sichtweite der Küste Siziliens auf Westkurs und dann auf südlichen Kurs zu gehen. Dann war er für diese Nacht ebenfalls im Schiffsinneren verschwunden.

## AUF DEM MARE INTERNUM

Es war fast Mittag geworden. Wir hatten die Nordküste Siziliens hinter uns gelassen und waren in einiger Entfernung auf Südkurs gegangen, um die Insel auf ihrer westlichen Seite zu umrunden.
Die Winde standen außergewöhnlich günstig und die ‚Imperium III' war wirklich ein göttliches Schiff. Sie führen zu dürfen war für mich mit meinen gerade mal zwanzig Jahren, in den ersten Stunden meiner Laufbahn, ein unglaubliches Gefühl.
Ich wusste, dass ich mich noch in vielerlei Hinsicht zu bewähren hatte und ein sehr strenges Kommando führen musste. Die rangniederen Offiziere würden jeden meiner Fehler ansonsten genüsslich auskosten und gegen mich vorgehen.
Die ersten Stunden der Fahrt unter meinem Kommando hatte ich sorgenvoll achtern auf dem erhöhten Ruderdeck verbracht, hin und

---

[24] heute: der Vulkan Stromboli

wieder strenge Befehle gerufen und dem Steuermann möglichst unbemerkt über die Schulter gesehen.
Schließlich beschloss ich, einigermaßen wütend über mich selbst, alle Versagensängste zu verdrängen.
Ich nahm mir vor, das Heben und Senken der riesigen Trireme, das gleichmäßige Schlagen der Ruder und den salzigen Geruch des Meeres, den warmen Wind, der das Hauptsegel mit dem riesigen Adler blähte und das elegante Gleiten des Schiffs durch die azurblauen Wogen des Mare Internum zu genießen.
Ich konnte doch mit Recht stolz sein, eine solche Kriegsgaleere kommandieren zu dürfen. Na ja, richtig, nicht ganz allein... es gab da noch den Trierachen und Centurio in einer Person.
Egal, ich war endlich besserer Laune und hatte unseren seltsamen Passagier fast vergessen, als Macro die frische Luft einsaugend an Deck erschien. Seit jenem Moment in der Nacht hatte ich ihn nicht mehr gesehen.
„Optio, wir gehen nun auf Ostkurs", befahl er mir. Sein reicher Erfahrungsschatz verriet ihm auch ohne nur einen Augenblick lang an Deck gewesen zu sein die exakte Position des Schiffs. Ich war beeindruckt, salutierte und gab der Mannschaft die Befehle zum Kurswechsel. Das schwere Schiff gehorchte augenblicklich. Seine Wendigkeit und Schnelligkeit beeindruckten.
„Wir steuern Rhodos[25] an. Unser Gast wird ebenfalls gleich an Deck kommen, um kurz die Seeluft und später ein ordentliches Abendessen mit uns zu genießen. Jetzt, da wir auf hoher See sind, sind wir außer Gefahr. Niemand könnte uns mehr auflauern …"

---

[25] Insel in der griechischen Ägäis

Macro sah mich erwartungsvoll von der Seite an, erwartete eine interessierte Frage meinerseits, doch ich schwieg zu seiner völligen Überraschung.

„Der Präfekt in Misenum persönlich hat mir den Befehl zu dieser Mission erteilt“, erklärte er schließlich. „Wir sind inkognito unterwegs, falls du dich über meine Geheimniskrämerei wundern solltest. Aber wir haben eine Einsatzgruppe Legionäre unter meinem Kommando an Bord, falls wir auf Schwierigkeiten stoßen sollten.“

„Das habe ich mir bereits gedacht“, entgegnete ich, ohne ihn anzusehen. „Schließlich ist die ‚Imperium III‘ allein unterwegs und nicht in einem Flottenverband. Und die Piraten sind im Orient ziemlich aktiv, heißt es.“

Ich ließ meinen Blick bewusst bedeutungsschwer über den Horizont gleiten. Ich versuchte auf idiotische Art und Weise Eindruck bei meinem Vorgesetzten zu schinden, auch wenn ich mir, zugegeben, selbst ziemlich albern vorkam - und dem alten, erfahrenen Soldaten neben mir sicher auch.

Aber er grinste nur, was mich irritierte.

„Wer ist unser Gast eigentlich, Kommandant?“, fragte ich beiläufig.

„Du wirst ihn gleich kennenlernen“, lachte Macro und schlug mir väterlich mit seiner Pranke auf die Schulter. „Er ist eine sehr beeindruckende Persönlichkeit. Übrigens, mir gefällt, wie du das Schiff führst. Nicht übel für die erste Reise, mein Junge.“

Hatte ich mich etwa in ihm und seiner Meinung mir gegenüber getäuscht?

Er nickte mir aufmunternd zu. Nein, ich konnte das gar nicht glauben.

Ein Mann betrat nun das Deck, den ich noch nie zuvor gesehen hatte, der aber, nur in eine einfache graue Tunika gehüllt, allein durch die Aura, die ihn zu umgeben schien, bei jedermann an Deck Aufmerksamkeit erregte: unser geheimnisvoller Passagier.

Sein Äußeres hatte nichts Besonderes. Er war schlank, recht groß, aber nicht übermäßig breit gebaut, nicht zu gutaussehend, aber mit kantig-männlichen Gesichtszügen und einer ausgeprägten Nasen- und Kinnpartie, die angeborene Willensstärke signalisierte. Sein Haar war dunkel, römisch gewellt, die Stirn zeigte schon jetzt den hohen Haaransatz, der auf einen wirklich hohen Intellekt schließen ließ.
Auffällig waren allerdings seine intelligenten azurblauen Augen, die jeden Anwesenden in einem Atemzug abzuschätzen wussten.
Er war noch jung, vielleicht Mitte zwanzig, aber mit einer natürlichen Aura ausgestattet. Seine Ausstrahlung ließ jedes Gespräch in seiner Nähe bei seinem Erscheinen verstummen, alle Blicke auf ihm ruhen, als er gemächlich und aufrecht, wie ein vornehmer Senator, zur Reling schritt.
„Ach, welch herrlicher sonniger Tag, Centurio Macro", sagte er, das warme Wetter genießend. „Welcher Kurs liegt an?"
Er sprach mit einer überaus angenehmen Stimme und seine Worte waren klar und scheinbar fröhlich, jedoch in einer gewissen herrischen Art gesagt, die mich sofort unangenehm berührte.
Anders gesagt: Der Mann war mir schon nach seinem ersten gesprochenen Satz unsympathisch.
„Kurs Orient, Herr, wie befohlen", entgegnete der Centurio. „Der Wind steht günstig. In der Nacht werden wir an Malta vorbeisegeln. Wir sind bisher keinem anderen Schiff begegnet, also absolut sicher."
Unser charismatischer Gast nickte zufrieden.
„Ich werde dem Präfekten persönlich für seine Unterstützung und dieses gute Schiff danken. Aber wer ist dieser junge Offizier an deiner Seite?"
Sein offener Blick traf sich direkt mit dem meinen.
„Das ist mein Stellvertreter hier an Bord, Optio …"
„... Manius Fabius Germanicus", fiel ich meinem Vorgesetzten ins Wort, denn ich hatte vor, mich unserem Gast unbedingt selbst vorzustellen.

„Sohn von Gaius Fabius Maximus, dem größten Zulieferer und Ausstatter unserer siegreichen römischen Legionen."
Macro' s große Nase zuckte, er strich sich verstimmt mit der Rechten durch seinen Bart, doch der Fremde zeigte sich angesichts meiner spontanen Reaktion überrascht und lächelte mich freundlich distanziert an.
„Oh ja, der Name sagt mir etwas, auch wenn mir dein Vater persönlich nicht bekannt ist, Optio. Waffen, Uniformen, Rüstungen, Verpflegung." Er reckte den Kopf in die Höhe. „Ich vermute, Senator Lucius Fabius Iustus aus Rom ist auch ein Verwandter von dir. Ich kenne ihn gut. Er ist sehr einflussreich bei den Sullanern[26]. Wir haben uns früher manch hitzige Debatte geliefert. Grüße ihn von mir, wenn du ihm wieder begegnest."
„Herzlich gern, Herr", erwiderte ich neugierig. „Du kennst also meinen Onkel. Von wem darf ich ihn denn grüßen?"
Er schwieg. Ein amüsiertes Lächeln spielte um seine Lippen als er sich ohne mir zu antworten umdrehte, mir einen letzten Blick schenkte und wieder unter Deck verschwand.
Ich war angesichts dieser seltsamen Reaktion überrascht.
Macro hatte den Helm abgestreift und tupfte sich mit einem Tuch Schweißperlen von der Stirn.
„Wer ist denn dieser eitle Pfau, den wir an Bord genommen haben, Centurio?", fragte ich verärgert und schüttelte den Kopf über so viel Arroganz.
„Er ist kein ‚eitler Pfau', Optio. Dieser Mann ist Gaius Julius Caesar."
Nicht, dass mich der Name dieses Caesar damals in irgendeiner Weise vor Bewunderung oder gar Schrecken über die Reling geworfen hätte.

---

[26] Sullaner: Gefolgsleute des römischen Diktators Sulla im 1. Jahrhundert v. Chr.; Sulla starb 78 v. Chr. an den Folgen einer Lungentuberkulose

Ich hatte diesen Namen schon ein paar Mal im Zusammenhang mit verschiedenen Korruptionsprozessen in Rom vernommen.
Das war' s aber auch schon.
Er sei ein aufstrebender Rechtsanwalt und talentierter Redner, hieß es noch hinter vorgehaltener Hand, ein von ihnen unterstützter Hoffnungsträger der Partei der Popularen im römischen Senat.
Er war in Wahrheit ein junger Niemand.
Für meinen Kommandanten jedoch lag in seinem Namen etwas Magisches. Varus Macro hatte als Zuschauer in Rom einige Aufsehen erregende Prozesstage mit Caesar als Anklageführer auf dem Forum miterlebt und war von der großen Begabung dieses Mannes, in meinen Augen allerdings eines überschätzten Möchtegerns, der auf erheblich zu großem Fuß lebte, absolut überzeugt.
Auch hatte Macro die Herkunft aus der Subura, den billigen Mietshäusern im Armenviertel Roms, mit Caesar gemein. Caesars Stammbaum, die Gens Julii, gehörte zwar zu den ältesten Adelsgeschlechtern Roms, von göttlicher Abstammung geradezu, war aber heute völlig besitz- und einflusslos.
Von dort kommend hatte es Caesar zum aufstrebenden Rechtsanwalt gebracht. Er hatte sich durch die Entfaltung eines gewissen dekadenten Luxus, von dem viele hinter vorgehaltener Hand munkelten, er sei auf Pump finanziert, aber vor allem mit einigen spektakulären öffentlichen Schauprozessen gegen Anhänger von Diktator Sulla als ‚Beschützer der Ausgebeuteten' hervorgetan.
Gegen Männer, die sich zu Zeiten von Sullas Herrschaft in den Provinzen hemmungslos bereichert hatten.
Genau dieser ‚Beschützer' saß mir nun beim ersten gemeinsamen Abendessen gegenüber und lobte uns überschwänglich.

„Nun, mein lieber Centurio, ich muss mich für die üppige Gastfreundschaft an Bord deines Schiffes wirklich bedanken. Ein erlesenes Mahl."
„Ist mir eine Ehre, einen so bekannten und wichtigen Mann aus Rom bei uns zu haben, nicht wahr, Optio Germanicus."
Varus sah Bestätigung heischend zu mir herüber, doch ich schwieg. So ging das nun schon über eine Stunde. Allgemeinplätze und unterwürfige Fragen. Er ergötzte sich nun schon geraume Zeit an der Frage, ob das Wetter auf Rhodos wirklich so angenehm sei, wie immer behauptet wurde.
Und am Thema Frauen. Vor allem am Thema Frauen.
Gaius Julius Caesar war trotz seiner jungen Jahre, er war immerhin erst fünfundzwanzig, schon als Lebemann bekannt, der nichts anbrennen ließ. Und das war bei weitem untertrieben. Offenbar reizte es Varus Macro, seinem Idol ein paar Anekdoten aus dessen zahlreichen prominenten Affären zu entlocken.
Wir saßen zu viert in der engen Kajüte des Kommandanten im Zwischendeck, die keinerlei Annehmlichkeiten zu bieten hatte, obwohl sein Dienstgrad einen gewissen Luxus zuließ. Varus Macro lebte auch hier spartanisch.
Es war sicher seiner Herkunft geschuldet. Oder seiner Einstellung, Luxus auf einem Kriegsschiff gezieme sich nicht. Wir wären ja nicht auf der Galeere eines Superreichen, meinte er immer.
So bedeckte keinerlei Schmuck die kahlen Holzwände oder den Boden. In einer Ecke stand Varus' einfache Pritsche, daneben eine große hölzerne Truhe mit seinen Habseligkeiten, in der Mitte des Raumes der ovale Tisch mit vier Hockern, das war's.
Unser Koch hatte alle Register seines Könnens gezogen. Aufgetafelt waren frisches Fleisch, Gemüse, Fladenbrot und Wein. Sehr

ungewöhnlich auf See. Varus hatte dabei, anders als bei seiner Auswahl der Tischgespräche, zugegeben ein sehr gutes Händchen bewiesen.
Neben dem Centurio, unserem Gast und mir wohnte dem Schmaus noch der Signifer bei, der Feldzeichenträger, einer der höheren Offiziere an Bord. Er beteiligte sich rege mit ausschließlich zustimmenden Kommentaren an Varus' Plattitüden.
Gaius Julius Caesar, nur knapp fünf Jahre älter als ich, gab an diesem Abend den gönnerhaften Politiker, der meistens mit einem arroganten Lächeln, einem wohlwollend klingenden „Sehr gut", „Sicher" oder „Ich bin ganz deiner Meinung" antwortete oder seine Frauengeschichten in allen Farben und Details genüsslich schilderte.
Ich hingegen glaubte nicht einmal die Hälfte von alledem und beteiligte mich nicht.
Ich langweilte mich, ließ mir absichtlich anmerken, wie genervt ich von Caesars Arroganz war und griff stattdessen reichlich bei dem guten Rindfleisch zu und nahm ordentlich Wein, vielleicht ein wenig zu viel.
„Mein lieber schweigsamer Optio Manius Fabius Germanicus, du bist in einem reichen Handelshaus aufgewachsen und fährst als kleiner Offizier zur See?", sprach mich Caesar schließlich an und kniff die Augen leicht zusammen. Meine persönliche Abneigung gegen ihn hatte er sicher schon längst registriert.
„Bei so viel Reichtum in der Familie hätte ich angenommen, dass du in das Kaufmannsgeschäft deines Vaters hineinwächst. Um Rom zu dienen."
Er spie meinen Namen und das Wort Reichtum in einer Art und Weise aus, die mich provozieren sollte. Zumindest empfand ich es so. Ich wollte es so empfinden und ließ mich, speziell von diesem Angeber, gern provozieren.
„Ich diene Rom auf meine Weise, verehrter Caesar", antwortete ich kühl. „Ich besitze eine militärische Ausbildung und ich habe mich freiwillig

gemeldet. Der Dienst bei der Flotte hat somit absoluten Vorrang für mich. Du dürftest mich in Karrieredingen doch sehr gut verstehen."

„Wie meinst du das?"

Er hob das Kinn, musterte mich und kniff die Augen noch etwas enger zusammen.

„Nun, ich habe mich mit deinen Schauprozessen gegen Sullas Männer auf dem Forum Romanum beschäftigt, Caesar. Respekt. Du legst dich gleich mit den ganz Großen an und hast dir dadurch einen hervorragenden Namen beim Volk und beim Senat gemacht. Das dürfte deine Karriere befördern..."

Ich grinste breit, kaute auf einem Stück Fleisch und versuchte, belustigt dreinzublicken. Ich hatte Caesars Provokation meiner Meinung nach hervorragend pariert, so glaubte ich, denn er knipste sein Gönnerlächeln augenblicklich aus.

„Was immer du auch gelesen oder gehört haben magst, Optio, vergiss es besser wieder", erwiderte er eisig. „Ich war der Ankläger, habe meine Mandanten leider vergeblich gegen eine politische Richtung vertreten, die noch immer die Oberhand in Rom besitzt. Dies mag meinem Bekanntheitsgrad beim Volk in gewisser Weise förderlich gewesen sein, im Senat habe ich mir damit keine Freunde gemacht."

„Die körperlichen Begierden der Frauen deiner Gegner scheinen dich aber mindestens so beschäftigt zu haben, wie die Leiden deiner armen Mandanten, wenn ich deinen eigenen Worten Glauben schenken darf. Erstere hast du aufs feinste befriedigt, letztere doch wohl eher nicht."

Caesar erstarrte.

Ich grinste ihn an, sah kauend in Macro' s entsetzte Miene und schwieg, da dieser schnell das Wort ergriff: „Mein Optio will damit sagen, dass du dich außergewöhnlich klug und gewandt verhalten hast, Caesar, aber deine Lage als Ankläger aus politischen Gründen aussichtslos gewesen ist."

Zahllose Weibergeschichten - sicher ein Grund, warum du deine Prozesse verloren hast, du eitler Pfau, dachte ich bei mir und grinste noch breiter.
Macro nickte mir zu, versuchte ein schwaches Lächeln und deutete ablenkend auf den gedeckten Tisch.
„Nimm doch noch etwas von diesem köstlichen Braten, verehrter Caesar. Einen Becher Wein?“
Caesar lächelte wieder auf seine unnachahmliche Art und schenkte sich nach. Es war die eiskalte Überheblichkeit dieses Karrieristen, die mich anstachelte verbal nachzulegen:
„Wie ich gehört habe, ist die Partei der Popularen daran interessiert, dich in ihre Reihen aufzunehmen. Neben dem berühmten Hortensius Hortalus, der ausschließlich Reiche vertritt, wäre dein Platz jetzt doch eigentlich in Rom, sozusagen als scharfsinniger, redegewandter Streiter gegen unser ‚verrottetes politisches System‘. Und auf der Welle des Erfolgs dann immer weiter die Karriereleiter nach oben…“
„Ohne mich einem kleinen Offizier zur See gegenüber erklären zu müssen, werter Germanicus“, erwiderte er, mich kalt musternd. „Ich bin zu einer Bildungsreise aufgebrochen. Den mir als Sohn der Gens Julii gebührenden Platz in Rom werde ich zu gegebener Zeit wieder einnehmen.“
„Warum dann eine Reise inkognito? Eine Karriere zum Beispiel als Offizier bei der Legion wäre aufgrund deiner Popularität die Empfehlung für höhere Weihen gewesen. Das alles sieht mir eher nach einer überstürzen Flucht vor höherer Verantwortung aus.“
Ich setzte genüsslich grinsend den Becher Wein an meine Lippen und trank die Köstlichkeit in großen Schlucken.
Es reichte.
Mein Gegenüber sprang auf, sein Hocker flog rücklings zu Boden, der Tisch bebte und mir schwappte ein Schwall Wein aus dem Becher ins

Gesicht, während er unter seiner Tunika ein Kurzschwert zog. Caesar schwang es geschickt über dem Kopf, jagte mir die Spitze der Schneide entgegen und machte erst einen Hauch vor meinem Hals halt.

Seine Augen fixierten mich. Die ruhige, berechnende Kälte seines Blickes erschreckte mich, ich spürte die Klinge an meiner Kehle, auf die Wein von meinem Kinn tropfte, denn ich wagte keine Bewegung und hielt noch immer den nun leeren Becher an meine Lippen.

„Du kleiner reicher Wurm spielst hier den Offizier und wagst es, Gaius Julius Caesar zu beleidigen, einen Feigling zu nennen?“, zischte er mir leise entgegen, während er jede Sehne im Leib zu spannen schien und die Klinge sich hauchzart in meine Kehle bohrte. „Wenn du diese Reise überleben willst, hältst du ab sofort den Mund und reizt mich nie wieder.“

Nach einer endlosen Minute der Stille schwang er sein Schwert blitzartig unter die Tunika. Jede Kälte war aus seinem Gesicht gewichen, er setzte wieder sein Lächeln auf als wäre nichts geschehen, nahm an der Tafel Platz und griff sich ein großes Stück Rinderbratens.

Der Kommandant, der ebenso wie der Signifer vom Tisch erschrocken abgerückt war, sah mich wütend an und bedeutete mir mit einer einzigen scharfen Kopfbewegung, mich augenblicklich zu entfernen.

So erhob ich mich, salutierte soldatisch und verließ gemessenen Schrittes die Kajüte Richtung Oberdeck, hörte Macro Entschuldigungen plärren: „Caesar, ich muss mich für meinen Optio entschuldigen. Es war unverzeihlich, dass...“

Mehr bekam ich nicht mit. Ich kühlte meinen Kopf tief durchatmend am Bug im Fahrtwind des Schiffes.

Dieser Pfau!

Aufgeblasen und dumm wie Brot erschien er mir nach wie vor!

Nachdenklich stieg ich in den Bauch der Trireme hinunter und ließ mich in meine Hängematte fallen. An Schlaf war nicht zu denken.

Doch nicht nur lautes Schnarchen und das übelriechende Absondern von Verdauungsgasen, das verschiedene Kameraden in den Hängematten neben mir in dieser Nacht besonders fleißig und lautstark betrieben, verhinderten, dass ich ein Auge schießen konnte.
Ich dachte an Caesar. Ich hatte ihm Widerpart geleistet. Aber mir wurde klar, ich hatte mich kindisch und lächerlich verhalten.
Es war mir fast zum Verhängnis geworden.
So nahm ich mir vor, mich zukünftig auf meine Aufgaben an Bord zu konzentrieren und unserem reichlich arroganten, aber wehrhaften Passagier möglichst aus dem Weg zu gehen. Außerdem erwartete ich die sichere Bestrafung, die mir Macro nun zudenken würde.

**RHEGIUM**

Römische Provinz Bruttium, südliches Italien

Kurz nach Mitternacht, im Hause des Lucius Claudius.
Sorgenvoll tastete Claudia mit den Augen die Finsternis ab, die sie umgab. Furcht drückte auf ihre Stimmung und sie konnte wie so oft nicht einschlafen, wenn ihre Eltern in Rom weilten und sie allein mit den Sklaven und den wenigen freien Wächtern zurückblieb.
Schon als Kind hatte sie die Geister gefürchtet, die sich in der Dunkelheit, in den Schatten der Wandnischen verbargen und darauf lauerten, sie womöglich mit weit aufgerissenen Rachen zu verschlingen. Die Schatten schienen stets größer und größer zu werden, ja, sich der Kleinen auf eine bedrohliche Weise zuzuwenden. Ihre Kindheit war vergangen, ihre Ängste waren aber zumindest ein wenig geblieben.
Da war es wieder, dieses schabende Geräusch im Haus, welches sie noch niemals zuvor vernommen hatte.

Claudia blieb mucksmäuschenstill unter der Bettdecke liegen und lauschte.
Wieder dieses eigenartige Schaben - und ansonsten absolute Stille. Es kam nicht von den Sklaven, die man immer nebenbei noch schwatzen hören konnte, wenn sie ihre Arbeiten verrichteten.
Sie setzte sich fröstelnd auf, zog ihre Haussandalen und einen leichten Nachtmantel über die Schultern. Claudia hatte immer ein kleines Messerchen unter dem Bett. Schon als Kind bekämpfte sie die Angst im Dunkeln mit ihrer geliebten Puppe und der kleinen Waffe, die ein Quäntchen Sicherheit versprach vor den nächtlichen Schatten und den Dämonen, die sich im Zwielicht versteckten. Heute war sie froh, die Klinge noch immer zu besitzen.
Kein Geräusch war zu hören, als sie vorsichtig die Tür zum Gang öffnete und hinausspähte. Eine einsame Tellerlampe rußte auf dem Gang übermäßig vor sich hin. Das flache Teil ließ sein flackerndes gelbes Licht wie hundert tanzende Geister über den weißbraun gefleckten Marmor der Wände und der Decke streichen. Es war niemand zu sehen, kein anderes Geräusch zu hören als das leise Prasseln der Lampe.
‚Wie seltsam', dachte sie. ‚Es müssen noch Sklaven um diese Zeit auf den Beinen sein, zusätzlich vier Wächter rund ums Haus.'
Lautlos glitt sie durch die Tür und den Gang entlang und lugte an einer Säule vorbei der breiten steinernen Treppe hinunter. Der luxuriöse Palast von Claudias Eltern in Rhegium war weitläufig und musste ständig vom Personal unterhalten werden. Das Haus schlief niemals, besonders, wenn sie praktisch ganz alleine war, so wie jetzt.
Alle Lampen waren gelöscht, das Erdgeschoss lag völlig im Dunkeln.
Claudia fröstelte noch stärker und schlang sich den Nachtmantel enger um den Körper, doch sie unterdrückte ihre Angst und schlich vorsichtig die Treppe hinunter ins Dunkel des Atriums. Niemand war zu sehen, kein Laut zu hören.

Sie schalt sich selbst eine Idiotin, dass wieder ihre Neugier über ihren Verstand gesiegt hatte, der ihr klarmachte, sie hätte sich besser in ihrem Zimmer verbarrikadieren sollen, als hier unten im Dunkeln herumzuschleichen. Wo doch offensichtlich war, dass etwas im Hause nicht stimmte.

Mit einem ausgestreckten rechten Arm, das Messer fest umschlossen, schlich sie zitternd an einer großen Marmorstatue von Jupiter vorbei, als sie von einer riesigen, offenbar sehr kräftigen Gestalt gepackt wurde.

Claudia wand sich heftig.

Für einen Moment kam sie frei und stach mit dem Messer zu. Mit aller Kraft hieb sie drei-vier Mal auf den Unterarm des Angreifers ein, der vor Schmerz stöhnte, die junge Frau aber trotz ihrer heftigen Gegenwehr unter Kontrolle brachte. Ein tierisches Knurren entwich seiner Kehle, während er ihr ein langes Messer an die Kehle presste. Ihr kleines Messerchen fiel zu Boden.

Stöhnend zerrte er sie ins Dunkel hinter die Statue.

„Du verdammte kleine Missgeburt", flüsterte der Riese gefährlich. „Keinen Laut mehr, sonst wirst du tot neben den Sklaven liegen."

Tiefe Furcht umklammerte nun Claudia' s Herz mit festem Griff.

„Antworte mir ganz leise", zischte er ihr scharf ins Ohr. „Du bist die Tochter des Hausherrn, nicht wahr? Lüg mich nicht an!"

Claudia fügte sich und leistete keine Gegenwehr. Was kein Wunder war, hatte sie doch ein Messer an der Schlagader.

Sie begann zu schwitzen.

„Ja", hauchte sie furchtsam. „Ich bin die Tochter des Hauses."

„Schön machst du das, Kleine. Wo ist Lucius Claudius, dein Vater?"

„Er, er...", Claudia stöhnte, „... er ist mit meiner Mutter für ein paar Tage in Rom."

„Du bist doch verlobt mit diesem Germanicus?"

Woher kannte der Kerl diesen Namen?

„Ja, ... äh... nein, ich ...“

„Wo ist er?“

Warum will der Kerl das wissen?

„Ich habe keine Ahnung. Auf seinem Schiff. Er fährt zu See. Lass mich bitte los.“

„Halt mich nicht zum Narren, du kleines Biest. Heißt der Passagier an Bord Gaius Julius Caesar?“

Claudia bekam es immer stärker mit der Angst. Keine seiner Fragen konnte sie beantworten. Was sollte sie nur tun?

„Weiß ich nicht. Er hat mir nicht gesagt, ob Passagiere an Bord sind.“

„Lüg mich nicht an. Du musst es wissen. Wohin ist der Kahn unterwegs?“

Er zischte ihr die Frage ins Ohr und sein Griff wurde noch fester.

„Willst du sterben, Mädchen?“

Claudia kamen die Tränen. Sie schluchzte.

„Ich weiß es wirklich nicht, glaub mir. Das ist die Wahrheit.“

Vor dem Haus waren jetzt Pferdegetrappel und die Rollgeräusche mehrerer Streitwagen zu hören. Laute Stimmen, Befehle wurden gerufen. Der Riese wurde merklich nervös.

„Wenn du gelogen hast, komme ich wieder und töte dich, Mädchen“, fauchte er, drehte Claudia um und verpasste ihr zwei schallende Ohrfeigen. „Das ist für die Stiche, die ich dir zu verdanken habe.“

Er stieß sie zu Boden und verschwand im Dunkel des Gebäudes. Claudia blieb benommen von den Schlägen am Boden liegen. Fünf Männer mit gezogenen Schwertern und brennenden Fackeln brachen durch die verschlossene Haupteingangstür.

„Claudia!“, brüllte Gaius Fabius Maximus durch das ganze Haus.

Manius’ Vater war von dem kleinen Gracchus alarmiert worden, der bemerkt hatte, dass ein Fremder ins Haus eingedrungen war und die Sklaven überwältigt hatte.

Als der Kleine draußen die bewusstlosen Sklaven fand, fiel dem achtjährigen Sohn der Köchin nur der Freund des Dominus als Rettung ein, der sich trotz der späten Stunde sofort mit einigen seiner Wächter auf den Weg machte.
Gaius fand die weinende junge Frau kauernd hinter der Statue. Er ging auf die Knie und nahm die hemmungslos weinende Claudia in den Arm, die sich wie ein kleines Kind an seine Brust schmiegte.
„Es ist alles gut, Claudia“, sagte Gaius und streichelte über ihren Kopf. „Ich bin ja da. Was ist denn nur passiert?“
„Ein riesiger Kerl ist bei uns eingedrungen, hat mich gepackt und nach Papa und vor allem nach Manius gefragt. Und nach einem Mann namens Gaius Julius Caesar.“ Claudia schluchzte. „Aber ich weiß doch nichts. Einen Caesar kenne ich überhaupt nicht.“
Der Kerl hatte nach Manius gefragt? Gaius Fabius dachte für einen Moment nach. Auf was hatte sich sein Sohn bloß wieder eingelassen? Er hoffte, dass sein guter alter Freund, Centurio Varus Macro, auf den Jungen aufpassen würde.
„Aber ich hab’s ihm gezeigt und ihm mit einem Messer den Arm aufgeschlitzt“, fügte Claudia trotzig hinzu und presste die Lippen fest zu einem Schmollmund zusammen. Gaius’ Männer durchkämmten derweil im Schnelldurchgang das ganze Haus.
„Die Villa ist gesichert, Herr“, sagte ein breit gebauter Mann von fünfunddreißig Jahren und mit dunklem Haar, der Verwalter des Fabius-Anwesens und Chef von dessen Leibwache. „Es kann nur ein einziger Eindringling gewesen sein, der vier Wächter überwältigt und gefesselt hat, ebenso die Haussklaven. Aber alle leben und sind unverletzt. Wir haben sie gefunden und befreit.“
Der Verwalter eilte herbei und deutete eine Verbeugung vor Gaius an.
„Sehr gut, Marcus. Sichere das Haus weiter. Lass noch ein paar Männer aus unserem Warenlager im Hafen kommen. Sie sollen Claudius’ Haus

bewachen, bis er wieder da ist. Und verstärkt die Wachen rund um unser eigenes Anwesen. Man weiß nie..."

„Da ist noch etwas, Herr, das du dir ansehen solltest", flüsterte Marcus und bedeutete Gaius, ihm zu folgen.

„Ich bin gleich wieder bei dir, Claudia", sagte dieser und strich ihr väterlich übers Haar. „Bleib einen Moment hier sitzen."

Er ließ sich die wenigen Meter zur Mitte des in völligem Dunkel liegenden Atriums führen. Im flackernden Schein der Fackel beugte sich Marcus über ein auf den Marmor des Bodens gezeichnetes, größeres Bildnis.

Es beschrieb, mit tiefroter Flüssigkeit und freihändig gezeichnet, eine Venusblume und die sehr gut zu erkennenden Buchstaben „AE". Neben ihnen war ein Schwert gezeichnet. Ja, es musste ein Schwert sein. Ein Kreis schloss sich um das Bildnis, er war doppelt fingerdick und maß im Durchmesser etwa 1 Passus[27].

Gaius Fabius Maximus stockte der Atem.

Sollte dies ein Blutsymbol sein?

„Was hat das zu bedeuten, Herr?", rätselte Marcus. „Eine Drohung? Vielleicht ein Fluch?"

„Also wir sehen hier eindeutig eine Venusblume und ein Schwert", murmelte Gaius Fabius. „Dieses „AE"... hm... möglicherweise Initialen oder eine verschlüsselte Botschaft."

„Hm. Und das Blut? Ist das Menschenblut?"

„Möglich, wenn es denn überhaupt Blut ist. Die Kleine hat den Eindringling ordentlich mit dem Messer verletzt. Aber er hatte wohl kaum Zeit, mit irgendwelchem Blut dieses Bildnis herzustellen, als wir

[27] 1 passus = 1,48 m

hier eintrafen. Er muss es vor unserem Eintreffen erstellt haben. Ist einer der Sklaven verwundet oder getötet worden?"

Marcus schüttelte den Kopf.

„Sie wurden lediglich überwältigt und gebunden, aber nicht verletzt."

Gaius Fabius wusste im Augenblick keine andere Antwort und betrachtete nachdenklich den seltsamen blutigen Gruß am Boden.

„Auf jeden Fall ist dieses Zeichen nicht nur für den Hausherrn Claudius hinterlassen worden, sondern auch jeden anderen, der es erblickt. Der Kerl, der Claudia angefallen hat, wollte Informationen über das Schiff meines Sohnes erlangen - und über einen Mann namens Gaius Julius Caesar."

Marcus schürzte die Lippen.

„Und wer soll das sein, Herr?"

„Ein junger Rechtsgelehrter in Rom, so ein junger römischer Lebemann. Ich habe seinen Namen schon einmal gehört. Wir müssen das Mädchen und die Sklaven hier wegschaffen, Marcus", murmelte Gaius grimmig. Wieder bei Claudia, untersuchte er nun das anschwellende Gesicht der jungen Frau näher und strich ihr liebkosend über die Wangen.

„Du kommst jetzt erst einmal mit mir in mein Haus. Da bist du sicher. Meine Köchin wird dich verarzten können. Aber keine Sorge, das wird wieder, damit du für Manius schön bleibst."

Er lächelte sie an und strich ihr erneut übers Haar.

„Aber du weißt doch, Manius und ich …", hauchte sie verzweifelt, doch er wischte ihre ungesagten Worte mit einer Handbewegung weg.

„Du kannst nicht hier in diesem Haus bleiben", fuhr er fort. „Die Sklaven werden dich nicht beschützen, bis deine Eltern zurück sind. Morgen früh sende ich einen Boten nach Rom zu deinem Vater."

„Nicht nötig, sie werden sowieso morgen Abend zurück sein", schluchzte sie und Gaius Fabius nickte. Er hob seine Fast-

Schwiegertochter vom Boden hoch und trug sie mit Leichtigkeit zum Streitwagen.
Gaius war sehr besorgt. Dieser Vorfall war ungewöhnlich und nicht auf die leichte Schulter zu nehmen. Es hätte Tote geben können und um ein Haar hätte Claudia zum Opfer eines brutalen Verbrechers werden können.
Und dann das Blutsymbol. Er stellte sich nun die interessante Frage: War der angebliche, mysteriöse Passagier an Bord von Manius' Schiff tatsächlich so bedeutend, dass nur für einen Hinweis auf seinen Verbleib solche Gewalt angewendet werden musste?
Gaius Fabius Maximus wusste, was zu tun war.
Er würde es sicher herausfinden.

## AUF DEM MARE INTERNUM

„Dir mangelt es an Disziplin, Optio! Das kann ich nicht dulden! Ich sage dir, Julius Caesar ist einer der kommenden Männer auf der politischen Bühne Roms. Er hat die allerbesten Anlagen. Er ist brillant als Anwalt, hat Feinde, aber auch viele Förderer. Mag er dir nicht gefallen, Crassus gefällt er und einigen anderen auch. Der Name Crassus dürfte dir geläufig sein. Und eine solche Mission, direkt vom Präfekten befohlen, muss mir, muss uns immer eine heilige Pflicht sein."
Centurio Gaius Varus Macro und ich standen kurz nach Sonnenaufgang am Bug der Galeere, die weiter Richtung Osten durch die Wogen des Meeres schnitt. Varus hatte mir eine leise Standpauke wegen meines Verhaltens am vorherigen Abend gehalten und den Kopf gewaschen. Sein Zorn war schon etwas verraucht, aber das musste er mir ja nicht unbedingt zeigen.

Ich war eindeutig viel zu weit gegangen, das war mir natürlich klar. Dieser Caesar war hier und jetzt sicher nicht auf der Flucht vor sich selbst oder der Verantwortung für sein Handeln. Das war Unsinn gewesen. Er war einfach sehr zielstrebig und wusste offenbar immer genau, was er tat.

Mir eine Provokation Caesars einzubilden, ihn dermaßen aus der Reserve zu locken und mir fast zum Todfeind zu machen, war unüberlegt und töricht gewesen.

„Ich weiß, Herr“, sagte ich ziemlich kleinlaut. „Ich sehe es ein, es war ein Fehler und der wird nicht wieder vorkommen. Aber ich stehe dazu und werde deine Bestrafung hinnehmen.“ Varus Macro rollte die Augen.

„Welche Bestrafung, du junger Narr?“, schimpfte der Centurio. „Würde ich dich jetzt bestrafen, verlörest du den Respekt und den Rückhalt bei der Mannschaft. Nein, ich brauche auf dieser wichtigen Fahrt einen kommandostarken Optio.“ Er hob den Zeigefinger. „Ich rüge dich hiermit für dein Verhalten. Noch so ein Vorfall und ich werde dich auf einen Mannschaftsdienstgrad zurückstauchen und das Oberkommando bei unserer Rückkehr um Disziplinarmaßnahmen bitten. Haben wir uns verstanden?“

„Ja, Centurio“, erwiderte ich und stand stramm. „Ich werde selbstverständlich unserem Gast meine Anwesenheit bei Tisch nicht mehr zumuten und mich durch den Signifer vertreten lassen.“

„Du tust genau das, was ich sage, junger Mann.“

Macro rollte wieder die Augen und sah mich eindringlich an. Seine große Nase wippte nervös auf und ab, Speicheltröpfchen klebten an seinem rötlichen Vollbart.

„Du wirst weiterhin als mein Stellvertreter teilnehmen, unserem Gast aus Rom alle ihm gebührende Ehre erweisen, aber jegliche politische Meinung für dich behalten und ihn keinesfalls provozieren.“

Warnend schob er mir seinen Zeigefinger auf Augenhöhe entgegen.

„Caesar persönlich hat übrigens darauf bestanden, dass du weiter zugegen bist. Ich füge mich seinem Wunsch."
Wie unerwartet. Wie das?
Ich konnte es nicht glauben. Caesar selbst hatte darauf bestanden, ich müsse weiterhin an den abendlichen Tischrunden teilnehmen?
Ich war einigermaßen verblüfft.
„Ich selbst bin absolut dagegen, dir nach dem gestrigen Abend diese Möglichkeit zu gewähren, aber Caesar will es so." Varus atmete tief durch. „Ich erwarte deshalb die Disziplin eines römischen Offiziers bei Tisch. Verstanden, junger Mann?"
Ich stand wieder stramm, während er sich abwandte und mich in meiner Verblüffung ohne ein weiteres Wort stehen ließ.
Der nun folgende Tag verlief ohne besondere Vorkommnisse. Der Dienst an Bord nahm mich vollends in Beschlag. Schließlich hatte ich die Schiffsmannschaft, die Steuerleute sowie ihre niederrangigen Kommandeure kennenzulernen. Dies ging am besten, wenn man miteinander arbeitete. Für den nächsten Tag nahm ich mir vor, unsere Kampftruppen zu inspizieren und die Unteroffiziere besser kennenzulernen. Ich beraumte eine Lagebesprechung an.
Abends fand ich mich bei Tisch in der Kajüte des Kommandanten ein. Es war ein langweiliger, aber konfliktfreier Abend, gespickt mit erlesenen Speisen und einem exzellent aufgelegten Caesar, der hin und wieder sogar ein, zugegeben, gutes Witzchen riss.
Ich bemühte mich nach Kräften, den Vorstellungen meines Centurio zu entsprechen, der das mit Genugtuung zur Kenntnis nahm und mit wohlwollenden Blicken quittierte.
Nach drei Stunden verließ ich die Runde in freundlicher Atmosphäre, um auf Deck nach dem Rechten zu sehen.
Ein Vorwand. In Wahrheit hatte ich die langatmigen Selbstgespräche unseres ständig arrogant radschlagenden Gastes, insgeheim nannte ich

ihn deshalb nur noch den „Pfau“, und die automatischen Zustimmungsbekundungen des Signifer und des Centurio ziemlich satt.
Der Wind hatte stark nachgelassen und das Segel hing schlaff am Mast. Ich stand allein an Deck und sah in Gedanken versunken auf das im Mondlicht silbrig glänzende, völlig ruhige Meer. Es brannten zwei Tellerlampen an Deck, die nur wenig Licht spendeten und dementsprechend auch meine melancholische Stimmung nicht aufzuhellen vermochten.
Wie konnte ein so junger Mann wie dieser Caesar sich nur als ein derart überheblicher Einfaltspinsel präsentieren? Als Möchtegern erschien er mir nach dem heutigen Abend nach wie vor.
Ich stützte mich mit den Unterarmen auf der breiten hölzernen Reling des Schiffes ab und blickte über den Bug voraus. Der Wind hatte über Tag abgeflaut und so vernahm ich den gleichmäßigen Taktschlag für die Remiges aus dem Bauch des Schiffes, sah verträumt über die sich langsam bewegenden Ruder. Ich sah Claudias hübsches Gesicht am nächtlichen Himmel, ihr Lächeln, ihren wundervollen Körper.
Ja, ich vermisste sie mehr denn je und mir kam der Gedanke, dass sie vielleicht recht gehabt hatte. Ich hätte bei ihr bleiben und eine Karriere in Vaters Geschäft anstreben sollen. Die Sehnsucht nach der Wärme ihres wunderschönen Körpers, ihren sanften Lippen, ließ mich diesen Caesar und sein Gehabe vergessen.
„Über was denkst du so intensiv nach, Optio Germanicus? Vielleicht über eine politische Karriere in Rom?“
Ich erschrak, denn ich hatte nicht bemerkt, dass sich mir jemand genähert hatte. Ich drehte mich um. Es war der ‚Pfau‘, der freundlich lächelnd und in seinen gefütterten Umhang gehüllt neben mir an der Reling erschien. Er trat an meine Seite und blickte seinerseits aufs Meer hinaus.

Mir war die Störung zwar nicht genehm, ehrlich gesagt, aber mir fiel mal wieder keine kluge Erwiderung ein, die den ‚Pfau' von einem Gespräch mit mir abgeschreckt hätte.
„Caesar…. nein, nein. Ich denke jetzt bestimmt nicht an Politik", stammelte ich und ärgerte mich über meine eigene jugendliche Unfähigkeit, in manchen Situationen gelassen und ruhig zu agieren.
„Nicht?"
Er sah mich an. Seine Augen funkelten spöttisch.
„Ich glaube aber doch. Wenn ich an gestern Abend denke, bin ich sogar davon überzeugt."
Ich erinnerte mich an das, was mir der Centurio mit auf den Weg gegeben hatte und ich gedachte nicht, als zweithöchster Offizier an Bord erneut die Grenzen der Höflichkeit zu überschreiten.
„Du irrst dich, Caesar. Ich dachte eben... an meine Verlobte..., ehemalige Verlobte. Sie lebt in Rhegium. Das hier ist meine erste große Fahrt und wir wollten heiraten."
„Sie ist mit deinem Leben als Offizier zur See nicht einverstanden." Caesar nickte verstehend. „Deshalb ‚ehemalige' Verlobte."
Ich fluchte innerlich, hatte ich mich doch leichtfertig verplappert und etwas von meinem Leben preisgegeben, was meiner Ansicht nach einen mir im Grunde Unbekannten, der eher nicht zu meinen Freunden zählte, nun wirklich nichts anging.
„Ich verstehe deine junge Herzdame gut", fuhr er fort. „Auch ich hatte vor zwei, drei Jahren meine Probleme als Offizier im Dienst von Publius Servilius Vatia. Ich bin in Rom verheiratet und habe sogar eine Tochter aus dieser Verbindung."
Caesar blickte in die Ferne, zum schwarzen Horizont der See.
„Meine Frau war von meinen Ambitionen nicht begeistert. Sie ist es bis heute nicht. Wir haben uns dadurch leider etwas entfremdet. Aber sie ist mir nach wie vor eine gute Frau, die ich ohne Wenn und Aber liebe."

Dieses sehr intime Geständnis kam überraschend, denn schließlich kannten wir uns so gut wie gar nicht und hatten erst vor Stunden einen nicht eben freundschaftlichen Disput gehabt. Gaius Julius Caesar hatte also Frau und Kind.

Wir schwiegen einen langen Moment und atmeten die würzige Nachtluft ein, bevor Caesar wieder das Wort ergriff:

„Ich bedaure sehr, dass ich dich mit dem Schwert bedroht habe, Optio."

„Meine eigene Schuld, Caesar, ich bin gestern Abend erheblich zu weit gegangen."

„Nein, nein, du hattest deine eigene Meinung, die du mir gegenüber standhaft vertreten hast." Er drehte sich zu mir und sah mich unverwandt an. „Und du hast deine Meinung immer noch, wie ich in deinen Augen erkennen kann." Er grinste leicht. „Hast du eine Ahnung, wie viele Männer es gibt, die eine eigene Meinung auch wirklich vertreten?"

Ich hob verwundert die Schultern und schüttelte schweigend den Kopf.

„Es sind nicht viele, sage ich dir." Er winkte ab, sah wieder in die Ferne und fuhr schließlich fort: „Ehrlichkeit ist eine Seltenheit in dieser Zeit, Opportunismus trumpf. Die Subura, das Armenviertel Roms, war für mich die Schule des Lebens. Damals, in den Nächten meiner Kindheit in diesem Loch von verrotteter Insula[28], in der die Flure nach Fäkalien stanken, du die Nachbarn sich lieben oder streiten und Betrunkene nachts an die Hauswände pinkeln hören konntest, habe ich mir geschworen, so bald wie möglich von dort zu entfliehen. Gewalt, Missgunst und Tod lauern in der Subura überall. Jeder kämpft nur egoistisch um sein Überleben in einer sich belauernden, gegensätzlichen Gesellschaft."

---

[28] Insula: Mietshaus im antiken Rom

Er atmete tief durch, ohne mich dabei anzusehen.
„Ich glaube, das ist dir gelungen“, sagte ich anerkennend. „Du bist heute ein angesehener Rechtsanwalt, verkehrst in den besten Kreisen Roms.“
Caesar schnaubte jedoch verächtlich.
„In sogenannten besseren Kreisen geht es aber kaum anders zu, nur auf verbal höherem Niveau. Du musst zur Aristokratie gehören oder zumindest einen oder besser mehrere Gönner haben, wahre Glanzleistungen im Schauspielern erbringen, am besten den wichtigen überheblichen Ignoranten darstellen, um die anderen zu beeindrucken - und Denarii[29] haben, jede Menge Denarii. Sonst wirst du als Anwalt von den politischen Raubtieren auf dem Forum Romanum gnadenlos zerrissen. Kompetenz und Redetalent können nützlich sein, wenn du die mächtigen Leute vertrittst. Muss aber nicht sein. So manch einer ist kopfüber in der Cloaca maxima[30] gelandet und nie wieder aufgetaucht...“
„Bist du da nicht ein wenig zu streng mit deinen Mitmenschen?“, entgegnete ich. „Sicher, ich weiß, dass in auf politischer Ebene geheuchelt und gelogen wird, aber so schlimm...“
„Arroganter Opportunismus und Korruption regieren in Rom“, unterbrach mich Caesar in fester Überzeugung. „Gefördert werden diejenigen, die diesem Bild am besten entsprechen. Damit zu Recht zu kommen, ohne seinen Charakter und seine Selbstachtung aufzugeben, ist nicht einfach. Ist alles so freudlos, kann ich dir sagen.“
Ich war überrascht über so viel Offenheit und schwieg. Was brachte ihn dazu, sich mir derart zu offenbaren? Ausgerechnet mir, einem Mann, der ihn wohl nicht besonders leiden konnte, der ihn ziemlich frech

---

29 Denar = römische Geldwährung in Silbermünzen

30 römische Kanalisation

angegangen war und dem er wütend sein Schwert an die Kehle gelegt hatte.
Jede Überheblichkeit war in diesem Augenblick aus seinem Gesicht verschwunden. Seine blauen Augen funkelten nicht aggressiv, sie hatten eine warme, ruhige Färbung angenommen.
„Warum ich dir das alles erzähle, fragst du dich? Nun, ich mag Männer, die ehrlich zu mir sind." Er drehte sich wieder zu mir. „Bewahre dir das, Optio. Es ist ein hohes Gut. Pass nur auf, zu wem du ehrlich bist. Dein Centurio ist ein guter Mann, ein tapferer Krieger, den du achten solltest, aber er hat keinerlei politischen Verstand und redet manchmal zu viel. Besonders wenn er übermäßig Wein intus hat."
Er schwieg einen Moment lang.
„Glaubst du an das Schicksal?", fragte er und sah mich weiter unverwandt an. Ich dachte einen Moment lang nach. Das Schicksal? Hatte ich mir je darüber Gedanken gemacht? Machen müssen? Ich hatte bis dato immer sorgenfrei in einer Luxusvilla gelebt, nie um mein tägliches Brot kämpfen müssen, hatte das Privileg eines Berufssohnes genossen.
„Ich weiß es nicht", sagte ich zögerlich. „Allerdings glaube ich, dass jeder Mensch sein Glück selbst in der Hand hat. Mich auf ein ominöses Schicksal zu verlassen, ist nicht wirklich meine Sache. Ich gestalte lieber selbst."
Caesar nickte zustimmend. Er sah mir weiter in die Augen. Er ahnte wohl, dass dies eher nur ein Spruch gewesen war, denn eines war klar: Bisher war in meinem Leben bei weitem nicht derart viel selbst zu gestalten gewesen, wie in seinem.
„Ich helfe dem Schicksal ebenfalls selbst nach, soweit mir das möglich ist", meinte er. „Eine ordentliche Portion Glück gehört natürlich auch dazu."
Dieses Gespräch ging mir allmählich viel zu weit.

Wieder schwiegen wir und sahen übers Meer.
„Hast du je daran gedacht, in der Politik Roms mitzumischen?“, fragte Caesar. „Du bist wie ich von edlem, altem Geblüt. Deine Ahnengalerie sieht sehr ordentlich aus.“
Ich zögerte mit der Antwort.
„Ehrlich gesagt, nein. Mein Onkel Lucius Fabius, den du ja kennst, meinte immer, Politik sei zu schmutzig, ein Geschäft, welches in unserer altehrwürdigen Republik von nur scheinbar altehrwürdigen Herrschaften betrieben würde. Ich hatte nie Lust dazu, meinem Onkel zu folgen, auch wenn ich recht gut über die Lage in der Hauptstadt informiert bin und sicher die Beziehungen meines Onkels nutzen könnte.“
Caesar nickte zustimmend und betrachtete mich mit einem säuerlichen Lächeln.
„Beziehungen.“ Er spuckte dieses Wort förmlich aus. „Leider besteht die römische Republik nach all den Wirren der vergangenen Jahrzehnte heute nur noch aus Beziehungen, aus alten Mumien, die keiner mehr sehen will, offensichtlichen Vollidioten, schleimigen Anpassern oder unfähigen, großmäuligen Möchtegerns, die sich auf die Lorbeeren ihrer adligen Herkunft berufen. All diese dubiosen Figuren haben eines gemeinsam: Sie plündern mit Hilfe ihrer Lakaien seelenruhig alle Teile des Staates aus.“
Caesar blickte betrübt über die auffallend ruhige, nächtliche See.
„Gegen solcherlei Würdenträger bin ich, natürlich ohne Erfolg, in Rom vorgegangen...“
„... und daraufhin unter Druck gesetzt worden“, vollendete ich seinen Satz und nickte verstehend.
„Ja, genau. Mir blieb zum Überleben nur die Möglichkeit, Rom zu verlassen. Dafür nutzte ich ausnahmsweise einmal eigene Beziehungen: Mein Onkel ist der Präfekt von Misenum.“

Caesar presse die Lippen aufeinander. Dann sprach er weiter.
„Viele Senatoren sorgen sich um ihre Privilegien, Optio. Der Senat wird von politischen Leichtgewichten angeführt. Mit depressiv zum Erdmittelpunkt zeigenden Mundwinkeln und grauen Gesichtern verwalten sie ein inzwischen manisch ängstliches Volk voller Selbstzweifel mehr schlecht als recht, ein Volk, das sich vom politischen System mit Grausen abwendet und sich dekadenten Vergnügungen und übermäßigstem Protz oder der Armut und entsetzlicher Kriminalität hingibt. Fremdvölker[31] aus allen Himmelsrichtungen überschreiten mittlerweile ungehindert unsere Grenzen und lassen sich auf unserem Gebiet nieder. Wer hindert sie daran, die Früchte zu ernten, die unsere Vorfahren in Kultur und technischem Fortschritt gesät haben?"
Gaius Julius Caesar hatte sich nun auf seine Weise erheblich in Rage geredet. Er stand aber nicht wie andere Menschen mit rotem Kopf da und wurde im Ton lauter.
Nein, im Gegenteil.
Seine Stimme wurde leiser, schneidender, und sein Blick zeigte wieder dieses kalte, überaus gefährliche Funkeln, welches mich schon am gestrigen Abend bei Tisch so enorm irritiert hatte.
Seine Analyse der derzeitigen Situation war zwar absolut präzise, aber seine über allen Maßen schonungslose Art, die Verhältnisse in der römischen Republik zu beschreiben, bereitete mir Bauchschmerzen.
„Du glaubst, das römische Volk zieht sich still verzweifelnd in sein Schneckenhaus zurück?", fragte ich und schürzte nachdenklich die Lippen. „Ich habe solche Themen auch mit meinem Vater diskutiert, der

[31] Caesar spielt hier u. a. auf die Kimbern und Teutonen an, germanische Stämme, die über Gallien in die römischen Gebiete im Süden wanderten. Sie wurden 101 v. Chr. von römischen Legionen ausgelöscht.

immer eine sehr konservative Haltung einnimmt und auf Rom und die Verräter in der Politik schimpft."
„Ah, du verstehst also", nickte Caesar. „Aber nicht nur diese Verräter sind das Problem, Optio, glaub mir. Es gibt sehr mächtige, überaus destruktive Kräfte in Rom, unsichtbare Kräfte, die nicht öffentlich als solche auftreten. Aber sie steuern die reich gewordenen Kriminellen ebenso wie die Reichtümer aufhäufenden, grauen Mäuse im Senat."
Ich bemerkte sein kraftvoll vorgeschobenes Kinn und konnte mir lebhaft ausmalen: In dieser depressiven Krise Roms, zwischen all den greisen Berufspolitikern war ein Fünfundzwanzigjähriger namens Gaius Julius Caesar mit jeder Menge Gestaltungswillen, erfrischend jugendlichem Charme und enormer Ausstrahlung auf dem politischen Parkett aufgetaucht, der die schönsten Frauen der Stadt in den Bann zog, sich geschliffen ausdrücken konnte, mit offenbar eigener Meinung, einer lockeren, aber durchsetzungsfähigen Art und einer ordentlichen Prise Geschichte durch seine uralte adlige Herkunft.
Er entfachte ein wenig von dem Zauber, nach dem viele Römer lechzten wie der Verdurstende in der Wüste nach Wasser oder der Todkranke nach Heilung.
Caesar prangerte die Machenschaften der Herrschenden an und brachte ihre Lakaien vor Gericht. Zwar ohne Erfolg, aber er wurde zum Liebling des Volkes von Rom und darüber hinaus. Unser nächtliches Gespräch unter dem Zeltdach eines funkelnden Sternenhimmels nahm politische Dimensionen an, die ich mir nicht hätte träumen lassen.
Der Mann war beileibe kein eitler Pfau!
Alles andere als das!
„Glaub mir, es ist so, Optio Germanicus", fuhr er fort. „Das Chaos durch unfähige, korrupte Politiker wird größer und größer. Die vier Säulen Roms wanken und knirschen, sie bröckeln unaufhörlich weiter, ohne dass gegengesteuert wird."

Das verstand ich nicht.
„Die vier Säulen Roms?"
Ich sah ihn ratlos an.
Was meinte er mit den ‚vier Säulen Roms'?
„Auf diesen vier Säulen ruhen Macht und Einfluss unserer auserwählten Stadt", erläuterte er. „Neben einem einigen römischen Volk mit seiner fortschrittlichsten aller Kulturen, dem Senat als politischer Führung der Republik als zweiter und den fähigen und kampfstarken Legionen als dritter Säule, benötigt Rom vor allem starke und kluge Führungspersönlichkeiten, die die Größe des Reichs mit ihrer eigenen Größe, mit ihrem eigenen Talent, verbinden und dadurch mehren können."
Spielte er vielleicht auf sich selbst an? Hatte er für seine eigene Person geplant, eines Tages Macht im Staate zu erringen, viel Macht, soviel wie möglich, um die Säulen Roms, wie er es nannte, zu stabilisieren?
„An dieser vierten Säule hapert es ganz enorm, Optio, ich habe es dir ja erläutert."
Nun wandte er sich mir zu und sah mir in die Augen.
„Ich werde Männer wie dich bald in meiner Gefolgschaft brauchen", fuhr fort. „Loyale junge Offiziere in den Legionen, die mir bei der Erneuerung der Republik zur Seite stehen und auch unverblümt ihre Meinung kundtun. Ich will Rom wieder auf eine solide Basis stellen und Macht und Größe unserer geliebten Hauptstadt wiederherstellen."
„Du willst tatsächlich ganz nach oben", erwiderte ich mit zusammengekniffenen Augen. „Und du bist überzeugt davon, es schaffen zu können."
„Ja, ich bin absolut überzeugt davon. Ihr werdet mich mit diesem Schiff zur Vollendung meiner Redekunst zu dem berühmten Rhetor Apollonios Molon auf die Insel Rhodos bringen. In einiger Zeit wird Gras über meine verlorenen Prozesse gewachsen sein und ich werde

nach Rom zurückkehren können. Denk einfach über alles nach, was wir besprochen haben. Behalte mich in Erinnerung und mache dir deine eigenen Gedanken, ob du dazu bereit bist, mir eines Tages zu Seite zu stehen."

Seine azurblauen Augen fixierten mich, was inzwischen zur Angewohnheit geworden war.

Seine starke Aura war fast mit der Hand zu greifen.

Ich war verwirrt.

Dieser Mann zeigte viele Facetten, aber charakterlich wusste ich ihn beileibe nicht einzuschätzen. Ich war überzeugt, so wie er selbst, dass er vieles von dem schaffen würde, was er sich vornahm. Aber war es auch gut und richtig? War es richtig, ihm eines Tages zu folgen - in meinem ganz persönlichen Sinne und zum Nutzen Roms?

Überzeugt hatte er mich noch lange nicht.

Caesar streckte mir nun seine Rechte entgegen.

„Nenn mich Julius, wenn wir allein sind. Und denke über alles nach. Lass mich deine Entscheidung zu gegebener Zeit wissen, ob du mir helfen willst, Rom zu erneuern, Germanicus."

„Manius ..., ich bin gewöhnt, dass man mich Manius ruft", sagte ich und schlug zögernd ein.

„Also schön, Manius", sagte er und ein Lächeln erschien auf seinem Antlitz. „Das war ein sehr gutes, ernstes, ein wichtiges Gespräch. Denk darüber nach. Gute Nacht."

Er ließ mich nachdenklich an der Reling zurück. Ich holte nun sehr tief Luft. Noch niemals zuvor hatte ich ein derart tiefgründiges Gespräch geführt. Wie sollte ich es für mich selbst einordnen?

Ich war zu diesem Zeitpunkt, in dieser Nacht an der Reling, völlig verunsichert.

An eine Mitwirkung an der Erneuerung der angeblich bröckelnden ‚vier Säulen Roms' zu denken, war für mich außerhalb meines

Verständnishorizontes. Damals. Aber die eines Tages anstehende Entscheidung wurde mir durch die folgenden Ereignisse erleichtert.

## RHEGIUM

Römische Provinz Bruttium, südliches Italien

Vor den Mauern der Stadt, kurz vor Mitternacht. Der zweispännige Streitwagen, mit zwei Männern besetzt, raste in hohem Tempo die Anhöhe hinauf und nahm eine weite Kurve. Unmittelbar unter einer riesigen Pinie, die vor dem Mondlicht einen tiefschwarzen Schatten auf den Straßenrand warf, wurden die Pferde gezügelt und der Wagen von seinem Lenker zum Stehen gebracht.

„Wir sind am vereinbarten Treffpunkt angekommen, Herr", flüsterte der Wagenlenker dem zweiten Mann zu, einem Mann in den Vierzigern, mit blondem Haar und blauen Augen, die allerdings im Augenblick sehr düster dreinblickten.

„Danke Marcus", flüsterte Gaius Fabius Maximus dem Wagenlenker zu und versuchte, das Mondlicht mit den Augen zu durchdringen. „Und du glaubst wirklich, dein Informant lässt sich hier blicken?"

Marcus war schon seit Jahren der Verwalter seines Gutes in Rhegium und der Chef seiner Wachmannschaft. Ein freier römischer Bürger, absolut vertrauenswürdig, der für seinen Dienstherrn jederzeit durchs Feuer gehen würde.

„Ich bin überzeugt davon, Herr", flüsterte Marcus und sprang vom Wagen. „Er fordert zwar eine üppige Entlohnung, sagte mir aber, er habe die wichtigen Informationen, die du benötigst. Aber keinesfalls würde er in der Villa vorstellig werden. Das wäre für ihn viel zu gefährlich."

Marcus kümmerte sich nun um die Pferde und Gaius Fabius Maximus stand abwartend im schwarzen Schatten des Baumes.
Das nächtliche Zirpen tausender Grillen entfaltete nach einiger Zeit seine beruhigende Wirkung. Und der Revierruf einer Schleiereule durchdrang immer wieder die fahle Finsternis dieser Nacht.
Die beiden Männer warteten. Weder Reiter noch Wagen kamen vorbei. Die Nacht war außergewöhnlich ruhig für eine Straße so nah der Hafenstadt.
Eine in schwarzes Tuch gehüllte Person löste sich aus der Dunkelheit des gegenüberliegenden eher niedrigen Baumbewuchses, die sich schnellen Schrittes näherte und deren Gesicht nicht zu erkennen war, da sie sich eine dunkle Kapuze über den Kopf gezogen hatte.
„Gaius Fabius Maximus?", fragte eine tiefe Männerstimme.
Marcus nickte ihm zu.
„Seid ihr beide allein gekommen?"
„Natürlich", flüsterte Gaius. „Du hast Informationen zur Mission des besagten Schiffes? Ich will alles darüber wissen. Wohin fährt es und warum? Wer ist der Passagier an Bord?"
„Langsam, langsam, mein reicher Freund", knurrte der Kapuzenmann. Ein Grinsen lugte unter der Kapuze hervor und Gaius erkannte eine Reihe leuchtend weißer, sehr gepflegter Zähne. „Hast du die Entlohnung dabei, die Summe in Gold, die ich gefordert habe?"
„Natürlich", bestätigte Gaius und nickte Marcus zu, der sofort einen klirrenden Beutel unter seiner Tunika hervorzog. „Also?"
„Ich habe in Erfahrung gebracht, dass das Schiff in Richtung Rhodos, einem Eiland der griechischen Inselwelt, unterwegs ist. Den Grund kenne ich zwar nicht, aber ich weiß, dass es in großer Gefahr..."
Der Flügelschlag der Schleiereule drang hinunter zu den Männern.
War das Jagdglück auf ihrer Seite?
Oder hatte es ein tierischer Rivale gewagt, ihr Jagdrevier zu besetzen?

„Dass es in großer Gefahr...?", drängte Gaius nervös und bemerkte nun mit Entsetzen die Pfeilspitze, die dem Kapuzenmann aus der Brust ragte. Der Kerl sank wortlos auf die Knie und sackte in sich zusammen. Jemand hatte offenbar aus dem Dunkel an der Straße von hinten auf ihn geschossen.

Marcus verlor keine Zeit, zog fast in einer einzigen Bewegung sein Schwert aus der Scheide und einen großen Schild vom Streitwagen. Schützend bezog er Posten vor seinen Herrn, der noch immer bei dem Schwerverletzten kniete. Es war in dieser Finsternis absolut nichts zu hören oder zu sehen. Nur die Schleiereule bewies, dass sie ihr Revier zu verteidigen wusste - anders ihre menschlichen Pendants unten am Rande der Straße.

Gaius Fabius Maximus schüttelte den Verletzten, um doch noch zu erfahren, weshalb er hier war: „Sag's mir! Schnell! Um wen oder was geht es? Wer ist verantwortlich?"

Die Kapuze des Informanten war weggerutscht, sein Gesicht war zu erkennen und angstvolle, entsetzte Augen blickten im Angesicht des Todes zu Gaius hinauf. Der Mann gurgelte, Blut quoll aus seinem Mund, aber er versuchte mit letzter Kraft und zitterndem Unterkiefer zu sprechen. Vergeblich. Mit zittrigem Zeigefinger und im Todeskampf kritzelte er etwas in den Sand, bevor er unter den Händen von Gaius dahinschied.

„Niemand zu sehen", flüsterte Marcus, der immer noch Schild und Schwert trug und sich nervös umsah. „Offenbar hat man uns beschattet. Oder diesen Kerl hier. Wir müssen jedenfalls schnellstens weg, Herr. Hat er wenigstens noch etwas gesagt?"

„Nein, er ist tot. Aber er hat uns einen Hinweis hinterlassen."

Gaius deutete auf die gekritzelten Zeichen im Sand, die trotz des blassen Lichts des Erdtrabanten gut zu erkennen waren. Er presste nachdenklich die Lippen aufeinander und atmete tief durch.

Gaius war keinen Schritt weitergekommen.
Er presste die Lippen aufeinander. Im Sand erkannte er die sehr gut zu erkennenden Buchstaben „AE“. Ein zittriger Kreis schloss sich um sie.
Sein alter Freund, der Präfekt von Misenum, wusste sicher mehr.
Ihn würde er befragten.
Gaius Fabius wischte das Symbol im Sand mit einer einzigen Handbewegung weg.

**FELSENFESTUNG**

Lykien, Kleinasien, unter der Herrschaft der kilikischen Piraten

LaszIv ließ sich Adriana von ihrem Liebhaber hinunter auf das üppige weiche Lager gleiten. Sie hatte mit ihm gerade eben fast göttliche Sphären der Lust erklommen und räkelte sich nun wie eine Katze lustvoll in den weichen, warmen Kissen.
„Du hast gesagt, ihr brecht heute auf, Damis“, schnurrte sie. Sanft schmiegte sie sich an ihn, strich ihm mit der Hand durch die schwarzen Locken und küsste ihn zärtlich auf die Wange.
„Wann kommst du zurück zur Felsenfestung? Ich brauche dich hier... besonders hier...“
Ein lüsternes Grinsen huschte über ihr von der Natur perfekt modelliertes Gesicht, während sie sanft begann, ihre duftende Scham zu streicheln.
Damis lachte heiser und schloss seine Geliebte in die Arme. Er begehrte ihren makellosen nackten Körper, auch wenn er insgeheim wusste, dass er nicht unbedingt ihm allein gehörte.
Adriana war eben die Herrin seiner Felsenfestung, besonders wenn er auf Feindfahrt war oder in Italien weilte.

Sie ließ sich keine Vorschriften machen, auch von Damis nicht, obwohl er der uneingeschränkte Führer seiner ‚Freiheitskämpfer' war, wie er die Männer gern bezeichnete.
„Ich werde sehr schnell zurück sein. Mein Kontaktmann in Italien hat mir mitgeteilt, dass diese einzelne Galeere aus Rhegium auf dem Weg direkt in unsere Gewässer ist. Ein einzelnes Schiff zu entsenden, ist sehr ungewöhnlich. Wir kontrollieren dieses Seegebiet vollständig. Und die Römer wissen das."
Damis verzog nachdenklich den Mund und wog sein Haupt hin und her.
„Mir gefällt nicht, dass meine Kontaktleute in Rom behaupten, dieses einzelne Schiff sei ein gefundenes Fressen für uns. Irgendwas stimmt da nicht. Aber man sagte mir, es befände sich eine bekannte, entsprechend reiche Persönlichkeit an Bord, die absolut unerkannt reisen möchte. Entweder sollen wir ein ordentliches Lösegeld für den Mann erpressen oder ihn, wenn nichts gezahlt würde, in Delos auf dem Sklavenmarkt verkaufen. Er sei gut zwanzig Talente wert, hieß es."
„Und wer ist der Mann, der für deine Kontaktleute in Rom so entbehrlich ist?", schnurrte Adriana und streichelte sanft die Genitalien ihres Liebhabers - so wie er es liebte.
„Das... das ist es ja: Ich... habe keine... Ahnung."
Damis stöhnte und schloss die Augen, während sich in seinem Unterleib der Druck der Leidenschaft immens erhöhte.
„Mein Informant sagte nur, wir... sollen ihn unbedingt... einkassieren, da er sehr bekannt und sehr reich sei. Der Präfekt in Misenum persönlich habe sie entsandt, diese mächtige Trireme[32]."

---

[32] Trireme: röm. Kriegsgaleere, 38 m lang, 4,60 m breit, 90 Tonnen schwer, Hauptsegel mittschiffs, ein kleineres auf dem Vorschiff, 150 freie Remiges auf drei Decks, ca. 100 Soldaten an Bord

Damis genoss die sexuellen Fertigkeiten seiner Liebsten. Er stöhnte erneut und fuhr mit kratziger Stimme fort: „Ich werde drei Liburnen[33] entsenden, diese einzelne Trireme abzufangen. Iunius Iuncus wird uns ein sattes Lösegeld zahlen müssen. Der römische Statthalter zahlt ja für hochgestellte Landsleute so gut wie jede Summe."
„Ich liebe dich, Damis", flüsterte Adriana. Saugend überstrichen ihre vollen Lippen seine Brustwarzen, die schon längst sichtbar erregt waren. Lustvoll sah sie Damis nun in die Augen und schnurrte: „Wenn das Lösegeld gezahlt ist, werden wir uns in Ephesus das kleine Stadthaus kaufen, von dem ich schon so lange träume, nicht wahr? Dann werden wir für immer nur uns beide haben und du wirst nicht mehr hinausfahren müssen…"
„Uns beide und meine beiden Söhne, Adriana…", entgegnete Damis stöhnend.
Adriana biss sich auf die Unterlippe.
„Ja, natürlich. Deine beiden Jungen."
Schon der Gedanke, Geld und Reichtum mit Damis' Nachwuchs teilen zu müssen, ließ Übelkeit in ihr aufsteigen. Doch er durfte dies - noch - nicht erfahren.
„Es ist immer lukrativ, die Römer anzugreifen", fuhr Damis lachend fort. „Iunius Iuncus' Macht steht auf tönernen Füßen, er ist so gut wie verteidigungsunfähig. Und ich habe gesehen, was in Rom nach dem Tod Sullas los ist. Dort herrscht die blanke Anarchie, mein Schatz."
„Und du, mein wunderschöner, kluger Damis, verdienst kräftig an dieser Anarchie."
Sie lachte und schmiegte sich noch näher an Damis, der glücklich grunzte.

---

[33] Liburne: sehr schnelles und wendiges Piratenschiff, 29 m lang, 3,50 m breit, Gewicht von 80 Tonnen, Tiefgang von 1 m; 70 Rudersklaven auf 2 Decks

Es war noch Zeit bis zum Aufbruch.
So ließ er sich zwischen ihre Schenkel gleiten, versank mit ihr in den weichen Kissen, drang heftig in sie ein und genoss einen weiteren Höhepunkt der Lust.

**MISENUM**

Flottenstützpunkt, Italien

Es war der zehnte Tag nach der Abreise der ‚Imperium III' aus Rhegium. Misenum war der große Marinestützpunkt der Flotte, nordwestlich von Neapolis, an und auf einer schmalen Landzunge gelegen und mit einem hohen Felsen als Abschluss.
Misenum bot ideale Voraussetzungen für ein großes Ausbildungslager der römischen Marine und einen Militärhafen. Einen Hafen, der erst vor wenigen Jahren eingerichtet und in der Zeit des Bürgerkriegs vor der Diktatur Sullas für Rom vollständig okkupiert worden war.
Zur Altstadt am Eingang der Landzunge, die von den einheimischen Bewohnern gehegt und gepflegt worden war, hatte sich eine Reihe schneeweiß im Sonnenlicht glänzender Villenviertel reicher Römer und römischer Beamter gebildet, die in starkem Kontrast zur eher ärmlichen Altstadt standen.
Konflikte zwischen Einheimischen und Zugezogenen waren an der Tagesordnung und wurden nur gemildert durch die überall offensichtliche Anwesenheit des Militärs.
Gaius Fabius Maximus hatte sich gleich nach den Vorfällen im Hause Claudius, dem nächtlichen Mord vor den Toren Rhegiums zu Pferd und unter dem Schutz zweier bewaffneter Begleiter auf den langen Weg zu

seinem alten Freund, dem Präfekten von Misenum, gemacht. Er wollte mehr über die Mission der ‚Imperium III' erfahren.
Die Bewachung des Anwesens in Rhegium hatte er seinem Verwalter Marcus überlassen, der schon seit vielen Jahren sein treuer Gefolgsmann war und dem er blind vertraute. Ihm hatte er schon sehr oft den Schutz seiner Güter überlassen.
Soeben war Gaius Fabius Maximus mit seinen Begleitern von der Via Popilia abgebogen und, nach den schleppenden Kontrollen am Stadttor, der engen Hauptstraße von Misenum gefolgt.
Schließlich überließ er sein erschöpftes Pferd den beiden Begleitern und eilte die Treppen zum Dienstsitz des Legatus Classicus[34] hinauf, immer zwei Stufen auf einmal nehmend.
Die Präfektur war ein typisch römisches Verwaltungsgebäude ihrer Zeit, mit einer grandiosen Säulenfront aus hellem Stein, mit Bildern aus dem Göttermystizismus verzierten Giebeln und einer Inschrift über dem Eingangsbereich.
Die schon beträchtliche Wärme dieses Frühlings und der lange Ritt auf der Via Popilia, der römischen Überlandstraße von Rhegium bis nach Rom, die Gaius gewählt hatte, um schnellstmöglich in Misenum zu sein, hatte an der ansonsten stets äußerst gepflegten Erscheinung des Geschäftsmannes Spuren hinterlassen. Ein herbeieilender Schreiber brachte den straßenverstaubten Herrn, der nicht zum ersten Mal diese sprichwörtlich hohen Hallen betrat, zum persönlichen Sekretär des Präfekten.
Dieser Mann saß direkt neben dem Dienstzimmer seines Herrn in einem Kabuff ohne feste Tür, der vor Schriftrollen und mit Notizen bekritzelten Wachstäfelchen geradezu überquoll. Inmitten dieses

---

[34] Legatus Classicus: Flottenlegat, Flottenpräfekt im Range eines heutigen Admirals

papiernen und wächsernen Chaos saß der Sekretär mit wichtiger Miene wie eine Spinne im Netz.

Schon immer hatte sich Gaius gefragt, wie der Mann hier die Übersicht behalten konnte.

„Tut mir leid, mein lieber Maximus, aber Präfekt Quintus Aurelius Plautus darf nicht gestört werden. Er erledigt wichtige Geschäfte, die keinerlei Aufschub dulden“, sagte der Sekretär. Der Mann war ein Bürokrat durch und durch. In eine weiße Tunika gehüllt, mit einer blechernen Stimme und in fast unerträglicher Sturheit wehrte sich der Sekretär gegen Gaius‘ Drängen, zum Präfekten vorgelassen zu werden.

Gaius war nun kurz davor, die Beherrschung zu verlieren.

„Du hast mich offenbar nicht verstanden“, polterte er lautstark mit hochrotem Kopf. „Ich verlange, sofort vorgelassen zu werden. Du weißt wohl nicht, wer ich bin?!“

Er drängte sich an dem Schreiber, der inzwischen aufgestanden war und danach strebte, dem Unhold in seinem Büro tapfer den Weg zu den Gemächern seines Herrn zu versperren, vorbei in Richtung des Dienstzimmers des Legatus Classicus, der allerdings längst herausgetreten war und Gaius mit offenen Armen entgegenkam.

„Tullius, was treibst du denn hier für einen Unsinn?“, rief er entsetzt. „Gaius Fabius Maximus genießt in diesem Hause höchste Wertschätzung und ist jederzeit willkommen! Lass‘ sofort eine Schüssel Wasser bringen, damit sich unser Gast vom Schmutz des langen Rittes von Rhegium hierher säubern kann! Und Getränke!“

Quintus Aurelius Plautus, der allgemein mit „Präfekt“ betitelt wurde, war ein klein gewachsener, recht dicker Mann von fünfzig Jahren mit einer auffallend leuchtenden Glatze, der seinen gewaltigen Leib in einen purpurfarbenen Paludamentum, den Kriegsmantel des Legatus Classicus mit üppigen goldenen Stickereien, gehüllt hatte - sozusagen die Uniform des hohen Militärkommandanten. Er bekleidete diese Position als

aktives Mitglied der Partei der Popularen in Rom schon seit einigen Jahren und füllte sie nach allgemeiner Einschätzung sehr ordentlich aus. Nachdem sich beide Männer zur Begrüßung die Unterarme gereicht hatten, betraten sie das Dienstzimmer, welches üppig mit hellem Marmor ausgekleidet war und mit wundervollen Fresken an der Decke und wertvollen Teppichen einen äußerst luxuriösen Eindruck machte.
Nachdem Gaius Fabius Maximus sich gesäubert und schließlich in dem weichen Polster am reich ornamentierten Holzschreibtisch des Präfekten Platz genommen hatte, erkundigte sich Quintus Aurelius Plautus mit freundlichem Gesicht, welch wichtiges Ereignis denn seinen Gast nach Misenum geführt habe.
Mit steinerner Miene reichte der Sekretär eben noch einen Becher Wasser. Gaius zwinkerte dem guten Tullius grinsend zu, der daraufhin mit abgesenkten Mundwinkeln aus dem Zimmer stolzierte.
„Quintus, was sagen dir die Buchstaben ‚AE'?“, fragte Gaius mit einem harmlosen Lächeln, nachdem er von dem Wasser gekostet hatte. Doch hinter seiner Stirn pochte es.
„‘AE‘...?“ Der Präfekt runzelte die Stirn und hob die Schultern. „Worauf willst Du hinaus?“
Gaius wies auf den silbernen Ring am rechten Ringfinger des Präfekten, der interessanterweise ein Wappen mit besagtem „AE“ zeigte.
„Du kennst die Bedeutung offenbar. Was bedeutet dieses Symbol?“, fragte er noch immer lächelnd.
Die Runzeln auf Quintus’ Stirn gruben sich noch tiefer in die Haut ein.
„Das hier? Oh, das ist nur ein Ring, ein Geschenk“, schnaufte der Präfekt und fuhr mit dem Zeigefinger seiner Linken über den Ring. „Ein Geschenk von Verwandten aus Rom, einer Familie, die zu den ältesten Roms zählt. Ich habe keine Ahnung, was das Symbol darauf bedeuten könnte.“ Er hob die Schultern. „Sicher nichts Besonderes. Ich meine damit, es dürfte nicht wichtig sein.“

Das nervöse Zucken von Quintus' rechtem Mundwinkel entging Gaius nicht. Die Tatsache, dass er den Abstand zwischen sich und seinem Besucher durch Zurücklehnen im Sessel zu vergrößern suchte, verriet diesem, dass sein Freund nicht unbedingt die Wahrheit sagte.

„Und ein Wappen wie dieses hier oder ein Kreis, der eine Venusblume, ein Schwert und diese Buchstaben enthält? Was könnte das deiner Meinung nach bedeuten?"

Quintus Aurelius Plautus hob erneut die Schultern.

„Warum willst du das denn nur alles wissen, mein Freund?"

„Also schön, bei Justitia[35], ich will es dir erklären", sagte Gaius und sah seinem Gegenüber fest in die Augen. „Ich habe ein paar Fragen zu der Mission der ‚Imperium III', lieber Freund. Sicher ist dir bekannt, dass mein Sohn Manius seit einigen Tagen auf diesem Schiff dient und schon bei seiner ersten Ausfahrt in einer Geheimmission unterwegs ist. Ich möchte wissen, um was es dabei geht. Wohin ist die Trireme unterwegs?"

Das bis jetzt freundliche Lächeln des Präfekten erstarb. Er fuhr sich mit der Rechten nervös über seine Glatze und kratzte sich am Kinn.

„Warum ist das alles so wichtig für dich?", fragte er weinerlich und erhob sich schwerfällig von seinem Sessel. Gaius' Fragerei war ihm sichtlich unangenehm, denn er lief, sichtlich gebeugt von der Last des schweren Amtes hinter seinem Schreibtisch hin und her.

„Die Mission ist als geheime Staatsangelegenheit eingestuft. Ich bin nicht befugt, mit Außenstehenden darüber zu sprechen. Auch nicht mit dir."

Gaius ließ seinen alten Freund nicht von der Leine.

„Manius' Verlobte ist in ihrem Heim des Nachts überfallen und mit Gewalt über die Mission ausgefragt worden. Nur meine Intervention hat ihr das Leben gerettet."

---

[35] Göttin der Gerechtigkeit und der ‚Justiz'

„Oh“, entgegnete der Präfekt sichtlich entsetzt. „Das tut mir sehr leid. Ihr ist doch hoffentlich nichts passiert?! Dennoch werde ich dir keine Auskunft über Ziel und Passagier der Mission geben können.“
„Habe ich etwas von einem ‚Passagier‘ erwähnt, lieber Freund?“, knurrte Gaius mürrisch und blickte seinem Gegenüber weiter in die Augen. „Nachdem ich den Überfall unterbunden hatte, fanden meine Leute besagtes Bildnis, ein mit Blut geschriebenes „AE“ am Boden des Atriums. Ich will wissen, was das bedeutet, denn ich fürchte um die Sicherheit meines Jungen und der gesamten Besatzung...“
„Die zu keiner Zeit in Gefahr ist, das sei dir versichert“, unterbrach Quintus. „Du kennst ja den kommandierenden Offizier, einen sehr erfahrenen, zuverlässigen Mann.“
Er stolzierte langsam zum Ausgang hin und öffnete die Tür.
Gaius verstand diese wortlose Aufforderung und drehte sich auf dem Sessel zu Quintus um.
„Du schweigst also weiterhin. Hast du wenigstens eine Idee, wer für den Überfall auf das Haus meines Freundes verantwortlich sein könnte?“
„Es tut mir leid, Gaius, ich weiß davon überhaupt nichts“, entgegnete Quintus und schüttelte ein wenig den Kopf. „Und ich darf dich nun bitten, zu gehen. Ich habe noch eine Menge Arbeit auf dem Tisch, die keinen Aufschub duldet.“
Gaius erhob sich langsam und verließ grußlos das Büro des Präfekten - aber nicht, ohne sich zu einem letzten Wort umzudrehen: „Sollte meinem Jungen etwas passieren, das Haus meiner zukünftigen Schwiegertochter oder mein eigenes angegriffen werden, stelle ich persönlich eine Kampftruppe auf und werde mit dieser deine Präfektur aufsuchen. Und dich verantwortlich machen. Dein Rang als Legatus Classicus wird daran nichts ändern, Quintus. Versprochen.“
Er ließ einen erbleichten und schwitzenden Quintus Aurelius Plautus in der Tür zurück, würdigte den mürrisch aufblickenden Sekretär in seinem

Vorzimmer keines Blickes und ging erhobenen Hauptes durch das Portal der Präfektur nach draußen. Einen Moment lang blieb er dort stehen und blickte sorgenvoll hinüber zum hoch aufragenden Kegel des Vesuvius, des riesigen Vulkans am Golf von Neapolis.

Am Fuße der gewaltigen Treppe vor der säulenbewehrten Behörde warteten seine beiden Begleiter mit den Reittieren: „Wir haben die Pferde schnell gegen frische getauscht, Herr, wie befohlen! Sie sind von guter Qualität! Was tun wir jetzt?"

„Wir machen uns auf den Heimweg. Wir haben keine Zeit zu verlieren", brummte Gaius.

‚Ich habe noch eine weitere Option', dachte er bei sich. ‚Diese Option wird mich garantiert weiterbringen. Du wirst die Gnade der Götter bitter nötig haben, mein lieber Quintus, wenn du in verbrecherische Machenschaften verwickelt bist.'

**PHARMAKUSA**

Im Seegebiet der griechischen Inselwelt in der Ägäis

Die dem Gespräch mit dem ‚Pfau' folgenden Tage verliefen völlig ereignislos. Unser Gast zeigte auch mit keiner Geste und keinem Wort vor den Offizieren, dass es dieses Gespräch jemals gegeben hatte. Keine Vertraulichkeiten.

Er nannte mich bei meinem Dienstgrad. Ich befleißigte mich im Gegenzug einer ausgesuchten Höflichkeit, was dem Centurio zu einer tiefen Zufriedenheit verhalf.

Zwischen dem viel älteren Offizier und mir, dem grünen Jungen, erwuchs ein gewisses Vertrauensverhältnis, gerechtfertigt durch meine Lernfähigkeit und mein Verhalten gegenüber der Besatzung. Macro

honorierte meine Anstrengungen mit einer unauffälligen, aber weitreichenden Ausbildung.
Nach etwa zehn Tagen hatten wir den längsten Teil der Reise bereits hinter uns.
Die Winde hatten sich als günstig erwiesen. So fuhren wir südlich des griechischen Festlandes und nördlich der Insel Kreta in das Mare Aegaeum[36] ein.

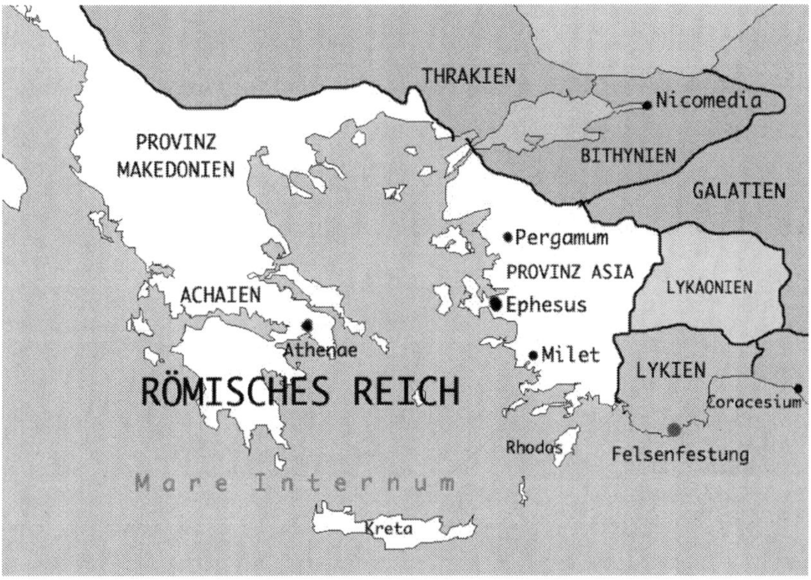


Wir befuhren die üblichen Schifffahrtsrouten, auf denen es allerdings nur so von Seeräubern wimmeln sollte, wie mir der Kommandant verriet. Diese Piraten beherrschen das ganze östliche Mare Internum und hatten ihre Basis in der Stadt Coracesium. Auch wenn sich dort Raubmörder und Banditen aus aller Herren Länder zusammengetan hatten, so nannten sie sich doch selbst allesamt „Kilikier".

36 Ägäis, griechische Inselwelt im ägäischen Meer

Die halbherzigen Feldzüge des Publius Servilius Vatia gegen diese Piraten hatten nicht zum Erfolg geführt und zu einem größeren Unternehmen fehlten einem damals durch blutige Bürgerkriege geschwächten Rom einfach die Kräfte.

So segelten wir am zehnten Tage in hoher Geschwindigkeit und in erhöhter Kampfbereitschaft durch die griechische Inselwelt, gingen südlich der Insel Samos auf Südsüdostkurs, um entlang der Küste der römischen Provinz Asia auf Kurs Rhodos zu gehen.

Es war kurz vor Mittag, als wir an der westlichen Seite der Insel Pharmakusa[37] entlang glitten. Diese nur sehr kleine, in Nord-Süd-Richtung langgestreckte Insel lugte als flache Hügellandschaft aus dem Meer hervor, nur mit ein paar spärlichen Pinien und einigem grünen Gestrüpp bewachsen, sehr karg, sehr einsam.

Ob es Bewohner gab, wusste ich nicht, aber wie mit dem Lineal geschnittene, scharf gezackte Buchten zeigten uns ein paar herrliche Strände.

Der Westwind, der uns bis jetzt sehr schnelles Fortkommen ermöglicht hatte, flaute mehr und mehr ab und Macro ließ einige Ruderbänke besetzen.

Eben glitten wir am Ausläufer des südlichsten Hügels von Pharmakusa vorbei, als unser vorderer Ausguck drei größere Ruderschiffe ausmachte, die offenbar parallel zu uns die Insel auf der östlichen Seite umrundet hatten. Es waren Piraten-Liburnen ohne Beflaggung, ohne jegliches Kennzeichen, die sich mit hoher Geschwindigkeit im spitzen Winkel zu unserem eigenen Kurs näherten. In nicht allzu langer Zeit würden sie uns erreicht haben.

Macro zeigte sich als Herr der Lage.

---

[37] heute: Insel Farmakonisi, kleine griechische Insel unweit der türkischen Küste

Der Centurio ließ unverzüglich das sowieso nur schlaff am Hauptmast hängende Segel reffen und den Kurs ändern. Wir hielten nun direkt auf die drei Liburnen zu. Ich ließ Gefechtsbereitschaft für die gesamte Besatzung blasen.
Die Ruderdecks wurden in aller Eile bis auf den letzten Platz besetzt. Unsere rund hundert bisher beschäftigungslosen Legionäre einschließlich der Decurionen fanden sich in Windeseile und in voller Rüstung und Bewaffnung an Deck ein. Ich ließ die Legionäre je zur Hälfte an den Flanken des Schiffes antreten.
Gaius Julius Caesar hatte sich mangels Alternative in der Rüstkammer des Schiffes bedient. In der braunroten Tunika der Legion, über der er die Rüstung eines einfachen Legionärs angelegt hatte, wirkte er völlig verändert: athletischer, soldatischer als in seiner Paenula.
Er erschien an Deck, baute sich neben dem Centurio auf und sah hinüber zu den ausschwärmenden Liburnen.
„Irgendeine Idee, wie wir es mit drei kilikischen Seeräuberschiffen aufnehmen können, Caesar?“, fragte Macro. Die Stirn runzelnd sah der Kommandant unseren Passagier an. Macro wusste, dass dieser Erfahrung darin hatte, schwierige militärische Situationen zu meistern.
„Es sieht nicht gut aus. Wir sind nur ein einzelnes Schiff, dazu größer und schwerfälliger als die Liburnen“, sinnierte Caesar. „Du weißt selbst, wie wendig dieser kleine Schiffstyp ist. Unsere militärischen Kampftaktiken helfen uns diesmal nicht.“
„Und wenn wir jeden Fetzen Segel setzen, jeden Mann an die Ruder setzen und versuchen, Ihnen zu entkommen?“, fragte ich, den beiden Männern an die Seite tretend.
„Das wäre aussichtslos, Optio“, warf Macro kopfschüttelnd ein und sah nach vorne zu den Liburnen. „Sieh nur, sie sind viel zu schnell. Ich habe solche Schiffe schon oft in Aktion erlebt, habe selbst mal eines

kommandiert in früheren Jahren. Sie werden uns unweigerlich einholen und zum Kampf zwingen."
„Wir haben weniger als hundert Legionäre an Bord", fügte Caesar hinzu. „Die Kilikier dürften uns gut dreifach an Kampfeskraft überlegen sein."
„Wir sollten auf jeden Fall auch die Rudermannschaft und die Nautae bewaffnen, Centurio", schlug ich vor, was Macro sofort mit einem Nicken bestätigte. Diese Besatzungsmitglieder waren sorgfältig an Schild und Schwert ausgebildet, auch wenn sie in der Regel nicht an Kampfhandlungen teilnahmen.
„Sehr gut! Die Leute sollen ihr Leben verteidigen können. Gib entsprechend Befehl zur Waffenausgabe", befahl Macro und schob die Kinnlade nach vorn. „Und ich werde jetzt einmal daran gehen, das Missverhältnis etwas zu unseren Gunsten zu drehen."
Macro eilte sofort in den hinteren Bereich der Trireme und gab dem Steuermann Befehle.
Die beiden äußeren Piratenschiffe waren inzwischen seitlich ausgeschwärmt. Die mittlere Liburne hielt weiter direkten Kurs auf uns zu, um uns auch von vorne attackieren zu können.
Macro ließ derweil mit hoher Geschwindigkeit auf diese mittlere Liburne zuhalten. Unsere in aller Eile bewaffneten Remiges legten sich tüchtig ins Zeug.
Plötzlich hob er den rechten Arm.
Der Steuermann reagierte augenblicklich und die ‚Imperium III' schoss über die linke Schiffseite auf eine der äußeren Liburnen zu.
Der Trierarchius dieses Piratenschiffs erschrak offensichtlich und versuchte seinerseits geradezu verzweifelt, seinen Bug in unsere Richtung zu drehen. Vergeblich. Er hatte weder die Zeit noch den Wind auf seiner Seite. Das rasch notwendige Manöver misslang ihm vollends.
Jedermann auf unserem Schiff spannte die Muskeln an und klammerte sich an etwas Stabilem fest, um durch den kommenden Stoß nicht von

den Füßen gerissen zu werden. Wir hielten auf die Schiffswand der Piraten zu.
Ich hielt den Atem an und erwartete den Einschlag.
Mit dem ohrenbetäubenden Krachen splitternden Holzes und einem gewaltigen Ruck bohrte sich der Rammsporn der ‚Imperium III' mit Wucht in den hölzernen Rumpf des Piratenschiffes. Er riss ein gewaltiges Loch auf der linken Seite über- und unterhalb der Wasserlinie. Der gewaltige Stoß ließ das Piratenschiff abrupt zur gegenüberliegenden Seite wegkippen, bevor es sich wieder aufstellte. Kein Pirat blieb mehr auf den Füßen. Die Kerle stürzten mit wildem Geschrei durcheinander, manch einer fiel über Bord.
Das erfahrene Auge Macros sah, dass sich die Schiffe nicht ineinander verhakt hatten. So gab er unserer Rudermannschaft den Befehl, uns aus dieser Position rückwärts hinauszubringen. Mit einem erneuten kräftigen Ruck und lautem Krachen zog sich unser Rammsporn aus dem schwerbeschädigten Piratenschiff zurück, das sich nun hart auf die beschädigte Schiffseite legte und augenblicklich zu versinken begann.
Jeder, der nicht sowieso schon durch die heftigen Wankbewegungen der Piratenliburne über Bord gefallen war, brachte sich durch einen panischen Sprung ins Meer in eine sehr trügerische Sicherheit. Die schweren Rüstungen und die Waffen, die die zum Kampf gerüsteten Piraten so wie wir trugen, waren kaum über Wasser zu halten und zogen ihre Träger durch das hohe Gewicht unweigerlich unter Wasser. Viele starben einen erschöpften Tod und versanken für immer in den Fluten der Ägäis.
Wir hatten allerdings nur einen kurzen Moment zum Durchatmen, denn wir waren mit unserem schweren Schiff nicht mehr ausreichend manövrierfähig. Fahrt aufzunehmen und den anderen Schiffen zu entkommen war fast unmöglich. Wir waren verwundbar.

Während unseres schnellen Manövers waren die beiden anderen Piratenliburnen naturgemäß an uns vorbeigezogen. Nach einer eiligen Wende kamen sie nun an beiden Seiten heran und ließen mit ihren Rammspornen unsere Ruderphalanxen zerbersten.
Die ‚Imperium III' erbebte.
Entsetzliche Schreie tönten aus dem Bauch unseres Schiffes.
Manche unserer Remiges wurden von den eigenen Rudern verletzt oder gar erschlagen. Entsetzt registrierte ich, dass wir damit jede Manövriermöglichkeit verloren hatten.
Ich sah mit Schrecken, wie die Piraten zu beiden Seiten unseres Schiffes bereits breite Enterbrücken vorbereiteten. Sie schickten sich an, mit wildem Geschrei an Bord zu stürmen. Nur gut fünfzig Legionäre standen so an jeder Schiffseite der gut doppelten Anzahl Piraten gegenüber.
Ich hatte immer geglaubt, ich würde, wenn es denn einmal dazu käme, einem solchen Kampf mit heldenhafter Begeisterung und im Bewusstsein meiner hohen Kampfkraft entgegensehen.
Die Wahrheit ist, dass mein Herz von kalter Furcht ergriffen wurde.
Mir schwindelte.
Irgendeine Art von ‚Begeisterung' ging mir angesichts des bevorstehenden blutigen Gemetzels völlig ab. Ich fühlte eher Brechreiz und ein stechender Kopfschmerz durchzuckte mich, während ich besorgt die eiligen Vorbereitungen der Piraten zur Erstürmung unseres Schiffs beobachtete.
Nichts an dieser erschreckenden Szenerie wollte zu den großen Heldengeschichten eines Odysseus oder des großen Kriegers Hector passen. Als Prinz von Troja hatte dieser seine Truppen angeführt und gegen die anstürmenden Griechen immense Heldentaten vollbracht. Als Junge hatte ich diese Geschichten mit Begeisterung verschlungen.

Ich fühlte mich nicht wie ein Prinz Hector. Die erste Welle der heranstürmenden Feinde, schwarzbärtige, Augen rollende, orientalisch-arabisch anmutende Kerle so wie hellhäutige, verwahrloste Gestalten mit rotblonden Bärten brandete nun gegen die geschlossenen Reihen aus Legionären mit großen Schilden. Reihen, die erfolgreich standhielten, so wie es die Männer gelernt hatten.

Viele Seeräuber bekamen die Pila[38] unserer Soldaten zu spüren und kippten verletzt oder tot von der Enterbrücke und für immer ins Meer.

Für Gefühle war nun keine Zeit.

Ich riss mich zusammen und konzentrierte mich auf meine Aufgabe: Ich stand, meinen Optiostab schwingend, an einer der Enterbrücken in vorderster Linie und befahl, unsere Reihen zu stabilisieren und geschlossen zu halten.

Centurio Macro tat es mir auf der anderen Schiffsseite gleich und brüllte lautstark Befehle.

Eine zweite Angriffswelle der Piraten durchbrach schließlich unsere zahlenmäßig weit unterlegenen Reihen an einigen Stellen, so dass sich unsere Kampfformation in wenigen Augenblicken vollständig auflöste.

Ich steckte den Optiostab weg, schnappe mir einen der bereitgestellten Ersatz-Schilde und zog mein Schwert. Der Kampf Mann gegen Mann begann, für mich das erste Mal in einer Schlacht außerhalb der eher harmlosen Übungen während meiner Ausbildung in Misenum.

Jeder Legionär und auch die Nautae und Remiges der ‚Imperium III‘ schlugen wie wild auf die Angreifer ein - für mich ein Szenario, wie ich es noch nie gesehen hatte. Wie in einem Topf voller Würmer umwanden sich Angreifer und Verteidiger ohrenbetäubend schreiend und in

[38] Pilum = römischer Wurfspieß

geschmeidigen Bewegungen auf dem Deck unseres Schiffes. Wie blutrünstige Dämonen fielen beide Seiten übereinander her.

Auf mich stürmte mit erhobenem Schwert ein sehr kleiner, kampferprobt aussehender, breitschultriger Kerl mit blondem Bart und wettergegerbtem Gesicht ein, den ich im Schutze meines Schildes abzuwehren suchte.

Seine ersten Hiebe trafen meinen Schild. Dabei unterschätzte ich ihn und seine enorme Beweglichkeit. Geschmeidig ging sein nächster Schlag an meinem Schild vorbei und traf mich an der rechten Schulter. Der Hieb wurde zwar von meinem Schultergurt abgefangen, mein Arm war aber durch die Wucht des Aufpralls einen Augenblick lang gelähmt.

Meine Waffe glitt mir aus der Hand und stürzte klirrend zu Boden, während ich von allen Seiten von zustoßenden Piraten oder wild um sich schlagenden Legionären angerempelt wurde.

Er ließ mir keine Zeit und holte sofort zum nächsten Schlag aus.

Ich ließ mich fallen, irritierte ihn damit und geriet ganz kurz außer Reichweite des Angreifers. Ich tastete nach meinem Schwert, fand es und rollte mich trotz der schweren Rüstung und des Gedränges über meinen Schild ab. Ich landete wieder auf den Füßen. In dem herrschenden Kampfgetümmel mit schreienden, stolpernden und fallenden Männern keine einfache Finte, die mir trotzdem überraschend gut gelang.

Dass mir von der Seite jemand ein Messer in den linken Arm mit dem Schild gestochen hatte, bemerkte ich kaum. Ich wirbelte herum und setzte den kleinwüchsigen Angreifer mit einem kräftigen Hieb mit meinem Schild unter sein Kinn außer Gefecht. Benommen torkelte und fiel er rücklings in die kämpfende Menge, geriet außer Sichtweite.

In diesem kurzen, für mich kampflosen Moment betastete ich die Wunde am Arm, die nicht tief ging und kaum blutete.

Ich versuchte, mir einen Überblick zu verschaffen.

Unsere Lage erschien mir trostlos. Unsere Leute fielen tatsächlich wie die Fliegen angesichts der Übermacht.
Der junge Gaius Julius Caesar, mit einem gewaltigen Schwerthieb gleich drei Angreifer förmlich niedermähend, stand in der Mitte des Schiffes, breitbeinig und zähnefletschend und keuchend. Mit ernstem, ruhigem Blick erwehrte er sich der Feinde. Sein rot glänzendes Schwert schwingend bekämpfte er mit gezielten Hieben alle auf ihn einstürmenden Piraten mit einer Präzision, wie ich sie nie zuvor gesehen hatte.
Centurio Varus Macro versuchte geschickt, sich eines Angreifers in bronzener Rüstung, seiner eigenen recht ähnlich, zu erwehren. Macro geriet aber in Bedrängnis, atmete schwer, wurde seitlich übel von einem schreiend zu Boden stürzenden Legionär angerempelt und verlor kurz die Kontrolle über den Kampf.
Sofort drängte ich mich, ihm zu Hilfe eilend, durch die kämpfenden Menschenmassen in seine Richtung, abwehrende Hiebe nach rechts, nach links im Schutze meines Schildes, aber ich kam zu spät. Er holte eben zu einem mächtigen Hieb aus, als ihm die Schwertspitze seines Gegners so unglücklich in den Brustpanzer fuhr, dass dieser nicht standhielt und Varus in die linke Bauchseite getroffen wurde. Mit weit aufgerissenen Augen stand mein Kommandant für einen Augenblick still, während der Pirat im Bronzepanzer sein Schwert zurückzog. Varus' Blut spritzte aus der entstandenen Kerbe in der Rüstung, dann stürzte er seitwärts zu Boden. Ich erschrak, hielt ihn für tot.
In diesem Moment erreichte ich laut schreiend den Mann im Bronzepanzer und führte einen kräftigen seitlichen Hieb mit dem Schwert.
Er bemerkte mich, drehte seinen Schild blitzschnell in meine Richtung und fing den Hieb, für den ich meine ganze Kraft aufgeboten hatte, lässig ab. Ich verlor fast den festen Halt auf den Füßen, als mein Schwert auf

den Schild meines Gegners prallte. Für einen kurzen Augenblick sah ich sein Profil und erschrak.
Ich hatte ihn schon einmal irgendwo gesehen!
Im Getümmel der Kämpfenden wurde ich allerdings abgedrängt und verlor ihn aus den Augen, ebenso wie meinen gefallenen Centurio. Mich nebenbei gegen gleich mehrere Piraten wehrend, suchte ich mit den Augen verzweifelt das Deck nach dem Kämpfer im Bronzepanzer ab. Ich fand ihn aber nicht wieder.
Stattdessen stand der kleinwüchsige Pirat von eben schon wieder grinsend und augenzwinkernd neben mir und rief mir in überraschend gutem Latein zu, ich sei jetzt fällig. Er versuchte, mir einen finalen Hieb zu versetzen, der mich endgültig erledigt hätte, wäre ich ihm nicht zuvorgekommen: Ich wirbelte herum und meine Schwertspitze traf ihn knapp unter der Halsschlagader. Ich spürte, wie mein Schwert durch Haut, Fleisch und Venen schnitt. Blut spritzte mir entgegen und benetzte meine Rüstung. Mit weit aufgerissenen Augen und entgeistert weitergrinsend ließ mein Gegner seine Waffe fallen, griff sich an den Hals, in der aussichtslosen Hoffnung, die extreme Blutung stoppen zu können, trat stolpernd zurück und fiel rücklings über Bord.
Ich selbst fing einen gewaltigen Schlag in die Nieren, wurde zur Reling geschleudert und viel fast dem sterbenden Kleinwüchsigen hinterher.
Trotz der ungeheuren Schmerzen schwang ich meinen Arm mit dem Schild herum und drehte mich nach links. Keine Sekunde zu früh, denn mein Schild wurde von der Wucht eines so schweren Schwerthiebes getroffen, dass ich für den Moment glaubte, meinen linken Arm verloren zu haben. Mit letzter Kraft schwang ich mein Schwert verzweifelt in Richtung des Angreifers, aber mein Stoß ging ins Leere.
Meine Verblüffung jedoch war fast grenzenlos, denn ich blickte dem Piraten mit dem Bronzepanzer, der gerade zum nächsten Schlag ausholte, mitten ins Gesicht.

Jetzt endlich erkannte ich ihn! Den Gutgekleideten mit dem kleinen Jungen! Damals in Misenum! Den ich vor einem riesigen Angreifer gerettet hatte!
Auch er hielt überrascht inne, ließ sein Schwert sinken und sah mich für einen Moment nachdenklich an. Dann zeigte sich ein breites Grinsen in seinem verschwitzten Gesicht.
Er hob kopfschüttelnd die Schultern und warf sich laut lachend zur Seite ins Kampfgetümmel.
Ich blieb schwer atmend und mich angesichts des Schocks über das unverhoffte Wiedersehen sammelnd an der Reling zurück.
So bekam ich die Möglichkeit, unsere prekäre Lage zu sondieren. Viele Kämpfer waren auf unserer Seite nicht mehr übrig, wie ich entsetzt feststellen musste.
Gaius Julius Caesar schlug sich wie ein wahrer Achilles inmitten der Feinde. In seiner Nähe türmten sich die blutigen Überreste seiner besiegten Gegner auf. Er hatte seinen Schild längst zur Seite geworfen und führte seine mittlerweile zwei Schwerter in der geschmeidigen, kraftvollen Art einer wahren Kampfmaschine. Noch nie zuvor hatte ich jemanden so kämpfen sehen.
Obwohl er blutbesudelt war, schien er selbst völlig unverletzt zu sein. Es war das Blut seiner toten Gegner. Und ich war dem geradezu lächerlichen Irrtum verfallen, dieser Mann wäre ein verweichlichter, arroganter Pfau…!
Nach dieser kurzen Zeit heftigsten Kampfes hatte sich jeder überlebende Krieger unserer Seite mindestens vier Gegnern zu erwehren - in einem absolut aussichtslosen Kampf.
Ich fragte mich, wie viel Zeit uns noch blieb bis zur absehbaren vollständigen Auslöschung, dachte aber nicht einmal entfernt daran, die gesamte Besatzung zu opfern. Das war nicht mein Verständnis der Ausübung eines Kommandos.

Vielleicht bot sich nach Beendigung des Kampfes die Möglichkeit, diesen Verbrechern ein Schnippchen zu schlagen. Ich wusste mich da mit meinem toten Centurio auf einer Linie. Er würde meine Entscheidung als sein Stellvertreter unbedingt billigen, wäre er noch am Leben.

So kämpfte ich mich schreiend, schlagend, tretend und zustoßend durch bis zum Steuermannsdeck, ergriff das Signalhorn und blies so fest ich konnte das Signal zum Rückzug für unsere Truppen.

Der Kampf ebbte ab, alle hatten verstanden, was dieses Signal bedeutete. Auch die Piraten.

Die tapfere Besatzung der ‚Imperium III' gab den Kampf auf, gab sich geschlagen und ließ nach und nach die Waffen fallen.

Der grauenhafte, ohrenbetäubende Siegesschrei der Seeräuber hallte in seiner ganzen Schrecklichkeit über die Decks der drei Schiffe.

Wir noch halbwegs kampffähigen Überlebenden der ‚Imperium III' sollten nun auf dem Oberdeck unseres Schiffes in einer Reihe aufgestellt werden. Wir alle hatten mehr oder weniger schwere Verletzungen davongetragen, das eigene Blut mischte sich auf der Haut mit dem Blut unserer Feinde.

Aber auch die Seeräuber hatten einen hohen Blutzoll entrichten müssen. Aus Rache wurden wir nun von den Siegern mit Ketten und Peitschen misshandelt und geschlagen. Manch einer wurde getötet, so unser Signifer, der einst in der Kajüte mit uns zu Abend gegessen hatte. Er gehörte zu den Überlebenden des Kampfes.

Trotzdem endete sein Dasein in dieser Welt, denn so passiv er beim abendlichen Gespräch gewesen war, so mannhaft und stolz trat er hier den Piraten entgegen.

Er schritt massiv ein, als ein Legionär von Piratenhand hart gepeitscht wurde. Er erntete dafür den eigenen Tod, denn ein zweiter Seeräuber bestrafte ihn mit einer Kette, schlug dem schreienden Signifer brutal das

Gesicht zu einem blutigen Brei, packte ihn schließlich bei der Rüstung und warf ihn über Bord.
Wir alle beobachteten regungslos in dumpfem Entsetzen, was diesem tapferen römischen Offizier widerfuhr.
„Optio, ich hole mir mein Schwert zurück. Ich schicke diese Mörder unserem Signifer in den Hades hinterher“, zischte mir einer unserer Männer wütend zu, der direkt neben mir stand. „Auch wenn ich selbst dabei draufgehe.“
Ich verstand ihn nur zu gut, haderte ich angesichts dieser Gräuel selbst mit meiner Entscheidung zur Aufgabe des Kampfes. Vielleicht wäre es besser für uns gewesen, wie römische Soldaten im tapferen Abwehrkampf zu sterben, als uns von diesen Kerlen in Wehrlosigkeit ermorden zu lassen.
Ernsthaft, ich dachte bereits über die Möglichkeit nach, wie wir unsere Waffen erreichen und einige der Verbrecher zumindest noch mit in den Tod nehmen konnten.
Aber ich hatte gar nicht mehr die Gelegenheit, diese Möglichkeit weiterzudenken. Dem Legionär neben mir, dessen Worte von einem der Mörder gehört und verstanden worden waren, wurde zur Strafe von einem Piraten mit seiner Axt der Schädel gespalten.
Alles geschah so schnell!
Ich sah mit blankem Entsetzen in seine brechenden Augen, die voller Verzweiflung und mit einem unausgesprochenen Vorwurf, so empfand ich es in meinem Schockzustand, auf mich gerichtet waren.
Er sank blutüberströmt und sterbend auf die Knie und sein Lebenssaft aus der Kopfwunde benetzte seine Rüstung wie ein makabrer kleiner Springbrunnen.
Auch er wurde gepackt, zur Reling gezerrt und in seinem letzten Atemzug über Bord geworfen. Entsorgt wie ein Sack mit Unrat.

Ich schluckte schwer, bekam kaum noch Luft, torkelte vor Entsetzen aus der Reihe der aufgestellten Legionäre heraus und fing mir einen mächtigen Peitschenhieb, den meine Rüstung größtenteils abfing. Aber der ungeheure Schlag warf mich fast zu Boden.

Die Toten wurden von den Piraten nun über Bord geworfen, ohne Ansehen, ob es sich dabei um die eigenen oder unsere Leute handelte. Die Verletzten wurden geborgen und notdürftig versorgt. Centurio Varus Macro war doch nicht tot gewesen, wie ich zuerst befürchtet hatte, aber sehr schwer verletzt und nicht bei Bewusstsein.

Da standen wir nun, schnaufend und stöhnend in einer Reihe, geschlagen und gequält, aber immer noch voller Stolz, etwa vierzig Römer, überlebende Manipularii, Principales, Nautae und Remiges, umringt von dieser schrecklichen Horde Wölfe im blutigen Siegesrausch.

Der Mann im Bronzepanzer trat heran, er hatte sich oberflächlich gesäubert, ein noch recht junger Mann Anfang Dreißig. Seine schwarzen Locken, sein ebenmäßiges, griechisch anmutendes Gesicht und seinen offenen Blick mit einem belustigten Funkeln kannte ich ja bereits aus Misenum.

Angesichts der brutalen Monstrosität, die seine Leute hier an unserer Besatzung zeigten, bedauerte ich innerlich, ihm damals geholfen zu haben. Ich verabscheute diesen Kerl zutiefst.

Der Pirat schritt mit regungslosem Gesicht unsere Reihe ab und sah uns abschätzend in die blut- und schweißverschmierten, grimmigen Gesichter.

Zwei noch sehr junge Legionäre, fast noch Kinder, waren den Tränen nah, ein dritter weinte bereits hemmungslos. Auf ein Zeichen des Anführers erntete er dafür den heftigen Faustschlag eines Piraten. Seine Lippen platzten auf und der junge Legionär verlor zwei Zähne, doch er gab keinen Laut des Schmerzes von sich. Und er weinte nicht mehr.

Der Bronzegepanzerte war offensichtlich mehr als nur ein Anführer, der uns hier auf See abzupassen hatte, denn das Lärmen, Prügeln und Treten seiner Leute erstarb augenblicklich, als er den Arm hob.

„Wer hat bei euch jetzt das Kommando, Römer?“, rief er uns mit befehlsgewohnter Stimme in sehr gutem Latein zu.

Ich hatte mich nach dem entsetzlichen Mord an dem Soldaten zwar wieder einigermaßen gefangen, trat aber mit butterweichen Knien aus der Reihe heraus nach vorne. Natürlich ließ ich mir nichts anmerken.

„Ich! Optio Manius Fabius Germanicus!“, sagte ich laut und mit fester Stimme.

Er baute sich nun vor mir auf, ganz nahe.

Er grinste mich belustigt an.

„Hätte ich mir denken können, dass du hier das Kommando führst, Legionär“, lachte er und seine Augen funkelten. „Erinnerst du dich? Bei unserem letzten Kampf standen wir auf derselben Seite.“

„Diesmal nicht, Pirat“, entgegnete ich knapp. „Wird auch nicht mehr vorkommen. Mit Männern wie dir mache ich mich nicht gemein. Darf ich nun auch deinen Namen erfahren?“

Sein Grinsen wurde noch breiter.

„Nenn mich Damis, Legionär. Ich bin der Anführer meiner kilikischen Widerstandskämpfer, die zu jeder Zeit mit Freude gegen die Kettenhunde Roms zu Felde ziehen und die euch heute überwältigt haben.“ Er lachte laut. „Ein Wiedersehen unter diesen Vorzeichen haben wir damals in Misenum beide nicht erwartet, was?“

Widerstandskämpfer! Mir wurde speiübel. Der Mann schwadronierte über sich, führte aber doch nur eine sklavenhandelnde Mörderbande auf See.

Ich hatte nicht vor, auf die Geschehnisse in Misenum einzugehen. Angesichts unserer Lage irgendwelche ‚freundschaftlichen‘ Worte zu verweigern, wäre aber auch nicht ratsam gewesen. Ich riss mich also

zusammen, aber meine Abneigung, ja mein Hass gegenüber diesem Mörder wuchs mit jedem Augenblick.
„Mein militärischer Rang lautet ‚Optio', nicht Legionär", antwortete ich fest. „Sprich mich so an. Was hast du nun mit uns vor?"
Mir war noch nicht klar, ob sich durch unser gemeinsames kurzes Erlebnis ein Vorteil für uns ergeben könnte. Damis nickte jedenfalls.
„Also gut, mein lieber Optio", höhnte er. „Du hast einen hochgestellten römischen Passagier an Bord deines Schiffes. Wo ist er?"
Ich hatte nicht vor, Julius Caesar zu verraten und schwieg.
Wieder trat Damis nahe an mich heran.
„Du schweigst? Nun, wir werden sehen. Eine Decimatio deiner Leute wird dir die Zunge schon lösen."
Die Decimatio bezeichnete eine häufig angedrohte und auch recht oft vollzogene militärische Bestrafung in den Legionen bei Meuterei oder Feigheit vor dem Feind. Die Einheit, die das Vergehen zu verantworten hatte, wurde kollektiv bestraft ohne Ansehen der Person, die (zumeist) dafür exekutiert wurde. Das Los entschied für einen unter zehn Mann die Bestrafung, auch wenn er das Vergehen persönlich gar nicht zu verantworten hatte. Die Summe dieser Männer wurde dann stellvertretend für alle bestraft.
„Wir ändern aber die Bedingungen: jeder dritte deiner Männer wird getötet", ergänzte Damis und brüllte seinen Leuten Befehle zu. Die Verbrecher begannen unverzüglich und mit großer Brutalität, die Reihe der Gefangenen auszurichten und jeden dritten Römer auszusortieren.
„Deine letzte Möglichkeit, Optio", sagte Damis, während er sich wieder mir zuwandte. „Welcher dieser Leute ist der von mir gesuchte Mann? Du kannst das Schicksal der Decimatio noch abwenden. Sprich!"
„Das braucht er nicht, Pirat! Ich bin der, den du suchst!"
Caesar trat aus der Linie unserer Soldaten heraus, die dezimiert werden sollten. Ein Raunen ging durch die Reihen der Piraten als Caesar, noch

immer über und über mit dem Blut seiner toten Feinde besudelt, seine enorme Aura ausstrahlend aus der Reihe nach vorne schritt und sich neben mir aufbaute.

Die meisten der Seeräuber hatten ihn kämpfen sehen und auch Damis trat nun überaus fasziniert einen Schritt zurück und musterte Caesar.

„Ich kenne deinen Namen nicht, Römer… Wer bist du? Wie ist dein Name?“

„Ich bin Gaius Julius Caesar.“

Nachdenklich strich sich Damis mit der Hand durch die schweißnassen schwarzen Locken. Seine Augenbrauen zogen sich zusammen.

„Dich zu ergreifen hat mich ein Schiff und eine Menge Leute gekostet. Aber, bei Zeus, ich kenne dich nicht. Noch nie von dir gehört. Aber du bist ein reicher Mann, nicht wahr?“

Caesar schüttelte schweigend den Kopf.

„Ich besitze keinen müden Denar, Pirat“, knurrte er mit steinerner Miene. „Deine... ‚Mühe‘... war völlig umsonst.“

Damis ließ uns stehen und ging nachdenklich auf und ab, die Arme hinter dem Rücken verschränkt, bis er sich uns wieder zuwandte.

„Optio Germanicus, ich bin dir mein Leben und das meines Sohnes schuldig. Deshalb wird euch vorerst nichts geschehen. Wir nehmen Euch mit in unser Hauptquartier. Was endgültig geschieht, entscheide ich später. Dieser Caesar hier wird ab sofort von euch abgesondert und mein politischer Gefangener sein.“

„Was hast du mit uns vor?“, fragte ich.

Damis grinste nun wieder, zuckte nur mit den Achseln. Aber diesmal lächelte mir das pure Böse aus seinen Augen entgegen. Er gab seinen Leuten Befehle.

Ich ahnte, dass es wohl auf den Verkauf in die Sklaverei hinauslaufen würde. Die Überlebenden waren kräftige Kerle – gute Arbeitssklaven für die orientalischen Herrscher.

Die widerspenstigen Legionäre würde man kurzerhand töten.
Wir wurden aufgeteilt, unter Deck in den beiden verbliebenen Liburnen eingesperrt und streng bewacht.
Den Centurio und weitere drei Schwerverletzte durften wir zu uns nehmen und ihre Wunden behandeln.
Damis hatte uns frisches Wasser und Tücher für die Behandlung der Verletzten zukommen lassen, außerdem durften wir uns säubern. Ich sah das als ungewöhnlich großzügig an. Es war wohl unserer früheren kurzen Bekanntschaft und einer gewissen Sympathie mir gegenüber geschuldet. Ich war nicht sicher, ob ich mich bei dem Gedanken übergeben oder doch eher froh sein sollte.
Der Centurio war die ganze Zeit über bewusstlos gewesen. Wir hatten seinen Brustpanzer geöffnet und die Blutungen im Bauchbereich so gut wie möglich gestillt. Macro ging es am allerschlechtesten, er hatte sehr viel Blut verloren und kam wahrscheinlich nicht durch.
Gaius Julius Caesar wurde, wie Damis befohlen hatte, von uns abgesondert.
Wir waren noch am Leben, aber es war nur eine Frage der Zeit, bis wir das Urteil dieser Mörderbande zu erwarten hatten.

Leben oder Tod? Es stand für uns auf des Messers Schneide.

# KAPITEL III

## IN GEFANGENSCHAFT

**FELSENFESTUNG**

Lykien, unter der Herrschaft der kilikischen Piraten

Am dreizehnten Tag nach Auslaufen der ‚Imperium III' in Rhegium.

„Und was ist das für ein Römer, den du gefangengenommen hast?"
Adriana saß in ihrer ganzen Schönheit - also völlig nackt - an einem hölzernen Tisch in ihren Privatgemächern, der über und über mit den unterschiedlichsten frischen Früchten gedeckt war. Sie musterte Damis kalt, der soeben äußerst übellaunig und verschwitzt durch die Tür geschritten kam.
„Es hat sich so schnell bis zu dir herumgesprochen? Wir haben gerade erst festgemacht...!", wunderte sich Damis und reckte sich Adriana frustriert zu einem Kuss entgegen. Er nahm dabei den erregend-

erotischen Duft ihres Körpers war. Bei Zeus, wie sehr er sie begehrte! Jetzt! Auf der Stelle!

Sie entging dem Versuch, geschickt den Kopf wendend, und entgegnete kalt, er solle erst einmal baden, bevor er sich ihr näherte.

Damis' Blick wurde ob dieser schroffen Zurückweisung noch finsterer.

„Der Kerl heißt Gaius Julius Caesar. Er ist weder reich noch Politiker oder Staatsbeamter in Rom. Er sagt, er sei Rechtsanwalt und ein Gelehrter in Religionsfragen. Stell dir das vor! Ich habe eine Liburne und fast hundert Mann für einen Niemand geopfert! Ich... ich weiß im Moment noch nicht, wie ich das unseren Leuten in Coracesium[39] erklären soll."

Zornig riss er sich den bronzenen Bruspanzer vom Leib und warf ihn scheppernd in eine Ecke des Raumes.

Es war schon recht heiß in Kleinasien, aber die Raumtemperatur kühlte sich merklich ab, denn Adriana musterte ihren diesmal offenbar erfolglosen Geliebten weiter mit kaltem Blick, schob sich eine riesige Weintraube in den Mund und schlug die nackten Beine übereinander.

„Damis", begann Adriana. „Soll das etwa heißen, ich muss noch länger auf ein besseres Leben in Ephesus verzichten und in diesem Felsengrab hier vor mir hin faulen, weil wir für diesen Römer kaum ein Lösegeld bekommen können?"

Adrianas Stimme hatte eine gefährlich schrille Tonlage.

Damis kannte diese Tonlage und wusste, dass mit ihr nun nicht mehr zu spaßen war.

Sie war gewohnt, von ihm alles zu bekommen, was sie wollte.

„Nein, das heißt es nicht!", fuhr Damis auf. „Wir werden ein Lösegeld bekommen, zusätzlich auch das Schiff dieser Römer verkaufen und die

---

[39] heute: die Stadt Alanya in der Türkei; die Festung auf der Halbinsel galt bis zu ihrem Fall durch die Römer als Hochburg und Hauptstadt der Kilikier

verbliebenen Legionäre und die Mannschaft als Sklaven anbieten! Ich schaff' das schon! Bitte..., glaub mir!“
In Damis' Worten lag etwas Flehendes, eine Färbung, die Adriana hasste. Sie verabscheute flehende Männer. Und so wurde ihr Blick nicht milder. Ihre vollen, stark erigierten Brustwarzen reckten sich ihm herausfordernd entgegen.
Sie spielte mit seiner Begierde.
So wurde er immer noch kleiner und sie trieb ihr perfides Spiel weiter und weiter.
„Du hast alle Legionäre hierhergebracht? In unseren Stützpunkt?“
„Weil ihr Führungsoffizier ein Freund von mir ist. Er hat dem Kleinen und mir vor Monaten in Misenum das Leben gerettet. Ihm sollte erst einmal nichts geschehen.“
„Damis hat Freunde bei der Legion“, zischte sie hämisch grinsend. „Das macht mich richtig glücklich. Hast du bereits römisches Bürgerrecht beantragt?“
War er ihr etwa Rechenschaft schuldig?
Damis stieg die Zornesröte ins Gesicht.
„Adriana, das verstehst du...!“
„Ich will ihn sehen!“, unterbrach sie ihn schroff. „Diesen Caesar meine ich! Er muss ein toller Mann sein. Man sagt, er sei ein fantastischer Krieger und er habe ganz allein die Hälfte unserer Toten auf dem Gewissen.“
„Übertreib nicht so!“ Damis atmete tief durch.
Adriana zog in sich hinein lächelnd eine Schnute.
Damis wusste, warum sie diesen Kerl sehen wollte.
„Deinen Freund, diesen jungen Offizier, will ich mir ebenfalls anschauen“, ergänzte sie und lächelte weiter. „Heute Nachmittag im großen Saal.“

Damis nickte, hob seinen Brustpanzer auf und verließ wortlos den Raum. Wieder einmal hatte Adriana das letzte Wort gehabt und er eine Debatte desaströs verloren.
Er war wütend auf sich selbst, dass er sich durch ihre offensichtlichen körperlichen Vorzüge immer wieder in dieser Art erniedrigen ließ.
Er liebte sie und er hasste sie.
Irgendwann würde er ihr trotzen.
Adriana schürzte die vollen Lippen, sah ihm mit hochgerecktem Kinn überlegen grinsend nach und griff zufrieden nach der nächsten Weintraube.

„Centurio, hörst du mich? Ich bin es, Optio Germanicus."
Ich versuchte, ihn mit sanften Ohrfeigen ins Leben zurückzubringen. Er war nach dem Kampf nur einmal kurz bei Bewusstsein gewesen, das Fieber war nun abgeklungen, aber um zu leben, musste er aufwachen.
Seine Augenlider flatterten und öffneten sich. Die große Nase war bleich, sein sonst so gepflegter, rötlich-grauer Vollbart zerzaust und mit getrocknetem Blut verschmiert. Ich führte die Öffnung eines Schlauchs mit Wasser an seine Lippen. Er trank zu hastig und hustete, stöhnte laut und versuchte zu sprechen:
„Lage... bericht!"
„Wir wurden überwältigt und gefangengenommen, Centurio. Wir befinden uns im Kerker des Hauptquartiers dieser Lumpen, wo immer das auch sein mag. Wahrscheinlich an der Küste Kleinasiens oder auf einer Insel. Wir waren die ganze Nacht lang unterwegs hierher und sind nun schon einen halben Tag eingeschlossen."
„Wie viele... Überleb...?"
„Wir sind gut zwanzig Mann. Alle anderen haben es nicht geschafft. Auch unsere Rudermannschaft wurde ermordet."

Er schloss entsetzt die Augen und versank wieder in tiefer Bewusstlosigkeit.
Meine erste große Fahrt auf einem Kriegsschiff war ein einziges Desaster geworden. Ich streckte mich lang auf dem angenehm sauberen Boden aus und dachte nach. Wie würde dies alles enden?
Wenig später ging die Kerkertür quietschend auf und ich wurde aus meinen Gedanken gerissen. Ein Pirat trat herein und zeigte mit einer riesigen Peitsche direkt auf mich.
„Du! Mitkommen!“, befahl er in gebrochenem Latein. „Die Panzerung bleibt hier!“
Ich erhob mich.
Was erwartete mich nun?
Diesen Damis hatte ich seit unserer zweiten Begegnung direkt nach unserer verlorenen Seeschlacht nicht mehr wiedergesehen.
Ich nahm, wie befohlen, mein Lorica Segementata[40] ab, beließ meinen Legionärsgürtel aber über meiner Tunika, als Zeichen meines soldatischen Ranges, und folgte dem Piraten durch enge, mit schmalen Schießscharten zur Seeseite bewehrte Gänge aus roh behauenem Felsen, treppauf, treppab.
Schließlich ließ er mich in einen unerwartet großen Raum eintreten, der etwa zehn mal zehn Schritte umfasste.
Die Wände des von Sonnenlicht durchfluteten Raumes waren teilweise mit marmornen Platten ausgekleidet und zum Schmuck mit bunten Teppichen behängt. Auch der glatte Boden war mit Teppichen belegt. An einer Seite ließ eine rechteckige Öffnung Tageslicht herein. Ich erblickte das Meer und den Horizont.
Das alles war jedoch noch gar nichts.

---

40 Brustpanzer römischer Legionäre

Meine Aufmerksamkeit wurde vollkommen von einer jungen Frau eingenommen.
Sie räkelte sich auf einem thronartigen Gebilde aus Stein, nur bekleidet mit einem dünnen roten Schleier, einem Hauch von nichts.
Ich schätzte sie auf vielleicht fünfundzwanzig Jahre, bestaunte ihre makellose, leicht bronzefarbene Haut. Ihre weichen weiblichen Formen zeichneten sich unter dem Schleier deutlich ab. Üppige, aber feste Brüste mit leicht erigierten Brustwarzen und ihre dunkle Scham waren unter dem Schleier mehr als nur zu erahnen. Ihr langes Haar war pechschwarz, ihr ovales Gesicht fein gezeichnet mit vollen, erotischen Lippen und mandelförmigen, dunkelbraunen Augen.
Wie die lebende Aphrodite saß diese junge Schönheit mit überschlagenen Beinen in ihrem Sitz, lächelte freundlich und erwartungsvoll und sprach mich in griechischer Sprache an:
„Du bist also der Held, der unserem Anführer das Leben gerettet hat."
Ihre dunkle, geradezu animalische Stimme war ebenso umwerfend wie ihre gesamte äußere Erscheinung. Ich starrte sie gebannt an, denn eine solche Frau hatte ich noch nie gesehen.
„Hast du deine Stimme verloren, du Held, oder verstehst du mich nicht?"
„Ähm, nein... doch... ich verstehe die griechische Sprache."
Mir wurde bewusst, wie idiotisch ich mich benahm. Ich nahm mir vor, mich zusammenzureißen.
„Ich habe Damis geholfen, damals", erwiderte ich fest. „Aber ob ich ihm da..."
„Tapfere, gutaussehende Männer haben mich schon immer fasziniert", unterbrach sie mich und erhob sich mit grazilen Bewegungen. „Wie ist dein Name, du blonder römischer Held?"
Das war mir nun doch ein „Held" zu viel gewesen für meinen Geschmack. Aber ich ernüchterte kein bisschen. Ich konnte den Blick

nicht von ihr lassen. So, wie sie mir entgegenschwebte, konnte sich kein Mann abwenden. Ich schon gar nicht.

„Ich bin Manius Fabius Germanicus, Optio der... der römischen Legion und..."

Und ich bin ein Idiot, hätte ich sagen sollen.

Dieses dämliche Gestammel, nur weil eine wunderschöne Frau, eine griechische Göttin der Schönheit und der Liebe vor mir stand. Ganz nah vor mir. Weil die Finger der Göttin sanft entlang der Innenseite meiner Schenkel strichen und schließlich Stellen meines Körpers liebkosten, die Symphonien der Lust durch meine Sinne klingen ließen.

Der bereits ordentliche Druck in meinem Unterleib erhöhte sich vulkanartig, während sie begann, mich zu küssen. Süß streichelte ihre Zunge meine Lippen.

„Ich bin Adriana", hauchte die Göttin schließlich, strich mir mit der Zunge noch einmal sanft über die Lippen, wandte sich ab und entschwebte zu Ihrem Thron. Sie ließ sich wieder darauf nieder.

„Wir werden uns jetzt öfter sehen, mein blonder Held."

Sie streckte den Arm nach mir aus.

„Komm zu mir."

Ich folgte ihrem Wunsch und sie erhob sich wieder, während sie mit den Fingern sanft, wie ein warmer Wind, über meinen Körper strich, mich erneut küsste, ich diesen Kuss leidenschaftlich erwiderte und im Feuer dieser auflodernden Leidenschaft versank.

War das Wirklichkeit oder ein wundersamer Traum?

‚Lass dich nicht täuschen, Manius! Sie ist keine Liebesgöttin, sondern deine Feindin! Sie will dir Böses', sagte mir meine innere Stimme. Nur langsam und sehr widerwillig übernahm mein Verstand die Führung.

„Adriana, ich ...", murmelte ich, doch sie unterbrach mich mit einer sanften Handbewegung.

„Ich bin nicht deine Feindin, Manius", hauchte Adriana und nahm wieder auf ihrem Thron Platz. Konnte sie meine Gedanken lesen? „Wir werden sehr viele schöne Stunden miteinander verleben, glaub mir. Du wirst erst einmal ein angenehmeres Quartier erhalten. Du wirst dich reinigen und frisch einkleiden. Es ist alles vorbereitet. Unser zweiter Gast wird dein Zimmergenosse sein. Du kennst ihn ja. Meine Leibsklavin wird dir helfen und dir auch sonst alle Wünsche erfüllen."
Sie klatschte zweimal in die Hände: „Antheia!"
In der Tür erschien eine junge Frau mit einem grauen, nichtssagenden Gesicht, gehüllt in eine einfache Arbeitstunika. Sie kam so unauffällig daher, dass sie sich optisch kaum von den Wänden abhob. Diese geringe Wahrnehmbarkeit ließ sie zur perfekten Leibsklavin werden.
Die Audienz bei Adriana war jedenfalls beendet. Vorerst.
Grußlos und vor allem von meiner erheblichen Erektion verwirrt, verließ ich an der Hand Antheias den Raum. Erst jetzt war ich fähig, sie genauer zu betrachten.
Eine leichte Röte verbunden mit einem spitzbübischen Lächeln verdrängte ihre in Gegenwart ihrer Herrin gezeigte völlig passive Mimik, während sie meine sich nur zögerlich verringernde Erregung betrachtete. Antheia war jung und kaum weniger schön als ihre Herrin, fiel mir jetzt auf.
Ich ließ mich von ihr durch einige Felsentunnel in ein Zimmer führen, welches den Ausblick und einen Ausgang in einen wunderbaren botanischen Garten bot. Fenster und Tür waren nicht vergittert. Der Raum war mit Teppichen ausgelegt, ansonsten aber kahl. Rechts und links standen zwei Pritschen, die rechte war wohl meine, denn auf ihr lag frische Wäsche, wie mir meine Begleiterin bedeutete.
Antheia sah mir lächelnd in die Augen, wandte den Blick ab und verließ dann unverzüglich und mit devot gesenktem Haupt den Raum.
Ich atmete tief durch.

Nun stand ich vor meiner Pritsche und wurde langsam wieder klar im Kopf.
Hatte ich das alles wirklich erlebt?
Ich schüttelte den Kopf und massierte mir die Schläfen.
„Ah, Manius, mein Freund, da bist du ja!"
Gaius Julius Caesar schritt eben gartenseitig zur Pforte herein und reichte mir in überaus vertrauter Weise den Unterarm. Er war gewaschen, rasiert und mit einer sauberen, hellen Tunika bekleidet.
„Julius? Was hat das alles zu bedeuten?"
„Das weißt du nicht? Hast du sie nicht kennengelernt? Mir hat sie gesagt, sie wolle dich unbedingt kennenlernen."
„Adriana?"
Caesar grinste enorm breit, nickte energisch und sah mich mit lustig funkelnden Augen an.
„Bring erst einmal dein Äußeres auf Vordermann. Hier sind Wasser, Seife und ein Tuch. Die nächsten Tage wird es uns hier gut gehen, sage ich dir. Damis ist wohl für mehrere Tage fort, um ein opulentes Lösegeld bei unseren Leuten für mich zu erpressen. So lange wird sich Adriana mit uns beschäftigen. Eine Aussicht, der ich mich nur schwerlich widersetzen kann."
Er ließ sich rücklings auf seine Pritsche fallen und verschränkte zufrieden grinsend die Arme hinter dem Kopf.
„Na, ich weiß nicht, Julius", erwiderte ich kopfschüttelnd. „Das geht ins Auge. Dieser Damis wird es nicht so einfach hinnehmen, dass wir seine Geliebte beglücken. Außerdem, ich bin verlobt..."
Verlegen senkte ich den Blick.
„... gewesen, verehrter Manius, gewesen. Das hast du selbst gesagt. Außerdem sind wir Gefangene und müssen tun, was unsere Bewacher uns sagen, oder?", lachte er. „Adriana hat hier das Sagen. Du hast sie

doch gesehen. Mal ehrlich, wer kann sich dieser Göttin schon entziehen?"

Nein, daran war ich eben auch schon einmal gescheitert. Caesar hatte wohl recht. Aber ich liebte meine Claudia und hatte nicht vor, sie nur Tage nach unserer vermeintlichen Trennung zu betrügen. Ich wollte sie noch immer heiraten.

„Na gut, du verliebter Dummkopf, wie du willst. Ich kümmere mich um Adriana. Ich mach das schon…"

Noch immer sehr breit grinsend sah Caesar zur Decke hinauf.

„Hast du Ahnung von Lyrik? Schreibst du gern Gedichte?"

„Ich hatte einen Privatlehrer..., aber was...?", antwortete ich achselzuckend, denn ich verstand nicht.

Caesar bog sich vor Lachen auf seiner Pritsche.

„Sehr gut. Das wirst du gebrauchen können in den nächsten Tagen."

**RHEGIUM**

Römische Provinz Bruttium, südliches Italien

Nachdem er das Gespann mit dem reich verzierten Wagen seinen bewaffneten Begleitern überlassen hatte, reichte er seiner Tochter galant den Arm. Elf Tage nach dem Überfall auf sein Haus führte Lucius Claudius Benignus' Weg zum Fabius-Anwesen.

Seid der Vater aus Rom zurückgekehrt, sein Haus in Unordnung und seinen Sprössling in der Obhut seines Freundes Gaius Fabius vorgefunden hatte, hatte seine Aufregung darüber nicht nachgelassen.

Gaius' Ausführungen zu den Vorkommnissen in besagter Nacht hatten ihn bei weitem nicht beruhigt. Er wollte unbedingt eigene Informationsquellen anzapfen. Immerhin war auch den bisherigen

Ermittlungen seines Nachbarn und Freundes wenig Erfolg beschieden gewesen und es hatte sogar einen Toten gegeben.
So schritt Lucius Claudius Benignus nun mit seiner schönen Tochter durch den großen Bogen des Portikus in das Atrium des Haupthauses.
Er war in demselben Alter wie sein Freund Gaius, unterschied sich optisch aber sehr von Manius' jugendlichem, jungenhaft wirkenden Vater. Sein ehemals dunkles Haupthaar war bei dem Mittvierziger schon fast vollständig ergraut, was ihm die Ausstrahlung eines ehrwürdigen älteren Aristokraten gab. So wie der zumeist ernste Gesichtsausdruck, die sonore Stimme und die edle Tunika mit Umhang aus bester fernöstlicher Seide.
Und doch war Benignus‘ Vita bizarr, denn als freigelassener Sohn eines sabinischen Sklaven war er durch mancherlei undurchsichtige Eskapaden schon in jungen Jahren zu viel Geld gekommen und schließlich selbst in den lukrativen Sklavenhandel eingestiegen.
Gaius‘ verstorbene Frau Quinta hatte seinen Namen ‚Benignus‘[41] immer als blanken Hohn empfunden angesichts seines Handelsgeschäftes. Es war jedoch für Gaius Fabius Maximus als Pater familias nie ein Grund gewesen, diesen Mann abzulehnen. Benignus hatte lediglich einen Lebenslauf wie viele der Oligarchen in Rom, die mit der alten Aristokratie längst eine Symbiose zu beiderseitigem Vorteil eingegangen waren.
Er und seine Tochter wurden deshalb freudig und mit offenen Armen von Gaius Fabius Maximus direkt am Eingang empfangen, der mittig von einem opulenten Springbrunnen mit einer Götterstatue Jupiters aus weißem Marmor geschmückt war.

[41] lat. ‚der Gutmütige‘

„Claudia, du siehst hinreißend aus", schwärmte Gaius. „Wie schön, dich wieder in meinem Hause begrüßen zu dürfen." Er reichte Benignus den Unterarm. „Mein Tablinum ist bereits vorbereitet."

Sie betraten den prächtigen Raum, der sich wie üblich an seiner Vorderseite weiträumig zum Atrium hin öffnete und direkt gegenüber dem Haupteingang gelegen war.

Es war das Empfangszimmer für Gäste des Pater familias mit einigen Sitz- und Liegegruppen, einem beheizbaren Boden aus illyrischem Marmor, wundervollen Teppichen, einem Tisch aus feinsten heimischen Hölzern und zwei großen Fenstern, die den Blick in den botanischen Garten zuließen.

Das Tablinum wirkte edel, repräsentativ und, mit der Ansammlung schneeweißer Büsten der Fabius-Familienhelden protzig und dekadent. Standesgemäß römisch eben.

Gaius bat seine Gäste, an einem recht großen Tisch Platz zunehmen, nicht ohne vorher einen Bediensteten anzuweisen, die besten Getränke zu servieren.

„Hast du immer noch keine Sklaven, Gaius?", feixte Benignus, als er sich in die weichen Kissen fallen ließ. „Das ist doch alles viel zu teuer. Ich kann dir gern ein paar kräftige Illyrer oder Gallier zum Sonderpreis verkaufen. Wie wär's?"

„Sehr geschäftstüchtig, aber vergebene Liebesmüh, lieber Freund. Lassen wir's bei den Freien, im Gedenken an meine verstorbene Frau", winkte Gaius lächelnd ab. „Manius würde mich zum Schwertkampf fordern, wenn plötzlich Sklaven im Hause arbeiten würden." Und an Claudia gerichtet: „Wie ich sehe, Liebes, bist du wieder ganz gesund, so kurz nach dem Überfall. Das freut mich sehr."

Sie nickte, blieb stumm. Ihr Blick allerdings versank für einen Moment in dem seinen. Er lächelte seltsam berührt, ja verwirrt zurück.

Gaius Fabius Maximus war ein sehr einsamer Mann, dem es beileibe nicht gefiel, den Granden zu spielen und sich als starker Fels in der Brandung zu geben, der nur für das Geschäft und in der Vergangenheit mit seiner großen Liebe lebte.
Er sah sich als Mittvierziger beileibe nicht als alter Mann. Tief im Herzen wünschte er sich schon lange die Wärme eines weiblichen Wesens, körperlich und seelisch. Er sehnte sich nach Zweisamkeit, nach einer Frau, die sich nicht wegen seines Reichtums, sondern aus Liebe um ihn bemühte.
‚Aber nicht nach Manius' Verlobter..., ehemaliger Verlobter! Bei Venus, mein lieber Gaius!', schalt er sich in Gedanken selbst. ‚Woran denkst du gerade, alter Narr?'
Beschämt riss er sich von Claudias Blick los und winkte dem Bediensteten mit den Getränkekannen und Bechern zu.
Gaius Fabius bot den Gästen mit Wasser verdünnten Wein oder seinen ganz speziellen Mulsum an. Gaius bevorzugte ein eigenes Rezept, welches nur er kannte und in dem man herben Wein mit abgekochtem Honig, aber auch noch mit einigen aus dem Orient erworbenen Gewürzen vermischte.
Neben seiner Arbeit hatte er nämlich Vergnügen daran, einen hervorragenden Wein zu ziehen, sich gärtnerisch an der frischen Luft zu betätigen. Er tat dies, so oft seine Verpflichtungen es zuließen, seit dem Tod seiner Frau noch öfter, und das mild-heiße Klima und der vulkanische Boden der Region kamen ihm dabei entscheidend entgegen.
„Gaius, du kannst dir vielleicht denken, warum ich hier bin", begann Benignus. „Ich habe in den vergangenen Tagen selbst Erkundigungen in Bezug auf das Blutsymbol in meinem Atrium angestellt."
„Das habe ich auch, Lucius", nickte der Angesprochene und in seinem Gesicht spiegelte sich Verdruss. „Leider nicht sonderlich erfolgreich und mit einem toten Mann als Folge. Meine Quellen schweigen sich aus oder

wissen tatsächlich nichts. Ich habe bis jetzt versagt, muss ich mir eingestehen."

„Du kannst dir vielleicht denken", nickte Benignus, „dass ich im Sklavengeschäft über ‚etwas andere Netzwerke' verfüge als du in der Legion..."

Gaius legte verstimmt die Stirn in Falten.

„Nichts für ungut, mein Freund", wehrte Benignus mit einem leicht spöttischen Blick ab, „aber es ist so. Diese besonderen Netzwerke habe ich aktiviert, aber bisher noch keine Nachricht erhalten. Auch Claudia hat Nachforschungen angestellt, alle Informationen zusammengetragen und zu erstaunlichen Erkenntnissen geformt."

Er setzte seinen Becher an die Lippen und genoss in großen Schlucken etwas erfrischenden Mulsum. Die Hitze des Tages steigerte sich von Moment zu Moment.

„Tochter, bitte erzähle unserem Freund, was du herausgefunden hast", sagte Benignus schließlich mit befriedigtem Lächeln und nickte Claudia aufmunternd zu.

Claudia zog spitzbübisch lächelnd eine größere Schriftrolle unter ihrer Tunika hervor, breitete sie auf dem Tisch aus und strich sie an den Enden mit geschickten Bewegungen glatt.

„Diese Rolle habe ich von Vaters Quellen erhalten", begann sie und zeigte auf ein Bildnis, welches Gaius detailreich und farbig entgegenleuchtete.

„Wir haben hier das Original-Bildnis vor uns liegen."

„Ja", nickte Gaius interessiert, „man kann sehr gut alle Einzelheiten erkennen. Aber es ist nicht das Symbol aus eurem Atrium. Was, bei Pluto, bedeutet es?"

Die Abbildung zeigte eine Frau mit erotisch geschwellten Brüsten aufrecht dastehend, mit der Linken ein riesiges Schwert in die Höhe reckend, mit der Rechten einen großen fünfeckigen Schild dem

Betrachter abwehrbereit entgegensetzend. Die Buchstabenkombination ‚AE' prangte prominent in der Mitte des Schildes.

„Du hast recht. Es ist nicht das Symbol, welches der Angreifer mit Blut auf den Boden gemalt hat. Ich habe deshalb in der städtischen Bibliothek eine Menge Schriftrollen durchgesehen und mich erkundigt, wer die schöne Dame sein könnte. Wir sehen hier eine Darstellung der griechischen Göttin Aphrodite, die bei uns Römern ‚Venus' heißt."

Gaius Fabius Maximus runzelte nachdenklich die Stirn und betrachtete die Darstellung.

„Die Liebesgöttin Aphrodite? Unsere Venus?", fragte er zweifelnd. „Sie ist auf dieser Darstellung bewaffnet. So habe ich sie noch nie gesehen. Schließlich ist sie Göttin der Schönheit, der Liebe und der Fruchtbarkeit."

„Du hast wieder recht, Gaius, die Bewaffnung ist irritierend", fuhr Claudia schulterzuckend fort. „Aber ich habe auch herausgefunden, was dieses Bild konkret symbolisiert."

Wieder erschien dieses für Claudia typische, süß-spitzbübische Grinsen auf ihrem Gesicht, was sie noch schöner werden ließ. Gaius sah ihr aufmerksam in die Augen, mit dem typischen Blick, den sie von Manius gut kannte.

„Venus, wie sie bei uns heißt, symbolisiert hier eine Familiengeschichte, eine Geschichte, die in ihrer Tragik, voller Gewalt und Tod kaum zu übertreffen ist und die sich vor langer Zeit zugetragen hat. Ich denke, du kennst sie..."

Noch immer war er völlig ahnungslos, während Claudia in Andeutungen verfiel und ihr Vater sich stolz etwas von Gaius' Mulsum nachschenkte.

„Also, die Herkunft eines Mannes namens Aeneas und seiner Familie, er selbst ein hochrangiger Führer von Troja[42] unter König Priamos, führte man damals, zur trojanischen Zeit, auf die Göttin Aphrodite als dessen Stammmutter zurück“, führte Claudia aus. „Aeneas war mit Prinz Hector der tapferste Held unter den Trojanern.

Er versuchte schließlich auch noch bei der Eroberung der Stadt die Feinde zurückzutreiben. Als dies unmöglich wurde, zog er sich auf die Burg zurück.

Aeneas, der sich selbst oft auf seine göttliche Abstammung berief, verteidigte die Burg, bis er sah, dass sich einige Bewohner der Stadt durch ein geheimes Tor in das Ida Gebirge gerettet hatten. Ihm gelang unter gefährlichen Umständen und unter dem Schutze der Aphrodite, wie man erzählte, daher vielleicht Schild und Schwert in ihren Händen, die Flucht aus dem brennenden Troja. Derweil plünderten die Griechen unter Odysseus die Stadt und legten sie in Schutt und Asche. ‚AE‘ könnte folglich die Abkürzung des Namens Aeneas sein.“

Ein Moment der Stille und des Nachdenkens folgte ihren Ausführungen. Gaius aber wog zweifelnd den Kopf hin und her.

„Nein, ich glaube das nicht“, warf er schließlich ein. „Der Name ‚Aeneas‘ ist latinisiert, Claudia. Sieh her.“

Er zog ein Stück Papyrus und einen Griffel hervor und schrieb den Namen in griechischen Zeichen auf: ‚Αἰνειας‘.

„Dies spricht sich ‚Aineías‘. Das Kürzel ‚AE‘ hingegen besteht aus lateinischen Schriftzeichen, welche von den Zeichen der frühen Etrusker abstammen“, fuhr er fort. „Für mich bedeutet das, dieses Symbol ist viel jünger und stammt aus römischer Zeit. Ich frage mich, was dies alles mit

---

[42] siehe auch die Geschichten Homers zum trojanischen Krieg der Griechen; trojanisches Pferd

den Vorgängen zu tun haben könnte, die uns hier und heute beschäftigen?“

Wieder lächelte Claudia zuckersüß, nickte und fuhr in ihren Ausführungen fort. Sie berührte Gaius dabei sanft an der Hand.

„Aeneas gilt als einer der Urväter Roms. Die Irrfahrten des Aeneas durch Thrakien, nach Delos, Kreta, Sizilien und Karthago bis in die Unterwelt, werden von römischen Dichtern in allen Einzelheiten beschrieben.“

„Kenne ich nicht unbedingt“, meinte Gaius. „Die römische Mythologie hat mich nie sehr interessiert, aber Manius dürfte sich damit bestens auskennen. Er hat vor ein paar Jahren sogar Homer gelesen.“

„Oh, es handelt sich nicht um Mythologie“, erwiderte Claudia und schüttelte den Kopf. „Aeneas landete auf vielen gefährlichen Umwegen nach Jahren schließlich in Latium und ließ sich an einem Ort nieder, der später die ‚Mutterstadt‘ Roms wurde: Alba Longa. Er begründete eine der ältesten Familien Roms, aus der die heutige Gens Julii hervorgegangen ist.“

Gaius öffnete sprachlos den Mund. Er begann zu verstehen.

„Gaius Julius Caesar[43]“, flüsterte er schließlich und griff sich mit der Rechten an die Stirn.

„Das wäre möglich“, nickte die junge Frau eifrig, „meine Nachforschungen haben etwas in dieser Art ergeben. Auch weil ich während des nächtlichen Überfalls explizit nach diesem Caesar gefragt wurde. Das kann kein einfacher Zufall gewesen sein.“

„Venus beschützt also auf diesem Bild Aeneas und alle seine Nachkommen mit Schild und Schwert. Auch diesen Caesar? Heißt das,

---

[43] seit ca. 300 v. Chr. führte ein frei geborener Römer die tria nomina (drei Namen): das **praenomen** als Vornamen (hier: Gaius), das **nomen gentile** als Namen der gens (Geschlecht, Familie), der er angehörte (hier: Julius = die Julier), und das **cognomen** als Beinamen (hier: Caesar)

dieser Mann hat direkt irgendetwas mit dem Überfall und dem toten Informanten zu tun?"
„Das ist möglich", mischte sich nun auch Lucius Claudius Benignus ein. „Die Frage ist auch, wieso man in mein Haus eindringt, ein Schutzsymbol der Julier mit Blut auf meinen Marmorboden malt, nachdem man meine Sklaven überwältigt und meine Tochter bedroht hat."
„Und warum er mich nach diesem Caesar gefragt hat", ergänzte Claudia. „Ich glaube aber nicht, dass dieser Julier etwas mit dem Überfall zu tun hat. Für mich ist das nicht logisch. Wieso sollte dieser Kerl mich nach Caesar fragen, sollte Caesar selbst der Initiator der ganzen Geschichte sein?"
Claudia hob den rechten Zeigerfinger und rollte jetzt einen zweiten, kleineren Papyrus aus.
„Es gibt übrigens noch eine vereinfachte Darstellung des Bildnisses der Venus", erklärte sie. „Hier bitte: eine kreisrunde Plakette mit einer eingravierten, großen Venusblume, den Buchstaben ‚AE' und der Abbildung eines Schwertes. Sie existiert seit zweihundert Jahren."
Claudia rollte die Zeichnungen ein, ließ sich ratlos auf ihren Sessel neben Gaius Fabius fallen und sagte: „Ich denke, irgendwer versucht, diesen Caesar in seine Gewalt zu bekommen oder ihm etwas anzutun und hat alle Hebel in Bewegung gesetzt, ihn zu finden. Mir hat man in unserem Hause aufgelauert, um Informationen zu sammeln. Der Überfall galt nicht explizit unserer Familie."
„Das alles können wir noch nicht genau sagen, Claudia", erwiderte Benignus. „Auf jeden Fall ist dieser Gaius Julius Caesar in die Vorgänge involviert. Nur wissen wir nicht, wie. Aber das werden wir herausfinden."
„Der Präfekt hatte während meines Kurzbesuchs in der Präfektur von Misenum einen Ring mit der Gravur ‚AE' am Finger...", sagte Gaius

Fabius, stand nachdenklich auf und kratzte sich am Kopf. „Er ist mit Sicherheit ein Teil dieser wie auch immer gearteten Verschwörung. Und meine Familie nun auch, weil Manius, wie es der Zufall will, als Optio auf dem Schiff fährt, auf dem sich möglicherweise dieser Caesar befindet. Er muss der geheimnisvolle Passagier sein."
„Natürlich gibt es diese Verbindung", nickte Benignus. „Quintus Aurelius Plautus, Präfekt in Misenum, ist ein Onkel Caesars. Daher vielleicht der Ring. Caesars Mutter stammt aus dem Hause der Gens Aurelii, wie ich weiß."
Gaius Fabius Maximus ließ sich wieder auf seinen Sessel fallen.
„Bei Minerva, also weiß Quintus Aurelius Plautus genau, was vorgeht, so wie ich es vermutet habe", nickte er und sah seinen Freund nachdenklich an.
„Ja, ich nehme das an. Er hat auch das Auslaufen der Trireme deines Jungen befohlen. Ohne Begleitschutz, aber mit einer kampfstarken Centurie besetzt. Man rechnet also mit Schwierigkeiten. Der Grund der Mission ist aber nicht zu erfahren. Sehr mysteriös. Aber wir werden es trotzdem herausbekommen."
„Wir sollten nicht warten, bis wir wieder angegriffen werden, sondern selbst die Initiative übernehmen. Der Präfekt ist potenzieller Mitverschwörer. Aber gerade er weiß doch, wohin das Schiff mit welchem Passagier gefahren ist. Wem verheimlicht er was? Ich verstehe die Zusammenhänge nicht."
„Ich werde mich um Quintus Aurelius Plautus kümmern, lieber Gaius", sagte Benignus mit einem Grinsen und goss seinem Freund, seiner Tochter und sich selbst frischen Mulsum nach. „Ich werde versuchen, unseren lieben Präfekten auszuquetschen, um mehr zu erfahren, als er dir bereit war zu erzählen. Mir schwebt da eine bewährte Methode vor, wie das anzustellen wäre. Lass mich nur machen."

„Sehr gut“, nickte Gaius Fabius. „Ich habe übrigens vor wenigen Tagen einen Agenten nach Griechenland in Marsch gesetzt, der mir berichten soll, was aus dem Schiff meines Sohnes und den Männern an Bord geworden ist.“
„Nach Griechenland?“, fragte Benignus überrascht.
„Ja, über besondere Kanäle, ich habe auch meine Netzwerke“, grinste Gaius und Benignus lachte amüsiert, „habe ich erfahren, dass das Schiff nach Rhodos entsandt worden ist. Mein Agent wird schnellstens zurück sein und mir berichten, wo das Schiff letztlich abgeblieben ist. Seit der Abreise aus Rhegium hat es niemand mehr zu Gesicht bekommen.“
Gaius Fabius bestellte bei seinem Bediensteten etwas köstlichen Mulsum nach, mit dem die drei Freunde schließlich, auf gute Nachrichten und weiteres gutes Gelingen hoffend, anstießen.

Zur selben Zeit bezahlte ein Mann namens Aeolus seine neue Unterkunft im Voraus, mit etwas klingender Münze als großzügigem Trinkgeld.
Der Wirtin dieser vor sich hin rottenden Pension in einer der heruntergekommensten Gassen in Rhegiums Hafengebiet war das sehr recht. Sie lachte Aeolus aus ihrem fast zahnlosen Rachen lauthals an, krächzte zwischendurch ein Dankeschön und ließ das Geld schnell mit einem Augenzwinkern unter ihrer schmuddelig grauen Kutte verschwinden, wobei eine riesige, welke Brust sichtbar wurde.
Aeolus sah weg, schließlich hatte er erst vor kurzem ein schmackhaftes Mal zu sich genommen und wollte keinesfalls riskieren, es herauszuwürgen und auf dem Boden zu verteilen.
Ein uralter, ebenso zahnloser und ungewaschener Greis, der in einer Ecke des Foyers am Boden kauerte, lachte senil mit, wusste aber sicher nicht, warum.

Diese Frau würde keine Fragen stellen oder sich gar in seine Angelegenheiten einmischen. Der Greis sowieso nicht. Aeolus hatte deshalb sein vorheriges Quartier verlassen und diese Bruchbude aufgesucht.
Sein Zimmer war im Grunde eine einzige Katastrophe und ganz anders, als er es normalerweise gewohnt war. Die Wände waren schmutzig und zeigten schimmelige Verfärbungen über das gesamte Spektrum. Der Boden war seit Wochen nicht feucht aufgewischt, geschweige denn auch nur gekehrt worden und die Zimmerecken waren übersäht mit Rattenkötteln.
Die Pritsche, einziges Möbelstück in diesem Prachtzimmer, wackelte schon beim näheren Hinsehen. Wegsehen sollte man besser bei den winzigen lebendigen Mitbewohnern in der Matratze, den Decken und dem Kissen.
Aber er hatte ja nicht vor hier zu nächtigen. Es sollte nur sein letzter Stützpunkt sein, bevor er sich in wenigen Stunden einschiffen würde.
Für Aeolus' Zwecke und seinen Auftrag war die Pension also bestens geeignet. Sie bot reichlich Anonymität und im Zweifelsfalle Verstecke und Fluchtwege. Aber Aeolus hoffte, nein, er war sicher, dass er diese in Rhegium nicht mehr brauchen würde.
Gegenüber seinen Auftraggebern nannte er sich schon seit vielen Jahren „Aeolus", was natürlich nicht sein richtiger Name war. Aeolus war der römische Gott der Winde und er fand den Namen außerordentlich passend, da er nach jedem erledigten Auftrag stets wie der Wind unsichtbar und ohne Spuren zu hinterlassen verschwand.
Seine reichen, ergebnisorientierten Auftraggeber erwarteten genau das von ihm und keiner von ihnen stellte ihm nach. Jeder wusste, dies würde unweigerlich seinen Tod bedeuten. Und niemand bei klarem Verstand würde wirklich wollen, dass ein Künstler wie er, der nicht einfach Menschen beseitigte, sondern auf Wunsch und gegen Aufpreis den Tod

von Menschen virtuos zelebrieren konnte, aufflog und aus dem Verkehr gezogen würde.

Seine Herkunft und seinen richtigen Namen kannte nur einer seiner Auftraggeber: Der Mann, der ihm vor Jahrzehnten den ersten Auftrag erteilt, ihm die Freiheit aus der Sklaverei versprochen und nach erfolgreicher Erledigung auch gewährt hatte.

Aeolus war eigentlich Gallier und in einem kleinen keltischen Dorf am Meer in der Nähe von Massilia[44] geboren worden, das von römischen Truppen in einer Strafaktion besetzt, niedergebrannt und dessen Bewohner in die Sklaverei verschleppt worden waren. Aeolus war damals ein Kind gewesen und nie wieder einem seiner Verwandten aus dem Dorf begegnet.

Im Haushalt seines Besitzers in der Nähe von Rom wuchs er als Sklave heran, gut behandelt, aber unfrei. Sein Herr jedoch, obwohl verheiratet und mit einer kleinen Tochter gesegnet, fand mehr und mehr Gefallen an dem gutaussehenden, eher zart gebauten Jüngling. Aeolus war seinem Herrn zu wirklich allen Gelegenheiten zu Diensten gewesen und hatte ihn recht schnell mit seinen körperlichen Vorzügen beeindruckt. Aeolus erwirkte sogar, dass ihm sein Herr schon in so jungen Jahren die Aufsicht über die anderen Haussklaven übertrug, die er trotz seines zarten Körperbaus mit eiserner Hand zu führen verstand.

Fünf Jahre später war er ein freier Mann gewesen.

Den Auftrag seines Herrn hatte er so intelligent und gut ausgeführt, dass dieser ihn in manches Geheimnis einweihte und prompt weiterempfahl. Aeolus hatte immer geglaubt, einer von den Guten zu sein, die keiner Fliege etwas zuleide tun können. Wie überrascht war er gewesen, dass er beim Töten nichts gefühlt hatte, gar nichts. Die Leichen, die er hinterließ,

---

[44] heute: Marseille, Süd-Frankreich

berührten ihn erstaunlicherweise nicht. Für ihn waren das keine Menschen mit Gefühlen, Träumen, Erfahrungen und auch mit Angehörigen gewesen. Nein, nicht mehr als Insekten, die er zertrat. Dieser Vorteil wurde sein Geschäft.

Gewissensbisse?

Keine Spur!

Waren seine Opfer nicht ausnahmslos Verbrecher gewesen, Politiker oder Geschäftsleute, die selbst Mordaufträge vergaben und andere Menschen gnadenlos ausbeuteten, die endlos Schaden zufügten und den Profit daraus einstrichen?

Im Chaos der römischen Republik war sein Geschäft selbstverständlich geworden. Lukrativ und sehr gut nachgefragt. Und er gehörte als Socius[45] XIII zu einem geheimen Netzwerk, das über fast unbegrenzte Macht verfügte und im gesamten römischen Machtbereich, ja sogar darüber hinaus operierte. Er nannte sich innerhalb dieses Bundes lieber ‚Aeolus' statt ‚Socius XIII' und sah sich selbst nicht als vielfacher Mörder, eher als Beauftragter, ein hochspezialisierter Krieger, der diese Welt vom Abschaum säuberte, den keiner mehr haben wollte - im Grunde eine gute Tat.

Nun hatte er seinen letzten Auftrag angenommen, einen, so glaubte er anfangs, eher geringfügigen, einfachen Auftrag seines früheren Herrn und Geliebten, mit dem ihn noch immer eine tiefe Freundschaft verband.

Viel Aufklärungsarbeit und am Ende der schnelle Tod eines jungen Möchtegerns, der manchem in Rom unsanft auf die Füße getreten war, besonders aber seinem Herrn. Für diesen jungen Heißsporn hatte sich Aeolus keine besondere Todesart ausgedacht. Er würde sein Schwert zu

---

[45] lat. „Socius" = Bundesgenosse

spüren bekommen und kein Hahn würde mehr nach dem Kerl krähen. Aeolus hatte im Grunde so viel Geld verdient, dass er es sich leisten konnte, in seiner alten Heimat, unweit von Massilia, als römischer Bürger ein ruhiges und komfortables Leben mit Blick über das Mare Internum zu führen.

Dieser eine, leichte Auftrag noch, dann hatte er das Leben nur noch genießen wollen.

Doch es war ganz anders gekommen.

Der Auftrag gestaltete sich von Anfang an schwieriger und weitaus komplizierter als erwartet. In Rhegium war er nicht nur von diesem jungen Mädchen, einem halben Kind, ziemlich schwer mit einem Messer am Arm verletzt worden, als er in ihr Haus eingedrungen war, um sie nach dem Aufenthaltsort seiner Zielperson auszuquetschen. Er war noch nie während der Ausführung eines Auftrages verletzt worden.

Und er hatte kurz darauf auch noch einen lästigen Verräter aus dem Umfeld seines Auftraggebers liquidieren müssen, für den er nicht eine einzige Münze erhalten dürfte.

Er hatte auch viel zu lange gebraucht herauszufinden, in welcher Ecke dieser Welt sich seine Zielperson verkrochen hatte und wegen des Mädchens musste er sich vor den ständigen Nachstellungen der Männer ihres Vaters und dieses unsäglichen Gaius Fabius Maximus in Acht nehmen.

Seinen letzten Auftrag hatte er sich irgendwie einfacher vorgestellt. Nun würde er sich sogar in die weit entfernte Provinz Asia einschiffen müssen, um dieses Kerls endlich habhaft zu werden, den zu liquidieren sein Auftrag war.

Insgeheim ahnte Aeolus, diesen letzten Auftrag anzunehmen war ein Fehler gewesen. Aber es gab nun kein Zurück mehr.

**FELSENFESTUNG**

Lykien, unter der Herrschaft der kilikischen Piraten

Auch vierzehn Tage nach Auslaufen der ‚Imperium III' in Rhegium befanden wir uns in dieser skurrilen Gefangenschaft der Piraten.
Der kreisrunde, akribisch gepflegte botanische Garten, der etwa ein Stadium[46] im Durchmesser maß und mit erlesenen südländischen Pflanzen sowie einem künstlich angelegten Teich das Gefängnis für Caesar und mich war, lag in einer kleinen, einstmals natürlichen Senke.
Unser Schlafraum besaß einen Zugang.
Die schroffen Felswände der Senke allerdings waren von Menschenhand bearbeitet und nun so glatt und steil, dass sie nicht überwunden werden konnten.
Für einige Stunden am Tage fiel frühsommerliches Sonnenlicht in dieses halbnatürliche Rund und wärmte die kühlen Felswände, die danach ihre Wärme abgaben. So ergab sich ein wunderbar angenehmes Klima.
Ich entdeckte noch zwei weitere Zugänge zum Garten, die aber verschlossen und streng bewacht waren. Eine Flucht aus diesem komfortablen Gefängnis war also ausgeschlossen.
In der Mitte der Anlage standen mehrere steinerne Bänke und Tische. Alles sah so aus, als ob man dafür eingerichtet war, hier hochrangige Geiseln für mehrere Wochen festzuhalten. Man bot ihnen dabei stets einen gewissen Komfort, denn schließlich wollte man ein entsprechend hohes Lösegeld erpressen und nicht nach deren Freilassung irgendwelchen Nachstellungen und Racheaktionen gequälter und gepeinigter, aber nach wie vor steinreicher Römer ausgesetzt sein. Die Geiseln sollten sich ihren guten Allgemeinzustand bewahren.

---

[46] 1 stadium = 185 m

Gaius Julius Caesar bewies in diesen Tagen seine außergewöhnliche Befähigung, je nach Bedarf vom schwertkämpfenden Krieger, der im Blut seiner Feinde badete, zum völlig harmlosen, vergeistigten Gelehrten zu mutieren. Ungewöhnlich gut gelaunt durchmaß er mit mir gemeinsam und mit einigen staunenden Piraten im Schlepp gemächlichen, würdevollen Schrittes den subtropischen Garten, die großen Meister der letzten Jahrhunderte rezitierend. Zumeist tat er das in Originalsprache, vor allem bei Homer. Schließlich befanden wir uns in der griechischen Welt. Ich konnte mit meinem Wissen leicht mithalten, hatte ich zuhause doch das Glück eines guten Privatlehrers genossen.

Stets wurden wir ehrfürchtig von vier oder fünf der Seeräuber begleitet, die die niederen Botengänge für uns erledigten, Getränke und Früchte holten oder uns den Tisch in der Mitte des Gartens deckten. Sie begriffen nicht, welch bedeutende Zitate sich die beiden ‚hochrangigen Gelehrten', die sie zu bewachen hatten, stundenlang zuwarfen.

Wir schienen für diese brutalen Raubmörder, die sich einerseits wie kleine Kinder freuen, aber auch wegen Nichtigkeiten gegenseitig tot prügeln konnten, Wesen aus einer anderen Welt zu sein, außerhalb ihres knappen Verständnishorizontes.

Caesars enorme Aura tat ein Übriges und seine offen zur Schau getragene Arroganz auch. Er scherzte auch mit einigen der Piraten und spielte mit ihnen einfache Wurfspiele mit Steinkugeln oder er befehligte sie bei sportlichen Übungen.

Ich beobachtete ihn genau und amüsierte mich. Oder ich schüttelte ungläubig den Kopf darüber, wie dieser junge Mann, kaum älter als ich, diese brutalen Gauner und Mörder im Griff hatte und sie absolut furchtlos nach Belieben herumkommandierte.

Caesar bewies mir, wie leicht menschliche Gemüter mit Lügen und vorgegaukelten Trugbildern zu manipulieren waren. Er zwinkerte mir jedes Mal belustigt zu, für die anderen unmerklich, wenn sich unsere

Wächter für einen neu ausgedachten Schabernack Caesars auch noch inbrünstig bedankten.
Dieser junge Mann war außergewöhnlich.
Manche hatten sich angewöhnt, vor ihm soldatisch zu salutieren. Er nahm dies stets mit wohlwollendem Lächeln zur Kenntnis und grinste mir breit zu, wenn sie abgetreten waren.
Mir wurde klar, dass Caesar ein vollendeter Schauspieler war, der in jedem Amphitheater hätte große Erfolge feiern können.
Jede seiner Handlungen war kalkuliert und absolut zielgerichtet.
Ich bildete mir ein, wir beide würden mehr und mehr ein sehr freundschaftliches Verhältnis zueinander entwickeln. Und doch war ich mir dessen unsicher. Ich fragte mich ständig, ob auch dies seinerseits ebenfalls nur der Situation geschuldetes Kalkül war oder tatsächlich ernst gemeint.
Allerdings kümmerte er sich leidenschaftlich um unsere Leute, setzte Vergünstigungen durch. Er hatte die Legionäre aus dem Kerker heraus- und einigermaßen menschenwürdig unterbringen lassen. Jeden Tag durfte ich sie besuchen und mich nach dem Befinden unserer Verwundeten und unseres Centurio erkundigen. Tatsachen, die für ihn sprachen, für die positiven Emotionen eines Mannes, den ich längst nicht mehr den „Pfau“ nannte.

So surreal blieb unsere Gefangenschaft etwa weitere zwanzig Tage lang, in denen ich mich paradoxerweise prächtig erholte und vortrefflich amüsierte - und vor allem von dieser Adriana verschont blieb, die offenbar ihre gesamten körperlichen Bedürfnisse mit Julius Caesar befriedigte. Mein Freund stand dieser erotischen, aber auch überaus zügellosen Frau gern und vor allem mehr als ausreichend zu Diensten.

Die Nächte verbrachte ich in unserem Verließ zwar oft allein, ich muss allerdings gestehen, nicht in jeder Nacht. Adriana' s schöne Sklavin Antheia schlich sich, wenn sich ihre Domina mit Caesar beschäftigte und sie nicht benötigte, hin und wieder an den Wachen vorbei. In diesem Verlies gab sie mir, nach was unsere jugendliche Körper verlangten.
Es war keine Liebe, nicht einmal Verliebtheit. Es war rein körperliche Anziehungskraft, die uns wieder und wieder zusammenbrachte. Exakt bis zu dieser denkwürdigen Nacht unserer Gefangenschaft.
Zornig stürzte Caesar in dieser einundzwanzigsten Nacht in unser Gemach. Antheia hatte sich gerade fortgeschlichen und ich schlummerte bereits hochbefriedigt.
„Ich glaube das nicht, das darf doch nicht wahr sein! Manius, wach gefälligst auf!"
Ich gähnte, streckte meine müden Glieder und setzte mich auf.
„Bei allen Göttern, was ist denn los?", brummte ich und versuchte, den Schlaf abzuschütteln. „Was ist passiert? Hat Adriana endlich genug von dir?"
„Red' nicht so einen Blödsinn! Welche Frau bekommt schon genug von mir? Nein! Adriana hat mir gesagt, wie hoch das Lösegeld ist, welches Damis von unseren Behörden fordert."
„Und?"
„Dieser Damis fordert zwanzig Talente für meine Freilassung. Und die Behörden haben offenbar sogar schon zugesagt."
Ich gähnte noch einmal ausgiebig und strich mir über Nase, Mund und Bartstoppel.
„Zwanzig Talente? Ist doch nicht viel. So werden wir bald wieder frei sein."
Ich strich mir durchs Haar, gähnte erneut und fiel wieder zurück auf die Pritsche.

„Du bist wohl nicht ganz bei Trost", zischte Caesar und ging im Raum auf und ab. „Das ist eine Beleidigung, die nicht meinem realen Wert entspricht und die ich sicher nicht hinnehmen werde. Für manchen Geschäftsmann wurden schon achtzig oder hundert Talente verlangt. Das muss ich mit Damis verhandeln. Damit lässt sich ein Gaius Julius Caesar nicht abspeisen."

„Abspeisen? Was redest du da für einen Unsinn? Ist Adriana etwa der gleichen Meinung?"

„Verstehst du nicht? Sie hält mich ebenfalls für praktisch wertlos und hat mir auf den Kopf zugesagt, mehr sei für einen in der Öffentlichkeit weitgehend unbekannten Mann wie mich, der kein öffentliches Amt in Rom bekleide, nicht zu bekommen. Unverschämtheit!"

„Und jetzt?"

Ich atmete genervt durch. Die nächtliche Störung verärgerte mich.

Ruckartig drehte er sich mir zu.

„Jetzt soll ich dir ausrichten, dass Adriana ab sofort ‚den blonden Helden aus Rhegium' in ihren Gemächern erwartet. Du sollst sofort zu ihr kommen. Antheia wartet draußen, um dich zu ihr zu begleiten."

Während er mit einem Blick registrierte, wie sehr ich erschrak, stahl sich ein zynisches Lächeln auf Caesars Miene.

„Viel Spaß, mein Bester. Ich werde erst mal darüber nachdenken, wie diesem Tiefschlag begegnet werden kann. Bis morgen früh!"

Er warf sich so wie er war auf seine Pritsche und drehte sich zur Wand, während ich die Überraschung erst einmal verdauen musste.

Adriana wartete schon auf mich. Ohne einen Faden Stoff auf dem Leib lag sie in höchst anziehender Pose auf ihrer Schlafstatt. Ich dankte den Göttern für den erotischsten Anblick meines bisherigen Lebens.

Trug diese Adriana denn nie richtige Kleidung am Körper?

„Oh, meinen blonden Helden habe ich schon viel zu lange nicht mehr gesehen“, flötete Adriana, während sie sich auf ihrer Schlafstatt räkelte und mir ihr Anblick die Sinne zu rauben drohte. „Das sollten wir heute Nacht korrigieren, Manius.“

Wie schwebend näherte ich mich dem breiten Bett und ließ dabei alle Hüllen fallen. Unter Adrianas erwartungsvollem Blick fiel ich in die Kissen.

In meinem Kopf kam Nebel auf wie an einem nordischen Meer als sie mich berührte und in einer einzigartigen, vorher nie erlebten Weise küsste.

Wie von selbst glitt ich zwischen ihre Schenkel und in derselben Bewegung in sie hinein. Ich liebkoste ihre festen Brüste und genoss ihren göttlichen Körper, sog mit Wonne den Duft ihrer wundervollen Haut ein, die meinen Körper wie warme Sahne umfloss.

Und genau im lustvollsten Augenblick dieses Genusses körperlicher Vereinigung geschah das Unmögliche! Ein entsetzliches Krachen beendete meine Vereinigung mit dieser Aphrodite exakt auf dem Gipfel der Lust!

Die Tür zu Adrianas Gemach brach lautstark und unvermittelt aus ihren Angeln und zerschellte an einer der seitlichen Wände.

Ich wurde hart, extrem hart, in eine Wirklichkeit zurückgeworfen, mit der ich jetzt und heute nicht gerechnet hatte. Ein Mann mit wutverzerrtem Gesicht und in voller Rüstung trat ein.

Damis war zurück!

„Das ist also dein Dank dafür, dass ich dich und deine Schergen am Leben gelassen und gut behandelt habe, du römischer Hund!“, schrie er zornig. Damis zerrte mich von Adriana‘ s Schoß hinunter und schlug mir so stark seine zur Faust geballte, behandschuhte und mit Metall beschlagene Hand ins Gesicht, dass ich vom Bett aus in eine der

Zimmerecken geschleudert wurde und hart an eine der Felswände prallte.
Meine linke Gesichtshälfte spürte ich nicht mehr.
Mein Hals schien verrenkt. Ich verlor aber nicht das Bewusstsein.
Was nicht hieß, dass es die Götter besonders gut mit mir meinen.
Eher das Gegenteil war der Fall.
Damis gab nämlich zwei breitschultrigen Kerlen an seiner Seite den Befehl, sie sollten sich um mich kümmern, was sie auch sofort und gern taten. Sie packten mich hämisch grinsend, das hatten sie offensichtlich schon lange vorgehabt, und schleppten mich nach draußen.
„Und jetzt zu dir, Adriana! Ich habe die Nase voll davon, mich von einer griechischen Hure zum Narren machen zu lassen!", hörte ich Damis eben noch wie von Sinnen brüllen und Adriana entsetzlich schreien. Denn nun bekam ich, völlig nackt wie ich war, wie ein Sandsack die Fäuste seiner Begleiter zu spüren und musste die schrecklichsten Prügel meines Lebens einstecken.
Eine Bestrafung, die eigentlich Julius Caesar verdient hatte.

Sehr viel später.
Ein Meer des Schmerzes umgab mich.
War ich tot?
Nein, sicher nicht, denn dann hätte ich keine Schmerzen mehr verspürt.
Weder stand ich am Styx, noch wartete Charon, der greise alte Fährmann, auf den Obolus zur Überfahrt ins Reich der Toten.
Ich hörte stattdessen eine schnarrende Stimme, eine männliche Stimme.
Ganz langsam kehrte mein Bewusstsein in die Welt zurück, was den Schmerz noch enorm verstärkte. Ich konnte gar nicht sagen, was genau mir wehtat, denn mein ganzer Körper schien in Flammen zu stehen.
„Manius, hörst du mich? Manius!"

Ich öffnete die Augen und sah - nichts.
Meine Augen waren fast zugeschwollen, doch ich erkannte einen jungen Mann, der neben mir saß.
„Manius, erkennst du mich? Ich bin's! Julius!", sagte er eindringlich. „Mach dir keine Sorgen, das wird schon wieder. Ich kümmere mich um dich."
„Wo - bin - ich?", murmelte ich durch meine geschwollenen Kiefer.
„Dort, wo ich bin. In unserem Verließ, auf deiner Pritsche. Damis' Männer haben dich ganz schön durchgeknetet und zusammengefaltet, muss ich sagen, also beweg dich besser nicht. Aber es ist nichts gebrochen. Du wirst bald wieder auf dem Damm sein und..."
Mehr vernahm ich nicht.
Ich versank erneut in tiefer Bewusstlosigkeit.

Zehn Tage später saß ich im Garten und löffelte bei allerschlechtester Laune, mit hängendem Kopf und noch immer unter Schmerzen, meine Suppe. Die Schwellungen waren größtenteils zurückgegangen, aber jede Bewegung bereitete mir noch Schmerzen. Ich hatte noch alle Zähne, aber meine Kiefer konnte ich noch nicht richtig nutzen und schlürfte weiterhin mein dünnes Süppchen.
Trotz Damis' Abreibung erfuhr ich nach wie vor beste Behandlung. Ich hatte jedoch vom Herumsitzen genug.
Doch etwas freute mich sehr: Julius Caesar hatte mich lange und hingebungsvoll gepflegt, wie Antheia berichtete, was mich in der Tat sehr überrascht hatte, da eine weitere Seite seines Wesens zum Vorschein kam.
Verband uns nun tatsächlich eine gewisse Freundschaft?
Vielleicht hatte er auch nur Gewissensbisse gehabt, da ich all die Hiebe an seiner Stelle eingesteckt hatte. Ich wusste es nicht, ehrlich gesagt, und

ein gewisser Abstand zu meinem charismatischen, aber sehr undurchsichtigen Mitgefangenen erschien mir immer noch ratsam.
Mir war auch nie klar gewesen, warum er hier in der Gefangenschaft den gelehrten Bücherwurm gegeben hatte. Auf meine Frage zeigte er stets nur ein breites Grinsen.
Gerade jetzt wandelte er wieder auf seine unnachahmliche, aristokratische Art wie so oft in den letzten Wochen gemeinsam mit Damis durch den Garten und rezitierte Homer.
Damis war übrigens in keiner Weise ungebildet. Im Gegenteil. Er wirkte aber neben meinem Freund eher wie dessen Sekretär, nicht wie ein kilikischer Entführer.
Damis hatte unser Zusammentreffen bei Adriana nie wieder erwähnt und scherzte mit mir, als sei nie etwas geschehen. Er war wohl der Ansicht, die Abreibung, die er mir verpasst hatte, reiche als Strafe für mein Missverhalten aus. Natürlich hatte ich ihm weiterhin verschwiegen, dass nicht **ich** jede Nacht bei seiner Geliebten gewesen war. Ein kleiner Freundschaftsdienst an meinem ‚Pfleger', der mich nun nichts mehr kostete. Ich hatte ja bereits gezahlt.
Meine kleine Freundin Antheia, die immer für kalte Umschläge und frisches Wasser während meiner Genesung gesorgt hatte, hatte mir berichtet, dass Adriana unter strengstem Hausarrest stand und niemanden empfangen dürfe. Zumindest war sie noch am Leben, was mir ein kleiner Trost war. Allerdings hatte sie das, was ihr nun widerfahren war, provoziert. Damis war eben nicht der Dummkopf, der ihre Eskapaden für alle Ewigkeit tolerierte.
Lächelnd trat Julius Caesar nun an meine Seite und nahm auf einer Bank Platz.
„Kopf hoch, Manius, bald werden wir frei sein", begann er. „Ich habe Damis meine Beschwerde über die läppischen zwanzig Talente Lösegeld vorgetragen und ihm befohlen, auf fünfzig Talente zu erhöhen."

Dabei kicherte er amüsiert.
„Befohlen?“, fragte ich skeptisch und zog die Stirn in Falten. Ich traute meinen Ohren nicht.
„Na klar, dieser Kerl frisst mir aus der Hand wie die Tauben auf dem Forum Romanum. Wir fordern nun fünfzig Talente statt der zwanzig.“
„Wir?“ Ich starrte ihn an.
„Jetzt denk doch mal mit, Manius“, zwinkerte er mir spitzbübisch zu. „Mein politischer Wert in Rom steigt natürlich mit der Höhe des zu zahlenden Lösegelds. Übrigens, da kommt er gerade.“
Damis setzte sich lächelnd an meine Seite und meinte, er habe bereits eine Nachricht mit der erweiterten Forderung zu Prokonsul Marcus Iunius Iuncus gesandt.
Caesar hatte die Lösegeldforderung, die zu seiner eigenen Freilassung führen sollte, selbst mehr als verdoppelt.
Ich war fassungslos.
„Ich bin sehr froh, dass bald alles glücklich zu Ende gebracht werden kann“, meinte Damis in freundschaftlichem Ton. „Ihr werdet heimkehren können zu euren Frauen und euch intensiv mit ihnen beschäftigen können... wenn ihr versteht.“
Er zwinkerte vielsagend und wir stimmten gemeinsam in ein fröhliches Lachen ein. Welch seltsame Beziehung hatte sich zwischen uns und diesem gut erzogenen, recht gebildeten Mordbrenner entwickelt.
„Ja“, pflichtete Julius Caesar bei, „vor allem unser Manius hier, der schon seit Wochen von seinem Mädchen träumt.“
Wieder lachten Caesar und Damis herzlich. Ich nicht.
„Du bist verlobt“, nickte Damis mir zu und sah mir kalt in die Augen. „Wie interessant. Ich bin sogar verheiratet und habe zwei Söhne. Den kleineren kennst du ja, Manius.“

„Manius kennt deinen Sohn?“ Fragend sah Caesar uns abwechselnd an, während ich langsam nickte. „Ihr beide kennt euch von früher? Warum erzählt mir niemand davon?“
„Wir sind uns vor ein paar Monaten schon mal in Misenum kurz begegnet...“, sagte ich mürrisch.
„... und dabei hat er mir und meinem Kleinsten das Leben gerettet“, beendete Damis und schlug mir mit der Hand auf meine schmerzende Schulter.
Ich hatte Caesar dieses Erlebnis wohlweißlich verschwiegen, weshalb er mich nun böse lächelnd anfunkelte.
„Na, herzlichen Glückwunsch“, sagte Caesar und schlug mir auf die andere Schulter. „Jeden Tag eine gute Tat. Auch ein Seeräuber ist ja nur ein Mensch, der Unterstützung verdient, nicht wahr.“
Worauf wir alle drei wieder lachten, ich eher unglücklich, Caesar mit bitterbösem Unterton.
„Auch deshalb seid ihr nicht wirklich als feindliche Gefangene behandelt worden und könnt wieder unversehrt nach Hause zurückkehren“, ergänzte Damis. „Ich vergesse so etwas nicht.“
„Ich auch nicht“, lachte Julius Caesar. „Ich vergesse nie etwas.“
Er schlug nun seinerseits Damis freundschaftlich auf die Schulter.
„Eigentlich sollte ich dich und deine ganze Piratenrotte wegen der mickrigen zwanzig Talente, die ihr für mich gefordert habt, kreuzigen lassen, wenn ich wieder frei bin“, scherzte er und wir lachten wieder. „Ja, ich glaube, ich werde euch kreuzigen lassen. Dich und alle anderen.“
Damis schüttete sich aus vor Lachen, denn dies traute er dem Religionsgelehrten, mit dem er seit Tagen Homers Gedichte rezitierte und der Gedichte schrieb, längst nicht mehr zu.
Ich wunderte mich.
War Caesars Kampfkraft, die er während des Überfalls so deutlich bewiesen hatte, durch ein paar Gedichte und gelehrte Gespräche in

Vergessenheit geraten? Hatte sich Damis durch das Schauspiel meines Gefährten derart manipulieren lassen?

„Du gehst besser nach Hause zurück, gelehrter Mann, und vergräbst dich in deiner Bibliothek", gackerte Damis doch tatsächlich und ich stimmte zum Schein in sein Lachen ein, während ich meinen Freund genau beobachtete.

„Warten wir's ab", erwiderte Caesar mit einem breiten Haifischlächeln. „Auf dich wartet mein höchstes Kreuz, verehrter Damis."

Damis mit listig funkelnden Augen fixierend, stimmte Caesar, vor Vergnügen mit der Hand auf den Tisch schlagend, in unser schallendes Gelächter ein.

Der fünfzigste Tag brach an. Seit siebenunddreißig Tagen befanden wir uns nun in der Gefangenschaft der kilikischen Piraten und ihres Anführers Damis.

Für morgen waren die Lösegeldübergabe und unsere Freilassung angesetzt, hatte uns Damis mitgeteilt. Deshalb durfte ich heute meine Legionäre, ich hatte sie nach dem Zwischenfall mit Adriana aufgrund meiner Verletzungen nicht besuchen können, ein letztes Mal besuchen.

Sie waren nicht in dem schmutzigen Kerker untergebracht, in den wir zuerst geworfen worden waren, sondern in einem ordentlichen, sauberen Raum mit separater Latrine, in dem sie auf Decken schliefen oder Spiele spielten, die sie von den Seeräubern bekommen hatten.

Es gab keine großen Fenster, aber Scharten ähnliche Öffnungen an den Seiten, die genügend Licht in den Raum ließen. Natürlich wurden sie sehr gut bewacht.

Die Männer waren ausreichend ernährt worden und die Verwundeten auf dem Wege der Heilung. Auch der am schwersten verwundete

Centurio Gaius Varus Macro hatte das Schlimmste überstanden und lag lächelnd auf seiner Decke, als ich den Raum betrat.

„Guten Morgen, Männer“, grüßte ich, als ich eintrat. „Ich komme heute mit der Nachricht zu euch, dass morgen unsere Freilassung erfolgen wird. Ich erwarte also keinerlei Zwischenfälle. Die Wächter werden Euch Säcke über die Köpfe ziehen und nacheinander abführen, damit ihr nichts von ihrer Felsenfestung wiedererkennen könnt. Danach werden wir gemeinsam eingeschifft und den Behörden der Provinz Asia übergeben, die das Lösegeld für Gaius Julius Caesar aufgebracht haben.“

Jubel brandete auf. Die Männer freuten sich auf die Aussicht, ihr Zuhause wiederzusehen. Und das, obwohl ich, ehrlich gesagt, gar nicht wusste, wie wir dorthin kommen sollten.

Unser Schiff stand uns sicher nicht zur Verfügung und mir blieb eigentlich nur die Hoffnung auf die Garnisonskommandantur des Ortes, in dessen Nähe man uns freiließ.

„Kommandant!“, rief ich auf Varus zugehend. „Ich bin froh, dich wieder lächeln zu sehen. Kannst du schon aufstehen?“

„Nur ein paar Schritte zur Latrine, Optio Germanicus“, meinte er lachend und erhob sich mühselig. „Ich werde morgen eine Trage benötigen, denke ich.“

Wir schüttelten uns die Hände und ich versprach ihm, mich um eine Trage zu kümmern. Er war durch die schwere Verwundung geschwächt und in den letzten Wochen ziemlich gealtert.

Während Caesar und ich sogar den Luxus einer täglichen Rasur genießen durften, waren die Bärte unserer Legionäre und Varus’ sonst so gepflegter kurzer Vollbart lang gewachsen. Im Gegensatz zu uns beiden sahen die Leute ziemlich heruntergekommen aus. Der Standesunterschied war nun überdeutlich zu sehen.

Am nächsten Morgen, kurz nach Sonnenaufgang, wurden Caesar und ich von fünf Wächtern in den Saal begleitet, in dem ich Adriana zum

ersten Mal begegnet war. Doch wir traten nun vor zwei thronartige Sessel, die nebeneinander standen.
In einem Sessel saß Damis in voller Kriegsrüstung. Er hatte den frisch polierten, bronzeglänzenden Brustpanzer angelegt und seinen Helm auf dem Kopf.
Im anderen Sessel saß eine sehr ernst dreinblickende Adriana, heute züchtig bekleidet mit einer edel bestickten, hellblauen Tunika und einem seidenen Schal über den Schultern. Auch so war die einstige Königin der Felsenfestung ein Männertraum, aber sie würdigte uns keines Blickes und sah an uns vorbei in Richtung der Tür.
Soeben wurde nämlich der römische Gesandte aus Ephesus in den Raum geführt. Man hatte ihm einen schwarzen Sack über dem Kopf gestülpt, der ihm nun brutal heruntergerissen wurde. Der Mann war alles andere als ein Krieger und sah sich mit sorgenvoller Miene um.
Damis erhob sich, um noch eindrucksvoller auf den ängstlich blinzelnden Beamten zu wirken.
Ich stutzte. Irgendetwas stimmte an der Szenerie nicht, aber ich kam nicht drauf. Doch! Der römische Gesandte kam direkt hierher, in die geheime Felsenfestung der Piraten? Ich fand das überaus merkwürdig, ließ mir aber meine Gedanken nicht anmerken.
„Du hast die fünfzig Talente, die vereinbart waren, Römer?“, fragte Damis in überraschend akzentfreiem Latein. Wir unterhielten uns sonst immer in griechischer Sprache, der Sprache der Gelehrten.
Der Gesandte nickte. Auf seinen Wink hin wurde eine Holzkiste hereingebracht und geöffnet. Damis prüfte den Inhalt genau und nickte zufrieden.
„Sehr gut, ihr werdet die Geisel und die gefangenen Legionäre noch heute in Empfang nehmen können. Wo genau, das teilen wir euch mit. Du kannst gehen.“

Damis bedeutete dem Römer mit einer fahrigen Armbewegung, er dürfe sich nun trollen.
Seine Piraten stülpten dem Mann wieder den Sack über den Kopf, nahmen ihn sofort bei den Oberarmen und trugen ihn quasi nach draußen.
Damis wandte sich nun an uns und blickte besonders mir kalt in die Augen. Die Zeit der Freundlichkeiten war nun offenbar vorbei und wir waren wohl miteinander quitt.
„Nun, Römer, damit ist euer Aufenthalt in meinem schönen Quartier beendet. Ist besser abgelaufen, als ich zuerst dachte, nicht wahr Adriana?", meinte Damis, seiner Geliebten zufrieden grinsend einen kurzen Blick zuwerfend. „Ach nein, für dich nicht so, mein Schatz!"
Adriana verzog keine Miene und starrte weiter stolz Richtung Tür, während Damis mir erneut einen kurzen, bösartigen Schlangenblick zuwarf.
„Aber ich warne euch und gebe euch den guten Rat, euch nie wieder in diesen Gewässern sehen zu lassen", ergänzte er mit gesenkter Stimme. „Wir Widerstandskämpfer gegen die römische Unterdrückung nehmen nie dieselbe Geisel zweimal. Wir töten feindliche Römer dann auf der Stelle. Und versucht keinesfalls, unsere Felsenfestung zu finden und anzugreifen. Das würde euren Tod bedeuten."
Aus dem Augenwinkel heraus beobachtete ich Julius Caesar, um dessen Mundwinkel bei Damis' letztem Satz ein fast unmerkliches Lächeln spielte.
Der Führer der kilikischen Seeräuber bedeutete seinen Wächtern mit einer Kopfbewegung, dass die Audienz nun endgültig beendet sei und wir zur Übergabestelle gebracht werden sollten.
Caesars Lächeln hatte mich irritiert, aber ich hatte im Augenblick keine Zeit mehr, darüber nachzudenken.

## VOR DER KÜSTE VON EPHESUS

Provinz Asia

Der einundfünfzigste Tag seit unserer Abreise aus Rhegium, zwanzig Mille passus[47] westlich der Stadt Ephesus.

An diesem achtunddreißigsten und letzten Tag unserer Gefangenschaft hatte man unsere Leute, die Verwundeten, Caesar und mich mit dichtgewebten, schwarzen Säcken über den Köpfen frühmorgens, unmittelbar nach dem letzten Gespräch mit Damis, allesamt in den Laderaum eines Schiffs verfrachtet.

Nachdem wir den ganzen Tag und die darauffolgende Nacht sowie den Vormittag des nächsten Tages gefangen im Bauch des Schiffes verbracht hatten, ließen uns die Seeräuber gegen Mittag auf offener See in drei Ruderboote steigen, in denen wir ausgesetzt wurden.

Wir hatten keine Ahnung, wo wir uns befanden. Das Meer war glücklicherweise ausgesprochen ruhig, fast wie ein glatter See.

Unser Blick richtete sich nach Osten.

Am östlichen Horizont erkannten wir eine langgestreckte, recht breite Landmasse, vielleicht eine große Insel oder sogar das Festland Kleinasiens, welches vornehmlich aus hügeliger Landschaft bestand. Ob es menschliche Ansiedelungen gab, war mit bloßem Auge nicht zu erkennen, aber in jedem Falle bedeutete Land erst einmal Rettung.

Wir entschlossen uns, darauf zuzuhalten und auf die Begegnung mit einem Handelsschiff zu hoffen, das vielleicht unseren Weg kreuzen würde. Wir rechneten uns aus, dass man uns auf stärker befahrenen Handelsrouten ausgesetzt hatte.

---

[47] Mille passus = 1,48 Kilometer

Ich hatte die Boote mit Tauen verbinden lassen, um unsere Kräfte zu bündeln und vor allem, meine Leute zusammenzuhalten.

Es war heiß, sengend heiß und absolut windstill.

Wir alle saßen nur mit den leichten Militärtuniken bekleidet in den Booten, völlig schutzlos vor der sommerlichen Mittagssonne. Jeweils zwei kräftige Männer hatte ich an die Ruder gesetzt, die wie wahnsinnig litten.

Caesar jedenfalls ging alles nicht schnell genug und er trieb unsere Remiges gnadenlos zu Höchstleistungen an. Schon nach einer halben Stunde musste ich die Männer ersetzen, nach einer weiteren schutzlosen Stunde unter diesen Bedingungen verzeichneten wir die ersten schweren Sonnenbrände und damit verbundene Ausfälle unter den Legionären.

Und uns fehlte noch etwas grundlegend Wichtiges: Man hatte uns ohne Trinkwasser und Nahrung auf offener See ausgesetzt!

Die Männer stöhnten und Centurio Varus Macro war in einen seltsamen Halbschlaf gefallen, der die Fortschritte seiner Gesundung offenbar wieder zunichte machte, wenn wir nicht schnell auf Hilfe stießen.

Nur Caesar zeigte sich unbeeindruckt, schien eine wahre Pferdenatur zu besitzen und spähte angestrengt in alle Richtungen.

„Da! Ein Schiff!", rief er und reckte den sonnenverbrannten Arm Richtung Westen. „Es hält genau auf das Land zu! In unsere Richtung! Das ist die Rettung!"

Einige von uns standen mit letzter Kraft auf und winkten mit beiden Armen.

Das Schiff, eine Liburne, kam schnell näher. Es handelte sich um ein Schiff der römischen Verwaltung in Ephesus[48], die von den kilikischen

---

48 griechisch „Ephesos", türkisch „Efes": Bedeutende antike Hafenstadt, Hauptstadt der römischen Provinz Asia, heute archäologisches Ausgrabungsgebiet in der westlichen Türkei

Piraten die Information erhalten hatte, dass die freigelassene Geisel und ein paar Legionäre auf dem Meer unweit des Festlandes in Booten trieben. Man hatte uns bereits den ganzen Tag lang gesucht und war nun dabei, die Küstengebiete vor Ephesus abzusuchen.

Wir ruderten längsseits und wurden Mann für Mann an Bord genommen. Einige Soldaten konnten nicht aus eigener Kraft an Bord steigen und mussten von der dortigen Mannschaft mit Tragen hochgehievt werden.

Wir bekamen zu trinken und unsere Verbrennungen durch die gnadenlose Sonne wurden behandelt. Die Besatzung erledigte das äußerst routiniert, erfuhren wir doch, dass ständig ausgesetzte Geiseln gesucht, aufgenommen und behandelt werden mussten. Für diese Leute war das eine Normalität, von der man gar nicht weiter sprach.

So fuhren wir bereits nach einer guten Stunde in die Bucht und den Hafen von Ephesus ein und waren fürs erste gerettet.

Julius Caesars Aggressivität steigerte sich in dem Maße, wie seine Laune ins bodenlose fiel.

Er brütete etwas aus, soviel stand fest.

Ich würde es sicher bald erfahren.

# KAPITEL III

## JAGDINSTINKTE

**EPHESUS**
Hauptstadt der römischen Provinz Asia

Am dreiundfünfzigsten Tag, im Hafengebiet, zwei Tage nach Landung der freigelassenen Geiseln.
Der diffus beleuchtete, von seit Jahren vor sich hin rußenden Fackeln verqualmte Hauptraum der Hafenspelunke quoll über vor Menschen.
Er war riesig und wie das ganze Gebäude aus blankem Stein gebaut. Hinter natursteinernen Rundbögen, die die hölzerne Saaldecke stützen, befanden sich eine Theke und der Ausschank. Wild verstreut, aber eng gruppiert standen Tische und Bänke, zwischen denen Kellner mit vollen und geleerten Bechern emsig hin und her huschten.
In dieser stickig-heißen Luft traf man sich, um bei einer Cervisia[49] oder einem der vielen einheimischen Getränke zu spielen oder sich einfach nur in den verschiedensten Sprachen und Dialekten zu unterhalten. Essensgeruch und orientalische Düfte aller Art vermischten sich mit intensiven Schweißausdünstungen der Gäste.
Es waren Leute aus aller Herren Länder: Griechen, Römer, Lykier, Karthager, Ägypter, Nubier. Sie waren Nautae von den vielen Handelsschiffen, die im Hafen dieser Metropole Kleinasiens, dieser römischen Verwaltungsstadt, ständig eintrafen und wieder fuhren. Die sich ein paar entspannte Stunden für ihren mageren Lohn gönnten und

---

49 Vorläufer des Bieres im Altertum

ihn meist versoffen, bevor sie ihr Schiff wieder besteigen und zu anderen Häfen aufbrechen würden.
Oder Gestrandete, die kein Ziel und keine Hoffnung mehr hatten, in den Ecken hockten und sich, an den letzten Faden ihres zerstörten Lebens klammernd, in billigem Alkohol ertränkten.
Römische Legionäre auf Urlaub, hispanische Kaufleute aus den ehemals großgriechischen Kolonien auf der iberischen Halbinsel, ägyptische Edelleute, die sich in ihrem typischen Aussehen so sehr von den anderen Gästen unterschieden, einfache Arbeiter aus der Stadt.
Überwiegend Männer, wenige Frauen.
Es war eine der vielen Spelunken an der südlichen Seite der schmucken, säulenbewehrten Hafen-Arkaden, die direkt zum Amphitheater und ins Stadtzentrum führten, ins Herz von Ephesus, der Hauptstadt der neuen römischen Provinz Asia.
Schlägereien gab es selten und wenn doch, wurden alle Beteiligten von anderen Gästen oder von Rausschmeißern, einfältig dreinblickenden Kraftpaketen, an die frische Luft gesetzt.
Gerade eben betraten zwei Männer, die man hier noch nie gesehen hatte, den überfüllten Raum und bewegten sich auf einen Tisch in der Mitte des Raumes zu.
Die beiden waren Römer, wie man unschwer erkennen konnte, in einfache helle Tuniken gehüllt. Sie waren ausgesprochen jung, Anfang zwanzig, etwa gleich groß. Während der eine auffällig blond und ausgesprochen locker daherkam, sich interessiert und amüsiert umsah, trat der andere dunkelhaarig, mit hohem Haaransatz und einer auffälligen, ganz eigenen natürlichen Aura auf, die nicht nur die Blicke mancher Gäste auf sich zog. Gäste, die stundenlang an ihrem Tisch gesessen hatten, machten Platz, ohne dass der Dunkelhaarige auch nur ein Wort hätte verlieren müssen.

Eine auffallend schöne junge Frau saß derweil allein und etwas verborgen in einer Ecknische der Hafenkneipe, so dass sie für die meisten Gäste unsichtbar blieb.
Sie war vielleicht Mitte Zwanzig, mit makelloser, leicht bronzefarbener Haut. Ihre weichen weiblichen Formen zeichneten sich trotz ihrer edlen, recht hoch geschlossenen Tunika deutlich ab. Ihr langes Haar war pechschwarz, ihr ovales Gesicht fein gezeichnet mit vollen Lippen und mandelförmigen, dunkelbraunen, fast schwarzen Augen.
Wie Aphrodite saß sie in der Nische und beobachtete überrascht die beiden neu eintretenden Römer, die sie hier nicht erwartet hatte, die ihr aber bestens bekannt waren. Ein Lächeln stahl sich auf ihr ansonsten sehr ernstes Gesicht.
Über anderthalb Stunden lang beobachtete sie diese Männer, denn kurz nachdem sie Platz genommen hatten, gesellte sich ein Herr in edlem Gewand zu ihnen. Leider konnte sie die Gespräche nicht verstehen, aber sie würde schon herausfinden, was sie zu bereden hatten.
Sie kannte sich in dieser Stadt aus, war sie doch ihre Heimat gewesen, solange ihre Eltern noch gelebt hatten. Sie würde sich einmischen und ihr klares Ziel durchsetzen, koste es, was es wolle.
Mit Adriana würde niemand mehr spielen, niemand würde sie mehr quälen, ihr wehtun.

Ephesus oder Ephesos, viele der hier lebenden Griechen betonten den Vokal ‚**o**' am Ende des Namens, war eine der aufstrebenden Städte Kleinasiens, an einer wunderschönen Bucht gelegen, mit einem wichtigen Hafen. In hügeliges Land eingebettet zogen sich die marmorgepflasterten Hauptstraßen vom Hafen her den schmalen Tälern zwischen den Hügeln entlang, während sich die Siedlungen sanft an die Hänge schmiegten.

Als ich mit Gaius Julius Caesar diese berüchtigte Spelunke betrat, staunte ich nicht schlecht. Natürlich hatte ich in Misenum während meiner Ausbildung viele dieser Kneipen besucht, jedoch waren sie fast ausschließlich von Legionären, Römern wie mir, besucht gewesen.
Diese hier hatte mit Misenum nicht die geringste Ähnlichkeit.
Nie zuvor hatte ich so viele Hautfarben und Völker unter einem Dach gesehen, merkwürdige Figuren und Typen, die wild gestikulierend, lachend, spielend oder hemmungslos trinkend miteinander umgingen.
Mein Gefährte Julius steuerte zielsicher einen Tisch in der Mitte des großen Raumes an, der allerdings besetzt war. Zu meinem großen Erstaunen räumten die daran sitzenden Gäste Tisch und Bänke, ohne dass er auch nur einen Ton gesagt hätte. Seine ungeheure Ausstrahlung erledigte die einfachen Dinge des Lebens von selbst.
Ich musste grinsen.
Wir ließen uns nieder, bestellten uns Retsina, diesen griechischen Wein, der durch seine harzige Note bekannt war und der schon seit tausend Jahren hergestellt wurde. Jedenfalls behauptete man dies.
Als wir vor fünf Tagen von unseren Rettern im Hafen von Ephesus abgesetzt worden waren, hatten wir die gesunden und die verwundeten Legionäre bei der örtlichen Kommandantur abgeliefert, die sich um die Rückführung der Verwundeten und den Neueinsatz der Gesunden kümmern würde.
Im Grunde hätten sich Caesars und meine Wege hier trennen müssen, denn ich war Angehöriger der Legion und erwartete neue Befehle, während er zumindest im Augenblick ein Zivilist war, auf einer Bildungsreise, wie er immer betont hatte.
Die Trennung lehnte er allerdings rundum ab und meinte, er könne keinesfalls auf mich verzichten.
Caesar hatte mich überredet, beim Hafenkommandanten zu erwirken, dass ich ihm als persönliche Leibwache zugeteilt wurde, die er ja

„aufgrund der schrecklichen Entführung durch Piraten und die damit verbundenen schmerzlichen Erfahrungen“ ohne Zweifel benötige. Caesar hatte meine Fähigkeiten über den grünen Klee gelobt und gemeint, nur ich wäre im Stande, eine so wichtige Persönlichkeit wie ihn professionell zu beschützen.

Daraufhin hatte der Hafenkommandant zwar missbilligend eine Augenbraue hochgezogen und genörgelt, aber letztlich trotzdem zugestimmt.

Ich war gar nicht abgeneigt gewesen, in seiner Nähe zu bleiben, hatte deshalb mitgespielt und mich von meinem alten Kommandanten Centurio Gaius Varus Macro sehr herzlich verabschiedet.

Wir hatten uns mehrfach umarmt. Und er hatte betont, von Anfang an volles Vertrauen in meine Fähigkeiten gehabt zu haben. Ich habe ihn während unseres Kampfes mit den Piraten nicht enttäuscht und er wünsche mir nun ein eigenes Kommando als Centurio.

Ich erfuhr nun, dass er ein enger Freund meines Vaters aus alten Kampftagen war und ich ihm ja so unglaublich ähnlich sei.

Mein alter Kommandant würde in Ephesus nun gesund gepflegt werden und entweder ein neues Kommando erhalten oder vielleicht altersbedingt aus dem aktiven Dienst ausscheiden können. Er wisse es noch nicht genau, hatte er gemeint.

Und nun saßen wir hier in diesem ‚Räuberloch‘ und schlürften Retsina.

„Julius, was tun wir hier?“, fragte ich meinen Freund und setzte das leckere Getränk erneut an die Lippen.

„Wir treffen einen alten Freund von mir, der sich zufällig wieder in dieser Ecke der Welt aufhält“, antwortete Caesar. „Der Mann kann uns sicher weiterhelfen. Du wirst schon sehen.“

Er hatte mir während unserer Gefangenschaft bei den Piraten natürlich erzählt, dass er die Gegend und einige Leute bereits von einem Einsatz für römische Interessen her kannte. So war er als blutjunger Offizier vor

etwa fünf Jahren in diplomatischer Mission zu König Nicomedes IV. von Bithynien[50] entsandt worden.
So viel traute man Caesar schon damals zu.
Der Monarch war nach dem Einfall König Mithridates'[51] in sein Reich zuerst nach Rom geflohen und später von den Römern wieder als König eingesetzt worden. Dies allerdings mit der Verpflichtung, Rom bei Bedarf eine Flotte zu stellen. Caesar war entsandt worden, um diese Ansprüche durchzusetzen.
Dann nahm Caesar an der Eroberung Mytilenes teil, wobei er sich, für mich nicht überraschend, mit großer Tapferkeit geschlagen hatte und mit der Corona Civica[52] ausgezeichnet wurde, einer hohen militärischen Ehrung.
Ein Mann trat an unseren Tisch, den ich nicht hatte kommen sehen, da ich mit dem Rücken zur Tür hin saß.
Caesar stand auf und begrüßte ihn herzlich, aber äußerst respektvoll, nannte ihn Servilius und stellte mich vor:
„Mein Freund hier ist Manius Fabius Germanicus, Optio zur See."
Auch ich hatte mich erhoben.
Der Neuankömmling war ein Mann in fortgeschrittenem Alter, mittelgroß und hatte volles, graumeliertes Haar. Er war sehr breitschultrig und kleidete sich in gutes Tuch, für diese Spelunke ein wenig unpassend. Trotz der zivilen Garderobe erkannte ich in ihm aber den typischen Berufssoldaten, seine sehr gerade Haltung und seine Art

---

[50] heute: in der nordwestlichen Türkei gelegen, in der Gegend um den Bosporus

[51] Mithridates, König von Pontus, wichtiger Gegner Roms in Kleinasien zur damaligen Zeit

[52] sehr hohe Auszeichnung: gebundener Eichenlaubkranz; wurde demjenigen Soldaten verliehen, der einem Mitbürger das Leben rettete

zu sprechen entlarvten ihn schnell als sehr hohen, befehlsgewohnten Offizier der römischen Legion.

„Germanicus...", sagte er zur Begrüßung und streckte mir den Arm entgegen. „Du bist der Sohn von Gaius Fabius Maximus, nehme ich an. Ich hatte schon mit deinem Vater zu tun."

Ich ergriff seinen rechten Unterarm und beugte das Haupt respektvoll vor dem älteren Mann, dessen herrische, durchsetzungsfähige Blicke erdrückend wie Felsen auf mir ruhten.

„Setz' dich bitte zu uns, Servilius", sagte Caesar zu dem älteren Herrn, angesichts des Altersunterschieds für meinen Geschmack etwas zu freundschaftlich. Er bedeutete dem Kellner auch sofort, eine weitere Karaffe Retsina und einen dritten Becher zu bringen.

„Schön, dich wiederzusehen, Julius. Ich habe von deinem kleinen Abenteuer mit den Piraten gehört. Wie gut, dass sie nicht gemerkt haben, wen sie da wirklich im Sack hatten."

Die beiden lachten offenbar wissend und prosteten sich zu.

Ich jedoch sah Caesar fragend und ziemlich erstaunt an.

„Du siehst hier den Prokonsul von Kilikien, Publius Servilius Vatia, vor dir, Manius", sagte Julius Caesar so, dass er an den Nachbartischen nicht verstanden werden konnte. „Ich hatte das Glück und die Ehre unter ihm dienen zu dürfen als er vor gut drei Jahren gegen die Piraten in dieser Region gesegelt ist."

„Wir sind damals gemeinsam erfolgreich gegen Zenikedes gesegelt, einen Piratenführer, der sich in Lykien und Pamphelien, das ist ein paar Tagesreisen südöstlich von hier, ein kleines Separatreich eingerichtet und von dort aus das Seegebiet unsicher gemacht hatte. Hätten diese Bastarde Julius erkannt, wäre es wohl ganz übel für euch ausgegangen", fügte Servilius Vatia leise hinzu.

Mein Freund Caesar erstaunte mich immer wieder, gab immer wieder neue Facetten von sich preis. Er kannte sich also bestens hier aus und hatte sogar sehr einflussreiche Freunde.
An den Prokonsul gerichtet meinte Caesar: „Ich hielt es angesichts der Piratenbedrohung für besser, dich nicht auf deinem Anwesen zu treffen, denn, ich gebe es zu, unser Treffen ist nicht ganz uneigennützig. Ich brauche deine Unterstützung. Absolut geheim, selbstverständlich..."
„Habe ich mir bereits gedacht. Du wirst Schiffe und ein paar hundert Männer brauchen", nickte Vatia breit grinsend, griff nach dem Weinbecher, trank in großen Schlucken und ergänzte: „Ich kenne dich ja, mein lieber Julius, und habe bereits entsprechende Order gegeben."
„Servilius, ich hab' nichts anderes erwartet. Du bist der Beste. Ich brauche fünfhundert Mann mit fünf Liburnen und guter Bewaffnung. Die kann ich aber nicht selbst organisieren. Das wäre viel zu auffällig. Der Überraschungseffekt soll uns nämlich behilflich sein."
„Steht alles für dich schon in drei Tagen in Milet bereit. Die Städte hier an der Küste, die dein Lösegeld bezahlt haben, waren mir noch einige Gefallen schuldig. Ein paar Gutscheine habe ich nun eingelöst und dir ohne Aufheben sehr gute Truppen und beste römische Schiffe besorgt. Du wirst sehr zufrieden sein und die geplante Operation äußerst erfolgreich und schnell durchführen können."
Operation? Welche Operation?
„Du musst wissen, Optio Germanicus", fuhr Vatia an mich gerichtet fort, „dieser junge Julius Caesar hier ist ein taktisch äußerst versierter junger Mann, der immer weiß, worauf es ankommt. Aber er hasst die satten römischen Aristokraten im Senat."
Vatia lachte kehlig.
Er klopfte Caesar freundschaftlich auf die Schulter,
„Dich nicht, mein lieber Servilius", stimmte Caesar heftig nickend in Vatia' s Lachen ein.

Ich hatte diesem Gespräch bisher sprachlos zugehört, denn in mir stieg eine eindeutige fatale Ahnung auf, um was es hier eigentlich ging.
„Ich bin aber auch hier, um dich zu warnen, Julius“, sagte Servilius und hob den Zeigefinger. „Die Küstenstädte hatten das Lösegeld für dich bereits beisammen, als eine Stadt nach der anderen ihre Zusage zurückzog.“
Julius Caesar horchte überrascht auf.
„Und wieso?“
„Mir war zu Ohren gekommen“, fuhr Servilius fort, „Männer aus Rom, die Taschen voll Geld, wären von Stadt zu Stadt gezogen, um die Chefs der römischen Verwaltungen zu ‚überzeugen‘, die Lösegeldzahlung nicht vorzunehmen. Ich hatte daraufhin meine eigenen Beziehungen spielen lassen und Unterstützung eingefordert. So ist die Zahlung an die Piraten doch noch geglückt.“
„Hast du eine Ahnung, wer dahinterstecken könnte?“, fragte Caesar und verzog das Gesicht, nachdem er einen weiteren Schluck getrunken hatte.
„Die Leute aus Rom waren längst wieder abgereist, als ich davon erfuhr, aber es dürfte sich um Abgesandte mächtiger Männer gehandelt haben, denen du offenbar in Rom gehörig auf die Zehen getreten bist. Bei denen Geld keine Rolle spielt. Dein Verschwinden in der Sklaverei hätten die sich etwas kosten lassen.“
„Die Sullaner? Gewisse Feinde im Senat?“ Caesar zog die Augenbrauen zusammen. „Und welche Rolle spielt Prokonsul Marcus Iunius Iuncus in dieser Sache?“
Vatia hob die Schultern und legte die Stirn in Falten.
„Ich bin dir einiges schuldig, lieber Freund“, entgegnete Caesar. „Ich werde mich erkenntlich zeigen. Aber eines nach dem anderen. Ich werde mich um die Stadtoberhäupter nach der geplanten Operation kümmern.“

Am weiteren Gespräch zwischen den beiden Männern beteiligte ich mich ebenfalls kaum, denn es glitt, nachdem die wichtigen Absprachen getroffen waren, schnell ‚ins Historische' ab. Die beiden käuten Anekdoten aus den Abenteuern wider, die sie gemeinsam erlebt hatten und ich hörte mehr oder weniger gelangweilt zu, lachte hin und wieder mit, bis sich Servilius Vatia erhob, verabschiedete und die Hafentaverne schnellen Schrittes verließ.

Julius Caesar war bester Laune, lachte, riss Witze über alte Zeiten und bestellte zwei weitere Becher des guten Getränks. Meine Laune war allerdings auf dem Nullpunkt.

„Was ist denn los, Manius? Ich bin guter Stimmung und in Feierlaune", sprach mich Caesar an und schlug mir mit der Hand auf die Schulter. Ich war ganz und gar nicht in Feierlaune und sah mürrisch auf.

„Nun tu' nicht so, als hättest du nichts verstanden. Ich kenne dich mittlerweile gut."

„Es geht gegen die Piraten, nicht wahr?"

„Genau. Was ich verspreche, das pflege ich auch zu halten. Erinnerst Du Dich? Ich habe diesem Damis versprochen, ihn und seine Rotte ans Kreuz zu nageln. Ich vergesse nie ein Versprechen und..."

„Er hat uns laufen lassen, Julius! Wir sind gut behandelt worden!", unterbrach ich ihn mit leiser, aber energischer Stimme, schlug ungehalten mit der flachen Hand auf den Tisch. „Es wäre nicht richtig."

Caesar verzog nun das Gesicht, dehnte es unnatürlich in die Länge. Seine Augen fixierten mich wie üblich, wenn er etwas sehr ernst meinte.

„Nicht richtig?"

Er zischte mir diese Worte stimmlos zu. Unsere Nasen berührten sich fast, so nahe kam er mir.

„Ist dir etwa entfallen, dass der weit überwiegende Teil unserer Legionäre während des Angriffs dieser Schurken getötet und alle Remiges unseres Schiffes grausam ermordet worden sind?"

Ich antwortete nicht.

„Weißt du, **wie** diese Verbrecher unsere Rudermannschaft ermordet haben? Hast du es nicht gesehen? Oder hast Du es verdrängt?"

Ich sah schweigend auf den Grund meines Trinkbechers, als er leise fortfuhr.

„Dann werde ich dich mal aufklären. Damis hat die bei den kilikischen Piraten übliche Methode gewählt: Sie fahren Holzbohlen aus und stoßen die Leute auf dem offenen Meer ins Wasser. Vorher ritzen sie allerdings deren Haut auf, um Raubfische anzulocken. Kannst du dir jetzt vorstellen, was sich im Wasser abgespielt hat, wie unsere Männer Stück für Stück bei lebendigem Leibe vom Viehzeug im Wasser aufgefressen worden sind?"

Ich schauderte bei dieser Vorstellung. Caesar schwieg für einen Moment und seine Miene drückte Entschlossenheit aus.

„Dafür wird Damis mit seiner Horde am Kreuz hängen. Und einen Gaius Julius Caesar nimmt auch niemand ungestraft gefangen", zischte er grimmig und seine anschauliche Schilderung der Geschehnisse ließen in mir sehr ernste Zweifel an meiner Haltung aufkommen, mehr als Zweifel.

Hatte er nicht Recht? Unsere hundertfünfzig Remiges waren als unnützes Menschenmaterial grausam beseitigt, ja vernichtet worden. Ich dachte an den Signifer und den Legionär neben mir, die ermordet worden waren. Mir war das so deutlich gar nicht mehr bewusst gewesen. Ich spürte tiefe Scham, den Tod dieser Leute durch die recht gute Behandlung der Überlebenden so einfach... verdrängt... zu haben.

Gegenüber der landläufigen Meinung in vielen Provinzen, wir Römer würden Galeerensklaven auf Kriegsschiffen einsetzen, war es doch so, dass alle Remiges freie römische Bürger waren. Es handelte sich nicht um Sklaven, wohlgemerkt, sondern freie Männer! Die Leute an den Rudern waren zumeist arme Bauern. Zuhause in Italien ernährten sie mit

dem Geld, was sie auf den Schiffen verdienten, Familien. Deshalb besaßen sie auch eine knappe Ausbildung an den Waffen.
Hundertfünfzig Frauen hatten nun keine Männer, hunderte Kinder keine Väter, keine Ernährer mehr.
„Wir haben keine Ahnung, wo Damis sein Hauptquartier unterhält", argumentierte ich nun eher schwächlich.
„Es war ziemlich weit weg von Ephesus, dem Ort, an dem er uns ausgesetzt hat. Aber es ist definitiv nicht Coracesium[53], das steht fest. Das wäre noch weiter weg gewesen", erklärte er bedächtig, um mir dann entschlossen auf die Schulter zu schlagen. „Es ist irgendwo in Lykien. Aber das werden wir schon herausfinden."
Die Piraterie in diesem Seegebiet hatte bereits eine lange Tradition. Schon siebzig Jahre vor unserem heutigen Abenteuer hatte einer der gefürchteten Piratenführer, Diodotos Tryphon, die Stadt und die dortige Burg zu seinem Hautquartier erklärt. Die Piraten aus Coracesium machten mit Side gemeinsame Sache, wo sich einer der größten Sklavenmärkte der Region befand. Entführte, deren Familie kein Lösegeld zahlen konnte oder wollte, wurden dort als Sklaven in den Orient verkauft.
Da Rom zu dieser Zeit in mehrere Kriege verwickelt war, konnten die Piraten im gesamten ägäischen Meer und im Seegebiet bis Zypern ungestört ihrem blutigen und verbrecherischen Handwerk nachgehen.
„Bist du bei dem Unternehmen dabei, Manius, oder bist du nicht dabei? Ich brauche deine Entscheidung, hier und jetzt."
Er lehnte sich zu mir herüber, reichte mir die Hand und sah mir fest in die Augen, so, wie er es immer tat.

---

[53] heute: Alanya (gut besuchter Touristenort in der heutigen Türkei)

„Ich bin dabei, Julius", entgegnete ich, ohne weiter zu zögern und ergriff dabei seine Hand. „Voll und ganz dabei."

„Ich wusste, dass du Vernunft annehmen wirst", sagte er und ein freudiges Lächeln überzog sein Gesicht. „Wir zwei durch dick und dünn, Manius!"

„Durch dick und dünn!", nickte ich, griff nach meinem Becher und nahm einen großen Schluck Cervisia.

Die Entscheidung war getroffen.

Dabei fiel mein Blick über den Becherrand auf die andere Seite des Raumes - und ich erschrak und verschluckte mich. Hustend und prustend entdeckte ich für einen kurzen Moment lang eine junge, wunderschöne Frau, die mir sehr bekannt vorkam. Sie schien in einer der Ecknischen zu sitzen und uns zu beobachten.

Vier betrunken herumgrölende Nautae verdeckten mir für einen Moment die Sicht. Nein, da war niemand, keine Frau. Ich musste mich getäuscht haben. Julius Caesar fragte mich besorgt, ob etwas nicht stimme.

Ich winkte ab, sagte, alles wäre in Ordnung, ich hätte mich nur verschluckt und zahlte unsere Zeche.

Zehn Minuten später standen wir draußen am Hafen und blickten über schwach beleuchtete Kähne aus der ganzen Welt.

Es war inzwischen dunkel geworden.

Wir schlenderten die mit unzähligen Tellerlampen beleuchteten Hafen-Arkaden entlang, gewaltige, mit einem bei Tage leuchtend roten Ziegeldach überspannte Säulenreihen, die sich als Hafenstraße über mehr als ein Stadium[54] in Richtung der pompösen Arena von Ephesus zogen.

Auch diesbezüglich war Julius Caesar sehr bewandert. Er wusste, dass die Gladiatorenarena gut vierundzwanzigtausend Personen Platz bot, sie mehr als ein Actus[55] hoch war und im Durchmesser annähernd einem Stadium entsprach.

Kämpfe fanden den ganzen Tag über statt. Aufgrund der einsetzenden Dunkelheit war die Arena nun hell erleuchtet und bot uns mit dem kunstvoll indirekt beleuchteten Bühnenhaus einen grandiosen Anblick unter dem nächtlichen Firmament, der jedem am Abend hereinkommenden Schiffer klar machen musste, welch mächtige Stadt er mit Ephesus ansteuerte.

Trotz der fortgeschrittenen Stunde waren außer uns noch eine Menge Menschen unterwegs. So kam uns eine junge Frau, die ihren Kopf verhüllt hatte, schnellen Schrittes entgegen, drängte sich zwischen uns durch und rempelte uns beide sehr heftig an. Sie blieb stehen und drehte sich, ebenso wie wir, um.

„Pass gefälligst auf, junge Fr….“, rief ich, doch mir stockte der Atem. Sie warf die Kapuze, die sie über den Kopf gezogen hatte, forsch nach hinten, so dass wir sie erkennen konnten: Adriana, die Königin der Felsenfestung. Sie war es also doch gewesen in der Spelunke, ich hatte mich nicht getäuscht.

„Morgen früh am Eingang des Artemis-Tempels, vor Sonnenaufgang“, flüsterte sie uns zu und verschwand mit langen Sätzen in den Säulenreihen der Arkaden.

Ihr nachzusetzen, war völlig aussichtslos in dieser Dunkelheit.

---

[54] 1 Stadium = 185,3 Meter

[55] 1 Actus = 35,6 Meter, Höhe der Arena: 38 Meter

Julius Caesar und ich sahen uns irritiert an.
Was tat Adriana, die wir vor Tagen in der Felsenfestung der Piraten zurückgelassen hatten, in Ephesus? In unserer Nähe.
Es war klar, wo wir morgen früh bei Sonnenaufgang sein würden.

Adriana hatte ihre Flucht aus der Felsenfestung seit jener denkwürdigen Nacht, in der Damis sie mit dem doch wirklich unschuldigen Manius erwischt hatte, geplant und gut vorbereitet. Sie wollte sich in dem Augenblick mit Hilfe zweier Getreuer davonmachen, als alle damit beschäftigt waren, die Gefangenen auf hoher See auszusetzen.
Tatsächlich war alles ganz anders gekommen.
Damis hatte sie genau in diesem Moment persönlich mit Schimpf und Schande aus der Felsenfestung hinausgeworfen. Ohne ihren Schmuck, ihre Kleider und vor allem ohne die Schätze, die sie als Beuteanteile erhalten hatte und die ihr doch mehr als zustanden.
Adrianas Leben war nicht mehr viel wert, auch wenn er sie nicht völlig mittellos verbannt hatte. Genug Geld für eine Reise nach Irgendwo und für eine kleine Unterkunft hatte er ihr zugesteckt.
Damis hatte ihr übel mitgespielt und nicht nur Manius unsinnig hart bestraft, sondern auch sie sehr übel geschlagen, ihr alle Privilegien entzogen und sie auf nie gekannte Weise erniedrigt.
Sie verstand das nicht, hatte er doch bis dahin ihre Eskapaden toleriert. Gut, sie sah ein, dass sie ihn sehr schlecht behandelt und immer wieder betrogen hatte, manchmal vor seinen Augen, aber er hatte es immer hingenommen. Sie hatte die Schwäche dieses tapferen Kämpfers ausgenutzt, bis all seine Liebe in pure Gewalt umgeschlagen war.
Im Grunde war auch ihre Liebe für ihn dahin.
Hatte sie jemals existiert? Diese ‚Liebe'?

Das lebensfrohe Glühen in Adriana und die Liebe zu Damis, die sie immer zu empfinden geglaubt hatte, waren durch seine brutalen Exzesse verloschen. Zerschlagen. Gewaltsam. Ohne Gnade.

Ein anderes Glühen war an diese Stelle getreten:

Das Lodern glühenden, unbändigen Hasses!

Sie wollte diesen Mann leiden lassen, unendlich leiden. Damis sollte für die Gewalt, die er ihr angetan hatte, für den Schmerz der Verwundungen, für seinen Verrat und für den Raub all ihrer Schätze und ihrer leuchtenden Zukunft büßen. Bezahlen! So, wie er nie zuvor gebüßt und bezahlt hatte.

Winden sollte er sich vor brennendem Schmerz.

So hatte sie sich in ihre Heimat aufgemacht, nach Ephesus. Wohin sollte sie auch gehen? Adriana war Griechin, in Ephesus geboren und recht behütet aufgewachsen. Wie alle Griechinnen war sie dem Wohl und Wehe des Vaters und ihrer zwei älteren Brüder ausgesetzt gewesen, hatte nicht einmal ohne männliche Begleitung das Haus verlassen dürfen.

Damis war selbst Grieche und hätte sie im Zaume halten können. Er hätte das Recht dazu gehabt, aber hatte sie machen lassen, was sie wollte.

So war Adriana zu der hungrigen Frau geworden, die nach männlicher Gesellschaft gierte, zu der Nymphomanin, die sie in der Felsenfestung gewesen war.

Aber das war nun vorbei!

Auch wenn ihre Angehörigen längst auf den Schlachtfeldern der Welt zu Staub verrottet oder verstorben und beigesetzt waren, auch wenn sich niemand in dieser schnelllebigen Großstadt mehr an sie erinnerte, so fühlte sie sich ihrer Heimat nach wie vor verbunden.

Adriana mietete nach der mehrtägigen, beschwerlichen Reise ein Zimmer mit einer Pritsche im Hafenviertel der Stadt an, um zumindest irgendwo ungestört nächtigen zu können. Es war zwar schmuddelig, aber billig gewesen. Der Vermieter, ein ebenso schmieriger wie widerwärtiger Kerl Mitte Fünfzig mit dunklem Schnauzbart und ewig dreckigen Fingern, glotzte sie stets unverschämt an. Aber sie ignorierte das.

Meistens lag sie nachts wach, denn an Schlaf war bei den vielen vorbeiziehenden Betrunkenen, die aus den Hafentavernen kamen und durch die Gassen grölten und sangen, kaum zu denken.

So lag sie auf ihrer wackeligen Pritsche mit den schimmeligen Laken und dem ekelhaften Kissen, verschränkte die Arme hinter dem Kopf, starrte an die schmutzig braun verfärbte Decke und haderte mit ihrem Schicksal.

Sie weinte keine Tränen. Tränen verlöschten in der Hitze dieses neuen lodernden Feuers in ihrem Herzen, bevor sie sich wie Ströme der Trauer über ihre Wangen ergießen konnten. Hass, unstillbarer brennender Hass verdrängte auch jeden Gedanken an eine Zukunft. Über so etwas wie eine Zukunft machte sie sich keine Gedanken.

Sie hatte nur ein Ziel und dachte über die Umsetzung dieses Ziels nach.

So spazierte Adriana tagsüber durch die Gassen. Sie ging über Märkte und durch den Hafen, beobachtete einheimische Hausfrauen oder die Küchensklaven der Römer bei ihren Einkäufen, anlegende Schiffe oder Kinder, die in der sommerlichen Hitze am Strand ins kühle Meer sprangen, lachten und schrien.

Auch an diesem Morgen schlenderte sie am Fischereihafen vorbei, in dessen unmittelbarer Nähe die Fischer ihren nächtlichen Fang mit lautem Geschrei anpriesen.

Eine Frau stand an einem Stand, an dem frischer Fisch und andere Meeresfrüchte angeboten wurden. Der Fischer bemühte sich sichtlich, seine Ware anzupreisen. Sie sprach freundlich mit ihm und ließ sich verschiedene Fische abwiegen. Eine Entscheidung fiel ihr scheinbar schwer.

Die Frau war höchstens dreißig Jahre alt, dunkelhaarig, schlank und sehr gut gekleidet. Ihre beige Tunika brachte sehr weibliche Formen intensiv zur Geltung. Ihr Haar war auf typisch griechische Art toupiert und ihre Bewegungen waren fließend und elegant. Neben ihr spielte ein kleiner Junge mit am Boden liegenden Steinen - ein niedliches Kerlchen mit schwarzen Locken. Der Kleine war seinem Vater wie aus dem Gesicht geschnitten.

Adriana blieb stehen und fixierte die Frau und den Jungen überrascht und feindselig. Sie hatte die beiden erkannt.

Die Mutter von Damis' Söhnen schien den durchdringenden Blick der schwarzhaarigen Schönheit zu spüren, die etwas abseitsstand und sie mit dunklen Augen anfunkelte. Sie drehte den Kopf leicht, folgte dem Blick und sah Adriana ins Gesicht.

Ein freundliches, fragendes Lächeln erschien auf ihrem hübschen Gesicht. Nur Neugier und Offenheit blickte aus den Augen der Frau, deren Aufmerksamkeit aber schließlich wieder auf den Fischer und seine Ware gelenkt wurde.

Adriana ging weiter und verschwand scheinbar in einer angrenzenden schattigen Gasse. Wie ein Blitz hatte sie diese unverhoffte Begegnung getroffen. Ihr Ziel näherte sich der Vollendung.

Nun war die Rache nicht mehr weit.

Neugierig beobachtete Adriana Damis' Frau aus der Deckung der Gasse heraus. Sie hatte nun endlich den ‚Fisch ihres Herzens' gefunden und bezahlt und war, den Kleinen an der Hand, Richtung Stadtmitte geschlendert.

Adriana achtete sorgsam darauf, nicht gesehen zu werden, als sie den beiden bis zu ihrem schönen Stadthaus folgte. Ein Stadthaus, das ihr selbst zustand, aus edlen, teuren Materialien, offen und sympathisch, hell und freundlich.

Wie gebannt stand sie vor dem Gebäude und dachte nach. In Adrianas Kopf begann etwas zu arbeiten.
Sie ging daran, den Racheplan weiter zu schmieden.
Auch auf dem Weg in ihr Zimmer rotierte ihr Verstand.
Sie hatte nicht wirklich Lust, in diesem schmutzigen Loch zu bleiben. So kehrte sie, nachdem sie den ganzen Tag überlegend, abwägend, die Szenerie durchspielend durch Ephesus gewandert war, am Nachmittag in einer Hafentaverne ein.
Adriana setzte sich in eine abseits gelegene Seitennische und beobachtete die anderen Gäste. Sie saß dort ein wenig desinteressiert bis zwei Männer den Raum betraten, die ihre Aufmerksamkeit fesselten und die sie nur zu gut kannte: Gaius Julius Caesar und dieser niedliche Legionsoffizier, Manius Fabius Germanicus.
Sie waren die Männer, welche sie hier in dieser Spelunke beileibe nicht erwartet hatte. Adriana wusste nun, welchen ersten Schritt sie tun musste, ihren ganz persönlichen Feldzug gegen Damis zu beginnen.

Das Artemision war von Ephesus' Stadtmitte einen guten Fußmarsch entfernt angelegt, ein heiliger Bezirk. Der Weg war leicht zu überwinden, die Straßen gepflastert.
Die Luft an diesem frühen Morgen war noch erträglich kühl. Julius Caesar und ich passierten das Gymnasium und die Pion-Hügel schnellen Schrittes, um dann den weiterführenden Fußweg Richtung Nordosten zu nehmen. Über den sanften Hügeln im Osten erkannten wir schemenhaft in den allerersten sich zeigenden Dämmerungsstreifen eine hohe, weitläufige Bergkette.
Schließlich standen wir vor dem gewaltigen, immerwährend mit Fackeln und Tellerlampen beleuchteten Säulentempel, der in dem flackernden Licht etwas Lebendiges, sich windend Unheimliches hatte. Die

unzähligen Statuen an den Giebeln schienen ein Eigenleben zu führen, sich uns zuzuwenden und aus großen Augen kalt anzustarren. Ehrfürchtig schritten wir die vielen Stufen der riesigen Plattform, auf der der Tempel ruhte, zum Eingang hinauf.

Mich ergriff sogar eine gewisse Beklommenheit, denn ich kannte die Geschichte und die schicksalhaften Zusammenhänge, die dem berühmtesten Tempel unserer Zeit mit der Geburt König Alexanders von Makedonien[56] zugeschrieben wurden. In Vaters Bibliothek hatte ich beim Stöbern einige Schriftrollen entdeckt:

Der Tempel der Göttin Artemis war vierhundert Jahre vor den heutigen Ereignissen erbaut, doch später durch Brandstiftung vollständig zerstört worden. Schon kurz nachdem Brand hatten die Einwohner von Ephesus an gleicher Stelle ein neues, nur wenig größeres Artemision errichtet, das in die Liste der sieben Weltwunder von Antipatros aufgenommen worden war.

Eine doppelt mannshohe Marmorplattform mit Stufen nach allen Seiten bildete die Basis des Tempels, der ebenfalls vollständig aus weißem Marmor erbaut war, allerdings weniger Verzierungen und Friese aufwies als der erste, ursprüngliche Tempel.

Die über die Grundfläche[57] verteilten hundertsiebzehn Säulen hatten eine Höhe von etwa sechs pertica[58]. Die Gesamthöhe des Artemision lag bei über zwölf pertica[59].

---

56 heute wird er ‚Alexander der Große' genannt

57 Maße des Tempels: 72 x 125 Meter Grundfläche

58 etwa 18 Meter

59 über 35 Meter

Paionios, Demetrius und Cheirokrates, in alten Schriften als Architekten des Tempels ausgewiesen, hatten die Vollendung ihres Bauwerkes nicht erleben dürfen, denn die Bauzeit erstreckte sich über mehr als hundert Jahre.

Der Tempel war auch zu dieser frühen Morgenstunde völlig frei zugänglich und ich ließ mir nicht nehmen, dieses Wunderwerk der Baukunst zumindest für einen Moment genauer zu betrachten. Natürlich war ich überaus neugierig, diesen größten und berühmtesten Tempel der Welt zu betreten, während Caesar draußen, im Schatten der Säulengänge, auf das Eintreffen Adrianas wartete.

Ich durchschritt den Eingang mit den prächtigen hohen Säulen, vorbei an zwei aufmerksamen, gut bewaffneten Tempelwächtern, die mich wohl für einen frühen Pilger hielten und mir den Zutritt nicht verwehrten.

Ich öffnete die Holztür der Cella, des Innersten und Allerheiligsten, und bewunderte das mehr als mannshohe Standbild der Göttin Artemis, aus Weinrebholz gefertigt, mit Silber und Gold verkleidet. Es hatte sogar den verheerenden Brand völlig unbeschädigt überlebt.

Ich bestaunte aber nicht nur die wundervolle Artemis, sondern auch den beeindruckenden Sternenhimmel über mir, der durch das offene Dach der Cella zu sehen war.

Eine architektonische Meisterleistung, die es kein zweites Mal gab.

Ich vernahm Schritte hinter mir und drehte mich um. Mein Gefährte trat mit ernster Miene an meine Seite und hielt eine kleine, versiegelte Schriftrolle in die Höhe.

„Adriana ist gar nicht aufgetaucht. Sie hat aber einen bezahlten Boten geschickt, irgendeinen Jungen, der mir diese Schriftrolle übergeben hat und natürlich nicht weiß, was sie enthält", erklärte er leise, brach das Siegel und öffnete die Rolle vorsichtig.

„Eine Landkarte", staunte ich und beugte mich über das Stück Papyrus, um es näher zu betrachten. Es zeigte den Küstenverlauf Kleinasiens recht detailliert, Inseln, die Städte Ephesus, Milet, Pergamum und die Position von Damis' Felsenfestung.

Wir sahen uns überrascht an. Auf Caesars Gesicht erschien ein triumphierendes Grinsen. Er erkannte die Chance, die Adriana ihm zugestanden hatte sofort.

„Die Rache einer zutiefst verletzten Frau?", fragte ich leise, während Caesar das Papyrus wieder einrollte und noch immer grinsend in seiner Tunika verstaute. "Glaubst du, die Angaben stimmen und wir finden tatsächlich Damis' Felsenfestung an der bezeichneten Stelle?"

„Wir sollten heute noch nach Milet aufbrechen", antwortete er, ohne auf meine Frage einzugehen. Seine Augen strahlten pure Tatkraft aus. „Unser Angriff muss mit Servilius' Führungsoffizieren koordiniert werden. Wir sollten die Felsenfestung spätestens in einer Woche angreifen."

Wir verließen schnellen Schrittes den Tempel auf dem Wege, den wir gekommen waren. Inzwischen war aus den ersten Dämmerungsstreifen ein leichtes Morgenrot geworden.

Wir schwiegen, ganz in Gedanken versunken, während wir kräftig ausschritten. Es fiel uns leicht, denn die Kühle des jungen Morgens belebte ungemein. Schließlich war wieder ein trockenheißer Tag zu erwarten.

„Ich werde bleiben und versuchen, Adriana ausfindig zu machen", brach ich das Schweigen als wir die Stadt erreicht hatten. „Ich muss wissen, ob der Plan korrekt ist, warum sie uns den Plan gegeben hat und was sie weiß. Möglicherweise stellen uns die Kilikier gerade eine klug eingefädelte Falle, in die wir jedoch nicht blind tappen sollten."

„Du hast recht. Ich jedoch mache mich sofort auf den Weg nach Milet", entgegnete Caesar zustimmend. Wir reichten uns die Hände und umarmten uns freundschaftlich. „Ich erwarte dich schnellstens ebenfalls dort. Der Ritt dauert einige Zeit. Ich muss mir noch ein gutes Reittier oder ein stabiles, schnelles Gespann besorgen. Bis dann!"

Wir verabschiedeten uns voneinander.

Unsere Wege trennten sich für den Moment.

Erst einmal hatte ich keinen Schimmer, wo und wie ich nach Adriana suchen sollte. Ich kehrte für den Augenblick in unser Quartier zurück, welches wir seit unserer Ankunft bewohnt hatten, aß eine Kleinigkeit und dachte nach.

Wie sollte ich sie finden, in dieser mir völlig fremden Stadt, in der ich niemanden kannte? Welchen Unfug hatte ich mir da ausgedacht?

Mein Gefährte war sicher längst unterwegs nach Milet. Er führte grundsätzlich durch, was er sich in den Kopf setzte und ich bewunderte seine schier grenzenlose Energie. Caesar gab einfach nie auf. Also strengte ich mein Hirn an.

Mir fiel eigentlich nur ein, dass wir Adriana im Hafenviertel begegnet waren. So verließ ich unser Quartier, ging offenen Auges die prächtigen, marmorgepflasterten Straßen entlang und hielt in der Hoffnung Ausschau, ihr dort zu begegnen.

Diese Stadt mit den Augen eines Gastes zu betrachten, war etwas ganz Besonderes. Ephesus, mit seinen Prachtbauten aus Marmor und Gold und einem scheinbar unkontrolliert ausgebrochenen Baufieber, erinnerte mich an ein verkleinertes Rom.

Ephesus war offensichtlich eine reiche Stadt. Eine uralte Stadt war es sowieso.

Mein Fehler an diesem Tage war wohl, dass ich dummerweise mehr Augenmerk auf die städtische Baukunst richtete als auf das für Caesar und mich wichtigere Ziel, Adriana zu finden. So trieb ich mich den lieben langen Tag auf den vor Hitze wabernden Straßen herum, in der

sommerlichen Sonne, ohne Adriana oder einen Hinweis auf sie erhascht zu haben.
Ich ärgerte mich über mich selbst, schalt mich einen Narren. Es war ein verlorener Tag und ich fluchte, so plan- und vor allem erfolglos herumgewandert zu sein.
Natürlich hatte ich als erstes den Wirt der Hafentaverne nach der schönen Dame befragt, die am Abend zuvor in der Ecknische gesessen hatte, aber er konnte sich beim besten Willen nicht an sie erinnern. Es kämen so viele Gäste, meinte er und zuckte desinteressiert mit den Achseln.
Wie sollte ich Julius Caesar dieses Fiasko nur erklären?
Müde, schweißgebadet und mich selbst einen typischen Verlierer schimpfend bewegte ich mich durch die Hafenarkaden. Bald fiel mir die Betriebsamkeit und Unruhe einiger Passanten auf. Manche rannten hin und her, eine Menschenmenge bewegte sich aufgeregt schreiend auf ein ganz bestimmtes Ziel zu.
Ich blickte mich um sah ich schon von weitem die Rauchsäule, die dunkel über dem Herzen der Stadt aufstieg. Im Villenviertel der besseren Gesellschaft der Stadt, unweit des Amphitheaters und südöstlich des Forums, schlugen gewaltige Flammen aus einem der Wohngebäude. Verzweifelt versuchten Helfer, den Brand zu löschen und riefen nach Gefäßen und Amphoren mit Wasser, während die Flammen gnadenlos höher und höher über das Dach züngelten. Mutige, behelmte Legionäre in metallenen Rüstungen drangen in das schnell zerfallende Gebäude aus Holz und Stein ein, um Überlebende zu finden und herauszubringen - vergebens. Hustend und sich gegenseitig abstützend wankten sie aus der schwarzen Dunstglocke heraus.
Anwohner sicherten verzweifelt ihre eigenen Häuser in der Nachbarschaft und versuchten mit Tonkrügen voll Wasser, eine Menschenkette zu den nahen Springbrunnen bildend, immer mehr

Wasser herbeizuschaffen und das Entzünden der ausgetrockneten Holzstützen, Wände und Dächer zu verhindern.
Ihr Ansinnen war nicht erfolgreich. Nach kurzer Zeit stand der halbe Straßenzug in Flammen. Die Verteidiger machten aber keine Anstalten, einfach aufzugeben. Im Gegenteil.
Neugierig geworden und einer inneren Stimme folgend, drängte ich langsam durch die immer größer werdende Zuschauermenge näher an den Brandherd heran.
Ich betrachtete so manches entsetzte Gesicht in den Reihen der Zuschauer. Mir fielen allerdings auch viele Leute auf, die sensationslüstern darauf warteten, dass verkohlte Leichen aus den brennenden Trümmern geborgen wurden.
Mitten unter ihnen stand eine Frau, die das Schauspiel mit glänzenden Augen und einem schrecklichen Grinsen verfolgte.
Ich versuchte, ihr unauffällig näher zu kommen, doch es blieb bei dem Versuch. Sie nahm trotz ihrer stillen Freude war, dass sie beobachtet wurde, entdeckte mich, erschrak sichtlich und drängte sofort zu der mir entgegengesetzten Seite aus der Menschenmenge hinaus.
Flink stieß sie eine alte Frau und einen Mann beiseite, die ihr im Weg standen, huschte aus meinem Blickfeld und flüchtete im Schutze dichten Rauchs in eine Seitengasse. Sie sprang in den Eingang einer offenbar unbewohnten, zweistöckigen Mietshausruine, welche fast vollständig von dicken Qualmwolken des Großbrandes erfüllt war, und sprintete die knirschende Holztreppe hinauf.
Doch ich hielt hustend und spuckend mit und kam ihr näher. Oben auf dem flachen Dach hatte ich sie erreicht.
„Adriana, halt! Bleib stehen!“, schrie ich in das höllisch laute Knistern und Krachen der Feuerkatastrophe. Ich bekam ihren Arm zu fassen, packte ihn fest mit der Rechten und ließ nicht mehr locker, auch wenn sie sich verzweifelt wehrte und heftig nach mir schlug.

Ihr Widerstand fiel bei weitem nicht so schnell in sich zusammen, wie ich gehofft hatte. Sie war kräftig und ich riskierte durch ihre Knuffe und Schläge einige üble blaue Flecken, was mir in diesem Augenblick natürlich ziemlich egal war.

„Lass mich los, Manius!“, schrie sie währenddessen aggressiv, drehte sich zu mir um und trommelte mit den Fäusten hart gegen meine Brust. „Das hier geht nur mich etwas an!“

„Das hier?“, rief ich entsetzt, packte sie an den Schultern, schüttelte sie und warf einen schnellen Blick auf die brennenden Gebäude. „Hast du etwas mit dem Großbrand zu tun?“

Ich erkannte Adriana gar nicht wieder, die Göttin der Liebe, diese erotische Aphrodite, die ich in der Felsenfestung kennen gelernt, bei deren Küssen ich zu schweben begonnen hatte.

Nun stand sie vor mir, hustend und keuchend und mit vor Hass und offenem Triumph verzerrtem, rußgeschwärzten Gesicht. Adriana, die Rachegöttin, die ihre ausgefahrenen, tödlichen Krallen in das Fleisch ihrer nichts ahnenden Opfer geschlagen hatte.

„Das geht dich nichts an, du römischer Hund!“, spie sie mir entgegen und versetzte mir eine schallende Ohrfeige. Ich spürte den Schlag nicht wirklich. Adriana wandte sich aus meinem Griff, lief aber nicht mehr weg, sondern stand erhobenen Hauptes vor mir.

„Hast du etwas mit diesem Feuer zu tun?“, schrie ich wie wahnsinnig durch den Lärm des prasselnden Großfeuers und die Rufe der herbeigeeilten Helfer. Adrianas lautes Triumphgeheul hallte in meinen Ohren nach. Entsetzen und Unglauben überrollten meine Gedanken für den Moment, bevor mir in den Sinn kam, warum ich sie überhaupt den ganzen Tag gesucht hatte. Ich konzentrierte mich darauf und rief:

“Was ist mit dem Lageplan, den du uns heute früh am Tempel hast zukommen lassen?”

„Was soll damit sein?", schrie sie und verzog den Mund. „Fahrt gefälligst hin und löscht die Felsenfestung aus, Caesar und du! Und sagt Damis von mir, dass **ich** seine Söhne und seine Frau in diesem Hause getötet habe!"

Sie lief einige Schritte hin zur Treppe. Dann drehte sie sich noch einmal um.

„Sagt ihm das! Sagt ihm, dass **ich** das Haus **selbst** angesteckt habe!"

Adriana verschwand mit einem schrecklichen Lachen im immer dichter werdenden Rauch des Großbrandes, während ich noch immer wie betäubt und regungslos dastand und begriff: Das war Damis' Stadthaus, das da soeben in sich zusammensackte.

Adriana musste völlig verrückt geworden sein. Ihr triumphierendes Lachen war das letzte, was ich von ihr hörte, dann verschwand sie.

Immer noch schockiert, hustend und unsicheren Schrittes stieg ich der Treppe im Inneren des leeren Hauses vorsichtig hinab und ging zurück zu der Menschenmenge auf der Straße, die inzwischen enorm angewachsen war. Viele machten sich nützlich, bildeten Menschenketten zu den Brunnen. Sie schafften es mit vereinten Kräften, das Feuer langsam unter Kontrolle zu bekommen. Einige Nachbarhäuser waren bereits erfolgreich vor der Hitze und den Flammen gesichert worden.

Ich stand fassungslos vor dem lärmenden Flammenmeer.

Gerade brach ein komplettes Giebeldach knirschend und krachend in sich zusammen, als mir abseitsstehend ein kleiner Junge auffiel, der mich jammernd und weinend aus verschmierten Augen anblickte. Er war über und über mit Ruß und Schmutz bedeckt und seine Tränen gruben helle Bachläufe durch sein verrußtes Gesicht.

Ich erkannte ihn!

Damis' kleiner Sohn! Ganz allein!

Ich lief entsetzt zu ihm hin, ging in die Hocke und packte ihn an beiden Oberarmen.

„Hallo mein Kleiner“, sprach ich ihn in griechischer Sprache an. „Weißt du, wer ich bin?“

Er nickte zaghaft und schwieg.

„Wo ist deine Mutter? Wo ist dein Bruder?“

Sein Arm bewegte sich und er zeigte wimmernd und mit ausgestrecktem Zeigefinger auf die Trümmer seines Hauses.

„Sie sind noch da drin?“ Ein Frösteln überkam mich trotz der Hitze des Brandes. „Du bist ganz allein herausgekommen?“

Wieder nickte er wortlos und dicke Tränen kullerten über die verrußten Wangen. Ich dachte nach, konnte den Kleinen unmöglich hier allein zurücklassen. Ich sah mich um. Überall Chaos, das Geschrei rußgeschwärzter Menschen, Leute mit Gefäßen voller Wasser.

Ich nahm den Jungen auf den Arm und trug ihn erst einmal fort von diesem schrecklichen Ort.

Mir viel nur mein Quartier ein. Es war nur ein paar Straßen weiter gelegen und meine Wirtin, eine Römerin, die seit zwanzig Jahren in Ephesus lebte, wusste sicher, was zu tun war. Nach wenigen Minuten hatten wir es schon erreicht.

„Ach du meine Güte!“, rief die Wirtin, die mir händeringend entgegenlief, eine Frau in den Fünfzigern, herzensgut, die mit ihrem grauen Haar viel älter wirkte als sie war.

Sie nannte mich stets „Söhnchen“ - Caesar interessanterweise nicht.

„Der arme Junge! Er ist aus der Straße, in der gerade dieses schreckliche Großfeuer tobt, nicht wahr?“

Ich nickte erschöpft und setzte ihn stöhnend auf den Boden.

„Ja, ich kenne ihn sogar. Er ist wohl der einzige Überlebende seiner Familie, die das brennende Haus bewohnt hat. Seine Mutter und sein Bruder sind möglicherweise tot. Ermordet. Es war Brandstiftung.“

Meine Wirtin riss die Augen auf, fuhr sich vor Schreck mit der Hand ans Kinn, während ihr ordentlicher Damenbart nervös zuckte. Sie meinte, wir furchtbar das alles sei und sie würde augenblicklich Wasser holen und dem Kleinen erst einmal den Schmutz abwaschen.

Minuten später erschien sie mit einer großen Schüssel Wasser, entkleidete den Jungen und wusch ihn gründlich.

Er hatte bis jetzt noch kein Wort gesprochen, aber auch zu weinen aufgehört. Ich durchwühlte seine völlig verrußten, nach Qualm und Feuer stinkenden Sachen und fand eine münzgroße Medaille an einer einfachen Kette, welche sofort meine Aufmerksamkeit erregte. Ich säuberte sie, drehte und wendete sie in den Fingern. Die Medaille war um einiges größer als eine normale Geldmünze, wahrscheinlich aus Silber und zeigte eine Gravur, die Lettern ‚AE' und ein Schwert.

Ich hatte dieses Symbol noch nie gesehen, fühlte seltsamerweise einen gewissen Schauder beim Anblick des Schmuckstückes. Ja, mir lief es kalt den Rücken hinunter, was ich aber damals nicht hätte erklären können.

Zunächst hielt ich es für einen Glücksbringer, den irgendwer dem Kleinen geschenkt hatte. Auf jeden Fall hatte das Ding als solches ziemlich versagt.

Ich ging in die Hocke, auf gleiche Höhe mit dem Jungen, verfolgte die Absicht, sein Vertrauen zu gewinnen, mit ihm zu reden und mich um ihn zu kümmern.

„Na, mein Junge", sagte ich mit sanfter Stimme. „Wie heißt du denn eigentlich?"

„Demetrios. Meine Mama nennt mich immer Demi", murmelte er zögerlich und ich strich ihm lächelnd und sanft über die schwarzen Locken.

„Woher hast du denn diese wunderschöne Medaille?"

„Von Papa", grummelte er. „Und sie gefällt mir."

„Ja, mir gefällt sie auch. Weißt du denn, was sie bedeutet?"

Er schüttelte die schwarzen Locken und sah mich traurig an.

„Also Demi", sagte ich. „Ich kenne deinen Vater recht gut. Sicher kann ich dich bald zu ihm bringen. Mach dir keine Sorgen, hörst du? Alles wird gut werden."
Das war gelogen, wie mir plötzlich aufging!
Nichts würde gut werden für den Kleinen!
Caesar und Servilius planten gerade den Angriff auf die Felsenfestung, um Demis' Vater zu fangen, möglichst lebend, wahrscheinlich eher tot!
Ich litt unter dem Zwiespalt, in dem ich mich befand.
Auf sonderbare Weise war mein Schicksal in Misenum untrennbar mit dem dieses kilikischen Piratenführers verknüpft. Seit jenem Abend, als wir uns das erste Mal Seite an Seite kämpfend begegnet waren.
Ich blickte dem Jungen in seine traurigen Augen.
Nun war ich ratlos.
Was sollte ich bloß tun?

Als Socius XIII, der sich selbst Aeolus genannt hatte, am Vorabend die Hafenspelunke betreten hatte, bemerkte er, dass sein Zielobjekt und dessen Begleiter an einem Tisch mitten im völlig überfüllten Schankraum Platz genommen und sich mit einem Dritten getroffen hatten.
Er kannte diesen Mann nicht, der aber offensichtlich ebenfalls Römer, seinem Alter und seinem Auftreten nach ein hochgestellter Repräsentant Roms war. Ein Mann, der hier lediglich in einfacher Kleidung auftrat.
Aeolus suchte sich einen weiter entfernten Tisch aus. An diesem saßen bereits zwei ägyptische Seeleute. Er nickte ihnen zur Begrüßung freundlich zu, bestellte sich einen Becher Retsina und nahm so Platz, dass er die kleine Gruppe weiterhin unauffällig observieren konnte. Die drei unterhielten sich. Der Lärm im Raum ließ aber keinen Laut des Gespräches zu ihm dringen.

Dass dieser Caesar überhaupt zu finden gewesen war, schob er der Tatsache zu, dass der Überfall auf Caesars Schiff und die Auslösung des Gefangenen für eine viel zu hohe Summe in der Öffentlichkeit von Ephesus und den anderen Städten Kleinasiens hohe Wellen geschlagen hatte. Der Mut Caesars und seiner Begleiter wurde gerühmt.
Überall sprach man von Gaius Julius Caesar und seinem tapferen Freund mit dem auffallend blonden Haarschopf, der wohl römischer Offizier war. Der Sohn dieses reichen Mannes aus Rhegium.
So war es für einen erfahrenen Menschenjäger wie Aeolus ein leichtes gewesen, ihn ausfindig zu machen und auf den richtigen Moment zu warten.
Die junge Popularität dieses Caesar im griechisch geprägten Teil der Welt konnte die Ausführung seines Auftrages nur behindern oder in unvorhergesehener Weise unmöglich machen.
Den Mann nur zu liquidieren wäre sehr unklug gewesen. Eine solche Tat hätte die Öffentlichkeit unnötig in Aufruhr versetzt, was Aeolus' Verschwinden wie ein Windhauch an einem lauen Sommertag vielleicht hätte unmöglich machen können.
Möglicherweise würde der Tod des ‚Helden' Caesar in eine allgemeine Hetzjagd auf dessen Mörder münden, was natürlich nicht im Sinne desselben sein konnte. Aeolus verließ sich wie immer vollkommen auf seinen Instinkt. Seinen letzten Auftrag in vollendeter Perfektion auszuführen war für einen Künstler in Sachen Tod logisch, aber keine Zeitfrage.
Er beobachtete. Er wartete.
Sein Instinkt lenkte auch seinen Blick.
Eine auffallend schöne, junge Frau mit tiefschwarzem Haar saß in einer abgetrennten Ecknische, etwas weiter von Caesars Tisch entfernt, die ebenfalls mit großem Interesse die drei Männer beobachtete, die er bereits im Fokus hatte. Sie schien die Männer zu kennen, zumindest war

das sein Eindruck. Sie kam ihm bekannt vor - nach einigem Überlegen war er sicher: Sie wohnte im selben Hause wie er, dieser ziemlich schmuddeligen Pension mit dem schmierigen Hauswirt. Dort war er ihr bereits kurz begegnet. Er war ihr wohl nicht aufgefallen, sie hatte ihn jedenfalls keines Blickes gewürdigt, was ihm auch ziemlich egal gewesen war.

Aeolus trank die letzten Tropfen Wein, warf ein paar Münzen auf den Tisch und verließ noch vor den Observierten die Taverne. Heute würde er nichts mehr unternehmen und sich zur Ruhe begeben. Er wusste ja, wo sich sein Zielobjekt eingemietet hatte. Er konnte warten.

Aeolus ahnte nicht, wie sehr er sich irrte.

Am nächsten Tag war die Fährte für den Menschenjäger nämlich kälter als kalt, Caesar verschwunden und die Frau aus dem Nebenzimmer ebenfalls. Sein sonst so sprichwörtlicher Instinkt hatte versagt.

Er fluchte und schalt sich einen leichtfertigen Narren, die Observierung seines Zielobjektes nicht fortgeführt zu haben. Er war doch kein Anfänger. Wieso machten es ihm die Götter diesmal so schwer?

Ein gewaltiger Häuserbrand mitten in Ephesus erregte schließlich seine Aufmerksamkeit, nachdem er den ganzen Tag vergeblich versucht hatte, die Spur Caesars wieder aufzunehmen.

Wie so viele Bewohner der Stadt näherte er sich neugierig dem Flammeninferno, beobachtete die Rettungs- und Löschbemühungen der vielen Helfer.

Aeolus lachte laut auf.

Nein, nicht das Feuer belustigte ihn, sondern ein hochgewachsener Mann mit auffallend hellen Haaren, der sich mit Druck einen Weg durch die gaffende Menschenmenge zu bahnen suchte.

Manius Fabius Germanicus - ja, er war es wirklich - drängte massiv durch die Menge hindurch nach draußen.

Die Fährte war plötzlich wieder da! Aeolus nahm Witterung auf und ließ diese Spur nicht wieder kalt werden. Er schickte sich an, dem römischen Optio nachzueifern, der einer Frau zu folgen schien, die ihn ebenfalls entdeckt hatte und nun zu flüchten versuchte.
Er stürmte hinter beiden her und folgte ihnen in ein in dichten Rauch gehülltes, leerstehendes Haus. Während die beiden jedoch treppauf Richtung Dach liefen, legte sich Aeolus im Erdgeschoss an der Eingangstür einer leeren Wohnung auf die Lauer, diejenige Person abzufangen und zu befragen, die als erste wieder hinab kam.
Dichte Rauchschwaden verhinderten einen guten Überblick über das verrottete Treppenhaus, doch wenige Minuten später zeichnete sich schon eine Gestalt im Dunst ab, die nichts ahnend schnellen Schrittes die Treppe hinunterstürmte.
Aeolus straffte seine sehnige Gestalt und sprang mit einem gewaltigen Satz in den Gang hinaus.
Die Schönheit mit dem schwarzen Haar, die ihm entgegenkam, erschrak fürchterlich, versuchte aber gar nicht erst, seinem harten Griff auszuweichen, der sie packte und mit einer einzigen fließenden Bewegung in die leere Eingangstür zog.
Seine muskulösen Arme umschlangen sie mit festem Griff. Er spürte ihre prallen Brüste. Seine Hand verschloss ihr den Mund. Keinen Laut ließ er ihrer Kehle entweichen, während der Optio langsam und hustend der verfaulenden Treppe herunterstieg und schließlich das Gebäude verließ.
Angsterfüllt rollte Adriana ihre dunklen Augen und wehrte sich verzweifelt. Aeolus hielt sie jedoch in festem Griff und glaubte diese junge, sich windende Schönheit absolut sicher. Schon oft hatte er diesen speziellen Griff angewendet.
Und doch wurde er diesmal eines Besseren belehrt.

Trotz ihrer anfänglichen Überraschung verlor sie ganz und gar nicht die Kontrolle über ihren Verstand. Adriana hatte in den Jahren mit Piraten, Mördern und Sklavenhändlern in der Felsenfestung gelernt, wie man sich als Frau wirkungsvoll gegen Männer zu verteidigen hatte.
Adrianas Beine waren frei. Mit einem gestreckten rechten Fuß trat sie dem Angreifer mit aller Kraft auf die Fußwurzel.
Aeolus schnaubte vor Schmerz und lockerte für einen winzigen Moment seinen Griff.
Auf diesen Moment hatte sie gehofft! Sie nutzte ihre Chance, den körperlichen Abstand zu Aeolus geringfügig zu vergrößern, die Faust zu ballen und sich den Angreifer mit einem gestreckten Schlag in seine Genitalien förmlich vom Leib zu schlagen.
Aeolus krümmte sich angesichts der schrecklichen Blitzschläge, die nun seinen Körper durchzuckten, in einem pressenden, obszönen Schmerz. Er war unfähig zu denken, zu reagieren und die Frau zu hindern, noch ein weiteres Mal auf dieselbe empfindliche Stelle zu schlagen.
Aeolus schrie wie ein waidwundes Tier.
Adriana aber ließ nicht locker, wirbelte geschickt herum und setzte noch einmal nach. Mit einem kräftigen Tritt ins Gesicht des sich krümmenden Mannes streckte sie ihn vollends nieder.
Aeolus stolperte rückwärts und prasselte heftig zu Boden. Er schlug sehr hart mit dem Kopf auf den splitternden Holzbohlen auf, die aus dem Boden ragten, und blieb regungslos liegen. Ein Blutfaden lief aus seiner Nase. Eine Wunde am Ohr blutete ebenfalls. Schnell bildete sich eine kleine Lache um den Kopf des Angreifers.
Adriana atmete mehrmals tief durch und sah sich den Kerl genauer an. Sie hatte ihn schon einmal in der Pension gesehen.
Wieso lauerte der Kerl ihr auf? Wer war er?
Ihr fiel die Medaille auf, die er um den Hals trug und die sie schon einmal bei Damis gesehen hatte.

Hatte ihn Damis geschickt, ihr aufzulauern? Nein, unmöglich!
Es war aber keine Zeit zu weiteren Überlegungen, sie sprang davon, durch die Haustür, ins Freie. Manius war nirgends zu sehen. Sie musste verschwinden, soviel war ihr klar. Wegen Manius. Und diesem Kerl.
Ihre Pension war kein sicherer Ort, aber sie war ja vorbereitet.
Blutend und in tiefer Bewusstlosigkeit blieb der erfolgreichste Menschenjäger Roms auf dem schmutzigen Fußboden dieses rauchgeschwängerten und verlassenen Hauses in Ephesus zurück.

## MISENUM

Römischer Marinestützpunkt in Italien

An einem unterirdischen Ort im Herzen der Altstadt.
Quintus Aurelius, der Präfekt von Misenum, schrie aus voller Kehle um Hilfe, rief um sein Leben und doch konnte niemand ihn hören.
Niemand würde ihn retten.
Er lag völlig nackt und zu absoluter Regungslosigkeit verdammt auf einem altarähnlichen, eiskalten Marmortisch mitten in einer unterirdischen Kammer.
Quintus fror erbärmlich und die Fesseln scheuerten durch sein Zerren und Ziehen die Hand und Fußgelenke wund.
Der Raum war aus blankem Felsgestein herausgehauen. Sicher lag er tief unter der Erde. Es gab keine Fenster, einige Fackeln an den Wänden ließen im gelblichen Schein wirre Bilder urzeitlicher Tiere und fremder, magischer Symbole an den Wänden tanzen.
Quintus Aurelius hatte jedes Zeitgefühl verloren, seit er in seiner Villa im reichen römischen Viertel mitten in der Nacht gegen seinen Willen aus dem Bett gezerrt und betäubt worden war.

Wie lange war er nun schon hier? Stunden? Tage?

Was wollte man von ihm?

Wer wollte etwas von ihm?

Er hatte schreckliche Angst und zitterte wie Espenlaub.

Als er erwacht war, fand er sich schrecklicherweise auf diesem seltsamen... Altar... liegend wieder. Was aber noch schlimmer war: Ein riesiger, barhäuptiger und barfüßiger Nubier stand vor ihm, nur mit einem dünnen Schurz bekleidet.

Der muskulöse Oberkörper des Afrikaners war über und über mit farbigen, magischen Symbolen bemalt, die in starkem Kontrast zu seiner dunklen Haut standen. Wie der einer angriffslustigen Kobra schwang sein erhobener Kopf elastisch hin und her. Derart tänzelnd strich er mit einer Messerspitze vom Hals aus über Quintus' ordentlich entwickelte Männerbrüste und den dicken Bauch. Er strich über die schwitzende Glatze des Gefangenen und entlang des Halses.

Es tat nicht weh, ritzte nicht einmal die Haut, aber Quintus Aurelius erschrak fürchterlich und schrie, wie er noch nie geschrien hatte.

Der Nubier öffnete nun eine winzige rote Amphore. Er beugte sich über den Römer und flößte ihm die darin befindliche seltsame Flüssigkeit ein. Das widerlich-bittere Gebräu rann brennend in Quintus' Magen hinab. Ihm wurde übel. Er begann zu würgen.

Nun beugte sich der Nubier breit grinsend, schreckliche Haifischzähne zeigend und ein entsetzliches Lachen ausstoßend, über Quintus' Antlitz und rollte die Augen, und zwar so, dass fast nur noch das Weiße zu sehen war.

Quintus Aurelius stieß erneut einen Angstschrei aus und wand sich verzweifelt in seinen Fesseln. Das Gesicht des Nubiers hatte sich plötzlich auf das schrecklichste verwandelt: Ein lächelndes grünliches Dämonengesicht starrte ihn aus dunklen bösen Augen an. Und das Wesen aus der Unterwelt sprach zu ihm:

„Quintus, Quintus", knurrte der Dämon. „Ich habe dich zu mir geholt, weil du ein böser Mensch bist."
Die runzeligen Brauen des Dämons zogen sich vorwurfsvoll zusammen, bevor sich sein Gesicht in ein zynisches Lachen wandelte und er rief: „Und ich mag böse Menschen! Deshalb wirst du nun für immer bei mir bleiben! Für immer mein Sklave!"
„Nein! Nur das nicht!", schrie Quintus Aurelius. Panik stieg in ihm auf, sein Herz raste vor Entsetzen. „Ich bin kein böser Mensch! Was willst du denn von mir? Ich habe Geld..., Gold! Willst du Gold?"
„Nein, behalte dein Gold! Ich will deine Seele. Was sonst?", zischte der Dämon, legte den Kopf schräg und sah den Präfekten durchdringend an. Dann verfiel er in ein nicht enden wollendes Gelächter aus den Tiefen seiner höllischen Kehle, während Quintus Aurelius vor Angst wie ein Wahnsinniger schrie.
„Aber du kannst dich retten!", rief der Dämon nun scheinbar freundlich und zeigte seine grünlichen Zähne.
„Wie denn, bei Pluto? Ich tue alles, aber lass mich gehen!"
„Alles?" Der Dämon grinste bösartig. „Wirklich?"
„Ja! Was kann ich tun?"
„Erzähl mir vom ‚Societas Aeneae'...", zischte das Höllenwesen. Seine schreckliche Stimme brach sich an den Felswänden des Raumes. „Ich will alles wissen, was du darüber weißt. Ich will wissen, wer die Hintermänner sind. Und was weißt du über... Gaius Julius Caesar?"
Der Dämon ließ ein geöffnetes Amulett über Quintus' schreckverzerrtem Gesicht schweben.
„Was? Aber warum...?"
„Erzäääähle mir, was ich wissen will!", rief der Dämon und spie dem Präfekten höllischen, stinkenden Atem entgegen. „Rede, oder dein Leben ist für immer dahin! Sooofoooort!"
Quintus Aurelius weitete panisch die Augen und redete und redete.

Eine halbe Ewigkeit lang sprudelte er dem Dämon ins Ohr, was er wusste.
„Nun hast du mir alles erzählt“, knurrte der Dämon schließlich. „Aber das reicht mir nicht. Ich werde dich doch bei mir behalten. Dein Platz ist hier bei mir, für alle Zeiten. Als mein Fußabtreter, wenn ich einmal schlechte Laune habe.“
Und dann lachte der Dämon, und lachte und lachte.
Der Raum begann sich um Quintus zu drehen. Ihm wurde noch übler, er würgte wieder, schließlich konnte er nur noch schlecht sehen.
Was passierte mit ihm?
Das Grinsen des Dämons wurde immer breiter, sein Gesicht nahm immer neue Gestalten an. Quintus schloss schockiert die Augen, bevor er ohnmächtig wurde. Für immer Sklave? Für immer Skl...!

Die hölzerne Tür zur Kammer öffnete sich und der riesige, über und über mit bunten Strichen und Symbolen bemalte Nubier trat aus dem kleinen, diffus beleuchteten Raum heraus.
„Du hast nun alles erfahren, was er weiß, Dominus. Mehr ist aus ihm nicht herauszuholen“, sagte er zu einem weißhaarigen römischen Herrn in feinem Gewand, der im Vorraum zur Kammer gewartet hatte. Der Afrikaner verbeugte sich. „Der Präfekt schläft jetzt.“
„Hervorragende Arbeit, Lona, wie immer“, antwortete Lucius Claudius Benignus und lachte zufrieden. „Du bist ein Meister deines Faches, einer meiner besten Männer. Und unsere magische Kammer für Befragungen besonderer Art hat sich auch heute wie schon so oft bewährt.“
Der riesige Afrikaner grinste breit. Er war glücklich über dieses Lob. Hatte er doch, wie immer, sein Bestes gegeben.
Von Benignus gelobt zu werden war etwas Besonderes für einen Mann, den es aus den Steppen Afrikas nach Italien verschlagen hatte.

Lona war kein Sklave. Er war ein freier Mann, der Benignus schon viele gute Dienste geleistet und dadurch viel Geld verdient hatte.
„Mein Spezialtrank hat seine Zunge gelöst", lachte der Nubier und Lucius Claudius grinste breit.
„In deine Hände möchte ich nicht fallen, Lona. Was er wohl in dir gesehen hat...?", sagte der Römer. „Es hat ihm jedenfalls Angst eingejagt." Sein Blick verdüsterte sich.
„Niemand darf je erfahren, was der Präfekt ausgeplaudert hat. Seine Worte, sein Wissen ist ausschließlich für meine Ohren gedacht, verstanden?"
„Mein Mund wird für immer zu diesen Dingen schweigen, Dominus", schwor Lona inbrünstig, während sein Herr sehr ernst vor sich hinstarrte.
Schließlich griff Benignus unter seine Tunika und zog einen klirrenden Beutel hervor. Er schleuderte ihn mit einem kurzen Ruck zu dem Nubier hinüber, der nun wieder enorm breit grinste.
„Für erstklassige Dienste erstklassige Bezahlung, Lona. Und noch ein ordentlicher Bonus für deine verschlossenen Lippen obendrauf. Du wirst den Präfekten aber noch in sein Haus zurückbringen und wieder ins Bett legen."
„Selbstverständlich, Herr", nickte Lona und verstaute den Beutel in einem kleinen Sack, den er als Tragetasche nutzte. „Der Präfekt wird morgen früh aufwachen und glauben, einen bösen Traum gehabt zu haben. Körperlich fehlt ihm nichts. Nur die Kopfschmerzen werden enorm sein. Dieser besondere Trank wirkt immer so."
Während der Römer den Raum verließ, kümmerte sich Lona um den schlafenden Quintus.
Benignus dachte intensiv über das nach, was Lona von Quintus erfahren hatte, während er die Stufen zur Oberwelt bedächtig hinauf schritt. Er

war noch unschlüssig, was nun zu tun war. Dieses Wissen war nicht für die Ohren Dritter und Vierter bestimmt gewesen.
Es war gefährlich.
Nicht für ihn selbst, nein, es würde für die Leute gefährlich sein, die er in gewisser Weise schätzte. So beschloss Lucius Claudius Benignus trotz seiner unterentwickelten Fähigkeit zur Emotionalität, sich in den Mantel des Schweigens gegenüber seinem Freund Gaius Fabius Maximus zu kleiden.

## AUFBRUCH NACH MILET

Es war der fünfundfünfzigste Tag nach unserem Auslaufen in Rhegium. Ich hatte mir bei der Stadtkommandantur von Ephesus eine neue Militärausrüstung mit kompletter Bewaffnung und einem Pferd genommen, um mich am nächsten Morgen auf den Weg zum Treffpunkt mit Caesar zu machen.
Ich wusste, mir stand ein beschwerlicher Ritt bevor. Tagsüber war eine üble Hitze zu erwarten. Ich kannte mich in der Gegend nicht aus und ungefährlich war ein Ritt durch dieses unruhige Land keinesfalls.
„Söhnchen, ich kann dich unmöglich so gehen lassen“, sagte meine Wirtin und musterte mich Stirn runzelnd. „Mein Neffe Gracchus wird dich auf jeden Fall nach Milet begleiten. Er kennt den Weg sehr gut und euch wird nichts passieren.“
Sie atmete tief durch.
„Und mach dir keine Sorgen, der kleine Demi bleibt hier bei uns.“
Ich musste darüber lächeln, wie bestimmt sie auftrat, keine Widerrede duldend. Es war wirklich das Beste, den kleinen Demi vorerst bei ihr zu lassen und die Hilfe ihres Neffen in Anspruch zu nehmen.

Ich stimmte deshalb freudig zu.
„Söhnchen“, sagte sie weiter und legte mir einen einfachen, silbernen Ring, der nicht besonders wertvoll aussah, in die Handfläche. „Nimm diesen Ring an dich, der mir viel bedeutet. Er wird ab sofort auch für dich viel bedeuten, für den Fall, dass dir etwas passiert. Denn nur wer mir diesen Ring zurückbringt, wird Demi mitnehmen können. Niemand sonst. Denk immer daran.“
Ich nickte verstehend, steckte den Ring weg und umarmte die mütterliche Frau lange und innig.
Eine Stunde später, bei Sonnenaufgang, stand ihr Neffe Gracchus reisefertig vor der Tür, ein Reittier an der Hand, dahinter ein Packpferd mit Trinkwasser und Proviant für zwei anstrengende Tagesritte.
Ich verabschiedete mich von Demi, der seine Arme um meinen Hals schlang und nicht mehr loslassen wollte. Sanft nahm ihn meine Wirtin auf den Arm. Er weinte bitterlich. Auch ich hatte einen Kloß im Hals und versprach, ihn niemals im Stich zu lassen.
Dann bestiegen wir unsere Pferde und ritten aus der Stadt.
Ich hatte geraume Zeit keine richtige Kriegsrüstung mehr getragen und war sie nicht mehr gewöhnt. Sie war schwer. Nicht einmal mein Umhang verhinderte, dass sich das Metall in der Sonne unangenehm aufheizte. So schwitzte ich heftig und war genötigt, regelmäßig den Helm abzunehmen und den Schweiß wegzuwischen.
Ich ärgerte mich darüber, kam mir dem guten Gracchus gegenüber wie ein dummes Weichei vor, nicht wie ein gestandener römischer Soldat.
„Ganz schön heiß hier im Hinterland, nicht wahr?“, meinte er lachend. „Du wirst dich dran gewöhnen müssen. Regen gibt es hier nur selten, manchmal im Winter.“
Gracchus trug die perfekte Kleidung. Leichtes Gewebe, welches wirkungsvoll vor der brennenden Sonne schützte und den Körper atmen

ließ. Etwas das Zivilisten trugen, wenn sie hier über Land unterwegs waren. Und das war Gracchus häufig.
Gracchus war Gemüsegroßhändler und unternahm mindestens einmal im Vierteljahr eine Reise nach Milet. Er hatte dort Geschäftspartner und machte auf mich alles andere als einen verarmten Eindruck. Im Gegenteil. Der großgewachsene, mittelblonde Enddreißiger trug wertvolle, aber sehr praktische Kleidung und ritt ein edles Tier.
In der Tat verdiente er prächtig. In der Zeit der Besatzung durch König Mithridates, der in Ephesus den Befehl gegeben hatte, alle Römer zu töten und achtzigtausend meiner Landsleute daraufhin ermordet worden waren, hatte er mit seiner Familie Schutz bei Bauern im Umland gefunden. Nach dem Sieg der Römer kehrte er in die Stadt zurück. Er baute sich einen florierenden Gemüsehandel auf, an dem er die produzierenden Bauern, die ihn versteckt gehalten hatten, kräftig partizipieren ließ.
Bis Mittag ritten wir durch hügeliges, karges Land, das von einsam dahintrocknenden Pinien und ein wenig Gesträuch bewachsen war und wenig Abwechslung bot. Der Boden war übersät mit kleineren Sandsteinen und schneeweißen Felsbrocken.
Schließlich ritten wir auf eine schroffe, ebenso trockene Bergkette zu, die wir zu überwinden hatten, um nach Milet zu gelangen.
Der beschwerliche Auf- und Abstieg wurde durch den Anblick des fantastischen Tempels der Athene belohnt, an dem wir nicht einfach vorbeireiten konnten. Ich nahm mir reichlich Zeit zu Rast, einer ordentlichen Mahlzeit und vor allem zu einem Tempelbesuch.
Nach Sonnenuntergang erreichten Gracchus und ich schließlich die Vororte von Milet und ritten durch das gut bewachte Stadttor von Süden her in die Ansiedlung hinein.
Milet war eine tausend Jahre alte, einst mächtige Stadt in der heutigen römischen Provinz Asia, die sich auf einer schmalen, etwas mehr als vier

Stadien[60] breiten und acht Stadien[61] langen, zerklüfteten Landzunge in die Ägäis erstreckte.
Die Stadt war gut befestigt. Eine Mauer mit Wachtürmen schützte sie zur südlichen Festlandseite hin und im Westen gegen Angriffe zur Seeseite. Milets Hafen konnte seeseitig vor allem von Norden her angesteuert werden und fand sein Zentrum am Ende einer nur recht schmalen, aber sehr langen Bucht, in der viele Schiffe vertäut lagen. Dort waren auch die Bauten der Verwaltung mit ihren gewaltigen Säulengängen und griechischen Inschriften errichtet worden, die bei der Einfahrt in den Hafen ein spektakuläres Panorama boten, vor deren Portalen gewaltige Götterstauen den Weg in den Himmel wiesen.
Etwa ein Stadium[62] weiter westlich, an der äußeren Wasserkante der Landzunge, stand ein imposantes Amphitheater, welches mit seinem Publikumsbereich nach Westen hin ausgerichtet war.
Die Besucher sahen am Bühnenhaus vorbei auf das Ägäische Meer.
Es war stets gut besucht und bot wie die Gladiatorenarena in Ephesus mehrere Vorstellungen am Tag.
Milet selbst war prächtig und erhaben, hatte eine Geschichte voller Größe und war schon eine Macht gewesen, als Rom nur aus ein paar ärmlichen Hütten bestand.
Die römischen Torwächter konnten mir direkt mitteilen, wo ich das Militärlager des P. Servilius Vatia finden könne, in dem sich auch mein Gefährte aufhielt.

---

[60] ca. 740 Meter

[61] ca. 1,48 Kilometer

[62] ca. 185 Meter

Das Lager wurde streng bewacht. Es wimmelte nur so von bis an die Zähne bewaffneten Legionären und wir hatten einige Hürden zu überwinden, um in das Lager zu kommen.
Schließlich ließ ich in meiner Not nach Vatia persönlich oder Caesar schicken. Auf sein Geheiß durften wir letztlich doch noch passieren.
Wir ritten zum vom Licht unzähliger Fackeln hell erleuchteten zentralen Platz direkt an den Liegeplätzen der Kriegsschiffe, auf dem trotz der späten Stunde noch immer reges Treiben herrschte. Offenbar waren die Schiffe bereit zum Auslaufen und letzte Hand wurde angelegt.
Caesar kam mir mit freudig ausgebreiteten Armen entgegen.
„Manius“, rief er und wir umarmten uns freundschaftlich. „Endlich bist du hier. Wir wollen schon morgen früh aufbrechen. Du kommst also keine Minute zu früh.“
„Es gibt viel zu erzählen, Julius“, entgegnete ich müde und nahm den über und über mit Staub bedeckten Helm ab. „Dieser gute Mann hier ist übrigens Gracchus, der Neffe unserer Wirtin in Ephesus. Er hat mir den Weg nach Milet gewiesen.“
Caesar reichte ihm den Unterarm, einen Gruß, den Gracchus sichtlich beeindruckt erwiderte.
„Du bist selbstverständlich unser Gast für diese Nacht, Gracchus. Der Quartiermeister wird dir ein Nachtlager zuweisen.“
Caesar winkte einen Mann mit sehr breiten Schultern unter der Militärtunika heran und gab kurze Anweisungen. Dann drehte er sich wieder zu mir, ganz der große Organisator, schon fast ein Feldherr.
Julius Caesar spielte diese Rollen nicht. Er verkörperte sie.
Seine Persönlichkeit spiegelte den geborenen Anführer wider. Er brauchte weder zu schauspielern noch sich künstlich aufzublasen.
Caesar führte mich zu seinem Hauptquartier, einem niedrigen, unscheinbaren Bau direkt an den Liegeplätzen der Schiffe, den er

entsprechend hatte herrichten lassen und in dem ich Prokonsul Servilius Vatia über eine große Seekarte gebeugt antraf.

Er nickte mir ernst zu, als ich eintrat.

Ich dagegen salutierte militärisch, wie es sich für einen Optio gehörte, der das Quartier eines so hochgestellten Mannes betrat.

Vatia schickte einen Diener nach Wasser und Seife und ich fand die Zeit, in einem kleinen Nebenraum die Rüstung abzulegen, mich zu säubern und eine leichte, bequeme Tunika überzustreifen, in der ich mich wie ein neuer Mensch fühlen durfte.

Während wir gemeinsam zu Abend aßen, erläuterte mir Caesar seine Pläne zur Eroberung der kilikischen Felsenfestung.

Auch ich berichtete meine Erlebnisse in Ephesus und erntete besorgte Gesichter. Besonders die Tatsache, dass Damis' Sohn meinen persönlichen Schutz genoss, missfiel Servilius Vatia über allen Maßen. Er funkelte mich schlecht gelaunt an und forderte eine einleuchtende Erklärung für solch ein ‚unkluges Handeln'.

Ich bekleidete außerdem nur den Rang eines kleinen Optio.

Er hingegen war ein Prokonsul und Feldherr.

Ich begriff, der ältere Mann ließ mich im Grunde nur an seinem Tisch Platz nehmen, weil Caesar mich als seinen Freund bei sich haben wollte und mir vertraute.

„Die Tatsache, dass du den Jungen in der Obhut dieser Wirtin in Ephesus zurückgelassen hast, könnte unseren Plänen größten Schaden zufügen. Du hättest ihn vor dem brennenden Haus gar nicht mitnehmen dürfen", sagte Vatia und seine schwarzen Augenbrauen wölbten sich sehr streng. „Weiß er, wohin du geritten bist und was wir vorhaben?"

„Nein, Herr", antwortete ich säuerlich, versuchte aber, mir nichts anmerken zu lassen. Caesar beobachtete mich aufmerksam aus den Augenwinkeln. „Ich habe natürlich zu niemandem ein Wort über diese Mission verloren."

Darüber hinaus verlor ich heute Abend kein Wort über den Ring der Wirtin, die Auslösung für den kleinen Demi, den ich sorgfältig versteckt bei mir trug.

„Aber dieser Gracchus, den du mitgebracht hast, weiß Bescheid", fuhr Vatia fort. „Irgendwas wird er schon wissen. Zumindest, dass du nach Milet in unser Lager geritten bist. Er hat einen Blick auf unsere Schiffe, die Arbeiten zur Ausstattung und die hohe Zahl an Soldaten werfen können."

Ich zögerte mit einer Antwort.

Hatte ich tatsächlich einen verhängnisvollen Fehler gemacht, in dem ich Gracchus' Hilfe angenommen und ihn mit ins Lager gebracht hatte? Nein, dachte ich, warum hätte ich solch ein freundliches Hilfsangebot ausschlagen sollen? Ich setzte zu einer entsprechenden Antwort an.

„Na ja, wie dem auch sei, dieser Gracchus ist Römer und ein ehrlicher Mann. Und er ist noch bei uns hier", kam mir Caesar zuvor und sah mir fest in die Augen. Sein Blick riet mir zu einer wohlüberlegten Antwort gegenüber dem Prokonsul.

„Unsere Leute werden ihn ordentlich abfüllen und ihn für ein oder zwei Tage einen Totalausfall sein lassen", antwortete ich deshalb in sanftem Tonfall. „Dann sind wir längst weggesegelt und die Militäraktion ist angelaufen."

„Mein Geheimdienst wird sich um ihn kümmern", murmelte Servilius beiläufig und besah dabei demonstrativ seine sorgfältig manikürten Fingernägel, denn er würde nicht persönlich an der Strafaktion gegen die Piraten teilnehmen, sondern Caesar das Oberkommando überlassen.

Der Mann ging mir gehörig auf die Nerven, Prokonsul hin oder her.

Ich empfand seine Art und Weise, über gute Menschen zu reden, als ungebührlich.

„Gracchus und dem Jungen wird nichts geschehen, Prokonsul", maßte ich mir nun harschen Widerspruch an und hielt dem völlig überraschten

Blick des strengen Alten stand. „Mein Wort als römischer Patrizier bürgt dafür. Gracchus ist ein ehrenwerter Mann, ein Familienvater. Und der Kleine kann nichts für die Taten seines Vaters. Keiner von beiden wird das Opfer römischer W…“

„Keine Sorge, Manius!“

Caesar unterbrach mich schnell, bevor ich Vatia meinen Gerechtigkeitssinn spüren lassen konnte, was ganz sicher disziplinarische Konsequenzen für mich gehabt hätte. Er packte zu und drückte meinen Arm so fest, dass es mich schmerzte.

„Der Prokonsul will sich nur insoweit kümmern, dass wir die beiden durch unsere besten Agenten beobachten lassen werden. Nur zu ihrem und unserem Schutz. Schließlich könnte es sein, dass Gracchus oder dessen Tante ungebetenen Besuch bekommen. Denk mal an die Männer, die die Lösegeldzahlungen für mich verhindern wollten.“

Caesar nickte Vatia zu.

Dessen eiskalter, mittlerweile ‚grausam‘ zu nennender Blick war an meinem Antlitz hängengeblieben wie der Vogeldreck am Giebel des Jupitertempels in Rom.

Er, der Oberkommandierende, taxierte mich gerade auf ein Nichts ohne Wert und schien zu überlegen, ob er mich anmaßenden, renitenten Optio nur in Ketten legen oder besser gleich auch noch ordentlich auspeitschen lassen sollte für meine Respektlosigkeit.

Caesar warf nun alle seine diplomatischen Fähigkeiten in die Waagschale, in die kleine Lücke zwischen unseren beiden aufeinanderprallenden Persönlichkeiten, räusperte sich, sah jedem von uns tadelnd in die Augen und rettete geschickt und elegant die Situation.

Schließlich wies er auf die Medaille, die ich schon seit geraumer Zeit unbewusst in den Fingern gedreht hatte. Die Medaille des kleinen Demetrios.

„Was hast du da überhaupt, Manius?", fragte er. „Darf ich das mal sehen? Kommt mir bekannt vor..."

„Dieses Schmuckstück habe ich in den verrußten Sachen des Jungen gefunden", sagte ich und reichte es Caesar, der es sichtlich überrascht und sehr nachdenklich drehte und wendete.

„Hat er gesagt, woher er es hat? Weiß er, was es bedeutet?"

„Nein, er hat keine Ahnung."

Ich merkte, Caesar wusste viel mehr über die Bedeutung der Medaille als ich.

„Ich bin verwundert", murmelte er düster. „Ich habe nicht erwartet, die Venusblume bei einem üblen Piraten zu finden."

„Venusblume?", fragten Vatia und ich fast gleichzeitig.

„Ein uraltes Symbol", nickte Caesar und sein besorgtes Gesicht verhieß nichts Gutes. „Es ist nicht gut, die Venusblume hier zu finden. Da frage ich mich, wie der kleine Sohn dieses kilikischen Piratenanführers an diese Medaille kommt."

Es sah mich nun direkt an.

„Der Kleine sagte mir, sein Vater hätte sie ihm gegeben."

„Damis?", murmelte Julius Caesar ungläubig und kniff die Augen zu Schlitzen zusammen. „Damis war im Besitz dieser Kette?"

Ich wusste mir nicht zu erklären, warum er sich so merkwürdig verhielt. Er atmete schließlich tief durch, erhob sich von seinem Stuhl, schenkte ein wenig Mulsum nach, der in einem Krug auf dem kleinen Schränkchen an der Wand stand und griff nach etwas, das er um den Hals trug. Einer dünnen Kette mit einem Anhänger, der mir bislang, in all den Wochen, nie aufgefallen war.

„Seht ihr, ich besitze eine sehr ähnliche, aber sehr alte Medaille. Einen Glücksbringer meines Vaters. Dieses Zeichen symbolisiert eine Verbindung", sagte er. „Den ‚Societas Aeneae', dessen Hauptsymbol die aufrechtstehende Aphrodite ist, die Göttin Venus, wie wir Römer sie nennen. Eine Variante davon sind die Venusblume und das Schwert mit dem Zeichen ‚AE' für AENEAS, so wie dieses hier. Es existiert schon seit vielen Jahrhunderten."

Er trank einen großen Schluck und nahm wieder Platz.

„Aeneas...", fuhr er fort und sah uns fragend an. Servilius und ich kannten die uralten Legenden um die Gründung Roms. „Aeneas selbst hatte diesen Bund zum Schutze der verfolgten und schwer gebeutelten Trojaner und zu Ehren seiner Schutzgöttin und Mutter Aphrodite gegründet. Aber nicht als Geheimbund, sondern als offenes Bündnis gegen alle Feinde, die ihre neue Heimat in Latium bedrohten. Schon während ihrer Irrfahrten war dieses Bündnis zwischen ihm und den letzten Überlebenden Trojas geschlossen worden. Einige Jahrhunderte lang bewirkten sie viel Gutes und Edles und die Familie der Julier, meine Vorfahren übrigens, lenkte das Bündnis mit großer Weisheit. Der Bund festigte die vier Säulen Roms."

„Aber diesen Bund, wenn er überhaupt je existiert hat, gibt es doch nur noch in der Fantasie einiger Schreiber und Dichter", warf Servilius Vatia ein. Dieser Pragmatiker, der Anführer unzähliger Schlachten, verwies Caesar' s Geschichte mit einem Satz ins Reich der Legenden. „Wer glaubt denn noch an diese Mär von den ‚Bundesgenossen der Aphrodite'?"

„Oh, eine Märchengeschichte war das nie, Servilius. Der Bund mag durch den Machtverlust meiner Familie selbst an Bedeutung verloren haben, ist meines Wissens schon vor langer Zeit in den römischen Staatsinstitutionen aufgegangen und existiert heute nicht mehr. Mich verwundert eben nur, im Zusammenhang mit Piraten aus Vorderasien auf die Venusblume zu treffen. Es mag vielleicht nichts bedeuten."

„Dann gibt es keinen Grund, der Münze irgendwelche tiefere oder aktuelle Bedeutung zuzumessen", fand ich und Julius und Servilius nickten zustimmend.

„Und diese Adriana?“, fragte Vatia und rümpfte die Nase. „Kann uns diese Lupa[63] in unserem Vorhaben gefährlich werden? Die doch wohl völlig verrückt geworden.“
Er fuhr sich äußerst schlecht gelaunt mit der Hand durchs graue Haar. „Sie hat nach dem Brandanschlag hoffentlich für immer das Weite gesucht und an uns kein Interesse mehr.“
„Ich bin nicht sicher. Sie hat vielleicht ihren Rachedurst noch nicht gestillt“, entgegnete ich und blickte auf den noch immer sehr nachdenklich schweigenden Julius Caesar. „Damis lebt noch. Sie könnte uns genau dann in die Quere kommen, wenn wir es am wenigsten vermuten.“
„Es muss ihr furchtbar ergangen sein, nachdem Damis euch an jenem Abend erwischt hat“, meinte Caesar und sah versonnen auf den Grund seines Bechers. „Symbol oder nicht Symbol. Adriana oder nicht Adriana. Wir werden diese Mission morgen früh bei Sonnenaufgang starten.“
Caesar erhob sich, hielt seinen Becher in die Höhe und prostete aufmunternd in unsere kleine Runde. „Holen wir uns erst einmal die Köpfe von Damis und seinen Schurken!“
Sein frischer Enthusiasmus steckte an, seine azurblauen Augen strahlten hell, als er kerzengerade und siegesgewiss vor uns stand. Servilius und ich erhoben uns ebenfalls von unseren Hockern, nahmen unsere Becher und wir tranken gemeinsam auf gutes Gelingen.

Ich fand in dieser Nacht nur wenig Schlaf, war angespannt wegen des zu erwartenden harten Kampfes mit den Piraten, auch wenn wir erst noch mindestens vier Tage zu segeln hatten, um die Felsenfestung zu

---

63 niedrigster Typ von Prostituierten, eine „verkommene Hure“

erreichen. Wir hatten vor, andere Schiffe und auch die Küste und die vielen Inseln weiträumig umfahren. Möglichst niemand sollte uns entdecken.
Außerdem machte ich mir wegen Gracchus Vorwürfe. Ich hatte den guten Mann aus Gleichgültigkeit und Eigennutz in Gefahr gebracht, denn ich wusste nicht, ob sich Servilius Vatia an das Gesagte halten würde. Konnte man dem Alten wirklich trauen?
Womöglich vergriff er sich an Gracchus und dem Piratensohn, wenn wir fortgesegelt waren. Nur um ‚alle Risiken auszuschließen'.
Caesar beruhigte mich dahingehend mehrfach und mir blieb wohl nichts anderes übrig, Caesars Menschenkenntnis zu vertrauen. Trotzdem, wohl war mir bei dem Gedanken nicht gerade und ich bekam kein Auge zu.
Noch vor Morgengrauen bestiegen wir die voll ausgerüsteten Schiffe, eine Trireme und vier Liburnen mit insgesamt fast sechshundert schwerbewaffneten Legionären, die Servilius Vatia für uns zusammengezogen hatte. Was eine Meisterleistung gewesen war, da weitgehend unbemerkt von der Öffentlichkeit der Provinz.
Gaius Julius Caesar und ich bestiegen die Trireme als Flaggschiff.
Mein Gefährte hatte das Kommando über die Trireme und die Gesamtführung des Einsatzes. Er schmückte sich mit der prächtigen Rüstung eines Heerführers, mit bronzenem Brustpanzer, mit dem glänzenden, fein ornamentierten Helm mit feuerrotem Pinselschmuck aus Pferdehaar.
Jede einzelne Liburne hatte einen eigenen Kommandanten, ehrenhafte und sehr zuverlässige Vertraute von Servilius mit Erfahrung im Kampf gegen Piraten. Caesar hatte jeden einzelnen der Männer persönlich begrüßt. Ein oder zwei Centurionen kannte er sogar aus früheren Unternehmungen Vatias, was uns natürlich zugutekam. Sie freuten sich, ihn wiederzusehen und er konnte sich der Loyalität dieser Offiziere sicher sein, über die gute Bezahlung hinaus.

Ich hatte wieder meine einfache Legionärsrüstung angelegt und den Optiostab in der Hand. Und doch war ich den Centurionen auf den Schiffen nicht als Optio unterstellt, sondern Caesar direkt.
Er legte Wert darauf, dass **ich** das Kommando für den Rückzug über unsere kleine Flotte übernähme, würde ihm zu Beginn etwas passieren. Ich war sehr stolz auf sein Vertrauen und gedachte, ihn auf keinen Fall zu enttäuschen und hoffte natürlich, dass es nie dazu käme.
Nicht nur, dass dies Caesars Tod bedeuten würde, nein, dies wäre auch schon der zweite Rückzug in einem Vierteljahr unter meinem Kommando. Ich gedachte eigentlich nicht, während meiner Karriere ausschließlich Rückzüge zu kommandieren.
Ich hatte vielmehr vor, in Caesars Nähe zu bleiben, zu beobachten, zu lernen... und am Leben zu bleiben.
Es war noch stockfinster, als unsere Flotte den Hafen von Milet ohne Aufsehen verließ. Wir navigierten nach den leuchtenden Sternen, die uns vom Firmament entgegenstrahlten und nahmen gleich ordentlich Fahrt auf. Der Wind stand günstig und trieb unsere Schiffe voraus Richtung Süden, mitten ins Herz des Piratenlandes.

**MISENUM**

Römischer Flottenstützpunkt in Italien

Einen Abend später, tief unter der Altstadt.
Besorgt stieg er die uralte Treppe in die Dunkelheit hinab, nur langsam und vorsichtig, um nicht auf den ausgetretenen, feuchten Stufen auszugleiten.
Er betrat diesen engen, mit Hammer und Meißel vor Jahrhunderten roh aus dem erkalteten Lavagestein des Vesuvs von wem auch immer

herausgehauenen Gang tief unter der Altstadt. Mit einer brennenden Fackel in der Hand stieg in ihm stets ein Gefühl unbändiger Beklommenheit hoch, die ihm wie ein Felsblock auf der Lunge lag und ihn kaum atmen ließ.

Auch heute Nacht wieder.

Diesmal, nach seinem furchterregenden dämonischen Traumerlebnis vor zwei Nächten - War es wirklich ein Traum gewesen? - spürte Quintus Aurelius Plautus eine sehr reale Furcht.

Was, wenn er hier unten auf ein solches Wesen träfe? Er hatte ziemlich alles ausgeplaudert... im Traum...!?

Wasser tropfte von der feuchten Decke.

Es roch muffig und nach Moder und fauligem Schlamm.

Etwas Ekliges troff von oben auf seine blanke Glatze, während sein Fuß auf etwas weiches trat. Nein, in keine Schlammpfütze, denn dieses Etwas verschwand widerlich und erschrocken quiekend in der Dunkelheit.

Ihm wurde übel.

Quintus warf einen Blick über seine Schulter.

Er schauderte, denn der auf die Seele drückende Tunnel verlor sich hinter ihm in unheimlicher Schwärze. Seine Schritte hallten mit einem kratzigen Geräusch nach.

Quintus Aurelius zögerte.

War da nicht ein weiteres Geräusch? Er lauschte.

Nein, da war nichts.

Eine gefühlte Ewigkeit lang lief er leicht gebückt, eine Fackel in der Rechten, weiter und weiter. Jedes Mitglied der Bruderschaft hatte einen separaten Zugang zum großen Versammlungsraum. Niemand außer ihm kannte diesen Zugang, niemand benutzte ihn, denn er führte von einer versteckten Pforte im Keller seines alten Stadthauses im Herzen Misenums direkt ans Ziel seines Abstiegs tief unter der Erde.

Er hatte keine Ahnung, wer diesen Gang gehauen hatte. Der Anführer seines Komitees von Misenum, Socius X[64], hatte ihm bei Amtsantritt als Präfekt dieses Haus übereignet und respektierte die scheinbare Anonymität jedes einzelnen Mitglieds durch den separaten Zugang zu diesem Ort und es war erklärtes Ziel, diese unbedingt zu wahren.
Quintus Aurelius atmete mittlerweile schwer.
Ganz weit hinten, am Ende dieses schwarzen Tunnels, tief unter den alten Häusern der Stadt, unter den Füßen unwissender Bürger, leuchtete endlich ein schwach flackerndes Licht, dem er sich nun erleichtert näherte.
„Ah, willkommen, Socius V“, sagte ein Mann mit sonorer männlicher Stimme, als Quintus die kleine Halle im Lavagestein betrat. „Du kommst spät. Es sind schon alle Socii versammelt.“
Zur selben Zeit schritten fünfzehn Krieger in militärischer Rüstung tief gebückt durch den Gang unter der Altstadt, den Quintus Aurelius vor Augenblicken passiert hatte. Teilweise trugen sie brennende Fackeln in den Händen. Und dies mit demselben Gefühl unbändiger Beklommenheit, das kurz vor ihnen bereits Quintus belastet hatte und nun auch sie kaum atmen ließ.
„Wir müssen gleich da sein“, flüsterte Gaius Fabius Maximus, der mit einer Fackel in der Hand vorausging. „Es kann nicht mehr weit sein.“
„Jupiter sei Dank“, stöhnte sein Freund Lucius Claudius Benignus von hinten. „Da vorne ist ein Licht zu sehen.“
Vorsichtig und so leise wie möglich tasteten sich die Männer im Gänsemarsch auf dem eklig-modrigen Boden weiter auf das Licht zu. Feuchte Kälte zog ihnen an den nackten Beinen hoch. Trotz des leichten Kratzens und Schepperns, das die angelegten Rüstungen verursachten,

---

[64] lat. Socius X = Bundesgenosse Nr. 10

vernahmen sie die hochtönenden Angstschreie des Ungeziefers, welches sich hier unten herumtrieb.
Dies war sein Reich. Die Menschen waren die Eindringlinge.
Einer der Männer würgte bereits.
Das Licht vor ihnen wurde größer und sie löschten ihre Fackeln. Nun ging es im Dunkeln weiter, denn jedes verräterische Flackern würde die Überraschung vereiteln.
Quintus Aurelius Plautus alias ‚Socius V' hatte eine Kammer betreten, die ganz anders war als der Gang, der ihn hierhergeführt hatte. Der kleine Saal war kreisrund, sehr groß, mit alten Mosaiken aus griechischer Zeit geschmückt. Auffallend war die niedrige Decke, die von marmornen dorischen Säulen gestützt wurde und in deren Mitte sich ein verwinkelter Rauchabzug befand. Fünf Fackeln, die an den fünf Zugängen angebracht waren, beleuchteten die kleine Halle.
Die Zugänge wirkten im zittrigen Licht der Fackeln wie aufgerissene schwarze Dämonenmäuler. Dies alles musste irgendwann einmal, vor vielen Jahren, ein ritualer, unterirdischer Kultplatz der Urbevölkerung Misenums gewesen sein, lange vor der römischen Zeit.
In der Mitte des Raumes stand auf einer Plattform die menschengroße Bronzestatue einer göttlich wirkenden Frau, die in der Linken ein Schwert, in der Rechten einen Schild trug, der die großen Buchstaben „AE" zeigte.
Fünf Personen bildeten einen Kreis um die Statue.
Socius V trat schwer atmend hinzu.
Alle, bis auf ihn, trugen rote Kutten und silberne, münzgroße Medaillen um den Hals, die die Venusblume mit ‚AE'-Gravur und ein Schwert zeigten.
„Willkommen, meine lieben Freunde", begann Socius X mit der sonoren Stimme, die auch schon Socius V begrüßt hatte. „Ich habe heute diese Zusammenkunft einberufen, weil..."

Socius X hielt inne und starrte an Quintus Aurelius vorbei zu dem Eingang, durch den dieser eben hereingekommen war.
„Ihr seid alle festgenommen!“, brüllte Gaius Fabius Maximus, der soeben seinen Kriegern voran und von den Socii völlig unerwartet aus dem dunklen Gang herausstürmte. „Keiner verlässt den Raum!“
„Du Hund hast uns verraten“, zischte Socius X und zog unter der Kutte einen langen Dolch hervor.
Mit einem schnellen Satz sprang er zu Socius V und stieß dem unbeweglich und mit offenem Mund in Richtung der Eindringlinge starrenden Quintus Aurelius den Dolch bis ans Heft in die Brust. Quintus stand einen Moment starr, noch immer mit offenem Mund, aufrecht, begreifend, sterbend, um dann wie ein Baum zu Boden zu stürzen.
Socius X hatte inzwischen ein Schwert gezogen und versuchte, sich durch das hektische Kampf- und Fluchtgetümmel zu seinem eigenen Tunnelausgang durchzuschlagen, zu entkommen.
„Der Mörder darf nicht entwischen!“, rief Gaius Fabius, der den Angriff auf Quintus voller Entsetzen beobachtet hatte, und stürzte Socius X hinterher.
Nach wenigen Sätzen und mit großer Wucht prallte Gaius gegen den Flüchtenden, bevor der seinen Ausgang erreicht hatte.
Socius X fiel zu Boden, rollte sich aber geschickt seitwärts ab und kam unverhofft neben Gaius zu liegen, der ebenfalls zu Boden gegangen, aber unglücklicher aufgeschlagen und für einen winzigen Moment benommen gewesen war.
Der Mörder langte mit beiden Händen an Gaius’ Hals.
Er drückte Gaius mit aller Kraft die Kehle zu. Gaius begann zu röcheln und sich verzweifelt zu wehren. Er versuchte, den Angreifer abzuschütteln, den Würgegriff zu lösen.
Vergeblich.

Gaius wand sich, ihm wurde schwindelig, seine Kräfte versiegten zusehends. Er versuchte, den Angreifer seinerseits zu würgen, hatte aber gar nicht die Kraft, Socius X tatsächlich zur Aufgabe zu zwingen. Hass sprühte aus den Augen des Würgers. Gaius rang um Atemluft. Er begann zu blinzeln, alles verschwamm vor seinen Augen.

Luft!

Da, der Griff wurde plötzlich schwächer, irgendetwas fegte Socius X förmlich von Gaius Fabius herunter.

Lucius Claudius Benignus hatte dem Mörder einen Hocker, den er in einer Ecke hatte stehen sehen, über den Kopf gezogen und ihn unschädlich gemacht. Nun stand er schwer atmend neben Gaius, der röchelnd und würgend und spuckend versuchte, wieder etwas Luft in die brennenden Lungen zu pumpen.

„Na, alter Freund", lachte Lucius und reichte seinem Freund und Mitstreiter die Hand. „Das war verdammt knapp."

„Wie... wie sieht's aus?", gurgelte Gaius Fabius stöhnend, der nach der Hand des Freundes griff, sich erhob und, sich den Hals massierend, umsah.

„Unsere Leute sind unverletzt. Zwei dieser Kerle sind uns durch die Gänge entwischt. Unsere Leute konnten ihnen nicht folgen. Zwei sind tot und diesen hier haben wir lebend. Nur Quintus Aurelius..." Claudius schüttelte bedauernd den Kopf.

„Quintus", murmelte Gaius entsetzt und fand den Sterbenden am Boden liegend.

„Quintus", sagte er und ging kopfschüttelnd auf die Knie. „Quintus, warum nur? Warum hast Du mir bei meinem Besuch nicht die Wahrheit berichtet? Ich habe dir doch gesagt, ich komme wieder, wenn du lügst. Warum das alles?"

Angst und Entsetzen leuchteten aus Quintus Aurelius' furchtsamen Augen. Er fühlte, wie es zu Ende ging und konnte es doch nicht fassen. Es war viel zu früh.
Er wollte sprechen, seine Zunge drückte einen Blutschwall aus dem Mund und versuchte Worte zu formulieren.
Dann brach sein Blick für immer.
Gaius Fabius erhob sich und starrte sichtlich erschüttert auf den toten Freund.
„Wir müssen hier hinaus, Gaius", meinte Lucius nervös und nahm seinen Freund beim Arm. „Quintus' Mörder nehmen wir mit und quetschen Informationen aus ihm heraus. Ich glaube, ich bin ihm schon einmal begegnet. Die Entflohenen werden sicher alle Hebel in Bewegung setzen, uns hier unten zu stellen. Die sollen hier gefälligst selbst aufräumen und ihre Toten wegschaffen."
„Und Quintus?", fragte Gaius Fabius, noch immer schwer erschüttert.
„Den auch, tut mir leid. Los jetzt. Wir verschwinden dorthin, woher wir gekommen sind."
Sie fesselten und knebelten Socius X, der inzwischen wieder zu Bewusstsein gekommen war, ließen aber die Beine frei.
Wer wollte den Kerl schon tragen?
Der kleine Trupp entzündete seine Fackeln und machte sich so schnell wie möglich auf den Rückweg durch den finsteren Tunnel.
Gaius Fabius Maximus stürmte wieder allen voran, mit einer Fackel in der Hand, fast im Laufschritt und in gebückter Haltung.
Ihm folgten seine Kämpfer mit dem Gefangenen in der Mitte, der recht grob mitgestoßen wurde. Socius X verzögerte gerne und stürzte absichtlich der Länge nach hin. So fielen die Nachfolgenden über ihn. Die eilige Gruppe kam immer wieder vollständig zum Stehen.
Lucius Claudius Benignus änderte das kurzerhand.
Er nahm einen Platz direkt hinter Socius X ein.

„Hör zu, du Mistkerl", flüsterte er dem Mörder kalt und zum Äußersten entschlossen ins Ohr. „Lässt du dich noch ein einziges Mal fallen, töte ich dich auf der Stelle."

Der Gefangene fiel nun nicht mehr hin.

Gebückt und schwer atmend, stöhnend und fluchend, mit nassen, eiskalten Füßen, kaltem Schweiß auf dem Rücken, eilte die kleine Gruppe eine gefühlte Endlosigkeit lang durch den schrecklichen Lavatunnel nach vorne, bis sie die Treppe erreicht hatte, die in den Keller des ermordeten Quintus führte.

Die Jagd durch die Finsternis war für die Kämpfer sehr anstrengend gewesen. Sie schleppten sich die Stufen schließlich nur noch mühevoll nach oben, um in Quintus Kellerraum völlig fertig zu Boden zu sinken.

„Wir... wir... warten einen Moment", stöhnte Gaius Fabius und rang um Luft. „Dann verschwinden wir aus diesem Haus."

„Ich bringe den Gefangenen zur meiner Verhörkammer", flüsterte Lucius stark schnaufend seinem Freund zu. „Du zahlst den Jungs hier ihren wohlverdienten Lohn aus. Leg' noch eine Kleinigkeit drauf, um ihre Münder zu verschließen. Wir treffen uns dann."

Eine Stunde später lag Socius X geknebelt und gefesselt auf dem altarähnlichen, kalten Marmortisch mitten in Claudius' unterirdischem, aus blankem Felsgestein herausgehauenen Raum tief unter der Erde.

Gerade betraten Lucius Claudius Benignus und Gaius Fabius Maximus den Raum, in dem der Nubier Lona bereits wartete, allerdings außer Sichtweite des Gefangenen.

„Wie heißt du?", wandte sich Lucius an den Gefangenen und nahm ihm den Knebel aus dem Mund. Socius X grinste, nachdem er einmal ordentlich ausgespuckt hatte. „Ich habe dich gefragt, wer du bist!"

Socius X schwieg beharrlich und grinste noch ein wenig breiter.

„An deiner Stelle würde ich antworten“, mischte sich Gaius ein. „Mein Freund hier versteht überhaupt keinen Spaß und hat Mittel, dich zum Reden zu bringen, glaub mir.“

„Ich bin Gnaeus Cornelius Dolabella”, knurrte Socius X nun mit seiner tiefen, männlichen Stimme.

Gaius Fabius schwieg in völliger Überraschung.

Lucius Claudius hingegen nickte nur wissend.

„Oh ja, Sulla‘ s korrupter Plünderer der griechischen Provinzen“, antwortete Claudius und spuckte angewidert aus. „Ich wusste, wir sind uns schon einmal begegnet. In Rom. Du hast vor einem öffentlichen Gericht gestanden.“

Dolabella grinste wieder breit.

„Vor dem ich freigesprochen wurde“, lachte er. „Meine Unschuld ist, wie ihr wisst, bewiesen worden.“

Überrascht fühlte er, dass sein Name bei Gaius Fabius Unwohlsein ausgelöst hatte. Er steuerte also den richtigen Kurs, hatte zumindest einen der Männer im Augenblick aus der Fassung gebracht.

„Du hast Quintus Aurelius ermordet“, sagte Gaius schließlich. „Den Präfekten von Misenum. Du wirst dafür am Kreuz enden.“

„Gar nichts werde ich!“, rief Dolabella und lachte dröhnend. „Aurelius war ein Dummkopf! Beweist bitte, dass ich ihn umgebracht habe!“

Er sah fest in die Gesichter der beiden Männer, die vor ihm standen.

„Wer hat uns denn in unserem Versammlungsraum überfallen?“

Schweigen.

„Ihr habt ihn ermordet, nicht ich“, knurrte er nun leise. „Und jeder wird mir glauben, dem ehemaligen Konsul.“ Der Mörder ließ seine Worte für einen Augenblick auf seine Feinde wirken. „Ihr werdet mich deshalb freilassen. Dann lasse ich euch... vielleicht... am Leben.“

Dolabella war Mitte Fünfzig, wirkte mit seinem graumelierten Haar älter, war aber mehr als topfit, wie der Kampf in der Versammlungshalle gezeigt hatte.
Er war extrem selbstsicher, ein sehr mächtiger, einflussreicher ehemaliger Konsul. Dolabella war um seinen öffentlichen Status genau im Bilde - und verschlagen bis ins Mark.
„Du willst uns drohen? Dabei bist du derjenige, der hier gefesselt auf das Kreuz wartet“, erwiderte Lucius Claudius.
„Ja sicher“, erwiderte Dolabella scheinbar amüsiert. „Gefangener von Gaius Fabius Maximus und Lucius Claudius Benignus, einem Händler für Kriegsgüter und einem Sklavenhändler aus Rhegium.“
Wieder spiegelte sich Überraschung in Gaius' und Lucius' Gesicht, was Dolabella mit Genugtuung zur Kenntnis nahm. Er lachte gluckernd in sich hinein.
Lucius Claudius fing sich wiederum als erster.
„Du weißt also, wer wir sind. Nun gut“, entgegnete er, „aber du bist in unserer Hand und du wirst es bleiben.“
„Erzähle uns vom Societas Aeneae“, mischte sich Gaius Fabius ein, der sich nun ebenfalls von seinem Schrecken erholt hatte.
„Von... was?“
„Vom Societas Aeneae. Quintus Aurelius Plautus hat uns vor seinem Tod alles erzählt.“
„Keine Ahnung, was Aurelius euch weisgemacht hat. Dieses Bündnis gibt es seit Jahrhunderten nicht mehr, soweit ich weiß. Wir haben uns getroffen, weil wir regelmäßig die Göttin der Liebe anbeten, die Venus. Wir sind eine religiöse Vereinigung, die die Liebe unter den Menschen fördern will. Was soll also der Blödsinn?“
„Was wollt ihr von Gaius Julius Caesar? Warum sucht ihr ihn?“

„Ich verstehe deine Frage nicht. Ihr wisst doch, wer er ist. Sollte er mir deshalb irgendwann über den Weg laufen, werde ich ihn zwischen meinen Fingern zerquetschen."
Gaius Fabius Maximus lächelte und nickte Lona zu, der nach wie vor unbeweglich im Hintergrund gestanden hatte.
„Ah, kommt jetzt euer Nubier ins Spiel, ja? Na los, Lona, beginne dein Handwerk", knurrte Dolabella.
Claudius warf einen scharfen, wütenden Blick zu Lona, der sofort die Stirn in Falten und die Achseln nach oben zog. Der Afrikaner hatte keine Ahnung, woher dieser Kerl seinen Namen kannte.
„Keine Sorge, Lona hat nicht geplaudert. Ich weiß einfach alles über euch Herrschaften..."
„Und wieso weißt du alles über uns?", fragte Lucius Claudius und beugte sich wütend über den Gefangenen.
„Weil es mir so gefällt. Lass mich frei, Claudius, und deiner süßen Tochter Claudia und ihrem Manius wird nichts passieren. Wenn nicht, dann werde ich die..."
Claudius schlug Dolabella die rechte Faust mit voller Kraft auf den Mund und beugte sich nahe über dessen Gesicht. Ein dünner Blutfaden lief Dolabella aus dem Mund. Er grinste nun nicht mehr.
„Du Hund lässt unsere Familien aus dem Spiel, sonst werde ich mich noch intensiver mit dir beschäftigen. Deine Tochter Cornelia wird die Freude meiner stärksten Sklaven sein dürfen. Und du, wirst dabei zusehen, bevor ich dich richte."
Claudius sie diese Drohung fast tonlos und mit wutverzerrtem Gesicht aus und landete einen weiteren schweren Hieb mit der Linken, der Dolabella drei Zähne kostete.
„Glaubst du mir das?"
Dolabella schloss kurz die Augen, hustete leicht, spuckte Blut und nickte fast unmerklich.

„Gut. Wir werden dich tatsächlich freilassen. Aber vorher wirst du Bekanntschaft mit Lonas Gastfreundschaft machen. Und hüte dich davor, uns nachzustellen. Ich warne dich."
Claudius nickte Lona zu und bedeutete Gaius, den Raum mit ihm gemeinsam zu verlassen. Kaum außer Hörweite, kam Gaius Fabius mit wütendem Gesicht und wild gestikulierend auf den Punkt:
„Wir lassen den Mörder frei? Damit bin ich ganz und gar nicht einverstanden! Dann war die ganze Aktion heute Nacht völlig sinnlos und wir werden Zielscheibe seiner Rache sein. Der Mörder muss ans Kreuz!"
„Und wer hängt ihn dran? Du etwa?" knurrte Claudius ungehalten und ging im Zimmer auf und ab. „Dolabella hat recht. Er war einmal Konsul. Und wir haben nichts gegen ihn in der Hand."
„Dann quetschen wir es aus ihm heraus. Dieser Lona, der für dich arbeitet, bringt das bestimmt fertig und dann können wir..."
„Ausgeschlossen!", unterbrach ihn Claudius. „Hast du eine Ahnung, welche Macht Dolabella in Rom besitzt? Dieser Gaius Julius Caesar war der Anwalt, der ihn in Rom angeklagt hat. Dolabella hat den Mann öffentlich fertig gemacht. Durch Druck, Geldleistungen und Mord. Ihn kreuzigen zu wollen ist Selbstmord. Lona wird ihn jetzt mit einer Packung seiner Spezialkräuter aus Afrika außer Gefecht setzen und ihn danach irgendwo auf die Straße werfen. Wir sind fertig mit ihm."
Wütend, voller Unverständnis, blickte Gaius tief durchatmend zur Zimmerdecke, bevor er sagte:
„Wir haben den Kerl bei der Ausübung konspirativer Machenschaften erwischt, bei dem Mord am amtierenden Präfekten dieser Stadt und lassen ihn laufen? Ich kann deinen Standpunkt nicht nachvollziehen, Lucius."
Claudius legte Fabius die Hand auf die Schulter.

„Bitte sei jetzt nicht naiv, Gaius“, sagte er versöhnlich. „Ich hab’s dir doch erklärt: Wir müssen andere Wege finden, das Unheil aufzuhalten. Unsere Aktion heute war eben ein Reinfall. Das müssen wir alle beide akzeptieren.“
Claudius sah den zögernden Gaius fest an und gab ihm einen Klaps auf die Schulter. Er musste ihn überzeugen, dass es das beste war, jetzt erst einmal zurückzustecken.
„Ich bitte dich um deine Zustimmung, Dolabella auf freien Fuß zu setzen, Gaius.“
„Du hast meine Zustimmung“, nickte Gaius Fabius sichtbar widerwillig und nach einigem Zögern. „Vorerst. Aber wenn er unsere Familien angeht, werde ich ihn persönlich ans Kreuz hängen. Ich werde ihn vor dem Tor meiner Villa in Rhegium in der Sonne verfaulen lassen.“
„Gut. Ich werde Lona noch auszahlen. Er bekommt einen Bonus und sollte für einige Zeit untertauchen. Lona ist wirklich in Gefahr. Du und ich treffen uns zur Beratung in drei Tagen in meiner Villa.“

Drei Stunden später erwachte Gnaeus Cornelius Dolabella mit stechendem Kopfschmerz aus schrecklichen Träumen.
Er fand sich auf dem Pflaster einer dunklen, schmutzigen Straße liegend, Arme und Beine ausgestreckt.
Jede Faser seines Körpers schmerzte.
Wo war er? Wie kam er hierher?
„Schau mal, der Kerl erwacht. Wie lange das Schwein hier wohl schon herumliegt, hahahahaha?“
Zwei unrasierte, dreckig feixende Gesichter erschienen vor Dolabellas Augen. Sein Blick trübte sich erneut, er war unfähig, etwas zu sagen, sich zu bewegen.

„Dann los. Das ist ein reiches, besoffenes Schwein. Ich nehme die Kutte und du den Rest“, hörte er den anderen der Männer sagen.

Warum war das alles so weit weg?

Die Gesichter verschwanden, Dolabella spürte, dass nun wie wild an ihm herumgezerrt wurde. Die Kerle setzten ihn an eine Hausmauer und rissen ihn nach oben.

Dolabella ließ es geschehen, passiv, er war nicht fähig, sich zu wehren.

Was passierte mit ihm?

In seinem Kopf schwirrten tausend Krähen umher. Mit roher Gewalt, ruckartig und blitzschnell mit geübten Griffen, zog man ihm die rote Kutte und seine Tunika über den Kopf und die ledernen Caligae von den Füßen.

Zuletzt warf man ihn wie Unrat auf das harte Pflaster der Stadt. Dolabella erfuhr noch heftige Tritte in den Magen, in die Nieren und ins Gesicht. Wieder lief ihm Blut aus dem Mund. Er stöhnte.

Ihm war plötzlich sehr kalt.

Benommen vernahm er noch das Getrappel sich entfernender Schritte, dann herrschte Ruhe.

Endlich Ruhe. Diese Schmerzen...

Was war geschehen?

Der ehemalige Konsul der römischen Republik, einer der reichsten Männer Roms, versank in tiefer Bewusstlosigkeit und blieb aller seiner Kleider beraubt, blutend und mit nacktem Körper, wie ihn diese Räuber zurückgelassen hatten, im Dunkel der Straße liegen.

## LYKIEN UND PAMPHELIEN

Es war der sechzigste Tag nach unserem Auslaufen aus Rhegium.

Steuerte man so wie wir von Westen her von Milet kommend auf Lykien und Pamphelien[65] zu, konnte man den Küstenverlauf mit einem großen **S** vergleichen, wobei der untere Bogen des Buchstabens das Land Lykien beschrieb, den westlichen Ausläufer des Taurus Gebirges mit bekannten Städten wie Patara, Antiphellus, Olympos und Myra[66]
Der obere Rundbogen des **S** beschrieb als riesige Bucht das Land Pamphelien, das die östlichen Dreiviertel des Taurus Gebirges und den schmalen Küstenstreifen vor dem Gebirge umfasste. Es war reinstes

[65] entspricht heute in etwa dem vielbesuchten Urlaubergebiet „Türkische Riviera“

[66] heute die türkischen Städte Patara (nur antike Ruinen), Kaş, Kumluca und Kale

Piratenland mit der Piratenhauptstadt Coracesium[67] und Piratennestern wie Attalia, Side, Phaselis[68].

Die Militäraktionen von Caesars Freund P. Servilius Vatia gegen die Piraten waren aus Geldmangel durch Aufstände in Hispanien und das Führungschaos in Rom, die zerbröckelnden vier Säulen Roms, wie Caesar das immer nannte, nur unzureichend geführt worden, weshalb sich die Piraten schnell wieder von Servilius' Angriffen erholt hatten und im Grunde gefährlicher waren als vorher.

Die lykische Küste war übersäht mit Jahrhunderte alten Felsengräbern, die an der weitläufigen Steilküste mehrstöckig in den Felsen geschlagen waren. Gräber, deren „Fassaden“ an richtige Häuser erinnerten, mit Säulen und Giebeln, mit Götterfiguren, Statuen und kunstvoller griechischer Beschriftung.

Adrianas Zeichnung war eindeutig gewesen. Eine dieser Nekropolen war nicht als Friedhof angelegt worden, sondern zum ausgeklügelten Versteck umgebaut worden. Von See aus glaubte jeder Unwissende, es handele sich um eine der unzähligen Nekropole.

Fuhr man jedoch in die kleine Bucht ein, die von See her nicht einzusehen war, erkannte man, dass es sich um einen Hafen handelte und die Gräber keine Gräber waren, sondern eine versteckte kleine Siedlung im Felsen: Damis' Felsenfestung.

Vier Tage nach unserem Auslaufen aus Milet erreichten wir den Teil Lykiens, in dem entsprechend des Plans die Felsenfestung zu finden war. Dieser Lageplan, den wir von Adriana erhalten hatten, gab leider keine Auskunft über die Beschaffenheit der Felsenfestung und ihre Bewachung.

---

67 heute: Alanya

68 heute: Antalya, Side und Phaselis (antike Ruinen)

Lykische Grabanlagen in den seeseitig steil abfallenden Felswänden waren normalerweise direkt ab Bodenhöhe aufwärts in den Felsen gehauen. Normalerweise. Doch wir wussten es nicht genau und ein unvorbereiteter Angriff gefährdete möglicherweise die gesamte Mission und natürlich unser aller Leben.

Caesar entschloss sich deshalb, unsere kleine Flotte in einiger Entfernung und einer nicht vom Meer aus einsehbaren, geschützten Bucht zurückzulassen. Ohne weiteres waren unsere Schiffe nicht zu entdecken gewesen. Caesar verbot ausdrücklich das Anzünden von Fackeln oder den Landgang. Es war absolute Ruhe für diese wichtige Nacht an Bord der Galeeren befohlen.

Ich kannte meinen Gefährten schon recht gut und wusste, dass er es sich natürlich nicht nehmen ließ, selbst die Gegebenheiten auszukundschaften.

Er hatte vor, das Ziel unseres Angriffs vorab selbst auszuspähen, um vorbereitet zu sein, wie er meinte. Sein Angebot, ihn zu begleiten, nahm ich selbstverständlich an.

Eine unserer Liburnen setzte uns mitten in der Nacht etwa zweitausend Passus[69] westlich der Felsenfestung ab und verschwand wieder lautlos in der Dunkelheit. Niemand hatte uns bemerkt, es war niemand zu sehen. Niemand griff uns an. Ein gutes Zeichen.

Caesar und ich hatten dunkle Lederrüstungen über speziellen dunklen Tuniken angelegt, die uns beweglicher machten und viel leichter waren als die übliche Lorica Segementata, aber trotzdem einen gewissen Schutz vor den Hieben des Gegners boten.

---

69 ca. 1.000 Meter

Bewaffnet nur mit unseren Kurzschwertern und Messern suchten wir in der Dunkelheit unseren Weg durch einen dichten Pinienwald entlang der Küste.

„Wir sollten uns der Felsenfestung auf jeden Fall von der rückwärtigen Seite nähern", flüsterte Caesar. „Die Piraten haben seeseitig sicher eine besonders gute Bewachung aufgestellt, da man von dort immer einen Angriff erwarten kann."

Wir wandten uns also an einer engen Stelle ohne steile Felsüberhänge landeinwärts. Es ging leicht bergauf, immer im Schatten eines dichten Pinienbewuchses, der uns vor dem Licht des Halbmondes am nächtlichen Himmel schützte. Mit bewaffneten Patrouillen unserer Gegner mussten wir natürlich auch hier jederzeit rechnen und waren dementsprechend auf der Hut.

Uns nach allen Seiten absichernd und jederzeit kampfbereit arbeiteten wir uns durch den dichten, vertrockneten Bewuchs, das sich unterhalb der Pinien ausbreitete. Wir bemühten uns, jedes unnütze Geräusch zu vermeiden, welches das allgegenwärtige nächtliche Zirpen unzähliger Grillen übertönen könnte.

Schließlich endete der recht dichte Pinienwald vor einem weitläufigen, mondbeschienenen, nur mit niedrigen Büschen bewachsenen Plateau. Dorthin konnten wir unseren Weg keinesfalls fortsetzen. Caesar und ich verständigten uns lautlos, im Schutze des Waldes zu bleiben und schlichen an dessen Rand weiter.

Plötzlich blieb er wie angewurzelt stehen. Er gebot mir mit dem Zeigefinger am Mund absolute Ruhe, wies auf ein Gebüsch nur dreißig Schritte vor uns und ging lautlos in die Hocke. Ich folgte seinem Beispiel und strengte mich an, die Dunkelheit mit den Augen zu durchdringen - bis ich sie sah.

Im ausgedehnten Buschwerk gewährten zwei kleine Öffnungen, die nicht natürlichen Ursprungs sein konnten, den Blick auf die vor uns liegende Steppe und auch in unsere Richtung.
Wir hatten eine verborgene Stellung der Piraten erreicht.
Wie hatte Caesar sie angesichts der fast undurchdringlichen Finsternis des Pinienwaldes nur erkennen können? Sein Jagdinstinkt war außergewöhnlich. Ich wunderte mich einmal mehr über diesen Mann.
Gedämpftes Flüstern drang aus dem Gesträuch.
Dort saßen mindestens zwei Männer, die die rückwärtige Seite der Felsenfestung, dieses karge Plateau überwachen sollten. Sie unterhielten sich. Wahrscheinlich war seit einer kleinen Ewigkeit kein Mensch mehr hier vorbeigekommen. Die Leute langweilten sich und waren mit der Zeit unaufmerksam geworden.
Unser Vorteil.
Caesar und ich umschlichen die Stellung weiträumig, was uns erheblich Zeit kostete, bewegten uns leise, immer im Schutze der Bäume und jeden dunklen Schatten nutzend. Wir hielten auf den meerseitigen Felsüberhang zu, an dem die Felsenfestung ihre Frontseite zeigte, gingen in die Hocke, um uns leise zu beraten.
„Unter unseren Füßen müssen sich die verborgenen Gänge und Räume von Damis' Felsenfestung befinden", flüsterte ich.
„Ja, du beschaust dir dort drüben unseren Gefängnisgarten in der Bodensenke", wies mich Caesar an. „Ich werde einen Blick in den Hafen werfen. Wir treffen uns wieder hier an dieser Stelle."
Nach kurzer Zeit hatte ich, vorsichtig und leise am Boden kriechend, die Felskante zum tief in den Felsen eingelassenen, kreisrunden Garten erreicht, der so lange Zeit unser immerhin recht bequemes Gefängnis gewesen war.

Meine Kräfte schwanden schnell, denn die Anstrengung, sich praktisch auf Handflächen, Finger- und Zehenspitzen im Schatten der niedrigen Büsche fortzubewegen, war noch viel größer, als ich befürchtet hatte.
Ich verharrte mehrmals auf dem Bauch liegend, atmete tief durch, kroch vorsichtig an die scharfe Felskante und spähte hinab. Der Garten lag in tiefer Stille und vollständiger Dunkelheit da. Es gab keine Wächter und auch keine neuen Gefangenen.
Mein Gefährte hatte weniger körperliche Hemmnisse. Behände wie ein Salamander war er den viel weiteren Weg an die Felskante gekrochen, um einen Blick vom Plateau dahin zu werfen, wo er den Piratenhafen vermutete. Er verweilte nur einen Moment und war früher wieder an unserem Ausgangsort unter den Bäumen als ich.
„Der Garten ist unbewacht. Man verlässt sich sicher auf die Wachmannschaft am Waldrand und auf die steilen Wände des Areals", erklärte ich leise. Caesars Augen glänzten im Mondlicht. „Hervorragend", flüsterte er fast unhörbar. „Ihr Hafen ist ebenfalls perfekt für meine Zwecke. Ich habe bereits einen Plan, wie wir sie angreifen werden."
Vier Schiffe waren vertäut, eines davon die ‚Imperium III', unsere Trireme, die hier als wertvolle Beute wartete. Ich lächelte zufrieden. Diese Kerle hatten sie noch nicht auf einem der Schiffsmärkte an der Küste abgestoßen. Sicher wollten sie das wertvolle römische Großkampfschiff für sich behalten.
Offenbar war es nur der Führungsriege um Damis gestattet, innerhalb der Felsenfestung leben. Ein flacher und recht breiter Strand bot einer großen Anzahl einfacher Zeltbehausungen Platz, in denen die Piraten schliefen, zwischen denen niedergebrannte Lagerfeuer vor sich hin kokelten. Der Strand bot unserer Flotte trotz der Zeltstadt rechts und links Möglichkeiten zur Landung.

So leise, wie wir gekommen waren, zogen wir uns auch zurück, völlig unbemerkt, im Schutze der Nacht. Niemand hatte unsere Anwesenheit bemerkt.

Zum vereinbarten Zeitpunkt kam unser Schiff heran, das uns aufnahm und zum Treffpunkt mit unseren Truppen zurückbrachte.

Caesar beraumte sofort eine Lagebesprechung unter Deck an.

Wieder in seine Feldherrenrüstung geschlüpft stand er, ganz junger Anführer, im schwachen Licht einer niedrig brennenden Fackel am Tisch vor der ausgebreiteten Karte und erklärte seinen Angriffsplan, hoch aufgerichtet auf seine besondere Art.

Am Tisch hatten sich die Trierarchen als nautische Kommandanten der Liburnen, die Centurionen als militärische Angriffskomponente sowie ihre Stellvertreter eingefunden.

Caesar gab klare, eindeutige Befehle, sprach außerordentlich ruhig und konzentriert. Seine Blicke tief in die Augen jedes Angesprochenen gesenkt, drang er mit dieser empathischen Bekräftigung seiner Anweisungen zu jedem seiner Leute in den Verstand vor - und in das Herz.

Er trat kompetent und mutig auf.

Instinktiv ein Jäger, der geborene Anführer, wie er dastand.

Er beeindruckte die Seeleute.

Er begeisterte die Militärs.

Wie von sich selbst erwartete er von allen, den Offizieren wie den Mannschaften seiner Schiffe, absoluten Einsatz, präzise Befolgung seiner Befehle und jede Menge Mut und Standhaftigkeit.

Alle Anwesenden spürten eine überlegene Befähigung, den überragenden Führungs- und Siegeswillen dieses noch so jungen Gaius Julius Caesar. Sie ließen sich gern mitreißen von seiner inspirierenden Rede und seiner Art, sich zu artikulieren.

Um seine Ziele zu erreichen hatten wir alles an Bord, was römische Technologie zu vollbringen vermochte - und zum ersten Mal auf einem Schiff installiert.
Prokonsul Servilius Vatia, der an alles denkende Stratege, hatte einen jungen Konstrukteur namens Vitruvius kennengelernt, einen Römer, der ursprünglich aus Mittelitalien stammte, aber im Zuge des Aufbaus der Provinz Asia nach Ephesus gekommen war. Vitruvius galt als talentierter Baumeister sowie genialer Konstrukteur und Erfinder der unglaublichsten Dinge.
Er wurde schließlich von Servilius beauftragt und mit Geld ausgestattet, seine ‚Balliste' zu bauen.
Diese Balliste war in der Lage, Rundmunition[70] auf ein Stadium zielgenau zu verschießen. Diese Wurfmaschine war eine Errungenschaft, die die Kriegsführung entscheidend verändern konnte. Ich war beeindruckt.
Die zweite Neuerung war der Skorpion. Dieses leichte Pfeilgeschütz wurde mit hölzernen Pfeilen bestückt, die über eine geschmiedete Eisenspitze verfügten. Leicht und absolut treffsicher! Wir konnten damit eine Reichweite von etwa zwei Stadien[71] erzielen. Das Oberteil des Scorpions war drehbar über dem Fuß montiert, so dass eine präzise Ausrichtung auch zur gezielten Vernichtung einzelner Kämpfer möglich war. Die Pfeile waren auf mittlere Entfernung in der Lage, die Rüstung eines Kämpfers zu durchschlagen.
„Absolut tödlich für einen Gegner in normaler Rüstung", hatte ich anerkennend genickt, als Caesar mir unsere Bewaffnung vorgestellt hatte. „Sehr eindrucksvolle Kriegsmaschinen. Wirklich."

---

[70] Rundmunition = Steinkugeln von 2,8 kg Gewicht

[71] bis 300 Meter

Nun würden wir sie im bevorstehenden Kampf erstmalig einsetzen. Ich war gespannt, ob sie sich bewähren würden. Servilius hat verschiedene Legionäre intensiv daran schulen lassen. Sie konnten die Geräte mit Sicherheit perfekt bedienen.
Insgesamt war unsere Trireme mit zwei Wurfmaschinen und vier Pfeilgeschützen bestückt, um die Felsenfestung seeseitig anzugreifen. Ein nicht zu unterschätzender Vorteil für uns. Gelänge uns mittels dieser Kriegsmaschinen ein schneller Sieg über die Piraten, würde dies die Kriegsführung zur See insgesamt zugunsten Roms verändern.
Ich sollte eine Gruppe von Kämpfern anführen, die sich oberhalb der Felsenfestung unbemerkt und versteckt in Position begeben sollte, um unsere Hauptangriffstruppen rückwärtig zu unterstützen. Unsere Aufgabe war, die Piraten über den Zugang des botanischen Gartens von innen heraus anzugreifen, ihre Abwehr zu verwirren und letztlich auszuschalten.
Es waren noch zwei Stunden Zeit, die Truppen vorzubereiten.
Beim ersten Streifen des Morgengrauens sollte die Aktion begonnen werden, als sauberer und präziser Angriff. Uns würden viele Piraten in die Hände fallen. Und Damis war unbedingt lebend zu fassen. Das war eine strikte Anweisung unseres Anführers.
Endlich lief die bis ins kleinste Detail vorbereitete Militäraktion gegen Damis' Piratenlegion an. Caesars Plan war in sich schlüssig, von verblüffender Einfachheit und sah wie folgt aus:
Im Schutze der Nacht sollten wir, insgesamt zwanzig Mann, an der Stelle abgesetzt werden, die Caesar und ich erst vor wenigen Stunden verlassen hatten.
Allesamt in dunkle, bewegliche Lederrüstungen gehüllt und mit vernünftiger, leicht zu handhabender Bewaffnung versehen, bestehend aus einem Gladius und einem Messer für den Nahkampf, aus Werkzeugen und vor allem Seilen, hatten wir uns kurz nach unserer

Landung aufzuteilen. Wobei zehn Mann unter meiner Führung alle rückwärtigen Wachen ausschalten sollten, die das weite Plateau nördlich der Felsenfestung im Blick hatten. Fünf Mann waren auszuwählen, die mit mir die uns bekannte Stellung ausschalten würden. Die zweite Gruppe unter Führung von Decurio Gracchus sollte gleichzeitig die Zugänge zum botanischen Garten und bis zur Felskante sichern.
Allen Kämpfern gemeinsam war der Befehl, unseren Einsatz rückwärtig vor eventuellen Patrouillen abzusichern und diese sofort auszuschalten, sollten sie das Unternehmen unverhofft in Gefahr bringen.
Seeseitig gedachte Caesar, die Kampftruppen auf den Schiffen anzuführen, die einen Frontalangriff beim ersten Anzeichen des Morgengrauens starten sollten.
Den Decurio Gracchus hatte ich als erfahrenen, vertrauenswürdigen Berufssoldaten kennengelernt, der schon im fünfzehnten Jahr diente und eine Menge erlebt hatte.
Also näherten wir uns hochmotiviert, durch die dunklen Schatten des Pinienwaldes und das lautstarke Zirpen der Grillen gut geschützt, der uns bekannten Piratenstellung im Wäldchen vor dem Hochplateau. Gracchus und seine Leute waren bereits vorab Richtung Garten und Felskante davongeschlichen.
Mit zufriedenem Blick hinauf zum nächtlichen Himmel stellte ich fest, dass der Mond hinter Wolken verschwunden war. Dies kam unserer Aufgabe natürlich außerordentlich entgegen.
„Die Kerle werden niedergeschlagen und nur im absoluten Notfall getötet. Caesar möchte so viele Gefangene wie möglich sehen“, mahnte ich meine kleine Truppe. „Also, gehen wir's an.“
Meine Männer nickten verstehend. Dann legten wir uns flach auf den trockenen Boden und krochen zu fünft an das Versteck der Piraten heran. Niemand hatte uns bemerkt, denn noch immer redeten und scherzten die Wachleute sorglos und lautstark.

Ich bewegte mich auf Zehen- und Fingerspitzen fort, um den Eingang auszuspähen, der uns den schnellen Sturm dieser Stellung erleichtern würde. Meine Männer taten es mir gleich. Schon nach wenigen Minuten hatten wir den Zugang entdeckt.
Ich kroch nun noch näher heran, um einen Blick auf die Wachleute werfen zu können. Und tatsächlich gelang es mir, eine kleine Lücke im Gebüsch zu finden und hineinzuspähen.
Ich entdeckte vier Männer, völlig unbekümmert in der Runde sitzend und liegend, scherzend und lachend. Ein Fünfter schnarchte in der Ecke, schlief wohl seinen Rausch aus, statt auf das Hochplateau zu achten. Es stank penetrant nach Alkohol. Offenbar hatten sie getrunken. Ihre Waffen lagen achtlos an der Seite.
Eine Wachmannschaft verhielt sich definitiv anders.
Ich kroch wieder zurück und zeigte meinen Leuten in Zeichensprache die Anzahl und die Position der Gegner. Wir gruppierten uns um den versteckten Zugang. Sprungbereit zog jeder sein Messer. Ich gab lautlos Signal.
Ohne einen Laut - das Zirpen der Grillen half uns erneut und nur das kurze Rascheln des Busches kündigte uns an - stürmten wir durch den schmalen Zugang in die Piratenstellung. Erschrockene Gesichter, unfähig zu einer Reaktion, starrten uns entgegen.
Ich sprang auf einen der am Boden sitzenden Kerle zu und schlug ihm sofort meine Faust an die Schläfe. Der Mann, bärtig und ungepflegt, glotzte mich für einen Augenblick lang fassungslos an und kippte zur Seite. Meine Männer stürzten sich auf die vier anderen Piraten und machten sie unschädlich. Das alles passierte in Augenblicken, völlig still und absolut effizient.
„Fesselt und knebelt die Kerle", flüsterte ich und trat hoch erhoben nach draußen, um den wartenden Legionären zu signalisieren, dass sie ausschwärmen konnten, um das Umfeld zu sichern, während die

gefangenen Piraten sicher verpackt wurden. Inzwischen lugte der Mond wieder hinter der Bewölkung hervor und tauchte die Szenerie in sein fahles Licht.
Einer meiner Männer eilte heran und brachte Nachricht: „Die zweite Gruppe hat eine weitere Wachstellung der Piraten ausgehoben, Optio. Wir haben einer Patrouille aufgelauert und sie ausgeschaltet, so dass wir einigermaßen sicher sein dürften."
Alles lief offenbar wie am Schnürchen. Der gute Damis hatte keine Ahnung, in welchem Ausmaß seine Leute bei der Bewachung seines Hauptquartiers versagten.
Decurio Gracchus hatte inzwischen alle besprochenen Vorbereitungen für unser rückwärtiges Eindringen in die Felsenfestung getroffen. Seile waren an Bäumen befestigt, die Bewaffnung und eine kleine Ramme für eventuell verschlossene Hindernisse vorbereitet.
Fünfzehn Mann lagen nun zum Zuschlagen bereit im Dunkel des Waldes, fünf Kämpfer zur Sicherung in unserem Rücken.
Der Sturm auf die Felsenfestung konnte beginnen.
Das Felsplateau, in dessen Inneren sich die Gänge und Räume des Piratennestes befanden, müsste nur spärlich bewachsen mit allerlei Farnen und Gräsern nicht ganz bis zu einer scharfen Kante zum Meer hin nach vorne reichen.
Jedenfalls hatte ich mir das so vorgestellt.
Tatsächlich standen am äußersten Punkt des Plateaus zwei sogenannte Hausgräber, gebaut wie ein kleiner Tempel für vermögende Lykier, mit einem Giebeldach aus Stein, glatten Wänden aus glatt polierten Platten mit eingravierten Inschriften und reichen Verzierungen. Diese Gräber schienen schon einige hundert Jahre alt zu sein. Sie waren durch die salzige Seeluft stark verwittert, die Dächer aber noch vollständig intakt.
Eines davon bot mir im Dunkel der Nacht etwas Deckung vor unliebsamen Blicken von Wächtern, die wir vielleicht übersehen hatten,

während ich auf Zehenspitzen und Händen in seinen Mondlichtschatten kroch.
Der Felsen fiel nicht senkrecht ab, wie ich erwartet hatte, sondern ich befand mich an einer durch Wind und Wetter zerfaserten Bruchkante. Mit dürren Bäumchen und trockenen Sträuchern bewachsen ging sie in eine senkrechte Wand über, in die die Felsengräber, oder besser gesagt die Felsenfestung, hinein gemeißelt worden waren.
Mir bot sich also ein guter Überblick über die weit unter mir liegende Küste, den weitläufigen Strand, die unzähligen Zelte der Piraten und das Meer, mit dem Vorteil, dass ich von unten nicht zu entdecken war.
Schon zeigten sich allererste Lichtstreifen im Osten, die das Morgengrauen ankündigten.
Gracchus erschien neben mir und nickte mir wortlos zu.
Kurz darauf spähten wir nach unten.
„Da sind sie, Optio", raunte mir Gracchus zu.
Endlich! Ich erblickte die geblähten Segel unserer fünf Schiffe in hoher Geschwindigkeit herannahen. Wieder war uns der Gott des Windes gewogen.
„Wir warten mit unserem Angriff, bis Caesar mit den Kampftruppen landet", entgegnete ich leise und widmete mich der Beobachtung des Schauspiels, das sich mir auf einem der besten Plätze bot.
Im ersten Streifen des Morgengrauens sollte der Hafen der Piraten mit der Trireme und zwei Liburnen frontal angegriffen werden, die dort vertäuten Schiffe auf der Stelle vernichtet, der Hafen blockiert und ein Entkommen der Seeräuber verhindert werden.
Unsere Schiffe kamen schnell in einer Pfeilformation aus Südwesten heran, die große Trireme als Flaggschiff an der Spitze, die vier Liburnen jeweils zu zweit rechts und links.

Ich erkannte im Zwielicht einen Mann in metallener Rüstung und mit glänzendem Feldherrenhelm am Bug der Trireme stehen, der soeben sein Schwert gezogen hatte: den jungen Gaius Julius Caesar.

Unsere Trireme und die beiden Liburnen fuhren in weitem Bogen in die Hafeneinfahrt ein. Die Segel wurden gerefft und verzurrt.
Wie geplant landeten die äußeren Liburnen, die mit Legionären in großer Zahl besetzt waren, rechts und links an den beiden Sandbänken an. Hundertfünfzig schwer bewaffnete Kämpfer sammelten sich in Windeseile am Strand und marschierten in geschlossener Formation auf die Zeltstadt der Piraten und die Felsenfestung zu. Die römische Kriegsmaschinerie zeigte sich von ihrer professionellsten Seite.
In der Felsenfestung unter uns und in den Zelten brachen hörbar Lärm und Chaos aus. Schließlich hatten Damis' verschlafene Wachen die Angreifer doch noch bemerkt und brachten Bogenschützen in Stellung, die jedoch nicht viel ausrichten konnten.
Caesar hatte Befehl zum Einsatz der Schiffs-Ballisten gegeben, die nun begannen, die Felsenfestung gezielt zu beschießen. Die uralten Fassaden der Pseudo-Nekropole, die Götterbilder, die Giebel und Säulen zerbarsten unter den heftigen Einschlägen der Steinmunition.
Die Trümmer der getroffenen Fassadenteile stürzten hinab auf die Zeltstadt und begrüben einige der Piraten, die bereits zum Kampf mit den Römern angetreten waren. Auch Damis' Bogenschützen hatten keine Chance, sich in Stellung zu bringen und den schweren Beschuss auch nur ansatzweise zu erwidern.
Ich sah Caesar nun Kommandos rufen und sein Schwert schwingen. Sofort begannen die Scorpione die vertäuten Piratenschiffe mit Pfeilen in Brand zu schießen. Die Galeeren entzündeten sich und brannten sofort lichterloh.

Nur unsere ‚Imperium III' hatte mein Gefährte aussparen lassen, wofür ich ihm sehr dankbar war. Zudem war sie etwas abseits vertäut und fing auch durch die in Flammen stehenden Liburnen kein Feuer.
Die Scorpione auf dem Deck der Trireme wurden jetzt auf die Felsenfestung ausgerichtet und feuerten zielgenau Pfeile auf die heranstürmenden Seeräuber und Brandpfeile in die Fenster und die klaffenden Ausbrüche, die die Ballisten gerissen hatten.
Am Strand waren wild heranstürmende Piraten auf unsere Landungstruppen geprallt. Die drei Schiffe, die in den Hafen eingedrungen waren, entließen nun weitere Legionäre, die sich anschickten, mit Caesar als einem wahren Achilles voran die Felsenfestung zu stürmen.
„Vorwärts!", rief ich meinen Leuten zu. „Wir greifen in den Kampf ein!"
Sofort gingen fünfzehn Seile in den botanischen Garten nieder, an denen die vierzehn Legionäre und ich unverzüglich und behände wie Affen an der Felswand hinabsprangen. Auch die mitgebrachte Ramme wurde in Windeseile hinabgelassen. Die glatt behauene, feste Struktur der Wand begünstigte unseren Abstieg, bei dem sich nicht einmal ein Felsstück löste.
Augenblicke später hatte ich festen Boden unter den Füßen, sprang sofort auf das mir bestens bekannte Verlies zu und stürmte hinein. Der Eingang, der aus einer stabilen Holztür bestand, war fest verschlossen. Aus dem Inneren der Felsenfestung waren Rufe, Schmerzensschreie verwundeter Männer und Kampfeslärm zu hören.
„Die Tür ist verschlossen!", rief ich nach hinten, dem mir folgenden Gracchus zu. „Die Ramme hierher! Schnell!"
Meine Legionäre arbeiteten schnell und professionell.
Die Holztür stellte kein wirkliches Hindernis dar und zerbarst unter dem ersten Schlag der Ramme. Wieder nur Augenblicke später erreichten wir den mit Fackeln beleuchteten Hauptgang der Felsenfestung.

Stumm und konzentriert stürmten wir in den Rücken der nach vorn kämpfenden und von unserem Eindringen völlig überraschten Seeräuber.
Klirrende Schwerter, Todesschreie und Blut überall.
Mir bot sich ein unwirkliches, surreales Bild dieses Gemetzels.
Hatte ich etwas anderes erwartet?
Helden und ihre Großtaten vielleicht?
Was ich sah war völlig anders: Verlöschende Brände in vielen Räumen.
Menschliche Fackeln, die sich verzweifelt am Boden wälzten, um das Feuer zu ersticken, welches ihr Leben verzehrte.
Verkohlte, vor Brandhitze dampfende Piratenleichen.
Der üble Geruch verbrannten Menschenfleisches.
Seeräuber, die von der Verteidigung der Felsenfestung an den Fenstern abließen, Pfeile und Bögen zur Seite warfen, mit irrsinnigen Schreien die Schwerter zogen und sich uns mit Hass widerspiegelnden Gesichtern entgegenwarfen.
Caesars Truppen drangen währenddessen frontal in die Festung ein und bedrängten die Verteidiger. Viele Piraten ergaben sich bereits ihrer aussichtslosen Situation, ließen die Waffen fallen und gingen in Gefangenschaft, ohne weiteren Widerstand zu leisten. So ebbte der Kampf allmählich ab und ich machte mich durch die Gänge und Kammern der Felsenfestung, die nun in unserer Hand war, auf die Suche nach dem Anführer der Banditen.
In seinem ‚Thronsaal', dort wo ich auch das erste Mal auf Adriana getroffen war, fand ich ihn.
Gerade als ich in der Tür erschien, zog Damis sein Schwert aus der Brust eines getöteten Legionärs. Irgendwie erschrak ich doch ein wenig bei seinem Anblick und ihm musste es wohl ähnlich ergangen sein, denn wir beide hielten einen winzigen Moment inne und starrten uns gebannt an.

„Mörder!“, schrie er nun und stürzte sich wie ein Wahnsinniger auf mich. Ich hatte noch immer zwei Schwerter in den Händen und keinen Schild, genau wie Damis.

Wir prallten also mit vier Schwertern aufeinander. Ich hörte das metallene Klirren des geschmiedeten Eisens und wurde von der Wucht seines Aufpralls an eine der seitlichen Wände geschleudert. Ich schlug mir den Kopf am Felsen an und war für kurze Zeit benommen.

Damis hatte dem Aufprall standgehalten, setzte mir sofort nach und versuchte, mir mit dem rechten Schwert einen Bauchstoß zu versetzen und mit dem linken Schwert die Kehle zu durchtrennen. Ich erkannte sein Vorhaben, wich mit dem Oberkörper, durch den Aufprall noch immer benommen, etwas schwerfällig nach rechts aus und parierte den Stoß, während ich mit rechts den Halsschnitt abwehrte.

Damis kam nun selbst durch seine eigene Körperträgheit ins Straucheln und mir ungewollt nahe. Da ich nicht die Absicht hatte ihn zu töten, setzte ich meinen rechten Schwertknauf so stark ich konnte an seine Schläfe. Mein schneller Hieb ließ ihn links an mir vorbei setzen und hart mit dem Gesicht an die Wand prallen.

Damis sackte in sich zusammen und der Kampf schien für mich schneller als erwartet siegreich zu sein. Ich verharrte für den Augenblick, atmete einmal tief durch und beugte mich schließlich über Damis, aus dessen Nase Blut lief. Seine Augen waren geschlossen. Das Schwert, welches er links geführt hatte, sah ich nicht. Er hatte es verloren.

Ich wurde fahrlässig und achtete nicht darauf, dass seine rechte Hand nach wie vor eines der Schwerter fest umklammerte.

Er riss die Augen auf und grinste mich auf seine typische Art belustigt an. Sofort schwang er das Schwert und ritzte mir blitzschnell den linken Unterarm in einem langen Schnitt auf.

Völlig überrumpelt ließ ich mit einem Schmerzensschrei das Schwert zur Linken fallen und stieß gleichzeitig mit dem rechten Arm zu ihm hinunter, um ihn meinerseits zu erwischen.
Überflüssig zu sagen, dass mein Stoß völlig ins Leere ging, denn Damis hatte sich längst zur Seite gerollt und kam soeben wieder auf die Füße. Er war nicht einmal benommen!
Der Schläfenhieb war von mir viel zu schwächlich geführt gewesen und seine erhoffte Wirkung war an Damis' hartem Schädel verpufft. Unverletzt und hellwach warf er sich mir entgegen.
Ich dagegen blutete nun enorm stark.
Der Schnitt seines Schwertes war tief und lang gewesen.
Ich versuchte, die Schmerzen und den Blutverlust zu ignorieren. Unaufmerksamkeit wäre mein sicherer Tod gewesen, denn Damis hatte als erfahrener Krieger natürlich sofort seine Chance erkannt.
„Du römischer Köter! Jetzt gebe ich dir, was dir zusteht! Für meine Frau und meine Kinder, die du ermordet hast!“ schrie er mit sich überschlagender Stimme.
Ein wehklagender, entsetzlicher Schrei entfuhr ihm, wie ich ihn nie zuvor aus dem Munde eines Menschen vernommen hatte. Mit der Verzweiflung eines waidwunden Raubtieres warf er sich in den finalen Kampf mit mir und teilte die härtesten Schläge aus, die ich jemals pariert hatte.
Sein Schrei hatte mich erschauern lassen, in gewisser Weise paralysiert und mir für einige Momente die notwendige Kraft geraubt, mich gegen Damis‘ gekonnt ausgeführte, von Hass getragene Schwerthiebe zu verteidigen.
Ich wehrte mich hartnäckig, während mein roter Lebenssaft von der Linken auf den Boden rann und, wo ich auch war, kleine rote Tropfen und Fäden auf dem Boden hinterließ. Es gelang mir zwar, mir Damis

einigermaßen erfolgreich vom Leib zu halten, auch wenn mich jeder einzelne seiner Schwerthiebe mittlerweile bis ins Mark erschütterte.
Das Pendel schlug mehr und mehr für Damis aus.
Mir wurde bewusst, dass ich drauf und dran war, diesen Kampf zu verlieren und, wenn nicht noch ein Wunder geschah, hier mein Leben zu lassen. Ich spürte den Blutverlust durch meine nachlassende Kampfkraft mittlerweile überdeutlich.
Ich war nur noch mit Abwehr beschäftigt und konnte keinen eigenen Schlag mehr gegen Damis führen, der den Kampf mehr und mehr dominierte.
Eiskalte Todesfurcht legte sich über meine Seele, als er zu meinem Unglück auch noch sein zweites Schwert wiederfand und es schwer atmend aufhob.
Er bemerkte mein schmerzverzerrtes Gesicht und erkannte die in mir einsetzende Resignation. Damis grinste mich mit vor Hass sprühendem Blick an und schlug beide Schwerter zu einem lauten Klingen über seinem Kopf zusammen. Er wusste um seine überlegene, starke Kampfposition, während ich bereits auf weichen Beinen stand, die mich kaum noch zu tragen wussten.
Es sah verdammt schlecht für mich aus, wenn nicht unverhofft und baldmöglichst Hilfe eintraf. Ich verlor allmählich jede Hoffnung.
Eben setzte er zu einem erneuten Angriff an.
„Schluss jetzt, Damis! Ich nehme dich fest! Leg die Schwerter nieder! Sofort!"
Bei Mars, diese Stimme war mir wohl vertraut!
Meine Sinne täuschten mich wohl bereits. Kam jetzt das Ende?
Damis' Aufmerksamkeit wandte sich nun allerdings dem Eingang zu, der sich in meinem Rücken befand, so dass ich nicht sehen konnte, wer im Türrahmen erschienen war.

Rasend vor Wut hob Damis beide Schwerter und stürzte in Richtung Tür. Ich ließ mich sofort völlig erledigt zur Seite fallen, um außer Reichweite seiner Schwerter zu gelangen und sah Gaius Julius Caesar mit ernster Miene hoch aufgerichtet in der Tür stehen.
Ich konnte nicht sehen, was mein Gefährte tat, um Damis abzuwehren. Ich sah ihn nur wie einen Felsen in der Tür stehen, an dem Damis abprallte wie ein Lederball an einer Hauswand.
Der Piratenführer glotzte Caesar mit großen Augen an, drehte eine gekonnte Pirouette und prasselte schließlich wie ein gefällter Baum besinnungslos zu Boden.
Caesar bewegte nur kurz die Hand und drei Legionäre kamen herein, hoben Damis vom Boden hoch und schafften ihn hinaus.
„Komm schon Manius, du verblutest, wenn wir nicht sofort etwas unternehmen“, sagte Caesar, kam zu mir und reichte mir sorgenvoll seinen Arm, an dem ich mich mit bleiernem Gesäß auf die wackeligen Beine zog. „Der Lump hat dich ganz schön aufgeschnitten. Aber ich flicke dich schon wieder zusammen. Das bin ich ja gewöhnt.“
Er lachte dröhnend - ich nur gequält zischend vor Schmerz, wie immer.
„Ist er tot?“, fragte ich ihn, während ich mich auf seine Schulter stützte und er mir vorsichtig nach draußen half.
„Nein, nur außer Gefecht gesetzt. Wir haben alle Piraten dingfest gemacht. Es dürften etwa zweihundertfünfzig Mann überlebt haben. Und Damis haben wir ja auch. Wir dagegen haben kaum Leute verloren. Unsere Strategie ist voll aufgegangen.“
Die Sonne stand bereits am Himmel, als ich etwas später den Strand vor der Felsenfestung betrat. Ich hatte mir die Wunde am linken Unterarm von Antheia versorgen lassen, meiner kleinen Gespielin aus Gefangenentagen.

Antheia hatte sich mit einigen anderen Sklavinnen während unseres Angriffes versteckt gehalten und sich Caesar später gezeigt. Ihr sollte nichts geschehen, das war klar. Sie würde ihre Freiheit erlangen.

Gaius Julius Caesar hatte die Piraten in Ketten legen lassen. So knieten sie jetzt in acht Reihen mit gesenkten Köpfen am Strand, streng bewacht von unseren Soldaten. Auch Damis.

Caesar strahlte über das ganze Gesicht.

Das war sein großer Sieg, der sich wie ein Lauffeuer bis nach Rom herumsprechen und ihm politisch außerordentlich nützlich sein würde.

„Wir werden die Kerle in einer Stunde auf die Schiffe bringen und uns davonmachen", meinte er und nickte mir in allerbester Stimmung zu.

„So schnell? Warum bleiben wir nicht einen Tag hier und durchsuchen die Felsenfestung weiter?"

„Nun, wir sind an der Küste Lykiens, Manius", erklärte er. „Hier reiht sich ein Piratennest an das nächste. Und Coracesium, ihre Hauptstadt, ist auch nicht sehr weit entfernt. Das für mich gezahlte Lösegeld ist sichergestellt. Mehr ist nicht zu finden. Wir sollten deshalb verschwinden."

Ich sah es ein. Er jedoch drehte sich zum Hafen und zeigte mit dem rechten Arm auf die Schiffe.

„Für dich, mein lieber Freund, habe ich eine besondere Überraschung!" Caesar wies auf die hundertprozentig intakte ‚Imperium III'. „Du bekommst von mir ein paar Mann aus unserer Flotte, die mit dir dein Schiff nach Hause bringen werden. Was sagst du dazu?"

Strahlend reichte er mir die Hand. Ich war sprachlos.

„Voll und ganz, durch dick und dünn! Erinnerst du dich, Manius?" rief er lachend und fixierte auf seine so typische intensive Weise meine Augen. Ich ergriff seine Hand, worauf er sagte: „Bring dein Schiff nach Hause, mein Freund."

Noch am selben Tage, auf dem Rückweg ins Mare Aegaeum[72], wir waren schon recht früh morgens aufgebrochen, hatte ich das tiefe Bedürfnis, Damis aufzusuchen. Auf meinen Wunsch hin war Caesar nämlich bereit gewesen, Damis auf der ‚Imperium III' einzukerkern, auf der ich nun das Kommando führte.

Damis und ich hatten uns zwar vor wenigen Stunden einen Zweikampf um Leben und Tod geliefert. Trotzdem war für mich sein furchtbarer Leidensschrei, der mich nicht mehr los und immer noch erschauern ließ, Grund genug, das Gespräch mit ihm zu suchen.

Ich ahnte nicht, was mich erwartete, aber... nein, ich wusste auch nicht wirklich, was ich bei ihm suchte, was ich von ihm erwartete. Vielleicht die Gelegenheit, mein eigenes Gewissen zu beruhigen. So stieg ich tief hinab in die muffigen hölzernen Eingeweide der Trireme, noch unterhalb der Ruderbänke.

Der Piratenführer war als einziger seiner Leute im Frachtraum meines Schiffes angekettet worden. Die restliche Bande war auf Caesars Flotte verteilt und stand unter strengster Bewachung.

Einsam, zusammengesunken und wie apathisch lag Damis wie ein Bündel schmutzige Wäsche auf den feuchten Planken und trotz meiner deutlich hörbaren Schritte beachtete er mich nicht, als ich mich ihm näherte.

„Damis, wach auf!", befahl ich kalt und blieb gerade so weit von ihm entfernt, dass er mich nicht mit den Händen erreichen konnte.

Er würdigte mich nicht eines Blickes.

„Du weißt, dass Caesar deine Leute und dich ans Kreuz bringen wird!"

---

72 Ägäis = griechische Inselwelt zwischen Griechenland und Kleinasien

„Soll er doch. Er hat gewonnen, in vollem Umfange. Mein Leben ist dahin. Ich hätte euch beide niemals gehen lassen sollen", krächzte er und rollte sich ein. Ich gab jedoch nicht so schnell auf.
„Warum hast du mich einen ‚Mörder' genannt? Ich bin nicht der Piratenführer, der unzählige Leben Unschuldiger auf sein Gewissen geladen hat. Bist du nicht in Wahrheit der Mörder?"
„Wer ist schon unschuldig in dieser pervertierten Welt? Ihr Römer mordet und versklavt ganze Völker und fühlt euch trotzdem noch denen überlegen, die sich gegen euch zur Wehr setzen. Also lass dieses Geschwätz!"
Er hielt für Augenblicke inne.
„Auch du bist ein Mörder von Frauen, von Kindern", ergänzte er verbittert und mit erhobener Stimme. „Du hast meine Familie ermordet."
Damis drehte sich zu mir um und sah mich mit traurigem Blick an. Er hatte Tränen in den Augen, als er mit zitternder Stimme sagte: „Nimm mir die Ketten ab, damit ich dich mit meinen eigenen Händen dafür erwürgen kann."
„Wie kommst du nur darauf, **ich** hätte deine Familie ermordet?", fragte ich in ruhigem Ton. Ich ließ ihn nicht wissen, wie aufgewühlt ich war.
Er wusste offenbar schon von den Geschehnissen in Ephesus.
Damis riss unvermittelt an den Ketten, die ihn von mir fernhielten.
Ich zeigte mich jedoch unbeeindruckt und blieb stehen, wo ich stand.
„Du traust mir zu, deine Familie zu ermorden, Damis?", fragte ich eindringlich und blickte ihm direkt in die tränenfeuchten Augen.
„Du weißt es doch genau! Mir wurde berichtet, **du** hättest in meinem Haus in Ephesus Feuer gelegt und meine Familie ermordet. Niemand ist mehr lebend aus dem Haus herausgekommen."
„Und wie kommst du da ausgerechnet auf mich?"

„Ich habe meine Familie stets beobachten lassen. Du bist während des Brandes gesehen worden. Du bist von diesem Ort fortgelaufen."
Seine Stimme war noch immer völlig ruhig, aber ich spürte die tiefe Resignation in seinen Worten.
„Warum hast du mir das angetan?"
Ich war seinen Spionen also aufgefallen, wie in der Menschenmenge gestanden hatte und schließlich Adriana gefolgt war. Nur Adriana, ihre frühere Fürstin, hatten sie nicht bemerkt.
„Und wenn ich dir sage, dass ich nur zufällig dort war und nichts mit dem Brand zu tun hatte?"
„Ist gelogen."
„Und wenn ich sage, dass deine ehemalige Geliebte für den Tod deiner Familie verantwortlich ist?"
Damis antwortete nicht gleich, schüttelte dann aber traurig den Kopf und wandte sich wieder ab.
„Ist gelogen."
„Wie glaubst du, haben wir so schnell den direkten Weg zu deiner Felsenfestung gefunden? Wer wird uns den Weg gewiesen haben?"
Ich gab dem Mann die Gelegenheit zum kurzen Nachdenken.
„Und wer hat deine Familie verbrannt?"
Damis schien nun aufzuhorchen.
Er drehte sich zu mir um, mein Gesicht prüfend und in meinen Augen nach Verschlagenheit forschend. Er flüsterte nur noch:
„Adriana? Ich kann das nicht glauben. Sie mag nymphomanisch veranlagt sein. Das ist eine Sache, aber... zu solch einer Tat ist sie nicht fähig. Ich kenne sie..."
„Tust du nicht", antwortete ich leise, aber sehr bestimmt. „Ich stand tatsächlich in der Zuschauermenge, hatte aber keine Ahnung, dass es dein Haus war, welches in Flammen stand. Dann bemerkte ich Adriana.

Ich habe sie ergriffen. Sie hat mir alles gestanden und gemeint, ich solle dir mitteilen, dass sie es gewesen ist."

Ich schwieg für einen Moment. Ich sah zu Boden.

„Sie war so voller Hass. Das tut mir alles sehr leid, Damis."

Er zog die Beine an und legte den Kopf auf die Knie. Damis verlor endgültig die Beherrschung, weinte laut und hemmungslos.

Sein grenzenloser Schmerz berührte mich in meiner tiefsten Seele.

Ich hatte nicht gedacht, dass ein Mann wie er, ein Pirat und Sklavenhändler, so schmerzlich am Tod seiner Familie leiden würde.

Ja, er war ein Seeräuber, was allein schon ausreichen sollte, ihn ans Kreuz zu schlagen. Aber auch ein Mensch, ein Mann, der seine Familie liebte.

Ich atmete tief durch, schluckte den dicken Kloß in meinem Hals hinunter und ging neben Damis in die Hocke.

„Dein Kleinster, ...Demi..., lebt. Er ist in Sicherheit", flüsterte ich und legte ihm tröstend die Hand auf die Schulter. Damis hielt inne, sah mich entgeistert an und schüttelte gequält den Kopf.

„Du liebst es, mich leiden zu sehen, nicht wahr? Niemand ist aus dem brennenden Haus herausgekommen."

Ruhiger geworden legte er den Kopf wieder auf die Knie, schloss die Augen und weinte weiter stille Tränen.

„Nein wirklich! Demi lebt! Ich weiß, wo er ist, ich habe ihn in meiner Obhut."

Er lachte heiser. Sein Blick verriet all die Verachtung, die er für mich empfand. Er glaubte mir kein Wort. War ihm das zu verdenken?

„Ich hatte dich für einen Augenblick lang anders eingeschätzt." Damis schüttelte verbittert den Kopf und sah zu Boden. „Aber du bist und bleibst ein verlogener Römer. Ha! In ‚deiner Obhut'...?"

„Ja, in Ephesus. Der Kleine ist gesund und munter."

„Wie...?"

„Er ist bei sehr guten Menschen, denen ich vertraue. Allerdings, deine Frau und dein älterer Sohn... Ich kann dir nicht sagen, was aus ihnen geworden ist."

„Bei Zeus, kann ich ihn sehen? Ich möchte so gerne meinen kleinen Jungen sehen."

Jetzt wurde es kompliziert.

„Bitte...!"

Er flehte mich an und schob sich trotz der Ketten näher an mich heran. Ich erhob mich, um zu gehen. Um nachzudenken. Und mich den Klagen und Bitten dieses Gefangenen zu entziehen.

Ich hatte tiefes Mitleid mit diesem geschlagenen Mann, bereute schon jetzt meine Feigheit vor dem Leben und Leiden dieses Menschen.

„Wir werden sehen, was ich tun kann, Damis", sagte ich beherrscht. „Du solltest Vertrauen in die Götter setzen. Jupiter wird alles fügen."

Ich wollte mich schon abwenden, da fiel mir noch etwas ein, was wichtig sein könnte:

„Demi hatte übrigens eine silberne Medaille bei sich. Du erinnerst dich. Woher hat er sie?"

„Ich habe sie ihm geschenkt. Sie ist ein Glücksbringer." Er lachte bitter glucksend. „Das hat wohl funktioniert, was!?"

„Woher kommt die Medaille? Was bedeutet sie?"

Er schwieg und überlegte.

„Da ich dir etwas schuldig bin wegen Demi, wieder einmal, werde ich es dir sagen. Ich habe in Misenum für unsere Seite im Auftrage von Coracesium geschäftliche Verhandlungen mit hochrangigen Römern geführt, weil ich mich in Kreisen gebildeter Römer bewegen kann. Ich verfüge über ausgezeichnete Kenntnisse eurer Sprache."

Damis bemerkte meine Fassungslosigkeit und sah mich spöttisch an.

„Einer dieser Römer hat mir die Medaille geschenkt. Es ist ein Schmuckstück aus Eisen, weiter nichts. Im Grunde wertlos."

Ich war wie betäubt!
Römer als Auftraggeber oder Geschäftspartner der Piraten im Mittelmeer!
Wenn stimmte, was Damis gerade gesagt hatte, war dies das gefährlichste Komplott, von dem ich bisher gehört hatte. Ich war nun sprachlos.
„Coracesium und Rom werden bald enge Partner sein, mein Lieber", fügte Damis hinzu und ich bemerkte einen spöttischen Zug um seinen Mund. „Es ist, wie du siehst, also überhaupt nicht so sicher, dass meine Leute und ich am Kreuz enden werden."
„Um was ging es bei den Verhandlungen?"
Ich hatte meine Sprache wiedergefunden, doch Damis schüttelte zynisch lächelnd den Kopf.
„So geht das nicht, Manius. Meine Führung in Coracesium wäre sicher nicht begeistert, wenn ich singen würde wie ein Vögelchen. Die Verhandlungen sind bei weitem nicht abgeschlossen und..."
Ich packte Damis an seiner verschmutzten Tunika und riss ihn so nach oben, dass die Ketten rasselnd spannten und seine Arme und Beine schmerzhaft nach hinten gerissen wurden.
„Du verlierst die Beherrschung, Römer! Wo ist mein kleiner Sohn?", sagte er kalt und verzog den Mund. Die Tränen über das Schicksal seiner Verwandten und sein eigenes waren versiegt. Trotz der Schmerzen in den Ketten spürte Damis offenbar so etwas wie einen Hauch Oberwasser, eine Chance, dem Kreuz doch noch entkommen zu können.
Ich hatte jedoch nicht vor, diese Hoffnung weiter zu nähren.
„Wer hintertreibt die imperialen Interessen Roms und verbündet sich mit den Piraten, Damis? Sag's schon!"
„Nein, nein, so geht das nicht. Du bist jetzt am Zug, Römer."
Ich stieß ihn zu Boden, so dass er heftig auf den Rücken prallte und wandte mich zum Gehen.

„Lass mich frei, Manius!“, rief er mir nach. „Und sag mir, wo ich Demi finde! Manius! Dann wirst du erfahren, wer das Bündnis mit Coracesium schmiedet!“
Ich schwieg, drehte mich nicht einmal mehr um, stieg die Treppe hinauf durch die enge Luke und verschloss mit einem hölzernen Deckel die Öffnung.
„Manius, lass mich frei!“

Das sehr ungute Gefühl, welches sich bei meinem Besuch bei Damis im Unterdeck in meinem Kopf eingenistet hatte, konnte nur durch frische Seeluft gemildert werden. Sie blies die Ahnung dunkler Gewitterwolken von Verrat und Verbrechen hinfort, die aufgrund von Damis' Informationen aufgezogen waren.
Vielleicht hatte er die Geschichte auch nur erfunden, um an seiner Rettung vor dem Kreuz zu arbeiten, und arbeitete in seinem Kopf bereits an der Fortsetzung. Ich wusste doch, dass Damis eigentlich nicht zu trauen war.
In mir wuchs die Auffassung, ich sollte dies alles keinesfalls überbewerten und Caesar informieren, sobald wir mit den in Ketten liegenden Piraten an unserem Zielort eingetroffen waren.
Ob die Kontakte der kilikischen Piraten zu Römern, sollte es sie überhaupt geben, auf uns hier und jetzt Einfluss hatten, entzog sich doch weitestgehend meinem Urteilsvermögen. Ich konnte in keiner Weise einschätzen, um was es wirklich ging. Damis hatte sich zu sehr ausgeschwiegen und Ansätze von Zusammenarbeit zwischen offizieller Seite Roms und den Piraten von Coracesium konnte ich ebenfalls nicht erkennen. Schmutzige Geschäftskontakte waren immer möglich. Damis' Medaille mit der Venusblume erschien mir dabei ebenfalls nicht bedeutungsvoll genug.

Ich erlag damit einer groben Fehleinschätzung, für die mir später die Rechnung präsentiert werden sollte.
Kopfschmerzen bereitete mir im Augenblick vielmehr der verständliche Wunsch von Damis, seinen kleinen Sohn wiederzusehen. Dabei schien das unmöglich.
Caesar hatte eigene Pläne und steuerte Ephesus erst einmal gar nicht an. Seit einigen Stunden hatten wir Lykien hinter uns gelassen und waren nun auf dem Rückweg in halbwegs sichere Gewässer. Sein Plan war, die Gefangenen in Pergamum einzukerkern und mit den Verantwortlichen der Küstenstädte die öffentliche Hinrichtung der Verbrecher zu organisieren.
Hätte ich Damis verschweigen sollen, dass der Junge lebt?
Ich stand wie so oft in den vergangenen Wochen am geschwungenen, bunt bemalten Bug des Schiffes und ließ den Blick über die mit Stolz geblähten Segeln dahingleitende Flotte, den Horizont und die blauen Wogen der See schweifen, in denen soeben die Abendsonne dieses ereignisreichen Tages blutrot zerfloss.
Weit in der Ferne zogen kleine Inseln und Inselgruppen langsam an uns vorbei. Auch Rhodos, das erste Ziel unseres damaligen Passagiers. Ich erspähte Ausläufer des Festlandes im Nordosten. So begann ich, das Heben und Senken der Galeere im Takt der Wellen und den frischen Seewind zu genießen, der uns über die stechende Sonne und die Hitze des Sommertages hinweghalf.
Ich atmete tief durch.
Die Schlacht mit den Piraten war erfolgreich geschlagen. Die Behelfsmannschaft, die Caesar für die ‚Imperium III' abgestellt hatte, funktionierte ohne größeren Führungsaufwand.
Das hieß für mich, ich durfte mich als Kommandooffizier nun einigen Tagen der Erholung und dem Genuss dieser Seereise hingeben, dem warmen Fahrtwind und der Beobachtung einzelner Delfinschulen.

Teilweise über zwanzig Tiere zählende Gruppen schwammen mit unseren Schiffen neckisch um die Wette - und waren meistens schneller als wir.

Mein linker Arm schmerzte stark, aber Antheia, ich hatte sie auf meinem Schiff einquartiert, hatte die Wunde mehrfach mit einer Salbe aus Kräutern nach einem Spezialrezept ihrer Mutter behandelt.

Ich fühlte mich trotz allem wohl und war äußerst zufrieden, den Piraten die ‚Imperium III' wieder abgejagt zu haben. Ich malte mir bereits aus, welches Aufsehen es erregen würde, mit einem der Flaggschiffe Roms in Pergamum einzulaufen, um es der Legion offiziell zurückzugeben.

Meine Claudia kam mir in den Sinn, meine süße römische Blume, die ich in Italien so unglücklich zurückgelassen hatte.

Ob sie mich noch liebte, an mich dachte?

Ich war überzeugt davon.

Ich wollte überzeugt sein.

Es hatte einfach so zu sein, wie ich mir das wünschte.

Ich betete darum zu den Göttern, aber mit dem Bewusstsein, sie durch meinen egoistischen Wunsch in der Legion dienen zu wollen zurückgestoßen und vielleicht zu sehr verletzt zu haben.

Mein Wunsch nach einer festen Bindung mit ihr war auf dieser Fahrt eher noch gewachsen, je länger ich ihr fern war.

Nach Rhegium zurückgekehrt, würde ich einfach in Benignus' Haus stürmen, meine Liebste in die Arme schließen und, ja, das würde ich tun, bei Lucius Claudius um ihre Hand anhalten.

Eigentlich füllten die Gedanken an Claudia jeden freien Moment meiner Gedankenwelt aus. Das wurde mir jetzt bewusster denn je. Oder machte ich mir nur Illusionen?

Wie es Vater wohl erging?

Machte er sich Sorgen um mich?

Würden wir aufs Neue meine Zukunft diskutieren müssen, wenn ich zurückgekehrt war? Ich hatte in den vergangenen Wochen eine Menge erlebt und war mit viel Glück einigermaßen unbeschadet durch alle Widrigkeiten gesegelt.

Gut, ich hatte das schreckliche Gemetzel mit den Piraten auf See überlebt.

Man hatte mich in der Gefangenschaft an Caesar statt fast totgeprügelt.

Der blutige Kampf Mann gegen Mann mit Damis heute morgen hätte mich das Leben kosten können.

Ich lehnte mich über die Reling, stützte das Kinn versonnen in meine rechte Handfläche. Ich dachte nach, ob ich überhaupt weiter zur See fahren wollte. Hatte ich schon genug oder war es eher die Sehnsucht nach weiblicher Nähe, Claudias Liebkosungen, ihren sanften Berührungen, ihrem Lachen, den Gesprächen mit ihr, die solche Gedanken in mir aufkeimen ließen?

Auch stellte ich mir zum ersten Male die weit schwerwiegendere Frage, die ich in den letzten Stunden und Tagen meisterlich verdrängt hatte: War ich wirklich gewillt, der Tötung hunderter Menschen, seien sie auch Piraten, Geiselnehmer, Mörder, Sklavenhändler - und deshalb selbst nicht eben zimperlich - einfach tatenlos zuzusehen? Schließlich hatte ich nie im Sinn gehabt, zur See zu fahren, um an Massentötungen teilzuhaben.

War es das, was Vater veranlasst hatte, grundsätzlich gegen meinen Dienst in der Legion zu sein? Hatte er mir diese Stärke nicht zugetraut oder wollte er mich vor solchen Erfahrungen schützen?

War ich gewillt, aus dem kleinen Demi eine Vollweise zu machen, indem ich nichts tat, die Kreuzigung seines Vaters aufzuhalten?

Würde ich das unsichtbare Band, das unsere Leben seit unserem ersten Zusammentreffen in Misenum verwoben hatte, zerreißen?

Durfte ich den Jungen guten Gewissens seinem Schicksal überlassen? Ich konnte und wollte mich nicht dauerhaft um ihn kümmern.
Demi war aber nur der Vater geblieben, ein Verbrecher, der auf meinem Schiff seiner Kreuzigung entgegenfuhr.
Andererseits: Hatte ich das Recht, die Argumente eines Mannes wie Gaius Julius Caesar, der große Ziele vorgab und die Säulen Roms festigen wollte, zuerst bedingungslos zu bejahen? Ihn dabei zu unterstützen, Damis in die Hände zu bekommen, um in der Folge das ganze Unternehmen in Frage zu stellen und im Grunde zu verraten?
Ganz bestimmt nicht. Das stand für mich nicht zur Debatte.
Fragen über Fragen, auf die ich keine Antwort fand.
Ich spuckte übellaunig in die nun dunkelblauen Wogen und genoss die warme Luft nicht mehr, die mein Gesicht noch immer sanft umspielte. Das Gezeter der Delfine nervte mich und fluchend wandte ich mich von der hinter dem Horizont versinkenden Sonne ab.
Ich schritt über Deck, maßregelte lautstark einige Nautae und ermahnte den überraschten Steuermann scharf, gefälligst den Kurs zu halten.

## ROM

In den Katakomben der Metropole lag Gnaeus Cornelius Dolabella mit ausgestreckten Armen und Beinen, in eine einfache graue Tunika gekleidet, bäuchlings auf dem mit kontrast- und szenenreichen Mosaiken besetzten, kalten Steinboden des unterirdischen Gewölbes in Rom.
Es war dem Versammlungsraum in Misenum recht ähnlich. Allerdings mit nur einem einzigen großen Zugang, der Bronzestatue in doppelter Größe und einer Art Thron an der Seite.

Der Thron war sehr einfach gearbeitet, aus glattem Holz gezimmert, die Sitzflächen einfach mit Gewebe bezogen und völlig frei von jedem ornamentalen Prunk. Aber die Herren, die darauf saßen, waren in edelste Stoffe gehüllt und trugen allesamt hochglänzende, eiserne Helme, die ihre Häupter vollständig einhüllten und nur Sehschlitze freiließen. Auf den Helmen der Socii waren die Ziffern I, II und III in goldenen Lettern aufgebracht. Um ihre Hälse trugen Sie silberne, münzgroße Medaillen mit der gravierten Venusblume, einem Schwert und den Lettern ‚AE'. Rechts und links des Thrones und am Ausgang der Kammer standen je zwei schwer bewaffnete Männer in roten Kutten und mit Medaillen um die Hälse.

„Wir haben dich hierherbringen lassen, um dich angesichts deines Versagens anzuhören, Socius X", begann Socius III und zeigte mit einem ausgestreckten rechten Arm auf den am Boden gequält stöhnenden Dolabella. „Wir hatten von dir einiges erwartet. Was hast du uns zu sagen?"

Er hob schwach den Kopf und stammelte:

„Ich... ich kann alles erklären."

„Versager!", herrschte ihn Socius I an. „Einen schlimmeren Versager als dich haben wir noch nie in unseren Reihen gehabt. Nirgendwo in den Chroniken des Societas Aeneae ist ein solches Vorkommnis verzeichnet."

„Du hast unseren Zielen geschadet, als du dich öffentlich für deine Habsucht verantworten musstest", fuhr Socius III fort. „Die römische Öffentlichkeit hat diesen Prozess verfolgt. Nur unsere direkte Intervention beim Prätor des Gerichtshofes für Erpressungen hat dich vor diesem außerordentlich gefährlichen jungen Mann, diesem... wie heißt der Kerl...?"

„Gaius Julius Caesar", half Socius II seinem Mitstreiter.

... diesem Gaius Julius Caesar und seiner öffentlichen Anklage gerettet. Er hätte uns zum Gespött machen können."
„Dann hattest du deine Chance, die Scharte auszuwetzen, in Misenum wichtige Verhandlungen zum Erfolg zu führen", fügte Socius I hinzu. „Wir hatten dir sogar den Vorsitz des Komitees in Misenum übertragen, obwohl Socius V rangmäßig über dir stand. Aber auch dort hast du vollständig versagt."
Dolabella blieb ausgestreckt auf dem Bauch liegen und ließ die Tiraden über sich ergehen.
„Socius V hat uns verraten! Unsere Feinde haben ihn getötet", hielt er mit fester Stimme dagegen.
„Lüge!", rief Socius I und sprang voller Empörung auf. „**Du** hast Socius V ermordet. Die beiden Brüder, denen die Flucht geglückt ist, haben uns das mitgeteilt. **Du** hast deinen ranghöheren Socius getötet und wirst dafür bestraft werden."
„Warum werde **ich** bestraft? Socius V hat diesem Caesar ermöglicht, mit einem Kriegsschiff unserer Marine das Land zu verlassen, bevor ich seiner habhaft werden konnte."
„Natürlich hat Socius V ihm geholfen! Er war ja auch der **Onkel** Caesars! Wusstest du das nicht?", brüllte Socius I, wanderte ein paar Schritte hin und her und nahm mit einem energischen Sprung hin zum Thron wieder Platz. Die selbstgerechte Art Dolabellas war ihm schon immer zuwider gewesen. Ihm einen Stich zu versetzen machte Laune und in der Tat schwieg Dolabella einen Moment verblüfft.
Er hatte es in der Tat nicht gewusst.
„Er hat... er hat mich verraten. Er hat uns verraten. Socius V musste dafür sterben. Und ich will auch ihn tot sehen, diesen Caesar", verteidigte sich Dolabella knurrig und erhob sich nun vom Boden, ohne die Erlaubnis seiner Richter abzuwarten. „Ich verlange aufgrund meines Ranges und im Namen meiner Verdienste für den Societas Aeneae die

Möglichkeit zur Rehabilitation. Ich fordere eine Möglichkeit von euch, mich zu bewähren."
Er sah seine drei Richter stolz, hoch aufgerichtet und unnachgiebig an.
„Socii, ihr wisst, was er mir angetan hat. Dieser Caesar hat meinen guten Namen beschmutzt und mich in aller Öffentlichkeit gedemütigt. Ich habe das Recht zur Rache."
„Du selbst hast deinen Namen beschmutzt, weil du diese Griechen so offensichtlich ausgepresst hast. Du hättest es klüger anstellen müssen, dich zu bereichern", antwortete Socius I lapidar.
„Ich glaube aber, Socius X hat recht", warf Socius III nun ein, erhob sich seinerseits und wanderte durch den Raum. Die Worte Dolabellas trugen einen Hauch Überzeugung in sich. „Es gibt ein Recht zur Rache in diesem Falle. Aber vielleicht gibt es eine andere Lösung für das Problem mit diesem jungen Julier. Wenn wir ihn in unseren Orden einführen und einbinden könnten, wäre dieser helle Kopf, noch dazu aus uralter römischer Familie, für uns ein großer Gewinn und..."
„Dieser Hitzkopf ist nicht einzubinden!", unterbrach ihn Dolabella schroff. „Caesar ist ein Julier! Ihr wisst, was das bedeutet: Er ist überaus klug, einigermaßen ehrbar und sehr gefährlich."
Socius I nickte jetzt vorsichtig zustimmend.
„Ich denke, dass seine politischen Vorstellungen, von denen ich gehört habe und die in seiner gegen dich vorgebrachten Anklage Ausdruck fanden, im römischen Volk sehr populär sind", erwiderte er. „Er könnte für unsere herausgehobene Stellung in der Republik gefährlich werden. Auch wenn er beileibe kein ‚Hitzkopf' ist, wie du sagst. Der junge Mann ist ein wahrer Julier, der sich der Tradition seines Hauses verpflichtet zeigt. Was allerdings für ein Todesurteil gegen ihn vollkommen ausreicht."
"Ich wünsche zwei weitere Todesurteile", rief Dolabella. Er fühlte sich bestärkt und drückte sein Rückgrat durch. „Die Kerle, die mich in

Misenum im Versammlungsraum überfallen und auf die Straße haben werfen lassen. "

„Du wirst Gaius Fabius Maximus und Lucius Claudius Benignus kein Haar krümmen!", rief Socius III unwirsch und nahm wieder auf seinem Thron Platz. „Die Gens Fabii und die Gens Claudii sind mächtig in Rom und ganz Italien. Einige davon waren und sind Socii. Du wirst sie gefälligst aus deinen Plänen heraushalten."

„Ich verstehe, Socius III", knurrte Dolabella und beugte sein Haupt. Sein Gesicht war verquollen, seine Aussprache durch das ramponierte Gebiss undeutlich, aber sein Zorn mächtiger denn je.

Die drei Männer erhoben sich.

Socius II, der bis jetzt geschwiegen und sich an der Diskussion nicht beteiligt hatte, trat einen Schritt nach vorne.

„Socius X", begann er. „Du wirst also deine Chance zur Rehabilitation erhalten. Du weißt, wie außerordentlich wichtig die Verhandlungen mit Coracesium für uns sind. Mach' dich also wie geplant auf den Weg nach Pergamum und erfülle die entscheidende Mission, mit der wir dich dorthin entsenden. Dann wirst du rehabilitiert sein. Versagst du erneut und bleibst auch noch am Leben, werden wir dich bestrafen. Ein Tod wird dich ereilen, den du dir nicht vorstellen kannst. Jetzt geh! Wir erwarten umgehend Resultate!"

„Und Caesar?", fragte Dolabella und zog die Mundwinkel nach unten.

„Deine Sache", antwortete Socius III. „Du hast doch dein Todesurteil für ihn. Aber vergiss nicht: Die Mission hat absolute Priorität."

Strammen Schrittes und mit grausamem Haifischgrinsen verließ Dolabella alias Socius X hochzufrieden das Gericht seiner Bruderschaft. Schon jetzt überschlugen sich in seinem Kopf die Pläne für seine nächsten Aktionen.

„Dolabella ist ein Dummkopf", murmelte Socius I und sah Socius X kopfschüttelnd nach. „Durch seinen Mangel an diplomatischem

Geschick wird er allmählich gefährlich. Er könnte, vielleicht ohne es zu wollen, dem Societas Aeneae schaden oder sogar unsere Identitäten aufdecken. Hoffentlich haben wir jetzt keinen Fehler gemacht."
„Gelingt es ihm, diesen Auftrag auszuführen, umso besser", entgegnete Socius II und hob die Schultern. „Sollte er sich nicht bemühen und seine persönlichen Bestrebungen über alles stellen, so werden wir seinem Leben ein Ende setzen, bevor er weiteren Schaden anrichten kann..."
„Aber bis dahin kann er schon eine Menge Schaden angerichtet haben. Ich werde sein Treiben mit Argusaugen beobachten", murmelte Socius III nachdenklich. „Diese Verhandlungen mit Coracesium sind sehr wichtig und dürfen keinesfalls scheitern. Ich werde mich in jedem Falle um Dolabella kümmern."

**RHEGIUM**
Italien

Acht Tage später, kurz vor Mitternacht.
Gaius Fabius Maximus saß nachdenklich mit einer Kanne Mulsum und einem Teller gebratenen Ziegenfleisches auf einer steinernen Bank in seinem äußerst gepflegten Garten und bewunderte das Sternenfirmament.
Er sah kaum die Hand vor Augen, aber er liebte es, den Mond und die Sterne über sich zu sehen und zu fühlen und gleichzeitig in sich hineinzuhorchen. Er liebte diese Möglichkeit, in Ruhe nachzudenken, wenn er über den schwachen Lichtschein der Stadt blickte.
Wo Manius wohl gerade war?
Ging es ihm gut?

Die Nachrichten, die ihm seine Agenten aus der Provinz Asia gebracht hatten, waren für ihn ein Schock gewesen. Sie bestätigten seine ursprünglichen Befürchtungen in Bezug auf eine Karriere in der Legion. Niemals hatte er geglaubt, dass schon die erste Fahrt seines einzigen Sohnes in ein lebensbedrohendes Abenteuer münden würde.

Die Agenten hatten berichtet, dass Manius' Schiff von Piraten geentert, dieser Caesar, Manius selbst und die Mannschaft als Geiseln genommen und mit viel Geld ausgelöst worden waren.

Immerhin hatten diese Heldengeschichten seinem Sohn eine gewisse Popularität im östlichen Mittelmeer eingebracht. Gaius spuckte in einem Anflug übler Laune ein zähes Stück Fleisch aus.

Nicht minder deprimierend waren die Ergebnisse seiner Ermittlungen und die Aktionen wegen des Überfalls auf seine Beinahe-Schwiegertochter Claudia hier in Rhegium gewesen. Fabius' Vorgehen gegen diesen geheimnisvollen ‚Societas Aeneae', er war von dessen Existenz absolut überzeugt, war ein einziger Reinfall gewesen.

Quintus Aurelius hatte den Tod gefunden, sein Mörder Dolabella aber war halbwegs straflos davongekommen. Zu allem Überfluss hatte der Verbrecher sie auch noch identifiziert und kannte Lucius Claudius und ihn selbst ebenfalls.

Der Mann war mächtig und verschlagen, ein eigenhändiger Mörder mit den Mitteln, zu jedem Zeitpunkt Racheaktionen gegen Lucius Claudius und ihn zu starten.

Gaius weigerte sich bis jetzt, die Gründe zu akzeptieren, die zu seiner Freilassung geführt hatten, statt ihn den Behörden zu übergeben. Das ging gegen alle seine Überzeugungen von Ehre und Anstand, auch wenn er natürlich Lucius sehr gut verstand.

Gaius kaute missmutig ein weiteres Stück Ziegenfleisch und blickte übellaunig über die zuckenden Lichter der Stadt.

Ein schwacher Lichtschein in seinem Garten, der sich auch noch hin und her bewegte, erregte seine Aufmerksamkeit. Überrascht spuckte er das Stück Fleisch zur Seite und erhob sich langsam.
Dieser immer heller werdende Schein kam aus der Richtung der Grundstücksummauerung. Gaius Fabius kniff die Augen zusammen und erhob sich. Er hatte zwar Marcus angewiesen, die Wachen zu verstärken und besser bewaffnen zu lassen, aber...
Dolabella kam ihm in den Sinn - und er selbst saß hier völlig allein und auch noch unbewaffnet herum.
Verdammt, wo waren denn die Wachen?
Er erschrak. Ein leises Rascheln neben ihm im Gebüsch lenkte ihn ab, ließ ihm aber keine Zeit mehr, nachzudenken oder gar zu reagieren. Zwei dunkle Gestalten bauten sich neben ihm auf.
„Was soll das bed...?", rief er, aber ein harter Schlag auf den Kopf ließ Gaius Fabius Maximus auf der Stelle bewusstlos zusammensinken.

Er erwachte äußerst unsanft. Jemand hatte eine ganze Amphora kalten Wassers über seinem Kopf ausgeleert.
Gaius prustete und hustete. Er fror erbärmlich, trotz der südlichen Sommerwärme, die auch nachts erhalten blieb. Er hatte jedes Zeitgefühl verloren.
„Gaius Fabius Maximus. Wie ich mich freue, den Helden wiederzusehen, der ungebeten meine Versammlung gesprengt, mich gefangengenommen und misshandelt hat! Erinnerst du dich?"
Ja, diese sonore Stimme hatte er schon einmal irgendwo gehört.
Sein Kopf pochte.
Oh ja, diese Stimme... Dolabella' s Stimme! Bei Jupiter!
Er erschrak und öffnete unter tobendem Kopfschmerz die Augen.

Es war noch immer Nacht und offenbar befand er sich außerhalb der Stadt im Wald. Man hatte ihn stehend und bäuchlings an einen Baum gefesselt, so dass er die Pflanze sozusagen umarmte und seine Brust und die Wange unsanft an der harten Rinde scheuerte.
Zu seinem Entsetzen war er völlig nackt.
Er nahm einige Männer mit Fackeln wahr, deren flackerndes Licht die Geister des nächtlichen Waldes geweckt hatte. Wesen die diese Szene neugierig begafften und in den Bäumen scheinbar erwartungsvoll hin und her sprangen.
„Ich habe dich gefragt, ob du weißt, wer ich bin!“, hörte er Dolabella brüllen.
„Ja“, krächzte Gaius Fabius. „Ich weiß es.“
„Und du ahnst natürlich, warum du hier bist?“
Gaius antwortete nicht, was Dolabella in schallendes Gelächter ausbrechen ließ.
„Bereust du jetzt schon, was du mir angetan hast?“, fragte er. „Du wirst es gleich noch viel mehr bereuen, glaub mir.“
Der Gefangene konnte ihn nun sehen und den fauligen Atem des Verbrechers riechen, denn dieser war ganz nah an sein Gesicht herangekommen.
Hasserfüllte Augen fixierten Gaius.
„Du hast doch nicht wirklich geglaubt, ich würde deinen Freund Claudius und dich so einfach davonkommen lassen? Schau dir das an!“
Dolabella öffnete den Rachen und ließ ein paar Zahnstümpfe und blutige Lücken sehen. Gaius verzog das Gesicht von dem Geruch, der ihm entgegen strömte.
„Das habe ich **euch** zu verdanken. Du hast heute die Ehre als erster zu erfahren, was es bedeutet, Gnaeus Cornelius Dolabella zu verschleppen, zu schlagen und auf die Straße unter die Räuber zu werfen. Empfange deine Strafe, Maximus!“

Er spie das „Maximus“ aus wie eine faulige Frucht.
Dolabella trat einige Schritte zurück, Gaius konnte ihn noch immer sehen, und schwang eine riesige Peitsche, die mit einem lauten Knall durch die Luft schoss.
„Keinen Laut wirst du von mir hören“, quetschte Gaius fest zwischen den Zähnen hindurch.
Er schwitzte. Angst durchzuckte seinen Körper, während der Peitsche schwingende Verbrecher nur laut und kratzig auflachte und rief: „Glaubst du? Wir werden sehen. Schrei ruhig, denn hier hört dich sowieso niemand. Und jetzt pass auf!“
Dolabella holte mit aller Kraft weit aus und ließ die Peitsche auf den Rücken des Gefangenen niedergehen. Gaius Haut platzte auf wie ein Pfirsich. Der Schmerz an der Wunde arbeitete sich durch seinen ganzen Körper wie die heiße Welle eines explodierenden Vulkanfeuers. Doch Gaius riss sich zusammen und stöhnte nur leise.
„Spürst du den Schmerz, Maximus?“, rief Dolabella lachend, „Schrei deinen Schmerz in die Welt hinaus!“
Wieder traf die Peitsche den Rücken ihres Opfers und eine weitere Welle brandete durch seinen verwundeten Leib.
„Schrei endlich, du elender Hurensohn! Schrei!“
Dolabellas Lachen verblasste langsam, da sein Opfer nicht die erwartete Reaktion zeigte. Gaius stöhnte nur und biss die Zähne zusammen.
‚Nein, kein Laut verlässt meinen Mund‘, dachte er. Erste Tränen rollten aus seinen Augen. Schweiß rann in Strömen. Die Wunden, die die Peitsche schlug, bluteten heftig, und mit jedem weiteren Hieb sah er, wie sie sein eigenes Blut verspritzte.
„Schrei deinen Schmerz hinaus, Maximus! Lass ihn fließen!“, rief Dolabella wutentbrannt. Wieder und wieder drosch er mit unbändiger Wut und mit aller Kraft auf den gefangenen Mann ein, der nach dem

siebten Schlag doch noch jede Kontrolle über seinen Körper und die Schmerzen verlor.

Wellen glühend heißen Magmas schlugen über ihm zusammen.

Nun gellten die schrecklichen Schreie des gepeinigten Gaius Fabius Maximus durch den Wald. Kein nächtlicher Raubvogel ließ mehr seine Stimme erklingen. Nicht einmal die Grillen zirpten mehr im Gras.

Die Natur hielt den Atem an.

Es war, als bestehe die Welt nur noch aus einem mörderisch peitschenden Unhold und dem gellend schreienden Mann, auf den fürchterliche Hiebe niedergingen. Doch niemand hörte ihn, niemand nahm Anteil, niemand befreite ihn.

Die Wellen der Feuersbrünste, die seinen Körper durchschlugen, hatten alle klaren Gedanken verbrennen lassen.

Nach dem vielleicht zwölften Schlag gab Gaius Fabius auf und versank in der Gnade einer tiefen Bewusstlosigkeit. Dolabella hielt angestrengt und schweißgebadet inne.

„Es ist jetzt genug, Socius X! Ich hatte dich gewarnt!“

Dolabella erschrak.

Die Stimme aus der Dunkelheit materialisierte direkt vor ihm. Jetzt erst bemerkte er voller Überraschung, dass der Schauplatz seiner Rache von mindestens zwanzig bewaffneten Männern umringt und seine Leute bereits gefangen gesetzt waren.

Seine Augen weiteten sich, als er erkannte, wer da vor ihm stand:

„**Du**! Du bist... deine Stimme... Socius III... ich... ihr hattet mir zugesagt, ich dürfe meine Aufgabe vollends erfüllen“, stammelte Dolabella verwirrt. Seine Stimme brach fast.

„Ja, deine Aufgabe in Misenum solltest du erfüllen. Racheaktionen, die unnötig Aufmerksamkeit erregen und die Gerichtsbarkeit auf den Plan rufen könnten, hatten wir dir ausdrücklich untersagt. Erinnerst du dich?“

„Ich wollte doch nicht...“, begann Dolabella, aber er konnte den Satz nicht vollenden, denn Socius III zog blitzschnell ein Messer unter seiner Tunika hervor und sprang, so wie es Dolabella selbst bei Quintus Aurelius getan hatte, mit einem Satz an dessen Seite.
Er stieß ihm das Messer bis ans Heft ins Herz.
Mit vor Entsetzen geweiteten Augen sank der sterbende Gnaeus Cornelius Dolabella langsam in sich zusammen.
„Ich übernehme jetzt persönlich deine Aufgaben“, knurrte Socius III kalt. „Du bist ein Dummkopf und hast versagt. Deine Zeit ist jetzt um. Gute Reise in den Hades.“
Socius III wandte sich angewidert von der Leiche Dolabellas ab, wischte das blutige Mordinstrument mit einem Lappen sauber und ließ es unter seiner Tunika verschwinden.
„Schneidet Gaius Fabius Maximus vom Baum hinunter und versorgt sofort seine Wunden!“, befahl er und betrachtete den gefolterten Mann. „Dann schafft ihn zu seinem Anwesen! Sagt einfach, ihr hättet ihn auf der Straße liegend gefunden, erkannt und notdürftig die Wunden behandelt. Maximus’ Dienerschaft wird euch sicher glauben. Ach ja: Dolabellas Leute und seinen eigenen Kadaver - beseitigt sie!“
Socius III war zufrieden mit sich, diesen Versager endlich erledigt zu haben. Er würde sich in dreieinhalb Tagen einschiffen und die vielversprechenden Verhandlungen, die Dolabella vernachlässigt hatte, selbst zu einem guten Ende bringen.

Gaius Fabius Maximus wähnte sich derweil in den tiefsten Abgründen der Unterwelt. Das Feuer, das ihn verbrannte, wurde von Pluto selbst geschürt. Ja, der Herr des Hades selbst stand vor ihm und lachte kreischend in die prasselnde Glut hinein.

‚Alles aus!', dachte Gaius. ‚Ich bin tot und für alle Zeit in die unterirdischen Höhlen von Pluto' s Reich verbannt.'
Das Antlitz von Manius erschien ihm, sprach zu ihm: ‚Vater, kämpfe um dein Leben! Mir geht es gut und ich werde bald nach Hause kommen. Du darfst nicht aufgeben und dich einem Schicksal ergeben, das nicht deines ist. Du gehörst nicht hierher.'
Er versuchte sich zu bewegen, doch das Flammenmeer hielt ihn unbeweglich und gefangen für immer. Pluto lachte wieder.
Gaius Fabius Maximus schrie seinen Schmerz in die Unterwelt, während der Dämon tanzte und sich freute.
‚Reiß' dich zusammen, Vater, kämpfe dagegen an und du wirst der Sieger sein. Dein Platz ist unter den Lebenden, nicht unter den Toten!' rief ihm sein Sohn noch zu, bevor sich sein Gesicht in den wabernden Flammen auflöste.
Gaius kämpfte. Weiter und weiter.
Und er gewann.
Um ihn herum wurde es ruhiger, er genoss einen herrlichen Sternenhimmel und war versucht, nach jedem einzelnen der Himmelskörper zu greifen. Ein besonders strahlender Stern wurde schnell größer und sein warmes, magisches Licht erreichte die tiefsten Tiefen seines Ichs.
Oh, wie wunderschön war dieser Stern.
Gaius wurde ruhiger, er entspannte sich.
„Schnell! Her mit dem Wasser! Damit er uns nicht entgleitet!“, hörte er Claudia rufen, die er zur Schwiegertochter bekommen hätte, wenn Manius nicht so ein Dummkopf gewesen wäre.
Sie stand plötzlich neben ihm, verdeckte den wunderschönen Stern mit ihrem noch wunderschöneren Antlitz und tupfte ihm sanft das Gesicht ab.

„Komm schon, Gaius, du musst bei mir bleiben. Ich will nicht, dass du stirbst. Kämpfe gegen das Fieber an. Du willst doch Manius wiedersehen."

„Ja, ich will Manius sehen! Er war doch eben bei mir! Wo ist der Stern? Wo ist er? Manius!", schrie Gaius verzweifelt. „Maaanius! Komm zurück!"

„Er wird bald wieder da sein", antwortete sie und streichelte ihm übers zerzauste Haar. Claudias Gesicht verschwand vor dem Sternenfirmament so schnell, wie es erschienen war, bevor eine weitere Feuersbrunst ihn wieder ganz und gar verschlang.

Gute vierzehn Stunden später war das Feuer erloschen und Gaius Fabius erwachte langsam aus tiefer Bewusstlosigkeit.

Höllenschmerz! Dolabella...! Die Peitsche...!

Für immer in Pluto' s Reich gefangen...!

Wo war er?

Gaius stöhnte und stieß einen leisen Klageruf aus.

„Er kommt zu sich", hörte er eine weibliche Stimme sagen. „Aesculapius[73] sei Dank. Er hat ein Einsehen mit unserem Herrn und ihn am Leben gelassen."

„Aesculapius hat sicher nichts damit zu tun, Lucia", meinte eine andere weibliche Stimme. „Eher die Heilkunst, die mir meine Mutter beigebracht hat. Die Kräuterumschläge haben dieses schreckliche Wundfieber gesenkt und die Wunden gekühlt. Er wird durchkommen, denke ich. Gut, dass ihr mich gerufen habt."

---

73 Aesculapius = römischer Gott der Heilkunde

„Wie du meinst, Domina“, sagte Lucia pikiert, fünfzig Jahre alt, sehr dick und mütterlich, aber recht resolut. Sie war die Köchin und gute Seele des Hauses, die sich ihren festen Glauben an das Einsehen der Götter niemals würde nehmen lassen.
Claudia streichelte Gaius Fabius sanft über das verklebte Haar.
Wieso hatte man diesen wundervollen Mann fast zu Tode gepeitscht?
Er stöhnte wieder: „Claudia...“
„Ganz ruhig liegenbleiben, lieber Gaius. Schlaf noch etwas. Ich werde bei dir wachen und dir wird es bald bessergehen.“
„Wo bin ich?“
„Jedenfalls nicht bei Pluto“, meinte sie lächelnd. „Du bist bei mir und der guten Lucia. Du bist zu Hause, Gaius, alles wird gut und...“
Mehr vernahm Gaius Fabius nicht.
Ja, er war zuhause. Claudia war bei ihm. Er atmete tief durch und fiel tatsächlich in einen tiefen, heilenden Schlaf.

Zwei Tage später saß Gaius Fabius zerknirscht im Bett und ließ sich von Lucia zum Mittag langsam mit einem Brei verschiedener heimischer Getreide- und Früchtesorten füttern.
Um seinen Oberkörper wand sich ein dicker Verband.
Sie hatte die Pflege des Pater familias übernommen, solange Claudia nicht zugegen war. Ihr Patient war gewaschen und in der Lage, sich mit Hilfe Lucias aufzusetzen, nachdem er sich über viele Stunden hin gesund geschlafen hatte. Nur der schon recht dichte Stoppelbart, die bleierne Schwere seiner Glieder und die noch immer stark schmerzenden Wunden kündeten von seiner schweren Prüfung.
Er verschluckte sich an dem Brei, hustete und würgte, bis er seine Pflegerin mürrisch anfuhr, sie solle gefälligst besser aufpassen. Er käme

sonst wohl nicht durch die Peitsche, sondern durch Lucias profanen Früchtebrei zu Tode.
„Mein Brei ist das Beste, um wieder zu Kräften zu kommen", entgegnete Lucia streng, unterstützt von dem Durchsetzungsvermögen ihres kräftigen, gut genährten Körpers, sodass es Gaius die Sprache verschlug. „Also, Dominus, Mund auf, essen und dann vor allem Mund halten! Ganz wichtig!", befahl sie und hob belehrend den linken Zeigefinger, während sie ihm mit der Rechten Löffel um Löffel in den Mund schob und er kauen musste wie ein kleiner Junge. Diese Vertraulichkeiten, die sie sich gegenüber dem Hausherrn herausnahm, tolerierte er bei Lucia, die eigentlich schon immer Teil des Haushalts gewesen war.
„Ich kann mir vorstellen, dass es angenehmer ist, von der hübschen jungen Claudia gefüttert zu werden, die dich gerettet hat. Aber jetzt bin erst einmal ich hier", fügte sie mit einem forschen Grinsen hinzu, denn der Pater Familias war sowieso außer Stande aufzubegehren.
Gaius quittierte die Bemerkung mit einem schiefen Grinsen, das ihm während des Kauens auch noch gründlich misslang.
„Ist mir egal, wer mich füttert", murmelte er mit vollem Mund, was Lucia mit einem schrillen Lachen beantwortete.
„Aber der jungen Dame scheint das überhaupt nicht so egal zu sein, verehrter Dominus!"
„Vielleicht sollte ich doch von Claudius eine gut kochende Sklavin kaufen und dich einfach entlassen, Lucia."
„Das wirst du schön bleibenlassen", erwiderte sie keck. „Dann müsstest du ja auf alle deine Leibgerichte verzichten. Das wirst du doch nicht wollen, oder?"
Gaius Fabius wollte eine passende Antwort nachschießen, aber die Tür ging auf und der Verwalter des Gutes trat ohne anzuklopfen herein: „Dominus, Lucius Claudius und seine Tochter bitten um Einlass!"

„Lass sie herein, Marcus", antwortete Gaius fleißig kauend und mit brüchiger Stimme, „bevor es dieser Frau hier doch noch gelingt, mich mit ihrem Brei zu ersticken."
Lucia schob missbilligend die Augenbrauen zusammen und erhob sich: „Dominus, ich möchte doch nur...!"
Claudia drängte sich in diesem Augenblick schon sehr resolut an Marcus vorbei und ihr Vater folgte ihr schmunzelnd.
„Danke, Marcus, ich darf hier auch ohne offizielle Anmeldung hereinkommen. Du kannst dich jetzt entfernen", sagte sie, wedelte abweisend mit ihren Fingern in seine Richtung und unterstrich somit ihre mündliche Aufforderung.
Sogar diese Art und Weise, mit dem Verwalter umzugehen, schmälerte nicht den umwerfenden Charme, den sie jederzeit versprühte. Auch Lucia trat zurück und verließ mit Marcus unaufgefordert den Raum.
„Die jungen Frauen von heute", lachte Lucius währenddessen kopfschüttelnd und trat ans Bett. „So sind sie eben. Wie geht's dir, mein lieber Freund? Ich wollte doch auch mal vorbeischauen und dich besuchen, bevor ich wieder geschäftlich unterwegs sein werde. In der Provinz Afrika ruft neue Ware."
Neue Ware? Damit meinte er neue Sklaven für die Haushalte der reichen Römer, was nichts Verwerfliches war in der Welt dieser Tage. Gaius Fabius überging es deshalb geflissentlich und gab seiner Freude über den Besuch ausschweifend Ausdruck.
„Ich habe deiner Tochter viel zu verdanken", sagte Gaius. „Wenn sie nicht gewesen wäre, säße ich jetzt für immer in Pluto' s Flammen und briete vor mich hin wie ein Stück Fleisch."
„Unsinn, lieber Gaius", meinte sie lachend und nahm seine Hand. „Du hast mit einem sehr schlimmen Wundfieber gekämpft. Du hast sogar nach Manius gerufen. Das waren nur Fieberträume, nichts Reales."

„Claudia hat während der ganzen Zeit an deinem Bett gesessen und dich gepflegt. Sie ist nicht von deiner Seite gewichen, lieber Freund, hat kaum geschlafen. Du hast Glück gehabt, dass sie so viel von Medizin versteht und diesen üblen Wundbrand tatsächlich in den Griff bekommen konnte“, ergänzte Lucius zustimmend.
„Tatsächlich...?“, murmelte Gaius Fabius mit Blick auf Claudia und zog überrascht die Stirn in Falten.
Er bemerkte, wie glücklich sie war, dass es ihm wieder besser ging.
War da etwa noch viel mehr in ihren Augen?
„Ja“, fuhr Claudius fort, „und nicht viele Männer hätten dieses Fieber überstanden, sage ich dir. Aber du hast offenbar eine Pferdenatur und nun geht es aufwärts mit dir, wie ich sehe. Deshalb kann ich heute auch wagen, dir mitzuteilen, dass ich Dolabellas Aufenthaltsort ermitteln konnte: Seine sehr tote Leiche wurde am Strand von Neapolis wie ein verreckter Delfinkadaver angespült, nachmittags, mitten zwischen die Badegäste, deren Kinder gerade am Strand spielten.“
Claudius unterdrückte nur mühsam ein süffisantes Grinsen.
„Muss ein Schauspiel gewesen sein. Na ja, jedenfalls soll er erstochen worden sein“, fügte er hinzu und hob die Schultern.
Gaius Fabius war überrascht: „Ermordet sagst du? Und wann? Von wem?“
„Wenn ich das wüsste? Meine Kontaktperson in Neapolis teilte mir mit, er sei erstochen worden und habe schon einige Tage im Wasser gelegen. Die Fische hatten sich jedenfalls schon den Latz umgebunden und...“
„Vater! Ich bitte dich!“
Claudia blickte ihrem Vater tadelnd in die Augen und zog ihre schön geschwungenen Brauen zusammen. Solch lässige Reden über tote Menschen mochte sie an ihrem alten Herrn gar nicht.
„Na egal. Es muss kurz nach dem Überfall auf dich passiert sein“, ergänzte Claudius und grinste.

„Da ich komplett weggetreten war, weiß ich natürlich nicht, was nach meiner Auspeitschung geschehen ist.“ Gaius Fabius verzog das Gesicht. „Die vier Männer, die mich hergebracht haben, so hat Marcus erzählt, haben mich halbtot auf der Straße liegend gefunden.“

„Tja, wir werden es wohl nie erfahren.“

Claudius hob erneut die Schultern und grinste wieder.

„Zumindest kann er uns jetzt nicht mehr schaden. Wichtig ist, dass du den Überfall überlebt hast. Und Claudia möchte dir sicher gern noch einige Zeit Gesellschaft leisten. Also, gute Besserung, mein Lieber. Ich muss los. Das Schiff wartet.“

Claudius legte ihm freundschaftlich die Hand auf die Schulter und verschwand schließlich durch die Tür, nachdem er sich herzlich von seiner Tochter verabschiedet hatte, die sich nun auf einen Hocker neben dem Bett fallen ließ und Gaius’ Hand erneut sanft in die ihren schloss.

„Ja, das stimmt“, murmelte Gaius abwesend, obwohl Claudius schon längst verschwunden war, und legte sich vorsichtig auf die Seite. Er schloss müde die Augen. „Ich habe überlebt. Danke für deinen Besuch, mein Freund.“

„Schlaf noch etwas, Gaius“, flüsterte ihm Claudia ins Ohr und küsste ihn sanft auf die Wange. Sie saß noch immer neben ihm auf dem Hocker und hielt seine Hand. Er drehte den Kopf und sah in ihr süß lächelndes Gesicht, während sie ihm nun zärtlich über die Wange streichelte.

Täuschte er sich? War im Blick dieser wunderhübschen, jungen Frau nicht nur die Zuneigung zu ihrem Beinahe-Schwiegervater?

Er versuchte, diese eigenartigen Gedanken abzuschütteln.

Dolabella, ein Raubmörder, der ganze Länder ausgepresst hatte, ein hochstehender Verschwörer und Geheimbündler, der drauf und dran gewesen war, ihn umzubringen. Er war nun selbst zum Opfer geworden. Ermordet, hatte Claudius gesagt.

Gaius Fabius Maximus wurde bei diesem Gedanken nicht wohler. Irgendetwas war an dieser Sache gehörig faul.

# KAPITEL IV

## MACHT UND SCHICKSAL

### NICOMEDIA

Hauptstadt des Königreiches Bithynien[74]

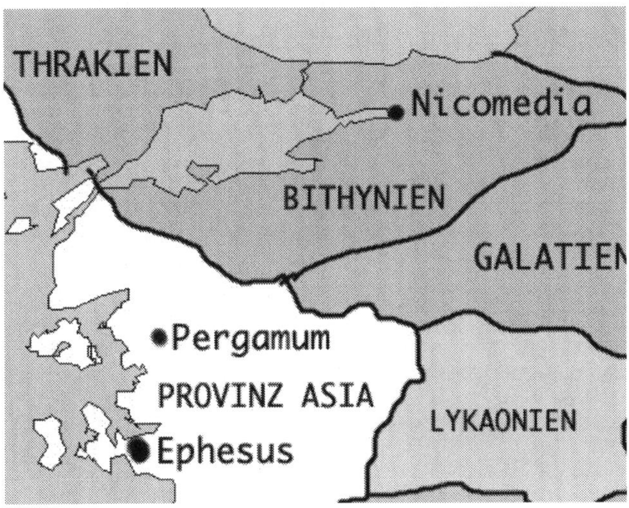


Vierzehn Tage nach den Ereignissen in Lykien und dem Sieg Caesars über die Felsenfestung der kilikischen Piraten beobachtete Alessandros die beiden fremden jungen Männer genau.

Sie ritten sichtlich ermüdet durch das Stadttor in die zu dieser Zeit stark belebte Stadt Nicomedia. Es war Markttag und jeder der laufen konnte war auf den Beinen. Und dies trotz der übergroßen Hitze in diesem Jahr.

---

[74] Bithynien: kleines Königreich am heutigen Bosporus (heutige Türkei) und Zankapfel zwischen den damaligen kleinasiatischen Mächten

Die beiden Männer waren in zivile Kleidung gehüllt. Sie trugen widerstandsfähiges römisches Lederzeug über ihren Tuniken, waren durch einen offenbar sehr langen Ritt bärtig und über und über mit dem Staub endloser Straßenmeilen bedeckt.
Sie machten einen erschöpften Eindruck.
Jeder der beiden hatte ein Packpferd an seinem Reittier befestigt.
Auch die Tiere wirkten erschöpft und überaus durstig.
Die beiden Männer waren Römer, Angehörige des römischen Militärs. Jedes geübte Auge erkannte dies sofort und Alessandros' Auge war darin geübt, Dinge und Menschen zu sehen, die sonst niemandem auffielen.
Diese beiden Römer waren im Grunde unauffällig, hätten Händler auf der Durchreise oder römische Siedler sein können, die zum Einkaufen von Zuchttieren oder Sklaven den langen Weg in die Stadt gekommen waren.
Und doch war Alessandros sicher, den drahtigen Dunkelhaarigen als Gaius Julius Caesar zu erkennen, der römischer Gesandter am Hofe des Königs gewesen war. Den Blonden kannte Alessandros nicht.
Was wollte dieser Römer wieder hier in Bithynien?
Und wieso gab sich dieser Kerl als Zivilist?
Alessandros folgte den beiden bis zu einer gemütlichen Taverne in der Nähe des Stadttores, die auch Zimmer an Reisende vermietete.
Caesar kannte das Haus offenbar, da er und sein Begleiter von den Pferden stiegen und die müden Tiere einem Hausdiener der Taverne überließen, der sie tränken und füttern sollte.
Der Diener war sichtlich beglückt Caesar wiederzusehen, der ihm auf seine typische Art und Weise auf die Schulter klopfte und ein paar römische Münzen zusteckte. Und auch der Wirt erschien freudestrahlend in der Tür, umarmte die Ankömmlinge und führte sie schließlich ins Haus.
Alessandros wusste, was er nun zu tun hatte.

Roms Prokonsul Marcus Iunius Iuncus, der schon seit geraumer Zeit in Nicomedia weilte, hatte bisher immer klingende Münze für wichtige Informationen springen lassen, die ihm Alessandros aus der Stadt zutrug. Diese Aussicht verwandelte Alessandros‘ stets mürrisch dreinblickende Miene in ein gieriges Grinsen.

König Nicomedes IV. von Bithynien ließ sich am darauffolgenden Morgen schwer atmend auf seinem reich verzierten, steinernen Thron nieder. Mit zitternden Händen strich er sich seinen wertvoll gearbeiteten, mit Goldfäden durchzogenen, traditionellen Königsmantel glatt.
Nicomedes war schon seit langer Zeit erkrankt, im Grunde schon seit den Kriegen gegen den Nachbarherrscher König Mithridates von Pontus und dem von diesem erzwungenen Exil in Rom.
Zwanzig Jahre Regentschaft unter widrigsten Bedingungen, eingezwängt zwischen aggressiven Nachbarreichen und den sich immer tiefer in Kleinasien einnistenden Römern, hatten ihn verbraucht und gebrechlich werden lassen. Und das, obwohl er eben fünfzig Jahre alt geworden war. Sein Haar war in den letzten beiden Jahren stark ergraut. Tiefe Furchen durchzogen Stirn und Mundwinkel und sein Rücken krümmte sich beim Gehen unnatürlich.
Die Römer hatten den Monarchen zwar nach dem Sieg über Mithridates wieder als Oberhaupt seines schwer gebeutelten Landes eingesetzt, gesundheitlich aber hatte er sich nie wieder von der Schmach erholt. So hatte er die Regentschaft im eigenen Lande nun mit den Römern zu teilen und einen machtbewussten Prokonsul als Interessenvertreter Roms zu erdulden. Nur aus sehr eigennützigen militärischen Gründen zur Sicherung der Grenzen ihrer neuen Provinz Asia im östlichen Mittelmeer hatten ihm die Römer Zuflucht vor den pontischen Eroberern gewährt.

„Mir ist aus zuverlässiger Quelle zugetragen worden, dass zwei Römer gestern in Nicomedia eingetroffen sind. Sie haben sich am östlichen Stadttor eingemietet. Einen davon dürftest du sehr gut kennen, mein lieber Nicomedes", sagte Marcus Iunius Iuncus, Roms Prokonsul für die Provinz Asia und Bithynien, mit unbewegter Miene und einer auffallend hohen Stimme. Sein Griechisch war erstklassig. „Ist dir das bekannt gewesen?"

Der Prokonsul beobachtete scheinbar interessiert die auf einem kleinen Weiher herumpaddelnden Enten durch ein säulenbewehrtes großes Fenster zum exotisch bepflanzten Innenhof des Königspalastes. Tatsächlich aber arbeitete sein scharfer Verstand auf Hochtouren.

Mit leicht geneigtem Kopf, hochgezogener Augenbraue und in Erwartung einer Antwort lugte er jetzt in Richtung des Königs.

„In der Tat hat sich Gaius Julius Caesar in Pergamum aufgehalten und mit einer meiner Kontaktpersonen gesprochen. Mir wurde berichtet, Caesar würde nach Nicomedia aufbrechen", antwortete der König und ein überlegenes Lächeln spielte um seine Lippen, während er beobachtete, wie sich ihm der Römer abrupt und sichtlich überrascht zuwandte. „Wie ich höre ist er nun in meiner Hauptstadt eingetroffen, was mich außerordentlich freut. Er ist ein sehr intelligenter, ehrgeiziger junger Mann."

„Gaius Julius Caesar!", trompetete Iuncus sichtlich empört los. „Du wusstest seit Tagen davon! Und du hieltest es nicht für erforderlich, mich zu informieren!"

„Du vergreifst dich im Ton, römischer Prokonsul! Mein Vater ist der König dieses Landes! **Nicht du**, was du endlich respektieren solltest!", mischte sich die junge Frau mit lauter Stimme in das Gespräch ein, die soeben selbstbewusst den Thronsaal des Königspalastes durchschritten und so den kurzen Wortwechsel verfolgt hatte.

Ihre starke Persönlichkeit füllte den gesamten Saal aus, so wie sie sich dem Königsthron näherte. Eine Persönlichkeit, die diejenige des verärgerten Prokonsuls scheinbar mühelos schrumpfen ließ.
Die junge Frau war mit einer edlen, Gold besetzten Tunika bekleidet. Ein goldenes Diadem, das an seiner Vorderseite einen Löwenkopf zeigte, glänzte edel auf ihrem Haupt. Lederne Sandalen mit leicht erhöhten Absätzen ließen sie elegant und überaus erotisch dahin schreiten.
Mit einem charmanten Lächeln trat sie an die Seite ihres Vaters und küsste ihn auf die Wange. Liebevoll sah Nicomedes zu seiner Tochter auf, deren wundervolles kastanienbraunes Haar in Wellen bis zur Schulter fiel. Ihr auffallend schönes, ebenmäßiges Gesicht, ihr wundervoll geschwungener, naturroter Mund und intelligente grüne Augen machten sie sicherlich zu einer der schönsten Frauen des Landes. Beruhigend und liebkosend ruhte nun ihr Blick in den Augen des Vaters.
„Ich wusste, er würde eines Tages zurückkehren", flüsterte ihm die Tochter leise ins Ohr und sah mehr oder weniger verstohlen zu dem sichtlich aufgebrachten Römer hinüber.
„Du scheinst vergessen zu haben, wer deinem Vater die Regentschaft über sein Reich gesichert hat, meine liebe Prinzessin Helena!", fuhr Iuncus auf.
Die schöne Prinzessin war aber nicht auf den Mund gefallen und setzte nach: „Und du ignorierst offenbar wieder und wieder, dass Rom selbst Bithynien in diese missliche Lage gebracht hat! Mithridates hätte unser Land nie angegriffen, wären die Römer nicht gewesen!"
„Liebste Helena", erwiderte Iuncus mit zynischem Grinsen. "Du weißt selbst nur zu gut, dass deinem Vater der männliche Nachfolger fehlt und du als Tochter nicht..."
Ein hoher Offizier der bithynischen Palastwache unterbrach das Wortgefecht mit zackigen Schritten und laut scheppernder Rüstung. Er

betrat würdevoll den Thronsaal, salutierte und machte dem König Meldung: „Gaius Julius Caesar bittet um eine Audienz im Thronsaal, mein König!"

„Oh, er ist schon hier! Wie schön!"

Nicomedes strahlte und gab dem Wachmann ein Handzeichen.

„Soll natürlich sofort eintreten!"

„Aber...", setzte Iunius Iuncus an. Nicomedes aber bedeutete ihm mit einer einzigen Kopfbewegung zu schweigen.

Unwillig und mit rotem Kopf fügte sich der Römer.

Iuncus war ein wohlgenährter, rundlicher Mann von gut vierzig Jahren, mit vollem Haupthaar, aber faltenlosen, weibischen Gesichtszügen. Seine Intelligenz und vor allem Boshaftigkeit durfte aber trotz des onkelhaft-biederen Aussehens niemand unterschätzen. Die kleinen Schweinsäuglein in diesem rundlichen Gesicht verrieten Tücke. Außerdem war Iuncus bekannt dafür, Roms neu gewonnene Provinzen mit eiserner Hand auf Kurs zu bringen. Jeder in der Stadt wusste um die Gründe, warum er schon seit Monaten in Nicomedia weilte.

Zwei junge, attraktive Männer, Römer durch und durch, betraten nun den Thronsaal, in ehrfürchtigem Abstand vom Wachoffizier begleitet.

Den blonden Begleiter des gebieterisch voranschreitenden Dunkelhaarigen mit dem hohen Haaransatz kannte niemand. Letzteren aber jeder einzelne der Anwesenden.

König Nicomedes erhob sich schwerfällig und unter einem Stöhnen von seinem Thron, um dem Freund möglichst aufrecht entgegenzugehen.

„Julius, mein lieber guter Freund! Wie schön, dass du uns nach so langer Zeit wieder aufsuchst!", rief er und breitete die Arme aus. Julius Caesar und König Nicomedes umarmten sich lange und innig, was von einer sehr tiefen Freundschaft zeugte. Und das, obwohl der König doppelt so alt gewesen war. "Ich freue mich so sehr."

„Mir geht es ganz genauso, mein König“, sagte Caesar und umarmte seinen väterlichen Freund wieder und wieder.
Helena folgte ihrem Vater langsam. Sie stand Caesar lächelnd gegenüber und reichte ihm mit einer grazilen Bewegung die Hand, die er auffallend sanft ergriff.
„Ich freue mich natürlich auch, dich wiederzusehen, Julius”, hauchte sie, fast unhörbar für die anderen Anwesenden. Der Blick, den sie ihm bei diesen Worten gönnte, sprach Bände.
Nur der Prokonsul stand noch immer unbeweglich am Fenster und musterte übellaunig und abweisend die eintretenden Männer und das Schauspiel dieser innigen Begrüßung.

Unser mehrtägiger Gewaltritt von Pergamum[75] nach Nicomedia im Königreich Bithynien war beschwerlich und aufgrund der Hitze dieses Sommers nur mit häufigen Erholungspausen zu bewältigen gewesen.
Die starken inneren Zweifel bezüglich des Schicksals der gefangenen Piraten, die mich während der Rückreise von Lykien nach Pergamum gequält hatten, ließ ich erneut und vor allem gerne in den Hintergrund treten. Ich war seit der Aufhebung meiner Verlobung durch Claudia leider sehr professionell im Verdrängen für mich unangenehmer Vorgänge und Tatsachen geworden.
Julius Caesar jedenfalls hatte die gefangenen Piraten erst einmal in Pergamum einkerkern und von Vatia‘ s Truppen streng bewachen lassen. Da sich der Statthalter Roms für die Provinz Asia und für Bithynien aber schon einige Zeit in Nicomedia aufhielt, war es erforderlich geworden, dass wir uns auf den Weg machten. Der Plan war, als unauffällig reisende

[75] Pergamon, antike Königsstadt in Kleinasien, per Testament des letzten Königs den Römern zugefallen und Teil der neuen Provinz Asia

Zivilisten ohne Probleme nach Bithynien einzureisen und mit Iunius Iuncus die weitere Vorgehensweise abzusprechen.
Mein Gefährte kannte die Gegend und auch Nicomedia gut, hatte er doch geraume Zeit hier gelebt. Der mehrtägige Ritt durch die eher trockenheißen Gebiete Richtung Nordosten hatte uns erschöpft und dehydriert. Wir waren beide froh gewesen, die imponierende Stadtmauer Nicomedias im rötlichen Schein der aufgehenden Sonne erblicken zu können.
Der Wirt unserer Pension hatte sich jedenfalls wie ein Kind über Caesars Eintreffen gefreut, der früher bei ihm des Öfteren einen über den Durst gebechert hatte. Nun wohnten wir sogar in seinem Hause, was ihn überglücklich machte.
Schon am darauffolgenden Tag hatte Caesar vor, seinem alten Freund, dem König von Bithynien, in dessen Palast einen Besuch abzustatten. Und zwar bevor er sich mit dem römischen Statthalter über die Hinrichtung der gefangenen Piraten verständigen wollte.
Ich staunte nicht schlecht über den Palast des Monarchen dieses eher kleinen, abgelegenen Königreiches: Marmor, Sandstein, edle Hölzer, große und hohe Säle, griechischer Stil gepaart mit orientalisch anmutendem Reichtum an Ornamenten und Farben - und drei Personen, die uns gespannt erwarteten.
Ein sehr krank aussehender Mann, sicher der König, erhob sich schwerfällig von seinem Amtsstuhl und kam auf uns zu, gefolgt von einer jungen, unfassbar attraktiven Frau.
Etwas abseits stand ein edel gekleideter, in wundervollste römische Handarbeit gehüllter Mann. Ich vermutete den Prokonsul in diesem Herrn, der uns äußerst unfreundlich musterte.
„Julius, mein lieber guter Freund! Wie schön, dass du nach so langer Zeit den Weg in deine zweite Heimat wiedergefunden hast", hörte ich den König mit rauer Stimme freudig sagen, bevor sich Julius Caesar und

König Nicomedes lange und innig umarmten. Ich spürte die sehr tief gehende Freundschaft zwischen den beiden altersmäßig so unterschiedlichen Männern. „Ich freue mich sehr."

„Mir geht es ganz genauso, mein König", erwiderte Caesar strahlend und umarmte den Freund erneut, diesem sehr persönlichen Freund, von dem mir Caesar während unseres Rittes schon viel erzählt hatte.

Die Begrüßung war sehr herzlich, gab mir als Außenstehenden aber Gelegenheit, den weiterhin still beobachtenden, abseits verweilenden römischen Herrn weiter im Auge zu behalten und seine Reaktionen einzuschätzen.

Er kochte sichtlich vor Wut und blickte uns offen feindselig an.

Verschwiegen hatte mir Caesar die junge Frau, die dem König langsamen Schrittes gefolgt war und meinem Gefährten nun lächelnd gegenüberstand. Ich beobachtete amüsiert, wie sie ihm mit einer grazilen Bewegung die Hand reichte, die er auffallend sanft ergriff.

Natürlich spürte ich sofort, dass nicht nur die Politik meinen Freund hatte so lange in Nicomedia verweilen lassen. Ich vermutete, dass die beiden sich sehr nahegekommen waren.

Caesars Bedarf an schönen Frauen war ja hinlänglich bekannt und sogar schon in der römischen Öffentlichkeit ein schlüpfriges Thema gewesen.

„Ich freue mich natürlich auch, dich wiederzusehen, Julius", hauchte sie fast unhörbar. Die Blicke der beiden umgarnten sich. Sie ließ ihre grünen Augen in den azurblauen Caesars versinken und ein mildes Lächeln bewies die noch immer innigen Gefühle der Prinzessin für Caesar.

Mein Gefährte überraschte mich einmal mehr, denn seine ansonsten gern und üppig gezeigte Arroganz wich ebenfalls einem warmen Lächeln, was mich sofort überzeugte, dass er für die junge Dame eine sehr tief gehende Zuneigung empfand.

„Liebste Helena", sagte Caesar schließlich und wies auf mich. „Dies ist mein sehr guter Freund Manius Fabius Germanicus. Er ist Offizier in

der Legion. Wir haben schon einiges zusammen erlebt in den letzten Monaten. Manius, König Nicomedes IV. muss ich dir nicht vorstellen. Und dies hier ist seine liebe Tochter, Prinzessin Helena.“
Ah, daher wehte der Wind.
Ich hätte es mir eigentlich denken können.
Gut erzogen verbeugte ich mich tief vor dem König und seiner Tochter und nahm die weiche Hand der jungen Prinzessin, die sie mir nun ebenfalls reichte.
„Ein Freund von Julius ist auch unser Freund“, sagte sie mit einem freundlichen Nicken. „Deshalb sei auch du in unserem Land willkommen.“
„Das ist sehr freundlich“, erwiderte ich respektvoll. „Es ist mir eine Ehre, in eurem Lande sein zu dürfen. Darf ich auch erfahren, wer der Herr dort hinten am Fenster ist?“
Das Gesicht dieses Römers verdüsterte sich weiter, während Caesar, König Nicomedes und Prinzessin Helena süffisant grinsten - und schwiegen.
Ich verließ die kleine Gruppe und wandte mich dem Römer zu. Der Mann fühlte sich, das zeigte der wütende Ausdruck seines Antlitzes überdeutlich, durch das offensive Verhalten eines kleinen Seeoffiziers düpiert.
„Ich bin Manius Fabius Germanicus“, sagte ich und ging freundlich lächelnd auf ihn zu. „Optio der römischen Legion.“
Mein Gegenüber fing sich nun emotionell und trat ebenfalls ein paar Schritte auf mich zu. Seine kleinen Schweinsäuglein glühten mir jedoch böse entgegen.
„Wie schön, Optio“, erwiderte er und wandelte stolz mit leicht ausgebreiteten Armen an mir vorüber, ohne mich weiter zu beachten. „Mein lieber Caesar, wie freue ich mich, dich wiederzusehen! Was führt dich denn so unverhofft nach Nicomedia?“

Natürlich war das Marcus Iunius Iuncus, der römische Prokonsul. Er zeigte mir, von einem kleinen Optio angesprochen zu werden war unter seiner Würde.
Seine gepflegte Abneigung war mir künftig aber sicher.
Breit grinsend wandte ich mich um und folgte dem Mann zu der kleinen Gruppe. Julius Caesar hatte ihn inzwischen begrüßt, war aber nicht auf seine Frage eingegangen. Er zwinkerte mir nur vergnügt zu, unmerklich für die anderen.
„Eine glückliche Fügung, dass wir uns wieder hier begegnen, aber ich bin ein vielbeschäftigter Mann", schwadronierte Iuncus. „Leider muss ich mich nun zurückziehen. Es warten noch einige wichtige Termine auf mich. Wir sehen uns morgen Vormittag in meinem hiesigen Domizil, verehrter Caesar? Mein König...! Prinzessin...!"
Damit verbeugte er sich tief, aber nicht zu tief, und eilte mit durchgedrücktem Rückgrat aus dem Thronsaal.
„Er hat sich nicht verändert", murmelte Caesar und schüttelte den Kopf. „Er ist noch immer dieselbe gefährliche Schlange, die sich als verweichlichter Bürokrat tarnt."
„Eine sehr gefährliche Schlange, Julius, mehr denn je", fügte der König müde hinzu. „Aber lass uns über dich sprechen. Kommt bitte mit uns in meine Privatgemächer. Bei einem Glas guten Weins und herrlichen bithynischen Essens lässt sich besser plaudern als in diesem kalten Thronsaal."

Zwei Stunden später saßen wir an einem üppig mit verschiedensten Fleisch- und vegetarischen Gerichten gedeckten Tisch und frönten der Völlerei. Caesar schilderte unser bisheriges Abenteuer mit den Piraten vergnügt in allen Einzelheiten, während ich mich den üppigen Gaumenfreuden hingab.

Der König blühte auf in der Gesellschaft Caesars. Sein bisher trüber Blick klärte sich mehr und mehr auf.
Die bildhübsche Helena trug nur wenig zu den Gesprächen der beiden Männer bei, ebenso wie ich. Ich beobachtete sie unmerklich. Sie wandte den Blick ihrerseits kaum einmal ab von meinem Gefährten. Die junge Frau lächelte warmherzig und hing an seinen Lippen, doch ihr Blick hatte sich verändert. Ihre Augen versprühten nicht mehr die anfängliche Freude über seinen Besuch, sondern wechselten zu einer Traurigkeit und Besorgnis, die mich spüren ließ, dass da noch mehr war. Viel mehr! Etwas, das sie überrollte, je länger sie Julius ansah.
Schließlich erhob sie sich wortlos und ging zu einem der in einiger Entfernung befindlichen, großzügigen Fenster, die den Blick in den Garten des Palastes erlaubten. Eine ganze Weile stand sie dort mit gesenktem Blick.
Sie weinte stille Tränen.
Nicomedes und Caesar waren in ihre Gespräche vertieft und nahmen nicht wahr, dass ich mich ebenfalls erhoben hatte und Helena langsam gefolgt war. Sie bemerkte mich, tupfte sich schnell die Augen und zeigte mir ein merklich verschämtes, sehr künstliches Lächeln.
„Alles in Ordnung?" fragte ich besorgt.
Helena musterte mich misstrauisch.
„Ich weiß, es geht mich gar nichts an und wir kennen uns erst sehr kurz", fuhr ich fort und versuchte ein schiefes Grinsen. „Aber ich kann eine mich beeindruckende Prinzessin nun mal nicht weinen sehen. Ich muss dann sofort etwas dagegen unternehmen. Es ist wie ein Zwang..."
Nun lächelte sie erneut. Diesmal allerdings war es ein echtes, nachsichtiges Lächeln.
„Du hast meinen Kummer bemerkt? War das so offensichtlich? Wie unvorsichtig von mir..."

„Nein, nicht offensichtlich, aber ich habe ein ziemlich gutes Gespür dafür, wenn jemand bedrückt ist. Und du bist es. Etwa wegen Julius?"
Sie wandte ihren Blick von mir ab und sah erneut hinaus in den Garten.
„Also wegen Julius", bestätigte ich mir selbst meine Annahme und nickte voller Besorgnis. „Kann ich etwas tun? Julius ist mein Freund und er legt großen Wert darauf, dass ich ihm immer die Wahrheit sage."
Sie lächelte wieder und sah mich entschuldigend an.
„Das ist sehr freundlich von dir. Du bist ihm ein wahrer Freund." Sie berührte dankbar meinen Arm. „Leider kann ich deine Hilfe nur ablehnen. Ich muss eine Entscheidung treffen, die mir niemand abnehmen kann. Nicht einmal mein lieber Vater, dem ich alles bedeute. Bitte geh wieder."
„Wenn du meine Hilfe brauchst, bin ich für dich da", sagte ich sanft. „Ich möchte, dass du das weißt."
Ich wandte mich ab und entfernte mich ohne ein weiteres Wort.
Der Gastgeber und sein Freund hatten meine Abwesenheit scheinbar nicht bemerkt. Ich hatte nicht vor, mich in fremde Angelegenheiten hineinzudrängen und nahm am Tisch Platz. Aber das Herzeleid der Prinzessin bezog sich auf meinen Gefährten.
Irgendwie fühlte ich mich deshalb verantwortlich.
„...nutzen ihre Chancen, durch Provokationen oder Einflussnahme, durch gezielte Propaganda oder gar politische Morde, die Geschicke der Republik und möglichst viel Geld in die eigenen Taschen zu lenken", propagierte Caesar in seiner gewohnt präzisen, analytischen Art, während ich mir Wein nachschenkte.
„Aber was führt dich zu der Annahme, eine fest gefügte Struktur, eine Organisation könne dahinterstecken?", fragte Nicomedes und sah Caesar weiter skeptisch an. Helena hatte sich sichtlich beruhigt und ebenfalls wieder zu uns gesetzt.

„Weil mir jemand angedeutet hat, es gäbe eine Gruppe einflussreicher Männer, die ihre Aktionen koordinieren. Mein Onkel Quintus Aurelius, seines Zeichens Legatus Classicus in Misenum, hat mir gegenüber einiges durchblicken lassen, als er mir die Möglichkeit gab, Italien mit Manius' Schiff zu verlassen. Er nannte weder Namen noch Details. Das wäre für ihn zu gefährlich gewesen. Aber es genügte, um mir deutlich zu machen, dass es besser war, einige Zeit zu verschwinden."

„Und was geht dich das alles überhaupt an, Julius?", äußerte sich Helena nun kühl und provokant. „Das Wohl des römischen Staates liegt nur wirklich nicht in der Verantwortung eines jungen Mannes bar jeden Geldes und Einflusses."

Alle schwiegen für einen kurzen Moment.

Caesars Gesicht blieb unbewegt, aber ich kannte ihn schon so gut, um wahrzunehmen, dass in ihm das Feuer des geborenen Anführers zu lodern begann. Er hatte die Macht von Sullas Erben, den Männern im Hintergrund, am eigenen Leibe zu spüren bekommen und für einige Zeit ins Exil außerhalb Italiens gehen müssen.

„Ihre eigennützigen Aktionen richten sich gegen die Interessen der Republik und erschüttern die vier Säulen Roms in ihren Grundfesten, liebste Helena", begann er. „Heutzutage führen einflussreiche Römer Gespräche mit kilikischen Piraten. Ein Mitglied der Gens Julii wie mich darf das nicht kaltlassen. Nur mithilfe dieser Leute hat zum Beispiel eine Kreatur wie dieser Sulla die Möglichkeit gehabt, unsere Republik als Diktator unter seine Kontrolle, die Kontrolle seiner Paladine zu stellen."

„Und wer sollen diese Männer sein, diese geheime Macht?", fragte König Nicomedes zweifelnd. Er glaubte nicht an ein derartiges Ausmaß einer Verschwörung in Rom. Schließlich hatte er so manchen ehrbaren Senator oder Politiker während seines Exils kennengelernt. Natürlich auch Leute wie Marcus Iunius Iuncus.

Aber die gab es überall auf der Welt.

„Ich weiß es nicht", entgegnete Caesar und hob die Schultern. „Noch nicht. Es sind jedenfalls Männer, von denen du es am wenigsten erwartest."

Helena wirkte wieder sehr in sich gekehrt, war inzwischen aufgestanden, an Caesar' s Worten auffallend desinteressiert, und hatte den Raum mit ernster Miene verlassen.

Nur ich hatte es bemerkt, während Caesar und König Nicomedes sich weiter in dessen Verschwörungstheorien ergaben. Für einen Moment lang war ich versucht, ihr zu folgen, entschied mich aber dagegen. Ihr Leid war zu privat, als dass sie es mit einem Fremden wir mir zu teilen gewillt war.

Außerdem hatte ich nicht vor, Argwohn bei unserem Gastgeber oder meinem Gefährten zu wecken. Die Bithynier waren griechischen Ursprungs und als unverheirateter Mann einer unverheirateten Frau zu folgen konnte fatale Folgen für denjenigen haben, der dies wagte.

Nach fünf Minuten erschien Helena wieder.

Aber sie war nicht allein.

„Mein lieber Julius, Helena möchte dir meinen Enkelsohn vorstellen", unterbrach der König die ausufernde politische Diskussion, die Caesar, sehr ungewöhnlich für ihn, bereits mit hochrotem Kopf führte. Nicomedes nickte seiner Tochter aufmunternd zu. Noch immer ziemlich in Rage wandte mein Gefährte den Kopf und erstarrte verblüfft.

Der pausbäckige Junge, den Helena an der Hand führte, war etwa drei Jahre alt und ein zuckersüßes Kerlchen. Ich registrierte sofort die grünen Augen Helenas und, mit allergrößtem Erstaunen die eindeutigen Gesichtszüge des Mannes, der mir inzwischen wohl vertraut war. Der Kleine war es also, der die Prinzessin grübeln und sogar hatte weinen lassen.

Meine Überraschung hielt sich in Grenzen, denn ich hatte ja bereits gewusst, wie sehr etwas die Prinzessin bedrückte.
„D... Deinen... Enkel?"
Zum ersten Mal in all den Wochen unseres Beisammenseins sah ich Gaius Julius Caesar fassungslos. Ihm stand der Mund offen.
„Ja", lachte Nicomedes und breitete die Arme weit aus, in die der kleine Junge freudig lachend hineinlief. „Wir haben ihm den Namen seines Vaters gegeben."
Nicomedes umarmte den Jungen liebevoll.
„Und... der... wäre?"
Caesar schluckte schwer.
„Gaius natürlich. Was glaubst du?", sagte Helena leise. Nun hatte sie das Wort ergriffen, löste den Jungen behutsam aus den Armen ihres Vaters und schritt mit ihm langsam um den Tisch herum. Wieder standen Tränen in ihren tiefgrünen Augen.
„Aber Gaius... Das ist mein... Dann ist er...!"
„Dein Sohn, ja. Das ist er."
Eine einzelne Träne rollte Helenas Wange hinab.
Und Caesar schluckte sichtlich einen dicken Kloß im Hals hinunter. Die Prinzessin küsste den Kleinen auf die Wange.
Caesar erhob sich schwankend und umarmte die Prinzessin und den Kleinen behutsam, was bei ihr alle Dämme brechen ließ. Sie vergrub ihr Gesicht hemmungslos schluchzend in seiner Schulter.
Caesar hielt sie minutenlang sichtlich erschüttert im Arm, während Helena bemüht war, ihre Emotionen wieder in den Griff zu bekommen und sich langsam aus seiner Umarmung zu lösen.
„Ich möchte meinen Sohn gerne halten", sagte Caesar heiser. Helena nickte und übergab den Jungen mit glänzenden Augen in die Arme seines Vaters. Der kleine Gaius grinste freundlich distanziert.

„Du heißt auch Gaius? So wie ich?", fragte der Junge mit heller Stimme. Caesar nickte stumm und setzte ihm einen dicken Kuss auf die rote Wange. Ein glückliches und sehr stolzes Lächeln formte sich um seine Mundwinkel, das sich mehr und mehr über sein ganzes Gesicht ausbreitete. Caesars azurblaue Augen strahlten, wie ich es vorher noch nie bei ihm gesehen hatte.
Welch einen einmaligen, glücklichen Abend erlebten wir gerade! Ein Juwel von einem Abend, wie er schöner nicht sein konnte.
Auch in Nicomedes' Augen sammelten sich Tränen der Freude.
Wir saßen noch Stunden zusammen, tranken und redeten, während Caesars Sohn vor unseren Füßen mit Holzklötzchen spielte und zumeist umsonst versuchte, sie hoch aufzustapeln.
Liebevoll wanderte Caesars Blick immer wieder zu Helena und dem niedlichen Kleinen hinüber, wenn dessen Türmchen mal wieder zusammengebrochen war und er vergnügt gluckste und lachte.
In diesen Stunden fühlte ich mich wohl. Wohler als je zuvor.
Meine Gedanken flogen wie Zugvögel zurück in die Heimat.
Rhegium.
Meine wunderhübsche Claudia erschien vor meinem geistigen Auge. Mir wurde in diesen gefühlvollen Momenten bewusst, dass ein Leben neben Abenteuer, Kampf und Selbstbehauptung in dieser chaotischen Welt des Schreckens und des Todes noch etwas anderes bieten konnte: eine wahre Liebe.

Es war der sechsundsiebzigste Tag nach Auslaufen der ‚Imperium III' aus dem Hafen von Rhegium.
„Gaius Julius Caesar und Optio Manius Fabius Germanicus wünschen dich zu sehen, mein Prokonsul!", rief der Centurio der römischen Wachmannschaften schneidig, nachdem er das Dienstzimmer von

Marcus Iunius Iuncus stramm und mit militärischem Gruß betreten hatte. Seine Stimme hallte laut an den hohen Marmorwänden wider.
„Danke! Sollen eintreten!“, hörten wir Iuncus mit seiner hohen Fistelstimme sagen und setzten uns in Bewegung.
Wir hatten heute Morgen unsere strapazierfähige Kleidung gegen edle Tuniken aus dem Königshaus getauscht, denn Helena hatte gemeint, Iuncus ließe sich davon durchaus beeindrucken. Er sei ein Mann, der bei seinem Gegenüber sehr wohl auf Äußerlichkeiten achte. Dem widersprach Caesar allerdings vehement. Er kenne Iuncus schon zu lange, meinte er, um diesen Mann noch mit einer Banalität wie erlesener Kleidung beeindrucken zu wollen.
Ich kannte Caesar allerdings von einer anderen Seite, seine gepflegte, pfauenhafte Arroganz Dritten gegenüber war schließlich sprichwörtlich und mir wohlbekannt.
Helena beharrte genau deswegen auf ihrem Standpunkt und da ich mich über den kleinen Zwist amüsierend gern fügte, folgte er schließlich murrend meinem Beispiel.
Der Amtssitz des römischen Statthalters in Nicomedia präsentierte sich als protziges, sandsteinernes Verwaltungsgebäude im klassisch-griechischen Baustil, mit seinen Säulen, Giebeln und Fresken. Diese Machtdemonstration der Römer reckte sich direkt in der Stadtmitte und unweit des Königspalastes, des Zeus Tempels und des Hafens in den Himmel Bithyniens. Sie bot viel Platz für viele römische Bürokraten. Iuncus hatte sie mit seinem Erscheinen in Nicomedia in großer Zahl importiert.
Direkt daneben hatte eine Kohorte seiner persönlichen Wachmannschaften Quartier bezogen. Diese von ihm hoch bezahlte Elitetruppe war ihm seit langer Zeit treu ergeben und hatte für Iuncus‘ persönliche Kasse schon während des Aufbaus der neuen Provinz Asia

chirurgisch präzise Einsätze gegen widerborstige Steuerverweigerer und aufständische Bauern in unerbittlicher Präzision durchgeführt.
So wimmelte der gesamte Amtssitz nur so von hochgerüsteten Legionären, die jede Tür zu zweit bewachten, einer rechts, einer links, natürlich auch diejenige zum Amtszimmer des Statthalters.
Iuncus saß zurückgelehnt hinter einem wertvollen Tisch aus schneeweißem Marmor. Sein wichtiges und übergewichtiges Hinterteil räkelte sich in einem Sessel aus feinstem Rindsleder.
Iuncus erwartete uns mit einem feisten Lächeln. Ich erkannte in seinen kleinen Augen tiefste Abneigung, aber auch einen Hauch von Neugier.
„Mein lieber Julius Caesar...!“, rief er scheinbar erfreut, erhob sich und eilte um den Marmortisch herum, um den Gast mit ausgebreiteten Armen zu begrüßen. „Wie schön, dich hier in meinem Hause zu sehen. Heute können wir endlich wie Römer miteinander sprechen, in unserer wunderbaren Sprache, ohne diese Bithynier.“
Die beiden Männer begrüßten sich mit einer angedeuteten Umarmung. Mir hingegen nickte der Prokonsul nur leicht zu, ignorierte mich ansonsten vollständig.
Ich hatte auch nicht vor, die Hauptrolle in diesem Theaterstück der Eitelkeiten zu spielen und begnügte mich gern mit dem Dasein des beobachtenden Zuschauers, der Ausgänge und Fluchtwege im Auge behielt. Man konnte ja nie wissen.
Wir nahmen nun vor dem Marmortisch Platz, dem Statthalter gegenüber, und Iuncus bestellte Wein. Schon kurz darauf kam ein Sklave mit einer mächtigen Karaffe und drei Trinkbechern herein, die er in devoter Haltung sofort randvoll füllte und sich dann unauffällig trollte.
„Die Nachricht von deiner entsetzlichen Gefangennahme durch eine der kilikischen Räuberbanden hat mich wirklich entsetzt, lieber Julius“, meinte Iuncus schließlich in lockerem Plauderton, nachdem er den Wein gekostet und für ausgezeichnet befunden hatte. „Eine wirkliche Plage

für meine Provinz ist das. Ich bin überglücklich, dass wir das Lösegeld auftreiben und du diese abscheuliche Geschichte überstehen konntest." Er setzte den Weinbecher an die Lippen, trank ein paar Schlucke und fixierte Caesar währenddessen mit seinen Schweinsäuglein.

„Was hat dich übrigens erneut nach Bithynien, in diese recht abgelegene Ecke der Welt verschlagen?"

„Ursprünglich nur eine Bildungsreise, verehrter Prokonsul, die leider, wie du schon sagtest, nicht so verlaufen ist, wie ich mir das gewünscht hätte."

„Das tut mir sehr leid. So darf ich vermuten, du bist in rein privater Mission in Bithynien und dein Besuch bei mir ist nur ein Höflichkeitsbesuch. Ein kleiner Erholungsurlaub, nach den Strapazen der Gefangenschaft? Vielleicht... die Liebe?"

Iuncus' joviales Geplauder zeigte uns heute, im Gegensatz zu unserer ersten Begegnung im Palast des Königs, das gewinnende Gesicht eines Politikers auf Stimmenfang in Rom in vollendeter Form. Und doch ließ er nach Caesars Hinweis auf die misslungene Bildungsreise ungewollt ein spürbar wachsendes Desinteresse sehen.

Caesar parierte Iuncus aufgesetzt freundliches Gehabe jedoch erfolgreich mit seiner natürlichen Aura und einer distanzierten Freundlichkeit, die mich leicht schmunzeln ließ.

Unsere Anwesenheit wurde Iuncus allmählich unangenehm, da ich fortgesetzt schwieg und Caesar im Grunde wiederholt Plattitüden zu unserer schrecklichen Gefangenschaft von sich gab.

„Um deine Fragen zu beantworten, lieber Marcus", meinte Caesar schließlich, und seine Augen blitzten herausfordernd auf. „Mein Gefährte und ich sind nicht zu unserem Vergnügen hier. Im Gegenteil. Ich habe nämlich die betreffenden Piraten allesamt in sicherem Gewahrsam und bitte nun um deine Erlaubnis als Prokonsul für Asia, die Gefangenen allesamt kreuzigen zu dürfen."

Stille.

Regungslosigkeit.

Verblüffung.

Iuncus saß uns mit ungläubig aufgerissenen Augen und offenem Mund fassungslos gegenüber und war mehrere Augenblicke lang völlig sprachlos, geradezu entrückt.

„Du scherzt, mein lieber Julius“, brachte er schließlich hervor und seine Stimme wurde noch fisteliger. Ein fragendes, künstliches Lächeln schlich sich auf sein feistes Gesicht. Seine Pausbäckchen röteten sich weiter und er lehnte sich schließlich über den Tisch.

„Du solltest mich besser kennen“, entgegnete Caesar gelassen und faltete die Hände über dem Bauch, wobei sich die Spitzen seiner ausgestreckten Zeigefinger berührten. „Ich scherze nie, wenn es um die Sicherheit römischen Besitzes geht.“

Iuncus Fassungslosigkeit ließ mich innerlich schmunzeln.

„Das heißt, du hast tatsächlich mal eben auf die Schnelle...“

„...eine Flotte zusammengestellt, die Piraten, die mich gefangen hielten, angegriffen und besiegt und in Pergamum festgesetzt. Ja, habe ich!“

Caesars fester Blick fixierte sein Gegenüber.

„Ich hatte ihnen versprochen, sie zu kreuzigen, wenn ich freikäme. Ich pflege meine Versprechen zu halten und bin nun hier, um mir deine Zustimmung für die Hinrichtung der Verbrecher zu holen.“

Der Prokonsul griff entgeistert nach der Weinkaraffe, füllte wortlos seinen Becher und trank ihn vollständig leer.

„Du hast sie also alle gefangen“, murmelte er leise und genoss schmatzend den fruchtigen Nachgeschmack des Getränks. „Was ist mit ihrem Versteck und ihren Schiffen?“

„Verbrannt oder ausgeräuchert und nicht mehr nutzbar für die Piraten. Sie werden nicht wieder aufstehen.“

Das stimmte zwar so nicht ganz, aber ich sagte nichts dazu und beobachtete Iuncus Reaktionen. Er fing sich jetzt nämlich zusehends und recht flott machte die Überraschung der Neugier und vor allem einer sichtlich unmäßigen Gier Platz.

Der Wolf in ihm witterte gute Beute.

„Was ist mit den Lösegeldern, die die Halunken kassiert haben? Wo sind die? Du warst nicht ihr erster Gefangener. An der Küste werden ständig Lösegeldforderungen für römische Bürger erhoben..."

Die Überraschung war nun vollends überwunden und seine Schweinsäuglein glimmten schon wieder gefährlich, was Caesar nicht entging. Er bremste nun Iuncus gehörig ein.

„Nicht der Rede wert. Wahrscheinlich werden die Lösegelder sofort in ihre Hauptstadt Coracesium gebracht, wenn sich die Halunken ihren eigenen Anteil abgezweigt haben. Wir haben nur die Männer selbst erwischt."

Der Prokonsul erhob sich und ging langsam hinter seinem Tisch hin und her.

„Und du bist dir ganz sicher, dass du nur die Piraten hast? In ihrem Versteck hast du nichts weiter gefunden?"

„Ich bin mir ganz sicher, nicht wahr, Manius?"

„Absolut sicher, mein Prokonsul", richtete ich erstmalig das Wort an Iuncus. „Ich habe mit unseren Männern das Piratennest auf den Kopf gestellt, um für Rom einiges von den Lösegeldern zurückzugewinnen. Aber wir haben nichts Wesentliches gefunden. Selbst das für Julius gezahlte Lösegeld war verschwunden."

„Ihr werdet doch die Kerle verhört haben! Was hat ihr Anführer verraten?"

„Er hat uns gesagt, höhergestellte Führer aus Coracesium hätten das Geld sofort eingezogen."

Iuncus schluckte diese Lüge offenbar vorläufig und ging, weiter an mich gewandt, auf die Piraten selbst ein.
„Ihr habt also nur die Männer in Gewahrsam“, erwiderte Iuncus und nickte. „Warum habt ihr sie nicht gleich per Schiff nach Nicomedia zu mir gebracht? Dann hättet ihr euch die beschwerliche Reise über Land ersparen können.“
„Das erschien uns viel zu unsicher“, antwortete ich. „Überall in diesen Gewässern lauern die Komplizen dieser Leute. In Pergamum hingegen sind sie sicher untergebracht und werden von zuverlässigen Leuten bewacht.“
„Hm...“, knurrte Iuncus und ging mit hinter dem Rücken verschränkten Armen immer wieder auf und ab. „Hm...“
Mit einem Seufzer ließ er sich wieder auf seinen Sessel fallen, beugte sich in überaus wichtiger Pose über den Tisch, stützte die Ellenbogen auf, faltete nachdenklich die Hände - und schwieg.
Während Julius Caesar kühl und mit undurchdringlicher Miene Iuncus’ Antwort abwartete, führte dieser sein inneres Ringen um eine Lösung in diesem Falle als dramaturgisch vollendetes Theaterstück auf. Sein gönnerhaftes, recht entlarvendes Grinsen konnte man allerdings diesbezüglich eher als Entgleisung seiner Gesichtszüge bewerten.
Trotz der hohen Position, die er für Rom in Vorderasien bekleidete, konnte er sein Innerstes nicht wirkungsvoll verbergen. Nun war der Überraschung über Caesars Coup die blanke Gier als tückisches Glühen im Blick seiner Äuglein gewichen.
Iuncus Bestreben war ausschließlich, sich maximalen Profit zu sichern und uns leer ausgehen zu lassen.
Seine Antwort war deutlich. Ihm war anzusehen, dass er eine Entscheidung getroffen hatte, bei der einzig er selbst der große Gewinner sein sollte.

„Kreuzigung abgelehnt!“, sagte er mit deutlicher Schärfe in der Stimme. „Ob wir ein solches Hinrichtungsspektakel veranstalten, entscheide ich, wenn ich mir die Gefangenen und die Situation selbst angesehen habe. Durch die Kriege der Vergangenheit und die schrecklichen Pogrome an der römischen Zivilbevölkerung in Ephesus ist das Gebiet noch lange nicht befriedet. Ich befürchte durch eine Massenhinrichtung erneuten Aufruhr. Ich denke, du verstehst, mein lieber Julius.“

„Das Piratenproblem in den asiatischen Seegebieten wird durch demonstrative Milde Roms aber nicht...“, ergriff ich erneut das Wort und meine Empörung wuchs.

Ich wurde jedoch von Caesar durch ein kaum sichtbares Handzeichen unterbrochen. Gelassen und ohne eine Regung seiner noch immer undurchdringlichen Miene sagte er: „Ich kenne die Situation in diesen Breiten und selbstverständlich respektiere ich deine Entscheidung, lieber Marcus. Wann wirst du in Pergamum eintreffen, um deine endgültige Entscheidung zu treffen?“

„Ich habe vor, in einer Woche nach Pergamum zu reisen“, erklärte Iuncus. Er nahm die Antwort Caesars sichtlich zufrieden zur Kenntnis und erhob sich freundlich lächelnd. „Ich bin sehr froh, dass du gedenkst, meine Entscheidung zu respektieren. Im Übrigen habe ich sehr viel zu tun. Wir sehen uns dann in Pergamum, mein lieber Julius.“

Die Audienz beim Prokonsul war damit beendet.

„Der Centurio wird euch hinausbegleiten.“

Kopfnicken, leichte Verbeugungen und Iunius Iuncus schleimiges Grinsen waren die einzige Verabschiedung, bevor wir dem Centurio durch hoch gebaute, lange Gänge mit edlen weißen Götterstatuen zum Ausgang folgten.

Die Statuen schienen mir mit den Augen zu folgen und hämisch zu grinsen, mich geradezu auszulachen. Ich war wütend.

Bald schritten wir wortlos die breite Treppe vor dem Gebäude hinunter und bogen nach kurzer Zeit in die enge Gasse ein, die zu unserer Unterkunft führte. Die Hitze des Tages war schon im Dienstzimmer des Statthalters zu spüren gewesen. Ich hatte längst zu schwitzen begonnen. Caesar legte einen überaus schnellen Schritt vor.

Ihm war keinerlei Ärger ins Gesicht geschrieben, aber sein flottes Lauftempo durch die überhitzten Gassen der Stadt sprach dafür, dass er sich maßlos ärgerte. Jedoch schwieg er weiter. Vielleicht brütete er etwas aus.

Kurz bevor wir die Taverne am Stadttor erreicht hatten, ergriff ich völlig außer Atem und schweißgebadet seinen Arm.

„Iuncus will uns übers Ohr hauen, nicht wahr? Was tun wir jetzt, Julius?“, japste ich und blieb stehen. Caesar drehte sich zu mir um und sah mir nachdenklich ins Gesicht.

„Ich arbeite dran, Manius. Ich arbeite dran.“

Iuncus hatte die ganze Zeit über in seinem Innersten getobt.

Keinen Moment lang hatte er geglaubt, dass dieser Caesar seine Entscheidung akzeptieren würde.

„Ich habe vor, in einer Woche nach Pergamum zu reisen“, sagte er deshalb. „Ich bin sehr froh, dass du gedenkst, meine Entscheidung zu respektieren. Im Übrigen habe ich sehr viel zu tun. Wir sehen uns dann in Pergamum, mein lieber Julius.“

Iuncus hatte die Antwort Caesars scheinbar zufrieden zur Kenntnis genommen und sich freundlich lächelnd erhoben.

Dieser arrogante Gaukler aus Rom, der mit mehr Glück als Befähigung ein paar Piraten aufgebracht hatte, glaubte tatsächlich, Rom - also ihn, denn nur er verkörperte Rom in dieser Weltgegend - um seinen Anteil an der Beute bringen zu können. Iuncus presste die Lippen aufeinander bei diesem Gedanken.

Von wegen, die Schätze seien weggebracht worden.

‚Für wie dumm hält dieser junge Mann mich eigentlich‘, dachte er. Diesem Möchtegern würde er, der mächtige Prokonsul Marcus Iunius Iuncus, ein Ende setzen und den **gesamten** Profit einstreichen.

„Der Centurio wird euch hinausbegleiten“, sagte Iuncus und man verabschiedete sich durch ein Kopfnicken und kurze Verbeugungen, bevor Caesar und Germanicus das Porticus nach draußen durchschritten und den Palast verließen.

‚Diese jungen Dummköpfe‘, dachte Iuncus schlecht gelaunt und seine Augen glühten böse. ‚Kommen hierher und glauben, ich überließe kindischen Flöten dieses wertvolle Kapital so einfach zur persönlichen Verfügung. Denen spucke ich in die Suppe und streiche allen Profit ein. Wie sich das gehört.‘

„Dieser Caesar ist wirklich bemerkenswert.“

Der Mann mittleren Alters, der das sagte, kam kopfschüttelnd aus einem kleinen, nicht einsehbaren Nebenzimmer, von dem aus er das Gespräch hatte belauschen können. Der Mann nannte sich Aeolus.

„Wirklich ein Jammer, dass wir ihn nicht dazu bringen können, für unseren Societas zu arbeiten. Fähige junge Männer wie ihn können wir gut gebrauchen. Und dieser Optio Germanicus... Sein Vater hat mir in Rhegium ein paar Probleme gemacht. Er ist ein sehr tapferer Mann. Und wenn sein Junge nur halbwegs nach ihm kommt...“

„Das glaubst du doch selbst nicht“, winkte Iuncus mürrisch ab und setzte sich hinter seinen Tisch. Angewidert verzog er seinen weibischen Mund. „Ich gebe ja zu, ich war etwas überrascht, als er sagte, er habe die Piraten in Gewahrsam genommen, aber Gaius Julius Caesar ist ein politischer Niemand, ein Emporkömmling ohne Rückhalt und bar jeder Fortune in Rom.“

„Ich kann dir da nicht zustimmen. Das sehe ich anders. Er hat Dolabella und einigen anderen in Rom auf die Füße getreten. Er ist jung. Er hat Charisma. Er ist sehr populär. Er fasziniert die Frauen. Er ist überaus ehrgeizig. Und schließlich hat er dieses Piratennest innerhalb weniger Tage und im Alleingang ausgehoben. Alle Welt spricht bereits davon. Nicht mal Publius Servilius Vatia hat früher so etwas geschafft."
„Vatia ist ein alt gewordener Narr", antwortete Iuncus abwinkend, zog die weichlichen Mundwinkel nach unten und goss sich einen weiteren Becher seines Weins ein.
„Caesar nicht", hielt Aeolus dagegen. „Und sein Freund Vatia ist immer noch ein sehr gefährlicher Mann."
Iuncus' Ignoranz fand er unerträglich und dieses ständige Weintrinken förderte die tiefe Abscheu, die Aeolus empfand.
Einem guten Wein war auch Aeolus zugetan, aber er mochte diesen dicklichen Widerling an sich nicht und konnte sich nur mühsam zurückhalten, ihm die Hand mit dem Weinbecher nicht einfach zu brechen. Sie würde dann nie wieder irgendetwas festhalten können.
„Servilius lauert in Milet auf seine Chance, Coracesium anzugreifen, was für das von Socius III geplante Geschäft nicht gerade förderlich wäre", fuhr er fort und ging im Raum langsam auf und ab. Er zwang sich zur Ruhe.
„Er wird dazu keine Chance erhalten", winkte Iuncus erneut ab, während der Hauch eines Grinsens auf seinem Gesicht erschien. „Schließlich bin ich der Prokonsul für Asia und Bithynien und ziehe hier sämtliche Fäden. Wenn zum Beispiel Nicomedes tot ist, was er bald sein wird, gehört Bithynien ganz und gar mir. Er wird Rom sein Reich einfach vererben."
„Vererben?"
Ungläubig sah Aeolus seinem Genossen ins feiste Gesicht.

„Ist doch ein genialer Einfall von mir, oder? Nicomedes übergibt per Testament sein Königreich in die würdigen Hände Roms. Und Rom, das bin hier ausschließlich **ich**.“

Aeolus stieß einen leisen Pfiff aus.

„Und Nicomedes’ Tochter? Was sagt die zu dem Testament, bei dem du die Hand des Königs führst?“

Er kniff die Augen zu Schlitzen zusammen.

Ein gemeines leises Kichern erklang aus Iuncus’ Mund. Er wusste nur zu gut, unter der feinen Tunika dieses Berufsmörders Aeolus, oder wie immer er auch wirklich hieß, lauerte eine eiskalte Tötungsmaschine.

Er und Aeolus waren sich ähnlich.

„Ich habe gewisse Pläne für die nächsten Tage, die ich nun erheblich früher umzusetzen gedenke, als ich ursprünglich geplant hatte, denen deine Ankunft in Bithynien sehr entgegenkommt.“

Iuncus wies auf einen der freien Stühle vor seinem wertvollen Schreibtisch.

Aeolus horchte auf.

Ein wölfisches Grinsen erschien auf Iuncus’ Gesicht.

„Ich möchte deinen Auftrag erweitern und deine Entlohnung verdoppeln.“

Wölfe waren sie beide, sich belauernd, zähnefletschend, jeder auf seinen ganz persönlichen Vorteil bedacht.

„Inwiefern?“, fragte Aeolus mit interessiertem Blick, nahm auf dem Stuhl Platz, auf dem eben noch der junge Fabius gesessen hatte, und goss sich ebenfalls einen Becher Wein ein.

Wir betraten die kleine Taverne und ließen uns im Schankraum nieder. Sofort brachte uns der Wirt ein großes knuspriges Fladenbrot, Aufstrich

und einen Krug Wasser mit zwei hölzernen Bechern. Er schätzte uns richtig ein. Wir hatten tatsächlich Kohldampf und griffen zu.
„Wir werden heute im königlichen Palast übernachten“, begann Caesar leise und sah sich im Schankraum um. Nur ein einheimischer Methusalem hockte in einer Ecke und gab sich mit seinem vollkommen zahnlosen Mund alle Mühe, kleine Stücke Brot hinunterzuschlingen. Er lächelte ihm breit zu und ließ große Stücke speicheldurchtränkten Weißbrotes sehen, als Caesar' s Blick ihn streifte. Ansonsten war der Schankraum menschenleer.
„Ich möchte noch etwas bei Helena und dem Kleinen sein“, flüsterte er mir zu. „Ihn besser kennenlernen.“
„Wir sollten zurück nach Pergamum reiten“, stellte ich dagegen fest und schüttelte besorgt den Kopf. „Ich halte das für dringend geboten, Julius. Wir haben hier nichts erreichen können, außer dass wir Iuncus auf uns aufmerksam gemacht haben.“
„Ja, und zwar so schnell wie möglich“, nickte Caesar zustimmend. Sorgfältig bestrich er ein Stück Fladenbrot mit einer Art Schmalz, hausgemacht und äußerst lecker, und schob es sich in den Mund. „Und morgen früh werden wir noch vor Sonnenaufgang losreiten.“
Ich freute mich über Caesars Einsicht.
„Wir müssen halbwegs unbemerkt aus der Stadt verschwinden und vor Marcus Iunius Iuncus in Pergamum sein“, fügte ich kräftig kauend hinzu. „Sein Nein zu der von dir geforderten Kreuzigung der Gefangenen sagt alles. Der Mann plant etwas. Er hat uns keinen Augenblick lang abgenommen, wir hätten außer den Piraten selbst keinerlei klingende Münze erbeutet.“
So packten wir wenig später unsere Siebensachen zusammen, verabschiedeten uns sehr herzlich vom Wirt und seiner Familie und führten unsere Pferde mit Sack und Pack durch die immer noch völlig überfüllten, hitzewabernden Gassen Nicomedias.

Die Diener des Königs warteten schon. Sie nahmen unsere Tiere in Empfang, um sie für den anstrengenden Ritt zu stärken.
Im Palast waren zwei Gemächer für uns vorbereitet, die wir für die kommende Nacht beziehen sollten.
Der Abend vor unserer Abreise ähnelte dem vorherigen in trauter Familienrunde. Der junge Caesar fühlte sich ausgesprochen wohl hier, zuhause, angekommen in einer Familie, die er in Rom mit einer aus politischer Opportunität geheirateten Römerin vielleicht nie wirklich gehabt hatte.
Ich war wieder stiller Beobachter und wurde doch mehr und mehr eingebunden. König Nicomedes blühte sichtlich auf.
Wir plauderten, aßen und tranken in einer Herzlichkeit, die ich unter Römern nie erlebt hatte. Sicher lag dies auch an der edlen Mentalität dieses uralten Volksstammes am Marmarameer.
Eine gern und inbrünstig gelebte Arroganz der Unbesiegbarkeit machte uns Römer distanzierter, steifer und... sehr viel barbarischer.
Ich musste es unumwunden zugeben.
Helenas strahlende grüne Augen ruhten auf meinem Gefährten. Ich spürte die Wärme und ihre Liebe, die sie für diesen Mann empfand.
Er war hier und wusste nun, dass sein kleiner Sohn immerfort in Nicomedia auf ihn wartete. Auch wenn er für längere Zeit fortging, so war sie sicher: Er würde wieder kommen. Und natürlich nicht nur wegen Gaius. Helena war eine sehr kluge Frau, eine wahrhaftige Königstochter, stolz und bildhübsch. Mir war klar, für sie würde Caesar wahrhaftig jederzeit durchs Feuer gehen.
Sie lud mich schließlich ein, sie zu begleiten, als sie den Jungen zu Bett brachte, was sie nie ihren Sklavinnen überließ. Dafür war nur die Mutter zuständig, nicht die Sklaven.
Die privaten Räumlichkeiten des Palastes waren nicht so groß, wie man vermutet hätte und die Gemächer, in denen wir uns befanden, umfassten

nur wenige, aneinander angrenzende Zimmer. Der Kleine schlief also nur wenige Schritte von uns entfernt.
Ich war überrascht, dass sie mich bat, sie zu begleiten. Die Fürsorge Helenas für den kleinen Gaius hielt ich anfangs für reine Mutterliebe. Doch es steckte offenbar mehr dahinter. Obwohl sie den Jungen offenbar in gewisser Weise versteckt hielt, war mir diese Tatsache bisher nicht wirklich bewusst geworden.
Während ich in der Zimmertür stand, küsste sie ihren Sohn liebevoll und zog eine bunt geblümte Decke über ihn. Dann nahm sie die brennende Fackel von der Wand und gab sie mir.
„Ich freue mich, dass Julius einen Freund wie dich hat, Manius", begann sie eindringlich und sah mich unverwandt und sehr ernst an. „Aber du darfst niemals einem Menschen von meinem kleinen Gaius erzählen."
Ich sah ihr überrascht in die Augen.
„Niemals! Versprichst du mir das?"
Sie flüsterte. Ihr Blick wurde flehend, ihre Augen feucht, da ich keine Worte gefunden hatte.
„Natürlich, wenn du dies so möchtest. Aber... warum?", murmelte ich schließlich. Helena legte meine Rechte zwischen ihre Handflächen und sah mir eindringlich in die Augen.
„Du bist Julius' Freund. Er hält sehr große Stücke auf dich und vertraut dir. Das hat er mir gesagt und auch ich möchte dir gern vertrauen, selbst wenn du ein Römer bist." Ein kurzes Lächeln huschte über ihre Lippen. „Also enttäusche mich bitte nicht."
Ich war einigermaßen durcheinander.
Was hatte das nun zu bedeuten?
Sie warf dem Kleinen noch einen liebevollen Blick zu, als er müde und mit einem bezaubernden Lächeln die Augen schloss. Ein Wächter stand mit unbeweglicher Miene und in einer bunten, orientalisch anmutenden

Rüstung vor dem Kinderzimmer. Wir entfernten uns von ihm, bevor sie leise weitersprach.
„Kaum jemand weiß, dass Gaius existiert. Deine Leute dürfen nie etwas von meinem kleinen bithynischen Prinzen erfahren. Wenn der Prokonsul eine Ahnung hätte... Iuncus würde ihn nicht am Leben lassen."
„Was? Aber Gaius ist der rechtmäßige Thronfolger von Bithynien. Was könnte das Iuncus angehen?", flüsterte ich einfältig. Helena hielt mich nun offenbar ebenfalls für begriffsstutzig und drückte meine Hand energisch.
„Warum ist Iuncus wohl hier? Hast du dich das nicht gefragt?", zischte sie ungehalten. „Wir sind keine römische Provinz. Aber er übernimmt für Rom das Königreich Bithynien im Handstreich. Er wird meinen Vater bald dazu nötigen, den Römern mein Heimatland per Testament zu vererben."
Ich stieß einen Zischlaut durch die Zähne.
Nun wurde mir einiges klar: Die vielen römischen Beamten...! Die Legionäre...! Iuncus ging davon aus, dass Nicomedes keinen männlichen Nachfolger haben würde. Und er bereitete die Übernahme schon jetzt vor. Bithynien sollte baldmöglichst römisch werden.
Ich hätte es eigentlich zumindest erahnen müssen.
„Ja, genau", nickte Helena. Sie wusste, was mir durch den Kopf ging. „Was glaubst du würde passieren, wenn den Römern zu Ohren käme, dass mein Vater einen Enkel, einen lebenden Thronfolger hat?"
„Und Julius? Das Personal hier im Palast?", fragte ich zweifelnd und dachte zum Beispiel an den Wachsoldaten. War dieses Geheimnis dauerhaft zu bewahren?
„Julius ist im Bilde. Mein Hauspersonal ist bis zu einem gewissen Grad vertrauenswürdig. Es ist eng mit meiner Familie verwoben. Auch die Wächter. Sie werden sehr gut bezahlt, um jedweder Korruption

vorzubeugen. Ich denke, mein Geheimnis ist im Moment hier sicher. Aber das kann sich schnell ändern."

„Jedenfalls hast du mein Wort. Ich bewahre dein Geheimnis", versicherte ich ihr und mit einem Lachen fügte ich hinzu: „Auch wenn ich ein Römer bin."

Doch Helena lachte nicht. Ihr Blick verdüsterte sich.

„Sei für Gaius da, wenn er dich braucht. Er ist noch so klein und hat vielleicht nur seinen Vater und dich, wenn es darauf ankommen sollte."

Erneut traten Tränen in ihre Augen.

„Was redest du nur für einen Unsinn. Du bist seine Mutter und wirst immer für ihn da sein. Und Julius würde, ohne zu zögern, sein Leben für ihn geben."

Ich versuchte, ihr mit fester Überzeugung Mut zuzusprechen.

Sie schüttelte traurig den Kopf.

„Julius ist verletzbar, hat nur ein Leben. Schwöre mir hier und jetzt, dass du meinen Sohn beschützen wirst, dass du Julius helfen wirst. Auch wenn es sich gegen deinen Eid als römischer Offizier und gegen die Interessen Roms richtet. Für meinen kleinen Sohn."

Ein Schwur?

Das war sehr viel verlangt.

Aber konnte ich mich als ein Ehrenmann, der ich stets zu sein glaubte, diesem Herzenswunsch einer Mutter in Not entziehen?

„Gegen die Interessen Roms? Aber du..."

„Mir wurde ein früher Tod geweissagt, Manius", bekannte sie leise und sah mir tief in die Augen. „Ein baldiger Tod."

„Was? Aber du glaubst doch nicht im Ernst an solchen Humbug, Helena", erwiderte ich, während mir doch ein eiskalter Schauer über den Rücken lief. Ihre Furcht war durch die Weissagung zu einer realen Gefahr für sie geworden. „Du wirst noch lange leben und steinalt werden."

Ihr flehender Blick durchbohrte mich, forderte eine klare Entscheidung, jetzt, hier, an dieser Stelle.
„Also gut“, sagte ich. „Ich schwöre dir, alles zu tun, was notwendig ist, um deinen Sohn zu beschützen. Du hast das Ehrenwort eines römischen Patriziers und Offiziers.“
Nun sah mich Helena zufrieden aus ihren grünen Augen an. Sie strich über meine Hand und wir kehrten ohne weitere Worte gemeinsam zu Julius und Nicomedes zurück, die immer noch eifrig diskutierten.
Ich saß nun noch viel stiller als vorher am Tisch. Meine so gute Laune hatte der Erkenntnis Platz gemacht, das Bithynien nicht so friedlich war, wie es den Anschein hatte. Ich grübelte still über Helenas Befürchtungen nach, die mir einen Schock versetzt hatten.
Wir alle befanden uns in höchster Lebensgefahr und nur diese junge Prinzessin spürte die böse, kalte Finsternis, die Nicomedias Königspalast wie ein unsichtbares Leichentuch zu umhüllen suchte.
Und auch ich spürte sie nun überdeutlich.

**RHEGIUM**
Süditalien

Es war der siebenundsiebzigste Tag nach dem Auslaufen der ‚Imperium III‘ aus dem Hafen von Rhegium.

Was tat Gaius Fabius Maximus eigentlich gerade, bei Jupiter?
Er musste verrückt geworden sein, dachte er bei sich. Gaius wusste doch genau, wer da vor ihm stand, hier auf dem Fabius-Anwesen, im Herrenhaus, am frühen Abend.

Aber er erinnerte sich auch mit Wonne an die auf ihn gerichteten Augen, während er schwer verletzt in seinem Bett erwacht war. An ein wunderhübsches Gesicht, welches ihm mit einem Blick voller Liebe entgegengestrahlt hatte.

Wie glücklich war er gewesen, dass sich jemand so herzlich um ihn gekümmert hatte, ein weibliches Wesen, das er nicht für Pflegedienste bezahlen musste. Eine junge Frau, die ihm aus freien Stücken aus dem Bett geholfen hatte, als er zum ersten Mal wieder aufstehen wollte. Die er in einer Vertrautheit an sich herangelassen hatte, wie er sie fast nicht mehr gekannt hatte.

Doch an einem der vorangegangenen Tage, seine körperlichen Kräfte regenerierten sich zusehends und er lief bereits wieder ohne Hilfe im Hause herum, spürte er die Veränderung in seinem eigenen Denken und Handeln überdeutlich.

Sein Herz schlug höher vor Freude sie wiederzusehen, wenn sie ihren täglichen ausgiebigen Besuch bei Gaius Fabius absolvierte. Da war etwas auf seiner Seite, was er nicht richtig zu deuten wusste oder sich einfach nicht eingestehen wollte. Claudius' Tochter war nicht nur eine wunderhübsche junge Frau von zwanzig Jahren. Sie war mehr für ihn. Viel mehr!

Erschrocken über diese Erkenntnis und über sich selbst zog er seine Hand zurück, die er eben noch zärtlich über ihre Wange hatte streichen lassen.

Claudia war am späten Nachmittag mit entsetzter Miene in seine kleine Bibliothek gekommen, während Gaius Fabius sich gerade über eine Karte der östlichen Provinzen gebeugt hatte, die ausgebreitet auf seinem Schreibtisch lag.

Der Raum schloss sich an das Tablinum an und war dreiseitig bis an die Decke mit Regalen für Papyrusrollen zugestellt. Gaius' Genesung war zwar fortgeschritten und er war in der Lage aufzustehen und wieder ein

paar Stunden zu arbeiten. Arbeit war jedoch nicht das, nach dem ihm derzeit der Sinn stand.
„Ich werde nicht zulassen, dass du in deinem Zustand ein Schiff besteigst und deine Gesundheit auf See ruinierst", sagte Claudia mit sorgenvoller Stimme, während sie ihre Rechte sanft auf Gaius' Arm sinken ließ.
„Was heißt ‚in meinem Zustand'?", antwortete er lächelnd. „Und kranker geworden ist in guter Seeluft auch noch niemand."
„Du weißt, was ich meine", gab sie ärgerlich zurück. „Das ist viel zu anstrengend für dich. Du bist nach so wenigen Tagen Bettruhe beileibe nicht reisefähig. Denk nur, was alles passieren kann. Dort soll es vor Piraten nur so wimmeln."
Gaius wusste, sie war für milde Worte so wenig zugänglich wie sie vergebens versuchte, bei ihm mit Sanftheit ihr Ziel zu erreichen.
„Ich bitte dich, ich ziehe ja nicht in den Krieg gegen die Piraten", antwortete er sanft. „Aber ich muss Manius finden. Ich werde nicht eher ruhen, bis ich meinen Sohn in Sicherheit weiß. Manius ist in Gefahr und ich glaube, er ist sich nicht bewusst wie sehr. Ich habe eine Passage auf einem Schiff gebucht, das mich zu ihm bringen wird. Nicht mehr und nicht weniger. Es geht schließlich um meinen Sohn, Claudia..., deinen... Verlobten."
Besonders dieses letzte Wort fiel ihm sehr schwer. Und dies überraschte und beschämte ihn selbst am meisten. Er hoffte inbrünstig, sie würde das nicht bemerken.
„Ich bin nicht mehr die Verlobte deines Sohnes, Gaius. Ich habe die Verbindung selbst gelöst, wie du weißt. Und dabei bleibt es auch."
Sie sprach sehr deutlich und erhobenen Hauptes. Claudia forschte dabei im Gesicht ihres Gegenübers nach der Antwort auf ihre nicht gestellte Frage. Sie ahnte nicht, wie gut ihm ihre klaren Worte taten. Und schämte er sich auch noch so sehr dafür.

„Manius hat mich einfach zurückgelassen“, fuhr sie fort. „Er hat sich mit der Legion verbunden, die ihm um jeden Preis wichtiger war als ich. Ich habe nun einmal keine Tränen mehr für die Vergangenheit.“

Claudia trat nahe an Gaius heran und legte sein Gesicht sanft streichelnd in ihre Hände.

„Aber bitte, verlass’ **du** mich nicht auch noch!“

„Das werde ich ganz sicher niemals tun...“, entgegnete Gaius schnell. Sofort wurde ihm bewusst, was er da gesagt hatte und fügte an: „Ich mache nur eine kleine Schiffsreise. Die Fahrt ist völlig ungefährlich und in drei, vier Wochen bin ich wieder in Rhegium. Ich muss nur sicher sein, dass Manius Bescheid weiß und auf sich aufpasst.“

Wieder ließ er seine Hand sanft über ihre Wange streichen.

Und diesmal zog er seine Hand auch nicht zurück.

Er wollte sie nicht zurückziehen. Ihm war bewusst, was mit ihm geschah und doch war er außerstande, irgendetwas daran zu ändern.

Gaius Fabius spürte den wachsenden Druck in seinem Brustkorb. Seine Gedanken kreisten nur um die Frau, die so nahe bei ihm war. Mit seinem ganzen Sein sehnte er sich nach ihrer Nähe.

Und Claudia selbst verstärkte diesen Druck.

Sie trat nun noch sehr viel näher an ihn heran. Er bemerkte den süßen Hauch ihres erlesenen Duftwässerchens, versuchte den Kloß im Hals hinunterzuschlucken, der ihm das Leben so schwer machte.

Doch es gelang ihm nicht.

„Ich möchte nicht, dass du wegfährst, hörst du? Bleib bei mir, Gaius...“

Ihr leises Flehen wehte wie ein zuckersüßer Hauch an seine Ohren. Ihre Hand glitt sanft streichelnd über seine Wange und seinen Hals.

Wie sehr er diese Frau li...!

Bei Venus, durfte er diesen Gedanken zu Ende denken?

Ja sicher, Claudia hatte Klasse, was ihm an den letzten Abenden mehr als bewusst geworden war, die sie gemeinsam beim Abendmahl und einigen Gläsern Wein verbracht hatten.
Aber jetzt versank er in diesen herrlichen Augen.
Und Claudia wollte es unbedingt so.
Sie signalisierte es ihm, dem viel reiferen Mann.
Das Wechselbad der Gefühle für eine sehr junge, für ihn sicher viel zu junge Frau, war geeignet, ihn aus dem Gleichgewicht zu bringen. Sein Lebensschiff geriet für Gaius mehr und mehr außer Kontrolle, lief im Sturm der Gefühle völlig aus dem Ruder.
Und er tat nichts dagegen. Er wollte es auch längst nicht mehr.
„Wir legen kurz nach Mitternacht Richtung Pergamum ab. Und ich werde an Bord sein, Claudia“, überwand er sich ganz leise und mit stockender Stimme zu sagen. „Ich bitte dich, meinen Wunsch zu respektieren. Es geht um meinen einzigen Sohn.“
Claudia sah ihm weiter in die Augen.
Sie schwieg einige Momente und schließlich verbanden sich ihre Lippen hauchzart mit den seinen. Er genoss die Süße dieses Kusses, erwiderte ihn mit aller Leidenschaft und ließ es für diesen einen so wertvollen Moment einfach so geschehen.
„Claudia“, versuchte er schließlich zu sagen. „Das dürfen wir n….“
„Doch, Gaius, doch“, hauchte sie süß lächelnd und strich ihm zärtlich mit dem Zeigefinger über den Mund.
„Das meinst du nicht im Ernst. Ich bin viel älter als du und...“
Er sah ihr forschend in die Augen, schmolz fast dahin bei ihrem verliebten Lächeln, während sie ihn leise und unglaublich sanft unterbrach: „Rede bitte nicht so einen Unsinn. Und komm’ schnell zurück zu mir. Ich werde auf dich warten.“
Nun löste sie sich von Gaius, wandte sich um und verließ mit eiligen Schritten und ohne sich noch einmal umzudrehen das kleine Zimmer.

Gaius hingegen blieb noch geraume Zeit absolut regungslos stehen und bemühte sich, Ordnung in das Chaos seiner sich überschlagenden Gedanken zu bringen.
In seinem Kopf und vor allem in seinem Herzen herrschten Verwirrung, Sorge und Furcht. Er hatte von der verbotenen Frucht genascht. Er hatte etwas getan, was er nicht hätte tun dürfen.
Gaius war sich dessen nie bewusster als in diesem Augenblick der blind verliebten Verrücktheit.
Verliebt...?
Manius! Wie sollte er ihm je erklären, dass ...?
Manius würde ihn sicher umbringen.
Na ja, nicht umbringen, aber ihr Vater-Sohn-Verhältnis würde stark beschädigt werden. Vielleicht irreparabel.
Bedrückt und ratlos stand er in seiner kleinen Bibliothek und trug sich mit der Hoffnung, etwas Abstand und der frische Seewind würden ihm guttun, seine Gefühlswelt und seinen Verstand ordnen.
Es musste ihm einfach gelingen.

Kurz nach Mitternacht hielt ein Wagen am Hafenkai von Rhegium. Eine junge Frau, gehüllt in einen schützenden Umhang und begleitet von zwei kräftigen, bewaffneten Wächtern, entstieg dem zweirädrigen Gefährt, während die Pferde unruhig schnaubten.
Die Kais waren um diese Zeit fast menschenleer. Nur an und auf zwei Schiffen herrschte reges Treiben, denn sie wurden zum baldigen Ablegen vorbereitet.
Sie wäre fast zu spät gekommen.
Eben wurden die Leinen der Liburne gelöst, mit der ihr Liebster zu einem ungewissen Abenteuer aufbrechen wollte.

Ja, sie hatte sich mit Leib und Seele in diesen viel älteren Mann verliebt, der unglücklicherweise auch noch der Vater von Manius war, und sie erahnte, nein, sie wusste, welche seelischen Qualen beider Männer sie damit heraufbeschworen hatte.
Da war Manius gewesen. Claudia hatte Manius nicht heiß geliebt. Er war der Junge gewesen, den ihr Vater für sie ausgesucht hatte. Es war bei Römern allgemein üblich gewesen und sie hatte vor gehabt sich zu fügen, nachdem sie diesen netten, blonden, etwas tollpatschigen Jungen kennengelernt hatte. Nach und nach hatte sie ihn richtig gern gemocht, aber außer Küssen und zärtlichen Berührungen war nichts gewesen.
Sie hatte ihm klargemacht, dass sie sich an die Traditionen halten wollte, die sehr sittenstreng waren. Eine Ausrede, die ihn erst einmal fernhielt. Seine Eskapaden in Misenum, viel Alkohol und leichte Mädchen, hatte sie ihm auch nur mit großer Überwindung verziehen - wenn überhaupt. Am Tage seiner Abreise, damals am Kai, als sie ihn auf der Brücke des Schiffes entdeckt hatte, vor zweieinhalb Monaten, war sie enttäuscht und tieftraurig gewesen. In ihr war allerdings schnell die Erkenntnis gereift, dass es ihre Freiheit bedeutete und wohl eher ihre gekränkte Eitelkeit bittere Tränen geweint hatte, nicht ihr Herz.
Und nun war da Gaius!
Dieser Mann war wesentlich älter und gesetzter als sein Sohn, aber von einer sehr jungenhaften, jugendlichen Ausstrahlung. Er hatte das gewisse faszinierende Etwas des kühlen Geschäftsmannes, gepaart mit der ungestümen Herzlichkeit und dem fröhlichen, offenen Blick aller Männer der Gens Fabii.
Claudia hatte schon als Mädchen für Gaius Fabius Maximus geschwärmt, aber nie hatte irgendwer davon erfahren. Sie hatte diese Zuneigung tief in ihrem Herzen vergraben.

Als Gaius mit ihrem Vater das Eheversprechen einfädelt hatte, war jede heimliche Hoffnung verflogen, ihm irgendwann und irgendwie näher kommen zu können.
Nach ihrer Trennung von Manius und dessen Schritt in die Legion und nach dem Überfall im Elternhaus war sie einige Tage Gast in Gaius' Villa gewesen. Und ihr Interesse an diesem Mann war erneut entflammt. Er hingegen schien davon nichts zu bemerken. Oder er ignorierte es absichtlich. Claudia nahm sich insgeheim vor, ihn für sich zu gewinnen, unter allen Umständen.
Der Altersunterschied faszinierte sie. Er hatte Erfahrung.
Die schreckliche Entführung, die ihn fast das Leben gekostet hatte, und die Tage an seinem Krankenbett waren für sie die große Möglichkeit gewesen, sehr nahe bei ihm zu sein und ihre tiefe Zuneigung offenkundig werden zu lassen. Auch wenn die schwere Folter, die man ihm angetan hatte, ein Schock für sie gewesen war.
Claudias Mutter hatte sich zuerst fürchterlich erregt, als sie ihr diese Tatsache gebeichtet hatte. Ihr Vater würde sehr wütend sein, wenn er davon erführe, und Gaius sicher zur Rede stellen, hatte sie gemeint. Letztlich hatte sie aber doch den Segen ihrer geliebten Mama für eine Liebe bekommen, von der die Zielperson ihrer Gefühle vielleicht noch gar nichts bemerkt hatte.
Selbstbewusst, mit zielstrebigem Charme und Zuckersüße, also mit den Waffen einer Frau, hatte Claudia in den folgenden Tagen daran gearbeitet, Gaius zu umgarnen und ihn nach allen Regeln der weiblichen Kunst aufzuheizen. Sie hatte ihm keine Chance gelassen, sich ihr zu entziehen.
Er war schließlich nur ein Mann - aber sie eine Frau!
Und sie war ein gehöriges Stück des Weges vorangekommen, lebte nach dem innigen Kuss heute Abend in tiefer Zufriedenheit und überzeugt,

dass auch Gaius starke Gefühle für sie hegte. Und ihr wurde klar, dass sie um Mitternacht am Kai von Rhegium sein musste.
Endlich! Gaius erschien an Deck!
Sie trat mit einem ihrer Beschützer näher an das auslaufende Schiff heran, sodass er sie sehen musste.
Und wirklich, er entdeckte sie, war sehr überrascht und winkte ihr zu.
Das breite Fabius-Grinsen erschien in seinem Gesicht und zeigte Claudia, wie er sich über ihr Erscheinen freute. Ein warmes, liebliches Lächeln umspielte ihre Lippen und sie winkte ihm mit strahlenden Augen zu, einem Strahlen, das trotz der Dunkelheit ganz tief in sein Herz dringen würde.

**NICOMEDIA**

Bithynien

Im Königspalast, zur selben Zeit.
Ich war in einen sehr tiefen, traumreichen Schlaf gefallen, nachdem ich mich in mein Gemach zurückgezogen und hingelegt hatte. Die wirren Träume ließen mich mit Iunius Iuncus kämpfen, mit riesigen rotäugigen Drachen und bösen Mächten, die meine ganze Kraft erforderten, sie zu besiegen.
Mitten im Kampf mit dem rotäugigen Drachen vernahm ich einen schrecklichen Schrei.
Ich hielt inne, was zu meinem Verhängnis wurde, denn der Drache schnappte nach mir und ich wurde...
Ich schlug erschrocken die Augen auf und wusste für den Moment nicht, ob ich wachte oder noch immer träumte. Meine Gedanken überschlugen sich, mein Herz pumpte in rasendem Takt.

Panik hatte mich in festem Griff.
Noch ein Schrei!
Julius!
Das war Julius Caesar, der da schrie!
Ein Schreckensschrei! Ein Schrei aus Qual und unbändiger Wut!
Hellwach schlug ich die Decke zurück, sprang aus dem Bett auf meine nackten Füße und riss mein Schwert aus der Scheide, das ich zur Vorsicht vor dem Zubettgehen sorgfältig in Reichweite meiner Schlafstatt befestigt hatte.
Dieser ‚Man-weiß-ja-nie-Moment' war genau jetzt eingetroffen.
Ich stürmte halb nackt mit dem Schwert in der Faust aus meinem Schlafgemach und bemerkte sofort den Wächter, der blutüberströmt und offensichtlich tot vor dem Kinderzimmer des kleinen Prinzen lag.
In vier langen Sätzen erreichte ich die Tür hinter dem Toten, glitt barfuß wie ich war in der glitschigen Blutlache aus und stürzte der Länge nach und mit dem Gesicht voran in das Zimmer des Kleinen hinein.
Ein grausiger Anblick ließ mich erschaudern: Helena, die schöne Prinzessin, lag verkrümmt am Boden und rührte sich nicht. Julius Caesar kämpfte derweil mit drei Unbekannten einen harten Kampf.
Noch schlimmer: Der kleine Gaius war nirgends zu entdecken!
„Manius...!", hörte ich Caesar rufen, während ich auf die Füße sprang, das Schwert über meinem Kopf kreisen ließ und mich, alle Sehnen meines Körpers gespannt, mit einem Schrei in die Schlacht warf.
Unverzüglich streckte ich einen der Unbekannten nieder, indem ich ihm mit einem einzigen gewaltigen Hieb den Kopf von den Schultern trennte. Ich entwickelte Kräfte, die ich mir normalerweise nicht zugetraut hätte.
Meine innere Hemmschwelle sank ins Bodenlose. Meine Art zu kämpfen hätte ich grauenvoll genannt - in einer anderen Situation.

Nun sah ich mit kaltem Herzen den leblosen Körper dieses Attentäters zusammensacken, aus dessen Halsstumpf eine gewaltige Blutfontäne spritzte. Ich sah den abgetrennten Kopf noch immer überrascht glotzend in eine Zimmerecke purzeln.
Ich wirbelte herum und sah Caesar gerade den zweiten Angreifer niederringen. Für einen kurzen Moment blickte ich in Caesars Gesicht. Er war außer sich!
Seine Züge in tiefem Entsetzen verzerrt, glänzten seine Augen in völliger Panik, in tiefer Furcht. Nie zuvor hatte ich ihn so gesehen.
„Kümmere dich um Helena!", rief ich ihm zu und übernahm den Kampf mit dem dritten Unbekannten, der der härteste und gewandteste Kämpfer der kleinen Gruppe zu sein schien.
Caesar ließ von ihm ab und wandte sich der Prinzessin zu, fiel vor ihr hemmungslos weinend auf die Knie.
Ich bemerkte es aus den Augenwinkeln heraus, während ich den Kerl übernahm. Der Eindringling hatte durch meine mangelnde Aufmerksamkeit im Kampf auch noch an Boden gewonnen. Ich musste zurückweichen und in aller Eile eine neue Gegenwehr aufbauen.
„Manius Fabius Germanicus", quetschte der Kerl schwer atmend zwischen den Zähnen hervor. „Welch göttliche Fügung, dass wir uns endlich begegnen...!"
„Woher kennst du mich?", rief ich keuchend. „Wer bist du?"
„Ich komme und gehe wie der Wind, wie ein Hauch, den mancher spürt, aber niemand sieht", entgegnete er durchatmend, trat mit gestrecktem Bein einen Holzschemel beiseite, der im Weg lag, und führte einen weiteren Schlag gegen mich.
Ich entzog mich dem Angriff, indem ich über das Kinderbett sprang. Ich sprang jedoch zu kurz und landete stehend mit einem Bein auf dem Bett, das nun krachend unter meinem Körpergewicht zusammenbrach. Ich

wankte und bemerkte meinen Gegner breit grinsend heranspringen. Er sah zu Recht seine Möglichkeit, mich zu überwinden.

Ich fand in den Trümmern des Kinderbettes zum Glück mein Gleichgewicht wieder, sprang hinaus und holte zum Gegenschlag aus.

„Woher kennst du meinen Namen? Wer bist du?“, schrie ich und führte einen harten Schlag gegen den Mann.

Er parierte locker und rief lachend: „Ich habe deinen Vater Gaius Fabius Maximus kennengelernt. In Rhegium.“

„Meinen Vater?“

Wieder führte ich einen Hieb, der meinem Gegner keinen Schaden zufügte. Der Mann kämpfte wie ein Berufssoldat.

Er war sehr gut. Vielleicht besser als ich.

Er war **besser als ich**!

„Was hast du meinem Vater angetan?“

„Tja, du wirst schon sehen...!“, rief er provozierend und lachend und kam, seine Waffe zum Schlag erhoben, mit einem kühnen Satz auf mich zugesprungen.

Der Kampf wäre für mich nun verloren gegangen, wäre ich unvorbereitet gewesen. Ich ließ mich blitzschnell nach hinten fallen, schlug eine kurze Rolle rückwärts, und stieß mein Schwert mit aller Kraft meinem Gegner entgegen. Er war mir gefolgt und sprang nun mit aufgerissenen Augen, sein Schicksal ahnend, direkt in mein Schwert.

Ich hielt es, noch immer am Boden liegend, mit aller Kraft umschlossen und sah es meinem Gegner bis ans Heft in die linke Bauchseite fahren.

Seinem letzten fahrigen Schwerthieb entging ich mit Leichtigkeit.

Nun schlug mein Gegner heftig auf dem marmornen Boden auf.

Ich hingegen war zur Seite gerollt, stand längst schon wieder auf den Füßen, trat zu ihm und zog mein Schwert aus seinem blutenden Körper.

Ich war siegreich und sah kurz hinüber zu Helena, die sich nicht bewegte.

Glühendheiße Wut, ja unbändiger Hass stiegen in mir auf.

Ich verlor die Beherrschung.
Ich atmete stockend.
Emotionen übernahmen die Kontrolle über meinen Verstand.
Hart packte ich den Kerl im Genick, schleifte ihn grob ein kurzes Stück über den Boden und lehnte ihn mit dem Oberkörper an eine der Zimmerwände. Dann beugte mich über ihn und packte ihn an der Brust. Röchelnd lag der Mörder da und versuchte, die Blutungen mit bloßen Händen zu stillen. Vergeblich.
„Es ist... vorbei", murmelte er stockend. „Alles... schiefgegangen... vorbei... hab's... geahnt."
„Wer bist du? Wer hat dich geschickt? Was ist mit meinem Vater? Rede!", brüllte ich außer mir und schüttelte ihn heftig. Doch er kämpfte um sein langsam versiegendes Leben.
„Sag mir sofort, was ich wissen will! **Sofort**! **Aaaaahhh!"**
Ich brüllte wie ein wütender Stier!
Der Hass ließ mich mein Schwert in seiner offenen Wunde hin und her drehen. Mein Gegner schrie wie ein waidwundes Tier auf und begann Blut zu spucken. Ich verlor nun vollends die Kontrolle, fletschte die Zähne und knurrte wie ein Wolf.
Ich tat dies alles bewusst!
Ich wollte es so und fügte ihm entsetzliche innere Verletzungen zu. Die Wunde öffnete sich nun auch noch erheblich weiter und seine Schmerzensschreie hallten durch den ganzen Palast.
„Manius!"
Ich hörte Caesar hinter mir rufen.
„Maaaniiiius!"
Nur dieses eine Wort, meinen Namen.
Und ich erschrak!
Ich erschrak vor mir selbst, denn ich war zu einem brutalen Knecht des Hades mutiert, einem flammenlodernden Lakaien des Bösen!

War aus mir in all den erlebten Abenteuern tatsächlich schon dieses menschenverachtende Vieh geworden, das seinen Hass gegen unterlegene Feinde durch grausame Folter und körperliche Peinigung auslebte?
Ich hatte mir für meine Fahrten doch immer vorgenommen, gegen so etwas im Namen von Gerechtigkeit und Ehre vorzugehen. Niemals hatte ich für möglich gehalten, ich könnte je zu so etwas fähig sein!
Und nun folterte ich diesen Mann!
Nein, das durfte nicht sein!
Ich ließ von dem Sterbenden ab, atmete tief durch, drehte mich einen Augenblick von ihm weg und versuchte, mich zu beruhigen und einen klaren Kopf zu bekommen.
Ich musste würgen, mir war übel.
Ich erbrach etwas Schleim und Galle.
Dann hatte ich mich wieder einigermaßen unter Kontrolle. Mein Blick ging kurz hinüber zu Caesar, der mahnend den Kopf schüttelte.
„Also, noch einmal: Wer bist du?“, fragte ich mit unnatürlich rauer Stimme, hielt mich nun bewusst zurück und versuchte meine Erregung und meine viel zu schnelle Atmung unter Kontrolle zu bringen.
„Ae... Ae... Aeolus!“
„Aeolus? Ist das dein Name? Du hast von meinem Vater gesprochen. Was ist mit ihm?“
„Keine... Ahn...g....“
Erneut packte ich ihn und bekam etwas zu fassen, das auf seiner Brust lag. Eine Medaille! Mir stockte der Atem und ich riss sie ihm vom Hals.
„Was bedeutet das? Wer hat dich geschickt?“, schrie ich zornig und er röchelte, versuchte zu antworten.
„Glaubst du... an das... Schicksal?“, fragte er mich, so wie einst Caesar auf der ‚Imperium III‘, und sah mich unverwandt an.
Ich schwieg. Das Schicksal?

„Offenbar ist es von Anfang an... mein Schicksal gewesen, hier mein... Leben zu lassen“, stöhnte er und ein Schwall Blut schoss aus seinem Mund. „Alles ist... schiefgegangen. Charon wartet nun auf mich...“
Er hatte wohl recht. Der düstere, greise Fährmann Charon wartete auf ihn, um diesen Mörder für einen Obolus, eine Münze, auf den Weg in die Unterwelt zu bringen. Aeolus war gekommen, um kaltblütig zu morden. Er hatte Helena auf dem Gewissen und ich wollte unbedingt erfahren, wer der Auftraggeber dieses grausamen Überfalls war. Jetzt!
Ich schüttelte ihn wieder und schrie: „Wer hat dich geschickt? Antworte!“
„Denk über... dein Schicksal... nach, Manius Fabius... dein eigenes Schicksal.“
Ich ließ mich nicht irritieren.
„Wer ist dein Auftraggeber? Was bedeutet dieses Symbol?“
„So... Socius III... heißt... “, kam es noch aus seinem Mund. Er stieß einen letzten Schwall Blut aus und verschied mit einem letzten Stöhnen.
Ich ließ von ihm ab, diesem Aeolus.
Aeolus? Was sollte der Unsinn?
Was hatte dieser Mörder mit dem Gott des Windes zu tun? Ich behielt die Medaille bei mir und wandte mich meinem Gefährten zu, der noch immer stumm bei Helena kniete.
„Julius, wo ist Gaius?“
Ich schrie fast panisch, doch er reagierte nicht mehr.
Helena war bei Bewusstsein, sie sah mich mit feuchten Augen an. Ihr verkrümmter Körper lag noch immer in der unnatürlichen Position auf dem harten Steinboden.
„Manius, nicht... ich...“, flüsterte sie mit brechender Stimme. Ich ahnte, was passiert war. Der Mörder hatte ihr im Kampf das Rückgrat gebrochen. Sie selbst wusste, Caesar wusste und natürlich auch ich, was dies zu bedeuten hatte.

„Helena“, flüsterte ich mitfühlend, kniete nieder und nahm ihre Hand. „Sag mir, wo der Kleine ist.“

„Denk an... an dein... Versprechen, Manius...“

Sie zeigte mühsam in Richtung einer kleinen Kammer, die mir noch gar nicht aufgefallen war. Ich streichelte und küsste ihre Hand, erhob mich und betrat vorsichtig die Kammer.

Und da fand ich ihn.

Er saß weinend und mit großen Augen in einer Ecke. Vorsichtig nahm ich ihn in den Arm und verließ schnellen Schrittes das Gemach. Er sollte seine Mutter nicht sterben sehen.

Die Prophezeiung, die Helena auf so schockierende Weise als Tatsache hingenommen hatte, sollte nun Wahrheit werden.

Im breiten Gang vor dem Gemach eilte mir König Nicomedes entgegen, aschfahl und mit tiefer Furcht in den blitzenden Augen.

„Gaius lebt! Zeus sei Dank!“, krächzte er und rief: „Helena!“

„Wo, bei Jupiter, sind deine Wachen?“

Ich brüllte ihm diese Frage wütend entgegen und er antwortete mit brechender Stimme: „Es sind keine Wachen mehr da. Der Palast ist verlassen und völlig unbewacht. Sie sind alle verschwunden, aber die Römer stürmen meinen Palast.“

„Die Römer stürmen den Palast? Was bei allen Göttern...?“

„Iuncus’ Garde ist auf dem Weg zum Thronsaal, Optio!“

Was sollte das nun wieder bedeuten?

„Wo ist Helena? Wo ist meine Tochter?“, fragte mich der König flehend. Mit einer schwachen Handbewegung wies ich ihm den Weg in das Gemach des Jungen, das er nun eilig betrat.

Nur einen Moment später hörte ich den entsetzlichen Schmerzensschrei des Vaters, der seine junge, wunderschöne, geliebte Tochter sterben sah. Welch schreckliches Unheil über uns gekommen war!

Auch mir kamen, für einen kleinen Moment, bittere, schmerzliche Tränen. Ich hatte den Jungen aber noch immer auf dem Arm, wischte meine Tränen weg und eilte in mein eigenes Gemach.
Kurz entschlossen setzte ich ihn aufs Bett. In Windeseile wischte ich das Blut meiner Gegner von meiner nackten Haut und legte meine Lederrüstung und meine Bewaffnung an.
Wir mussten sofort von hier verschwinden.
Wenn Iuncus' Legionäre tatsächlich den Palast stürmten, sollten sie uns hier nicht mehr vorfinden.
Bei Mars, ich musste Gaius für einen Moment hierlassen!
Ich befahl ihm streng, sich unter der Liege vor den Römern zu verbergen und unter keinen Umständen den Raum zu verlassen. Er nickte still weinend und tat, wie ich es ihm gesagt hatte.
Sofort eilte ich zurück ins Kinderzimmer.
Der Anblick verstümmelter, blutüberströmter Leichen, der Anblick eines Königs, der schreckliche Schreie des Schmerzes und der Sehnsucht nach der Liebe seiner Tochter ausstoßend ausgestreckt über dem nun toten Körper Helenas lag, raubte mir fast den Verstand.
Julius Caesar kniete nach wie vor scheinbar geistesabwesend mit ausdruckslosem Gesicht neben der leblosen Helena. Und er reagierte nicht einmal auf meine Rufe.
„Julius, verdammt noch mal, wir müssen verschwinden!", rief ich eindringlich und trat näher. „Iuncus' Gardisten stürmen den Palast! Er sollte uns besser nicht hier finden!"
Er reagierte nicht, den starren Blick zu Boden gerichtet.
Ich nahm ihn beherzt beim Arm und zerrte ihn mit Gewalt auf die Beine.
Willenlos folgte er meiner Führung bis in seinen Raum.
„Los! Anziehen und bewaffnen! Wir müssen sofort hier weg!", befahl ich, warf seine Lederrüstung und die Waffen auf seine Schlafstatt und kehrte in mein Gemach zurück, um den Jungen zu holen.

Kurz darauf stand ich wieder in Caesars Zimmer. Er war tatsächlich vollständig angekleidet und schnallte mit glasigen Augen seinen Waffengurt um, scheinbar abwesend und mit hängenden Armen. Der Schock über Helenas Tod saß sehr tief bei ihm, hatte ihn paralysiert.
„König Nicomedes...“, murmelte er.
„Muss hierbleiben!“, entgegnete ich schroff. „Er ist der König von Bithynien und muss in seinem Palast ausharren. Sein Schicksal erfüllt sich hier. Das Leben des Jungen geht jetzt absolut vor. Nun komm schon!“
Jetzt redete ich auch schon diesen Unsinn vom Schicksal, das sich in irgendeiner Form erfüllen würde. Ich schnappte mir eine Decke, die ich auf dem Bett fand, wickelte sie um den Jungen und nahm ihn hoch. Dann packte ich Caesars Arm und zerrte ihn, er war immer noch völlig apathisch, nach draußen.
Angespannt spähte ich den Gang entlang. Niemand war zu sehen.
„Vorwärts, wir müssen aus dem Palast hinaus“, raunte ich Caesar zu, der mich nicht zu hören schien. Ich zog ihn mit meiner Linken hinter mir her, während ich mit der Rechten den Jungen trug - eine denkbar schlechte Ausgangssituation für mich, sollten wir Römern begegnen. Wir eilten den langen Gang entlang, aber keine Menschenseele war zu sehen. Doch!
Ich hörte Schritte und das Scheppern metallener Rüstungen und blickte mich in schierer Verzweiflung um. Ein kleiner Nebengang konnte uns für den Moment Schutz bieten.
Ich stieß Caesar in den engen Gang hinein, wo er starr wie eine Puppe verharrte, folgte ihm nach, verschloss dem schluchzenden Jungen den Mund mit der Hand, während ich mich zum Hauptgang hindrehte und mit dem ganzen Körper an die Wand entgegen der Laufrichtung der Soldaten presste. Sie durften uns keinesfalls bemerken.

Zehn waffenstarrende Legionäre marschierten in Zweierreihe und im Laufschritt an uns vorbei, auf dem Weg zu den Königsgemächern, ohne uns zu bemerken.
Aufatmend spähte ich vorsichtig den Hauptgang entlang und, nennen wir es Intuition, ich spürte den Hauch eines fallenden Schwertes hinter mir.
Ich wirbelte herum und sah einen Legionär, der von der anderen Seite des schmalen Ganges herangeschlichen war, ohne dass ich ihn bemerkt hatte. Über seinem Kopf hielt er ein Schwert und ließ es gerade eben auf mich herabsausen. Jetzt war ich starr vor Schreck, denn es blieb mir keine Zeit zu einer Reaktion. Ich sah noch ein zweites Schwert aufblitzen, welches das fallende Schwert des Legionärs in seinem Schlag mit lautem Klingen stoppte. Der Legionär riss Mund und Augen auf, ließ sein Schwert scheppernd fallen und ging sterbend zu Boden.
Caesar hatte das Schwert des Soldaten mit seinem eigenen gebremst, dem Legionär gleichzeitig seinen Dolch in den Bauch gerammt und uns drei gerettet.
Erleichtert sah ich den düsteren, aber wieder klaren Blick in seinen azurblauen Augen. Ich atmete auf.
Wir sahen uns kurz an. Ich spürte seine erstarkende Aura.
Er sprach leise, verstaute mit einer eleganten Bewegung seinen Dolch in der Lederrüstung und stieß das Schwert in die Scheide: „Du hast wie immer recht, mein Freund. Lass uns endlich von hier verschwinden. Auf geht ‘s!“

Caesar kannte den Palast gut. Vorneweg stürmend, den kleinen Gaius auf dem Arm, bewegte er sich mit mir im Schlepptau zielsicher im Laufschritt durch enge Seitengänge und niedrige Türen dieses uralten Gebäudes. Schließlich kamen wir durch eine winzige, versteckte Holztür,

noch eine kurze Wendeltreppe hinauf, in einer unbeleuchteten Gasse zu stehen. Die hoch aufragende Außenwand des Palastes sowie eine gegenüberliegende Mauer gaben uns in der Dunkelheit genügend Deckung zur Orientierung.
„Wir müssen zur Taverne zurück. Nur der Wirt kann uns helfen“, flüsterte Caesar und schlich weiter vorwärts.
„Das ist zu gefährlich“, hielt ich ihn am Arm zurück und schüttelte skeptisch den Kopf. „Sicher weiß Iuncus durch seine Spione, wo wie die letzten Tage untergekommen sind und lässt die Taverne überwachen.“
„Dann erklär mir bitte, wie wir von Feinden umgeben aus Nicomedia hinauskommen sollen. Ohne Pferde. Ohne Wasser. Ohne Proviant. Und mit einem kleinen Kind auf dem Arm“, flüsterte Caesar gereizt und sah mich herausfordernd an. „Siehst du? Nur der Wirt kann uns helfen.“
Er hatte recht. Wie sollten wir es ohne Hilfe jemals schaffen? Wem konnten wir sonst vertrauen? Und wir hatten den Kleinen bei uns.
Wie übernatürliche Schattenwesen schoben wir uns lautlos durch enge, verlassene Gassen und Straßen, umgingen römische und bithynische Wachen, bis wir an der hinteren Pforte der Taverne angelangt waren und ich vorsichtig an die Holztür klopfte.
Sofort wurde sie einen Spalt geöffnet, als hätte jemand dahinter gewartet.
„Ach, ihr seid endlich da“, vernahm ich die leise Stimme des Wirtes. „Wir haben euch schon erwartet. Eure Landsleute suchen euch überall. Schnell, herein mit euch.“
Flott huschten wir ins Haus.
„Was ist denn das?“, staunte der Wirt. „Ihr habt ein kleines Kind dabei? Wessen Kind ist das denn?“
„Ist doch egal“, zischte Caesar unwirsch. „Ein Kind eben. Keine Fragen bitte.“
Der Wirt hob die Schultern und runzelte leicht verärgert die Stirn. Im Schankraum waren alle Lichter gelöscht. Trotzdem war zu erkennen,

dass die Wirtsfrau, ein korpulenter und herzensguter Muttertypus, in einer Ecke stand und ängstlich durch einen Spalt des geschlossenen Fensterladens lugte. Sie nickte ihrem Manne wortlos zu.
„Draußen scheint alles ruhig zu sein“, flüsterte mir der Wirt ins Ohr. „Habt ihr Jungs dem Prokonsul den Weinbecher aus der Hand geschlagen oder warum sind die Römer so in Aufruhr?“
„So etwas in der Art“, entgegnete ich ernst, „und jetzt brauchen wir...“
„... Pferde, Wasser und Proviant“, ergänzte der Wirt meine Worte. „Hinten im Stall haben wir alles vorbereitet. Ich hab' mir schon gedacht, dass ihr aufkreuzt. Ihr könnt auch sofort los. Julius kennt den unbewachten Durchgang der Stadtmauer. Kommt mit. Tatjana?“ Fragend sah er zu seiner jungen Tochter. „Haben wir noch einen von diesen großen Brotkörben?“
Tatjana nickte und verschwand im hinteren Zimmer, um gleich darauf mit einem riesigen geflochtenen Korb zurückzukehren.
„Ihr braucht eine gute Transportmöglichkeit für den Kleinen. Er kann unmöglich tagelang in einem Sattel herumrutschen. Wir kleiden den Korb mit Decken aus. Hier, noch ein Schutz gegen die pralle Sonne.“
Der Korb bot in der Tat genug Platz, einen kleinen Jungen bequem unterzubringen. Der Mann war eben schon lange und mehrfach Vater und dachte immer an alles.
So kam es, dass wir schon weit vor Morgengrauen, es war noch stockfinster, nach einer kurzen, aber innigen Verabschiedung von der guten Wirtsfamilie, die Stadtmauern Nicomedias hinter uns und die Pferde ordentlich ausgreifen lassen konnten.
Unser Ziel war es, räumlichen und zeitlichen Abstand zwischen uns und mögliche Verfolger zu gewinnen. So viel wie möglich, aber ohne die Pferde völlig zu verausgaben. Wir hatten Hochsommer und bald würde der Rückweg nach Pergamum vor Hitze flimmern.

Ich beobachtete Caesar, wie er sich hockgereckt und ernst im Sattel hielt. Er war wieder fast der Alte, obwohl ihm die Wut und die Trauer deutlich anzumerken waren.

Sein Sohn saß in dem Brotkorb, der am Sattel seines Vaters sicher befestigt war. Gaius war ohne Murren in den Korb gestiegen und war durch das sanfte Heben und Senken der galoppierenden Reittiere schnell eingeschlafen.

Schon kurz nach Sonnenaufgang hüllten wir uns in die großen mitgeführten Leinentücher, die uns als Schutz vor der Unbarmherzigkeit der Sonne Kleinasiens dienen mussten, wollten wir die Glut des Tages überleben. Auch für Gaius brachten wir den mitgeführten Sonnenschutz an, der sich als äußerst wirkungsvoll erwies.

Längst waren wir aus dem Galopp in eine schonendere Gangart für die Pferde gewechselt, die sich erstaunlich gut hielten. Wir kamen recht gut voran.

Ziemlich unbehelligt ritten wir über Tage unseres Weges, anfangs durch hügeliges, leicht bewaldetes Land, das, je näher wir Pergamum kamen, immer karger und einsamer wurde.

Berge wuchsen in den Himmel, Ödnis beherrschte das Land. Es zeigte noch vereinzeltes Buschwerk, was sicher auch an dem sehr heißen Sommer in diesem Jahr lag.

Bei überaus gastfreundlichen Bauern, auf deren Gehöfte wir in einiger Entfernung von der Hauptstraße immer wieder trafen, kauften wir frische Verpflegung und nahmen Wasser auf.

Auch für unsere Reittiere bedeutete diese Rast immer wieder Erholung von der Strapaze.

Wir konnten zwar nie ganz sicher sein, aber offenbar hatte Iuncus keine Truppen zu unserer Verfolgung ausgesandt, was uns nicht weiter erstaunte.
Eine kluge Entscheidung. Er wusste ja, wohin wir unterwegs sein würden. Eine Verfolgung war dahin gehend absolut überflüssig und band womöglich Kräfte, die er dringend zur Beruhigung der Hauptstadt Nicomedia nach den Geschehnissen im Königspalast brauchen konnte. So ritten wir meist abends und in der Kühle des frühen Morgens und mieden die Gluthitze der Mittagsstunden, auch wenn unser Ritt dadurch mehr Zeit in Anspruch nahm.
Wir machten uns überdies Sorgen um den allein im Palast zurückgebliebenen König Nicomedes. Sein Gesundheitszustand, der Tod seiner geliebten Tochter. All das spielte dem Prokonsul in die Hände, sofern der König überhaupt noch lebte und Marcus Iunius Iuncus nicht längst dabei war, ein Testament zu vollstrecken, das er selbst diktiert hatte.
Der Gedanke, der König könnte nach Helena ebenfalls den Tod gefunden haben, raubte Julius Caesar nachts am Lagerfeuer den Schlaf. Er glaubte insgeheim, den König durch seine Flucht verraten zu haben, auch wenn ich dem stets vehement widersprach.
Wir hatten das einzig Richtige getan und den lebenden Prinzen von Bithynien, der einer Testamentsvollstreckung durch Iuncus im Wege stand, der Reichweite des Prokonsuls entzogen. Nur diese Überzeugung, von nun an für seinen Sohn sorgen zu müssen, ließ Caesar weiterreiten.

**PERGAMUM**

Römische Provinz Asia

Unterstadt. Vormittags, am Eingang des Stadtkerkers. Es war der neunzigste Tag nach dem Auslaufen der ‚Imperium III' aus dem Hafen von Rhegium.

Ein Mann entstieg dem prunkvollen, vierspännigen Streitwagen, der von einem römisch gerüsteten Lenker geführt und von zwei berittenen Legionären begleitet wurde.

Bedächtigen, stolzen Schrittes näherte sich der grauhaarige, in edles Tuch gekleidete und ganz offensichtlich hochgestellte Römer dem Wachpersonal des Kerkers von Pergamon. Er wies sich bei einem Unteroffizier der Wachtruppe aus und verlangte, unverzüglich zu einem der Gefangenen gebracht zu werden. Er werde ihn sofort aus der Haft heraus mitnehmen, fügte er hinzu.

Der Unteroffizier sah sich angesichts dieses hohen Besuchs aus Rom außerstande, dem Besucher dessen herrisch vorgetragenes Verlangen zu verwehren. Auch wenn Gaius Julius Caesar alle Besuche aus Sicherheitsgründen ausdrücklich verboten hatte. Dieser ältere Senator, oder was auch immer er war, stand sicher höher als der junge Mann.

„Damis", sagte der Römer, als die hölzerne, mit Eisen beschlagene Tür der Zelle knarrend geöffnet wurde und er sich wegen des ekelhaften Gestanks mit einer arroganten Geste ein Tuch vor die Nase hielt. „Du wohnst ja sehr feudal hier, wie ich bemerke. Man hat dir immerhin eine Einzelzelle zugedacht. Na ja, steht dir als Anführer auch zu."

Damis lag auf einer alten Holzpritsche.

Das war luxuriös, denn normalerweise hatten die Gefangenen am Boden zu liegen. Seine mit Flecken übersäte, völlig verschmutzte Tunika klebte am seit Wochen ungewaschenen Körper und aus einem Loch im Boden stank es entsetzlich nach Fäkalien.

Wer Damis vor seiner Haft gekannt hatte, erkannte ihn hier nicht wieder. Er hob müde den Kopf und reckte dem Besucher das mit fettigen Locken umrahmte, bärtige und schmutzige Gesicht entgegen.
„Wer bist du, Römer? Verschwinde!“, knurrte Damis drohend. Er war schon so lange in diesem verdreckten Loch gefangen, dass er jedes Zeitgefühl verloren hatte. Und jedes Interesse an irgendwelchen Besuchern.
„Aber, aber“, entgegnete der Besucher. „Warum so unhöflich? Ich bin hier, um dir aus diesem Loch herauszuhelfen. Du bist ein sehr wichtiger Mann, mein Freund.“
„Quatsch! Wichtig für wen? Ich bin jetzt schon tot, ein Mann, auf den das Kreuz wartet.“
„Für den Societas und deine Leute in Coracesium. Sie brauchen dich.“
„Aha“, entgegnete Damis und lachte krächzend auf. „Die Männer in Coracesium wollen mich also auch kreuzigen. Oder als Sklaven verkaufen, was? Jeder will mir ans Leder. Da bleibe ich lieber gleich hier.“
„Unsinn, steh’ gefälligst von dieser dämlichen Pritsche auf!“, befahl der Römer nun und zog eine Schriftrolle hervor. „Das hier ist der schriftliche Befehl, dich unverzüglich in die Freiheit zu entlassen. Glaubst du mir nun? Niemand hält dich hier mehr fest! Du bist frei!“
„Und die Kameraden? Und dieser Caesar?“
„Der Befehl gilt nur für dich. Um Caesar mach dir keine Sorgen. Überlasse mir das Problem mit Caesar. Also komm!“
„Und wer bist du?“, fragte Damis, als er sich nun endlich langsam von der Pritsche wälzte.
„Nenn mich Socius III. Ich bin dein neuer römischer Freund und Verhandlungspartner.“

**PERGAMUM**

Römische Provinz Asia

Einen halben Tag östlich der Stadt.

Unsere Wege würden sich vorübergehend trennen, hatten Caesar und ich entschieden, während wir uns der Region Pergamum näherten.

Ich hatte ihm vorgeschlagen, Gaius doch vorerst bei unserer guten Wirtin in Ephesus unterzubringen und dann nach Pergamum zurückzukehren.

Ich hingegen wollte den direkten Weg in die Stadt nehmen, den Kerker mit den Gefangenen aufsuchen und die aktuelle Lage sondieren. Gaius Sicherheit war vorrangig vor allem anderen. Der Kleine durfte auf keinen Fall mit uns in Pergamum erscheinen, da es dort sicherlich von Spionen des Prokonsuls nur so wimmelte.

Unsere gute Wirtin in Ephesus, die mütterliche Römerin mit dem Damenbart, die schon Damis' kleinen Sohn unter ihre Fittiche genommen hatte, war sicher einverstanden, auch Gaius als ihren Enkel aus Hierapolis auszugeben. Niemand würde das anzweifeln. Dazu war die einfache Frau doch viel zu unbedeutend.

Ich würde in Ephesus allein durch mein helles Haar auffallen. Jeder heimliche Denunziant würde schnell wissen, dass ich wieder in der Stadt war. Nachstellungen dieser Spione waren da unausweichlich. Also blieb nur die Möglichkeit, dass mein Gefährte seinen Sohn selbst unauffällig dorthin brachte.

Wenn wir unser Vorhaben in Pergamum erledigt hatten, Caesar bestand nach wie vor unerbittlich auf der Hinrichtung aller Piraten, würden wir den Jungen in Ephesus abholen und mit dem Schiff nach Italien und irgendwohin in Sicherheit bringen.

Es gab aber auch einen anderen triftigen Grund für mich, eine Weile zum Nachdenken zu haben, den ich meinem Gefährten aber nicht

mitzuteilen gedachte: Noch immer war ich in meiner Haltung zutiefst ablehnend gegenüber der Massenhinrichtung der Piraten eingestellt und überlegte hin und her, wie diese zu verhindern war.
Julius Caesar hatte sich allen von mir vorgetragenen Einwänden zum Trotz als ziemlich hartleibig erwiesen und meine Argumente rundweg zurückgewiesen. Er befürchtete wohl, dass er sich meiner diesbezüglich nicht sicher sein konnte und versuchte tagelang vergeblich, mich zu überreden, auch mit nach Ephesus zu reiten.
Wir lagerten heute Nacht ein letztes Mal an einem niedrig brennenden, hinter Felsen versteckten Lagerfeuer am Rande eines Berges östlich von Pergamum.
Eine sanfte Brise wehte vom nahen Mare Internum herüber.
Wir brieten uns über den Flammen einige Stücke frischen Rindfleisches, welches wir Stunden zuvor auf dem winzigen Markt eines kleinen, ziemlich heruntergekommenen Dorfes erworben hatten, und tranken dazu Wasser.
Der kleine Gaius kaute vergnügt an leckeren Früchten, die wir an einem kleinen Stand auf dem Markt entdeckt hatten. Der Junge hatte den langen Ritt erstaunlich gut überstanden. Für ihn war das alles ein Abenteuer mit seinem Vater. Er hatte das Schicksal seiner Mutter nicht begriffen.
Die Stadt Pergamum war als berühmtes griechisches Pergamon einst die Hauptstadt eines eigenen Reiches gewesen, das bis vor über hundert Jahren in dieser Region der Welt sehr mächtig gewesen war. König Attalos III. hatte es Rom vor etwa achtundsechzig Jahren als letzter König von Pergamon testamentarisch vermacht.
Diese Art und Weise der Landnahme durch Rom hatte in dieser Gegend also Schule gemacht und unser herzallerliebster Prokonsul Marcus Iunius Iuncus sich ein Beispiel daran genommen.

Ich verdrängte die Gedanken daran, was damals wohl in Pergamon geschehen war, wie viele Menschen ihr Leben für die Erfüllung dieses ‚Testaments' gelassen hatten.
Unser kleines Lager bot jedenfalls einen faszinierenden Blick hinüber zu der gewaltigen, im Lichte von brennenden Fackeln elfenbeinfarben glänzenden Akropolis des heutigen Pergamums.
Sie thronte in fast gerader Nord-Süd-Richtung auf einer ausgedehnten, lang gestreckten und enorm hohen Bergspitzenkette und glimmte durch unzählige brennende Tellerlampen im Inneren der Tempel und durch Beleuchtung der Gehwege sanft und magisch in der Nacht.
Der Mond am Himmel tat sein Übriges für diesen wundervollen Anblick, von dem ich den Blick kaum abwenden konnte.
Über dem Markt der oberen Stadt, die Unterstadt reichte bis an den Fuß der Bergkette, erhob sich der Zeus-Altar, auch Pergamonaltar genannt. Daneben befand sich der dorische Athene-Tempel als Hauptheiligtum der Stadt, mit Bildern und Reliefs geschmückt, umgeben von einer überwältigenden Säulenhalle, sowie der Königspalast. Dort befand sich auch die weltberühmte Pergamon-Bibliothek, die angeblich hunderttausende Schriftrollen ausmachte und offen mit der Bibliothek im ägyptischen Alexandria konkurrierte.
Der Stadt zugewandt, für uns allerdings noch unsichtbar, da auf der anderen Seite des Berges gelegen, war ein Amphitheater mit zehntausend Sitzplätzen angelegt.
So räkelten wir uns ausgestreckt auf unseren Decken vor der Kulisse der göttlichen Akropolis von Pergamum. Die Pferde hatten sich ebenfalls in unserer Nähe niedergelassen und der kleine Gaius schlief bereits.
Ich hatte durch Zufall die Medaille in meiner Tasche wiedergefunden, welche ich Helenas Mörder abgenommen und während unseres langen Rittes vollkommen vergessen hatte.

Wir hatten all die Tage das Gespräch über die Vorfälle im Palast vermieden. Nun aber sprach ich meinen Gefährten darauf an:
„Julius, ich habe bei diesem Mörder im Palast, der sich Aeolus nannte, das hier gefunden. Er trug es um den Hals. Du kennst es."
Ich reichte ihm das Schmuckstück, welches er nachdenklich im fahlen Lichte des flackernden Feuers betrachtete.
„Das bedeutet, das Mörderpack war wegen mir da, Manius. Ich bin also allein verantwortlich für den Tod Helenas", murmelte er mit ernster Miene. Mit gesenktem Blick fixierte er das kleine Schmuckstück, drehte und wendete es in seinen Fingern.
„Welchen Unsinn redest du nur, Julius?" Ich setzte mich auf. Selbstmitleid passte nicht zu diesem Mann. „Du bist..."
„... daran schuld! Ich ganz allein!", unterbrach er mich laut, um sofort wieder den Blick zu senken. „Ich habe dir einige Dinge nicht erzählt, die ich in Rom erlebt und erfahren habe und die möglicherweise ganz entscheidend sind. Ich habe mich damals, als mich die Makedonier in Rom um juristische Unterstützung baten, in verschiedene Dinge eingemischt, ohne im ersten Augenblick zu verstehen, mit wem ich mich angelegt hatte. Seitdem werde ich von diesen Leuten gehetzt."
„Und was soll das gewesen sein? Hast du etwas getan, wofür dich der Magistratus[76] hätte verfolgen können?"
Ich konnte mir das selbst nicht vorstellen.
Ich hielt Caesar damals für absolut integer.
„Der Magistratus?", sinnierte er und lächelte kurz in sich hinein. „Nein, wenn es nur das wäre. Manius, die Welt ist nicht so, wie du sie dir vorstellst. Überhaupt nicht."

---

[76] die staatliche Obrigkeit Roms

„Ich weiß selbst, dass sie schlecht ist. Ich gehe nicht blind durch mein Leben."

„Nein, sicher nicht. Aber es existiert eine Welt im Schatten, die ganz anders ist als diejenige, die uns allen offiziell vorgegaukelt wird. Und diese Medaille ist das Erkennungszeichen der Mitglieder des ‚Societas Aeneae' und Symbol für all die Lügen, die die Bürger Roms zu glauben haben. Für die schrecklichste Monstrosität dieser Welt."

„Übertreibst du da nicht gewaltig?", fragte ich, wog zweifelnd den Kopf hin und her und lachte schließlich: „Mag sein, dass sich ein paar ältere Herren zu diesem lächerlichen Anachronismus, diesem ‚Societas Aeneae' zusammengeschlossen haben und in Zeremonien mit eindrucksvollen Gewändern in geheimen Tempeln den Gott des Geldes und des Profites anbeten, aber..."

„Kein Anachronismus, Manius!", entgegnete Caesar gereizt. „Rom beherrscht große Teile der Welt. Es ist das Zentrum der Welt. Aber sag mir: Wer beherrscht Rom? Sag mir das!"

Ich schwieg, denn ich wusste keine Antwort.

Er atmete tief durch, bevor er fortfuhr.

„Die Welt ist kein Theaterstück, in dem jeder Schauspieler seine Chance zum Glänzen hat. Sie funktioniert nur im Verborgenen, als Politik knallharten Durchsetzungsvermögens und ausschließlich zählender Einzelinteressen in einer kleinen Gruppe von Menschen, die die Macht Roms und seiner Legionen nutzt, um selbst noch einflussreicher zu werden!

Die Senatoren und andere scheinbar Mächtige in Rom zum Beispiel lassen sich dafür regelmäßig feiern, sich mal wieder auf politischer Ebene mit Vorschlägen gegen andere durchgesetzt zu haben. Ja, in den Verhandlungen zäh und in der Sache hart wie das Herz ihrer Ehefrauen gewesen zu sein."

Caesar lachte kurz und bitter über seinen eigenen Scherz.

„In der römischen Öffentlichkeit werden sie gelobt und als fähige Politiker dargestellt. Doch sie sind für die wahrhaft Herrschenden nur so genannte ‚Canes'. Einen ‚Canis'[77] lässt man Stöckchen fangen und nützliche Arbeiten verrichten. Ihm wirft man ab und zu eine Leckerei in Form von horrenden Belohnungen zu, lässt ihn in seinem überschaubaren Bereich der Herrscher sein und im Glauben, er könnte eines Tages zu einem echten sogenannten ‚Socius'[78] aufsteigen.
Canes wollen mit den Großen mitheulen, was natürlich unmöglich ist. Aber sie sind nützlich und helfen mit, den Deckel auf der Wirklichkeit zu halten, dem Volke jeweils passende Fehlinformationen zu streuen oder Kampagnen gegen Einzelne durchzuführen. Sie haben vielfältige Aufgaben und du findest sie überall. So bleibt der normale römische Bürger dumm und unwissend. Er glaubt, was ihm die Canes vorgaukeln."
Ich streckte mich wieder auf meiner Decke aus, kreuzte die Arme hinter dem Kopf und erwiderte in aller Ruhe:
„Jeder mit offenen Augen durch die Welt gehende Mensch weiß, dass in Rom eine Menge falsch läuft. Aber... Socius... Canis...? Den Glauben an eine Weltverschwörung dieses Ausmaßes halte ich für töricht. Das geht doch viel zu weit."
Ich wog den Kopf hin und her.
Caesar jedoch lachte mich aus, beugte sich zu mir herüber und sah mir auf seine unnachahmliche Weise in die Augen. Er war absolut überzeugt von seinen Worten und so ganz falsch erschienen sie mir denn auch insgeheim gar nicht.

---

[77] lat.: Hund

[78] lat.: Bundesgenosse

„Schau dir diese Medaille an“, meinte er ernst und ließ sie vor meinem Gesicht kreisen. „Dieses Symbol tragen die oberen Würdenträger dieser sauberen Bruderschaft.“

„Und woher weißt du das?“

„Mein Onkel Quintus Aurelius Plautus, Präfekt in Misenum, ist selbst ein Mitglied des ‚Societas Aeneae‘ und hat mir so manches erzählt. Er hatte vor, mich für die Organisation zu gewinnen, aber ich habe abgelehnt. Das hier“, flüsterte er und gab mir die Medaille zurück, „ist ihr Symbol. So erkennen sie sich. Jeder trägt eines um den Hals. Und manchmal noch einen gravierten Ring, so wie mein Onkel.“

„Aber er hat dir doch zur Flucht aus Italien verholfen.“

„Natürlich. Blutsbande, weißt du. Er mag mich eben sehr.“

„Und er ist ein Verschwörer, ein Socius, wie du sie nennst. Trotzdem vertraust du ihm?“

„Er ist kein politischer Verbrecher, wenn du das meinst. Mein Onkel ist ein Mann, der schon manches Verbrechen verhindert hat. Trotzdem ist er zu einem Socius aufgestiegen. Er hat Befürworter in allerobersten Kreisen des Societas.“

„Hm“, brummte ich und ließ den Kopf auf den Armen skeptisch hin und her rollen.

„Und dieser Aeolus, dieser Mörder, war ein ..., wie sagst du ... Canis?“

„Nein, nein, viel mehr. Nur ein Socius trägt diese Medaille. Aeolus war weit mehr als das. Er war ein Künstler in Sachen Mord. Virtuos spielte er für die Herren auf den vordersten Plätzen in der Tragödie Roms den Vollstrecker des Todes.“

„Hört sich an, als ob du ihn gekannt hättest...“, fuhr ich überrascht auf.

„Nicht persönlich, aber Onkel Quintus hat ihn exakt mit diesen Worten beschrieben. Aeolus, den Boten des Todes, der auf den Schwingen des Windes herbeikommt und nach getaner Arbeit unsichtbar verschwindet. Er war bereits bis weit nach oben aufgestiegen, was mich durchaus wundert. Ich denke, er hatte einen Gönner, der ihn in diese Position gebracht hat."

Er atmete tief durch, bevor er ergänzte: „Immerhin: Man entsendet mit Aeolus ein richtig hohes Tier, um mich zu erledigen."

Caesar grinste überheblich, zwinkerte mir dann aber lächelnd zu.

„Er schien kein Römer zu sein", antwortete ich und zog die Augenbrauen nach oben.

„Das muss er auch nicht sein, Manius. Rom ist ein Imperium. Es geht um Macht und Einfluss im ganzen Reich. Und weit darüber hinaus."

Das alles war unfassbar.

Wenn wirklich stimmte, was Caesar mir da eröffnete, der ‚Societas Aeneae' nicht ins Reich mythischer Fantasie, sondern zum täglichen römischen Leben gehörte, so war das mehr, als ich mir im Augenblick vorstellen konnte.

„Ich kann einfach nicht glauben, dass es so etwas geben soll, dass Menschen zu derartigen monströsen Untaten fähig sein sollen."

„Nein? Du kannst das nicht glauben? Oh, ich für meinen Teil denke da an den guten Aeolus. Dir hat es nichts ausgemacht, ihn im Palast zu foltern. Wusstest du vorher, dass du zu so etwas fähig sein könntest?"

Ich bedachte Caesar mit einem zornigen Blick und schwieg. Innerlich schämte ich mich aber sehr für diese Tat und ich hatte mir geschworen, nie wieder so zu handeln.

„Na siehst du! Der Mensch ist zu allem fähig. Während der Prozesse in Rom, zum Beispiel gegen diesen Dolabella, kam ich mit Menschen und mit Verbrechen in Berührung, von deren Möglichkeit ich mir nicht hätte träumen lassen. Aber mehr werde ich dir nicht verraten. Dieses Wissen brächte dich und deine Familie in ernste Gefahr. Jedenfalls begann damals in mir der Wunsch zu wachsen, die Verhältnisse zu ändern, Rom zu ändern."

„Du sprichst von den vier Säulen Roms?"

„Die es unbedingt zu stabilisieren gilt, ja!“

Mein Gefährte setzte sich gerade.

Er kniff seine Augen zu Schlitzen zusammen, während er in Gedanken versunken ins Feuer starrte und schließlich leise fortfuhr: „Diese Leute bringen den Staat in ihre Gewalt und keiner tut etwas dagegen. Sie versklaven unser Volk mit Mitteln, die kaum jemandem bewusst werden. Sie streuen dem Volk Sand in die Augen, halten die Menschen mit jämmerlichen Gladiatorenspielen und Wagenrennen bei Laune.

Im Senat spielen sie die ehrbaren Lenker. In Wahrheit sind sie Männer, die auf die Grundfeste der römischen Kultur spucken.“

Caesar verzog das Gesicht und spuckte aus.

„Diese Blender definieren sich über ihre kranke Sucht nach Reichtum und sexuellen Hemmungslosigkeiten mit Männlein, Weiblein, Tierlein. Man manipuliert uns, lenkt uns, horcht uns aus, überwacht uns unter dem Deckmantel der Wahrung der öffentlichen Sicherheit, die durch Piraterie und Volksaufstände angeblich gefährdet sei. Wer das Spiel durchschaut und sich nicht fügt, wird öffentlich vernichtet oder sogar beseitigt.

Völker werden unterworfen und ausgeplündert, ihre Kinder entführt, als Sklaven verkauft. Dieser Dolabella ist einer der schlimmsten Schänder an Kindern und Frauen, die das Sonnenlicht je erblickt hat. Meine griechischen Mandanten haben mir Beweise geliefert, unumstößliche Beweise. Umsonst! Er kam frei! Doch glaub mir:

**Ich** werde das alles ändern und das Reich von dieser Pest befreien. Und glaub mir weiter: **Ich** werde es durchsetzen.“

Ich hatte seinen Worten mit wachsender Distanz gelauscht und dennoch geschwiegen. Zu beurteilen, inwieweit seine emotionelle Analyse die Wirklichkeit traf, stand mir nicht zu.

Aber Caesar hatte sich ganz fürchterlich in Rage geredet.

Sein Gesicht war verzerrt. In seinen Augen spiegelten sich die Flammen des Lagerfeuers in einer Art, die schon etwas Wahnhaftes hatte.
Caesar hatte seine joviale Maske heute Nacht am Lagerfeuer abgelegt und erschien mir bei weitem nicht mehr als der junge Hoffnungsträger, für den das Herz meines alten Centurio schlug.
Dieses zugegeben junge, charismatische politische Talent zeigte mir seine Besessenheit von der Vorstellung ganz nun offen. Ich mochte damals jung sein, aber nicht dumm. Mein Gefährte der letzten Wochen bewies mir hier am Lagerfeuer, wie eng eine gewisse Genialität mit dem Wahnsinn einhergehen konnte.
Er hatte seine Beherrschung verloren. Caesar war sich gewiss, **er** könne die Macht dieses Geheimbundes brechen und in Rom eine Zeitenwende herbeiführen, die die römische Welt festigen würde.
„Ich glaube nicht, dass du es schaffen kannst, in Rom genügend Einfluss zu erringen“, goss ich stark ernüchtert Öl ins Feuer. „Sie heften dir einen Auftragsmörder an die Fersen. Wie willst du es denn so bis an die Spitze bringen?“
Julius Caesar atmete tief durch und ein eiskalter, vernichtender Blick traf mich, was mich entsetzte. Sein Ärger über meinen Einwand ließ ihn für den Augenblick offensichtlich vergessen, dass ihm mit mir ein **Freund** gegenübersaß!
„Mit Geld. Sehr viel Geld. Womit sonst?“, flüsterte er und blickte wieder ins Feuer.
Sein feindseliger Ton hatte mich nur für den Moment betroffen gemacht. Ich hatte vor, ihn weiter zu kitzeln.
Ich wollte wissen, welcher Mensch sich wirklich hinter der freundschaftlichen Maske dieses Gaius Julius Caesar verbarg. Jetzt und hier!
„Und woher willst du dieses Geld nehmen? Du sagst selbst, du wärest völlig mittellos.“

„Du solltest endlich einmal damit beginnen mitzudenken, Manius", zischte er mir entgegen. „Das Geld, was wir von den Piraten erbeutet haben, die fünfzig Talente, sie werden mir zu Anfang in Rom sehr nützlich sein. Dann sehen wir weiter."

„Aber die fünfzig Talente gehören den Städten der Provinz Asia. Sie gehören denen, die sie aufgebracht haben," entgegnete ich ebenso kalt. „Das Geld muss ihnen zurückgegeben werden."

Jetzt lachte mich Caesar lauthals aus und sah mich ungläubig von der Seite an. Das konnte doch nicht mein wirklicher Ernst sein, sagte mir sein Gesichtsausdruck.

Die Miene, die er zog, sprach Bände.

Er schien mich mit einem Male für einen ausgemachten Dummkopf zu halten. So gern ich ihn mittlerweile als Freund und Gefährten hatte, stieß mich diese wenig freundschaftliche Haltung ab.

Von überschäumenden Fanatikern hatte ich noch nie viel gehalten. Und er hatte mir nun einen äußerst fanatischen Charakter offenbart.

So ging ich innerlich weiter zu ihm auf Distanz.

„Das ist jetzt **mein Geld**", flüsterte er mit brennenden Augen, während ich ihm den Rücken zudrehte. „Eine Entschädigung steht mir nach der Gefangenschaft und vor allem nach dem Sieg über die Lumpen zu, zu dem diese Städte nichts beigetragen haben. Vor allem, wo sie sich haben kaufen lassen und erst gar nicht zahlen wollten. Ohne Servilius' unermüdlichen Einsatz für mich hätten die Kerle uns einfach auf dem Sklavenmarkt in den Orient verkauft. Kein Hahn hätte mehr nach uns gekräht."

Damit hatte er wohl recht. Mir aber war die Lust auf politische Gespräche vergangen und der kleine Gaius war von unserem laut gewordenen Disput erwacht und beschwerte sich mit hell krächzender Stimme.

Caesar legte sichtlich verärgert über den Verlauf unseres Gesprächs noch etwas Holz für das Feuer nach, streckte sich wortlos aus und wickelte sich in seine Decke. Schon wenig später schnarchte er gehörig vor sich hin, während ich die erste Wache übernommen hatte und in Gedanken versunken noch lange über das nachdachte, was ich heute Nacht mit ihm erlebt hatte.

Konnte das alles sein?

War die Republik in einem solchen Ausmaß unterwandert, dass nichts mehr galt außer den Anweisungen einer geheim agierenden Bruderschaft sehr reicher Männer?

Und vor allem: Durfte dieser mir nun offenbarte Gaius Julius Caesar wirklich große Macht erlangen?

Würde er in Rom vieles vor allem zum Besseren verändern?

Ich befürchtete nach heute Nacht eher das Gegenteil: den Übergang zu einer furchtbaren Tyrannei, gekleidet in das Mäntelchen der angeblichen Stabilisierung der vier Säulen Roms.

## PERGAMUM

Römische Provinz Asia

Unterstadt.

Am späten Vormittag ritt ein über und über mit Staub bedeckter junger Römer mit einem Packpferd im Schlepp müde durch das südöstliche Tor der Stadt, die sich unterhalb des pergamonischen Akropolis-Bergmassivs ausbreitete.

Er stieg schließlich ab, nahm die Tiere am Zügel und führte seine kleine Karawane durch das Gewusel von Menschen verschiedenster Herkunft in den Straßen von Pergamon, oder Pergamum, wie es die Römer nun nannten.

Sein Reittier und auch das Packpferd waren ermüdet. Sie ließen die Köpfe hängen. Ganz im Gegenteil zu ihrem Reiter, der vom Pferd stieg und den Blick schweifen ließ.

Der Römer wirkte trotz des Straßenstaubes mit seinem blonden Mehrtagebart, seinem hellen Schopf und den munteren blauen Augen im sehr jungen, aber recht sonnenverbrannten Gesicht außerordentlich männlich.

Er lächelte drei jungen Mädchen zu, die ihn vom Straßenrand aus beobachtet und kein bisschen schüchtern getuschelt und gekichert hatten. Sie taten so, als seien sie erschrocken, als er sich ihnen zuwandte und langsam näherkam. Natürlich waren sie keineswegs überrascht, etwas Theater gehörte zum Spiel zwischen den Geschlechtern.

Manius setzte sein breitestes Lächeln auf und hielt mit selbstsicherem Blick auf die drei Grazien zu, die recht wertvolle Tuniken trugen und deshalb aus gutem Hause zu sein schienen.

Zwei der Mädchen, keine war älter als zwanzig Jahre, waren sicher Einheimische. Sie hatten schwarzes, in typisch griechischer Manier toupiertes Haar und ausdrucksvolle dunkle Augen, so wie es in dieser Weltgegend eben sehr oft anzutreffen war.

Die Dritte jedoch hatte hellbraunes Haar, das durch eine goldene Spange geziert wurde, auffallend helle Haut und den stets leicht überheblichen Blick einer Römerin in ihren grauen Augen.

Manius sprach das Trio in griechischer Sprache an: „Ihr drei wunderschönen Damen, könnt ihr mir den Weg zum städtischen Kerker weisen?“

„Wieso? Willst du dich einsperren lassen, schöner Mann? Jammerschade!“

Die Römerin hatte mit kess nach oben gerecktem Kinn das Wort ergriffen und brach nun, wie die beiden anderen Mädchen, in lautes Gelächter aus.
„Nein, nein", lachte Manius mit, „aber ich muss dringend dort hin. Kennt ihr den Weg?"
„Vielleicht...", antwortete die Römerin mit herausforderndem Blick und zog ihren wunderschön geschwungenen Mund schief.
„Hey, Herumtreiber! Wer hat dir gestattet, diese Frauen anzusprechen? Seh' zu, dass du fortkommst, bevor ich dir...!"
Weiter sprach der breitschultrig gebaute Mann Mitte zwanzig nicht, der Manius von hinten fest an der linken Schulter gepackt hatte.
Manius reagierte nämlich unverzüglich, stieß den linken Ellenbogen mit einer kurzen Bewegung nach hinten in den Magen des Mannes, der die Berührung sofort löste und sich prustend krümmte. In einer weiteren kurzen Bewegung wirbelte Manius herum und schlug dem Angreifer mit einem kräftigen Hieb seine geballte Faust unters Kinn.
Der Angreifer hatte offenbar ein Glaskinn und stürzte wortlos und bewusstlos zu Boden.
Das Trio schwieg nun betreten.
„Du hast Demetrios zu Boden geschlagen", fand eine der Griechinnen als erste die Sprache wieder und beugte sich entsetzt zu dem Bewusstlosen hinunter. „Das hat bei meinem Bruder noch keiner geschafft."
Ihr Bruder also.
Manius hatte vergessen, dass in der griechischen Welt junge Frauen niemals ohne männlichen Begleiter das Haus verlassen durften. Die Frauen hatten hier nichts zu melden. Und eine von ihnen auf offener Straße einfach anzusprechen war ein Frevel, der unweigerlich sofortige Ahndung durch den Begleiter zur Folge haben musste.
Das war Gesetz! Nur war Demetrios heute an den Falschen geraten.

„Tut mir leid...", antwortete Manius und wies auf den Bewusstlosen. „Ich finde den Weg sicher allein."

Er drehte sich um und ließ die drei jungen Frauen mit dem am Boden liegenden Mann, der gerade wieder zu sich kam, ziemlich verwundert zurück.

Niemand beachtete ihn weiter, als er durch die überfüllten, lebendigen Straßen dieser Metropole schritt, denn Manius unterschied sich nicht im Mindesten von den vielen Fremden, die immer wieder aus den Weiten Kleinasiens hereinritten und einen kurzen Aufenthalt nahmen, bevor sie wieder zu unbekannten Zielen aufbrachen.

Der junge Römer hielt direkt auf die Gefängnisverwaltung zu, die sich an den großdimensionierten und berüchtigten Kerker der Stadt anschloss, der außerordentlich gut von Spezialkräften bewacht wurde, seitdem Julius Caesar hier rund zweihundertfünfzig Piraten eingekerkert hatte. Vor dem roh zubehauenen Eingangstor band er die Pferde an und schritt mit seinem Signaculum[79] in der Hand auf den wachhabenden Wärter zu, der gerade vor der Tür stand und den Ankömmling sehr überrascht musterte.

Zum selben Zeitpunkt fuhr ein anderer Römer, vom weiter entfernt liegenden Hafen kommend, eilig mit einem einspännigen Streitwagen von Seeseite her durch das westliche Stadttor. Er war zwar um einiges älter, gepflegt und frisch rasiert, aber ebenso blond wie der junge Manius Fabius Germanicus, der über und über mit dem Staub der Straße bedenkt vor gut anderthalb Stunden durch das Südosttor gekommen war.

---

[79] Signaculum = Erkennungsmarke römischer Soldaten zur Identifizierung u.a. bei Todesfall in der Schlacht

„Mitgenommen?", schrie ich, außer mir vor Zorn. „Wer? Und wann?"
Der Wachhabende, ein Römer, breit wie ein Schrank, roh gebaut, mit offenbar wenig Hirn und großem Durst nach kalter Cervisia, saß an seinem ebenso roh zubehauenen Tisch und wand sich unter meinem wütenden Blick.

„Gestern Morgen, Optio Germanicus. Er hat mir seinen Namen genannt, aber ich habe ihn wieder... vergessen."

Er räusperte sich blickte verlegen zu Boden, aber ich ahnte natürlich, dass ihn klingende Münze den Namen wie durch Zauber hatte vergessen lassen.

„So? Vergessen?" Ich schlug mit der Faust auf den Tisch, der unter dem Schlag erbebte. „Hast du eine Ahnung, was Caesar mit dir machen wird, wenn er erfährt, dass du den Anführer dieser Piraten freigelassen hast?"

Er blickte auf und sah mich an, als hätte er einen Geistesblitz.

„Aber ich habe die beiden Männer sicherheitshalber verfolgen lassen, Optio. Das war doch eine gute Idee von mir, nicht wahr!?"

„Hm", brummte ich. „Und wohin sind sie gegangen?"

„Ich weiß es nicht, Optio. Der Mann, den ich hinterhergeschickt hatte, ist nicht wieder zurückgekommen."

Sein Blick ging wieder zu Boden.

Ich strich mir genervt durch den stoppeligen Bart.

„Wie sah der Kerl aus, der Damis aus dem Kerker herausgeholt hat?"

„Fast vollständig ergrautes Haar, Optio, mit der Ausstrahlung eines Aristokraten. Aber so alt schien er mir gar nicht zu sein, ehrlich gesagt. Ernster Gesichtsausdruck, sonore Stimme - ein richtiger römischer Dominus eben."

Ich kniff die Augen zusammen und überlegte.

Ich kannte einen Mann, auf den diese Beschreibung zutraf.

Aber, nein..., das konnte nicht sein.

Ich verwarf den Gedanken wieder.

„Und was machen wir jetzt, Optio?“, fragte der Wachhabende kleinlaut, als ich mich von dem niedrigen Hocker vor dem Tisch seiner Schreibstube erhob.
„Erst einmal werde ich baden, um mich wieder wie ein Mensch zu fühlen“, erwiderte ich, „dann sehen wir weiter. Mein Gemach ist vorbereitet?“
Der Wachhabende nickte eifrig, was ihn noch unsympathischer machte. Der korrupte Kerl hatte den wichtigsten Gefangenen laufen lassen. Caesar würde ihn wahrscheinlich neben den verbliebenen Piraten an Damis’ statt kreuzigen.
„Du bleibst hier und hältst die Stellung“, befahl ich dem Wachhabenden. „Über neue Nachrichten will ich sofort informiert werden. Verstanden?“
„Natürlich, Optio Germanicus! Zu Befehl!“
„Und ich will zwei frische Pferde zur Verfügung haben. Jederzeit.“
Der Wachhabende riss seinen massigen Körper vom Stuhl hoch, reckte seinen Stiernacken, stand stramm und grüßte, während ich die Schreibstube mit einem flauen Gefühl in der Magengegend verließ.
Das würde sicherlich Folgen haben.
Man hatte Damis befreit. Ein hochstehender Römer war aufgetaucht und hatte dem Wachhabenden eine Verfügung des Prokonsuls unter die Nase gehalten. Gefälscht oder nicht, allein die Tatsache, dass man sich um Damis derart bemühte, war bedenklich.
Drei Stunden später, es war mittlerweile später Nachmittag, erschien ich gebadet, frisch rasiert und mit einer sauberen Tunika bekleidet in der Schreibstube.
„Optio!“, rief mir der Wachhabende entgegen, während er aufsprang und Haltung annahm. „Dies hier hat soeben ein Bote für dich gebracht! Es ist noch originalversiegelt!“

Er reichte mir eine kleine Schriftrolle, die sorgsam versiegelt und ungeöffnet war. Ich brach das Siegel, rollte den Zettel auf und las in lateinischer Schrift:

„MANIUS.
NACH SONNENUNTERGANG
IM AMPHITHEATER.
D.“

Das konnte nur von Damis sein. Ich rollte den Zettel ein und verstaute ihn in meiner Tunika.

„Sonst noch etwas?“

„Nein, das war alles, Optio.“

Nur zu gern hätte der Wachhabende gewusst, welche Nachricht ich bekommen hatte. Aber ich schwieg mich aus, verließ stattdessen ohne weitere Worte die Schreibstube, um eine Kleinigkeit zu essen.

Danach zog ich mich um, legte eine meiner hellbraunen Ledermonturen an, die so herrlich beweglich und trotzdem kampftauglich waren, bestieg mein Pferd und machte mich an den beschwerlichen Aufstieg zum Amphitheater.

Das Amphitheater, welches bis zu zehntausend Besuchern Raum bot, war am westlichen Hang der gewaltigen Akropolis von Pergamum halbkreisförmig und außerordentlich steil angelegt worden.

Im Brennpunkt des Halbrunds war die Bühne aus dem Felsen herausgehauen worden. Hinter dem niedrigen, nur wenig sichtbehindernden Bühnenhaus öffnete sich dem Besucher die beeindruckende Weite des Landes bis zum Meer.

Die Ränge waren mittig horizontal durch einen Gehweg unterbrochen, der es erlaubte, von der einen Seite auf die andere Seite des Theaters zu wechseln. Das Suchen des eigenen Platzes war über Treppen sowohl

rechts und links der Sitzplätze möglich als auch über eine Treppe, die die Ränge vertikal in der Mitte teilte.
Nach dem beschwerlichen Aufstieg auf zugegeben sehr gut ausgebauten, sogar gepflasterten Straßen betrat ich durch einen der Zugänge des Theaters die weitläufigen Wege, die zu den treppenartigen Sitzplätzen führten.
Das Theater war heute menschenleer, denn es fand an diesem Abend keine Aufführung statt, und nur vier recht gut bewaffnete Wächter hielten sich rund herum auf, unauffällig, aber auch unübersehbar.
So schritt ich staunend der mittigen Treppe hinunter und nahm auf einem der Ränge Platz. Ich genoss die grandiose Aussicht, die sich mir bot, da sich in nördlicher Richtung auch ein großer Teil der mächtigen Akropolis sehr beeindruckend erhob.
Es war schon fast dunkel, als ich Geräusche vom weiter oben liegenden Eingang vernehmen konnte. Ich erhob mich langsam und ließ die rechte Hand auf meinen Schwertknauf sinken. Ich spannte alle Muskeln an und war kampfbereit.
Ich hörte die Schritte, die sich im Dunkel von oben herab näherten, und erkannte einen Mann mit schwarzen Locken und belustigtem Funkeln in den Augen.
Damis war sauber gekleidet, rasiert, aber stark abgemagert, wirkte erschöpft. Die lange Haft im Kerker hatte ihre Spuren hinterlassen.
„Keine Sorge mein Freund! Heute ist nur reden angesagt, nicht kämpfen! Lass also dein Schwert stecken“, rief er und hob beide Hände als Zeichen, dass er keinen Angriff plante. Er streckte mir den Unterarm zum Gruß entgegen, den ich zögernd ergriff.
„Setzen wir uns, wir haben einiges zu besprechen“, sagte er und ich folgte seiner Aufforderung. „Ich habe ja mächtig Glück gehabt, noch einen Tag vor deiner Rückkehr freigelassen zu werden“, fuhr er mit

einem für ihn typischen Augenzwinkern fort. „Verdammtes Glück. Aber deshalb bin ich nicht hier."

Wir nahmen auf einem der Ränge Platz und schwiegen einen Moment, auch um uns der Situation klar zu werden.

„Du verstehst, dass ich wissen muss, wo mein kleiner Sohn ist", begann Damis und sah mich ernst an. „Demetrios ist alles, was mir von meiner Familie geblieben ist."

„Was lässt dich glauben, du würdest Gelegenheit haben, Demi wiederzusehen? Ich könnte dich jetzt einfach wieder festnehmen."

„Das wirst du schon bleiben lassen, Manius", lachte er. „Anders als du bin ich nämlich nicht allein gekommen. Wenn du mich festnehmen willst, wirst du sterben. Ich aber werde dieses Theater als noch immer lebender und freier Mann verlassen."

Wir lachten beide ein angespanntes Lachen. Ich wusste, er scherzte nicht. Ein Mann wie er ging kein Risiko ein.

„Im Ernst, Manius, du musst es mir sagen. Ich bitte dich inständig um diesen Freundschaftsdienst."

„Freundschaftsdienst?", erwiderte ich ungläubig lachend. „Ich wusste nicht, dass wir ‚Freunde' sind! Sag mir, wer dich aus dem Kerker befreit hat und ich beginne nachzudenken, ob ich es dir sage."

Damis schüttelte den Kopf.

„Wo ist Demetrios?

Ich legte den Kopf schräg und hob die linke Augenbraue.

„Wie heißt der Mann, der dich aus dem Kerker geholt hat? Wo finde ich ihn? Für wen arbeitet er?"

Damis schüttelte erneut den Kopf und atmete tief durch.

„Ich habe keinen Verhandlungsspielraum, Manius", sagte er und sein Blick ging über Pergamum hinweg an den Horizont, an dem das Mare Internum schwarz im Mondlicht glänzte. „Ich stehe unter Druck.

Coracesium[80] will Antworten in Bezug auf mein Versagen in den letzten Monaten. Aber man verhandelt mit Rom und braucht mich. Klar ist, dass ich deshalb nicht allein von einer Einzelperson befreit worden bin. Er hatte eine schriftliche Anweisung des Prokonsuls dabei, der mit diesem Papyrusstreifen befahl, mich unverzüglich auf freien Fuß zu setzen."

„Gefälscht?"

„Keine Ahnung. Aber der Römer, der mich befreit hat, gab sich als Abgesandter Roms aus, als ziemlich hohes Tier, das mit Coracesium verhandeln soll. Wenn du gegen diese Leute vorgehen willst, wirst du verlieren, Manius. Glaub mir."

„Was wird denn zwischen Rom und Coracesium verhandelt? Wie heißt der Mann?"

„Zwischen ‚Rom' und meinen Leuten gar nichts, Manius! Verstehst du denn nicht?"

„Doch, ich verstehe. Rom verhandelt also nicht offiziell, sondern insgeheim. Ist es eine Verschwörung?", fragte ich mit dem Hintergrundwissen, welches mir Caesar in der Nacht zuvor vermittelt hatte.

„Wo ist mein Sohn, Manius? Ansonsten antworte ich nicht."

Ich stand auf, zog mir ein kleines Lederbeutelchen, das an einer Schnur wie ein Kettenanhänger befestigt war, über den Kopf und setzte mich wieder. Ich öffnete das Beutelchen und zog einen kleinen silbernen Ring hervor.

„Mit diesem Ring als Erkennungszeichen wirst du Demi abholen können, Damis."

[80] heute: die türkische Stadt Alanya; im Altertum die Hauptstadt der kilikischen Piraten

Ich legte ihm den Ring in die Handfläche, die er mit den Fingern schloss, als habe er soeben den Schlüssel zu einem großen Schatz in Empfang genommen.

„Der Abgesandte hat sich mir als Socius III vorgestellt", begann Damis. „Frag mich jetzt bitte nicht, wie er wirklich heißt. Ich habe den Kerl im Kerker auch zum ersten Mal gesehen. Ich bin eigentlich Grieche, ein gebürtiger Athener, musst du wissen. Ich war aufgrund meiner Bildung und meiner Sprachkenntnisse als Abgesandter Coracesiums in Italien, damals, als wir beide uns das erste Mal in Misenum trafen. Aber mein Partner von der anderen Seite war ein anderer Mann, der nun angeblich nicht mehr verhandeln wird. Socius III wird ab sofort der Verhandlungsführer aufseiten Roms sein."

„Also stimmt das, was ich gehört habe, vom ‚Societas Aeneae'. Wo finde ich diesen Mann?"

„Ihr Erkennungszeichen ist dir ja bekannt", sprach Damis weiter. „Nachdem Socius III mich gestern aus dem Kerker geholt hatte, übergab er mich meinen eigenen Leuten, die mir eine Unterkunft vorbereitet hatten. Ich weiß also nicht, wo er sich aufhält. Soviel ich aber weiß, plant er morgen Nacht am Athene Tempel hier oben auf dem Burgberg eine Zusammenkunft der Verhandlungsführer. Ich werde dabei sein, denn ich bin der Partner der kilikischen Seite. Erwarte aber bitte nicht, dass ich dir sage, um was es bei den Verhandlungen geht. Ich werde meine Seite nicht verraten."

„Hm", brummte ich und schwieg einen Moment. „Ich kann nicht glauben, dass es eine Verschwörung in diesem Ausmaß geben soll. Dass Römer mit Piraten kungeln..."

„Es geht um so unfassbaren Reichtum, Manius. Ich glaube, wir beide können es gar nicht begreifen. Es geht immer nur um Schätze und Macht, wobei dies fast immer dasselbe ist."

Ich schwieg.

Wir schwiegen lange Minuten, bevor ich Damis schließlich die Adresse unserer guten Wirtin in Ephesus nannte, bei der er sich mit dem Ring ausweisen sollte.
Wir erhoben uns.
„Ich danke dir, Manius", sagte Damis und nahm sichtlich bewegt meine Hand. „Danke, dass du mir meinen Sohn zurückgibst. Irgendwie glaube ich, ein gemeinsames Schicksal verbindet uns über alle Gegensätze hinweg. Wir werden uns wiedersehen. In diesem oder dem nächsten Leben..."
Ich nickte stumm, denn ich wusste, dass er recht hatte.
Wir hatten uns gegenseitig geholfen, auch üble innere wie blutende äußere Verletzungen zugefügt. Aber auch ich fühlte längst, dass uns über die unterschiedliche Herkunft hinweg unsichtbare Schicksalsstränge verbanden.
„Wirst du Adriana suchen? Und was passiert, wenn du sie findest?"
„Ich weiß es noch nicht, ganz ehrlich. Im Moment ist mir mein Junge, der mir als einziger geblieben ist, viel wichtiger als die Rache an Adriana."
„Kann ich dich erreichen, wenn es sein muss?", fragte ich. Der Mann war mir trotz allem, was wir uns gegenseitig angetan hatten, überaus sympathisch.
Er nannte mir eine Adresse in Ephesus, bei der ich eine Nachricht hinterlassen konnte. Wenn ich ein Treffen wünschte, sollte ich eine prägnante Losung und meinen Aufenthaltsort nennen. Er bekäme schnellstens Bescheid und würde sich seinerseits melden.
Selbstverständlich war Damis heute völlig allein im Amphitheater eingetroffen, wie er mir doch noch verriet. Er würde morgen Abend nicht am Athene Tempel erscheinen, soviel war klar, denn ich würde dort sein und die Socii persönlich willkommen heißen.

Ich hatte noch lange auf dem Rang im Amphitheater von Pergamum gesessen. Damis war im Dunkel der Nacht und mit der Hoffnung, seinen Kleinsten gesund wiederzubekommen, verschwunden war.
In Gedanken versunken saß ich da, die Ellenbogen auf die Oberschenkel und das Gesicht in die Handflächen gestützt.
Ich war wie betäubt.
All das, was ich in den letzten Wochen und Monaten erfahren hatte, ließ ich an diesem Ort der Muse und des leichten künstlerischen Spiels hoch über den Häusern der uralten Stadt noch einmal an mir vorüberziehen und begriff: Julius Caesars frühere griechische Mandanten, die Kläger während der Prozesse gegen diesen Dolabella und andere, waren tatsächlich von menschlichen Heuschrecken ausgeplündert worden.
Im Augenblick verhandelten die obersten Bundesgenossen ein neues, ungeheuerliches, aber für sie sicher unverschämt lukratives Geschäft mit den schlimmsten Feinden Roms, mit den kilikischen Piraten des östlichen Mare Internums.
„Junger Mann! Was sitzt du hier im Dunkeln? Treib dich gefälligst woanders herum!"
Ich schreckte heftig aus meinen Gedanken.
Einer der Wächter, ein alter Brummbär, ein Römer, stand auf dem obersten Rang und leuchtete zu mir herunter. Neben einer hell brennenden Fackel in der Linken blinkte mir das Metall eines gezogenen Schwertes in der Rechten entgegen.
„Schon gut", rief ich ihm zu. Er hatte sich ebenfalls der lateinischen Sprache bedient. Ich stieg nach oben.
„Keine Aufregung! Ich bin sofort verschwunden."
Unter den misstrauischen Blicken des Alten und dreier anderer römischer Wachsoldaten, die etwas abseitsstanden, bestieg ich mein Pferd und ritt langsam den Weg hinunter, zurück in die Stadt.

Am nächsten Morgen, ich hatte die Nacht über in meinem Quartier nur wenig geschlafen, war durch üble Träume morgens schweißgebadet aufgewacht, besuchte ich eines der neu erbauten öffentlichen römischen Bäder.

Ich fühlte mich nach einem Sprung ins warme Wasser und dem gekonnten Einmassieren wohlduftender Lotionen in meinen Körper erheblich besser. Schließlich strotzte ich wieder vor Tatkraft und legte meine vollständige Militärrüstung an.

Am späten Vormittag betrat ich die Stube des Wachhabenden, der sich aus Furcht vor Caesar' s Zorn nun sehr devot und hilfsbereit gab.

Ich prallte überrascht zurück, als ich den in bestes Tuch gekleideten Herrn sah, der ihm lässig und freundlich plaudernd gegenübersaß. Er war Zivilist, mittelgroß, schlank, etwa Mitte vierzig und fiel durch sein hellblondes Haar in dieser Weltgegend sicher ebenso auf wie ich. Grinsend sah er mir ins Gesicht.

Mein Vater!

Er war hier in Pergamum!

„Manius, mein Junge", sagte er freudig und erhob sich. „Wie schön, dich gesund und kräftig zu sehen. Aber was ist denn das?"

Er wies auf meinen linken Unterarm und die frische Narbe, die ich Damis vom Kampf bei der Eroberung der Felsenfestung zu verdanken hatte.

„Nur eine Kleinigkeit, Vater", entgegnete ich und wir umarmten uns lange und innig. „Ist ein Andenken aus einem Kampfeinsatz. Aber sag mir, was du hier tust. Wieso bist du in Pergamum?"

Ein kurzes Kopfnicken genügte, den Wachhabenden nach draußen zu befördern, während ich dann an seiner Stelle auf dem Stuhl hinter dem Tisch platznahm.

„Es ist viel passiert, seit du Rhegium verlassen hast, Manius. Ich musste einfach herkommen und nach dir sehen. Eine Passage nach Pergamum war schnell gekauft. Herauszufinden, an welchem Ort der Provinz Asia du dich aufhältst, war nicht schwer, bei dem Staub, den ihr beide, dieser Julius Caesar und du, in dieser Gegend ständig aufwirbelt. Es hat sich bis nach Italien herumgesprochen. Jetzt bin ich hier, um dich zu unterstützen."

„Wie schön", freute ich mich. „Und Claudia? Hast du sie denn einmal gesehen? Hat sie nach mir gefragt?"

In den Augen meines Vaters veränderte sich etwas, ohne dass ich hätte sagen können, was es war.

Furcht? Sorge?

Quatsch, wieso sollte er sich sorgen bei dieser Frage?

„Es geht ihr gut, Manius", antwortete er knapp und wandte den Blick ab. „Sehr gut."

Ein unsichtbarer Graben tat sich zwischen Vater und mir auf, ohne dass ich gewusst hatte, wieso. Der Graben hatte Bestand, ich fühlte ihn, spürte die wachsende Distanz zwischen uns, ohne sie erklären zu können.

„Es gibt aber eine Menge aus Italien zu berichten. Du ahnst nicht, was alles geschehen ist", sagte er nun und berichtete mir, was er in der Zeit meiner Abwesenheit erlebt und herausgefunden hatte. Auch er war mit den Anhängern dieses ‚Societas Aeneae' aneinandergeraten.

Ich tat mein übriges, Vater zum Staunen zu bringen. Ich hatte in den Wochen mit Caesar mehr erlebt als andere Männer in vielen Jahren.

Und wir waren uns mehr als einig, den agierenden Personen der unheiligen Verschwörung am folgenden Abend gehörig dazwischenzufunken.

Pergamum. Akropolis. Während der Dämmerung kühlte auch die Brise, die vom Meer her blies, nur unzulänglich. Sie fächelte lediglich die im

Stein gespeicherte Hitze des Tages um die alten Mauern der pergamonischen Akropolis.
Nun war es Nacht geworden und trotzdem zwischen den Gebäuden des Burgberges glühend heiß. Kurz zuvor war eine blutrote Sommersonne am Horizont in den Wogen des nicht allzu fernen Meeres versunken.
Was mein Vater mir über die Geschehnisse in Italien berichtet hatte, war schockierend und mindestens so bedeutend gewesen, wie meine Abenteuer mit Julius Caesar. Dass Claudia meinetwegen, oder Caesars wegen, überfallen worden war, hatte mich zutiefst getroffen.
Unser Plan war, den Abgesandten der römischen Verschwörer, diesen geheimnisvollen Socius III, dingfest zu machen und die Pläne des ‚Societas Aeneae' zu durchkreuzen.
Ich verbarg mich etwas unruhig an der nördlichen Seite des Königspalastes, im Schatten des Gebäudes hinter einigen gewaltigen Säulen, in Richtung des Zugangs zu den Arsenalen.
Der Treffpunkt im nördlichen Bereich des Burgberges war zwischen den Verschwörern und den Abgesandten der Piraten verabredet worden.
Vater hatte seinen Platz unweit von mir eingenommen, auch wenn er sich von den Verletzungen, die ihm der Verbrecher Dolabella zugefügt hatte, noch nicht vollständig erholt hatte. Er litt unter Schmerzen. Aber er hatte sich nicht davon abbringen lassen, mir zu helfen.
Wir wussten, der riesige Komplex der Akropolis war im Grunde nur mit einer Kohorte[81] Legionäre zu sichern. Und dies wäre viel zu auffällig und auch aufwendig gewesen.
Uns war klar, dass die in sich verschachtelten Säulentempel, Gebäude der Bibliothek und Paläste von unserer kleinen Schar nicht zu überwachen gewesen waren. So hatten wir uns auf diesen recht

81 1 Kohorte = 3 Manipel = 420 bis 620 Mann

begrenzten Bereich verständigt und hofften, mit rund um den vermeintlich geheimen Treffpunkt herum postierten Männern aus Vatias Truppen unser Ziel zu erreichen.
Die Delegation der Piraten würde heute nicht an diesem Ort erscheinen, das war mit Damis so vereinbart. Es störte uns auch nicht, denn die römischen Verschwörer waren für uns viel wertvoller. Ich sah besonders diesen geheimnisvollen Socius III als lohnendes Ziel an, den ich unbedingt herzlich in die Arme schließen wollte.
Nachdem sich auch noch der dünnste Streifen Tageslicht vom Himmel verabschiedet hatte und die Sterne sehr deutlich von einem klaren Himmel funkelten, erschienen drei Männer nebeneinander am Rande des Platzes vor dem Palast und blieben, sich vorsichtig umschauend, stehen.
Die Falle, die wir gestellt hatten, schien zuzuschnappen.
Ich fand es seltsam, wie einfach das war.
Ich erhöhte meine Aufmerksamkeit und versuchte, mit den Augen das Dunkel der Schatten zu durchdringen. Doch ich bemerkte nichts Verdächtiges darin. Die Kerle waren tatsächlich allein erschienen.
Der Rechte trug eine Fackel mit sich, der Linke trug eine Art Gladiatorenrüstung, war sehr gut bewaffnet und offenbar zum Schutze der Hauptperson in der Mitte des Trios zugegen.
Ich prägte mir die Besonderheiten dieser seltsamen Gestalt ein. Langsamen, erhabenen Schrittes stolzierte er ins Zentrum des gepflasterten Vorplatzes, um die Delegation der Kilikier zu erwarten. Sein Gesicht war im zittrigen Schein der Tellerlampen nicht zu erkennen, da er einen Kapuzenmantel übergeworfen und die Kapuze über den Kopf gezogen hatte.
Ich bemerkte, dass sein Rücken gekrümmt war, als hätte er eine körperliche Beeinträchtigung. Ich wunderte mich, denn von einem Buckligen hatte Damis nicht gesprochen.

Waren dies wirklich die römischen Verschwörer, die wir erwartet hatten? Die bucklige Hauptperson der kleinen Gruppe wartete kurze Zeit und erteilte den anderen mit leiser Stimme einige Befehle.
Ebenfalls mit einem Paenula bekleidet und mit der Kapuze über dem Kopf betrat ich nun von der Seite die Szenerie und ging langsam auf die Zielperson zu.
Noch immer verschwand dessen Kopf innerhalb der Kapuze in tiefster Schwärze, ja, die Kutte erschien mir seltsam leer. Als stünde einzig die bucklige Kutte selbst vor mir, was das Unheimliche an dieser Figur und ihrer zutiefst bösartigen Aura noch verstärkte.
„Socius III, dein Spiel ist aus! Ergib dich augenblicklich!“, rief ich ihm mit fester Stimme zu und zog gleichzeitig die Kapuze vom Kopf und mein Schwert aus der Scheide.
„Manius Fabius Germanicus“, zischte die Kutte voller Wut, drehte den Kopf und sah mich mit zwei vor Bosheit glühenden Augen an.
Er kannte mich!
Woher?
Ich war wie paralysiert.
Ich konnte noch immer keine Gesichtszüge ausmachen.
Vater und unsere Legionäre stürmten nun aus ihren Verstecken. Die Wächter des Buckligen reagierten unverzüglich und absolut professionell. Sie verstanden ihr Handwerk.
Der Fackelträger warf das brennende Holz in hohem Bogen in meine Richtung, zog sein Schwert und bestürmte die Legionäre, während der Gladiator Kampfposition gegen unsere Leute einnahm. Er würde nicht so einfach zu besiegen sein. Die beiden banden jedenfalls mehrere unserer Leute und verschafften dem Buckligen Luft und die Möglichkeit, zu fliehen. Der Kerl dachte nämlich gar nicht daran, sich zu stellen und selbst zur Waffe zu greifen.
Er nutzte das Getümmel und machte sich wieselflink davon.

Abgelenkt durch die brennende Fackel, die ich mit einem Schwerthieb abwehren konnte, sah ich den Buckligen aus den Augenwinkeln heraus im Laufschritt und mit wehender Kapuze in südlicher Richtung fliehen. Er lief entlang der langen Palastfront auf den großen Palastbrunnen zu. Sofort wandte ich mich ihm zu und nahm die Verfolgung auf.
Ich war durch die Abenteuer der letzten Zeit tatsächlich sehr gut in Form gewesen, was aber offenbar zur Verfolgung dieses Gegners nicht ausreichte.
Es gelang mir trotz aller Anstrengung nicht, den Buckligen einzuholen, der mal nach rechts, mal nach links Haken schlug wie ein Hase auf der Flucht. Er jagte an besagtem Brunnen vorbei, weiter Richtung Süden, an der Bibliothek und dem Athene Tempel. Im nächsten Augenblick war er nach rechts in engen Gassen des Burgbergs verschwunden.
Hinter mir hörte ich in immer größerer Entfernung meinen Vater rufen, der ebenfalls die Flucht des Verschwörers bemerkt und die Verfolgung aufgenommen hatte.
Mich erstaunte, dass sich Socius III trotz seines offensichtlichen Gebrechens so außergewöhnlich gewandt und schnell durch die engen Gassen bewegen konnte, die sich zwischen den Tempeln des heiligen Bezirks hindurchschlängelten. Seine schnellen Schritte hallten mit kratzigem Geräusch von den Wänden der Gebäude wider.
Ich hörte hinter mir meinen Vater keuchen.
Wie von Sinnen stürmte ich hinter dem Buckligen in seinem Kapuzenmantel her, der inzwischen den Theatereingang erreicht, den Zugang hinter sich gelassen hatte und mit langen Sätzen treppab Richtung Bühne sprang.
Hier durfte es für ihn kein Entkommen mehr geben. Socius III hatte einen Fehler gemacht, wie erfreut feststellte. Ich wusste, hinter dem niedrigen, schmalen Bühnenhaus fiel der Felsen sehr steil ab bis zum Fuße des Berges.

Nun verlangsamte ich meine Schritte.
Ganz anders der Bucklige: Er befreite sich im Lauf von dem Kapuzenmantel und warf ihn achtlos zur Seite, während er weiter mit seinem wehenden grauen Haar auf die dahinter steil abfallende Bühnenbegrenzung zuhielt.
Und der Mann war alles andere als bucklig. Ich erkannte auf seinem Rücken eine Art großen Beutel oder Tornister, an dem er heftig zog, nachdem er gestreckt und im vollen Lauf über die Bühnenbegrenzung in die nachtschwarze Tiefe gesprungen und augenblicklich aus meinem Blickfeld verschwunden war.
Vor Verblüffung blieb mir fast der Atem stehen. Endlich erreichte ich die Außenmauer des Gebäudes und blickte dem Verschwörer nach.
Ich konnte eben noch erkennen, wie er sich mit einer Art riesigem schwarzen Segel über seinem Kopf in die Tiefe Richtung Unterstadt stürzte, bevor er mit dem Dunkel der Nacht verschmolz.
Ich traute meinen Augen nicht und rieb sie mir ungläubig.
Was hatte ich da eben gesehen?
War ich Zeuge gewesen, wie sich ein unheimliches fliegendes Wesen der Nacht davongemacht hatte?
„Bei allen wohlmeinenden Göttern Roms, der Kerl ist kein Mensch“, keuchte ich, während mein Vater um Atemluft ringend neben mir erschien und ich weiter den Kopf nach dem Geflüchteten reckte. „Der Kerl kann fliegen wie ein Vogel, Vater! Er bewegt sich durch die Luft! Ich habe es genau gesehen!“
„Nein, nein“, keuchte Vater, noch immer völlig außer Atem und der Ohnmacht nahe. „Der ist kein Vogel, sondern ein Mensch!“
Er beugte sich vornüber und stützte sich schweratmend mit den Handflächen auf seine Knie.
„Ich habe schon einmal Zeichnungen... gesehen, während ich... Material für die Legion begutachtet habe“, keuchte er. „Archimedes von Syrakus

soll demnach eine Art Segel gezeichnet haben, das man zur Entfaltung bringen muss, um mit ihm von einer Anhöhe aus schnell ins Tal zu gelangen."

„Das ist unmöglich", erwiderte ich ungläubig. „Nur Vögel können fliegen, Menschen nicht."

„Vögel...", betätigte Vater. „Und offenbar dieser Mann namens Socius III. Hast du erkennen können, wer er ist?"

Ich schüttelte den Kopf.

„Nein, aber Geld spielt bei ihm keine Rolle", antwortete ich missmutig. „Es gibt scheinbar nichts, was diese Socii nicht können."

Er war uns entwischt. Auf eine Art und Weise, auf die wir ihm nicht folgen konnten. Noch minutenlang standen wir im Bühnenhaus des Amphitheaters, starrten in die Tiefe und fanden nur langsam zu normaler Atmung zurück, bevor wir uns seine Kutte griffen. Ich fand jedoch keine Hinweise, die uns zu ihrem Besitzer hätten führen können.

Enttäuscht und wütend kehrten wir zum Treffpunkt der Verschwörer zurück. Dort erhielten wir die nächste böse Nachricht: Die Begleiter von Socius III hatten den Kampf nicht überlebt. Sie konnten also nicht verhört werden.

Unsere Aktion gegen den Societas war ein Schlag ins Wasser gewesen. Der so sicher in unseren Händen geglaubte Verschwörer war auf unheimliche Weise entwischt.

„Wieder einmal", hatte mein Vater zerknirscht gemurmelt und ich hatte die kalte Wut aus seinen Augen sprühen sehen.

Geraume Zeit später lag ich rücklings auf meiner Pritsche und starrte missmutig an die schmutzig braune Zimmerdecke. An Schlaf war für die wenigen Stunden bis zum Morgen nicht zu denken.

Wieder war eine wichtige Unternehmung unsererseits vollends schief gegangen. Der Verschwörer, der sich Socius III nannte, war nicht nur äußerst verschlagen vorgegangen. Er nutzte auch Fluchtmöglichkeiten, von denen viele Menschen glaubten, sie wären nur den Göttern vorbehalten. Er war uns auf und davon geflogen.

Der Mann kalkulierte offensichtlich alle Eventualitäten durch, bevor er etwas unternahm.

Ich war auch zutiefst bestürzt, dass er mich kannte. Und nicht nur vom Hörensagen oder weil ich ihm meinen Namen genannt hätte, sondern persönlich. Er hatte mich erkannt und mich Manius Fabius Germanicus genannt.

Dieser Mann war sicher in unserem Umfeld zu finden, privat oder geschäftlich. Aber Vater konnte sich nicht vorstellen, wer sich hinter den Masken und der Bezeichnung Socius III verbarg.

Sein Blick verriet mir allerdings, dass er schlimme Vermutungen hegte, ohne diese letztlich beweisen zu können. So verweigerte er sich mir und schwieg sich aus.

Unterschätzten wir die Macht und die Möglichkeiten unserer Gegner? Ich konnte diese Frage nur eindeutig bejahen.

Wir hatten sie jäh unterschätzt und das Ergebnis unserer Aktion sprach für sich. Das durfte uns nicht noch einmal passieren.

Ich drehte mich ermüdet zur Seite und zog mir meine Decke über die Schultern, denn trotz der angenehmen Temperaturen dieses frühen Morgens fröstelte ich. Mir fielen schließlich doch die Augen zu und ich entschwebte in eine andere Welt - bis ich ein lautes, knackendes Geräusch vernahm.

Erschrocken riss ich die Augen auf und drehte den Kopf. Fünf dunkle Gestalten verharrten regungslos vor meiner Schlafstatt.

Der mir nächststehende Dunkelmann hob den Arm und zog mir einen stumpfen Gegenstand über den Kopf. Mehr nahm ich nicht mehr wahr, denn ich setzte meine Reise ins Land der Träume auf eine sehr unfreiwillige und schmerzhafte Art und Weise fort.

Wie lange war ich wohl außer Gefecht gesetzt gewesen?
Mühsam schlug ich die Augen auf. Meine Lider waren schwer wie Blei, mein Kopf im Augenblick das Ziel des Trommlers auf dem Ruderdeck meines Schiffes, der unerbittlich seinen wilden Takt schlug...
Dong - Dong - Dong... ein schrecklicher, hämmernder Schmerz.
Ganz langsam gewöhnten sich meine Augen an das mich umgebende Zwielicht und blickten in zwei muntere schwarze Äuglein, die von einem spitz zulaufenden Gesicht und zwei großen runden Ohren umrahmt wurden, die sich wild bewegten. Eine kleine graue Ratte saß mir direkt vorm Gesicht und sah mich neugierig schnüffelnd, fast amüsiert an. Lustig drehte sie ihre Ohren. Was wollte ich merkwürdig großes Wesen hier in ihrem Reich? Wer war ich?
Langsam richtete ich mich auf, stöhnte.
Dong - Dong – Dong... Schmerz...
Ich bemühte mich, meine Umgebung wahrzunehmen, mich zu erinnern. Was war passiert? Dabei verscheuchte ich die kleine graue Vorwitznase mit einer kurzen Armbewegung.
Offensichtlich war ich, außer dem heftigen Schlag auf den Kopf, weitgehend unverletzt geblieben.
Man hatte mich in einen engen, vor menschlichen Fäkalien, Urin und, in diesem feuchten Gemisch, verfaulendem Stroh strotzenden Raum geworfen, in den nur durch eine winzige Öffnung an der Decke schwaches Licht fiel.
Eine Gelegenheit, sich einigermaßen human zu erleichtern, einen Eimer oder auch nur ein Loch im Boden gab es nicht. So blieb dem jeweils Angeketteten nur übrig, der Natur an Ort und Stelle, eben dort, wo er

lag, freien Lauf zu lassen. Der Boden bestand demnach aus festgestampftem Lehmboden und einer Schicht fest-flüssiger menschlicher Ausscheidungen. An den verschmierten Wänden hatten sich die Gefangenen mit Namen in bekannten und fremden Schriftsymbolen - und ihrem eigenen Kot - verewigt.

Dieses elende Loch war der letzte Ort, den viele Gefangene aus aller Herren Länder gesehen hatten, bevor sie dem heiligen Rom zum Opfer fielen, einer Justiz, die sie entweder der Sklaverei oder dem Tod übereignete. Letzteres war für so manchen Verurteilten erstrebenswerter, selbst wenn er ihn am Kreuz finden würde.

Ich bemerkte keineswegs überrascht, dass man mich angekettet hatte. In diesem Loch angekommen erwartete ich nichts anderes. Ich versuchte, flach durch den Mund zu atmen, bevor durch den ekelhaften Geruch meine letzte Mahlzeit mit dem Dreck dieses Bodens flüssige Vereinigung feierte.

„Wer bist du?“, brach sich eine helle Stimme aus dem Dunkel der anderen Seite des Raumes Bahn. Ich erschrak, denn ich war offensichtlich nicht allein in diesem Verlies.

„Manius, ich bin Manius“, antwortete ich vorsichtig und bereitete mich auf einen Angriff aus dem Dunkel vor, setzte mich so, dass ich ihn trotz der Ketten einigermaßen hätte abwehren können. „Und wer will das wissen? Zeigt dich gefälligst!“

„Aristoteles.“

„Wie bitte?“

„Ich heiße Aristoteles.“

„***Der*** Aristoteles …?“

Ich musste lachen und sog zischend Luft in den Mund. Der trommelnde Sklave auf meinem Ruderdeck schlug einen schnelleren Takt.

„Nein, natürlich nicht. Ich heiße nur so. Alle nennen mich den ‚Griechen‘“, meinte Aristoteles verschämt.

„Also, Grieche“, stöhnte ich wieder. „In welchem Loch befinden wir hier eigentlich?“

„Wir sitzen natürlich im Kerker. Was denkst du denn?“

Der ‚Grieche‘ schien bei diesen Worten zu grinsen und rutschte aus dem Dunkel in das spärliche Licht. Er war sehr jung, höchstens dreizehn Jahre alt, ein schmalbrüstiger Junge mit zarten, mädchenhaften Gesichtszügen und dichtem, schwarz gelocktem Haar.

„Manius heißt du“, meinte er rotzfrech, „also bist du ein echter... Römer?“

„In voller Lebensgröße“, erwiderte ich stöhnend. Hinter meiner Stirn verausgabte sich der trommelnde Sklave förmlich mit seinen Klöppeln.

„Ein Römer im Kerker?“ Misstrauische Augen musterten mich. „Ihr sperrt doch sonst nur andere Leute ein, die ihr aus aller Herren Länder heranschleppt. Wie kommt das?“

Ziemlich mutig von diesem jungen Kerl, solche Reden zu führen, dachte ich bei mir und schob mich in eine bequemere Sitzposition an der Wand.

„Das, mein junger Grieche“, ich massierte kräftig meinen Nacken, „ist eine verdammt lange Geschichte...“

„Wenn du heute nichts mehr vorhast“, lachte Aristoteles, „dann erzähl mir doch deine Geschichte. Wir haben Zeit. Wie kommt ein Römer, ein hoher Herr wie du, in dieses düstere Loch?“

Ich blickte durch die kleine Öffnung an der Decke, die uns beiden bisher das wenige Licht von außen geschenkt hatte.

„Tja, eine wirklich lange Geschichte“, raunte ich dem Jungen zu, der mir gegenübersaß. Und so gingen meine Gedanken ein gutes Vierteljahr zurück in eine Zeit, in der ich naiv und aufgeregt das Glück dieser Welt auf den Planken eines römischen Kriegsschiffes zu finden glaubte.

Der ‚Grieche' hatte meinen Worten so gespannt gelauscht, dass die Zeit wie im Fluge vergangen war. Ich hielt inne, war müde geworden, auch wenn die Kopfschmerzen schon lange abgeklungen waren, erleichterte meine mittlerweile prall gefüllte Blase so weit von meinem Liegeplatz entfernt wie möglich und sah gedanklich ziemlich abwesend zu, wie sich der Urin mit dem fauligen Stroh des Bodens verband.
Hatte die misslungene Festnahme dieses Socius III und der Überfall auf mich in meiner Unterkunft wenig später Spuren hinterlassen, so hatte auch die lange Erzählung selbst meine Schleimhäute austrocknen lassen. Ich schmeckte auf der Zunge nun dauerhaft das ekelhafte Aroma dieses Kerkers.
Wir hatten in all den vergangenen Stunden weder zu essen noch zu trinken erhalten.
Überhaupt hatte sich in all den Stunden niemand blicken lassen, was mich doch sehr verwunderte und ich fragte mich, wer wohl für meine Entführung verantwortlich war.
Natürlich dachte ich zuerst an unseren gewitzten Gegner von der Akropolis, der sich so elegant und auf außergewöhnlichem Wege unserem Zugriff entzogen hatte. Ja, ich war sogar absolut sicher, denn nur ihm traute ich die Dreistigkeit zu, uns seinerseits so kurz nach unserer eigenen Aktion zu attackieren.
Ich fragte mich, was aus meinem Vater geworden war. Hatte man ihn genauso wie mich verschleppt? Oder war er vielleicht auf der Suche nach mir?
Der dünne Schein der Sonne erhellte das verdreckte Kerkerloch nun ein wenig mehr, in dem wir zu zweit gefangen waren. Aristoteles, der ‚Grieche', schlief nicht und sah nicht einmal sehr müde aus.
„Gute Geschichte, Manius", nickte er und sah mich mit großen Augen an. „Und das ist wirklich alles so passiert?"
„Wenn ich es doch sage. Aber warum bist *du* eigentlich hier?"

„Diebstahl“, antwortete der Junge prompt und grinste mich breit an. „Ich habe mich in den letzten Wochen von Ephesus aus bis nach Pergamum durchgeschlagen und hatte Hunger. Und hier bin ich beim Stehlen erwischt worden. Wirklich Pech.“ Er hob die Schultern und dann grinste er mich noch breiter an. „Was glaubst du eigentlich, wo du dich im Moment befindest?“

Nun hob ich, ziemlich ratlos, die Schultern. In einem Kerker, soviel war sicher. Aber in welchem?

„Im Kerker von Pergamum natürlich.“

Natürlich! Die Kerle hatten mich von meiner Pritsche weggebracht und ausgerechnet in den Kerker nebenan geworfen, in dem sich Caesars gefangene Piraten befanden, von denen alle Welt sprach.

Bei Jupiter, ich war mal wieder gedankenlos gewesen. Ich musste dringend an mir arbeiten, nahm ich mir vor.

Aber warum dieses Spielchen mit der Entführung und dem Kerker?

Während ich vermied, dem Reflex nachzugeben, mir mit der verschmutzten Handfläche über die Stirn zu fahren, was ich fast getan hätte, sah mich Aristoteles mit belustigt funkelnden Augen an, einem Blick, der mir bekannt vorkam.

Wo waren eigentlich meine Gedanken gewesen?

Mir wurde klar, wer da möglicherweise vor mir saß.

Ich wurde nun abgelenkt, denn es waren Schritte draußen auf dem Gang zu hören. Mehrere Personen näherten sich unserer Zelle.

Ich sah den Griechen an und bemerkte die Sorge in seinen Augen. Seine Unbekümmertheit wich Todesangst.

Auch ich wurde nun unruhig. Es tat sich etwas. Ein Schlüssel drehte sich im Schloss und ein Riegel wurde zurückgeschoben.

Der Zugang zum Verlies wurde knarrend und quietschend geöffnet.

„Dein Aufenthalt im besten Etablissement von Pergamum ist beendet, Manius“, sagte mein Vater, der nun eintrat und angesichts des Drecks und Gestanks in der Zelle die Nase rümpfte und dem Wärter, der hinter ihm stand, mit einer Handbewegung bedeutete, er solle mir gefälligst die Ketten abnehmen.

Ich atmete auf, wobei mir nicht einmal mehr schlecht wurde. Offenbar hatte sich mein sonst immer sehr empfindliches Riechorgan an das feuchtfaulige Aroma gewöhnt.

Der Wärter trat näher und nahm mir umständlich die Eisenfesseln ab. Ich rieb mir die Hand- und Fußgelenke und erhob mich ungelenk.

„Den jungen Mann hier nehmen wir ebenfalls mit", sagte ich und zeigte auf den Griechen. „Das ist Damis' älterer Sohn."

Und dem Wärter befahl ich streng: „Nimm ihm die Ketten ab! Sofort!"

Sowohl mein Vater als auch der Grieche sahen mich überrascht an.

„Natürlich habe ich die Ähnlichkeit bemerkt, Grieche", grinste ich nun meinerseits. „Also komm mit. Dein Vater glaubt, du wärst tot. Und ich bis vorhin auch. Warum hast du während meiner Erzählung nichts gesagt?"

Erneut glänzten seine Augen in so typischer Weise humorvoll und er hob belustigt eine Augenbraue.

„Die Überraschung wollte ich mir eben für später aufheben", grinste er, erhob sich und rieb ebenfalls seine steifen Glieder. „Und jetzt brauche ich ganz schnell etwas zu trinken."

„Also raus hier!", befahl mein Vater, drehte sich um und verließ die Kerkerzelle stehenden Fußes. Wir folgten ihm nur zu gerne. „Zu trinken gibt's beim Wachhabenden. Und ihr müsst schnellstens baden. Ihr stinkt wie Pluto' s Hades."

Offen war die Frage, wie er darauf gekommen war, mich ausgerechnet hier unten zu suchen. Und warum mich keiner der Wächter, die mich doch kannten, befreit hatte.

Während wir im Gänsemarsch durch die Katakomben des Kerkers nach oben marschierten, bemerkte ich mit zunehmendem Ärger die

unverhohlene Häme der Wächter, das Grinsen dieser Männer hinter meinem Rücken, die die Hand aufgehalten und mich für ein paar Sesterze[82] in der übelsten Zelle des Gefängnisses angekettet gelassen hatten.
Am Eingang zu den Zellenbereichen wartete der unsympathische, stiernackige Wachhabende bereits, sichtlich geknickt und gespielt peinlich berührt und rief verzagt: „Optio Germanicus, das ist ja furchtbar, was dir widerfahren ist. Zum Glück ist dir n..."
Jetzt reichte es!
Ich stoppte sein geheucheltes Entsetzen mit einem harten Faustschlag mitten in das feiste, stoppelbärtige Gesicht, der ihn lang hinschlagen und einige Zähne einbüßen ließ.
Jammernd und mit vor Schmerz verzogenem Gesicht blieb er am Boden liegen, während ich mir die nun schmerzende Rechte rieb und sich Aristoteles freudig zu ihm hinunter bückte.
Der ‚Grieche' fackelte nicht lange.
Er trat flink an den Mann heran, zog und wühlte einige Augenblicke in dessen Tunika. Schließlich nahm er dem jammernden Kerl, der mit dem üblen Schicksal seines Kauwerkzeugs haderte, geschickt einen kleinen Beutel mit klingendem Inhalt aus der Kleidung. Er schüttelte das Säckchen und nickte zufrieden.
„Mein Tisch wird in den nächsten Tagen reicher gedeckt sein, glaube ich", rief er entzückt, gab dem Stiernackigen einen ordentlichen Tritt in die Seite und sprang uns mit langen Sätzen nach.

---

[82] Sesterze = römische Geldwährung

Es war der vierundneunzigste Tag nach dem Auslaufen der ‚Imperium III‘ aus dem Hafen von Rhegium.
Heute war einer der schwärzesten Tage meines bisherigen Lebens, der im Nachhinein gesehen eine erneute Wendung bedeutete.
Dies sollte mir jedoch erst später klar werden.
Der Offizier der pergamonschen Sicherheitskräfte schlug das Leichentuch zurück und ich erschrak bei dem schauderhaften Anblick, der sich mir bot. Der verstümmelte Leichnam, der vor mir lag, war schrecklich zugerichtet, sein Gesicht unkenntlich, zu blutigem Brei zerschlagen, Kiefer und Jochbein gebrochen, sicher auch der Schädel, der Brustkorb eingedrückt, die Gliedmaßen gebrochen.
„Dieser Mann ist heute Morgen mitten auf dem zentralen Marktplatz der Stadt gefunden worden“, erklärte der Soldat. „Der Marktplatz scheint aber nicht der Tatort zu sein. Er ist dort abgelegt worden, wie unsere ersten Untersuchungen ergeben haben“
Ich war als römischer Legionsoffizier und Quasi-Stellvertreter Caesars, der ja mehrere hundert Seeräuber eingekerkert hatte, von den einheimischen Sicherheitskräften gerufen worden.
Prokonsul Iunius Iuncus war noch nicht eingetroffen. So hatte sich mein Vater Gaius bereitgefunden, mich zu der Leichenbeschau zu begleiten. Dieser entsetzliche Mord hatte die Bewohner der Altstadt erschüttert.
„Wer hat ihn gefunden?“, fragte er und verzog das Gesicht. Mir drehte sich fast der Magen um, denn nicht einmal in den vergangenen Schlachten hatte ich einen derartig schrecklich zugerichteten Leichnam gesehen. Er war buchstäblich zermalmt worden, was aber den Sicherheitsoffizier nicht weiter zu stören schien.
„Eine Bauersfrau, die mit ihrem Wagen als Erste einen Stand auf dem Marktplatz aufbauen wollte. Heute ist Markttag, müsst ihr wissen. Ihr könnt euch vorstellen, in welchem Zustand sie uns alarmiert hat. Sie hat

die halbe Stadt geweckt mit ihrem Geschrei und ist dann völlig zusammengebrochen."

Ein süffisantes Lächeln umspielte den Mund des Offiziers.

„Kann ich mir vorstellen", antwortete ich und sah ihn missbilligend an. „Die arme Frau. Gibt es Hinweise, wer der Mann sein könnte?"

„Sicher kein Römer", antwortete er. „Er ist von einem oder mehreren Angreifern brutal mit den Fäusten bearbeitet und dann erschlagen worden."

Der Offizier erschien mir recht kompetent und hatte den Toten sogar vorschriftsmäßig durchsuchen lassen. Offenbar war das nicht der erste Mord, den er hier in der Stadt untersuchte. Er hatte routiniert alles zusammengetragen, was Hinweise auf das Opfer hätte geben können.

„Seine Kleidung ist nicht römisch", fuhr er fort. „Es gibt keinerlei Hinweise, um wen es sich handelt. Der Mörder war zwar gründlich, um ihn unkenntlich zu machen, aber wir haben dies hier in seiner Tasche gefunden. Hat der Mörder wohl übersehen."

Ich stöhnte entsetzt auf, als ich sah, dass der Offizier ein kleines Schmuckstück in seiner Handfläche hielt. Einen Ring, den ich nur zu gut kannte. Ich fuhr mir mit der Hand tief getroffen übers Gesicht und stöhnte erneut.

„Was ist los Manius? Hast du etwa diesen Ring schon mal gesehen?"

Mein Vater starrte mich verwundert an und auch der Offizier wandte den Kopf und hob seine Augenbrauen.

„In der Tat", nickte ich und schloss die Augen. „Ich habe diesen Ring jemandem geschenkt. Ich glaube, ich weiß, wer da vor uns liegt."

Ich nahm den Ring an mich und drehte ihn zwischen meinen Fingern hin und her, während mein Blick mit tief empfundener Trauer vom Ring zu der bestialisch zugerichteten Leiche ging. Ich war schockiert, denn wenn ich alles gedacht hätte, so nicht, diesen mir wohlbekannten Mann in der Leichenhalle von Pergamum wiederzusehen.

„Die Größe des Mannes stimmt“, erklärte ich, „und er hatte diesen Ring bei sich. Das kann nur Damis sein. Der Verhandlungsführer der Kilikier.“

„Das ist Damis?“, fragte mein Vater ungläubig. „Der hat sich doch bestimmt längst aus Pergamum abgesetzt. So dumm ist er nicht, noch in der Stadt zu bleiben.“

„Doch Vater, er muss es sein, denn das ist der Ring, den ich ihm gegeben hatte, um seinen kleinen Jungen auszulösen.“

Betroffen begriff ich, dass Socius III offenbar schreckliche Rache genommen hatte für Damis‘ Verrat. Der Verschwörer mochte es verständlicherweise nicht, dass ihm Servilius‘ Soldaten auflauerten, statt der erwarteten Verhandlungspartner aus Kilikien.

„Darf ich erfahren, was die Herren hier besprechen? Wer ist dieser Damis?“, fragte der Sicherheitsoffizier konsterniert und hob ärgerlich die Augenbrauen. Ich hatte Verständnis für ihn und erklärte ihm knapp, wessen Leiche wir hier vor uns hatten, ohne die Details der Verschwörung preiszugeben und ohne Socius III zu erwähnen. Ich hob die Schultern und fügte hinzu, ich hätte trotzdem keine Ahnung, wer ihn getötet haben könnte.

Der Offizier vernahm sichtlich erleichtert, dass es sich hier um einen kilikischen Piraten handelte, um den man nicht viel Aufhebens machen sollte, wie er lapidar meinte. Er würde den Verbrecher verscharren lassen, zur Tagesordnung zurückkehren und nicht weiter Personal darauf verwenden, den Mörder eines Piratenanführers zu suchen, der sicherlich seine gerechte Strafe bekommen und sogar verdient hatte.

Er nickte zufrieden, überließ uns nach Annahme einiger Münzen auch den Ring und wir verließen die Totenhalle, ich natürlich mit schwerem Herzen.

Ich war derjenige, der Aristoteles, dem ältesten Sohn Damis', den neuerlichen Verlust mitteilen musste. Ich hatte keinen Schimmer, wie der Junge reagieren würde.

Ich kann sagen, dass er es äußerst gefasst aufgenommen hat, sehr mannhaft. Er weinte nicht, zeigte keine Verzweiflung. Er verhielt sich anders, als ich das gedacht hatte.

Sein einziger Gedanke war, seinen Bruder wiederzusehen, der noch immer bei meiner früheren Wirtin in Ephesus untergebracht war. Ich war entschlossen, ihm zu helfen und schmiedete insgeheim Pläne, wie den beiden Waisen geholfen werden konnte.

In mir jedoch regten sich erhebliche Rachegedanken, auch wenn Damis beileibe kein Freund gewesen war, sondern ein kilikischer Pirat. Doch wieder fühlte ich die unsichtbaren Bande, die unsere beiden Schicksale, so muss ich es wohl nennen, auch wenn ich das Wort noch immer nicht mag, verbanden.

Ich schwor mir: Socius III sollte und würde für diesen bestialischen Mord büßen und ich würde nicht ruhen, bevor ich ihn in meinen Händen haben würde.

Einen Tag später, unsere Gemüter hatten sich oberflächlich beruhigt, saßen wir zu dritt im sehr gepflegten Gartenausschank der wirklich erstklassigen Unterkunft. Mein Vater war für seinen Aufenthalt in Pergamum in einer der besten Tavernen der Stadt abgestiegen.

So saßen wir nun bei einer kühlen Cervisia und bei gutem Essen und ließen die Erlebnisse der letzten Tage Revue passieren.

Auch Aristoteles, Damis' älterer Sohn, saß eine Zeit lang bei uns.

Ich hatte ihn mit frischer Garderobe ausgestattet und vor allem mit genügend Geld. Er würde mit einem Handelsschiff nach Ephesus

zurückkehren und über die Kontaktadresse meiner Wirtin zu seinem Bruder finden.
Ich hatte ihm noch eingebläut, einen anderen Lebensweg zu gehen, als sich mit den Seeräubern aus Coracesium einzulassen. Doch ich wusste, dass das nur Wunschdenken sein konnte.
Ich hatte zusätzlich einen Brief an die Wirtin verfasst, in dem ich sie bat, die beiden Jungen unter ihre Fittiche zu nehmen und nicht zuzulassen, dass sie sich mit den falschen Leuten einließen. Ich hatte auch für sie Geld hinzugefügt, welches es der Frau ermöglichen sollte, die Jungen zu verpflegen.
Noch während unseres Zusammenseins verabschiedeten wir uns herzlich von Aristoteles, da der Trierarchius des Schiffes uns seinen Aufbruch hatte mitteilen lassen.
Ich hatte dem ‚Griechen' versichert, so bald wie möglich nach Ephesus zu kommen und alles Weitere für ihn und seinen Bruder zu regeln.
Wie Vater mich im Kerker gefunden hatte?
Ein uns unbekannter Bote hatte ihm eine schriftliche Nachricht zugetragen. Sofort hatte er sich zum Wachhabenden begeben, der natürlich vorgab, von nichts zu wissen, aber einen Wärter abstellte, die Angaben meines Vaters zu kontrollieren.
So hatte er mich gefunden. Ich sollte wohl gedemütigt werden, diesen Überfall und den Aufenthalt im düstersten Kerker als Warnung verstehen, mich nicht weiter in Dinge einzumischen, die mich vermeintlich nichts angingen.
Aber warum hatte Socius III uns beide nicht einfach töten lassen, so wie er an Damis grausame Rache geübt hatte? Das wäre viel einfacher und im Grunde eine logische Folge unseres nächtlichen Aufeinandertreffens in der Akropolis gewesen.

Vater zog bei meiner Frage die Stirn in Falten und seine blauen Augen glühten. Er verbarg etwas..., aber er wollte partout nicht darüber reden und ich ließ es dabei bewenden.
Viel eher wollte ich wissen, ob Claudia nach mir gefragt hatte, ob sie mich noch liebte. Schließlich hatte ich sie seit drei Monaten nicht mehr gesehen und verzehrte mich nach ihr.
„Ich würde mir an deiner Stelle keine Gedanken um sie machen", meinte Vater ausweichend und wieder spürte ich den tiefen Abgrund zwischen uns, eine Distanz, die ich mir von meiner Seite beileibe nicht erklären konnte. Er vermied grundsätzlich direkten Blickkontakt, wenn ich auf Claudia zu sprechen kam.
„Vater, sag mal, du hast doch mit Lucius Claudius die Verbindung zwischen seiner Tochter und mir verabredet. Aber jetzt habe ich das Gefühl, dass sich etwas verändert hat. Was ist das?", fragte ich geradeheraus, was ihn erröten ließ. Er hob seinen Blick immer noch nicht und begann zögerlich zu antworten:
„Ich verdanke ihr mein Leben. Sie hat mich liebevoll gepflegt nach dem Überfall. Ich bin ihr zu großem Dank verpflichtet", meinte er ausweichend und sah mich noch immer nicht an. „Aber du solltest dir jede Zukunft mit ihr besser aus dem Kopf schlagen. Ihr seid nicht mehr miteinander verlobt und Claudia wird daran nichts ändern."
„Aber wie kommst du bloß auf diese Idee?", antwortete ich entgeistert. „Niemals werde ich sie aufgeben."
Mein Vater sah zu Boden.
„Das sind Wunschträume, mein Junge, die du sein lassen solltest", war seine knappe, kalte Antwort.
Ein Mann betrat nun den Gartenausschank, der mit einem Mal meine Aufmerksamkeit in Anspruch nahm und allein durch sein Erscheinen und seine Aura im Schankraum Aufsehen erregte.

Er war mit einer einfachen hellblauen Tunika bekleidet. Die Einfachheit seiner Kleider betonte allerdings noch seine überaus männliche Ausstrahlung. Tischgespräche verstummten, alle Blicke richteten sich auf ihn, interessiert lächelnde Blicke weiblicher, respektvolle Blicke männlicher Gäste.

Ich erhob mich sofort und ging ihm freudig überrascht entgegen, denn ich hatte ihn noch nicht in Pergamum erwartet. Nach einer sehr freundschaftlichen Umarmung stellte ich ihn vor:

„Vater, das ist mein guter Freund Gaius Julius Caesar. Julius, mein Vater Gaius Fabius Maximus."

Vater erhob sich und begrüßte den beeindruckenden jungen Mann, mit dem ich bereits so viel erlebt hatte. Wir bestellten eine weitere Runde Cervisia und nahmen Platz.

Caesar hatte den kleinen Gaius nicht nach Ephesus gebracht, sondern andere Möglichkeiten zu seinem Schutze gefunden. Er weigerte sich jedoch strikt, uns etwas dazu zu sagen, um den Jungen nicht zu gefährden, aber auch um uns vor Nachstellungen und Erpressungen unserer Feinde zu schützen.

Selbstverständlich akzeptierte ich seine Entscheidung, die auch mein Vater für das Beste hielt. Im Gegenzug verschwieg ich ihm allerdings die Begegnung mit Damis' älterem Sohn. Zu dessen Schutz vor römischen Nachstellungen.

Caesar war schon gestern eingetroffen, um die Kreuzigung der Piraten vornehmen zu lassen, bevor Iunius Iuncus in Pergamum eintraf und seine Pläne vereitelte. Er hatte bereits alles in die Wege geleitet, um die Verbrecher schon übermorgen früh hinrichten zu lassen. Das erpresste Geld der Piraten strich Caesar ohne Gewissensbisse einfach ein, um seine weiteren Kampagnen in Rom zu finanzieren.

An meiner Haltung zu der geplanten Massenhinrichtung hatte sich nichts geändert und Caesar ließ sich nicht umstimmen.

Vater meinte dazu, wir würden in einer harten Realität leben, einer Männerwelt, die Mitleid mit Piraten einfach nicht zuließe. Zu meinem Entsetzen brachte er auch noch Verständnis für die Position Caesars und die Hinrichtung so vieler Menschen auf. Ich konnte es nicht fassen.
Ich entfernte mich innerlich moralisch weiter und weiter von Gaius Julius Caesar, dem Manne, dem ich vor Monaten einmal geglaubt hatte, er wolle Rom zum Positiven verändern. Zu dieser positiven Veränderung passte nur, die Umtriebe der römischen Verräter zu unterbinden, aber in mir sträubte sich alles, hunderte von Menschen, und seien es Piraten, hinzurichten.
„Manius, du musst verstehen, dass wir Römer hier die Gelegenheit haben, ein Exempel zu statuieren und gegen Coracesium, ihre Hauptstadt, militärisch vorzugehen. Außerdem schwächen wir die Vorstöße des ‚Societas Aeneae', worin diese auch immer bestehen, was wir leider noch nicht wissen. Wir schalten seine direkten Verhandlungspartner aus", erklärte Julius Caesar. Der Disput, den wir vor Nächten, wenige Stunden vor Pergamum, am Lagerfeuer, ausgetragen hatten, schien sich nun fortzusetzen.
„Der junge Mann hier hat völlig recht, Manius", setzte mein Vater auch noch nach und nickte zustimmend. „Den ‚Societas Aeneae' an der Wurzel zu packen heißt, seine Strukturen zu schwächen und angedachte Pläne und Bündnisse aktiv zu bekämpfen. Unzählige Seeleute sind von den Kerlen ermordet oder als Sklaven im Orient verkauft worden, vergiss das nicht. Um dieses Lumpenpack ist es nicht schade, auch wenn dieser Damis brutal um die Ecke gebracht worden ist. Er war der Anführer einer Raubmörderbande, was du manchmal zu vergessen scheinst."
Ich nickte betreten.

An den Kreuzigungen war wohl nicht vorbeizukommen. An Vaters Argumentation führte ebenfalls kein Weg vorbei. Sie war stichhaltig. Mir fiel nichts weiter ein, was dagegengesprochen hätte.

Mein Vater hatte beschlossen, schnellstmöglich mit einem Schiff nach Rhegium zurückzukehren und ich plante dasselbe, denn mein Bedürfnis, der Massenkreuzigung beizuwohnen, war sehr unterentwickelt. An meiner ablehnenden Einstellung dazu und auch zu der Verwendung des vielen Lösegeldes durch Caesar hatte sich grundsätzlich nichts geändert. Außerdem hatte unser Abenteuer, die Jagd nach dem geheimnisvollen Socius III, erst einmal ein Ende gefunden. Ihm nachzustellen und ihn zu fassen wäre im Augenblick gar nicht möglich gewesen. Wir hatten keine Ahnung von seinem Aufenthaltsort und konnten nur in Rom selbst wieder ansetzen.

Darüber hinaus war ich immer noch Offizier der römischen Truppen und hatte mich zurückzumelden. Rachegedanken wegen Damis und Jagdfieber auf Socius III hin oder her. Die mussten warten.

Meine Aufgabe als ‚persönlicher Leibwächter' Caesars, so hatten wir meine Reisen mit ihm ja vor dem Kommandanten in Ephesus ursprünglich deklariert, war beendet.

Unser politischer Disput in der Nacht kurz vor Pergamum hatte einen Graben zwischen uns aufgerissen. Er hatte Caesars Besessenheit offenbart, die ich nicht gutheißen konnte und wollte. Ich hatte nicht vor, ein Teil seines Aufstieges in Rom zu werden.

So ließ ich die ‚Imperium III', die nach wie vor im Hafen von Pergamum vertäut lag, mithilfe der örtlichen römischen Legionskommandantur schnellstmöglich zum Auslaufen vorbereiten, mit Vorräten und Trinkwasser bestücken und eine Besatzung zusammenstellen, die das

Kriegsschiff unter meinem vorläufigen Kommando nach Hause steuern sollte.

Am nächsten Morgen, in aller Frühe, bestieg Vater seine Liburne. Wir verabschiedeten uns herzlich voneinander, obwohl ich wieder diesen inneren Konflikt bei ihm spürte, den ich nicht erklären konnte. Deshalb achtete ich nicht weiter darauf.

Vielleicht lag es an der Demütigung durch die Auspeitschung, die ihm widerfahren war und an der nach wie vor hart zu knabbern hatte. In einigen Tagen würde jedenfalls auch ich mit der ‚Imperium III' die Provinz Asia verlassen und den Heimathafen ansteuern, um es vorschriftsmäßig dem Bereichsoberkommando in Rhegium zu übergeben.

So steuerte ich am Tag meiner Abreise aus Pergamum zum letzten Mal mit einem zweispännigen Streitwagen, der diesmal sogar von Caesar persönlich gelenkt wurde, den Hafen an.

Dabei kamen wir an dem riesigen Feld außerhalb der Stadt vorbei, welches für die Kreuzigung der Piraten ausgesucht worden war. Arbeiter hoben unzählige Löcher aus, in die die Kreuze eingelassen werden sollten. Manche standen bereits fest verankert im Boden, an einigen hingen bereits todgeweihte Piraten, die, mit weit gespreizten, fest angebundenen Armen, ächzend und weinend, geifernd und schreiend ihr schreckliches Los beklagten, bewacht von völlig gleichgültig herumstehenden Legionären.

Sie lachten und witzelten.

Mich überkam das nackte Grauen bei dem Gedanken, wie dieses Feld des Todes in wenigen Stunden aussehen musste: Hunderte ausgemergelte, halb nackte und blutende Gestalten würden nach Stunden oder Tagen der Qual am Kreuz ihren letzten Atemzug an diesen hölzernen Todeskonstruktionen aushauchen.

Man würde sie einige Tage zur Abschreckung hängen lassen, so wie es bei römischen Hinrichtungen üblich war, in denen sich Vögel und anderes Getier an den in dieser Hitze schnell verwesenden Leichen, aber auch an den bei lebendigem Leib verfaulenden Piraten gütlich tun würden. Der Gedanke an diese halb aufgefressenen, noch lebenden menschlichen Leiber an hunderten Kreuzen ließ mich kalt erschauern und die Augen schließen.

Julius Caesar gab den Pferden die Peitsche, denn er hatte natürlich bemerkt, wie mir dieser entsetzliche Anblick zu schaffen machte, und suchte nun, die kurze Fahrt zum Hafen erheblich zu beschleunigen. Er schwieg rücksichtsvoll, bis wir das Schiff erreicht hatten. Und ich war ihm dankbar dafür.

„Ich bedaure sehr, dass du das noch mit ansehen musstest. Ich hatte keine Ahnung, wie dich der Anblick mitnehmen würde", meinte er entschuldigend. Sein Unwohlsein mir gegenüber war echt, nicht gespielt, das sah ich ihm an.

Mein Freund wollte mich unbedingt direkt am Hafen verabschieden. Ja, ich durfte ihn meinen Freund nennen, denn letztlich hatten wir einander in vielen Gefahren beigestanden.

Wir umarmten uns lange und innig. Er hielt lange meine Hand.

„Wir haben verdammt viel erlebt, Manius", sagte er und sah mir mit seinen azurblauen Augen wie immer tief in die meinen, bevor er weitersprach. „Wir werden uns ganz sicher bald wieder sehen. Denke immer an das, was du über den ‚Societas Aeneae', erfahren hast. Hinterfrage immer, was dir im Brustton der Überzeugung erzählt wird. Prüfe den Wahrheitsgehalt und frage, wer für die Aussage jedes einzelnen sogenannten Gelehrten Geld bezahlt hat. Dann wirst du mehr wissen als andere. Der Kampf gegen diese Bundesgenossen beginnt jetzt erst. Ich werde die vier Säulen Roms wieder aufrichten und alle Feinde unserer geliebten Heimatstadt vernichten."

„Ja, ich glaube dir, dass du dies möchtest“, bestätigte ich ausweichend und nickte diesem trotz allem beeindruckenden Mann zu. „Und wenn du mich brauchst, bin ich für dich da.“
Das war absolut ernst gemeint.
Wenn auch anders, als Caesar es heute verstehen würde.
„Auch wenn wir in Bezug auf diese Hinrichtung nicht übereinstimmen, so bitte ich dich, mir auch weiterhin deine Gedanken mitzuteilen“, antwortete er und nickte. „Ehrlich und sehr offen. Auch wenn ich dann und wann anders entscheiden sollte.“
Er lächelte. Seine Augen strahlten. Gutmütig. Sanft. Für mich tiefe Freundschaft empfindend. So, wie ich ihn nur ganz selten erlebt hatte.
„Deine Meinung ist mir sehr wichtig, Manius.“
„Was wirst du nach den Kreuzigungen tun?“
„Ich werde mich mit Iunius Iuncus auseinandersetzen, der bald hier eintreffen dürfte und nach dieser Sache einige Wochen nach Rhodos gehen, so wie ursprünglich geplant. Und dann nach Rom zurückkehren. Mal sehen, wie es dann weitergeht. Die Socii werden mich sicherlich nicht in Ruhe lassen. Sie haben viel in Bewegung gesetzt in den letzten Monaten, um mich zu beseitigen. Aber ich werde zurückschlagen.“
Ein neuerliches breites Grinsen strahlte mir entgegen.
Welch ein außergewöhnlicher Mann er doch war, dieser Gaius Julius Caesar, dachte ich bei mir, während ich an der Reling des Schiffs Aufstellung genommen hatte, meine ‚Imperium III‘ Fahrt aufnahm und Caesar mir, am Kai stehend, noch immer zuwinkte.
Ein Mann, den ich anfangs für einen eitlen Geck, einen Pfau mit zu wenig Verstand gehalten hatte und der doch so anders war.
Noch nie hatte ich einen solchen Mann kennengelernt, einen, der ein korrumpiertes Rom in seinen Grundfesten, in seinen ‚vier Säulen‘ verändern konnte.

# KAPITEL V

## ENTTÄUSCHUNGEN

### AUF DEM MARE INTERNUM

Wenige Stunden vor Rhegium

Am hundertzweiundzwanzigsten Tag.

Schon seit Stunden lief ich schnell durch das Labyrinth dunkler Gänge. Ich hatte keine Ahnung, warum ich mich hier befand, war außer Atem, müde und unbewaffnet. Aber keineswegs verängstigt.

Ich verlangsamte meine Schritte und blieb zögernd stehen. Ein düsterer, schwach beleuchteter Gang öffnete sich vor mir und, auch wenn ich mir nichts dabei dachte, nahm ich darin eine mannshohe, schemenhafte Gestalt wahr.

Ich sah über meine Schulter. Niemand folgte mir.

Ich drehte den Kopf wieder nach vorne, um weiter in besagten Gang hineinzuwandern, doch mit einem einzigen Wimpernschlag fiel mich der dunkle Schemen an. Es ging alles blitzschnell.

Keine Person. Nur ein schwarzer, grauenhafter Schatten. Dieses Etwas fiel mich an und drückte mir die Kehle zu. Der Schemen war genau vor mir und ich erkannte - niemanden.

Ich würgte, ich röchelte. In mir stieg panische Angst auf, Angst mich nicht aus der Umklammerung befreien zu können. Ich bekam kaum noch Luft, tastete nach dem Etwas, das mich würgte und griff ins Leere. Todesdangst ergriff mich von den Haar- bis zu den Fußspitzen und in dieser Panik versuchte ich, mich durch wilde Bewegungen, durch Auf- und Abspringen loszureißen. Es gelang.

Ich stürzte den Gang entlang rückwärts, wandte mich bald nach links, bald nach rechts, schlug Haken wie ein Hase auf der Flucht. Während ich rannte, lugte ich vorsichtig nach hinten. Das dunkle Etwas folgte mir nicht.

Schwer atmend blieb ich stehen und massierte mir, noch immer völlig verängstigt, den Hals. Vorsichtig setzte ich meinen Rückweg fort und bog in einen weiteren Gang ein, der sehr hell erleuchtet war, viel zu hell. War ich eben wirklich hier durchgekommen?

Vor mir stand jemand, kehrte mir den Rücken zu und hatte die Arme rechtwinklig zum Körper ausgestreckt. Mann oder Frau? Keine Ahnung. Ich sah nur eine lange, weiße Kutte und schulterlanges blondes Haar.

Das blonde Etwas begann sich langsam auf der Stelle nach links zu drehen. Ohne ein Glied zu rühren, wie mir sofort auffiel.

Mit weit ausgebreiteten Armen, ich spürte einen Windhauch, in dem die Kutte und das Haar der Person zu flattern begannen, drehte sich die Person zu mir um.

Was ich nun sah, versetzte mir einen Schock.

Ich konnte immer noch nicht sagen, ob es sich um einen Mann oder eine Frau handelte, aber das Gesicht, welches sich mir nun zuwandte, paralysierte mich: Ein überbreites, zutiefst bösartiges Grinsen leuchtete mir entgegen, das Wesen zeigte mir zwischen seinen zu unnatürlich weit gedehnten Lippen schneeweiße Zähne. Seine tiefbösen Augen fixierten mich mit unbändiger Bosheit. Es hatte den Blick leicht gesenkt und aus diesen Augen stach mir das Böseste, Gemeinste und Hinterhältigste entgegen, was ich je gesehen hatte.

Nackte Panik bemächtigte sich meiner. Und ich erkannte ihn oder sie nicht, das war das Schlimme. Ich sah dieses Wesen und doch war mir eine Person, die es womöglich verkörperte, nicht bekannt. Nur eine Medaille mit einem Bildnis, das an einer langen Kordel um den Hals hing: Ich erkannte das ‚AE‘ und die Darstellung eines Schwertes.

Furcht hielt meine Seele gefangen wie ein Käfig den kleinen Vogel, der panisch zu flattern begann. Ich war unfähig mich zu bewegen, während

das blonde Wesen mit wehendem Haar und ausgebreiteten Armen immer schneller rotierte.
Und ich schrie nun so laut ich konnte, ich schrie und schrie...

„Germanicus! Bei Jupiter!“
Jemand schüttelte mich.
„Optio! Was ist los mit dir?“
Mit einem fürchterlichen Stöhnen, das mich selbst erschauern ließ, erwachte ich, öffnete die Augen und sah Optio Sixtus Albinius, meine rechte Hand an Bord seit wir die ‚Imperium III‘ von den Piraten zurückerobert hatten, mit sorgenvoller Miene vor mir stehen.
Ich strich mir fahrig und geistig abwesend über mein schweißverklebtes Haar. Überhaupt war ich triefnass, als käme ich geradewegs aus dem Schwimmbecken eines städtischen Badehauses.
„Wo bin ich?“, krächzte ich schwer atmend, sah mich verwirrt um und setzte mich vorsichtig auf.
„Auf dem Schiff natürlich, in deiner Koje. Du hast schlecht geträumt und geschrien und getobt wie wild. Wie immer, Optio. Ich habe dich kaum wach bekommen.“
„Auf dem... Schiff? Ich hatte wieder einen Traum“, murmelte ich noch immer abwesend. „Bei Jupiter, was hat das zu bedeuten?“
Optio Albinius brachte mir eine Schüssel kalten Wassers und ein Tuch. Ich erfrischte mich und kam durch das kühle, sanfte Nass langsam wieder zurück ins Leben.
„Die Mannschaft hat, wie in jeder der Nächte, seit wir Pergamum verlassen haben, deine Schreie gehört und macht sich große Sorgen. Einige haben vorgeschlagen, die Götter um Gnade und Beistand zu bitten. Manche haben große Furcht. Andere wollen auf ein anderes Schiff versetzt werden, eines unter dem Kommando eines richtigen

Trierarchen und eines Centurio, mit dem die Götter sind. Ich denke allerdings anders." Er lächelte nachsichtig. „Ich weiß ja, es sind nur Träume, die dich quälen."

„Die Götter ...? Wieso? Die Männer haben doch nicht etwa Furcht vor mir?" Ich richtete mich leicht auf. Der noch immer sorgenvolle Blick Albinius' ruhte auf mir.

„Du bist ja sogar jetzt noch in Panik, Optio. Deine nächtlichen Schreie bleiben eben nicht ohne Wirkung auf diese einfachen Seeleute. Sie sind sehr abergläubisch."

Sixtus Albinius war etwa fünf Jahre älter als ich, klein, sehr schmächtig und mittelblond mit angehender Stirnglatze, einem länglichen Gesicht und schmaler Nase. Seine Züge hatte etwas Rattenhaftes, doch diese Tatsache ließ keinesfalls auf seinen Charakter schließen.

Ich hatte ihn in den letzten Wochen als zuverlässigen Offizier erlebt, dem zu vertrauen kein Fehler war. Obwohl wir beide vom Range des Optio auf Augenhöhe waren, schien er als Neuling auf der ‚Imperium III' mein vorläufiges Kommando über das Schiff zu akzeptieren.

Er reichte mir einen Becher Wasser und ich beruhigte mich allmählich. Ich hatte allerdings nicht vor, ihm zu erzählen, was ich Bedrohliches in meinem Traum erlebt hatte.

Aber etwas hatte ich trotz meiner tiefen Furcht genau erkannt:

Die Medaille mit der Venusblume. Der verfluchten Venusblume.

Natürlich musste die Mannschaft mich mittlerweile für krank halten, wahrscheinlich eher besessen oder irgend so etwas, das war mir klar.

Umso wichtiger war es jetzt für mich, Präsenz auf Deck zu zeigen, sofort in voller Rüstung anzutreten und das Einlaufen in unseren Heimathafen persönlich zu kommandieren. Ich verlor ansonsten den Respekt und das Vertrauen einer Mannschaft, mit der ich möglicherweise weiter zusammen segeln musste.

Wir fuhren, aus dem östlichen Mare Internum kommend, von Süden her in die Fretum Siculum[83] ein. Die typischen wechselnden Winde in dieser sich nach Norden hin trichterförmig verengenden Seeverkehrsstraße machten uns das Manövrieren diesmal sehr schwer und die gesamte Besatzung hatte ordentlich zu tun. Optio Sixtus Albinius leitete die notwendigen Manöver wie üblich absolut routiniert.
Die Rückführung unserer mächtigen Rudergaleere ‚Imperium III' von unserem Abenteuer mit den kilikischen Piraten neigte sich zusehends dem Ende entgegen. Man hatte mich in Pergamum allerdings dazu verdonnert, römische Schwerstverwundete aus Scharmützeln mit pontischen Truppen in den Grenzregionen Kleinasiens nach Italien zurückzubringen.
Der Anblick des Kreuzigungsfeldes für die Piraten hatte mich tief getroffen und das nächtliche Stöhnen der Versehrten, das man während der Rückfahrt im ganzen Schiff vernehmen konnte, deprimierte mich zusätzlich.
So wurde ich seit unserer Abreise aus Pergamum von Albträumen gequält, so wie dieser von heute Morgen, wobei es der bisher schlimmste war. Seine tiefere Bedeutung würde mir irgendwann klar werden, dachte ich bei mir.
Entsprechend übellaunig und müde erschien ich nach dem Genuss meiner Frühstücks-Bordration in voller Rüstung an Deck des Schiffes.
Zwei Stunden bis Rhegium.
Die Mannschaft hielt Abstand zu mir.
Ich spürte die abschätzenden, teilweise furchtsamen Blicke der Männer, und ich überließ Albinius gern die Führung des Schiffes bis in den

83 heute: Straße von Messina

Heimathafen. Ich hatte sowieso das Kommando an einen neuen Centurio und einen richtigen Trierarchen abzugeben, das war mir klar. Es waren noch gut anderthalb Stunden bis Rhegium.

## RHEGIUM

Unsere Ankunft in Süditalien

Die grandiose Erscheinung des Vulkans Ätna[84] auf der sizilianischen Seite der Meerenge beeindruckte in der Morgensonne. Meine Laune wandelte sich nun doch zusehends.

Die frische Seeluft und die Erwartung meiner wundervollen Claudia, die mich sicher vermisst und ihre Meinung bezüglich unserer baldigen Hochzeit geändert hatte, wehten den Trübsinn und den üblen Traum mühelos davon.

Während wir in Rhegium einliefen, die Stadt uns mit ihren sandfarbenen, in der Sonne glitzernden Häusern begrüßte, Kinder uns an den Kais des Militärhafens fröhlich winkten, veränderte sich in mir alles. Ich war nun bester Stimmung.

Ich war zuhause angekommen.

Nachdem das Schiff gesichert und die Verwundeten an Land gebracht worden waren, verabschiedete ich mich von Sixtus Albinius, der mit einer kleinen Wachmannschaft auf dem Schiff bleiben und zu gegebener Zeit frischen Proviant für die nächste Reise laden würde.

Der treue Verwalter des väterlichen Gutes wartete am Kai mit einem Reit- und einem Packpferd auf mich.

---

[84] der Vulkan Ätna auf Sizilien, gut 3300 m hoch und Europas tätigster Vulkan (letzter Ausbruch: 2002)

„Wie geht's dir, Marcus?", rief ich und trabte über die hölzerne Landungsbrücke hinweg. Ich begrüßte ihn, indem ich ihm den Unterarm entgegen reckte, den er freudig ergriff.
Ich sah mich wieder und wieder um.
„Wo ist meine Verlobte?"
„Sicher nicht hier, junger Dominus", antwortete Marcus mit einer Mimik als füge er im Geiste ein herzliches ‚zum Glück' hinzu. „Und sie wird wohl auch nicht kommen."
Ich musste grinsen, denn das Verhältnis zwischen beiden war schon länger erheblich gestört. Claudia ignorierte Marcus wie einen Sklaven. Doch Vater' s Gutsverwalter war ein freier römischer Bürger.
„Dein Vater hat mich gebeten, dich hier abzuholen", fügte er hinzu und wies auf eines der Reittiere.
„Mein Vater? Woher wusste er, dass wir gerade heute Morgen in Rhegium einlaufen?" Ich war einigermaßen erstaunt. „Beschäftigt Vater neuerdings auch ein Orakel?"
Marcus hob die Schultern, legte den Kopf grinsend zur Seite und meinte: „Dein Vater Gaius Fabius Maximus weiß immer mehr als andere Leute." Womit er sicher recht hatte.
Wir lachten gemeinsam und das Thema war beendet.
Meine Enttäuschung darüber, dass Claudia mich nicht empfangen hatte, ließ ich mir ihm gegenüber nicht anmerken. Hatte ich mich kindischen Illusionen hingegeben während all der Monate meiner Abenteuer mit Caesar?
Überhaupt wirkte Marcus heute ungewöhnlich ernst, blickte mich nur zögerlich an. Ich kannte Marcus seit Kindertagen und wir hatten stets ein entspanntes Verhältnis zueinander gehabt.
Weder fragte er nach meinen bestandenen Abenteuern mit Caesar, die sich doch längst bis nach Italien herumgesprochen hatten, noch gab er mir einen Hinweis darauf, was nicht stimmte.

Ich war nicht wenig stolz darauf, dass man meinen Namen in einem Atemzug mit dem jungen Julier nannte und hatte in Ephesus gern etwas jugendliche Überheblichkeit sehenlassen, wenn man mich auf meine Abenteuer in Kleinasien ansprach.
Deshalb belud ich leicht säuerlich Marcus' Packpferd mit meinem Seesack und sonstigen Habseligkeiten und bestieg dann schwungvoll das Reittier.
Die Straßen meiner Heimatstadt Rhegium waren wie immer in dieser morgendlichen Stunde übervoll mit Händlern, Bauern, die ihre Ware verkauften, einkaufenden freien Hausfrauen und Sklavinnen der Reichen. Dieses rege Treiben hatte mir schon immer gut gefallen und ich fühlte mich wohl.
Ich war wieder zuhause.
Schließlich erreichten wir nach dem Ritt durch die Stadt die steil aufragenden Höhen des Aspromonte.
Mein Elternhaus war mitten in einem herrlichen Zypressenhain gelegen. Das aus weißem Sandstein kunstvoll gemauerte Tor zum Fabius-Anwesen kam in Sichtweite. Die beiden gut gerüsteten Wächter salutierten soldatisch, als wir das Tor durchritten und auf das Haupthaus zu galoppierten.
Schon jetzt genoss ich, wie in meinen Kindertagen, den atemberaubenden Blick über Rhegium hinüber nach Sizilien und atmete entspannt durch.
Einige Bedienstete kamen mir freudestrahlend entgegen, begrüßten mich als ihren jungen Herrn überschwänglich und kümmerten sich unverzüglich um mein Packpferd, während mir mein Vater mit offenen Armen entgegeneilte.
„Manius, mein lieber Junge, wie schön, dass du nun auch wieder in Sicherheit bist! Wir alle haben dich bereits erwartet. Die gute Lucia wartet schon sehnsüchtig auf deine Reiseberichte."

Ich sprang vom Pferd und wurde erst einmal kräftig an die väterliche Brust gedrückt.
„Ja, ich bin auch sehr froh“, erwiderte ich und versuchte, mich sanft aus der Umarmung meines Vaters herauszuwinden. „Aber **alle** haben mich offenbar nicht so sehr vermisst.“
Ein Schatten huschte über Vaters Gesicht, da er natürlich wusste, wen ich damit gemeint hatte und sein Blick verdüsterte sich, als er sagte: „Claudia ist nicht hier, um auf dich zu warten, sondern zuhause bei ihren Eltern.“
„Ach, und warum ist sie nicht hier?“
„Weil ihr nicht mehr verlobt seid, wie ich dir schon gesagt habe“, antwortete er ziemlich schroff und wandte sich zum Portal des Hauses um. „Du wirst sie sehen können, Manius, nachdem wir beide uns unterhalten haben.“
Vater schritt in Richtung Tür. Da ich ihm nicht gefolgt war, drehte er sich am Portikus erneut in meine Richtung.
„Komm erst mal mit ins Haus!“, rief er mir zu. „Wir haben uns zu unterhalten, wie ich bereits sagte!“
Was war hier nicht so, wie es sein sollte?
Ich begriff es nicht. Wo war Claudia?
Vater trat erneut heran und ergriff meine Hand, um mich sanft, aber bestimmt ins Atrium hineinzubefördern.
Ich jedoch ließ es nicht zu, schwang mich ohne ein weiteres Wort auf mein Pferd und preschte in der mittlerweile ordentlich brennenden Sonne den Weg zum Tor hinunter.
„Manius! Nein! Lass dir erklären...!“, hörte ich meinen Vater noch entsetzt rufen, erreichte nach wenigen Augenblicken das Tor, riss mein Pferd herum und gab ihm die Sporen. Ich trug noch immer meine komplette Rüstung mit dem glänzenden Legionärshelm und kompletter

Bewaffnung und hatte keinen Blick mehr für den strahlend blauen Himmel und das wundervolle Panorama.

Ich preschte wie eine Ein-Mann-Armee durch die lang gezogene Pinienallee hin zum Tor des benachbarten Claudius-Anwesens.

Ich würde Lucius zur Rede stellen.

„Für dich ist hier der Zutritt ausdrücklich nicht gestattet, Optio Fabius Germanicus!", rief mir der einzelne Wachmann zu, der mich herangaloppieren sah und bereits seinen Schild in Position brachte.

Mich schreckte der Mann nicht.

Ich trieb mein Pferd an, um ihn mit einem gewaltigen Fußtritt gegen den Schild zur Seite zu befördern. Und genau dies gelang mir prächtig. Schließlich preschte ich durch das hohe, weiß getünchte Holztor und entlang des mit schneeweißem Kies sorgsam bestreuten Weges Richtung Haupthaus.

Ein kampferprobter Legionär hätte mich sicher aufhalten können. Er hätte sich ganz anders positioniert und mich leicht mit einem Pilum[85] in meinem Eifer bremsen können.

Dieser Mann hier, der offenbar nie Soldat gewesen war, hatte entscheidende taktische Fehler gemacht, die ich sofort erkannt hatte. So verschaffte ich mir gewaltsam Zugang zum Claudius-Anwesen.

Vor dem Haupteingang der üppigen, mehrstöckigen und schneeweißen Villa, umgeben von äußerst gepflegten Gärten ähnlich den Unsrigen, um die mein potenzieller Schwiegervater in der ganzen Gegend beneidet wurde, zügelte ich mein nervös schnaubendes Pferd. Ich sprang aus meinem Hörnersattel und rief laut Claudias Namen.

---

85 Pilum = römischer Wurfspieß

Lucius Claudius Benignus, ein fast immer würdevoll daher schreitender, frühzeitig ergrauter Mittvierziger, eilte mir empört in wehender weißer Tunika entgegen.
„Ich hatte Befehl erteilt, dich keinesfalls durchzulassen! Und jetzt ruinierst du mir mit deinem Pferd meinen gesamten Kiesweg zum Haus, Manius!“, brüllte er mir entgegen. „Was soll dieser Auftritt?“
„Für solche Befehle musst du dir aber kompetente Wächter besorgen, Claudius!“, rief ich frech in gereiztem Ton. „Dieser Schwachkopf am Tor hält mich jedenfalls nicht auf. Wo ist Claudia?“
„Sie will dich nicht sehen! Hat dir dein Vater nicht erklärt, warum das so ist? Verlass’ augenblicklich meinen Besitz, oder ich lasse dich gewaltsam entfernen!“, schrie er und fuchtelte aufgeregt mit den Händen in Richtung des Haupttores. Aus den Augenwinkeln bemerkte ich Claudias Mutter, die sich schweigend im Hintergrund hielt und mit verschränkten Armen an einem offenen Fenster der ersten Etage stand.
„Nichts dergleichen werde ich tun“, erwiderte ich wütend und rief laut Claudias Namen.
Auf seinen Wink hin erschienen hinter Lucius Claudius zwei enorm breitschultrige, schrankartig gebaute, arabische Kämpfer in traditioneller Kluft und mit gezogenen Krummsäbeln.
„Welch freundlicher Empfang“, knurrte ich bitter und zog ebenfalls meine Waffe. „Was ist hier eigentlich los, Benignus?“
„Frag deinen Vater! Verschwinde endlich von hier, sonst lasse ich dich von meinen Wachen hinausbefördern!“, schrie Claudius noch mal und trat einen Schritt zurück, hinter seine Wachleute. Sekundenlang starrten wir uns regungslos in die Augen, diese Wüstenbewohner und ich.
Ich war sehr sicher, es mit diesen Kerlen aufnehmen zu können, auch wenn ich nicht ihren athletischen Körperbau zu bieten hatte.
„Es reicht jetzt, Vater! Lass’ es gut sein! Ich will ihn sehen!“

Claudia war auf einem kleinen Balkon erschienen und sah mich mit ernstem Gesicht an.
„Aber du hast gesagt, ...!“, rief Claudius und sah nach oben.
„Spielt jetzt keine Rolle mehr, was ich gesagt hab’, Vater! Bitte...!“
Claudius und seine arabischen Schränke traten übel gelaunt zur Seite, während ich durch die Tür schritt, sie gut im Auge behaltend, treppauf, in die nächste Etage vor Claudias altes Kinderzimmer.
Ich nahm meinen Kriegshelm ab und klemmte ihn unter die Achsel, während ich tief durchatmete und in ihr Zimmer eintrat.
Da stand sie vor mir, wunderschön, mit geöffnetem braunen Haar und ihren tiefgründigen Augen. Aber die Distanz zwischen uns erschreckte mich. Kühle Distanz.
Ich wusste ja, dass Claudia durch ihre hohe Intelligenz eigenwillig und sehr schwierig war. Deshalb zeigte ich ein vor allem verständnisvolles und zugeneigtes Antlitz, während ich hoffnungsvoll fragte: „Rosenblüte, was soll dies hier? Du begrüßt deinen Verlobten nicht einmal, wenn er nach Monaten nach Hause kommt, und lässt ihm stattdessen den Zutritt auf dem Anwesen deines Vaters verbieten?“
„Dummkopf.“
Sie sagte nur dies eine Wort. Völlig ruhig und kalt.
„Wie bitte?“
„Du bist ein Dummkopf. Du musst doch verstanden haben, dass ich unsere Verlobung kurz vor deinem Dienstantritt gelöst habe! Es gibt keine Zukunft für uns!“
Ich winkte lachend ab.
„Aber das ist doch nicht dein Ernst. Wir lieben uns, das weiß ich. Und ich habe all die Monate nur an dich gedacht. Wir werden heiraten und...“
Claudia zog ihre Augenbrauen zusammen, sah mich abweisend an und hob genervt die Arme.

„Spreche ich nicht deutlich genug, Manius? Ich habe unsere Verbindung gelöst! Nimm dies bitte zur Kenntnis und hör auf, an mich zu denken! Es ist aus und wird nie mehr sein!“

Ich stand da und war sprachlos, begann das bisher Undenkbare zu denken. Meine Träume, die ich nachts unter dem Sternenhimmel des Mare Internum geträumt hatte, waren allesamt nur Hirngespinste eines Trottels gewesen.

Ich gab so leicht nicht auf, atmete nochmals tief durch.

„Ich will dich aber immer noch heiraten und mich an die Vereinbarung halten, die...“

„... null und nichtig ist, Manius. Begreif' das endlich! Es ist aus mit uns! Es - ist - vorbei!“

„Aber wieso?“, rief ich und schämte mich sofort der Verzweiflung, die in meiner Stimme deutlich mitschwang. Die so erbärmlich war.

Claudia drehte sich zum Fenster und blickte einige Augenblicke lang schweigend in die Ferne. Sie schien nachzudenken und ich schöpfte für wenige Augenblicke Hoffnung.

„Unsere Verbindung wurde gemäß den römischen Traditionen geschlossen“, begann sie schließlich. „Ich mag dich, Manius, aber ich habe erkannt, von Liebe zu sprechen ist bestenfalls... verwegen. Es reicht nicht für eine Ehe, auch wenn sie von unseren Vätern arrangiert worden ist. Und du musst wissen, ich...“ Claudia stockte für einen Moment und sah weiter aus dem Fenster. „Ich liebe einen anderen Mann.“

Meine Beine wurden weich.

Ich schwankte leicht und mein Helm, den ich bis jetzt unterm Arm geklemmt gehalten hatte, fiel wie ein ihre Worte unterstreichender Donnerschlag laut scheppernd zu Boden.

„Du - liebst - einen - anderen - Mann?“, stammelte ich fassungslos und hielt mich an der Lehne eines Stuhls fest, der ganz in meiner Nähe stand.

Mein Leben war zu Ende. Alles, was ich mir erhofft hatte, war zu Ende. Ein anderer Mann war in das Herz meiner Angebeteten, meiner Rosenblüte vorgedrungen.
Nach nur drei Monaten Abwesenheit und einer Trennung, die ich nicht einmal als wirklich ernsthaft vollzogen und als leicht zu korrigieren interpretiert hatte: ein anderer Mann!
„Ja", antwortete Claudia und drehte sich nun mit ernstem Gesicht zu mir um. Ein feuchter Schleier erschien in ihren dunklen Augen. „Hat dir dein Vater nichts erzählt? Gar nichts?"
„Mein Vater? Warum sollte er?"
Ich schüttelte den Kopf und rang darum, irgendwie meine Fassung wiederzugewinnen. Claudia nickte langsam, sah mir kurze Zeit schweigend und sehr ernst in die Augen.
„Dann muss ich es dir wohl selbst sagen. Es wird dir nicht gefallen."
Sie hob die Augenbrauen, ihr schönes Gesicht schien eine einzige Ankündigung zu sein:
„Er heißt Gaius Fabius Maximus. Es ist dein Vater, den ich liebe. Und er liebt mich."
Dieser Schlag war nun doch zu viel für mich.
Claudia' s Worte ließen mich unwillkürlich rückwärts stolpern. Ich riss den Stuhl um, der mir bisher als Stütze gedient hatte, stieß mit den Schultern an die Zimmerwand und rutschte scheppernd hinunter auf meinen Hintern. Ich brachte kein Wort aus meinem weit aufgeklappten Mund. Mir wurde schwindelig, mir wurde schlecht. Ich würgte. Ich erbrach ein klein wenig der Mahlzeit, die ich zuvor auf dem Schiff zu mir genommen hatte.
Wie peinlich war mir das als erwachsenem Krieger in diesem Augenblick vor Claudia. Sie betrachtete mich zwar mit mitleidiger Miene, würde aber aufgrund meines halb verdauten Mageninhaltes auf dem Boden sicher ihre Meinung nicht mehr ändern.

„Manius, bitte beruhige dich doch, ich...“, sagte Claudia nun und kam mit tränenfeuchten Augen einige Schritte auf mich zu. Ich streckte ihr abweisend den Arm entgegen, worauf sie erschrocken auf der Stelle verharrte.

Nun gewann ich allmählich die Kontrolle zurück, aber mein Kopf blieb seltsam leer. Doch diese Leere füllte sich langsam mit Zorn.

Mühsam kam ich auf die Beine und strich mir fahrig mit dem Handrücken über die Augen. Ich befand mich im Wechselbad der Gefühle: Schluchzte ich eben noch, stieg in mir nun unbändiger, grausamer Zorn auf.

„Wie konntest du nur, Claudia? Ist dir denn nichts heilig?“, zischte ich aggressiv, bleckte die Zähne und schrie ihr entgegen: „Nicht einmal das Eheversprechen? Meinen Vater hast du bezirzt! Wie lange geht das schon hinter meinem Rücken?“

Furchtsam wich Claudia zurück und legte die Hand auf ihr Herz.

„Bezirzt? Aber nein! Bestimmt nicht! Ich schwöre dir, es hat nach unserer Trennung und deiner Abreise angefangen. Vorher war nichts. Bitte glaub mir doch! Gaius ist ein so guter Mann und...!“

Ich lachte höhnisch auf, hatte längst genug von alledem. In diesem Moment flog die Tür auf und Claudius’ arabische Leibwächter verschafften sich Einlass.

Ich wirbelte herum, schlug mit den Fäusten einmal links und einmal rechts und die schweren, stiernackigen Jungs flogen polternd in die gegenüberliegenden Ecken. Mein Zorn verstärkte meine inzwischen hervorragend trainierten Kräfte enorm. Jeder der beiden Männer erntete noch einen kräftigen Tritt in die Magengegend, bevor ich aus dem Zimmer stürmte, die Treppe hinunter.

Ich stieß Claudius heftig zur Seite, der mir noch nachrief, ich solle jetzt bloß keinen Fehler machen, und schwang mich auf mein Pferd.

Zuhause angekommen, ritt ich auf dem Pferd mitten ins Atrium hinein und rief laut nach meinem Vater.

Diener, die in diesem Moment in den Ecken Staub wischten, ließen erschrocken die Staublappen fallen und trollten sich.

Ich sprang von meinem Reittier, hatte mein Schwert in der Hand.

Vor überschäumender Wut schwang ich es über meinem Haupt und köpfte die große Jupiterstatue im Atrium mit einem Hieb. Doch nicht nur das: Ich trat und schlug den kleinen Brunnen, in dem die Statue stand, mit so roher Gewalt zusammen, dass der Jupiter-Torso Schlagseite bekam und auf dem Boden krachend in tausend Teile zersprang. Das Wasser schwappte derweil über den Marmorboden.

Mein Pferd war nicht zu halten und galoppierte nun angstvoll wiehernd und schnaubend mit wehender Mähne durch das offene Portal.

Ich riss edle Vorhänge herunter und zerschlug mit meinem Schwert wertvolle karthagische, mannshohe Vasen, die Vater für viel Geld von einem afrikanischen Händler erstanden hatte.

Es war mir mittlerweile alles egal. Ich hatte völlig die Kontrolle verloren. Ich tobte nur noch wie ein Wahnsinniger durch das einst wunderschöne Atrium des Familien-Besitzes, auf dem ich aufgewachsen war.

„Was geht hier vor, Manius? Was tust du da? Benimm dich endlich einmal wie ein richtiger Mann!“

Mit diesen ernsten, mahnenden Worten und dem Schwert in der Hand betrat mein Vater, aus einer Tür an der Seite kommend, das Atrium.

Ich stieß einen krächzenden, ziemlich misslungenen Kriegsschrei aus und sprang ihm entgegen.

Vater ließ mir keine Chance, wehrte mich geschickt ab und versetzte mir einen einzigen Hieb mit dem Schwertknauf an die Schläfe, der mich sofort zusammenbrechen ließ. Ich war zwar nicht besinnungslos, aber benommen und kampfunfähig.

„Fesselt ihn, setzt ihn auf einen Stuhl im Tablinum!“, befahl Vater den heraneilenden Wachen mit ernster Miene. „Ich habe mit meinem Sohn zu reden! In aller Ruhe!“

Seit zwei Tagen saß ich nun im Schankraum der kleinen Unterkunft, die ich in der Altstadt von Rhegium bezogen hatte. Ich betrank mich hemmungslos, nur unterbrochen von kurzen nächtlichen Schlafperioden mit dem Kopf auf dem Tresen der Taverne.
Vater hatte, während ich gefesselt in seinem Tablinum gesessen und wütend wie ein Stier an den Fesseln gezerrt hatte, unaufhörlich auf mich eingeredet. Er wollte die gesamte Schuld an der unglücklichen Situation auf sich nehmen und ging sozusagen in Sack und Asche. Vater redete und redete.
Heute, da ich älter bin, weiß ich, dass ich im Unrecht gewesen war, denn die Verlobung zwischen Claudia und mir war nur als Arrangement der Eltern zu sehen. Mir innige Verliebtheit seitens meiner arrangierten Verlobten einzubilden, war wohl meiner Unerfahrenheit geschuldet. Claudia dachte als Frau jedenfalls ganz anders und verliebte sich letztlich in einen anderen Mann. Dummerweise war das ausgerechnet mein Vater. Ich fand das Ganze damals nur noch widerwärtig und hörte schon gar nicht mehr hin.
Ich war in meinem Kopf bereits mit dem Aufbau einer eigenen Legende beschäftigt, die mein beginnendes Selbstmitleid als tragende Säule stützen sollte. Schließlich hatte ich meine vermeintlich große Liebe verloren, die nun entsprechend betrauert werden musste.
Nein, nicht meine große Liebe, mein verletztes Ego und die Illusionen, die ich mir gemacht hatte, wollte ich unbedingt betrauern und tat dies in aller Öffentlichkeit.

Ich zeigte meine ‚Trauer', indem ich im Ausschank meiner vorläufigen Behausung reichlich Alkohol zu mir nahm, der den Schmerz, den ich gerade auslebte, scheinbar linderte.
In Wirklichkeit bewies ich nur den anderen Gästen, welcher ausgemachte Trunkenbold in dieser doch recht vornehmen Herberge abgestiegen war.
„Du hast jetzt genug, mein Junge", sagte der Wirt gebieterisch und hob seine buschigen Augenbrauen. Gleichzeitig rief er zwei seiner Bediensteten herbei, die mich in mein Zimmer schaffen sollten. „Bringt ihn nach oben. Er soll seinen Rausch ausschlafen. Ich glaube, morgen muss ich mal mit ihm ein ernstes Wörtchen reden."
„**Ich** bringe ihn nach oben", hörte ich durch den Alkoholdunst in meinem Kopf eine weibliche Stimme sagen. „Wenn mir die Herren nur behilflich wären... Herr Wirt, das ernste Wörtchen rede ich mit ihm. Keine Sorge. Ich mach' das schon."
Ich wurde von kräftigen Händen derb unter den Achseln gepackt, von meinem Hocker gehoben, in mein Zimmer geschleift und unsanft auf meine entsetzt knarzende Pritsche geworfen.
Eine Frau war in meinem Zimmer, soviel bekam ich mit.
Sie gab den beiden Männern ein Trinkgeld und redete auf mich ein, aber ich konnte partout nicht begreifen, wer sie war.
Ich war viel zu betrunken.
„Claudia, wie schön, dass du mich doch liebst", lallte ich und glaubte zu hören, sie sei nun wirklich nicht diese Claudia, und wenn ich mich übergeben müsse, könne ich das in ein Gefäß tun, was neben der Pritsche stünde.
Ich fiel in einen langen, traumlosen Schlaf und erwachte schließlich durch gleißendes Sonnenlicht mitten in meinem Gesicht. Mit gewaltigen Kopfschmerzen blinzelte ich und stöhnte.

„Wo... wo bin ich?“, brachte ich gerade so heraus und spürte, wie der alkoholbittere Mageninhalt meine Speiseröhre hinaufkroch, um über meine Mundöffnung in die Freiheit zu gelangen. Ich schluckte schwer und verzog das Gesicht. Ich fühlte, dass noch jemand im Raum war, und blinzelte noch immer, während meine Sehkraft langsam zurückkehrte und mein Magen sich stabilisierte.

„Ist hier noch irgendwer?“, krächzte ich unsicher.

„Ja, ich bin das, mein Lieber. Und du kannst froh sein, dass ich hier gewesen bin. Du bist ganz knapp am Tode vorbeigekommen. Wieso betrinkst du dich eigentlich wie ein alter Säufer?“

„Wer, beim Jupiter, will das wissen? Wen geht das etwas an?“, nuschelte ich ärgerlich und verzog das Gesicht.

„Ich will das wissen. Ich bin Cornelia.“

„Nie von dir gehört“, krächzte ich und konzentrierte mich auf die Kontur eines Mädchens oder einer Frau, die vor mir direkt am Bettrand saß und meine Hand hielt. Sie sah offenbar gar nicht übel aus.

Bei genauerem Hinsehen war sie sogar bildhübsch: blondes, fein auf römische Art toupiertes Haar, sehr edle Gesichtszüge, feine Augenbrauen und eine sanft gerundete Nase. Ihre Augen hatten mich stets in ihren Bann geschlagen, denn hinter langen Wimpern verbarg sich in jedem Auge eine Iris, die bei näherem Hinsehen wie aus zersplittertem, wasserblauen Glas gefertigt schien.

Niemand außer Cornelia besaß solche Augen. Sie konkurrierten mit einem kleinen, äußerst weich gezeichneten und wohlgerundeten Mund, der mich freundlich anlächelte.

Bei aller Schönheit, ich kannte natürlich Cornelia, die Tochter von Gnaeus Cornelius Dolabella, dem toten Konsul und Socius des Societas Aeneae. Er war der Todfeind meines Vaters gewesen und hatte ihn fast auf dem Gewissen gehabt.

Man sagte Cornelia auch nach, sie sei ein durchtriebenes Biest.

Ich hatte mich einst von der üblen Nachrede Dritter und Vierter vereinnahmen lassen. Sie hatte Interesse an mir gezeigt und sich heimlich mit mir verabredet. Und ich hatte sie versetzt.
So war ich ihr zuletzt bei ihrem Auftritt auf dem Fest meines Vaters vor Monaten begegnet und hatte zu spüren bekommen, dass mit ihr nicht zu spaßen war.
Aber heute war ich ihr wohl zu Dank verpflichtet. Außerdem wollte ich Cornelia nicht die Schuld des Vaters anlasten, was ich als zutiefst ungerecht empfand.
Sollte sie doch ihre Chance haben, die sie offenbar suchte.
„Erkennst du mich nun, Manius? Die ach so böse, böse Cornelia, die aber schon lange eine kleine Schwäche für dich hat. Du hast allerdings lieber dieser hochnäsigen Claudia jede Geschichte geglaubt, die sie von mir erzählt hat. Aber ich verzeihe es dir."
Sie grinste spöttisch, aber ganz und gar nicht bösartig, und strich mir sanft über den Kopf.
„Cornelia, ich habe dich nie für ‚böse' gehalten und...", log ich, aber sie legte mir ihren Zeigefinger auf den Mund, gebot mir, still zu sein.
„Um deine dringendste Frage zu beantworten: Ich bin zufällig Gast in diesem Hause und beobachte dich schon zwei Tage lang, in denen du dich ausnahmslos betrinkst. Das kann doch so nicht weitergehen, meinst du nicht?"
„Und was machst du hier bei mir?"
„Irgendjemand muss sich doch um dich kümmern", flüsterte sie mit einem sanften Lächeln. „Du scheinst ziemlich einsam zu sein. So ein hübscher Junge wie du sollte nicht im Alkohol ertrinken, finde ich. Bleib noch etwas liegen, ich braue dir jetzt ein altes Geheimrezept meiner Mutter. Das wird dir schnell auf die Beine helfen."
Und in der Tat, drei Stunden später saß ich mit ihr, einigermaßen auf dem Damm, in der Taverne.

Der Wirt nickte ihr voller Hochachtung zu und servierte uns sichtlich zufrieden mit meinem ausgenüchterten Zustand eines seiner leckersten Gerichte und gekühlten Mulsum.

Weitere drei Stunden später hatten wir auch körperlich zueinandergefunden und liebten uns heiß und innig.

Cornelia war eine junge Frau, die bereits ihre Erfahrungen gesammelt hatte, zwei Jahre jünger als ich, aber ohne Zweifel erfahren. Weitergehende Gedanken schob ich beiseite, genoss in den nächsten Tagen die überreichliche Zuwendung dieses äußerst attraktiven und sexuell aktiven weiblichen Wesens, das mir all die Entspannung bot, die ich als junger Mann vermisst hatte und im Augenblick, nach dem unrühmlichen Ableben meiner mir lediglich eingebildeten Verlobung mit Claudia, so dringend brauchte.

Natürlich hatte das nichts mit Liebe zu tun.

Von der hatte ich sowieso erst einmal genug.

Meinen Freund Julius Caesar verstand ich nun aber viel besser, denn ich verlebte eine entspannte Zeit, die ich nutzte, um mit Cornelia ein körperliches Verhältnis zu entwickeln, das von meiner Seite aus zum Zeitvertreib bestens geeignet war.

Nach dem gewaltsamen Tod ihres Vaters hatten die anderen Oberhäupter der Gens Cornelii[86], vor allem aber ihre verhasste Stiefmutter, sämtliches Vermögen Dolabellas an sich gerissen und ihr war nichts verblieben. Dolabella hatte allerdings für sein Kind vorgesorgt und an einem nur ihr bekannten Ort einiges an Goldmünzen und wertvollen Geschmeiden deponiert, auf die sie Zugriff genommen hatte und deswegen ganz und gar nicht mittellos dastand.

---

[86] lat. Familie der Cornelier

Die junge Frau hatte Rom und der ‚Familie' den Rücken gekehrt. Nach Rom zurückzukehren war nicht ihr Ding, wobei sie mir partout und mit einem hintergründigen Grinsen nicht erzählen wollte, warum dies so war.
Lachend scherzte sie nur, sie wäre ausschließlich meinetwegen in Süditalien geblieben, was ich natürlich nicht für bare Münze nahm.
„Dich, mein Schatz", flüsterte sie mir lachend zu, wenn ich sie wieder und wieder löcherte, was Rhegium hat und Rom nicht hätte. Ich stimmte dann in ihr fröhliches Lachen ein, denn ich war überzeugt, dass dies nur eine nicht ernst gemeinte Floskel war.
Wie sehr ich mich darin irrte, sollte ich erst später erfahren.
Cornelia hatte vor, ein kleines Haus an den Hängen des Aspromonte-Bergmassivs hinter der Stadt zu erstehen, die sich oberhalb des Stadtzentrums erhoben, unweit des Fabius-Anwesens.
Tagsüber zogen wir los und suchten in gelöster Atmosphäre für sie eine geeignete kleine Villa, nachts zogen wir alle Register körperlicher Vereinigung.
Wir kamen beide auf unsere Kosten, ohne allzu viele Fragen zu stellen.
Die innigen Tage mit Cornelia bliesen die Traurigkeit über den Verlust meiner Illusionen bezüglich einer Zukunft mit Claudia einfach so hinfort.
Nach vier Wochen süßen Müßigganges klopfte frühmorgens ein hoher Legionsoffizier an Cornelias Pforte. Er überreichte mir höchstpersönlich eine Schriftrolle, die durch das Siegel des neu ernannten Legatus Classicus in Misenum verschlossen war.

Sie enthielt folgende Order für mich:

DER LEGATUS CLASSICUS, TIBERIUS VERGILIUS MARO, BEORDERT OPTIO AD SPEM ORDINIS MANIUS FABIUS GERMANICUS NACH MISENUM, UM AUF EINSTIMMIGE EMPFEHLUNG DES LEGIONSKOMMANDOS SEINE BEFÖRDERUNG ZUM CENTURIO MIT ALLEN RECHTEN UND PFLICHTEN ENTGEGEN ZU NEHMEN.

Die Order war unterzeichnet, besiegelt und versehen mit dem Datum im September des Jahres DCLXXIX seit der Gründung Roms.
Noch am selben Tage verabschiedete ich mich von Cornelia, die sich sichtlich für mich freute und ehrlich stolz auf mich war, aber auch ein wenig traurig über meine bevorstehende Abreise.
Sie küsste mich heiß und innig beim Abschied, was mich einigermaßen irritierte. Ich hatte unser ungezwungenes Zusammensein ohne Konventionen nur genossen, nicht mehr und nicht weniger.
Ich ahnte, da war von ihrer Seite viel mehr. Für sie schien sich allmählich mehr zwischen uns zu entwickeln. Vielleicht war es auch schon immer da gewesen.
So schwang ich meinen komplett gerüsteten Hintern aufs Pferd, das freudig schnaubte und den Aufbruch offenbar kaum erwarten konnte. Genauso wie ich.
Was kümmerten mich noch die Frauen?
War es nicht die eigentliche Bestimmung eines erwachsenen Mannes, frei zu sein, zu kämpfen und herrschen und stets allen Gefahren zu trotzen, die sich boten? Natürlich!
An Weibern kleben zu bleiben wollte ich getrost den anderen überlassen, meinem Pater familias mit seiner Claudia zum Beispiel.

Voller Vorfreude auf die Möglichkeit, in meinem neuen Rang als Centurio die Jagd nach dem mysteriösen Socius III und den Kampf gegen den ‚Societas Aeneae' wieder aufnehmen zu können, machte ich mich voller Begeisterung, in Begleitung des Überbringers der frohen Botschaft meiner Beförderung, auf den langen Ritt nach Misenum.

Ich hatte die Verschwörer, den ermordeten Damis und seine verwaisten Söhne, die tote Helena von Bithynien und ihren unglücklichen Vater keineswegs vergessen. Sie waren nur für den Moment wegen Claudias Verrat, ich empfand es so, und des Zerwürfnisses mit meinem Vater Gaius Fabius in den Hintergrund getreten.

Vielleicht ergab sich sogar die Möglichkeit, meinen Freund Gaius Julius Caesar wieder zu treffen. Sein verspäteter Aufenthalt auf Rhodos musste längst beendet sein.

Zwar wusste ich nicht, wo er sich im Augenblick aufhielt, aber das hinderte mich nicht daran, voller Elan in die Zukunft zu blicken.

Ich ließ nun nicht nur Rhegium, die Zeit des Ärgers und meinen Vater, sondern auch meine kleine Gespielin Cornelia aufatmend zurück. Die Bindung an eine andere Frau war für mich nach dem Desaster mit Claudia erst einmal nicht denkbar.

**Centurio** Manius Fabius Germanicus - das klang nach Freiheit, nach neuen Abenteuern, einem neuen Schiff...

# KAPITEL VI

## VON VERBRECHERN UND SCHINDERN

### GERMANIEN

Am Oberlauf des Flusses Rhenus[87]

Es ist der hundertfünfunddreißigste Tag nach dem Auslaufen der ‚Imperium III' aus dem Hafen von Rhegium.

Dumpf und schwer stampften die Hufe der Pferde durch den Schlamm des schmalen Weges durch den schier undurchdringlichen Urwald Germaniens, der geradezu im Regenwasser zu versinken schien. Die Tiere waren bis zur Bauchhöhe über und über mit graubrauner, halbflüssiger Erde besudelt, die von ihren Hufen emporgeschleudert wurde.

Es regnete so stark, dass kaum die Hand vor Augen zu erkennen war. Und doch fanden die Reiter vom Stamm der Sueben ihren Weg absolut sicher, auch wenn die Pferde zur Eile angetrieben wurden und ab und zu aufgeregt wieherten. Es goss in Strömen und lange Bäche eiskalten Regenwassers liefen an Reitern und den Tieren hinab.

Die Männer waren zu dritt, ritten in leichtem Galopp hintereinander. Der vorderste Reiter schien auch der Anführer des kleinen Trupps zu sein, was an der edleren Kleidung zu erkennen war. Er verbarg sich unter einer Art weiten wollenen Umhang mit eingewebten Ornamenten, in der Länge doppelt genommen und über der rechten Schulter mit einer Fibel

[87] lat. ‚Rhenus': der Fluss ‚Rhein', im Südwesten des heutigen Deutschlands

zusammengehalten. Diese Tragweise ermöglichte ihm das Einhüllen seines Körpers zum Schutz vor dieser unsäglichen Witterung.
Er hatte sich den Mantel so über den Körper gezogen, dass seine Statur nicht erkennbar war. Nur sein starker Hals mit dem bärtigen Kopf ragte oben heraus. Er mochte Ende dreißig sein und seine drahtige Haltung verriet trotz des langen Rittes, den sie schon hinter sich hatten, viel von seiner unbändigen Energie und Willenskraft. Dieser Mann war ein germanischer Edelmann, eine Persönlichkeit, die zu kommandieren gewohnt war.
Der Regen ergoss sich von seinem bronzenen, eiförmigen Helm, dem Nasenschutz und dem breitem Genickschutz über den Mantel. Ein dichter blonder Vollbart, vom Regen völlig durchweicht, umrahmte sein ernstes Gesicht.
Seine Begleiter unterschieden sich durch die wesentlich einfachere Montur von ihm, aber auch sie trugen sorgfältig gestutzte Vollbärte.
Der lange Weg der drei Männer, den sie furchtlos und ganz allein beritten hatten, machte ihnen keine Schwierigkeiten, auch das Wetter nicht, denn sie waren in das raue Klima des Nordens hineingeboren worden. Sie kannten es gar nicht anders zu dieser Jahreszeit.
Natürlich hätte der edle Reiter sich Sonnenschein und Wärme statt kalten Regens gewünscht. Dieses unwirtliche Land, sein Heimatland, konnte auch bezaubernd schön, warm und lieblich sein.
Andererseits bot ihm dieses grauenhafte Wetter ausreichend Schutz vor unliebsamen Begegnungen. Dies hatte er zumindest bis jetzt geglaubt, denn mitten im Lauf scheute sein Reittier plötzlich, rollte furchtsam die Augen, ließ ein erschrecktes Wiehern hören und drehte sich einmal nervös um sich selbst. Auch die Reittiere seiner Begleiter scheuten und stiegen hoch.
Wenige Schritte vor ihnen stand eine nur schemenhaft erkennbare, dunkle Gestalt absolut unbeweglich im Schlamm des schmalen Weges.

„Ganz ruhig, ganz ruhig“, flüsterte der edle Reiter ins Ohr seines Pferdes, das noch immer nervös auf der Stelle trat, und streichelte ihm behutsam über den Hals, während er rief: „Mann, was machst du hier bei diesem Wetter? Gib den Weg frei!“

Stumm und unbeweglich verharrte der Fremde auf der Stelle.

Der starke Regen verhinderte, dass der edle Reiter das Antlitz der Gestalt zu erkennen vermochte. Wie eine Drohung stand diese düstere Erscheinung auf dem schlammigen Weg, umhüllt von einer regentriefenden Kutte, deren Kapuze tief ins Gesicht gezogen war. Noch einmal befahl der Edelmann zu Pferd den Weg freizugeben. Doch nichts geschah.

Nach einer ganzen Weile hob die Gestalt langsam den rechten Arm und wies mit gestrecktem Zeigefinger auf den edlen Reiter, dessen Pferd schon bei dieser leichten Bewegung des Fremden angstvoll wieherte, schnaubte und nervös auf der Stelle trat.

„Ruhig, ganz ruhig“, flüsterte der Reiter wieder, zog unter seinem Mantel langsam, für den Fremden unsichtbar, sein Schwert. „Ein letztes Mal! Wer bist du, der es wagt, sich mir in den Weg zu stellen?“

„Fürstlein, Fürstlein“, erklang eine hohe männliche Kopfstimme im germanischen Dialekt seines Volkes durch das kontinuierliche Rauschen des Regens. „Fürstlein sei gewarnt. Wer sich auf die Seite des Bösen stellt, hat sein Schicksal bestimmt. Wähle also sorgsam und mit Bedacht, Fürstlein. Denke an die Deinen, denke an dein Volk, für das du Verantwortung trägst.“

Nun kniff der Reiter die Augen zusammen und reckte sich aus dem Sattel.

„Wer bist du? Woher weißt du, wer ich bin? Zeig mir dein Gesicht!“

Der edle Reiter schlug wütend den Mantel zurück und hob das Schwert mit der Rechten. Sein Pferd war mittlerweile bis zu den Fesseln in den weichgetrampelten Schlammmassen versunken.

Seine Begleiter sahen dem Schauspiel stumm zu.
„Denke an die Deinen, Fürstlein! Treffe die richtige Wahl!", rief die Gestalt und verharrte auf dem Weg.
Mit einem Kriegsschrei galoppierte der Reiter auf die düstere Erscheinung auf dem Wege zu, die allerdings nicht auf ihren sicheren Tod warten wollte, sondern behände über die Sträucher, die den Wegesrand säumten, außer Reichweite sprang und mit wehender Kutte im Schutze des dichten Regenvorhanges im Unterholz verschwand.
Sofort zügelte der Reiter sein Pferd und sah sich, das Schwert fest in der Rechten, nach allen Seiten spähend, um. Niemand war mehr zu sehen oder zu hören, nur das gleichmäßige Rauschen des noch stärker werdenden Regens.
Der Fremde war verschwunden.
Ihm ins Unterholz zu folgen, wäre Wahnsinn gewesen.
Wer, bei Wotan, ist das gewesen?
Ein boshafter Geist des Waldes, der ihm hier im tiefsten Walde aufgelauert hatte, um ihn zu warnen?
War es denn überhaupt eine Warnung gewesen oder eher eine Ankündigung kommenden Unheils? Eine Drohung?
Der Edelmann war sich nicht sicher und mit angespannter Miene dachte er an die Worte des Fremden.
„Wotan, schütze uns vor dem Bösen", murmelte der edle Reiter und rief seinen Begleitern zu: „Wir reiten unverzüglich weiter!"
Zunge schnalzend trieb er sein Reittier an, diesen unheimlichen Ort zu verlassen. Bald schob er auch sein Schwert wieder unter den Mantel.
Einen halben Tagesritt später, es war bereits Nachmittag und der Regen hatte nicht nachgelassen, näherten sich die drei Reisenden einem alten, reetgedeckten Bauernhaus. Mit windschiefen Lehmwänden und knorrigem Fachwerk duckte es sich unter gewaltige Eichen. Hinter ihm

waren einige kleine Felder zu sehen waren, die aber offenbar schon seit geraumer Zeit brachlagen.

Die Reiter erspähten den Fluss Rhenus, der hinter den Feldern in seinem breiten Bett langsam dahinplätscherte. Sie waren am Ziel ihres Rittes angekommen und stiegen müde von den Pferden, als sich fünf Krieger in römischen Rüstungen näherten.

Die Sueben wirkten mit ihrem stämmigen, breitschultrigen Körperbau wie Riesen neben den kleineren Römern, die sich aus dem strömenden Regen aber nicht viel machten, die Neuankömmlinge zuvorkommend begrüßten und die Reittiere in eine der nahegelegenen Stallungen des Hofes führten. Ein weiterer Legionär begrüßte die Männer vor der Tür des Bauernhauses mit unterwürfiger Geste.

„Tritt nur ein, Herr. Der, der dich erwartet, freut sich schon lange auf deine Ankunft. Allein natürlich. Deine Begleiter werden hier versorgt."

Die drei Reiter hatten kein Wort von dem verstanden, was der Römer gesagt hatte. Der Mann sprach lateinisch.

Sie sahen sich fragend an, begriffen aber zumindest den Tonfall und die Gestik. Der Anführer bedeutete seinen beiden Begleitern wortlos und nur mit einer Kopfbewegung, in einem kleinen, warmen und trockenen Vorraum zu warten, der den Hauptraum des Hauses vom Hauptportal trennte, und betrat das heimelig erwärmte Bauernhaus. In dessen Kamin knisterte ein wärmendes Feuer, welches den durchgeweichten und frierenden Reiter magisch anzog.

„Wie kommt ihr Barbaren nur mit diesem elenden Wetter zurecht?", fragte ein Mann gut verständlich in dem keltischen Dialekt, der in dieser Gegend gebräuchlich war.

Der Fragesteller, weißhaarig und gepflegt, sehr edel auf römische Art gekleidet, besaß die Ausstrahlung eines weltgewandten römischen Senators. E saß mit einem Becher feinsten Weins aus den Kernlanden des Römischen Reiches an einem großen, roh zubehauenen hölzernen Tisch und trank sich augenscheinlich das Wetter schön.

„Sei mir herzlich willkommen, mein lieber Ariovist[88]“, sagte er freundlich. „Hast du das Erkennungszeichen bei dir, das ich dir habe zukommen lassen?“

Sueben-Fürst Ariovist, der edle Reiter, musterte den Römer misstrauisch, der ihn in so lockerer Art begrüßt hatte. Er zog wortlos die abgeschlagene Hälfte einer Medaille hervor.

Sein Gegenüber tat es ihm gleich, erhob sich und trat an die Seite des Fürsten, fügte die beiden Hälften sorgsam zusammen. Sie gehörten zu ein und demselben Schmuckstück:

Die eingravierte Venusblume, die großen Lettern „AE“ und das Schwert sprangen den Betrachter der Medaille förmlich an.

„Dieses Wetter ist unser guter Freund, wie du weißt“, antwortete Ariovist in demselben Keltisch, während er sich seines triefenden Mantels entledigte, den Helm ablegte und den ihm angebotenen Sitzplatz in der Nähe des gemütlichen Kamins einnahm. Auch der Römer ließ sich wieder in seinen Sessel neben der Weinkaraffe fallen.

Fürst Ariovist war seines Ranges entsprechend gekleidet. Nachdem er den Mantel beiseitegelegt hatte, wurde das seitlich geschnürte und mit Naturfarben behandelte und reich verzierte Hemd und die so typische Hose der Germanen aus fein gewebten Leinen und Wollstoffen sichtbar. An den Füßen trug er feinste Lederstiefel, die jedem Wetter zu trotzen vermochten.

---

[88] **Ariovist**: Ein sehr mächtiger germanischer Fürst, wahrscheinlich vom Stamme der Sueben. Seine keltischen Sprachkenntnisse sollen für einen Germanen ungewöhnlich gut gewesen sein. Es wird auch von zwei Ehefrauen (einer Suebin aus seiner Heimat und der Schwester des norischen Fürsten Voccio) sowie von zwei Töchtern berichtet.

„Ja, natürlich, euer Wetter ist euch ein guter Freund", höhnte der andere und füllte sich den Becher nach. „Aber bestimmt nicht gut genug."
„Wie meinst du das?"
Ariovist lehnte sich nach vorne, seinem Gastgeber entgegen, kniff die Augen misstrauisch zusammen und starrte sein Gegenüber an.
„Nun, du bist ein tapferer Mann, wie ich bemerke", antwortete der Römer lächelnd. „Du kommst so ganz allein zu diesem Treffen, ohne zu wissen, mit wem du es zutun hast. Ist das nun Tapferkeit oder einfach nur blanke Dummheit?"
„Wer bist du, dass du es wagst, mit einem Fürsten in dessen eigenem Land so zu sprechen?", schnaubte Ariovist. „Zwei meiner Krieger und ich selbst reichen für eine Zusammenkunft mit euch schmalbrüstigen Römern aus. Gestandene Krieger meines Volkes benötigen keine Heere zu ihrem Schutz, so wie ihr. Also, wer bist du?"
„Über unsere Legionen wirst du anders denken, wenn du gegen sie antrittst. Ihr werdet sie nicht besiegen können..."
„Deine römischen Horden werden es niemals schaffen, meine Heimat zu besetzen, bei Wotan. Also noch einmal: Wer bist du?
Ein Moment des Schweigens.
„Nun, ich bin derjenige, der gleich nach deiner Abreise aus deinem Hauptquartier deine jüngere Tochter hat verschleppen und als Geisel nehmen lassen", sagte der Römer völlig ruhig und mit einem arroganten Lächeln. Er verfolgte genüsslich, wie Ariovist die Spucke wegblieb, er zuerst bleich, dann dunkelrot und schließlich enorm wütend wurde.
Fürst Ariovist sprang auf und gelangte mit zwei federnden Schritten in den Rücken des Römers, zog dabei sein Schwert und drückte die scharfe Schneide an die Kehle des absolut gelassen bleibenden Mannes. Dabei knurrte er ihm von hinten ins Ohr: „Ich töte dich auf der Stelle, wenn das wahr ist."

„Töte mich und du bringst damit auch deinen kleinen Liebling um", erwiderte der Römer scheinbar gelangweilt und völlig ruhig in seinem Sessel sitzend und am Fingernagel seiner rechten Hand pulend. „Also nimm gefälligst die Klinge von meiner Kehle."
„Römer", zischte Ariovist leise, nahm tatsächlich das Schwert und sich selbst zurück und trat nach vorne. „Du bist im Land meines Volkes. Was willst du von mir?"
Der Römer jedoch ließ sich überaus gewandt von seinem Sessel nach vorne fallen, hatte plötzlich ein Messer in der Hand und trieb dessen Spitze mit einem kurzen Stich während einer Rolle vorwärts in den linken Unterarm des Germanen. Mit äußerster Gewandtheit und entsprechender Eigendynamik landete er auf seinen Füßen, außer Reichweite des Fürsten.
Ariovist versuchte sofort mit dem Schwert zu antworten. Vergeblich. Die beiden Kämpfer standen sich unerbittlich gegenüber, während Blut vom Arm des Germanen tropfte. Der Römer bedeutete dem Fürsten mit einer Handbewegung, der kurze Kampf möge nun ein Ende finden.
„Niemand legt mir ungestraft eine Klinge an den Hals, Fürst", sagte er. „Aber ich möchte deine Kooperation. Unsere Zusammenarbeit wäre ein Gewinn. Für uns und natürlich auch für euch Barbaren. Aber zuerst beweise ich dir, dass ich wirklich die Wahrheit spreche. Gracchus …!"
Drei römische Soldaten traten durch eine niedrige Tür in der hintersten Ecke des Raumes. Einer der Legionäre, offenbar besagter Gracchus, hatte sein langes Messer an die Kehle eines jungen Mädchens gelegt. Die Kleine war geknebelt und die Hände vor dem Bauch gefesselt. Steif wie ein Besen trottete sie vor ihm her.
Das Mädchen war gut 15 Jahre alt. Langes. Strohblondes Haar umrahmte ein feines Gesicht mit ausdrucksvollen grünen Augen und einer schmalen Nase, die in einen vollen, schön geschwungenen Mund überging. Sie war bildhübsch, aber nun sehr bleich.

Panisch erblickte sie Ariovist und flehte ihn stumm und mit einem Blick um Rettung an. Ihren Vater.

„Du römischer Köter! Dafür bezahlst du mit deinem Leben!“, knurrte der Fürst, der die nackte Angst in den Augen seiner Tochter erkannte und nur mit Mühe in der Lage blieb, die Fassung zu bewahren.

„Überleg’ dir, was du nun tust, Ariovist. Ich bin als Person nicht wichtig und ersetzbar. Kooperiere mit uns und du siehst die Kleine eines Tages wieder. Bald sogar. Also leg jetzt das Schwert fort.“

Mit wutverzerrtem Gesicht überlegte der Fürst kurz und ließ dann seine Waffe fallen. Scheppernd schlug sie auf dem Boden auf.

„Na also“, nickte der Römer zufrieden lächelnd und bedeutete Gracchus mit einer Kopfbewegung, das Mädchen wieder wegzubringen, außer Sichtweite Ariovists. „Ich musste einfach sichergehen, dass du alle Bedingungen erfüllen wirst, die wir dir vorschlagen. Deiner Tochter wird es gut ergehen. Sie wird von uns nach Rom gebracht und so lange als Geisel bei uns sein, bis wir mit dir zufrieden sind. Kommen wir nun zu den Einzelheiten dieses interessanten Geschäfts.“

„Ich werde dich töten, Römer, ganz sicher. Und dann werde ich dein Aas als Fischfutter in den Rhenus werfen.“

Der Römer brach in schallendes Gelächter aus, ließ sich wieder in den Sessel fallen und nahm schließlich kopfschüttelnd einen weiteren Schluck des köstlichen Weines.

„Ich wusste gar nicht, dass ihr Germanen so einen ausgesprochen gut entwickelten Humor besitzt. Mir wurde immer berichtet, ihr währet ausnahmslos stupide Dummköpfe. Starke Krieger, fleißige Bauern, aber nicht zu allzu großen Denkleistungen fähig.“

Ariovist holte schnaubend Luft.

„Na gut, manche unserer Pioniere hier in der Wildnis irren vielleicht“, fuhr der Römer beschwichtigend fort. „Ich bin jedenfalls über den Rhenus gekommen und habe dich um ein Treffen unter dem Schutz der römischen Legion gebeten, weil ich zu unser beider Nutzen ein Geschäft vorschlagen möchte.“

Fürstlein sei gewarnt. Wer sich auf die Seite der Falschen stellt, hat sein Schicksal bestimmt. Wähle also sorgsam und mit Bedacht, Fürstlein. Denke an die Deinen, für die du Verantwortung trägst.

Diese Worte der fremden Gestalt auf dem regennassen Weg gingen dem Fürsten plötzlich wieder durch den Kopf. Ariovist fröstelte leicht, er war verzweifelt.
Welche Wahl hatte er nun schon?
Wie wählte er denn nun richtig, im Sinne der Seinen - und seiner Lieblingstochter?
„Du sagst also, du sprächest im Namen Roms, ja?“, fragte er misstrauisch, während er notdürftig seine Stichverletzung verband. „Verstehe ich das richtig? Und wie soll ich dich nun nennen, Römer?“
„Mein Name ist für dich nicht wichtig.“
Der Weißhaarige grinste.
„Nenne mich einfach nur... Socius III.“

**RHEGIUM**

Zur selben Zeit in der Stadtvilla des Gaius Cornelius Lentulus Batiatus.
Dieser Tag sollte ein besonderer werden, hatte es geheißen.
Der Essbereich im Hause des Gastgebers war, entgegen den römischen Gepflogenheiten, so ausgelegt, dass sich statt der in Rom üblichen drei nun immer fünf Personen mit ihren Liegen um die Tische gruppieren konnten.

Auch die strenge römische Sitte, dass sich nur Männer zum gemeinsamen Mahl versammeln durften, war im sonnigen, sehr lässigen Süden Italiens, der römischen Kernlande, mit der Zeit doch ziemlich aufgeweicht worden.

So lagen in diesem Hause leicht bekleidete Herren gemeinsam zu Tische mit noch leichter bekleideten Damen, deren unverhüllte weibliche Attribute gern und weithin sichtbar zwischen gespreizten Schenkeln öffentlich gemacht wurden. Man aß, trank, lachte und ging körperlich auf Tuchfühlung.

Gaius Fabius Maximus hingegen tat dies nicht. Manius' alter Herr gehörte zu den Aristokratenfamilien der römischen Republik und stammte aus dem alten Adelsgeschlecht der Fabii.

Er hatte im Laufe seiner über zwanzig Jahre im südlichsten Zipfel der italischen Halbinsel schon viele anspruchsvolle Festivitäten miterlebt, früher auch einige enthemmte Orgien der neu zugezogenen Vertreter der kapitalstarken neuen Oligarchie[89]. Heute dürfte es wider Erwarten erneut eine der letzteren werden, ahnte Gaius.

In den vergangenen drei Jahren waren nicht wenige Neureiche hinzugekommen, die die Hänge des Gebirges hinter der Stadt mit Ihren Villen und ausgedehnten Ländereien bepflastert hatten. Allesamt Diener dieses geheimen Machtapparates, der die römische Republik in seinem Würgegriff hatte, wusste er.

Sofern sie von den Neureichen ausgerichtet wurden, waren die Feste über die letzten drei Jahre mehr und mehr in weingeschwängerte Orgien ausgeartet, in denen Männlein mit Weiblein, Männlein mit Männlein und Weiblein mit Weiblein verkehrte - nach und gegen alle Regeln der Kunst

---

89 ‚Oligarchie' griechisch: oligoi für „Wenige", Archon für „Herrscher"; bedeutet: herrschende kleine Clique

und über jedes Ehe- und Treueversprechen der anwesenden Paare hinweg.
Nicht selten wurden den Gästen für besonders ausgefallene Spielchen unbedarfte Sklavenmädchen und Sklavenjungen zugeführt. Keine zehn Jahre alt. Sie waren arme Wesen, unfrei geboren und nur Schatten ihrer selbst. Man gab ihnen ‚Theriak', ein mit Vipernblut vermischtes Opiumgetränk.
Rom zählte hunderte Theriak-Läden, aus denen reiche Nichtstuer und Senatoren, aber auch Schmerzgeplagte und von Krankheiten Zerfressene ihren ‚Saft vom Kraut des Vergessens' bezogen.
Das Gift hatte seinen Weg über das lasterhafte Pompeji bis an die Südspitze Italiens gefunden. Man nahm mit ihm den missbrauchten Sklavenkindern die Erinnerungen an die perversen Monstrositäten ihrer allerhöchsten römischen Eigentümer in Rhegium. Die Abnormitäten endeten aber auch nicht selten im perversen Theriak-Rausch der Gäste und mit einem grausigen Tod der Sklavenkinder.
Und doch störten sich nur die wenigsten Römer daran. Man war sich einig, den Mantel des Schweigens und schließlich des Vergessens über diese „Gepflogenheiten" auszubreiten.
Gaius Fabius Maximus hatte seit Jahren alle Einladungen dieser neureichen römischen Oberklasse ausgeschlagen. Er verachtete diese Meute zutiefst, die sich in der römischen Öffentlichkeit sogar für die Armen und Waisen engagierte und mit der alteingesessenen Aristokratie längst eine symbiotische Verbindung einging. Menschen, die Menschen versklavten, nach Lust und Laune peinigten, zu Tode prügelten oder einfach an die geliebten Zierfische in ihren ausgedehnten, mehr und mehr in Mode kommenden Gartenteichen verfütterten.
Das Wort „Zierfische" beschreibt dabei vor allem Fleischfresser wie Muränen, die zur besseren Geschmacksentfaltung kurz vor ihrer kulinarischen Zubereitung gern mit frischem Menschenfleisch gefüttert

wurden. Erst dadurch erhielten sie, so hieß es, die Zartheit, die sich der verwöhnte neureiche römische Gaumen so wünschte.

Claudia, Gaius neue Liebe, nannte diese Römer nur die ‚Drachenbrut', Ungeheuer in Menschengestalt, denen man niemals in die Hände fallen sollte. Denn diese Hände brachten unendliches Leid und oftmals den Tod.

Diesmal war alles anders gewesen. Niemals zuvor hatte Gaius Fabius Maximus eine Einladung mit derart großem Interesse angenommen, denn in diesem Jahr hatte Gaius Cornelius Lentulus Batiatus geladen.

Der Mann, obwohl nicht wirklich machtvoll und superreich, konnte definitiv zu dem Kreis der ‚Canes' gezählt werden. Batiatus war ein Abkömmling der Gens Cornelii[90] und deren Familienzweig der Lentulii, einer der an der Zahl ihrer Mitglieder und an Vermögen reichsten Familien Roms.

Batiatus betätigte sich als Sklavenhändler, vor allem aber als Lanista, der unter anderem in Capua eine der berühmtesten Gladiatorenschulen[91] Italiens unterhielt.

In Rom galt sein Ludus als Garant exzellenter Volksbelustigung. So war sein bevorzugter Gladiator Spartacus[92] zum Liebling der Massen und Batiatus noch viel vermögender geworden. Er hatte schließlich hier in Rhegium ein Stadthaus mit Ländereien erworben.

Gaius Fabius Maximus war dem neuen Nachbarn des Öfteren begegnet. Der Mittfünfziger war mindestens einen Kopf größer als Gaius, mit einer

---

90 Gens Cornelii: Großfamilie der Cornelier

91 lat. Ludus

92 später bekannt geworden durch dessen Ausbruch aus Batiatus' Ludus und durch den Aufstand gegen Rom

glänzenden Halbglatze gesegnet und einer Stimme, deren Dröhnung auch die dicksten Mauern durchdrang - oder zumindest umging.
Oft trug er ein Grinsen zu Markte, eine Scheinfröhlichkeit, die sich unter dem gepflegten Oberlippenbart breit ausdehnte. Seine dominante Erscheinung füllte stets den Raum vollständig aus, in dem er sich befand. Dabei wirkte er freundlich, auch wenn man spürte, dass er es gewohnt war, seinen Willen zu bekommen. Er gab niemandem die Chance, ihn zu übersehen oder seinen Monologen zu entgehen, denen er durch seine körperliche Dominanz Nachdruck verlieh.
Besonders in Anwesenheit römischer Damen blies er sich ungemein auf. Dieser Mann wollte angehimmelt werden, wussten die Frauen, aber die wenigsten spielten mit, zum mehr oder weniger stillen Ärger des reichen Herrn.
Batiatus' Ehefrau war für viele noch eine Unbekannte in den prominenten Villen von Rhegiums Oberklasse. Sie war erst kürzlich aus Rom angereist. Man munkelte, sie sei eine betörende Schönheit, deren atemberaubendem Anblick sich ein Mann kaum entziehen könne. Hinter vorgehaltener Hand wurde schon davon geredet, sie sei überhaupt die schönste und faszinierendste Frau Roms.
Besonders Claudia hatte sich für den Neuzugang interessiert. Nun zeigte sie sich als personifizierte Neugier, hatte sich ungeheuer herausgeputzt. Sie wollte Eindruck machen. Die junge Frau unterstrich ihr makelloses Gesicht und ihr braunes Haar mit hauchzarter Schminke, was ihre geschwungenen weichen Lippen und die rehbraunen, tiefgründigen Augen noch betonte. Sie kleidete sich in feinste römische Garderobe.
Gaius Fabius - ihr offizieller Begleiter, da sein Freund Lucius derzeit nicht in Rom weilte - hatte die stilvolle weiße Tunika der römischen Oberklasse und einen farblich abgestimmten Umhang übergestreift.
Als die beiden ehrwürdigen Schrittes das Atrium der Batiatus-Villa betraten, verstummte so manches Gespräch und alle Augen richteten

sich, manchmal neidvoll, oft bewundernd, auf dieses Traumpaar des Südens.
„Gaius Fabius Maximus“, rief der Hausherr und kam ihnen mit weit ausgebreiteten Armen entgegen. „Wie schön, dich und die wunderschöne Tochter des Benignus in meinem neuen Heim begrüßen zu dürfen.“
Höflich verbeugte er sich vor Claudia. Und doch bemerkte der Menschenkenner Gaius Fabius die leichte Anspannung in Batiatus Auftritt, bevor dieser sagte: „Ist mir fast ein wenig peinlich, dich als Fremde in deinem Geburtshaus zu empfangen, liebste Claudia.“
„Oh, das muss es nicht“, antwortete sie mit einem umwerfenden Lächeln und fuhr mit charmant säuselnder Stimme fort: „Mein Vater hat es vor Jahren verkauft und sich unser heutiges Anwesen errichtet. Er war und ist Sklavenhändler, ebenso wie du, lieber Batiatus. Da ändert sich also nichts. Im Hause meines lieben Begleiters Gaius Fabius Maximus gibt es allerdings traditionell keine Sklaven, sondern ausschließlich freie Hausangestellte.“
Batiatus Grinsen verzog sich zu einer schiefen Grimasse.
Gaius Fabius hingegen schmunzelte. Die frische Jugend seiner Claudia setzte sich nach wie vor über so manche Konvention hinweg. Auch über die Höflichkeit, die mittlerweile in Rom vieldiskutierte Sklaverei unerwähnt zu lassen.
Claudia ignorierte die unterschiedlichen Reaktionen der beiden Männer einfach und fuhr ungerührt fort: „Ich bin schon sehr gespannt, deine wundervolle Frau kennenzulernen. Wo ist sie?“
Prüfend überflog ihr Blick die Anwesenden.
„Sie wird später zu uns stoßen“, erklärte Batiatus. Seine Laune schien sich soeben dem Tiefpunkt zu nähern. Sein Gesicht sprach Bände.
„Bitte amüsiert euch so lange mit den anderen Gästen. Wein für Gaius Fabius Maximus und die Tochter des Benignus!“

Der angesprochene Sklave flitzte los und nur Augenblicke später unterhielten sich unsere beiden, jeder einen Becher aus feinstem Gold in der Rechten, randvoll mit herrlichstem Wein aus der Region, angeregt mit den anderen Gästen.

Cornelia war als Tochter der Gens Cornelii und somit entfernte Verwandte des Gastgebers ebenfalls geladen gewesen. Erst sehr spät hatte sie sich doch noch dazu entschlossen, diese Zusammenkunft der Oligarchie des römischen Südens zu besuchen und als Tochter des ermordeten Gnaeus Cornelius Dolabella sozusagen Flagge zu zeigen.
Mit Gaius Fabius Maximus, dem Pater Familias der hiesigen Fabier, hatte sie bisher ein eher distanziertes Verhältnis verbunden. Die Vergangenheit lies beide eben nicht los. Cornelia zog es deshalb vor, dem Vater ihres Geliebten möglichst aus dem Wege zu gehen.
Eben hatte sie das überfüllte Gebäude betreten, als sie ihre Entscheidung bereits bereute. Die Enge, das Gedränge der ausgelassen feiernden Gäste, all das erzeugte in Ihrem Herzen Beklemmungen.
Übel wurde ihr, als sie, neugierig geworden, durch das ihr unbekannte Haus wanderte, um sich die Neuerwerbung ihres Onkels näher zu betrachten.
Sie hörte Schreie aus einem Zimmer im Obergeschoss.
Vor der Tür angekommen, schob sie langsam den Vorhang zur Seite, der nur unvollständig verbarg, was dahinter vorging.
Was sie hier sah, brachte ihr Herz zum Stillstand.
Gerade eben hatte einer der Gäste ein Messer bis ans Heft in die Brust einer jungen, bereits blutüberströmten Sklavin getrieben, begleitet von zustimmendem Gelächter dreier weiterer Männer - allesamt Angehörige der Oberklasse.
Sie wusste um die Identität jedes einzelnen dieser Kerle. Ihr Vater Dolabella hatte hin und wieder Geschäfte mit ihnen abgewickelt.

Schrecklich, wie sie nackt und feixend um das Sklavenmädchen herumstanden und dessen gebrochene, weit aufgerissene, tote Augen verlachten. Ihren starren Blick, versteinert im Wahnsinn einer entmenschlichten Lebensart.

Sie verspotteten dieses junge Leben, das sie auf einen Tisch geworfen, einer nach dem anderen genommen, verstümmelt und zum finalen Spaß grausam ermordet hatten.

Nur der junge Sklave in der Ecke des Zimmers, der sich an einem Tablett mit kalten Getränken für die sich selbst feiernden Mörder festhielt, lachte nicht. Entsetzte Augen, tränenfeucht, starrten Cornelia an.

Er presste die zitternden Lippen aufeinander.

Sein Gesicht war rot angelaufen.

Sein flatternder, nervöser Blick flackerte zwischen der schnell größer werdenden Blutlache, die von allen vier Seiten des Tisches herab auf den Boden tropfte, dem toten Mädchen und Cornelia hin und her.

Cornelia wandte sich ab und rannte die Treppe hinunter.

Ihr Magen krampfte, ihr war speiübel.

Würgend verlangsamte sie erst am Absatz ihre Schritte. In ihrem Entsetzen über das gesehene wollte sie jedoch keinesfalls vor den Gästen auffallen. Nur das nicht! Cornelia atmete tief durch und unterdrückte ihren Wunsch, das Gesehene einfach herauszuschreien.

Die Sklavin war sicher Batiatus‘ Eigentum und zum Vergnügen der männlichen Gäste, vielleicht auch für einen grausamen Tod durch die Freunde des Hausherrn, abgestellt worden.

Wurden diese Zustände in Batiatus‘ Gladiatorenschule vielleicht ebenfalls als normal angesehen?

In ihrem Entsetzen flüchtete sie, bemüht um einen gesetzten Schritt, in den überaus gepflegten Garten, den der neue Hausherr Batiatus genauso belassen hatte, wie er ihn erworben hatte.

Endlich allein.

Langsam schritt sie einer kleinen marmornen Treppe hinunter und verweilte nachdenklich im Zwielicht der Dämmerung an einem wunderschön angelegten Blumenbeet. Trotz der Festivität, deren Gelächter und Gemurmel leise herüberdrangen, befand sich offenbar keine Menschenseele in ihrer unmittelbaren Nähe.

Sie atmete tief durch.

Wieder einmal spürte Cornelia die Einsamkeit, die an ihr schon sehr lange nagte. Diese mörderische Gesellschaft, die tote Sklavin, dieses elende Leben.

Manius war wieder in ein neues Abenteuer verschwunden. Er hatte sich nur wenige Male mit einer Nachricht per Kurier bei ihr gemeldet. Er trieb sich irgendwo im östlichen Mare Internum herum.

Sie hatte Manius schon immer gern und stets nur Augen für ihn gehabt. Dass sie sich nähergekommen waren, deutete sie als Wink des Schicksals. Und doch war sie sicher, dass ihre Gefühle nicht auf Gegenseitigkeit beruhten.

Cornelia war nie die sexuell aktive junge Frau gewesen, die ihr böse und neidische Zungen stets nachsagten. Nur bei Manius hatte sie bisher ihre ganze Erfüllung gefunden. Aber er hatte sie allein gelassen.

Sie hatte kein intaktes Heim, keinen Mann, den sie umsorgen und lieben, sich ihm mit Liebe im Herzen hingeben konnte. Ihre tiefe Depression wurde sogar zum größten Teil aus diesem Mangel an Zuwendung gespeist.

Seit den Tagen mit Manius hatte kein Mann mehr ihren Körper berührt, der sich so sehr nach seiner Liebe und inniger Nähe sehnte. War sie doch jung, nicht einmal zwanzig Jahre alt, äußerst erotisch, mit einer Haut wie frische weiße Sahne, mit wohlgeformten Brüsten und einer geradezu göttlichen Figur. Herrliches blondes Haar umrahmte ein Gesicht, dessen Züge einer Göttin zu Ruhme gereicht hätten.

Ihr weibliches Begehren wuchs inzwischen fast täglich, ihr Innerstes verlangte in nie gekanntem Maße nach körperlicher Erfüllung. Hin und wieder empfand sie Reue, sich auf den abenteuerlustigen Legionsoffizier und Sohn des Gaius Fabius Maximus eingelassen zu haben. War er doch nie für sie da gewesen.

Tränen liefen ihr, zerteilt in unzählige kleine Mäander, die Wange hinunter. Sie blickte traurig zu Boden. Es gelang ihr nicht mehr, ein lautes Schluchzen zu unterdrücken.

„Du bist Cornelia, die Tochter von Dolabella, nicht wahr!?"

Eine Dame aus der feiernden Schar hatte sich unbemerkt genähert. Cornelia wischte mit dem Handrücken die tränenfeuchten Bächlein hinfort und setzte schnell ein Lächeln auf, während sie sich der Dame hinter der unbekannten Stimme zuwandte.

Eine außergewöhnlich fein gekleidete, anmutige Schönheit stand vor ihr, die sie mit ausdrucksvollen Augen fragend anblickte und einer animalisch-erotischen Stimme weitersprach: „Ich störe doch hoffentlich nicht? Ich sah dich allein in den Garten gehen und fragte mich, warum du die Gesellschaft der anderen Gäste meidest. Oh, entschuldige bitte.... Ich bin die neue Herrin dieses Hauses."

„Du bist Ludmilla", begriff Cornelia und nickte freundlich. „Du bist meines Verwandten Batiatus neue Ehefrau, die mit ihrer Schönheit bereits ganz Rom verzaubert hat. Und nicht zu Unrecht, wie ich bemerken muss."

Ein sanftes Lächeln umspielte ob dieser Nettigkeit Cornelias den Mund der Hausherrin.

Ludmillas Kopf neigte sich ein wenig und Cornelia fügte hinzu: „Wunderbar, dass ich dich heute kennenlernen darf. Du solltest dir wirklich keine Gedanken wegen meines Spazierganges in den Garten machen. Es ist alles in Ordnung."

„Nichts liegt mir ferner, als mich in deine Angelegenheiten einzumischen, liebste Cornelia, aber ich kann das Herzeleid anderer Menschen spüren“, antwortete Ludmilla mitfühlend und formte mit ihren Lippen bereits eine weitere Frage: „Wo ist denn dein Begleiter? Ich entdecke ihn nicht unter den feiernden Gästen.“

Auch Cornelias empathische Fähigkeiten waren sehr gut entwickelt. Sie spürte instinktiv eine unbestimmte Bedrohung, die von dieser Frau ausging. Viel stärker war aber die erotische Ausstrahlung, die ihr in einer Intensität entgegenbrandete, der sich Cornelia nicht verschließen konnte - und wollte.

Schien sich hinter der interessierten Frage dieser Frau nach dem Begleiter Cornelias nicht auch mehr zu verbergen?

Misstrauen umschlich ihr Herz. Sie fürchtete für einen kurzen Moment, in den Einflussbereich einer hungrig züngelnden Schlange geraten zu sein, die ihr Beutetier aus kalten Augen fixierte.

Wahrscheinlich war sie durch die lange Einsamkeit und den kurzen Gefühlsausbruch hier im Garten noch etwas überreizt. Die Fragen dieser Frau entsprangen lediglich dem verständlichen Interesse an einer Verwandten ihres Ehemannes.

Trotzdem erschien es ihr angebracht, der Dame auf den vermeintlichen Giftzahn zu fühlen.

„Ich bin allein zu der Feierlichkeit meines Verwandten, deines Ehemannes gekommen“, antwortete Cornelia mit betonter Freundlichkeit und sehr fester Stimme.

„Ja, ich verstehe“, hauchte Ludmilla leise. Sie kam Cornelia nun sehr nahe und ihre Nasenflügel hoben sich sanft. Kurz sog Ludmilla Cornelias Atem ein. „Deine Einsamkeit ist zu spüren, zu riechen, zu... schmecken...“

„Was...?“, flüsterte Cornelia irritiert.

Die körperliche Nähe verwirrte sie.

Längst versank sie in den hypnotischen Augen Ludmillas, die nun auf Tuchfühlung vor ihr stand. Deren Handrücken sanft über Cornelias Wange strich, während sich ihr Mund vor Erstaunen ein wenig öffnete. Es schien fast zwangsläufig, dass sich ihre warmen, feuchten Lippen zu einem intensiven Kuss fanden.

Niemals zuvor war Cornelia so geküsst worden. Von keinem Mann. Auch von Manius nicht.

Cornelia versank in den Lippen einer Frau.

Sie spürte eine warme Berührung ihrer Brüste, die sanfte Liebkosung ihrer längst erigierten Brustwarzen und sie ließ es geschehen.

Sie schloss die Augen.

Eine Ewigkeit schien vergangen, bis sie sich voneinander lösten. Cornelias Gedankenwelt stürzte derweil in ein dunkles Loch. Unfähig, das Erfahrene zu begreifen, waren ihr Herz und ihr Verstand leer.

Die schöne Fremde schien der jungen Frau mit ihrer dunklen Macht ein Gros ihres physischen Lebens entzogen zu haben. War das möglich?

Lange Augenblicke versuchte sie mit mäßigem Erfolg, ihre rückkehrenden Gedanken zu ordnen und das begonnene Gespräch fortzusetzen.

Cornelia blinzelte und trat einen Schritt zur Seite.

Es gelang ihr allmählich, sich aus der psychischen Umklammerung der anderen herauszuwinden. Sie strich sich mit dem Zeigefinger über ihren feuchten Mund und tiefe Scham brandete in ihr auf.

Ihr war auch bewusst geworden, dass Ludmila‘ s Frage nach einem ‚Begleiter‘ eine winzige Botschaft enthalten hatte. Es gelang ihr, den mentalen Abstand noch um einiges zu erweitern.

„Ist es denn zwingend erforderlich, einen männlichen Begleiter an seiner Seite zu haben?“, fragte sie mit fester Stimme.

„Nein“, hauchte Ludmilla gelassen lächelnd. „Warum auch? Die Männer von heute lassen ihre hübschen Frauen gern allein zurück, während sie aufbrechen, die Welt zu erobern. Eine Frau sollte sich das niemals gefallen lassen und ihre Konsequenzen ziehen. Auch andere Menschen können Liebe geben, nicht nur römische Krieger." Ein neuerliches Lächeln umspielte ihren Mund, während ihre Zunge sanft über ihre Oberlippe strich. „Aber lass' uns doch zu den anderen Gästen stoßen. Es wird langsam dunkel hier draußen."

Das Reptil zog sich wieder in seine Deckung zurück. Und doch: Dieser Kuss hatte Cornelia fast die Sinne geraubt. Noch immer wurde ihr schwindelig, wenn sie an die warmen Lippen und die süße Sanftheit, die erotische Intensität der Liebkosung dachte.

Was verbarg sich hinter der schönen Maske dieser Frau?

Cornelia wusste: Nie wieder würde sie der Frau des Batiatus die Chance geben, sich ihr zu nähern oder sie sogar zu küssen.

Aber ihr Trübsinn war wie weggeblasen. Der ‚Schlangenkuss' hatte sie unverhofft erwachen lassen. Aufbruchsstimmung besetzte den Platz in ihren Gedanken, den eben noch die Depression eingenommen hatte.

Und Cornelia wusste auch warum.

Nein, mit der neuen Herrin dieses Hauses hatte es nichts mehr zu tun.

Sie grinste in sich hinein.

Sie würde einfach abwarten. Wenn Manius von seinem Einsatz zurückkehrte, würde er zu ihr kommen. Dann würde er ihr gehören. Ihre Zeit mit dem Mann an ihrer Seite, der genau dorthin gehörte, würde kommen.

Da war sie sich vollkommen sicher.

# KAPITEL VII

## DIE LIEBLICHE

### FRETUM SICULUM

In der Meerenge zwischen Bruttium[93] und Sizilien

Es war ein gutes halbes Jahr vergangen seit den bisher geschilderten Ereignissen. Es war wieder Frühling geworden im Süditalien des Jahres DCLXXX (680)[94] nach römischer Zeitrechnung.

„Servius, meinst du wirklich, wir sollten derart weit hinausfahren? Mir gefällt das nicht“, beschwerte sich das zierliche, dunkelblonde Mädchen neben Servius mit ängstlichem, leicht vorwurfsvollem Blick.
„Du brauchst dich nicht fürchten, Sabina, ich kann das! Ich hab’ dir doch gesagt, dass ich bin mit diesem Boot wie verwachsen bin!“
Der junge Mann namens Servius Aquila war fünfzehn Jahre alt, groß und kräftig gebaut, hatte kurzes dunkles Haar und braune Augen.
Er war ein wenig von dem, was man im Allgemeinen einen Draufgänger nannte. Wenn es irgendetwas gab, was sofortiges und kraftvolles Handeln erforderte, stand Servius in der ersten Reihe.
Was aber nicht hieß, dass er verantwortungslos war. Nein, das nicht.
Er war ein äußerst kluger, überlegter Junge, der Gefahren abwog und dann das Beste und Machbare versuchte.

---

93 heute: Kalabrien

94 das Jahr 74 vor Christus

Servius' Schwester Sabina jedoch war trotz ihrer schon dreizehn Jahre noch schmal und kindlich gebaut, aber schon jetzt bildhübsch, mit ebenmäßigen, edlen Gesichtszügen.

Sie galt allgemein als die Denkerin ihrer Familie, war der ganze Stolz ihres Vaters, eines Römers, der schon lange in Rhegium lebte. Der Mann war kein Aristokrat, aber wohlhabend und gebildet. Stundenlang führten sie Gespräche über Wissenschaften oder Religionen, das waren ihre Leidenschaften, und sie hatte darüber hinaus schon vier weitere Sprachen erlernt. Und sie war viel zäher und durchsetzungsfähiger, als man ihr aufgrund ihrer vermeintlichen Zerbrechlichkeit auf den ersten Blick zutraute.

Wie ein Pfeil glitt der Einmaster der beiden Geschwister durch die azurblauen Fluten des Mare Internum, gut zwei Stunden nördlich von Rhegium. Das Boot war 8 passus[95] lang, 2 passus breit und mit einem großen Mast mit Segel bestückt.

Mit geschickter Hand führte Servius das Boot mit hoher Geschwindigkeit, ließ es mit dem Segel hart am Wind an der Küste entlanggleiten, während Sabina das Ruder am Heck hielt.

Schon kurz hinter den leuchtend weißen Stränden stiegen hügeliges Land und höhere Bergketten auf, die aufgrund der oftmals hohen Luftfeuchtigkeit in dieser Region in Dunst und Wolken gehüllt waren. Das Wetter auf dem Meer dagegen war für einen Ausflug perfekt: geringer Seegang, ausreichend Wind und eine strahlende, warme Sonne, obwohl schnell wechselnde Winde und Wasserströmungen des Fretum Siculum tückisch sein konnten.

Servius jubelte und schrie laut vor Glück, legte sich mit dem ganzen Körper in den kühlen, salzigen Fahrtwind und schloss die Augen.

---

95 1 passus = 1,48 Meter

Die beiden Geschwister waren ein eingespieltes Team und kannten sich ausgezeichnet mit der Führung des Seglers aus. Ihr Vater hatte beide darin geschult, da er immer betont hatte, wie wichtig es sei, mit den Naturgewalten zurecht zu kommen, ja, mit ihnen zu spielen.
Bei diesem „Männergetue" schüttelte Sabina immer nur überlegen lächelnd, in Wirklichkeit aber verständnislos den Kopf.
So wie jetzt.
Frühmorgens vor Sonnenaufgang waren sie mit genügend Proviant und Wasser heimlich aus dem elterlichen Haus in Rhegium geschlichen und hatten ihr Boot bestiegen, um entlang der Küste nach Norden zu segeln und irgendwo an einem einsamen Strand zu baden und eine Kleinigkeit zu essen.
Servius hatte diese Idee gehabt und ihm fiel natürlich niemand anderes als seine kleine Schwester ein, mit der er dieses Abenteuer bestehen wollte. Die beiden liebten sich sehr. Niemals gab es eine Spur der Rivalität zwischen Bruder und Schwester, oft kommunizierten sie nur durch Blicke und verstanden sich ohne Worte.
„Wie wäre es", rief Servius seiner Schwester mit leuchtenden Augen zu, „wenn wir, statt an der Küste zu bleiben, hinüber nach Messana[96] fahren und dort flanieren gehen? Ein paar Münzen, um irgendwo einzukehren, habe ich dabei...!"
„Nach Sizilien? Du bist wohl nicht ganz bei Trost, Servius!", rief Sabina mit entsetztem Gesicht und griff noch beherzter zum Ruder des kleinen Bootes. „Das ist viel zu gefährlich!"
„Ach was", lachte Servius. „Vater hat gesagt, das Boot sei sogar hochseetauglich. Also probieren wir's aus."

---

[96] heute: Messina, Großstadt an der Ostküste Siziliens

„Das Boot vielleicht, aber ich nicht! Außerdem sind die unterseeischen Strömungen sehr gefährlich! Das hat Manius gesagt!"
„Glaub ich nicht! Was weiß der schon! Es heißt, Messana sei jederzeit einen Besuch wert!"
„Manius weiß das - und ich will es auch gar nicht genauer wissen, Servius... nein...!
Sabina war ebenso abenteuerlustig wie ihr Bruder und liebend gerne würde sie mit ihm nach Messana übersetzen. Aber sich ein wenig zu zieren war das übliche Spiel der Frauen. Und auch sie beherrsche es trotz ihrer jungen Jahre bereits vortrefflich.
„Du weißt ja, in welche Richtung du steuern musst, Schwesterchen. Nun mach schon!", rief Servius. Er hatte bereits das Segel für den neuen Kurs ausgerichtet, ohne dass Sabinas Protest noch eine Wirkung hätte zeigen können.
Grinsend presste das Mädchen die Lippen aufeinander. Na gut. Sie fand die Idee eigentlich auch großartig. Eine kleine Bewegung ihrerseits und das Boot pflügte in die gewünschte Richtung. Über den Bug hinweg beobachtete Sabina die im Dunst des Morgens liegende Küste Siziliens mit den typischen vulkanischen Hängen und Gebirgszügen sowie das hell und verlockend glitzernde Messana.
Gut gelaunt sah sie über das Heck des Bootes zurück nach Rhegium und erblickte ein Schiff, das ihnen in nicht mehr allzu großem Abstand folgte und stetig näherkam. Sie beide hatten gar nicht bemerkt, dass sich ein Schiff genähert hatte, als sie über Messana gestritten und die Küste der großen Insel den Bug voraus beobachtet hatten.
Sabina hatte ihre Aufgabe sträflich vernachlässigt, unablässig Ausschau nach unliebsamen Wasserfahrzeugen zu halten. Schließlich war die Piratengefahr keinesfalls gebannt. Es trieben sich noch genug dieser Verbrecher auf dem Wasser herum.

„Servius!“, rief Sabina ihrem Bruder erschrocken zu. „Ein Schiff folgt uns!“
„Was für ’n Schiff denn? Wo?“
„Direkt hinter uns! Ich habe es gerade erst bemerkt!“
Servius sicherte das Segel, kletterte zu Sabina nach hinten und schirmte seine Augen mit der rechten Hand vor der Morgensonne ab.
„Dürfte eine Liburne[97] sein“, meinte er nach kurzer Zeit. „Kein Handelsschiff. Wohl auch kein Römer.“ Sein Gesicht wurde sehr ernst. „Könnte eine Piraten-Liburne sein. Ja, ich glaube, es ist eine. Wir müssen schneller fahren!“
„Was? **Piraten**?“, schrie Sabina entsetzt, während Servius schon wieder mittschiffs saß und flink mit dem Segel hantierte. Wie wild schlug der Segler hin und her, während sich Sabina an das Ruder klammerte.
„Wir müssen in einem weiten Bogen wieder das Festland ansteuern, Sabina! Dorthin werden die uns nicht folgen!“, rief er seiner Schwester zu. „Du musst das Boot so führen!“
„Was glaubst du denn, was ich hier mache“, murmelte sie bei sich und nickte ihrem Bruder heftig zu.
Und wirklich legte das Boot ordentlich an Geschwindigkeit zu, aber nicht genug, um einer großen Rudergaleere zu entkommen. Servius wusste das, aber sich zu ergeben, ohne alles zu versuchen, war für ihn inakzeptabel.
„Wir werden alles, was wir Überflüssiges dabeihaben, über Bord werfen, Sabina! Auch unsere Ersatzkleider! Wir müssen unbedingt leichter und schneller werden!“, rief Servius seiner Schwester zu. „Aber nicht das Trinkwasser! Vielleicht brauchen wir’s noch!“
„Meine schönen Badekleider? Du glaubst doch nicht, dass ich...“

---

97 Liburne: sehr schnelles und wendiges Schiff, 29 m lang, 3,50 m breit, Gewicht von 90 t, Tiefgang von 1m

„Mach schon! Mutter näht dir Neue!", schrie Servius außer sich. Mädchen und ihre Kleider. Nicht zu fassen! Noch etwas schneller jagte das kleine Boot nun mit dem Wind über die heute sehr flachen Wogen der Fretum Siculum, doch die fremde Liburne näherte sich zusehends. Schon konnte Sabina die Besatzung des Schiffes erkennen, wilde, bärtige Kerle, die lachend und offenbar scherzend zu dem kleinen Boot mit den zwei Insassen hinüberblickten, das verzweifelt versuchte, ihnen zu entkommen.

Servius spürte, dass seine Schwester den Kurs geändert hatte und sah zu ihr hinüber.

„Warum änderst du den Kurs? Sie holen auf!", rief er ihr zu.

„Ich habe ein römisches Schiff entdeckt!", schrie sie ihrem Bruder zu, um das Flattern des Segels und das Rauschen der See zu übertönen. „Servius! Sieh doch, eine römische Trireme!"

Ein römisches Kriegsschiff, das von Messana aus herangekommen war, hatte schon seinen Kurs geändert und nahm das Boot unserer beiden jungen Seefahrer vor den Bug. Die Trireme verfügte über ein Hauptsegel mittschiffs, es zeigte einen riesigen römischen Adler, und ein kleineres auf dem Vorschiff, wurde von 150 Mann gerudert, verteilt auf je drei ausladenden Reihen auf beiden Seiten. Hinzu kamen etwa 30 Matrosen und über 100 Seesoldaten. Der gesamte Bug war bunt mit feinen Ornamenten bemalt und konnte mit dem riesigen Rammsporn jeden möglichen Feind versenken. Mittschiffs war eine Enterbrücke verzurrt, das Heck war der Platz des Steuermanns, mit einem Regendach geschützt, und der Platz für das große römische Feldzeichen mit dem Adler und der Aufschrift „SPQR", Senat und Volk von Rom.

Die Piraten hatten das weit überlegene Kriegsschiff ebenfalls erspäht, ließen nun von dem kleinen Segelboot ab und änderten in aller Eile ihren Kurs zur Flucht.

Sabina beobachtete grinsend, wie die bärtigen Seeräuber wild durcheinanderliefen, Kommandos brüllten und so abrupt abdrehten, dass ihr Schiff heftige Schlagseite zeigte und enorm an Geschwindigkeit einbüßte.

Servius seinerseits holte nun unter Jubelschreien das Segel des Bootes ein und verlangsamte die Fahrt.

Die Trireme erhob sich schon mächtig vor dem kleinen Segler. Man hatte das Hauptsegel eingeholt und die Ruderer verlangsamten die rasante Fahrt.

Sabina bestaunte die mächtige Trireme und bemerkte einen einsam am Bug des Schiffes, oberhalb des über und über mit goldenen und bunten Ornamenten geschmückten Rammsporns stehenden jungen Mann in Offiziersrüstung, der mit verschränkten Armen und neugierigem Blick die Manöver des kleinen Seglers verfolgte. Sabina' s Blick traf sich mit dem des jungen Mannes, der sofort ein freundliches Lächeln zeigte.

Der Rammsporn und der bauchige Körper der Trireme rauschten an unsere Helden heran. Die Ruder wurden eingezogen und an der Reling halfen mehrere Matrosen und Männer in Legionärsrüstungen, Taue zu dem kleinen Segler hinüberzuwerfen.

„Bleibt ruhig! Wir holen euch an Bord! Befestigt die Taue an eurem Boot, wir schleppen es ab!“, hieß es von der Reling aus.
Servius tat, wie ihm befohlen wurde, und sicherte das Boot. Danach kletterten er und seine Schwester über Strickleitern an Bord der Trireme. Servius und Sabina wurden von Legionären umringt und interessiert gemustert. Schließlich öffnete sich der Ring für einen kräftig gebauten, stiernackigen Mittdreißiger mit sonnenverbranntem Teint und groben Gesichtszügen in der typischen Rüstung eines Legionsoffiziers mit dem tiefroten Umhang sowie reich verziertem Helm mit Nacken-, Stirn- und Wangenschutz und der Crista transversa[98] auf dem Kopf.
Der Mann baute sich übellaunig und breitbeinig vor den jungen Leuten auf, die er mit donnernder Stimme anging:
„Was, bei Jupiter, habt ihr Kleinkinder hier draußen auf See zu suchen? Diese Liburne hätte euch fast erwischt!“
Wütend stemmte er die muskulösen Oberarme in die Hüften.
„Woher kommt ihr eigentlich? Ja, natürlich, ihr seid entlaufene Sklaven! Ja, bestimmt! Aber ich werde es euch zeigen, euch einfach davon zu...“
Das üble Gebrüll und die falschen Anschuldigungen gingen Servius enorm auf die Nerven. Sah er für diesen ungehobelten Grobian vielleicht wie ein Sklave aus? Adrenalinwellen pumpten wild durch Servius’ Körper, aber er brachte es fertig, sich zu beherrschen.
„Nein, wir sind keine Sklaven!“, unterbrach er beherzt die Tiraden und reckte sich stolz in die Höhe. Hoch aufgerichtet fuhr er fort. „Wir sind freie Römer aus Rhegium. Meine Schwester und ich danken dir, Legionär, dass du uns mit deinem Schiff vor den Seeräubern errettet hast. Aber du hast dich uns nicht vorgestellt. Auf welchem Schiff befinden wir uns?“

---

98 quergestellter Helm-Kamm eines Centurio mit Schmuck aus rotgefärbtem Rosshaar

„Ich bin Centurio Decimus Tullia und ich... Du kleiner Rotzjunge, ich zeig' dir gleich, wer hier die Fragen stellt und..."
„Das reicht jetzt, Centurio, ich übernehme die weitere Befragung!"
Erneut teilte sich die Menge der Legionäre, diesmal mit einem respektvollen Raunen. Und zwar für den jungen Mann, der vorhin am Bug der Trireme gestanden, beim Näherkommen den kurzen Disput verfolgt und den Centurio schließlich unterbrochen hatte.
Sein schlanker, mittelgroßer Körper steckte in einer über und über verzierten Rüstung ähnlich der des Centurio, aber ohne Helm. Sein Antlitz besaß kantig-männliche Züge und eine ausgeprägte Nasen- und Kinnpartie. Sein Haar war dunkel, römisch gewellt, die Stirn zeigte den hohen Haaransatz, der auf einen wirklich hohen Intellekt schließen ließ. Auffällig waren allerdings seine durchdringenden, intelligenten, azurblauen Augen, die die beiden Neuankömmlinge in Sekundenbruchteilen abschätzten.
Er war etwa Mitte zwanzig und mit einer solch natürlichen Autorität ausgestattet, dass jedes Gespräch in seiner Nähe bei seinem Erscheinen verstummte. Alle Blicke ruhten auf ihm, als er gemächlich und aufrecht, wie ein vornehmer Senator, zur Reling schritt.
„Ich bin Gaius Julius Caesar und du befindest dich auf meinem Schiff, der ‚Capua'."
Er blickte die beiden jungen Leute freundlich und leicht arrogant an.
Er wandte sich an Servius.
Natürlich wussten die Geschwister, wer da vor ihnen Stand: Der Mann mit der meisten Fortune Roms, einer **der** aufstrebenden Männer der römischen Republik. Er war dieser Caesar, dessen fantastischer Coup gegen die kilikischen Piraten sich im vergangenen Jahr wie ein Lauffeuer im ganzen Mittelmeerraum herumgesprochen hatte.
„Und wie heißt ihr beide? Was treibt ihr mit eurem Boot hier auf See?"

„Ich bin Servius Aquila und das ist meine Schwester Sabina", antwortete Servius mit fester Stimme. „Wir hatten eine kleine Fahrt hinüber nach Messana vor, als uns das Piratenschiff auflauerte."
Julius Caesar horchte auf.
„Aha", sagte er und in seinen Augen erschien ein amüsiertes Glitzern. Sein Lächeln wurde noch breiter und sehr viel freundlicher. „Ziemlich verwegen, euch mit Piraten anzulegen. Ihr habt Glück, dass mein Schiff im richtigen Moment zur Stelle war."
„Ja, das stimmt. Wir kennen dich von Manius' Erzählungen."
„Manius? Ihr beide kennt Manius Fabius Germanicus? Ich hoffe, er hat nur Gutes von mir berichtet", lachte Caesar arrogant. Er wandelte stolz einige Schritte an der Reling entlang und blickte theatralisch, offenbar tief versunken in hehre Gedanken, über das Meer und die Küste.
Sabina schob unmerklich die rechte Augenbraue hoch bei diesem Anblick. Manius hatte Recht gehabt. Ein eitler Pfau war er, dieser Caesar.
„Und was machen wir nun mit Euch?", fragte er nach einigen Minuten versonnen, in denen niemand zu sprechen gewagt hatte. „Da ihr Manius kennt, könnt ihr mich zum Dank für eure Errettung zum Fabius-Anwesen bringen. Ich bin auf dem Wege zu ihm. Ist Manius zuhause oder im Einsatz auf seinem Schiff?"
Caesar drehte sich mit dieser Frage um und blickte Servius direkt in die Augen. Errettung? Das war lächerlich! Servius war sich sicher, er hätte die Verbrecher auch so loswerden können.
„Er ist unterwegs", murmelte Servius. „Er ist ständig auf See, aber Gaius Fabius Maximus dürfte zuhause sein."
„Sehr gut!", rief Caesar mit einem strahlenden, erneut leicht arroganten Lächeln. „Besuchen wir ihn. Auf zum Fabius-Anwesen!"
Servius atmete auf. Sie waren vorerst in Sicherheit und Caesar schien freundlich zu sein, auch wenn der Centurio noch immer äußerst wütend dreinblickte. Aber Julius Caesar hatte hier das Sagen, zum Glück.

„Centurio, die beiden hier werden in meine Kajüte gebracht. Gib ihnen etwas zu essen und zu trinken. Übrigens stehen sie ab sofort unter deinem persönlichen Schutz. Wir nehmen Kurs auf Rhegium“, befahl Caesar und wandte sich zum Gehen, worauf hin Centurio Decimus Tullia Haltung annahm.

Ihm war nicht klar, was dieser junge Kerl, dieser Caesar, über den alle sprachen, so Besonderes an sich haben sollte.

Decimus hielt den Rummel um dessen Person für maßlos übertrieben und Caesar für einen arroganten Einfaltspinsel, der vor allem durch dekadente Liebeleien Furore machte, wie jetzt erst wieder durch seine blutjunge Geliebte. Er hatte sie sogar mit an Bord, obwohl er doch in Rom verheiratet war. Aber die erfundene Geschichte mit der Piratenkreuzigung in Pergamum letztes Jahr, dachte er, hat Caesar dem Volk in Rom prächtig verkauft, ein Volk, welches junge, heldenhafte Recken wie ihn verehrte.

Die natürliche Autorität, die Caesar ausstrahlte, war auch Decimus nicht verborgen geblieben, aber durch sein hartes Militärleben hatte er an Einfühlsamkeit verloren. Er war rau und unsensibel geworden. Decimus warf einen kurzen, mürrischen Blick auf Servius.

‚Noch so ein Kindskopf‘, dachte er bei sich.

„Was hältst du von diesem Caesar?“, fragte Servius seine Schwester leise, während sie dem Centurio in Richtung der Kajüte folgten, um sich dort zu stärken.

„Er ist genauso, wie Manius ihn beschrieben hat“, antwortete Sabina mit abschätzig heruntergezogenen Mundwinkeln und kritischem Blick. „Aber eines sage ich dir: Decimus Tullia mag uns nicht besonders.“

Kichernd und prustend folgten die Geschwister dem Centurio, der seinem Optio einige Kommandos zubrüllte und den beiden Jugendlichen einen noch mürrischeren Blick über die Schulter gönnte. ‚Jetzt mutet man mir auch noch zu, alberne Kleinkinder zu hüten‘, dachte er bei sich und stieg mit klirrender Rüstung hinab in die Kajüte seines Kommandierenden.

„Setzt euch hier hin", knurrte er. „Ihr bekommt gleich euer Essen, wie befohlen."

Servius und Sabina nahmen an einem kleinen Tisch Platz.

Schon kurz darauf stieg ein weibliches Wesen die kurze Treppe zur Kajüte herunter.

Sie war sehr jung, in Servius' Alter, mit blond gelocktem Haar, sehr heller Haut, ebenmäßigem Gesicht und fesselnden grünen Augen. Sie trug eine einfache graue Tunika, unter der sich trotz ihrer Jugend schon jetzt eine Traumfigur mit kleinen, aber festen Brüsten abzeichnete.

Sie jonglierte geschickt ein großes Tablett mit Brot, zwei Bechern und einer Karaffe mit Trinkwasser durch die enge Tür. Mit einer fließenden Bewegung setzte sie das Tablett auf den Tisch.

Servius spürte sein hämmerndes Blut in den Schläfen und im Unterleib. Vor allem dort. So ein Himmelswesen hatte er noch nie gesehen. Ihm gefiel so manche südländische Rasseschönheit in Rhegium, aber dieses Mädchen hier... Sie war der Wahnsinn!

Servius' Mund klappte auf und die Augen wurden groß.

„Nun guck nicht wie ein Pferd", lachte Decimus heiser beim Anblick des staunenden Jungen und feixte. „Die ist nicht für dich."

Und ganz leise raunte er Servius zu, bevor er sich umdrehte und mit dröhnendem Lachen die Kajüte verließ: „Mit ihr vergnügt sich Caesar ganz allein. Also lass' besser die Finger von ihr. Ist gesünder für dich, Junge. Hast du mich verstanden?"

Das Mädchen hatte bei Decimus' Worten den Blick verschämt gesenkt. Sie hatte gespürt, wie Servius sie so unverhohlen angestarrt hatte, und nahm seinen Blick auf.

Sein Verstand setzte augenblicklich aus.

Er versank im grünen Ozean dieser Augen.

„Bruder“, flüsterte Sabina ungehalten. Sie kannte Servius wie keine Zweite und hatte seine Reaktion bemerkt. „Wach auf. Das Essen ist da.“
Servius hielt noch einen Moment Blickkontakt zu dem blonden Himmelswesen, das sich nun verschämt abwandte und sich anschickte, die kleine Kajüte zu verlassen.
„Ähm, darf ich... fragen, ... wer du... bist?“, wandte sich Servius nun leicht unbeholfen an das junge Fräulein. „Ich hoffe, du verstehst meine Sprache.“
Sie blieb stehen, drehte sich ein wenig um, blickte über die Schulter direkt in seine Augen und antwortete mit sanfter, warmer Stimme und einem starken, fremdländischen Akzent.
„Lioba, ich bin Lioba. Das bedeutet in eurer Sprache ‚die Liebliche‘.“
Mit weit offenem Mund sah er ihr nach, wie sie mit eleganten Bewegungen und kokettem Hüftschwung die kleine Treppe nach oben nahm und durch die Luke verschwand.
„Die Liebliche..., bei Venus“, murmelte er vor sich hin.
Sabina schüttelte pikiert den Kopf und stieß ihrem Bruder den Ellenbogen in die Seite.
„Bruder! Komm wieder runter von den Wolken. Venus hat die Kajüte eben verlassen. Was ist bloß wieder los mit dir?“
„Das verstehst du nicht“, murmelte er leise. „Ich hab’ mich gerade verliebt.“
Sabina sah mit rollenden Augen zur Decke, stöhnte laut, murmelte ein paar Worte in sich hinein und griff genervt nach dem Käse und einem üppigen Kanten Brot.

Zu selben Zeit stand ich am Bug der ‚Imperium III‘ und spähte Steuerbord voraus. Wir fuhren wieder einmal von Süden her, aus dem

östlichen Mare Internum kommend, mit fünf Kriegstriremen in den Fretum Siculum ein.
Die typischen wechselnden Winde und gefährlichen Strömungen in dieser sich nach Norden hin trichterförmig verengenden Seeverkehrsstraße zwischen Sizilien und dem Festland Italiens machten uns das Manövrieren wieder einmal sehr schwer. Mein Optio Sixtus Albinius erledigte die notwendigen Manöver auf meinen Befehl absolut routiniert. Trotzdem kamen wir nur mühsam voran und mussten lange Zeit kreuzen.
Nach meiner Ernennung zum Centurio vor einigen Monaten war ich überrascht gewesen, die Rudergaleere ‚Imperium III', die ich als Optio bereits von unserem Abenteuer in der Felsenfestung Kleinasiens bestens kannte und die ich unversehrt in den Heimathafen zurückgebracht hatte, bereits als mein erstes Kommando übernehmen zu dürfen.
Man hatte mich aufgrund meiner Mitwirkung bei der Bekämpfung des Piratenunwesens, welches Caesar mit seiner Militäraktion in Lykien und Pamphelien und der Kreuzigung dieser Feinde Roms in Pergamum geschwächt hatte, trotz meiner nur kurzen Dienstzeit als Optio zum Centurio befördert.
Mein alter Centurio hatte sich beim Oberkommando in Misenum leidenschaftlich für mich verwendet und auch meine seemännische Kunst in höchsten Tönen gelobt. Die Art und Weise, wie ich meinen Teil zur Schwächung der Piraten im östlichen Mare Internum beigetragen, wie ich die Überlebenden der Kämpfe und das Schiff immerhin unversehrt nach Hause gebracht hatte, war deshalb sehr gut in Misenum angekommen.
Mit meinen nur einundzwanzig Jahren ein Schiff wie die ‚Imperium III' als Centurio und Trierarchius in einer Person führen zu dürfen, so wie mein alter Centurio, war die größte vorstellbare Ehre.
Aber diese vermeintliche Ehre hatte ihren Preis gehabt.

Nur kurze Zeit nach Antritt meines ersten Kommandos erfuhr ich, dass der neue Legatus Classicus direkte Befehle aus Rom mitgebracht hatte. Ich war mit einem attraktiven Kommando, welches nur ein Verrückter ablehnen würde, ruhig- und vor allem völlig kaltzustellen.
So wurde ich mit meinem Kriegsschiff lediglich zum Liniendienst im Konvoi mit anderen Galeeren abkommandiert, transportierte in all den Monaten ausschließlich Truppen, Waffen und Medikamente zu unseren kämpfenden Legionen in Kleinasien. Wir nahmen Verwundete zur Genesung mit zurück und waren die meiste Zeit auf See.
In Kleinasien herrschte Krieg. Nach dem traurigen Tode König Nicomedes' IV. von Bithynien war sein Land per Testament an Rom gefallen, ganz so, wie es der schlaue Prokonsul Marcus Iunius Iuncus vorbereitet hatte.
Nicht vorauszusehen war für Iuncus gewesen, dass der aggressive und machthungrige König Mithridates, der junge Herrscher des Nachbarreiches namens Pontus, dies zum Anlass nehmen würde, ein weiteres Mal in Bithynien einzufallen. Mithridates und seine Truppen hatten in den vergangenen Jahren schon zweimal versucht, ganz Kleinasien zu erobern. Er hatte manches seiner Ziele erreichen können, aber letztendlich dem Druck Roms nie standgehalten.
Legionen unter dem Kommando der beiden Konsuln Lucius Licinius Lucullus für die römischen Legionen und Marcus Aurelius Cotta[99] für die Seestreitkräfte stemmten sich diesmal dem Angreifer in verlustreichen Schlachten entgegen.
Nicht dass ich blutrünstig irgendwelchen verlustreichen Schlachten entgegengeschmachtet hätte. Nein, dies nun wirklich nicht.

[99] Marcus Aurelius Cotta war ein entfernter Verwandter Caesars aus dessen mütterlicher Linie der Gens Aurelii

Aber meinem Ziel, den Verschwörern des ‚Societas Aeneae' nachzuspüren und den geheimnisumwitterten Socius III zu enttarnen und unschädlich zu machen, war ich ferner denn je.
Ständig auf See bot sich auch keine Gelegenheit mich um Damis' Söhne in Ephesus zu kümmern. Ich hatte lediglich etwas Geld schicken können. Der grauenvolle Tod von Damis selbst musste weiter ungesühnt bleiben.
Ich blieb in jeder Beziehung außen vor und war an die Befehle aus Misenum für die II. strategische Hauptflotte gekettet, der die ‚Imperium III' angehörte.
Der Versorgungsdienst ließ mir aber durch die Langeweile auf der immer gleichen Route zwischen Italien und der Provinz Asia erheblich Zeit, über die Geschehnisse des letzten Jahres zu grübeln.
Ich litt durch diese wiederkehrenden nächtlichen Albträume von dem weiß gekleideten, sich schnell drehenden, grinsenden Monstrum mit dem blonden Haar. Mit angeschlagener Gesundheit plante ich nun in meinen Tagträumen, mich in der Gesellschaft meiner neuen Freundin Cornelia buchstäblich gesundzustoßen.
Ich hatte ausschließlich mich selbst im Blick, handelte selbstsüchtig und gefühlskalt. Es mangelte mir an Reife, wie ich heute, in fortgeschrittenem Alter zugeben muss. Daraus war auch mein Irrtum in Bezug auf Lucius' Tochter Claudia, meiner von den Vätern verabredeten Verlobten, entstanden.
Durch meinen abenteuerlustigen Egoismus verprellt, hatte Claudia mich abgewiesen und sich einem älteren Mann zugewandt, der ausgerechnet mein Vater gewesen war.
An dieser Kränkung meines ‚empfindlichen jungen Egos' litt ich noch immer. Die Tatsache, dass ich einen Menschen für meine ‚erlittene Schmach' ausnutzte, die wunderhübsche Cornelia Dolabella nämlich, nahm ich in meinem ausgeprägten Selbstmitleid gar nicht wahr.

So stand ich an der Reling des Schiffes und blickte hinüber zur Küste. Auch meine Mannschaft freute sich über diesen Urlaub, denn die meisten waren Bauern aus der Region rund um Rhegium.
Müde und des Hebens und Senkens meiner Trireme überdrüssig, atmete ich auf, als wir am heimatlichen Kai des Militärhafens von Rhegium anlegten.

Prinzessin Lioba stellte eine Schüssel mit mehreren Kanten Brot, etwas getrocknetem Fleisch und zwei Becher mit einer Karaffe klaren Trinkwassers auf das Holztablett und jonglierte beides die kleine Treppe hinunter in die Kajüte.
Die Tage auf dem Schiff machten ihr wider Erwarten nichts aus, obwohl sie mitbekommen hatte, dass manche Menschen „seekrank" werden konnten, was immer das auch bedeuten mochte.
Zu Liobas Überraschung saß nicht ihr geliebter junger Herr am Tisch der Kajüte, sondern der römische Junge und das Mädchen, sicher dessen Schwester, die man eben erst aus dem Meer gefischt hatte. Lioba hatte die Geschehnisse nur am Rande mitbekommen, da sie meist unter Deck geblieben war und nur selten nach oben kam.
Sie hatte nicht verstanden, was der muskulöse Offizier in der Rüstung dem römischen Jungen zugeflüstert hatte, während er mit dreckigem Lachen zu ihr herüberblickte.
Es war sicher nichts Vorteilhaftes für sie gewesen. Sie spürte stets, wie dieser alte Kerl sie begrapschte. Zum Glück nur mit seinen gierigen kleinen Augen. Und es widerte sie an.
Sie wurde beschützt, nachdem man sie gedemütigt und fast unbekleidet auf dem Sklavenmarkt von Ostia wie ein Pferd oder eine Ziege ausgestellt hatte, verängstigt, verstört weinend, mit blau geschlagener,

geschwollener Unterlippe, mit blauen und schwarzen Flecken am ganzen Körper.

Dieser weißhaarige Unhold, der sie aus ihrer Heimat hatte entführen lassen, war für die unzähligen Wunden verantwortlich gewesen. Unter der zarten Haut zeigten sich breite, geschwollene Striemen der Fesseln an Hand- und Fußgelenken.

Unter den Schlägen des Unholds war ihr endgültig bewusst geworden, dass sie ihre ferne nordische Heimat und die Familie, ihren lieben Vater, den Fürsten, niemals wiedersehen würde.

Die Leute des Weißhaarigen waren nicht zimperlich mit ihr umgegangen. Sie hatte ihre Schläge und ihren Spott ertragen, Stärke gezeigt und nur heimlich des Nachts, im Dunkeln, geweint. Doch die Wunden der entsetzlichen Erniedrigungen auf dem Sklavenmarkt in Ostia würden im jungen Herz des Mädchens nicht so schnell heilen wie die körperlichen Verwundungen.

Ein fettleibiger, im wahrsten Sinne des Wortes gut betuchter Widerling war nun, nach mehreren anderen potenziellen Kunden, der leidenschaftlichste Bewerber, sie dem Sklavenhändler abzukaufen. Wieder und wieder hatte er sie leicht hin und her gedreht, sabbernd vor sich hingemurmelt, wie frisch und lecker sie doch sei, während ihm ein kleiner Faden Speichel dem Mundwinkel hinab lief.

Er hatte ihren Mund geöffnet und mit seinen ekligen Fingern hineingefasst, sich ihre Zähne besehen und gelacht.

Lioba erinnerte sich gut, wie sie sich vor seinem übelriechenden Atem geekelt und schließlich hatte vornüberbeugen müssen, während er grinsend ihre beiden Körperöffnungen besehen und ihr mit seinen fetten alten Fingern in die nackten Brüste und den Hintern gekniffen hatte.

Sie war schließlich in bittere Tränen ausgebrochen.

Dem Sklavenhändler war nichts anderes eingefallen als ihr deshalb übel mit einem dünnen Stock auf den Kopf zu schlagen.

Daraufhin war sie auf dem Podest des Sklavenhändlers stehend in eine zitternde, kränkliche Apathie gefallen, was den fettleibigen Kunden veranlasst hatte, sich zu beschweren, wieso er denn diese hübsche Ware beschädige. Er fragte nach einer Krankheit, was der Händler weit von sich gewiesen hatte.

Außerdem sei die an sich hübsche Sklavin äußerlich in schlechtem Zustand, hatte der Kunde gemeint und auf die Verletzungen verwiesen. Lioba verstand etwas Latein und so hatte sie sich aus Gesprächsfetzen zusammenreimen können, wie die Verkaufsverhandlungen abliefen.

Der Fettleibige war fast einig geworden mit dem Händler, als ein sehr junger, recht gutaussehender Herr erschienen war und auf jeden Fall die doppelte Summe für Lioba zahlen würde, egal, wie viel der Interessent zu berappen gewillt war.

Feist grinsend hatte der Händler eingeschlagen und der Dicke sich sehr verärgert und schimpfend verzogen.

In Begleitung des jungen Mannes war eine Frau, offenbar seine Sklavin, die sich ihrer sofort angenommen und sie in eine große Decke gewickelt hatte. In seinem Haus angekommen, war sie vom Personal beruhigt und gewaschen, ihre Wunden versorgt und mit gutem Essen und Trinken sozusagen überschüttet worden.

Der junge Römer hatte sie Tag und Nacht bewachen lassen, sie wirklich auf Händen getragen und vor allen Verfolgern beschützt in den Wochen, die sie in seinem Hause in Rom verbracht hatte.

Er hatte Lioba niemals angerührt, ihr ihre Würde zurückgegeben und dafür liebte sie ihn wie einen großen Bruder. So war sie schnell ruhiger geworden und hatte Hoffnung schöpfen dürfen, vicllcicht doch zumindest überleben und eines Tages nach Hause fahren zu können.

Lioba hatte sich scheinbar recht schnell von den Strapazen der Entführung und Verschleppung erholt und im Haushalt zurechtgefunden, war klugerweise bemüht gewesen, so viel Latein zu

lernen, wie sie nur konnte. Zu verstehen, was die Römer erzählten, war in ihrer Situation überlebenswichtig gewesen.
Nun aber war sie hier auf diesem Schiff und fuhr an ein unbekanntes Ziel weit im Süden Italiens. Lieber wäre ihr gewesen, ihr Beschützer hätte sie zurück nach Hause gebracht, zu ihrem Stamm, ihrer Familie. Das sei im Augenblick unmöglich und sie solle keine Angst haben, hatte er gemeint, ihr würde auch in Zukunft nichts passieren. Seine allerbesten Freunde könnten sie ebenso gut beschützen, solange für ihn eine wichtige Aufgabe außerhalb Roms zu erledigen sei, hatte er gemeint. Er vertraue ihnen.
Nun fuhr sie mit diesem römischen Jungen auf demselben Schiff, der sie den kurzen Moment in der Kajüte so fasziniert angestarrt und für den Lioba das Feuer absichtlich noch etwas geschürt hatte. Seine Blicke mit kessem, direktem Augenaufschlag und eleganten Bewegungen zu belohnen, hatte ihr Freude bereitet. Aber es war nicht nur Spielerei gewesen. Auch ihr Herz war aufgegangen, als sie ihn bemerkt und ihre Blicke sich umschlungen hatten.
Wer er wohl war?

# KAPITEL VIII

## TRIVIA

### RHEGIUM

Südliches Italien

Meine Stimmung wandelte sich nun zusehends.

Die frische Seeluft und die Gedanken an ein paar entspannte Tage wehten Trübsinn und Träume, die mich monatelang auf See beschäftigt und gequält hatten, mühelos davon. Als wir in Rhegium anlegten, die Stadt uns am späten Vormittag mit ihren sandfarben, in der Sonne glitzernden Häusern begrüßte, war ich bester Stimmung.

Nachdem das Schiff gesichert und die Verwundeten an Land gebracht waren, verabschiedete ich mich für ein paar Tage von den Trierarchen und Centurionen der anderen Konvoischiffe und von meinem Optio Sixtus Albinius, der mit einer kleinen Wachmannschaft auf dem Schiff bleiben und zu gegebener Zeit frischen Proviant für die nächste Reise laden würde. Albinius war unverheiratet und ohne Familie und hatte, so gab er jedenfalls an, kein persönliches Verlangen nach einem Kurzurlaub. Ihm machte es wohl nichts aus, auf dem Schiff zu bleiben und sich abends in den Hafenspelunken zu vergnügen, wenn ihm danach war.

Mein Behältnis mit Habseligkeiten lässig über der Schulter, machte ich mich nun endlich frohen Mutes auf den Weg zu Cornelias neuem Heim, das wir gemeinsam erkundet und sie natürlich längst bezogen hatte.

Unser Fabius-Familienanwesen war für mich damals Tabu gewesen, denn ich wollte im Augenblick weder meinem Vater begegnen noch Claudia.

Die Zeit war noch nicht reif für eine Aussöhnung, war ich der Meinung, wusste aber tief in meinem Herzen genau, dass es Unsinn war. Ich würde meinem im Grunde doch sehr guten alten Herrn vergeben müssen. Und zwar in Bälde.

Aber vorerst war es sicher möglich, die paar Urlaubstage bei Cornelia zu verbringen, denn sie hatte ja gesagt, ich solle nach meiner Rückkehr unbedingt zu ihr kommen.

Ich musste bei dem Gedanken still grinsen. Ich spürte den stärker werdenden Druck in den Lenden, der mich auf ebenso hemmungslose Tage in Cornelias Schoß wie damals vor einem guten halben Jahr hoffen ließ. Sie hatte mir den Weg aus dem Alkohol-Kummer-Delirium direkt in ihr Bett gewiesen.

Ich gedachte, das neue Schlafgemach in der schneeweißen Villa mit ihr nach allen Himmelsrichtungen zu vermessen.

Nach einer Stunde beschwerlichen, aber frohgemuten Aufstiegs durch die Altstadt und bergauf durch die Zypressenhaine des römischen Villenviertels von Rhegium, unweit des Fabius-Anwesens, hämmerte ich schweißgebadet an die schwere, eisenbewehrte Holzpforte ihrer kleinen Villa.

Ich nahm den schweren Helm ab und wischte mir mit einem Tuch über die Stirn, denn der Tag war schon jetzt drückend heiß. Ein schlaksiger junger Mann mit mürrischer Miene öffnete einen Spaltbreit.

„Was wünscht der Herr?“, fragte er mit einer durchdringenden Fistelstimme. Er musterte mich abschätzend mit zusammengezogenen Augenbrauen.

„Melde deiner Herrin, Manius Fabius Germanicus ist da.“

Die Tür fiel ohne ein weiteres Wort des Mannes quietschend ins Schloss, wurde aber nur Augenblicke danach erneut entriegelt und auf das Heftigste aufgerissen.

Cornelia kam mir freudestrahlend entgegengesprungen, fiel mir glücklich um den Hals und küsste mich leidenschaftlich.
„Manius!", rief sie schließlich und ihre Augen strahlten vor Glück. „Du bist es! Ich freue mich so. Ich habe immer gewusst, dass du zu mir zurückkehren wirst."
Damit zog sie mich durch die Tür in das kleine Atrium des Hauses. Ihre Augen suchten nach dem jungen Schlaks, der die Tür geöffnet hatte und nun mit nach wie vor mürrischer Miene herangeschlurft kam.
"Tullius! Lasse alles für den Besucher vorbereiten! Bad, Massage, Mittagessen und so weiter. Du weißt schon!", befahl sie und klatschte zweimal in die Hände, bevor sie sich mit leuchtenden Augen wieder mir zuwandte.
Ich hatte bis jetzt noch kein Wort sagen können, so überwältigend war der Empfang gewesen. Es verschlug mir endgültig die Sprache, als sie die stürmische Umarmung löste und nach ihrem Haussklaven rief, denn während sie ihm nun ihre Anweisungen gab, nahm ich die Gelegenheit wahr, sie genauer zu betrachten.
Sie war schön wie immer, in gelöster Stimmung.
Nein, eigentlich war sie noch wesentlich schöner als sonst.
Und endlich bemerkte ich die gewisse, verräterische Rundung ihres Bäuchleins, die durch die weit geschnittene Tunika, die ihr übrigens bestens stand, nur noch unvollkommen kaschiert werden konnte.
Mir stockte der Atem, denn ich wusste: Diese Rundung konnte nur eines bedeuten...!

## RHEGIUM

Eine private Arena in einem noblen Villenvorort

Es war sehr heiß unter dem schweren metallenen Helm, der bereits unangenehm an ihrem Haar und ihrer Haut klebte.

Schweiß lief ihr den pochenden Schläfen und den Nacken hinab, als sie den langen Stock aus besonders festem, aber sehr flexiblen Holz geschickt und schnell über ihrem Kopf und immer wieder seitlich rechts und links von ihrem Körper wirbelte. Gleichzeitig tat sie herausfordernde Sprünge hin zu Ihrem überraschten Gegner.

Das faszinierende Muskelspiel unter der glatten, sehr geschmeidigen Haut ihrer Arme und Beine, die ihre leichte Tunika unter dem eisernen Brustpanzer unbedeckt ließ, ließ erahnen, wie kräftig und beweglich ihr Körper war. Sie manövrierte mit enormer Leichtigkeit ihren männlichen, nur unwesentlich älteren und ebenfalls muskulösen Gegner aus, der ebenfalls mit Stock, Helm und Brustpanzer ausgestattet war.

Ihre hölzerne Waffe traf den Brustpanzer des Gegners unverhofft mit der Spitze, ihr gleichzeitiger kräftiger Tritt gegen sein linkes Schienbein ließ ihn aufheulen und straucheln.

Ihr zweiter, noch heftigerer Stoß gegen den Oberkörper des Mannes ließ ihn vollends mit einem Stöhnen der Länge nach zu Boden gehen und in einer ordentlichen Staubwolke hustend auf dem Rücken liegen bleiben.

Sie lachte laut, während sie sich breitbeinig wie die buchstäbliche Amazone vor ihrem Gegner aufbaute und sich überlegen mit der Rechten auf den Stock stützte.

„Frieden“, stöhnte er mit schmerzverzerrter Stimme. „Ich kann nicht mehr, du hast gerade mein Schienbein zertrümmert.“

Er rollte ächzend zur Seite und hielt ihr vorwurfsvoll die anschwellende Rötung am Bein entgegen, was sie laut auflachen ließ.

„Du hast mich ziemlich übel zusammengetreten. Kämpfst du immer mit allen Mitteln, Socius XIII?“
Sein Jammern ließ sie fröhlich auflachen.
„Immer, mein Bester“, antwortete sie, zog sich den Helm vom schweißtriefenden Kopf und lockerte ihr verklebtes, langes Haar durch intensives Schütteln. Sogar jetzt war sie eine außergewöhnliche Schönheit, Mitte dreißig, hellblond, mit herrlichen blaugrauen Augen, über denen sich fein gezeichnete Augenbrauen schwangen.
Der kleine, sanfte und weiche Mund zeigte des Öfteren ein spitzbübisches Lächeln, das überaus charmant auf den Betrachter wirkte.
So wie jetzt.
„Deswegen hat mich Socius III auch zur Nachfolgerin unseres hochgeschätzten, ermordeten Aeolus[100] ernannt“, meinte sie. „Er hat meine Qualitäten erkannt.“
„Aber du bist eine Frau! Noch niemals hatte eine Frau den Rang eines Socius inne.“
Der neue, weibliche Socius XIII reichte dem unterlegenen Partner lachend die Hand und half ihm auf die Beine - nein, auf das unverletzte Bein. Noch immer pochte der Schmerz aufgrund des heftigen Tritts.
„Hier, du Held.“
Sie hob laut lachend seinen Helm auf, den er ebenfalls abgestreift hatte, und drückte Socius VII den Kopfschutz unter die Achsel.
„Jetzt muss ich auch noch den Spott dieser Frau ertragen!“, jammerte er scheinbar verzweifelt, schnallte seinen ziemlich nutzlos gewesenen Brustpanzer ab und humpelte hinüber zur Sitzbank, neben der zwei große Amphoren mit frischem Wasser standen. Er griff sich eines der Gefäße und goss sich dessen Inhalt komplett über den Kopf.

---

100 Aeolus alias Socius XIII, der Auftragsmörder

„Aber zugegeben", prustete er anerkennend, „du bist verdammt gut in den verschiedensten Kampftechniken. Auch zu Pferd?"
Socius XIII lächelte schief und goss sich sorgfältig das frische Nass aus der zweiten Amphora über ihr lockiges Haar und den geschmeidigen Körper.
„Was glaubst du? Möchtest du es vielleicht ausprobieren?"
„Nein, danke", winkte er mit einem ähnlich schiefen Lächeln ab. „Ich glaub' s dir auch so."
„Ich habe leider nicht mehr viel Zeit für dich, lieber Socius VII", meinte sie und trocknete ihr Haar mit einem weichen Tuch ab. „Ich habe ab heute einiges zu erledigen. Mein erster richtiger Auftrag als Socius nimmt mich ab sofort vollends in Beschlag, denn meine Zielperson ist in der Stadt eingetroffen. Ich werde mich nun intensiv um meinen Auftrag kümmern müssen."
„Aeolus, dein Vorgänger, hat mit seinem Auftrag vor einem Jahr kläglich versagt ..."
„Was mir sicher nicht passieren wird. Socius III hat mich seines vollen Vertrauens in dieser Sache versichert."
„Dieses Vertrauen hatte Aeolus auch. Der Kerl war ein Künstler, ein Virtuose des Todes, bis er an den Falschen geriet. Bis zu seinem kläglichen Ende in Nicomedia. Unser Freund Iunius Iuncus hat Aeolus' verstümmelte Leiche im Königspalast gefunden."
Socius XIII funkelte ihn wütend an.
„Das wird mir nicht passieren! Niemals!", bellte sie ihr Gegenüber an. „Aeolus arbeitete so professionell wie kein anderer! Das weißt du!
Dann lächelte sie plötzlich versonnen und meinte in träumerischem Ton: „Ich werde mich aber nicht Socius XIII nennen lassen, sondern ‚Trivia'. Nenn' mich ‚Trivia'!"
„Trivia, die Göttin der Hexerei und Zauberkunst? Sie bewacht Wegkreuzungen, ist Göttin des Mondes, der Unterwelt und der Magie.

So siehst du dich also selbst?“, fragte Socius VII stirnrunzelnd. „Meinst du nicht, du übertreibst es?“

Trivia alias Socius XIII starrte ihr Gegenüber nach diesen Worten an. Mit eiskaltem Blick aus halb offenen Augen musterte sie Socius VII böse und wandte sich wortlos ab.

Sein Blick folgte ihr. Socius VII war nach wie vor überzeugt, dass Socius III mit ihr keinen guten Griff für den Auftrag getan hatte.

‚Trivia‘ bückte sich nach ihrem Helm und dem Stock und verlies erhobenen Hauptes und ohne ein weiteres Wort die kleine Arena. Er hielt sie für merkwürdig, gelinde gesagt, und im Grunde für gefährlich. Mit ihr stimmte so manches nicht.

Aber Socius VII hatte seinen eigenen Auftrag, den er nicht zu vernachlässigen gedachte. Socius I persönlich hatte ihm allerdings auch aufgetragen, alle schwelenden Gefahren für die weitere Existenz des Societas in der Zukunft rigoros auszumerzen. Er würde nicht eher ruhen, bis dieses Ziel erreicht war.

Derweil schritt ‚Trivia‘ alias Socius XIII durch das Atrium des großen Landhauses.

Was bildete sich dieser Kerl wohl ein? So über Aeolus zu sprechen! Sie hatte Aeolus besser gekannt als die meisten Menschen, denn sie war seine Gefährtin gewesen.

Trivia war in einem kleinen Dorf in der Nähe von Mediolanum[101] aufgewachsen, einer Stadt weit im Norden Italiens. ‚Dorf‘ war dabei fast schon zu viel gesagt, denn es bestand lediglich aus vier ärmlichen Hütten, die von zwei bäuerlichen Familien bewohnt wurden. Zu einer davon gehörte sie.

---

101 heute: Mailand, Milano

Aeolus war eines Tages unterwegs gewesen nach Mediolanum und hatte die wunderhübsche, blonde junge Frau beim Wäschewaschen an einem kleinen, gewundenen Bachlauf beobachtet. Während der edle, gut betuchte Herr gerastet, sein durstiges Pferd getränkt und ihr interessiert zugesehen hatte, hatte sie ihn aus den Augenwinkeln heraus beäugt.
Noch am selben Tag hatte der Fremde einen Beutel Goldstücke auf den Esstisch im väterlichen Bauernhaus gelegt, den ihr Vater begierig an sich genommen hatte. Es waren noch acht weitere Mäuler zu stopfen gewesen. Dafür verkaufte er seine erstgeborene Tochter gern und ohne echte Gewissensbisse an einen Durchreisenden.
Sie wollte sich nicht wehren, damals, an dem entscheidenden Abend. Was hatte sie denn hier schon zu erwarten?
Und dieser Mann war irgendwie interessant gewesen, gutaussehend. Er würde sie zu sich nehmen und gut zu ihr sein, hatte er ihr versprochen. Ja, sie würde es gut bei ihm haben und es war tatsächlich so.
Einige Jahre lang war sie seine Gefährtin gewesen. Sie hatte ihn geliebt und auf ihn gewartet, wenn er für einen Auftrag länger unterwegs gewesen war, Tisch und Bett mit ihm geteilt. Er hatte ihr alles beigebracht, was er wusste und konnte.
Nun war er tot.
Ermordet von diesem....
Sie verabscheute es, den Namen auch nur zu denken.
Sie spuckte ungehalten aus.
Jetzt, Monate nach seinem Tod, war die Trauer um den verlorenen Menschen in ihr einer kalten Wut gewichen, die durch tiefe Rachsucht verdrängt worden war. Sie würde den Mörder ihres Geliebten und einzigen wahren Freundes bestrafen.
Sie hielt sich sowieso für Aeolus' ideale Nachfolgerin und Socius III hatte das eingesehen. Als ‚Trivia' würde ihr erster großer Auftrag

sogleich ihr erstes Meisterstück werden und ihrer Rache konnte sie auch noch nachkommen. Aeolus wäre sicher stolz auf sie gewesen.

Es war nun schon der dreihundertneunzehnte Tag nach dem Beginn meiner Abenteuer. Zwei Tage schon genoss ich meinen wohlverdienten Heimaturlaub. Na ja, von genießen konnte nur indirekt die Rede sein.
Während Cornelia überglücklich durch die Räume ihres Heims und den kleinen Garten schwebte, von nichts anderem als ‚unserer gemeinsamen Zukunft' sprach, von Liebe und Heirat, versuchte ich den immensen Schlag zu verarbeiten, den mir Cornelia' s ‚Zustand' versetzt hatte.
Ich befand mich seit meiner Ankunft und der unverhofften Nachricht, ich würde Vater werden, in einem einzigen Schockzustand, der auch durch Cornelias liebevolle Art nicht abklingen wollte.
Was war ich für ein leichtsinniger Dummkopf gewesen!
Genauso hatte mich Claudia genannt. Einen Dummkopf.
Hatte ich mir tatsächlich eingebildet, es könnte folgenlos bleiben, mich über Tage und Wochen derart intensiv mit Cornelia einzulassen? Hatte ich nicht vielmehr mit dem Unterleib gedacht, statt mit dem Kopf? Ausgerechnet Dolabella' s verrufene Tochter würde nun die Mutter meines Nachwuchses werden!
In den ersten Stunden nach meiner Ankunft hatte ich keinen klaren Gedanken fassen können, während ich von einer vor Glück strahlenden Cornelia bedient, gestreichelt und liebkost wurde.
Liebte ich Cornelia?
Wollte ich der Vater eines Kindes werden, wo ich doch so lange an eine Zukunft mit Claudia gedacht hatte?
Cornelia war für mein Ego die ersehnte Bestätigung, eine willkommene Abwechslung gewesen. Musste ich mich nicht schämen, mir überhaupt solch ekelhafte Fragen zu stellen? Natürlich versuchte ich gegenüber

meiner Gastgeberin all diese Gedanken zu verbergen. War ich deshalb ein schlechter Mensch?

Heute fürchte ich, dies ausdrücklich bejahen zu müssen, weil ich die unmöglichsten Gedanken dachte - auch, mich einfach wegzuschleichen und mit meiner ‚Imperium III‘ auf und davon zu segeln. Vielleicht war ich auch nur viel zu jung, um die Konsequenzen meines Handelns in Gänze zu überblicken.

Indes schwärmte Cornelia überglücklich von dem anstehenden Frühlingsfest der Aristokratie in der Südprovinz. Es war bereits angesetzt und sie plante es mit mir als dem Manne an ihrer Seite zu besuchen, murmelte etwas von einem gewissen Batiatus und dessen Frau Ludmilla. Irgendetwas musste während meiner Abwesenheit geschehen sein.

Aber Cornelia schwieg beharrlich.

Genau heute war nun der große festliche Abend und selbstverständlich waren auch wir, die Tochter des Konsuls Gnaeus Cornelius Dolabella und der als Offizier Karriere machende Sohn von Gaius Fabius Maximus, eingeladen worden.

Zum ersten Mal freute ich mich auf diese umfangreichen Festivitäten, die im Palast eines im letzten Jahr zugezogenen Altaristokraten aus Rom stattfinden würden, eines Mannes, der mir nicht näher bekannt gewesen war. Auch wenn sie seit Jahren immer gleich ablief, so bot mir die Feier doch eine echte Abwechslung zu den gedankenschweren Tagen in Cornelias Villa.

Irgendwie hatte ich vor, den großen Auftritt mit meiner neuen Begleiterin, die mir noch das Versprechen abgenommen hatte, meinem Vater und Claudia die ihnen gebührende Ehre zu erweisen, sofern sie ebenfalls anwesend sein würden, genüsslich zu zelebrieren.

Ich freute mich wie ein Kind auf Claudias entgeistertes Gesicht, wenn wir uns dort begegnen würden. Meinen Vater wollte ich nur ignorieren.

So betraten Cornelia und ich, nachdem wir uns durch einen in buntes Tuch gewickelten Sklaven hatten ankündigen lassen, das Haus unseres Gastgebers langsamen, graziösen Schrittes und mit einem freundlich-unverbindlichen Lächeln auf den Lippen.
Cornelia sah umwerfend aus. Sie trug eine mit feinsten goldenen Stickereien besetzte, sanft rosafarbene Tunika. Sie war hauchzart geschminkt, was ihre wundervollen Lippen und ihren sehr hellen Teint noch intensiver zur Geltung brachte. Ihr blondes Haar trug sie in der üblichen römischen, turmartig toupierten Weise mit seitlich über den Ohren herabwendelnden Locken.
Ich selbst hatte für heute Abend die übliche edle, schneeweiße Tunika der römischen Oberklasse übergestreift und spürte förmlich die Blicke und das Geflüster der anwesenden Damen hinter vorgehaltener Hand, denen wir nun ein abendfüllendes Thema für ihren Klatsch boten. Cornelias Bäuchlein reichte aus, damit sich die feine Gesellschaft gehörig die Mäuler zerreißen konnte.
Alle Anwesenden kannten sich schon seit Jahrzehnten. Mein heutiges Erscheinen mit der Tochter des mittlerweile von all seinen ‚Freunden' geächteten, toten Gnaeus Cornelius Dolabella war allerdings ein ‚Skandal', den ich, ich gebe es zu, von Anfang bis Ende genüsslich auskostete. Immerhin war Dolabella ein mächtiger Senator, ein Jahr lang Konsul und später Prokonsul von Makedonien gewesen.
Cornelia, seine Tochter, war heute in Aussehen, Charme und Ausstrahlung die vollendete weibliche Begleiterin für mich. Wir beide unterhielten uns hier, lachten mit den Gästen dort und genossen die verschiedensten edlen Weine, die uns von flink hin und her flitzenden Sklaven gereicht wurden. Doch plötzlich spürte ich eine kräftige Hand auf meiner Schulter und wandte mich um.
„Ich grüße dich, Manius", sagte Lucius Claudius Benignus freundlich. Er nickte und lächelte mich väterlich an.

„Lucius“, entgegnete ich zurückhaltend. Er streckte seinen Unterarm zum Gruß aus, den ich zögerlich ergriff. „Wie schön, dich hier zu treffen, Lucius. Bist du allein gekommen?“

„Mit meiner Frau Sextia, die du dort hinten siehst“, antwortete er. „Meine Tochter bleibt dem Fest heute fern, ebenso wie dein Vater. Die Gelegenheit, dich hier zu treffen, wollte ich aber gern nutzen und mich entschuldigen, Manius. Es tut mir leid, dass ich dich damals so unfreundlich von meinem Grund und Boden verwiesen habe.“

Er räusperte sich schließlich, kratzte sich am Kopf und fügte hinzu: „Gratulation zu deinem eigenen Kommando, wenn auch etwas verspätet. Ich freue mich sehr für deine steile Karriere in der Legion. Entspricht es dem, was du dir erhofft hattest?“

„Vollkommen, Lucius“, erwiderte ich und sah meine Chance, in den offenen Wunden meines einstmals potenziellen Schwiegervaters zu bohren. „Deine Tochter und mein Vater scheuen sicherlich den Klatsch und Tratsch der Gäste bezüglich ihres unsauberen Verhältnisses.“

Lucius Claudius Benignus sah schweigend zu Boden und rang um die besten Worte, meine hässliche Bemerkung zu beantworten.

„Dein Vater ist ein wunderbarer Mann und nach wie vor mein Freund“, erwiderte er schließlich.

„Wie geht es denn meiner lieben ehemaligen Verlobten?“, setzte ich noch einen drauf und zeigte ein gekonntes Haifischlächeln, welches eines Julius Caesar würdig gewesen wäre.

„Bestens, lieber Manius, bestens.“

Claudius ging also nicht auf mich ein.

Welchen Sinn sollte die Fortführung dieses Gesprächs mit ihm haben? Streit vom Zaume zu brechen wäre auch unklug gewesen und hätte außerdem dem Ansehen meiner Begleiterin geschadet.

Wir schwiegen uns also an und lächelten unverbindlich.

Unverhofft fiel sein Blick auf Cornelia und verdüsterte sich. Sie unterhielt sich gerade angeregt mit der Frau eines Senators und zwinkerte mir immer wieder lustig zu.
In Claudius betroffener Miene zogen weitere dunkle Wolken auf und ich hörte ihn angestrengt atmen. Schließlich hob er eine Augenbraue und musterte mich mit stechendem Blick.
„Du bist mit **ihr** hier? Du weißt doch, **wessen** Tochter sie ist, oder?“
„Das weiß ich allerdings, Lucius“, entgegnete ich bedächtig, achtete trotz seines versteckten Vorwurfs sorgfältig auf die Wahl meiner Worte. „Diese Frau ist aber nicht für die Taten ihres Vaters verantwortlich. Sie ist völlig unschuldig. Und Dolabella ist tot.“
„Hm“, knurrte er und musterte Cornelia weiter mit düsterem Blick, allerdings sorgfältig darauf bedacht, dass sie es keinesfalls bemerken würde. „Nun, Manius, jedermann kennt ihren schlechten Ruf. Bist du der Vater des Kindes, das sie erwartet?“
Ich nickte ansatzweise und wortlos und sah ihm fest in die Augen, ein Blick, dem er standhielt. Er tat ihr Unrecht.
Die Skepsis in seinem Gesicht machte allmählich einem wohlwollenden, ehrlich wirkenden Lächeln Platz.
„Na gut, du bist ein erwachsener Mann und musst es ja wissen, mein Junge“, fügte er hinzu, setzte mir erneut seine Pranke auf die Schulter und zog die Augenbrauen nach oben. „Das ist zwar alles etwas überraschend für mich, aber du hast ja recht: Du bist unverheiratet und sie ist zugegeben wunderhübsch. Sie macht einen sehr erwachsenen und glücklichen Eindruck. Du scheinst ihr gut zu tun, Manius.“
Benignus, der offenbar immer noch der beste Freund meines Vaters war, grinste mich nachsichtig an.
„Sie betet dich offensichtlich an, Manius“, sagte er leise. „Diese strahlenden Blicke, die sie dir immer wieder zuwirft, sprechen Bände.

Du wirst wohl in Zukunft Verantwortung für eine Familie übernehmen müssen."

Wir schwiegen beide einen Moment, während sich beider Blicke trafen und Lucius ihr freundlich zunickte. Dann fuhr er, mir zugewandt, fort:

„Bevor du damit beginnst, muss ich dir aber noch jemanden vorstellen, der deinetwegen nach Rhegium gekommen ist."

Er wies mit dem Finger in Richtung des Gartens, der durch einen großen Torbogen vom Atrium der Villa direkt betreten werden konnte.

Dort stand ein Mann, den ich seit einem guten halben Jahr nicht mehr gesehen hatte, der mir von so manchem Abenteuer aber als Gefährte wohl vertraut war.

Seine Augen fixierten mich bereits belustigt. Mein Gesicht zog sich offenbar wieder einmal ungewöhnlich in die Länge, wie immer, wenn ich überrascht war. Der Mann im Torbogen kannte diese Reaktion von mir und zeigte mir ein fröhliches Grinsen.

„Julius!", rief ich, nickte Claudius noch einmal zu und drängte durch die Scharen der Gäste in seine Richtung.

„Manius, lieber Freund und Bruder! Ist das eine gelungene Überraschung?", rief mir Gaius Julius Caesar entgegen und wir reichten uns freudig die Hände, umarmten uns lange und freundschaftlich.

„Dich hätte ich am heutigen Abend wirklich nicht erwartet", antwortete ich begeistert. „Was führt dich nach Rhegium?"

„Später, Manius! Das gehört nicht an diesen Ort. Ich habe einiges zu besprechen, mit deinem Vater und mit dir. Aber das hat noch Zeit."

Caesar freute sich sichtlich über unser Wiedersehen.

„Komm hier hinüber, Manius, an diesem Tisch hier lassen wir es uns jetzt gut gehen. Ich habe ihn extra für uns decken lassen. Leider hatte dein Vater keine Zeit, dieses Fest zu besuchen. Wirklich sehr schade."

„Du hast ihn getroffen und er hat dir von unserem Zerwürfnis und den Gründen dafür berichtet?“, fragte ich ernst und hob missbilligend eine Augenbraue.
„Nur oberflächlich, also rege dich bitte nicht auf. Ich wohne in Gaius Fabius’ Haus, musst du wissen. Gib deinem Vater die Möglichkeit, sich zu erklären. Er hat es verdient.“
Dann grinste mir Caesar spitzbübisch ins Gesicht und klopfte mir mit der Hand auf die Schulter.
Wieso schlug mir heute eigentlich jeder auf die Schulter?
„Außerdem hast du ja sowieso eine Neue, wie ich sehe“, fuhr er fort und verzog anerkennend die Mundwinkel. „Sie ist sehr attraktiv. Darf ich erfahren, wer die Schöne ist?“
Jetzt wurde es unangenehm für mich. Dolabella hatte den Mörder auf Caesar gehetzt, der für den schrecklichen Tod Prinzessin Helenas verantwortlich gewesen war.
„Oh“, murmelte er nur auf meine Erklärung, sie sei die Tochter seines Todfeindes Dolabella. Es war einer der seltenen Momente, in denen Julius Caesar seine Gefühle nicht wirklich auszudrücken - oder zu verbergen gewusst hatte. Er wurde nicht emotionell, stand nur sprachlos da und beobachtete sie eindringlich.
Er bemerkte ihre Schwangerschaft.
„Bist du ganz sicher, dass du genau weißt, was du tust, mein Freund?“, murmelte er schließlich, massierte sich mit der Rechten sein kantiges Kinn und sah mich fragend an.

Caesar hatte einen üppig gedeckten Tisch und drei Liegen für uns vorbereiten lassen, denn das Fleisch, das man stundenlang über einem gewaltigen Feuer gebraten hatte, wurde zerteilt und der hungrigen Meute zum Fraß vorgeworfen.

Heute, am Rande des großen Frühlingsfestes der Granden Süditaliens, mit Cornelia über das Wirken ihres Vaters und über Caesar als dessen Ankläger und im Gegenzug besten Freund von mir, dem Vater ihres Ungeborenen, sprechen zu müssen, war für mich belastend.
Aber hatte ich eine Wahl?
Caesar war mein bester Freund.
Sie war die Frau, die in ein paar Wochen mein Kind erwarten würde.
Also ging ich die schwierige Aufgabe an, meine Begleiterin dazu zu bringen, mit dem Manne zu Abend zu speisen, der ihren Vater einst vor Gericht der Ausplünderung, des Diebstahls und des Mordes bezichtigt hatte.
Ich nahm sie beiseite und eröffnete ihr meine ‚frohe Botschaft'.
Cornelias fröhliches Strahlen verglühte in demselben Augenblick.
Sie lief zuerst dunkelrot an, rang einen längeren Moment völlig überrascht um Atemluft und Worte und zischte mir dann genau die vielen hässlichen Dinge über Caesar in einem nicht enden wollenden Redeschwall ins Ohr, die ich erwartet hatte.
Nachdem sie sich ausgiebig Luft gemacht hatte, sah sie mir vorwurfsvoll in die Augen und versprach mir ohne Wenn und Aber, an diesem Abend vor den vielen Prominenten jede Szene zu vermeiden. Aber nur, weil **ich** es war, der ihr diese Demütigung abverlangte, fügte sie mit spitz erhobenem Zeigefinger hinzu.
„Ich spiele mit und schaue mir diesen Caesar einmal an", meinte sie mit einem bösen Lächeln. „Aber ich werde ihn nicht schonen. Ihn auf sein unappetitliches Lotterleben in Rom anzusprechen, lasse ich mir nicht nehmen. Ein Ruf eilt ihm voraus, den ich nicht billigen kann. Die neusten Gerüchte sind auch hier in Rhegium angekommen."
Ich durfte leicht aufatmen und versuchte, ihr mit einem schiefen Lächeln entgegenzukommen.

So ließen wir uns von den Bediensteten zur ausgesprochen weitläufigen Terrasse bringen, die direkt an das Haus des Gastgebers anschloss. Das großzügige Areal empfing uns mit edlem weißen Marmorboden und einer schneeweiß getünchten Umfassung, einem geradezu göttlichen Panorama über den Garten des Anwesens, auf Rhegium und das in den unterschiedlichsten Azurtönungen leuchtende Meer, auf Sizilien und den Vulkan Ätna.

Ich atmete tief durch, als ich sah, dass Caesar soeben sein Gespräch mit einem anderen Gast beendet hatte und uns entgegeneilte.

Nun wurde es ernst.

Die Terrasse war geschmackvoll hergerichtet, mit Blumen und Topfpflanzen. Die Tische und Liegen waren von den Gästen größtenteils schon okkupiert worden.

In der Mitte war für uns ein niedriger hölzerner Tisch vorbereitet, der bereits mit den schönsten Leckereien des Südens gedeckt war. Dampfendes Rindfleisch vom Grill, unterschiedliche frische und eingelegte Gemüse und Früchte und vieles mehr. Um den Tisch herum waren drei bequeme Liegen gruppiert.

Es fiel mir sofort auf, dass Julius Caesars natürliche Aura trotz des sehr einfachen grauen Tuchs seiner Tunika wieder einmal voll zur Geltung kam. Seine Augen blitzten interessiert, als er Cornelia erblickte, die ihn in erwartungsvoller Distanz mit einem abschätzenden, sichtlich aufgesetzten Lächeln musterte.

„Du musst die neue Frau im Leben meines besten Freundes sein", sagte er mit dem für ihn typischen gewinnenden Politikerlächeln, während er nähertrat und ihre Hand ergriff.

„Ich bin Gaius Julius Caesar", stellte er sich mit leiser Stimme vor. „Ist mir eine Freude, dich kennenzulernen."

„Das darf ich bezweifeln, verehrter Caesar. Mein leider viel zu früh von mir gegangener Vater hat mir in Rom eine Menge von dir erzählt. Dein

Ruf in Rom eilt dir auch schon bis hierher voraus", entgegnete Cornelia freundlich, aber mit einem leicht sarkastischen Unterton, der Caesar aufhorchen ließ. Er behielt aber sein gleichmütiges Lächeln bei und hielt noch immer ihre Hand.

Ich dagegen warf ihr einen warnenden Blick zu, den sie charmant neutralisierte, indem sie mir liebevoll lächelnd zuzwinkerte und mit der freien Hand neckisch über die Wange strich.

„Solange einem Manne noch ein Ruf **voraus**eilt, nimmt er am prallen Leben Roms teil, liebste Cornelia", konterte Caesar und verbeugte sich höflich, ohne jedoch den Blick von ihren Augen zu lassen. „Erst, wenn man mit seinem **Nachruf** konfrontiert wird, ist es für einen Mann ein für alle Mal vorbei. Hoffen wir, dass es bei mir bis dahin noch lange dauern wird."

Cornelia lächelte ihn nun amüsiert an und nickte ihm zu, während er ihre Hand ganz langsam und höflich freigab. Sie respektierte seine kluge Antwort.

„Nehmen wir doch Platz, liebe Freunde. Das Essen muss fantastisch sein", unterbrach ich das verbale Duell in der Hoffnung, die Spannungen abbauen zu können.

Kaum dass Cornelia meinem Freund den Rücken zugekehrt und Kurs auf eine der Liegen genommen hatte, zwinkerte er mir unmissverständlich zu und ein eindeutiges Handzeichen bedeutete mir, dass er Cornelia einfach Spitzenklasse fand.

Ich atmete ziemlich nervös durch und ließ mich mit Herzklopfen auf die mir zugedachte Liege fallen.

„Wie ist das Wetter in Rom, verehrter Caesar? Du kommst doch aus Rom zu uns, oder?" Cornelia eröffnete die Tischgespräche mit einer absoluten Belanglosigkeit, nachdem sie sich ebenfalls auf einer der Liegen mit elegantem Schwung niedergelassen hatte.

„Frühsommerlich, liebste Cornelia", war die ebenso belanglose Antwort Caesars, „und ja, ich komme gerade aus unserem herrlichen Rom, war aber in diesem Jahr leider nur wenige Wochen dort."

Cornelia musterte prüfend Augen und Mimik meines Freundes.

„Trotzdem haben sich einige deiner Abenteuer schon bis hierher herumgesprochen. Abenteuer amouröser Natur, wohlgemerkt. Mit sehr jungen Damen, wie zu hören ist."

Cornelia begann in ihrer klugen Art ein Gespräch, für die sie bekannt und berüchtigt war. Eine Art, die römischen Frauen eigentlich nicht zustand, die ich entsetzt zu unterbinden suchte:

„Cornelia, ich bitte dich! Julius möchte sicher nicht über sein Privatleben mit uns sprechen."

„Aber wieso denn nicht, Manius?", entgegnete Julius Caesar offen. „Sie ist die Dame bei Tisch und möchte zu Recht wissen, warum sie mit einem Mann wie mir, dem man so viele Dinge in Rom nachsagt, heute hier zu Abend speisen soll. Ich respektiere kluge Frauen."

Der Beginn unseres Abendessens erinnerte mich entfernt an unser Abendmahl vor einem Jahr an Bord der ‚Imperium III'. Ich hatte Cornelia diese Episode erzählt und sie provozierte meinen Freund nun in ähnlicher Weise. Doch er zeigte, anders als damals, unerwartete Gelassenheit.

„Du solltest nicht alles glauben, was aus Rom in die Welt getragen wird, liebste Cornelia", meinte Caesar mit dem für ihn typischen gönnerhaften Lächeln, während er sich ein ordentliches Stück Rindfleisch in den Mund schob und mit einem Schluck Rotwein nachspülte. „Ah, der ist wirklich gut."

Ich sah Cornelia an, dass sie derweil vor Wut zu kochen begann. Sie konterte Caesars offen zur Schau getragene Arroganz mit einem Frontalangriff. Sie war nicht die Frau, die besondere Rücksicht auf Gefühle nahm.

„Du willst doch nicht allen Ernstes behaupten, an den Gerüchten um deine Liebeleien und Verhältnisse mit Mädchen, halben Kindern, sei nichts dran, Caesar. Und auch, dass du weit über deine Verhältnisse lebst und dich von reichen Männern oder deren zugetanen Frauen finanziell unterhalten lässt."

Offensichtlich reichte es ihm jetzt doch, denn sein Lächeln erstarb. Er stellte den Becher zur Seite, stützte den Kopf auf seinen Arm und fixierte Cornelia mit stechendem Blick, dem sie allerdings mutig standhielt. In gewisser Weise fühlte ich Stolz, wie sie als die Frau an meiner Seite einen rhetorisch geschulten Redner wie Caesar anging.

„Rom ist ein Aquarium voller Raubfische", flüsterte Caesar gefährlich und kniff die Augen zu Schlitzen zusammen. „Manche Gerüchte werden mal von der einen, mal von der anderen Seite gestreut. Ob sie der Wahrheit entsprechen, ist dabei nicht wichtig. Sie erfüllen ihren Zweck. Das ist eben das große Haifischbecken in Rom, in dem zum Beispiel dein Vater Dolabella einer der gefräßigsten gewesen ist."

Cornelia zog ihre fein geschwungenen Augenbrauen zusammen, ein untrügliches Zeichen, dass sie diese Belehrung Caesars als überflüssig erachtete. Über die Bemerkung zu ihrem Vater ging sie aber locker hinweg.

„Und welche Gerüchte streust **du**, großer Haifisch?" fragte Cornelia süffisant.

„Jenes zum Beispiel, auf das du massiv angespielt hast: meine blutjungen Liebeleien", meinte er unumwunden, setzte sich auf und beugte sich nach vorne.

„Habt ihr schon einmal von einem Fürst Ariovist gehört?"

Dabei blickte er uns fragend an.

Ich musste zugeben, der Name sagte mir gar nichts.

Cornelia zog die Schultern hoch.

Caesar nickte.

„Vor einigen Wochen, kurz nach meiner Rückkehr aus Rhodos, haben mir meine Informanten in Rom gesteckt, dass die Lieblingstochter eines Barbarenfürsten von Römern aus Germanien entführt und als Geisel genommen worden sei."

„Die Tochter dieses Fürsten Ariovist!?", vermutete meine Begleiterin und hob fragend die Hände.

„Richtig", bestätigte Caesar anerkennend. „Geiseln werden genommen, wenn die Geiselnehmer Druck auf andere Menschen ausüben wollen. Ich konnte leider nicht herausfinden, welche Aufgabe dieser Germanenfürst für die römischen Entführer erledigen soll. Aber unser stets mächtiger werdender ‚Societas Aeneae' steckt dahinter, soviel ist sicher. Es sind nicht Rom, der Senat oder der Magistrat."

Ich pfiff durch die Zähne. Wieder hatten diese Verschwörer ihre schmutzigen, blutbesudelten Hände im Spiel.

Cornelia schwieg hingegen und fragte nicht danach, was Caesar mit dem Begriff ‚Societas Aeneae' eigentlich meinte. Sie lauschte lediglich interessiert den Worten meines Freundes.

Lauschte sie auch wissend?

Meine Zweifel an ihrer Integrität kochten alarmierend hoch.

„Nun wurde das junge Mädchen nach Rom gebracht", erzählte Caesar weiter. „Sie wurde aber nicht an eine Familie übergeben, in der sie bis auf Weiteres leben sollte, wie das mit hochrangigen römischen Geiseln ansonsten üblich ist. Stattdessen wurde sie auf dem großen Sklavenmarkt in Ostia feilgeboten. Ihr könnt euch vorstellen, wer diesen Befehl gegeben hat."

„Unser geheimnisvoller, grauhaariger Socius III", sagte ich, ohne lange nachdenken zu müssen.

Caesar nickte und breitete zustimmend die Arme aus.

Cornelia schwieg noch immer.

„Diesem Mann ist völlig gleich, was aus ihr wird. Was Socius III diesem Mädchen angetan hat, muss gesühnt werden, liebe Freunde“, fuhr er fort. „Aber die Zeit ist noch nicht reif dafür. Jetzt noch nicht.“

Nun empörte sich auch Cornelia.

„Man hatte also nicht die Absicht, dem Fürsten seine Lieblingstochter jemals wieder zurückzugeben.“

Sie ballte die Fäuste und ließ die rechte auf den Tisch knallen.

„Wahrscheinlich ist nicht nur für das Kind ein schreckliches Schicksal vorgesehen, sondern auch für den Fürsten und dessen ganzen Stamm, sobald er seine Aufgabe erledigt hat“, wandte ich ein.

„Sehr richtig, Manius, ich vermute ähnliches“, nickte Caesar zustimmend. „Ich bekam also Wind von der Sache und kaufte das Mädchen kurzerhand auf dem Sklavenmarkt, bevor jemand anderes zugreifen konnte. Unserem Socius III konnte meine Einmischung nicht gefallen, da ich seine Pläne unterlief. Also streute und förderte ich die Gerüchte, ich hätte die Kleine zu meiner Favoritin auserkoren - im dekadenten Rom übrigens nichts Außergewöhnliches. So steht die Barbarenprinzessin nun unter meinem persönlichen Schutz und niemand wird es wagen, ihr als meiner persönlichen Favoritin zu nahe zu treten oder ein Leid anzutun. Mein Ruf als Lebemann, der nichts anbrennen lässt, wirkt so als eine Art Schutzschild. Meine Frau in Rom billigt mein Vorgehen, auch wenn sie in der römischen Gerüchteküche sehr unvorteilhaft dasteht. Es ist schwer für sie, aber wir hatten alles vorab besprochen. Ihr Gerechtigkeitssinn ist sprichwörtlich, liebe Freunde. Ich liebe sie dafür.“

Caesar schenkte mir ordentlich Wein nach und griff selbst bei den wunderbaren Speisen zu. Ich tat ihm gleich und reichte auch Cornelia einen randvollen Teller, während ich den Worten meines Freundes weiter gespannt lauschte.

Er war also nach wie vor damit befasst, dem Societas in die Suppe zu spucken. Ein riskantes Unterfangen, was ihn leicht das Leben kosten konnte.

„Das ist einer der Gründe, warum ich heute bei euch sitze“, fuhr Caesar fort. „Ich habe Rom in einer wichtigen Angelegenheit erneut verlassen und deinen Vater, Manius, gebeten, die Sicherheit der Germanenprinzessin in dieser Zeit zu gewährleisten. Für Gaius Fabius Maximus ist die natürliche Ehrensache. Und ich vertraue ihm blind.“

Er streckte sich wieder lang auf seiner Liege aus, griff nach einem großen Stück Fleisch und kaute genüsslich darauf herum.

Caesar hatte Cornelia mit seiner Offenheit den Wind aus den Segeln genommen, worauf hin der Abend nur noch in sanfter Unverbindlichkeit dahinplätscherte.

Nach dem Essen plauderten wir auch über politische Dinge, in denen sie sich sogar recht gut auskannte. Sie wusste mitzureden und vertrat ihre Standpunkte in so charmanter Art, dass mein Freund zunehmend selbst lockerer und charmanter wurde, aber in seinen Aussagen oberflächlich blieb und seine Pläne für die anstehende Mission schön für sich behielt. Ebenso wie Caesar überspielte Cornelia jede persönliche Regung mit sympathischer, aber absolut unverbindlicher Freundlichkeit. So verlebten wir einen entspannten Abend bei gutem Essen, bis meine Begleiterin und ich uns zu fortgeschrittener Stunde verabschiedeten.

Weit nach Mitternacht stand ich auf der schmalen Veranda des gepflegten kleinen Hauses, das Cornelia bezogen hatte und ich nun für die paar Tage Urlaub mitbewohnte. Ich blickte über die im Mondschein glitzernden Wellen der Meerenge hinüber zur dunklen Silhouette Siziliens und trug mich mit schweren Gedanken.

Cornelia schlummerte bereits friedlich, sie war sehr erschöpft gewesen, was mich aufgrund ihrer fortgeschrittenen Schwangerschaft nicht weiter wunderte.

Nachdem unser letztlich doch in entspannter Atmosphäre erlebtes Festessen beendet war, hatte mir Caesar bei einem späten Spaziergang im Dunkel des Gartens unseres Gastgebers einige Details zu seiner derzeitigen Mission eröffnet, zumindest die geheimnisvollen Details, die er selbst kannte.

„Manius, was tust du denn hier? Warum bist du nicht bei mir?", hörte ich Cornelia flüstern, die barfuß neben mir erschienen war und mir sanft durchs Haar strich. „Komm zu mir ins Bett."

Ich atmete tief durch und genoss die kühle Brise der Nacht, die vom Meer her über die Hänge des Aspromonte-Gebirges strich. Und die sanften Liebkosungen ihrer weichen Lippen auf meinem Hals und meinen Schultern. Wie eine schnurrende Katze schmiegte sie sich an meinen Körper, der sich nach ihrer Wärme sehnte.

Ich schloss die Augen, war jedoch gedanklich schon wieder unterwegs.

„Was ist mit dir?", fragte sie mich und ihre Augenbrauen zogen sich zusammen.

„Mich beschäftigen die merkwürdigen Dinge, die Caesar erzählt hat."

„Die Sache mit der Barbarenprinzessin?"

„Nein", flüsterte ich und schwieg, lebte meine Zweifel aus, ob es richtig war, der Tochter Dolabellas von Caesars Geheimnissen zu berichten. Ich kam aber letztlich zu der Überzeugung, ihr einen Vertrauensvorschuss zuzugestehen. „Es ist etwas anderes: Er hat mir nach dem Abendessen unter vier Augen eröffnet, dass er während seines kurzen Aufenthaltes in Rom eine anonyme Einladung erhalten hat. Ins Amphitheater von Tauromenium[102]. Er hat mich gebeten, ihn dorthin zu begleiten."

„Anonym?", schnurrte Cornelia leise und liebkoste mich erneut mit ihrer überaus beweglichen Zunge.

„Ja", stöhnte ich erregt. „Er hat keine... Ahnung, wer und was dahinterstecken... könnte."

Meine Konzentration auf das Thema litt bereits. Nein, tat es nicht. Ich konzentrierte mich nur aufs falsche Thema und korrigierte dies augenblicklich, indem ich mich ihr zuwandte und sie leidenschaftlich küsste.

„Und wann soll dieses geheimnisvolle Treffen stattfinden?", fragte sie neugierig, nachdem sie sich von mir sanft gelöst hatte.

„Heute Nachmittag schon ..."

Abrupt ließ sie von mir ab und funkelte mich mit ärgerlichem Blick an.

„Aha, und du witterst ein Abenteuer und die Gelegenheit, dich von mir absetzen zu können. Du bist nicht einmal drei Tage hier, Manius, und bist drauf und dran, wieder mit diesem Caesar auf und davon zu segeln und von einer gefährlichen Situation in die nächste zu geraten. Ich möchte aber, dass unser Kind einen Vater hat, wenn es geboren wird."

Ich wand mich unter ihren strengen Augen. Ja, sie hatte mich wohl schon länger durchschaut.

Ich witterte ein neues Abenteuer mit Julius Caesar, fand aber nichts Schlimmes dabei. Sie wusste doch, dass ich etwas erleben wollte.

„Das hatten wir doch alles schon besprochen, Cornelia!", erwiderte ich deshalb genervt und erheblich zu schroff, denn sie zog eine Schnute, reagierte beleidigt und fuhr mich sofort an:

---

102 heute: Taormina, Sizilien; eine kleine, wunderschöne touristische Attraktion am Fuße des Vulkans Ätna mit großer, antiker Geschichte

„Bist du auch mit Benignus‘ Tochter so umgegangen? Kein Wunder, dass sie die Verlobung mit dir gelöst und lieber einen reifen Mann erwählt hat. Ich aber werde bald die Mutter deines Kindes sein, Manius, nicht nur eine arrangierte Verlobte! Dein Kind unter meinem Herzen gibt mir Rechte und ich nehme sie mir! Verlass dich drauf!“

Diesmal war ich es der rot anlief, vor Zorn, aber auch vor Scham, denn ich sah mich damals durchaus als gereiften Mann. Ich wusste nicht, dass gleichaltrige Frauen dies aufgrund meines Benehmens und einer weiter entwickelten weiblichen Reife durchaus anders sehen konnten. Trotzdem versuchte ich, mich zu entspannen, die sich auftürmenden emotionalen Wogen zu glätten.

„Tut mir leid, wenn ich dich verletzt haben sollte, Cornelia“, ruderte ich zurück, „aber was ist ein Theaterbesuch schon für ein Abenteuer? Wir werden nur einen Tag weg sein. Mich interessiert auch, wer Caesar eingeladen hat und warum ausgerechnet ihn. Ich habe ihm schon zugesagt. Caesar und ich werden mit seinem Schiff übersetzen und gegen Mitternacht zurück sein. Es gibt also keinen Grund für dich, wütend zu sein.“ Ich setzte mein vermeintlich gewinnendstes Lächeln auf.

Es fiel wohl nicht so gewinnend aus, wie ich gehofft hatte. Eher ein klein wenig dümmlich. Aber sie lachte plötzlich amüsiert. Ihr Zorn war so schnell verraucht, wie er gekommen war. Dies unterschied sie erheblich und sehr positiv von Claudia, die mir gegenüber penetrant und nachtragend gewesen war.

„Also gut, mein großer Junge“, meinte sie, tippte mir mit dem Zeigefinger neckisch auf die Nase und nahm mich bei der Hand. „Du hast deinen Tag mit diesem Caesar. Aber jetzt gehörst du noch ganz mir. Das ist übrigens ein Befehl, Centurio!“

# KAPITEL IX

## THEATERDONNER

### FRETUM SICULUM

Auf dem Meer zwischen dem Festland und Sizilien

Es war der dreihundertzwanzigste Tag nach dem Beginn meines Abenteuers. Am frühen Nachmittag standen Julius Caesar und ich im Ruderhaus des hinteren Teils seiner Trireme, der ‚Capua', und fuhren in südwestlicher Richtung auf Sizilien zu.

Unser Ziel war die Stadt Tauromenium. Gut zweieinhalb Stunden nach unserem Aufbruch näherten wir uns bereits dem kleinen Hafen des Ortes.

Obwohl ich an der Seeverkehrsstraße zwischen der Provinz Bruttium und der Insel Sizilien aufgewachsen war, hatte ich diese Stadt noch nie besucht. Caesar und ich waren allerbester Stimmung. Wir scherzten und lachten angesichts des herrlichen Wetters.

Julius Caesar riss ein paar knackige Witze über seinen ungehobelten Centurio Decimus Tullia, der offenbar bemerkt hatte, dass er das Ziel einiger spöttischer Bemerkungen war und hin und wieder mit gerötetem Gesicht verächtlich zu uns herüberblickte. Mich allerdings störte etwas

der mangelnde Respekt dieses Kerls, den er Caesar gegenüber zeigte, der das Kommando dieser Mission besaß.
Wir freuten uns auf die Theatervorstellung, die keinen Gladiatorenkampf versprach, sondern die musikalische Darbietung eines landesweit gefeierten, seit geraumer Zeit erfolgreichen Schmusesängers namens Eros. Der Mann hatte sich benannt nach dem griechischen Gott der Liebe, war aber nicht unbedingt mein Fall und hauptsächlich von Frauen und Mädchen umjubelt und heiß begehrt.
Ehrlich gesagt, ein guter Kampf in der Arena wäre mir lieber gewesen. Theatralisches Herz-Schmerz-Geträller war nie mein Ding gewesen und mir war ziemlich egal, wie gut der Kerl angeblich aussah.
„Lass den Leuten ihren Spaß, Manius", erwiderte Caesar. „In Rom ist Eros vor sechs Wochen in der großen Arena aufgetreten. Die halbe Stadt war an diesem Tag auf den Beinen, um seinem Gesang zu lauschen."
„Und jedes kleine Mädchen hat sich bei seinem Erscheinen in der Öffentlichkeit bestimmt nass gemacht und ein süßes Bildnis von dem Knaben unter dem Kopfkissen verstaut, stimmt' s!?"
Nun lachte Caesar laut auf.
„Gut gebrüllt, Löwe, aber du musst so ein Ereignis entspannter betrachten. Nicht immer steckt ein politisches Kalkül oder blanke Dekadenz hinter solchen Auftritten, sondern einfach nur Spaß. Weiß du denn nicht mehr, was das ist? Hey! Spaß?"
Er beugte sich zu mir herüber und sah mir lachend ins Gesicht. Ich fing einen leichten, schmerzfreien Boxhieb in die Magengrube.
„Ich kann solche Verführer wie diesen Eros, mit dem Körperbau eines Gladiators und dem Hirn einer Erbse, eben nicht ausstehen", wand ich schräg grinsend ein und revanchierte mich bei ihm mit einem ordentlichen Schulterschlag. „Ich amüsiere mich eben ganz anders, lieber Julius."

„Das habe ich gestern Abend gesehen, mein Freund. Dolabella' s Tochter ist von dir schwanger!", lachte Caesar. „Aber höre ich ein wenig Neid aus deinen Worten? Mal im Ernst, wie sieht denn der Umkehrschluss aus? Den Körperbau einer Erbse und das Hirn eines Gladiators zu haben, ist für mich auch nicht gerade erstrebenswert!"

Ich überlegte einen kleinen Moment und prustete gemeinsam mit Caesar los. Wir lachten so laut, dass uns die Besatzung schon verstohlen beobachtete.

„Also, den Frauen in Rom gefällt er", fügte er gackernd hinzu. „Ich hab' in der Tat schon dran gedacht, selbst einen Gesangswettbewerb in großem Stil in Rom zu veranstalten. Ganz außergewöhnlich, in einer Arena. Und jeder, der sich zutraut zu singen, darf auftreten."

Ich sah ihn ungläubig an und lachte wieder los.

Das durfte doch nicht wahr sein, oder? Julius Caesar? Als auf der Bühne herumhüpfender, sich selbst lobender Editor[103] eines Gesangswettstreit? Bei dem Gedanken entfuhr mir ein entsetztes, fragendes Lachen, während ich die Stirn runzelte.

„Panem et circenses[104], mein lieber Freund!" Er stieß mich erneut von der Seite an und nickte für sich selbst voller Inbrunst Zuspruch. „Dem Mann gehört die Zukunft, der die Herzen des Volkes für sich gewinnen kann. Man muss den Leuten eben das geben, was sie wollen. Meinst du nicht?"

Mir blieb das Lachen im Halse stecken und ich zog maßlos enttäuscht von Caesars Prinzipienlosigkeit die Schultern hoch. Meine Laune fiel ins bodenlose.

---

103 Spieleveranstalter

104 lat. „Brot und Spiele"

Ich blickte nachdenklich und mit gerunzelter Stirn übers Meer. Wann hatte er seine Einstellung derart geändert? Hatte nicht gerade **er** der Politik in Rom immer vorgehalten, sie halte das Volk durch Spiele und Spaß mit Absicht dumm? Hatte nicht gerade **er** sich auf die Fahnen geschrieben, das zu ändern und die vier Säulen Roms zu stabilisieren?
„Nun sei nicht so schrecklich ernst, Manius", meinte er grinsend. „Das war ein Scherz! Aber so geht das eben, wenn man einen gewissen Beliebtheitsgrad beim Volk erreichen möchte."
In der Tat hatte mein Freund einige Jahre später zu meinem Entsetzen tatsächlich sehr erfolgreich ‚Panem et circenses' mit dekadentem Prunk finanzieren und austragen lassen. An jenem Tage allerdings hielt ich das noch für völlig abwegig, hatte nun wirklich keinen Nerv mehr, mich darüber auszulassen - und schwieg.
Meine gute Stimmung jedenfalls war dahin.
Verärgert suchte ich im Südwesten die mächtige Erhebung des Ätna, an dessen Fuß diese Stadt eine ganz außergewöhnliche Lage besaß.
Der reich geschmückte Bug unseres Schiffes zeigte genau auf den gewaltigen Vulkankegel, dessen Spitze heute in eine ungewöhnlich dichte, dunkle Dunstwolke gehüllt war. Ich erkannte schemenhaft winzige weiße Häuser an und auf einer gewaltigen Felserhebung, die weit ins Meer ragte. Oben auf der Spitze des Felsens erblickte ich unser Ziel: das griechische Theater.
„Bist du schon einmal in Tauromenium gewesen?", fragte ich meinen Gefährten.
„Nein, aber ich habe mich informiert", antwortete Caesar. „Vor gut tausenddreihundert Jahren haben sich die Siculer hier angesiedelt und der ganzen Insel ihren Namen gegeben. Später kamen Griechen dazu, die diese Stadt Tauromenion nannten, nach dem Bergmassiv Tauro hinter der Ansiedlung. Seit dreihundert Jahren ist es römische Provinz und heißt seitdem Tauromenium."

Wir steuerten mit der ‚Capua' eine weitläufige Bucht an, die als Hafen der Siedlung diente und sich an die nördliche Seite der hoch aufragenden und wunderschönen Felsenhalbinsel schmiegte, auf der sich Tauromenium ausstreckte. Von hier aus fiel es leicht, die mächtigen Felsen über ausgetretene und teils sogar gepflasterte Straßen zu erklimmen, denn an der Ostseite zeigten zwar mehrere mächtige steinerne Finger von der Halbinsel ins Meer, aber keiner der schroffen Finger war zur Landung eines Schiffes und zum fußläufigen Aufstieg geeignet.

Auf und hinter der Halbinsel erhoben sich gewaltige Bergmassive und Felsvorsprünge, die stellenweise von exotisch blühendem Gebüsch, wunderschönen Zypressen und kleinen Pinien bewachsen waren, die sich mit ihren Wurzeln in die schroffen Vorsprünge krallten. Ich staunte nicht schlecht über dieses wunderschöne Fleckchen Erde.

Wir verließen die ‚Capua' und stürzten uns in den bunten Trubel des kleinen Hafens.

Um hinauf nach Tauromenium zu gelangen, warf ich einem Jungen mit zwei Eseln einige Münzen zu, der uns ein milchzahnloses, aber zufriedenes Grinsen zeigte und uns half, seine beiden Tiere zu besteigen, die er zum Transport von Besuchern in die Stadt bereithielt. Die Bewohner hatten dieses lukrative Transportsystem entwickelt, weil es den Besuchern und den gehobenen Bürgern Tauromeniums sicher nicht zuzumuten war, bei den hier sehr oft herrschenden hohen Lufttemperaturen beim Aufstieg zu Fuß ihre wertvollen Tuniken durchzuschwitzen.

So standen an die zwanzig Einheimische mit Eseln jeweils für Auf- und Abstieg bereit und wurden rege genutzt.

Ich war erstaunt über den offen zur Schau getragenen Reichtum der Stadt. Wohlhabende Römer und gut situierte Beamte hatten aus dem kleinen griechischen Örtchen am Rande des Ätnas eine mondäne Stadt gemacht, mit herrlichen, mosaikgeschmückten Bürgerhäusern und gepflasterten Straßen.

Die Stadt war auch mit großen Wasserreservoiren ausgestattet worden und hätte sogar langen Belagerungen standhalten können. Ein eigener römischer Stadtsenat durfte ebenfalls nicht fehlen, der im neu errichteten Odeon tagte.

Und nicht zuletzt lebte die Stadt von ihrem alten griechischen Theater, das von römischen Baumeistern vor über hundert Jahren zu einer echten Attraktion und gerade im Zuschauerbereich enorm ausgebaut worden war.

Wir stiegen am nördlichen Tor von den Eseln.

Ich bemerkte nebenbei, wie sich der Himmel über dem Vulkan Ätna, der sich stets prominent in Sichtweite befand, verdunkelt hatte. Auch die See zeigte in der Ferne eine dunkelblaue, aus exakt südlicher Richtung kommende, merkwürdig diesige Wand.

„Schau dir dieses eigenartige Wetter einmal an, Julius“, sagte ich und wies mit der Hand in Richtung besagter dunkler Wand. „Ich kenne das, ich bin ja aus Rhegium. Es könnte sich um ein heraufziehendes Gewitter handeln. Wir werden heute vielleicht nass werden. Aber auch der Vulkan...“

Caesar nickte und nahm meinen Hinweis kaum zur Kenntnis, bevor er nach Südosten zeigte, einen links von der Hauptstraße abzweigenden, breiten Weg hinauf: „Dort ist der Aufstieg zum Theater, siehst Du?“

Das Theater hatte eine imponierende Größe.

Das Publikumsrund war nach Süden hin ausgerichtet worden und in die Bereiche Bühne, Orchester und Tribüne unterteilt. Es war im Bühnenbereich auf griechische Art in den Hang eingebettet, darüber hinaus wie römische Theater als freistehendes Gebäude hochgemauert worden. Die Stufen der Tribüne waren teils in den vorhandenen Felsen geschlagen worden und boten Platz für etwa fünftausendvierhundert Zuschauer.

Das Bühnengebäude war aus Ziegelstein errichtet und bestand aus einer zweigeschossigen Schaufassade, mit Statuen besetzten Nischen und vorgesetzten Säulen.

Grandios war auch die gebotene Aussicht. Eine gut sechs Passus[105] breite Öffnung gab den Blick frei auf den Ätna und die südlich von Tauromenium gelegene, lang gestreckte Bucht.

Es war ein unvergleichliches Bühnenbild.

Unsere Plätze fanden wir in der dritten Reihe von oben, was uns die Ausmaße dieses Theaters noch einmal anschaulich verdeutlichte. Sehr viele Plätze waren schon besetzt, zumeist von jungen Mädchen und Frauen, die besonders die unteren Ränge in Beschlag genommen hatten und schon überschwänglich rufend und feiernd auf ihren Musengott Eros warteten.

Weitere Menschenmassen drängten durch die Eingänge nach.

Wir saßen bereits auf den von Unbekannten für uns reservierten Plätzen und warteten darauf, dass irgendetwas passierte.

Caesar wurde allmählich nervös und sorgte sich, ob es sich hierbei nicht um eine üble Falle seiner Gegner vom ‚Societas Aeneae' handeln könnte, während ich misstrauisch das Wetter und die grauschwarzen Wolken beobachtete. Der Ätna war mittlerweile fast vollständig von ihnen eingehüllt worden. Meinen Hinweis quittierte Caesar lediglich mit einer desinteressierten Grimasse.

---

105 6 Passus = ca. 10 Meter

Unverhofft sprach uns vom Rang über uns eine tiefe Männerstimme an: „Guten Tag, Herr Kollege. Wie schön, dass du meiner Einladung gefolgt bist. Darüber freue ich mich außerordentlich.“

Caesar und ich fuhren fast gleichzeitig herum und erblickten einen mittelgroßen Mann mit leichtem Übergewicht, der gerade ächzend zu uns herunterstieg und sich pustend auf den Platz neben Caesar fallen ließ.

Sein rundliches, weiches Gesicht mit dem kleinen, schmallippigen Mund und den tief liegenden Augen grinste uns freundlich und sympathisch an. Er mochte Anfang dreißig sein, war erlesen gut gekleidet, dunkelhaarig und offensichtlich ein wohlhabender römischer Beamter.

„Marcus Tullius Cicero“, rief mein Gefährte erstaunt und ergriff zum Gruße den ihm dargebotenen Unterarm. „Das nenne ich eine gelungene Überraschung. Der Quästor von Sizilien hat mich also eingeladen.“

Auch ich wurde Cicero vorgestellt, einem Manne, den ich natürlich vom Hörensagen kannte. Er war Rechtsanwalt wie Caesar und hatte wie dieser Prozesse gegen Diktator Sullas Gefolgsleute geführt. Ebenso erfolglos, aber geschmeidiger, denn er hatte die Hauptstadt nicht verlassen müssen und diente sich nun durch die Verwaltungsinstanzen. Außerdem wusste ich, dass er ein begnadeter Redner war, angeblich der zweitbeste Roms nach dem berühmten Hortensius, und dass er derzeit die Quästur[106] von Sizilien innehatte.

„Quästor nur noch bis übermorgen, mein lieber Julius, aber ich musste die letzte Chance ergreifen, dich außerhalb Roms zu treffen. Sizilien ist Vergangenheit für mich.“

---

106 Quästur = niedrigstes Amt im Cursus Honorum, der röm. Ämterlaufbahn, konnte nach Vollendung des 30. Lebensjahres bekleidet werden; Zuständigkeit für Finanzverwaltung und Justiz der Provinzen; danach wurden die Quästoren nach Ablauf ihrer Amtszeit Mitglieder des Senats

„Oh, unser Treffen hier ist konspirativ, Manius“, flüsterte Caesar mir grinsend zu und zwinkerte vergnügt mit dem linken Auge.

Meine Aufmerksamkeit wurde jedoch von einem gewaltigen Blitz gefesselt, der dreimal hintereinander aus der schwarzen Wolke am Ätna senkrecht in den Himmel zuckte. Das Ungetüm aus Gas und Asche wuchs enorm schnell in die Breite und die Höhe.

Außerdem erschien unter ohrenbetäubendem Geschrei des Publikums der leuchtende Stern dieses späten Nachmittags, der groß und kräftig gebaute Eros. Ein gutaussehender Knabe, gab ich insgeheim zu. Kein Wunder, dass ihn die Weiblichkeit anhimmelte.

Weitere Blitze zuckten aus dem Vulkankegel in den Himmel.

„Wir haben etwas sehr Wichtiges zu besprechen! Es duldet keinen Aufschub, mein lieber Caesar!“, übertönte Cicero‘ s Stimme die Freudenausbrüche der Leute und den beginnenden Gesang des Künstlers und seiner ihn unterstützenden Begleiter.

„Und er“, damit deutete er auf den singenden Eros, der für sein Publikum soeben eine erotische Tanzeinlage darbot, „wird später zu uns stoßen! Er hat sehr wichtige Informationen für uns!“

„Welche wichtigen Nachrichten könnte er für uns haben?“, rief Caesar zu Cicero hinüber.

„Bitte Geduld! Später! Er wird uns alles berichten! Eros hat Kontakte bis in die wichtigsten Kreise der römischen Gesellschaft und des Militärs! Genießen wir erst einmal seine Darbietung!“

Cicero‘ s Stimme überschlug sich fast, während Blitze fast unaufhörlich aus der schnell näherkommenden Wolke stachen.

Ich hielt es für geboten, meinen Freund darauf aufmerksam zu machen, der weiter versuchte, mit seiner Stimme die Musik und die lauten Jubelschreie der Zuschauerinnen zu durchringen und seinen Sitznachbarn zu erreichen.

Das konnte kein ‚normales‘ Gewitter sein. Es ging vom Ätna aus.

Offenbar hatte Caesar noch nie etwas Vergleichbares gesehen und so zogen sich seine Brauen zusammen. Er begann abzuschätzen, was sich in nur kurzer Entfernung vor Tauromenium zusammenbraute.
Auch unser Gastgeber sah sorgenvoll gen Himmel, welcher sich allmählich auch direkt über uns und über der nahen See verdunkelte. Die tobenden und tanzenden Massen auf den unteren Rängen bemerkten jedoch nichts von dem, was am Himmel über ihnen vorging.
Cicero deutete mit ausgestrecktem Arm auf den nächstgelegenen Ausgang und gab uns ein Zeichen, ihm zu folgen.
Schon erhob er sich.
Wir taten es ihm gleich und hatten kaum den obersten Rang erreicht, als wir jäh von den Füßen gerissen wurden.
Cicero fiel rücklings einen Rang nach unten, schlug böse mit dem Kopf auf steinernen, unbesetzten Sitzflächen auf und blieb scheinbar bewusstlos liegen.
Caesar stürzte der Länge nach hin, mit dem Gesicht voran. Ich fiel mit meinem ganzen Körper auf ihn, als hätte mich ein gewaltiger Bär mit seinen Pranken zu Boden geworfen. Doch es war kein Bär!
Der Boden vibrierte und bewegte sich unter uns.
Ein dumpfes Grollen erreichte uns vom Ätna.
Ich kam nicht auf die Beine, stürzte immer wieder hin. An einer scharfen Kante hatte ich mir die linke Handfläche aufgeschlitzt, die nun stark blutete. Mir wurde übel. Ich wankte, verlor meinen Gleichgewichtssinn.
Trotz des Schreckens, der mich erfasst hatte, nahm ich wahr, dass auf den unter uns gelegenen Rängen eine wilde Panik ausgebrochen war.
Alle Zuschauer lagen schreiend in den Gängen zwischen den Sitzen und versuchten erfolglos, einander auf die Beine zu ziehen. Eros und seine Künstler waren ebenfalls zu Boden gegangen und krochen in Panik auf der zerbröckelnden Bühnenfläche hin und her.

Ich sah, wie eine einstürzende Säule des Bühnenhauses einen der Künstler unter sich begrub. Er blieb schließlich absolut still unter dem Gestein liegen.
Nun machte ich mir über mein Schicksal Gedanken.
Ich riss mehrere Stofffetzen aus meiner Tunika und verband mir notdürftig die blutende Linke. In nur kurzer Entfernung von mir brach Mauerwerk aus der hohen steinernen Begrenzung des Theaters heraus und stürzte hinunter in Richtung Bühne.
Einem armen Mädchen prallte einer der Brocken hart gegen den Kopf. Sie brach sofort mit einer mächtigen Platzwunde zusammen. Niemand wollte ihr helfen.
Es war sehr dunkel geworden, obwohl wir erst späten Nachmittag hatten. Es grollte noch immer aus den Tiefen der Erde, es rüttelte und schüttelte scheinbar endlos. Ich hatte jedes Zeitgefühl verloren. Waren es Augenblicke oder Endlosigkeiten?
Ich lag neben dem gerade wieder zu sich kommenden Caesar, als sich die Himmelstore öffneten und einen schwarzen Platzregen auf uns niedergehen ließen, warm, klebrig und stinkend.
Ich spuckte angewidert aus, denn ich hatte etwas von dem ekligen Zeug in den Mund bekommen. Aber immerhin ebbten die Beben so schlagartig ab, wie sie begonnen hatten.
Ausgerechnet der so schwer gestürzte M. Tullius Cicero stand gerade, half uns seinerseits hoch und brüllte durch den Lärm der verschreckten und teils verletzten Zuschauer, wir müssten schnellstens hier hinaus. Wir nickten, kletterten weiter.
Ich sah kaum dic Hand vor Augen, glitt auf dem glitschigen schwarzcn Nass, das inzwischen den Boden zu einem klebrigen Sumpf hatte werden lassen, immer wieder aus. Mit den Knien schlug ich auf den gemauerten Stufen auf und fiel vor Schmerz zur Seite.

Cicero hatte mich nicht bemerkt, aber Caesar drehte aufgrund meines Schmerzensschreis den Kopf und kam zurück. Vorsichtig nahm er zwei der Stufen nach unten und half mir auf. Trotz der stechenden Schmerzen in meinen aufgeschlagenen Knien stieg ich mit Caesars Hilfe nach oben zu Cicero. Wir retteten uns mit letzter Kraft in die überdachten Gänge entlang der Außenmauern des Theaters.
Ich biss die Zähne zusammen. Zielstrebig bahnten wir uns den Weg Richtung Ausgang die Treppen hinunter. Auch dort war das Chaos ausgebrochen und uns blieb nur, uns in eine überdachte Wandnische zu retten, in die wir drei recht gut hineinpassten, um den ins Freie drängenden, panisch schreienden Menschenmassen zu entfliehen. Kopflos nach draußen zu rennen war aufgrund des schwarzen Regens keine gute Lösung, aber daran dachten die Leute nicht.
Wir trieften, als hätte man uns mit Petroleum übergossen: Die Haare klebten schwarz verschmiert am Kopf, die Gesichter waren kaum zu erkennen, unsere Kleidung war völlig verschmutzt. Meine Schnittwunde an der Hand blutete stark, der provisorische Verband hatte sich gelöst und war nun auch stark verschmutzt. Noch einmal riss ich ein sauber gebliebenes Stück Stoff aus meiner Tunika, reinigte und verband die Wunde neu.
Meine Knie pochten. Ich hatte das Gefühl, sie waren schon jetzt auf doppelte Stärke angeschwollen, was aber zum Glück nicht so war. Durch sorgfältiges Betasten merkte ich, dass sie nicht geschwollen und nur wenig aufgeschrammt waren. Ich hatte sehr viel Glück gehabt.
„Der Vulkan...!“, brüllte Cicero durch die Angst- und Hilfeschreie der Menschen, während er sich mit einem Tuch Blut und schwarze Flüssigkeit von der Schläfe tupfte.
„Ein Ausbruch?“, schrie Caesar fragend und wandte sich mir zu, der schließlich in Sichtweite des Ätna geboren und aufgewachsen war.

„Nein!“, antwortete ich und meine Stimme überschlug sich. „Ich kenne das schon! Nur ein leichtes Rumoren in den Eingeweiden des Untiers mit begrenztem Ascheauswurf. Die Asche verbindet sich mit Regentropfen und regnet nun zufällig hier ab! Der Ätna hat ein wenig gehustet und gepustet! Er wird sich beruhigen!“

Ich hoffte dies inbrünstig, hatte aber natürlich nicht wirklich Ahnung, ob ich recht behalten würde.

Die beiden nickten und während wir in unserer Nische eingeklemmt warteten, drängten weiter Hunderte verschreckte, schreiende, angstvolle Menschen an uns vorbei. Manche fielen hin und wurden von der Masse der Leute niedergetrampelt. Nur kurze Zeit hörte man ihre gellenden Hilfeschreie, bevor sie verstummten. Manche vielleicht für immer. Schaudernd wandte ich mich ab. Ich konnte ihnen nicht helfen. Niemand konnte das, denn das Gedränge war viel zu dicht, Körper an Körper. Kinder schrien. Mädchen riefen nach ihren Freundinnen, Männer nach ihren Frauen.

Am Ausgang, so konnte ich erkennen, floss die Menge ab, Menschen, die sofort ausglitten und schreiend auf das Pflaster schlugen oder wild gestikulierend und orientierungslos in der Finsternis des schwarzen Regens verschwanden.

Die Götter schienen entschlossen, den Untergang der Menschenwelt herbeizuführen.

## RHEGIUM

„Bei Minerva, was ist das? Was hat das zu bedeuten?"

Servius stand neben Gaius Fabius Maximus, seiner Schwester Sabina und der Germanentochter, um die er sich in den letzten Tagen aufopfernd gekümmert hatte.

Die drei Menschen standen auf der weitläufigen Terrasse des Fabius-Anwesens und beobachteten das Katastrophenszenario auf der anderen Seite der Meerenge von Messana. Ein Beben war zu spüren gewesen, das zwar auf dieser Seite der Meerenge keine Schäden angerichtet, aber alle Anwesenden alarmiert nach draußen hatte gehen lassen.

„Die Götter sind zornig", sagte Gaius Fabius und wies mit dem rechten Arm in die Richtung der Küste Siziliens. Der Ätna hatte seine Spitze in eine grauschwarze Wolke gehüllt, die sich zügig über der gesamten nördlichen Bucht ausdehnte.

Gaius war besorgt. Er wusste, welche Mischung dort vermutlich niederging. Es war feinste Vulkanasche, die sich mit der Luftfeuchtigkeit verbunden hatte.

„Das ist kein gutes Zeichen", meinte er kopfschüttelnd. „Ein Glück, dass wir nicht dort drüben sind."

„Aber Manius ist dort", warf Servius ein. „Manius und dieser Caesar."

Gaius drehte sich ihm überrascht zu.

„Manius? Und Caesar?"

„Drüben in Tauromenium. Sie hatten vor, dort im Theater jemanden zu treffen."

Manius' Vater wurde blass. Sprachlos sah er hinüber nach Sizilien.

Servius hingegen schmunzelte in sich hinein. Wie gern wäre er jetzt dort drüben. Es war immer ordentlich etwas los, dort wo Manius und Caesar waren. Und das war stets ganz nach seinem Geschmack.

„Sag bloß, du beneidest Manius jetzt gerade?“, fragte Sabina mit leiser Empörung, zeigte hinüber nach Tauromenium und schüttelte verständnislos den Kopf.
„Das verstehst du nicht, Schwesterchen“, meine er schmunzelnd. „Abenteuer sind Männersache und nichts für kleine Mädchen.“
Sabina schnaubte verächtlich und sah wieder mit Grausen hinüber in den Weltuntergang.
„Was hat das alles zu bedeuten, Servius?“
Lioba sah verängstigt aus und wandte sich fragend und zitternd an jungen Mann. Sie suchte seine Nähe.
„Das ist ein Vulkanausbruch, Lioba. Der Ätna bricht gerade aus und verdunkelt den Himmel. Faszinierend, nicht wahr? Aber du brauchst keine Angst zu haben. Ich bin bei dir.“
Schutzsuchend näherte sie sich dem jungen Mann, dessen Herz dabei fast zum Stillstand kam. Ängstlich umklammerte sie mit beiden Händen seinen Oberarm. Sabina gefiel das gar nicht, sie mochte das kleine Barbarentöchterchen nicht.
„Unsinn, Lioba“, meinte sie nüchtern. „Es rumort ein wenig, hier ein kleines Beben, dort ein Ascheregen, ein paar ordentliche Blitze. Es ist eine normale Verpuffung, das ist alles. Servius übertreibt.“
Dafür erntete sie zwar die bitterbösen Blicke ihres Bruders, beantwortete sie aber mit einem triumphierenden Lächeln.
„Normale Ver...puffung? Was ist das?“, meine die Prinzessin angstvoll in ihrem gebrochenen Latein mit dem starken nordischen Akzent. „Mein Vater sagt immer, dass die Götter zornig sind, wenn die Erde bebt und sich der Himmel verdunkelt. Donar wird sehr leicht wütend. Und die Menschen leiden unter seinem Zorn.“
Sie schmiegte sich nun richtig eng an Servius, der in seiner Überraschung dastand wie ein Baum, ohne sich zu rühren.
Sabina hingegen beobachtete das Germanenmädchen abschätzend.

Sie nahm Lioba diese Angst nicht ab.
Sabinas Augen wurden zu Schlitzen. Was bezweckte diese römische Geisel damit, ihren Bruder zu bezirzen, fragte sie sich ernsthaft, ohne wirklich zu wissen, warum.
Weibliche Intuition? Oder nur Eifersucht?
Nein, diesen Gedanken wischte sie weg.
Sie sorgte sich um ihren Bruder.
Inzwischen hatte sich Gaius Fabius wieder gefangen. Er drehte sich um und ging allen voran in Haus. Für einen Moment sah niemand sein Gesicht, in dem sich kurz das blanke Entsetzen widerspiegelte, das ihn ergriffen hatte.
Manius!
Was trieb sein einziger Sohn wieder mal mitten im Inferno?
Warum fuhr er ausgerechnet heute nach Tauromenium?

**TAUROMENIUM**
Ostküste von Sizilien, unweit des Vulkans Ätna

„Wo ist er bloß? Ich sehe ihn nicht!“, rief Cicero, als wir die Bühne betraten. Er war uns durch das Labyrinth der Gänge in Richtung Bühnenhaus vorangestürmt, kannte sich offenbar bestens aus.
Die meisten Zuschauer hatten das Theater bereits fluchtartig verlassen. Nur Angehörige und Freunde der durch die Panik Verletzten und Toten blieben um Hilfe rufend und weinend bei den am Boden liegenden Körpern zurück, denen niemand half. Es war ein entsetzliches Schauspiel, das mich zutiefst schockierte und ich erkannte auch in Caesars verschmiertem Gesicht tiefste Betroffenheit.

So ging es, vorbei an den armen Menschen, treppauf und treppab, durch lange dunkle Gänge hin zur Bühne.
Inzwischen hatte sich der schwarze Regen in normalen verwandelt, der in dicken, klaren Tropfen den klebrigen Schlamm von den Steinen wusch.
„Dort, Tullius, auf dem Boden liegt er. Eros scheint bewusstlos zu sein", rief Caesar und eilte zu dem Sänger, der lang gestreckt im strömenden Regen auf dem schlammigen Bühnenboden lag und keinen Mucks von sich gab.
„Bei Mars!", rief Cicero erschrocken, denn Caesar hatte den Mann bereits vorsichtig umgedreht. Nun erkannt auch ich, dass der Knauf eines langen Messers aus der Brust des Sängers ragte. Eros hing aber noch am letzten Faden seines Lebens und war bei Bewusstsein.
„Frau... mit Messer...", stammelte er in höchster Anstrengung.
Ein Schwall Blut strömte aus dem Mund.
„Eine Frau hat dir das angetan?", flüsterte Cicero mitleidig und kniete neben Eros nieder. „Was willst du uns mitteilen, mein Freund? Warum hat man dir das angetan?"
„Emporiae... Treffen... Societas Aeneae... Socius III... Er wird dort sein", murmelte er langsam und angestrengt. Die letzten Worte seines kurzen Lebens widmete er der Aufgabe, die uns bevorstand. „Bünd... nis von Mithridates und..."
Eros' Blick brach, er war tot.
Cicero senkte den Kopf, wischte sich wieder einen Blutfaden von der Stirn, der von seiner Kopfwunde herunterlief.
„Wir müssen von hier verschwinden, meine Herren", meinte Cicero. „Ich besitze hier in Tauromenium eine kleine Stadtwohnung. Dort säubern wir uns und besprechen die weiteren Schritte, die aufgrund dieses Mordes zu tun sind."

Genau in dem Moment, in dem wir vor das Theater traten und uns anschickten, der langen Straße hinunterzumarschieren, riss der Himmel auf.

Längst hatte der Regen aufgehört und die verbliebenen grauen Wolken lösten sich unter den letzten Strahlen der Abendsonne auf.

Das Bild, was sich uns bot, war verheerend: Die Straßen waren menschenleer, verschmiert und verschmutzt, voller vor Feuchtigkeit dampfender Trümmer.

So manches Haus war beschädigt.

Mauerwerk lag zerbröselt auf den Wegen.

Ich blickte hinauf zu den gewaltigen Felsen, die sich hinter Tauromenium auftürmten. Auch von ihnen tropfte noch etwas schwarzes Nass, das bereits antrocknete, doch die Natur hatte das Beben und die klebrigen Ausschüttungen des Vulkans, vermischt mit Regenwasser, offenbar besser überstanden als die Menschen und ihre Stadt.

Das Haus, in dem Cicero‘ s Stadtwohnung lag, war völlig unbeschädigt geblieben, was Cicero mit einem Dankesseufzer quittierte.

„Kommt schnell herein“, raunte er uns zu, während er die Tür öffnete und uns sein Leibsklave bereits helfend entgegensprang. „Mein Diener wird uns Waschzeug, frische Kleidung und etwas Essbares bringen.“ Dabei sah er an sich herab und dann zu uns beiden herüber.

„Na ja, wird euch schon passen. Auf jeden Fall werden meine Kleider nicht zu eng für euch sein“, fügte er grinsend hinzu und stieg die Treppe in den ersten Stock hinauf.

Einige Zeit später saßen wir bei einer Amphora Rotwein mit Brot und Dörrfleisch zusammen, frisch gewaschen, die Schnittwunden gereinigt und verbunden. In die recht weiten Tuniken des Hausherrn gekleidet besprachen wir die Dinge, die uns Eros mitteilen wollte - soweit unser Gastgeber sie überhaupt kannte.

„Wie ich euch bereits sagte“, begann Marcus Tullius Cicero. „Ich werde übermorgen meinen Dienst als Quästor der Provinz Sizilien beenden und nach Rom zurückkehren. Ich strebe einen Sitz im Senat an und gehe davon aus, dass ich ihn auch bekommen werde. Im Übrigen hat mir meine Frau gerade eine Tochter geschenkt. Ich muss also bei Ihr und Tullia sein. So heißt meine Kleine.“

Er grinste breit und wir beglückwünschten ihn herzlich, während er in ein großes Stück Dörrfleisch biss und zufrieden kaute.

„Da ich also derzeit nicht selbst auf Reisen gehen kann, habe ich dich hierher eingeladen, Julius. Schon mal etwas vom ‚Societas Aeneae‘ gehört?“

Ich wandte mich dem Quästor überrascht zu, was er durchaus als ein eindeutiges Ja hätte auslegen konnte.

Ganz anders als Julius Caesar. Keine Regung verriet seine Gedanken.

„Nein, nie gehört. Was soll das sein?“, fragte mein Freund mit ausdruckslosem Gesicht. Dabei griff er, statt seinen Gastgeber gespannt anzusehen, so wie ich das leider tat, eher gelangweilt quer über den Tisch nach einem großen Stück gefüllten Fladenbrotes. Caesar biss herzhaft hinein und sah - dann erst - sein Gegenüber interessiert und kräftig kauend an.

Da war er wieder, der Gaius Julius Caesar wie ich ihn schon so oft erlebt hatte. Dieser noch so junge Mann war ein Spieler, der sich nie so ohne Weiteres in die Karten sehen ließ, geübt in Ränkespielen und im Ausloten und Ausspielen verbaler Hinterhalte.

Über mich selbst und mein Unvermögen verärgert, meine Gesichtszüge kontrolliert einzusetzen, bewunderte ich Caesar für diese natürliche Gabe.

„Was ist mit dir, Germanicus? Schon davon gehört?“, fragte mich Cicero schmunzelnd. Der Menschenkenner hatte wohl meine Gedanken erraten. Er sah mich sehr direkt an, was ich mit überrascht hochgezogenen Schultern und Augenbrauen, aber schweigend, beantwortete.

„Also schön, meine Herren“, meinte Cicero daraufhin und ließ seinen Weinbecher, den er kurz an die Lippen geführt und geleert hatte, lautstark auf den Tisch knallen. „Ich weiß, dass ihr beide bereits mit den ‚Socii‘ die Klingen gekreuzt habt, in Pergamum und in Nicomedia. Also erspare ich mir alle weiteren Erklärungen. Nur so viel: Ich bin auf eurer Seite.“

„Ach ja? Von welcher Seite sprichst du denn, Tullius?“, fragte Caesar harmlos, scheinbar nicht verstehend, worüber gesprochen wurde.

„Die Seite, die den ‚Societas Aeneae‘ bekämpft, lieber Julius. Lassen wir das Versteckspiel, denn dein Onkel Quintus Aurelius, der leider ermordete Legatus classicus von Misenum, hat mich lange vor seinem Ableben in Verschiedenes eingeweiht. In meinen vergangenen Prozessen gegen Sullas Lakaien hat sich alles bestätigt. Außerdem weiß ich, was ihr beide letztes Jahr erlebt habt. Jetzt spitzt sich die Lage weiter zu, muss ich euch leider sagen.“

„Inwiefern?“, mischte ich mich ein. Ich hatte bisher geschwiegen und eher interessiert ausgesehen, bemühte mich aber nun, abgebrüht zu wirken, so wie Caesar.

Ob mir das gelang?

Na ja, jedenfalls wandte sich Cicero nun mir zu:

„Insofern, dass man mittlerweile versucht, Verbindungen zu schmieden, um aus diesen wiederum ungeheuren Profit schlagen zu können. Dem Drachen ‚Societas Aeneae‘ muss endlich das Haupt abgeschlagen werden.“ Cicero redete sich in Rage. „Im ‚Primat der Politik‘ liegt in unserem geliebten Rom die Zukunft!“

„Aha“, antwortete Caesar gelassen. „Und welche Primaten in unserem geliebten Rom sollen dann die Richtung bestimmen? Die korrupten Affen im Senat vielleicht?“

Cicero verzog schief lächelnd das Gesicht zu einer Grimasse, bevor er mit beleidigtem Blick entgegnete: „Sehr scharfzüngig, Julius. Ich werde allerdings in wenigen Wochen selbst dem Senat angehören und bin beileibe kein korrupter Affe.“

„Entschuldige“, meinte Caesar lapidar und führte seinen Weinbecher mit einem süffisanten Grinsen an die Lippen. Ich hingegen versuchte, dem aufkommenden Disput die Schärfe zu nehmen und uns drei wieder zum Thema zurückzulenken:

„Verbindungen, Tullius? Diese Bündnisse werden zu welchem Zweck geschmiedet? Welche Partner verbünden sich?“ Ich hielt einen Moment inne, bevor ich fortfuhr: „Sicher verstehst du, dass man vieles behaupten kann, ohne dass das auch tatsächlich stimmen muss.“

Cicero fuhr sich nervös durchs Haar.

Es war ein Schock für ihn, dass wir ganz anders reagierten, als er sich das erhofft und erwartet hatte. Caesar saß noch immer da, schwieg sich nun aus und bediente sich an dem leckeren Essen, während ich für Ciceros Geschmack erheblich zu viele Fragen stellte.

„Eros hat mir vorab so viel gesagt, dass in Hispanien citerior[107] ein Treffen interessanter Leute stattfinden wird. In der Hafenstadt Emporiae[108] werden angeblich Männer zusammentreffen, die allesamt ungeheuren Profit daraus gewinnen wollen. Am stärksten wird wieder einmal der Societas profitieren.“

Wir schwiegen einen Moment und überlegten.

---

107 Hispanien citerior: das „diesseitige Spanien“, der östliche, mediterrane Teil Spaniens

108 Emporiae, span. ‚Ampurias‘: großgriechische Kolonie in der heutigen ostspanischen Provinz Girona im äußersten Nordosten Spaniens. Sie ging auf einen um 600 v. Chr. entstandenen Handelsstützpunkt und eine später begründete Siedlung zurück

Jeder für sich dachte über die Worte des Quästors nach.
Ich war überzeugt, dass er nicht selbst das Heft in die Hand nahm, lag daran, dass er einfach kein Krieger war. Der Schreibtisch und die öffentliche Bühne eines Anwalts waren seine Welt.
Während Julius Caesar schon in seinen jungen Jahren auf politischer Ebene wie im bewaffneten Kampf bestand, war der Quästor nicht so vielseitig veranlagt. Ich sah in Ciceros Augen, wie sehr er sich unser Ja zu dem neuen Abenteuer wünschte.
„In Hispanien citerior also“, brummte Caesar nachdenklich und goss sich mit skeptischer Miene noch etwas Wein in seinen Becher. „Ist mir alles ziemlich suspekt. Du lädst mich hierher ein und weißt offenbar gar nicht, warum. Wer trifft sich in dieser eher abgelegenen westlichen Provinz und welche Rolle spielst du eigentlich in dieser Sache, Tullius?“
„Segelt nach Emporiae und findet es heraus, Julius“, meinte er in fast flehendem Ton. „Ich kann es euch nicht sagen. Eros hätte das gekonnt, aber ihr seht ja, wie wichtig das Treffen genommen wird, wenn unser bester Agent, und nichts anderes war Eros bei uns, ermordet wird. In gut drei Wochen wird das Treffen besagter Abgesandter stattfinden. Bitte verhindert, dass sich Männer zum Schaden Roms verbünden. Ich selbst werde euch als Senator den Rücken in Rom freihalten, eure Aktionen decken. Zumindest werde ich alles tun, was in meiner bisher noch begrenzten Macht liegt.“
„Und wieso Julius und ich?“, fragte ich, denn starke Bedenken überwogen meinen Elan auf die Aussicht zu neuen, spannenden Abenteuern. Wir wussten definitiv zu wenig darüber. „Warum sollten wir uns auf eine so risikoreiche Mission einlassen?“
„Ich habt bereits bewiesen, dass ihr in der Lage seid, diesem mysteriösen Socius III, nur die Götter wissen, wer er wirklich ist, in die Suppe zu spucken. Ihr habt Mut und alle Fähigkeiten, die dazugehören. Euch

trauen wir zu, eine Verschwörung zu verhindern und vielleicht sogar Socius III zu enttarnen."
Ich horchte auf. Er sprach im Plural, nicht nur von sich allein.
„Und wer sind **wir**?", fragte Caesar nun. Ebenfalls hellhörig geworden zog er die Augenbrauen hoch.
„Eine kleine Gruppe von wohlhabenden, einflussreichen Männern, die Rom von dieser Verschwörerpest befreien möchte, Julius. Mehr darf ich euch nicht darüber sagen."
„Aha", nickte Caesar fordernd, „darfst du nicht. Aber ich will Namen hören, Tullius, Namen."
Cicero schüttelte den Kopf: „Ausgeschlossen."
Sein Blick traf mich und er fuhr leicht schmunzelnd fort: „Übrigens habe ich als Quästor und zukünftiger Senator in Rom einige Vorbereitungen getroffen und beim neuen Präfekten in Misenum für deine ‚Imperium III' eine Order erwirkt, mein lieber Centurio."
Er zog eine Schriftrolle aus einem Schrank, der an der Seite in Armesreichweite stand, und legte sie mit einem überlegenen Grinsen auf den Tisch.
„Du kannst bereits in fünf Tagen mit deinem Schiff erneut aufbrechen, um in der Provinz Afrika ein paar, sagen wir ‚untergeordnete Aufgaben' zu erledigen. Das bedeutet, Du hast völlig freie Hand zur Reise ins schöne Hispanien citerior, nach Emporiae."
Ein weiteres Mal griff er in den Schrank und diesmal legte er je einen kleinen Beutel mit klingendem Inhalt vor uns auf den Tisch. „Kein Söldnerlohn, meine Herren, sondern Ersatz für die Auslagen, die ihr wahrscheinlich haben werdet. Ihr seht, an alles ist gedacht. Nehmt das Geld mit, es ist eures." Und grinsend ergänzte er: „Gute Reise und viel Erfolg, liebe Freunde."
Zum Abschluss des Abends brannte Cicero darauf, die Geschichte unseres ersten gemeinsamen Abenteuers mit den kilikischen Piraten in

Kleinasien aus allererster Quelle zu hören. So erzählten wir, lachten, tranken und aßen, bevor wir uns auf zwei Behelfspritschen für den Rest der Nacht zur Ruhe legten.

Am nächsten Morgen machten wir uns, nach kurzem Abschied von Marcus Tullius Cicero, an den Abstieg hinunter zum Hafen.

Das Bild der Stadt hatte sich gewandelt: Die menschenleeren Straßen waren regem Treiben und Aufräumen gewichen. Unter strahlend blauem Himmel machten sich die Menschen daran, die steinernen Schäden zu reparieren. Bald würde Tauromenium wieder in neuem Glanze erstrahlen.

Der Ätna zeigte heute sein friedlichstes Gesicht, als wäre nie etwas gewesen. Die menschlichen Verluste blieben in den Herzen der Angehörigen und Freunde als blutende Wunden zurück. Aber die Wunden würden sich im Laufe der dahinströmenden Zeit auch wieder schließen. Nur die Narben würden für immer sichtbar bleiben.

Während wir den steilen Weg hinunter zum Hafen gingen, die Straße war wieder ebenso belebt wie gestern und wand sich in ihren engen Biegungen nach unten, fragte mich Julius Caesar unumwunden nach meiner Meinung.

„Was hältst du von Ciceros Geschichte, Manius?“

„Nun, mir stellt sich erst einmal folgende Frage: Wie steht es um seine Glaubwürdigkeit? Und: Ich dachte immer, er stottert. Jedenfalls erzählt man sich das.“

„Nein, das sind nur Gerüchte, die von Leuten wie Hortensius[109] gestreut werden, um ihn zu diffamieren. Cicero hat nie gestottert. Aber ich glaube, er ist absolut integer, um deine Frage zu beantworten. Wir sind keine Freunde und werden es nie, dafür sind wir zu unterschiedlich in

109 berühmter Senator in Rom und „Staranwalt“ der Antike, wortgewaltig und extrem einflussreich

unseren Zielen und in der Art und Weise der Erreichung dieser Ziele. Aber er ist ein Ehrenmann."

Caesar nickte zur Bekräftigung dieser Überzeugung.

„Er hat sich hier in Sizilien bekanntermaßen durch seine kluge Amtsführung sehr viele Freunde gemacht. Aber als Neuling im Senat ist er definitiv zu schwach, um uns zu schützen. Glaub mir, er dürfte vollends damit beschäftigt sein, selbst am Leben zu bleiben."

„So schlimm ist es?"

„Schlimmer, Manius", nickte er. „Roms Macht bröckelt unaufhörlich. Oligarchen und Verräter regieren aus dem Schatten heraus. Die Republik ist zerrüttet, das Volk klammert sich an die zweifelhafte Hoffnung, dass Gnaeus Pompeius Magnus nach erfolgreicher Rückkehr aus Hispanien die Ordnung im Land wiederherstellen kann."

„Hm", nickte ich ebenfalls und atmete hörbar aus. „Ich halte Ciceros Geschichte jedenfalls für einigermaßen glaubwürdig. Uns winkt ein neues Abenteuer, Julius!"

Ich lachte und schlug ihm auf die Schulter.

„Was hält uns davon ab, nach Hispanien zu segeln und Ciceros Geschichte zu überprüfen?"

„Zeit, Manius", entgegnete mein Freund. „Eigentlich war ich auf dem Weg nach Bithynien, um unsere Truppen im Krieg gegen Pontus zu unterstützen."

„Dann kommst du eben ein paar Wochen später. Was ist daran persönlich so wichtig für dich?"

„Marcus Aurelius Cotta ist ein Verwandter mütterlicherseits von mir. Meine Mutter ist eine Tochter des Hauses der Aurelii. Er kommandiert die römische Flotte gegen diesen König Mithridates. Er hat mich angefordert, weißt du."

Er sah zu Boden.

„Ich habe von ihm gehört...“, sagte ich leise und sah Julius fragend an, während ich stehen blieb.
„Er braucht Hilfe in Chalcedon, Manius. Er tut sich schwer und braucht mein taktisches Vermögen in diesem Kampf.“
Caesar blieb ebenfalls stehen, drehte sich zu mir und sah mir in die Augen, so wie immer, wenn er Entscheidungen zu treffen hatte.
„Und was tut Lucullus?“, fragte ich.
„Oh, der versucht alles, aber König Mithridates’ Offiziere sind sehr gute Leute. Sie machen unseren Truppen echte Schwierigkeiten.“
„Der römischen Legion? Schwierigkeiten?“, fragte ich skeptisch. „Cotta ist Konsul, Lucullus ebenfalls. Zwei Konsuln sollten noch ein paar Wochen ohne dich die Stellung in Bithynien halten können. Meinst du nicht?“
Er lächelte mich an, während er mir weiter in die Augen sah und überlegte.
„Wir segeln nach Emporiae“, sagte er schließlich voller Überzeugung und sein Grinsen wurde noch breiter, während er mir den Arm entgegenstreckte. „Durch dick und dünn, Manius?“
„Durch dick und dünn!“, erwiderte ich lachend und schlug ein. „Wie immer!“
Es war beschlossen. Es ging also nach Hispanien citerior, an die Ostküste der iberischen Halbinsel. Mal wieder würden wir dem ‚Societas Aeneae‘ gehörig auf die Finger klopfen.

Schon beim Abstieg, von Tauromenium herkommend, sahen wir, welch hohe Zahl von Schiffen beschädigt oder gar gesunken waren. Caesars Schiff hatte es, wie einige andere auch, an Land geworfen.
Die ‚Capua‘ lag auf ihrer rechten Seite und mit dem Bug voran schräg auf dem Strand.

Caesar stöhnte auf, als er den Schaden bemerkte: Der hölzerne Rumpf der Trireme war aufgerissen worden. Einige Matrosen waren damit beschäftigt, das Schiff abzustützen, um es aufrichten und reparieren zu können.

Er rief ärgerlich nach Centurio Decimus Tullia, dessen stiernackiger Schädel sofort über die Reling lugte und mit trauriger Miene antwortete: „Oh, Caesar! Welches Unglück ist nur über uns gekommen!"

„Wie ist es dazu gekommen, dass die ‚Capua' beschädigt auf dem Stand liegt?", rief ihm Caesar mit schneidender Stimme entgegen.

„Nun, wir lagen dort hinten am Kai, an der Landungsbrücke, als die Flutwelle den Hafen kurz nach dem Beben erreichte. Die Welle hat das Schiff losgerissen und an Land geworfen."

Tullia hob unschuldig dreinblickend die Schultern, bevor er mit kritischem Blick die viel zu weiten Tuniken Ciceros begutachtete, in die wir mangels eigener Garderobe gehüllt waren.

„Warum hast du nicht das Kommando gegeben, sofort die Leinen zu lösen und den Hafenbereich so weit wie möglich zu verlassen, als du das Beben bemerkt hast? Das Schiff hätte die ankommende Welle schon kurz hinter dem Hafen sicher ausbalanciert und wäre weitgehend unbeschädigt geblieben."

Centurio Tullia schwieg. Er wusste, dass dies eine Möglichkeit gewesen wäre, die er nicht ergriffen hatte. Er hatte schlichtweg nicht daran gedacht. Er hatte versagt.

„Das wird Folgen haben für dich, Centurio!", rief Caesar eisig nach oben. „Lass' die Capua reparieren und komm' hinüber nach Rhegium. Dort wartest du, bis ich mich wieder melde. Verstanden?"

„Verstanden, Kommandant!", salutierte der Offizier mit düsterem Blick, während sich Caesar schon längst abgewandt hatte und auf die noch intakten Schiffe zueilte.

Er plante, einen der Trierarchen der Schiffe zu bitten, uns mit hinüber aufs Festland zu nehmen. Zum ersten Mal kam nun einer von Ciceros Geldbeuteln erfolgreich zum Einsatz.

Mit ihrem süßesten Lächeln hatte sich Trivia alias Socius XIII vor dem Eingang zum Bühnenhaus postiert. Sie war jugendlich gekleidet und ungeschminkt, was sie durch ihre schlanke Gestalt viel jünger wirken ließ, als sie in Wirklichkeit war.

Die Wachleute hatten die entzückende Blondine grinsend passieren lassen, nachdem sie so charmant gebettelt hatte, ihrem Lieblingssänger doch ein Geschenk überreichen zu dürfen. Und da kam er auch schon und wandte sich Trivia mit gewinnendem Lächeln zu: „Du möchtest mir etwas schenken, hat man mir mitgeteilt."

Mit glänzenden Augen und strahlendem Lächeln überreichte Trivia dem Mädchenidol einen silbernen Ring, den er sich nach kurzer Begutachtung sofort ansteckte. Sie fiel ihm um den Hals und hauchte ihrem scheinbar grenzenlos angebeteten Eros einen Kuss auf die Wange.

„Oh, oh, ich danke dir", rief er freudig überrascht mit seiner melodischen Stimme. „Wenn du magst, darfst du das Konzert direkt von hier vorne aus verfolgen. Es wäre mir eine Ehre. Nach dem Auftritt komme ich gern noch mal zu dir."

Wieder strahlte sie glücklich und rief:

„Ja wirklich? Das ist... fantastisch!"

Innerlich lachte sie böse über die Dummheit des Sängers, ausgerechnet **sie** unbewacht hierzulassen. Ausgerechnet **sie** durfte in seiner Nähe bleiben. Wie einfach doch alles mit etwas gut gespieltem Charme war.

Er blickte nochmals zwinkernd zurück, als er mit winkend erhobenen Armen die Bühne betrat und ihm der Jubel des Publikums entgegenbrandete.

Das Erdbeben während des Konzertes riss schließlich auch Trivia von den Füßen und sie stieß sich den Kopf unglücklich an einer Wand. Bewusstlos fiel sie zu Boden und blieb liegen.
Mit stechendem Kopfschmerz erwachte Trivia aus ihrer Ohnmacht. Sofort war sie hellwach und kam mit Mühe auf die noch etwas wackeligen Beine.
Wie lange hatte sie hier gelegen?
Ihr Plan musste schiefgelaufen sein, das verfluchte Erdbeben hatte ihr einen Strich durch die Rechnung gemacht.
Oder doch nicht?
Aus dem Gebäude heraus hörte sie das Schreien der panisch fliehenden Menschen. Die begleitenden Musiker waren ebenfalls alle geflohen, nur Eros war als Einziger noch immer an Rande der Bühne, stand auf den Beinen und wischte sich irgendeinen schwarzen Dreck aus den Augen, der sich vom Himmel über Tauromenium und das Theater ergoss.
Ein böses Grinsen zeigte sich für einen kurzen Moment auf Trivia' s Gesicht, bevor sie das verborgene Messer aus ihrer Tunika zog und hinter dem Rücken verbarg. Doch sie hatte ihre Mimik im Griff.
„Eros! Ist dir auch nichts passiert?", rief sie, zeigte nun eine schauspielerisch gekonnte, entsetzte Miene, mit Tränen in den Augen, und schlurfte auf den Sänger zu.
Eros drehte sich überrascht um und erkannte die junge Dame, die ihm den Ring geschenkt hatte.
„Ach, du bist das! Ich hoffe, du bist unverletzt! Komm, wir müssen schnell aus dem Theater hinaus!"
Er ging ihr mit schnellen Schritten entgegen um sie tröstend in die Arme zu schließen, als er zu spät die Veränderung in ihrem Gesicht wahrnahm. Ihr Gesicht verzerrte sich zu einer bösartigen Fratze, die Eros erschauern ließ.

Mit aufgerissenen Augen registrierte er noch das blitzende Messer, das ihm im selben Augenblick bis ans Heft in die Brust fuhr, nah am Herzen vorbei.

Ganz langsam sank er in sich zusammen, den schockiert fragenden Blick auf Trivia gerichtet, die mit einem spöttischen Grinsen seinen Blick erwiderte. Wie bedauernd hob sie ihre Schultern und beobachtete mit dämonischem Interesse und schräg gehaltenem Kopf den entsetzlichen Todeskampf ihres Opfers.

Fasziniert sah sie in die brechenden, angsterfüllten Augen des niedergestochenen Mannes. Sie weidete sich an Eros' Todesgewissheit, bevor sie die Schritte im Gang des Bühnenhauses wahrnahm, die schnell lauter wurden. Irgendjemand störte sie im Auskosten ihres ersten Triumphs, im Ausleben ihrer wahren Bestimmung!

Übellaunig starrte Trivia die drei Männer an, die soeben im Durchgang erschienen waren, kurz nachdem sie zur Seite ins Bühnenhaus gesprungen und sich hinter einer breiten Säule verborgen hatte. Sollte doch noch alles schiefgehen und sie entdeckt werden?

„Wo ist er bloß? Ich sehe ihn nicht!", rief der Mann, der als Erster die Bühne betreten hatte.

„Dort, Tullius, auf dem Boden liegt er! Eros scheint bewusstlos zu sein", rief ein Zweiter, der zu dem Sänger eilte, der lang gestreckt im strömenden Regen auf dem schlammigen Bühnenboden lag und keinen Mucks von sich gab.

„Bei Jupiter!", rief Cicero erschrocken, als er das Messer in der Brust des Sängers erblickte.

Trivia stöhnte in sich hinein vor Abscheu.

Cicero! Ein weiches Fladenbrot, das es nicht einmal fertigbrachte, sich hier als Quästor ordentlich zu bedienen und alle Reichtümer dieser Provinz an sich zu nehmen, die er kriegen konnte. Trivia hasste diesen Kerl, der den Siziliern stets ‚helfen' wollte.

Schon als sie Cicero kennengelernt hatte, auf einer Feierlichkeit hochrangiger Beamter in Panormus[110], er war so nett und freundlich gewesen, hätte sie sich am liebsten vor Lachen über ihn ausgeschüttet - oder noch lieber ihren Magen über das reichliche Buffet.

Eros, der berühmte Schmusesänger... und Spion!

Wie leicht es gewesen war, ihm das Licht auszublasen.

Wie überrascht er gewesen war. Seine traurigen Augen.

Sein nacktes Entsetzen über die Gewissheit des nahenden Todes.

Bei Pluto, das hatte ihr so verdammt gutgetan. Trivia hatte im Genuss dessen sogar belustigt grinsen müssen. Socius III hatte ihr das unglaubliche Gefühl von Macht geschildert, welches diese Arbeit bei fast jeder Gelegenheit bot. Herrin über Leben und Tod zu sein.

Socius III würde mit ihr sehr zufrieden sein.

Der junge Kerl, der bei Eros kniete, war Gaius Julius Caesar. Ein anderes Kaliber als Cicero. Nicht nur jünger, auch sehr viel härter und erheblich dekadenter. Was sie so aus Rom über ihn gehört hatte, es gefiel ihr. Sein Charisma war mit Händen zu greifen.

Er musste göttlich lieben können, dachte sie und ihr war, als ob sie ihn schon jetzt in sich spüren konnte. Bei Venus, wie sehr begehrte sie ihn!

Ach ja, und... Manius Fabius Germanicus!

Trivia' s Gefühlswelt schwang ins Gegenteil um.

Wut und Abscheu kochten in ihr hoch, als er erschien.

Er war das Ziel all ihres Hasses, der Mörder ihres angebeteten Aeolus. Wie konnte es dieses dumme Kind nur geschafft haben, den Meister zu überwinden.

---

110 heute: Palermo (Sizilien)

Und er war schon mit einundzwanzig Jahren Centurio geworden. Dieses dumme Kind war ebenso wie sein Vater durchdrungen vom Ehrgeiz, jemand Wichtiges zu sein.
Aber hinter Caesar stand Germanicus zurück, er würde niemals ein solcher Mann wie Gaius Julius Caesar werden. Und Trivia würde ihm keine Chance lassen und Germanicus' Leben ein jähes Ende setzen.
Die Rache war nah.
Die Rache für den Tod des geliebten Aeolus.
Fast als Letzte ging auch Trivia am nächsten Morgen an Bord des kleinen Seglers, der auch Caesar und Germanicus zurück nach Rhegium bringen sollte. Sie trug einfache Kleider und hatte sich ein unauffälliges Tuch um den Kopf gebunden.
Niemand sollte später sicher sagen können, ob sie an Bord gewesen war. Ihre erste Aufgabe war nun erledigt, sie hatte Socius III hier in Tauromenium einen großen Gefallen getan. Nun hatte sie vor, ihre ganz persönliche Angelegenheit voranzutreiben.

## RHEGIUM

Es war der dreihundertdreiundzwanzigste Tag nach dem Beginn meines allerersten Abenteuers.
Fast ein Jahr war vergangen und es ging mir nicht gut.
In Cornelias Villa, frühmorgens, wenige Stunden vor der neuerlichen Abreise der ‚Imperium III', lehnte ich an der Umfriedung der kleinen Veranda von Cornelias Haus und gab mich trüben Gedanken hin. Cornelia hatte nach unserem heftigen Streit ihr eigenes Haus überstürzt verlassen. Seitdem stand ich hier draußen und überlegte.
Ich hatte keine Ahnung, wo sie war, und sorgte mich um sie.

Lag ich denn damit wirklich so falsch, mit Julius Caesar loszusegeln und sich im Kräftemessen mit den Mitgliedern dieses Geheimbundes ‚Societas Aeneae' ein wenig den Wind um die Nase wehen zu lassen?

„Manius", sprach mich eine männliche Stimme an. Ich hatte niemanden im Hause erwartet. „Ich sehe, du bist schon auf. Dabei komme ich eigentlich, um dich zu wecken."

„Guten Morgen, Vater", sagte ich und drehte mich überrascht zu dem Mann um, der gerade durch die Gartentür trat. „Du hier? Wie kommst Du hier herein und woher weißt du, wo ich bin?"

„Die ganze Stadt weiß, wo du bist, Manius - und danke, mir geht es gut." Er verzog das Gesicht nach der leicht beleidigt klingenden Antwort auf eine Frage, die ich nicht gestellt hatte.

„Eigentlich komme ich nicht wirklich, um dich zu wecken", fuhr er fort. „Ich möchte mit dir über Cornelia sprechen..."

„Ich denke, ich bin dir keine Rechenschaft schuldig, Vater", unterbrach ich ihn schroff, stützte mich wieder mit beiden Armen auf das steinerne Terrassengeländer. Ich ließ den Blick mit düsterer Miene über die Meerenge und Sizilien streifen, welche sich in der Ferne in Nord-Süd-Richtung erstreckten.

Mein Vater trat langsam näher und legte mir verständnisvoll die Hand auf die Schulter.

„Ja, ich weiß, mein Junge", entgegnete er einfühlsam. „Cornelia will nicht, dass du mit Caesar davonsegelst."

„Ach, und woher weißt du das?"

„Sie ist heute Nacht zu mir in unser Anwesen gekommen. Das erste, was sie getan hat, war, sich für die Taten ihres Vaters bei mir zu entschuldigen. Und sie hat mir natürlich von eurem Streit berichtet."

Ich atmete schwer und blies die Luft durch die Lippen.

„Sie läuft gleich zu **dir**, wenn wir uns streiten?"

„Ja, denn ich bin der Pater familias der Gens Fabii in Rhegium, mein Sohn. Und sie wird die Mutter des jüngsten Sprosses dieser Gens sein."
Vater strahlte eine Ruhe und Gesetztheit aus, die mich beeindruckte.
„Wir hatten einen Disput", begann ich wie von selbst zu erklären. „Sie versteht nicht, dass Caesar und ich alles daransetzen, diesen Socius III unschädlich zu machen. Ich will diesen Mörder haben, Vater, unbedingt. Vielleicht werden wir bald die Möglichkeit dazu haben."
Mir stockte der Atem.
„Ja, das verstehe ich, aber wie soll das mit **euch** weitergehen, Manius? Hast du darüber schon einmal nachgedacht? Cornelia ist Dolabella' s Tochter - ich sehr ihr das nach. Und sie ist bildschön, klug und sie trägt dein Kind unter ihrem Herzen. Sie liebt dich sehr, aber sie glaubt, dass das nicht auf Gegenseitigkeit beruht..."
Vater ließ mir Zeit zu antworten. Doch ich schwieg.
Vater nickte.
„Ist das deine Antwort? Dann muss ich dir sagen, du hast äußerst unverantwortlich und eigennützig gehandelt. Jetzt bekommt sie bald dein Kind und hat ein Recht auf ein Heim **und** einen Status als Ehefrau. Mit **dir** an ihrer Seite. Auch wenn ihr Vater mein Peiniger war, mein Todfeind, so muss ich dir das sagen."
„Wir sind Römer", knurrte ich daraufhin. „Seit wann haben bei uns die Frauen zu bestimmen, was passiert?"
Vater runzelte bei diesen Worten die Stirn.
„Welch' dumme Reden, ausgerechnet von dir. Wenn das deine Mutter gehört hätte...", erwiderte er streng. „Ich weiß so gut wie du, dass wir in einer harten Männerwelt leben, die aber keinesfalls auf den Rat kluger Frauen verzichtet und verzichten kann. Deine Mutter war sehr wohl eine Frau mit einer eigenen Meinung, die ich sogar zumeist beherzigt habe und du für deinen Teil solltest Cornelia ebenfalls respektieren."

„Was geht es dich an?“, unterbrach ich Vaters Standpauke äußerst respektlos und aggressiv. „Kümmere ich mich vielleicht um dein Leben? Hast du mich gefragt, als du mir Claudia weggenommen hast? Also halt dich gefälligst aus meinem Leben heraus!“

Ich wusste sofort, dass ich weit überzogen hatte und bereute schon jetzt diese ekelhaften Worte, die ich ihm an den Kopf geworfen hatte.

Vater sah mich streng an und nahm seine Hand von meiner Schulter.

„Ich bin der Pater familias, mein Sohn, und dir meinerseits keine Rechenschaft schuldig. Du wirst in kurzer Zeit eine Familie haben, für deren Wohl du in Zukunft allein die Verantwortung tragen wirst! Also tu' gefälligst einmal **das Richtige**! Wie ein **Römer**!“

Er ließ seine strengen Worte einen Augenblick lang wirken.

„Hier herumzustehen und in Selbstmitleid zu baden, ist nicht mannhaft“, ergänzte Vater noch, drehte sich ohne ein weiteres Wort um und ging würdevollen Schrittes zur Terrassentür.

Dort blieb er stehen und sagte, ohne sich noch einmal umzudrehen: „Pass auf dich auf, Junge, wohin die Reise auch gehen wird.“

„Ich bitte um Entschuldigung für mein ungebührliches Verhalten, Vater“, antwortete ich gestelzt. „Und ich werde auf mich aufpassen.“

Er verließ die Terrasse grußlos, ohne mich noch einmal anzusehen und ich stand da mit meinen Konflikten, meiner egoistischen Abenteuerlust, einem zutiefst beleidigten Vater und im Streit mit einer jungen Frau, der ich so viel Kummer bereitete und die etwas anderes verdient hatte.

„Bist du fertig, Manius? Wir müssen los.“

Julius Caesars Stimme weckte mich aus meinen Tagträumen. In voller Rüstung und Bewaffnung mit Helm stand er in der Terrassentür.

„Ich komme sofort. Bist du meinem Vater begegnet?“

„Ja, Gaius Fabius kam mir eben sehr nachdenklich entgegen. Hattet ihr wieder Streit?“

„Nein, nein“, winkte ich ab. „Alles in Ordnung. Ich komme sofort."

Zwei Stunden nach dem Konflikt mit Vater hatten sich die Familien meiner Seeleute am Kai des Hafens von Rhegium versammelt, um die Abreise der ‚Imperium III', zu verfolgen.
Ich hatte frühzeitig die Order gegeben, Proviant für die nächste Seereise aufzunehmen und die Besatzung wieder zu vervollständigen. Leider mussten wir auf Caesars Schiff verzichten, welches bis heute nicht wieder repariert und nicht in Rhegium eingetroffen war.
Sabina, Servius und unser junger Gast, die Germanenprinzessin waren am Kai. Claudia hatte ich sowieso nicht erwartet, Cornelia auch nicht.
Enttäuscht blickte ich mich um und konnte nicht einmal meinen Vater finden. Er war nicht gekommen.
Sicher war er noch immer verärgert.
Ich wusste, ich hatte es auch verdient, ignoriert zu werden.
Mal ehrlich: Wer hatte denn einen besseren Vater als ich?
Mein Stellvertreter an Bord, Optio Sixtus Albinius, stand neben dem Signifer, dem Feldzeichenträger, und den Principales der Nautae[111] auf dem Schiff. Alle salutierten militärisch, während ich vor Julius Caesar über die Landungsbrücke schritt und ebenfalls salutierte.
Optio Sixtus Albinius war immer sehr lustig anzusehen, denn sein Helm war ihm angesichts seiner schmächtigen, kleinen Statur viel zu groß. Dabei trug er schon die kleinste Version. Der Stirnschutz saß ihm fast auf der Nase, weshalb er, wenn er strammstand, kaum darunter hervorzulugen vermochte. Wie ein Kind, das Soldat spielte.
Albinius wusste das nur zu gut und trug den Helm deshalb sehr selten, nur beim Ein- und Auslaufen in Häfen und im Kampf.

---

[111] höhere Chargen der Seemannschaft, so der Pausarias (Rudermeister) oder der Pituli (Taktgeber auf den Ruderdecks)

Caesar grinste lustig beim Anblick meines Stellvertreters. Ich hatte ihm bereits gesagt, dass auf Sixtus Albinius absolut Verlass war.
Ich verkniff mir also ein Lächeln und fragte ebenso zackig: „Schiff und Mannschaft zum Ablegen bereit, Optio Albinius?“
„Selbstverständlich, Centurio! Schiff und Mannschaft sind bereit!“
Unsere lang gestreckte Galeere verfügte über ein Hauptsegel mittschiffs, es zeigte einen riesigen römischen Adler, und ein kleineres auf dem Vorschiff, wurde von hundertfünfzig Mann gerudert, verteilt auf je drei ausladenden Reihen auf beiden Seiten. Hinzu kamen etwa dreißig Matrosen und hundert Seesoldaten. Der gesamte Bug war bunt mit feinen Ornamenten bemalt und konnte mit dem riesigen Rammsporn jeden möglichen Feind versenken. Mittschiffs war eine Enterbrücke verzurrt, das Heck war der Platz des Steuermanns, mit einem Regendach geschützt, und der Platz für das große römische Feldzeichen mit dem Adler und der Aufschrift „SPQR“, Senat und Volk von Rom.
Caesar und ich begaben uns nun zum erhöht angelegten Ruderdeck des Schiffes, um von dort aus die Schiffsmanöver zu leiten.
Albinius beanspruchte vollkommen zu Recht gegenüber unserem prominenten Gast seinen üblichen Platz neben mir und stellte sich demonstrativ rechts neben mir auf.
Caesar entlockte dies ein breites Grinsen und er nickte mir amüsiert zu. Er nahm einen Platz zu meiner Linken ein.
So verfolgten wir nun zu dritt, wie unter der schon ziemlich heiß brennenden Sonne ein Seemannslied angestimmt wurde und die ‚Imperium III‘ unter den lautstarken Befehlen meines Optio langsam ihren Liegeplatz verließ.
Fröhlich winkten Sabina, Lioba und die anderen Leute am Kai. Ich grüßte mit einem angedeuteten militärischen Gruß lächelnd zurück.
„Sieh mal“, flüsterte Caesar mir zu und tippte mich an. „Da kommt noch jemand.“

Am Kai entdeckte ich einen zweispännigen Streitwagen, der sich eilig und mit Druck seinen Weg durch das Gewimmel von Händlern und deren Kundschaft am Kai bahnte, gelenkt von meinem Vater - und neben ihm Cornelia!

Sie sprang vom Wagen, der unmittelbar neben den winkenden Leuten stoppte, begrüßte knapp die Anwesenden und suchte mich mit ihren Augen auf dem Deck meines Schiffes.

Unsere Blicke fanden sich und sofort umspielte ein süßes, warmes Lächeln ihre wohlgeformten Lippen.

Mein Vater, er war trotz allem der absolut beste, stand zufrieden und breitbeinig auf dem Wagen, kreuzte die Arme vor der Brust, grinste mir breit entgegen und nickte wohlwollend.

Cornelia winkte derweil fröhlich und warf mir Küsse zu.

Es war mir, als ob die Sonne für mich heller strahlte.

Ich erkannte, dass sie mir viel mehr bedeutete, als ich mir eingestand.

Sie war mir ganz und gar nicht gleichgültig.

Und **sie** würde auf mich warten. Ernsthaft nahm ich mir vor, vieles zu ändern, wenn ich zurückkehrte.

Ich winkte mit meinem allerglücklichsten Lächeln zurück und stand stolz neben meinem Freund Gaius Julius Caesar. Die Ruder strichen durch das wundervolle, warme Meer, das Segel flatterte im Wind und wir verließen die Hafenanlagen meiner Heimatstadt im Klang der herrlichsten römischen Seemannslieder meiner Mannschaft in Richtung Süden.

# KAPITEL X

## DAS EMPORIAE-PROTOKOLL

### HISPANIEN CITERIOR

Zwei Tagesreisen südlich der Stadt Emporiae[112]

Es war frühmorgens, kurz vor Sonnenaufgang. Die letzten vierzehn Tage unserer Schiffsreise waren zwar recht unspektakulär verlaufen, das Meer stets frühsommerlich ruhig geblieben.

Ich trug mich bereits seit Tagen mit trüben Gedanken.

Mein Verhältnis zu Cornelia machte mir Sorgen.

Ich zweifelte, ob es richtig gewesen war, die Tochter des Hauptverschwörers Dolabella in unsere Mission einzuweihen. Aber wie hätte ich ihr sonst verständlich machen können, dass Caesar und ich nun keine spaßige Abenteuerreise unternahmen, sondern uns zur Aufgabe gemacht hatten, einen Mann zu stellen, der so manches Leben auf dem Gewissen hatte. Einen Verschwörer, der durch Maßlosigkeit und

112 Emporiae: neu-spanisch ‚Ampurias'

ungeheuerliche Profitgier dem römischen Staate erheblichen Schaden zufügte.
Caesar war deutlich anzumerken, dass ihm meine Verbindung zu Cornelia grundsätzlich missfiel und ich befürchtete, er würde mir deshalb möglicherweise entscheidende Informationen vorenthalten. Dabei verdiente ich sein Vertrauen voll und ganz, denn ich sah so wie er eine neue Chance, des geheimnisvollen Socius III habhaft zu werden oder zumindest seine Umtriebe zu beenden.
Diese Möglichkeit einte unser Streben, wobei jeder natürlich seine persönlichen Präferenzen hatte. Wir gedachten beide, Rache für den Tod Prinzessin Helenas zu nehmen, die in Caesars Armen verstorben war.
Ich dachte aber auch an Damis, die Germanenprinzessin und die vielen ungenannten, uns unbekannten Opfer dieses Verschwörers und Mörders. Ich hatte vor, ihn zu enttarnen, zu bestrafen und vor allem auch mehr über seine Mitverschwörer zu erfahren.
Je näher wir unserem Ziel an der Nordwestküste Hispaniens gekommen waren, desto zerknirschter zeigte sich Caesar und umso schweigsamer wurde ich. Die heitere Leichtigkeit, die unsere Fahrt nach Tauromenium noch begleitet hatte, war vollends sorgenvoller Anspannung gewichen.
Uns standen harte Prüfungen bevor, das war uns beiden klar, ohne dass es ausgesprochen werden musste. Die Mannschaft hatte dies längst bemerkt und sich nicht gewundert, dass wir unser angebliches Ziel in Nordafrika letztlich gar nicht angesteuert, sondern recht schnell auf Westkurs gegangen waren.
Gaius Julius Caesar und ich standen schweigend am Bug der ‚Imperium III' und spähten mit ernster Miene in Richtung des iberischen Festlandes, das sich mit schwach erkennbaren, hügeligen Konturen am nächtlichen Horizont abzeichnete und schnell näherkam.
Wenig später hatte uns Optio Albinius an einem einsamen Küstenabschnitt südlich von Emporiae abgesetzt und sich mit dem

Schiff, völlig unbeleuchtet und in der Dunkelheit kaum zu erkennen, wieder aufs offene Meer zurückgezogen. Er sollte die üblichen Schifffahrtsrouten meiden und unsichtbar bleiben. Alle zwei Nächte würde er kurz zu diesem Ort zurückkehren, um uns eventuell wieder aufzunehmen. Auf Optio Albinius war Verlass. Er würde alles Notwendige tun, unser Schiff außer Gefahr zu halten.

So betraten Caesar und ich schließlich den grobkörnigen Strand der hispanischen Nordostküste.

Wir ließen uns kurz hinter einem gewaltigen Felsen nieder und öffneten die mitgebrachten Taschen.

Das Ruderboot, welches uns in der recht hohen Brandung schwankend abgesetzt hatte, verschwand wieder im Dunkel der Nacht.

In Windeseile legten wir die bei unserem ersten gemeinsamen Abenteuer im letzten Jahr erprobten ledernen Rüstungen an, die uns schon früher durch ihre Geschmeidigkeit große Beweglichkeit bei akzeptablem Schutz im Kampf geboten hatten, schnallten unsere Bewaffnung um, die aus je zwei Dolchen und einem Schwert bestand, und hüllten uns in weite Umhänge. Auf sperrige Schilde und Metallrüstungen verzichteten wir, da wir ja nicht vorhatten, Einheimischen und Römern einen allzu kriegerischen Eindruck zu vermitteln. Wir mimten eher wehrhafte römische Handlungsreisende, aber sicher keine Legionäre.

So gerüstet vergruben wir die mitgebrachten Behältnisse unter besagtem Felsen, wo wir sie bei unserer Rückkehr schnell wiederfinden konnten. Wir kletterten der steilen strandnahen Anhöhe hinauf, um auf eine ziemlich schmale Staubstraße zu gelangen, die um diese Zeit völlig menschenleer war. Sie sollte uns zu Fuß in ein nahe gelegenes Küstendorf führen, dessen schwache Fackelbeleuchtung von See aus diffus zu erkennen gewesen war.

Kurz nach Sonnenaufgang angekommen, machten wir den Einheimischen ziemlich umständlich mit Händen und Füßen klar, dass

wir zwei Reittiere und etwas Proviant für den Zwei-Tages-Ritt nach Emporiae kaufen wollten. Die Einheimischen zeigten sich freundlich und aufgeschlossen, denn wir zahlten bereits von uns aus den doppelten Preis der geforderten Summe für die Pferde, die einen kräftigen, ausdauernden und frischen Eindruck machten. Außerdem deckten wir uns mit Brot und Trockenfleisch ein.
Der hispanische Bauer, der uns die Tiere und den Proviant stellte, strahlte übers gesamte, durch Sonne und Wetter bei harter Feldarbeit gegerbte, von tiefen Furchen durchzogene Gesicht.
Der Mann zeigte fröhlich ein weitgehend zahnloses Lachen über das fantastische Geschäft, das er gerade mit diesen jungen, offenbar recht unerfahrenen römischen Reisenden gemacht hatte, die von sich aus viel zu viel zahlten.
Die viel zu hohe Summe machte Sinn, verschloss sie doch dem Bauern auch den Mund, so zumindest mein Plan, sollten uns unliebsame Frager nachspionieren. Wer lief hier allen Ernstes bei sommerlichen Temperaturen auf Schusters Rappen durch die Lande?
Die Entfernungen waren nur mit Pferden zu überwinden und sicher ahnten die Bauern, dass uns ein Schiff unweit von hier abgesetzt haben musste.
Ich zahlte die von uns vorgeschlagene Summe. Der Bauer nickte mehrfach dankbar, plapperte krächzend einige unverständliche Worte in der Landessprache. Schließlich bestiegen Caesar und ich die Pferde und machten uns davon.
Der Morgen war bereits fortgeschritten, die Sonne stand hoch am Himmel und der Weg in die Stadt war noch weit.

Hispanien Citerior[113] zeigte sich in diesem Teil des Landes sehr gebirgig. Schroff ins Meer abfallende Felsen wechselten mit steilen, pinienbewachsenen Hängen. Berge und Täler, felsige Buchten und schroffe Hänge prägten eine sehr urwüchsige Landschaft, die einem allerdings nicht erlaubte, entgegenkommende Gefahren oder auch nur andere Reisende auf dem sich an der Küste hinschlängelnden Weg Richtung Emporiae rechtzeitig wahrzunehmen.

Die Sonne zeigte uns an, dass wir gerade einmal gute vier Stunden unterwegs gewesen waren. Julius Caesar saß wie immer sehr entspannt, aber aufrecht im Sattel, während ich als Seeoffizier, der im Grunde nur selten zu Pferd saß, mein Gesäß und die Innenseiten meiner Oberschenkel bereits leicht wund geritten hatte und mich ziemlich quälte.

Eben erreichten wir in schnellem Trab die nächste, nicht einsehbare Wegbiegung, als uns mehrere römische Legionäre zu Pferd entgegenpreschten, in einer engen Kreisbewegung umzingelten und den Weiterritt unmöglich machten. Sie hatten uns erwartet, keine Frage, und absichtlich überfallartig festgesetzt.

Die Kerle gehörten offenbar zur IV. Legion, denn alle trugen als eindeutige Kennzeichnung eine **IV** an den Helmen.

Unsere von Bauern gekauften Pferde scheuten irritiert, denn sie waren so etwas nicht gewöhnt und nur mühsam zu beruhigen. Während wir versuchten, die Tiere im Zaum zu halten, schälte sich aus der kleinen Truppe ein überaus ungepflegter, mehrtagebärtiger Optio heraus.

Der Mann reckte sich schließlich im Sattel nach vorne und blaffte uns schlecht gelaunt an.

---

113 das ‚diesseitige Spanien'

„Im Namen Roms!“, rief er mit rauer Stimme, hustete einmal laut und überaus feucht und spuckte den aus seinen Bronchien hochquellenden Schleim schmatzend auf die staubige Straße. „Welche von euch zwei Kreaturen nennt sich denn Caesar, häää?“
Dem Kerl war anzumerken, wie ungern er seinen Befehl ausführte, irgendwelchen römischen Reisenden bei dieser Hitze aufzulauern.
So, wie er aussah, wäre er lieber bei seiner Amphora Cervisia geblieben, deren bester Freund er zu sein schien.
„Wer will das wissen? Was soll dieser Überfall auf zwei römische Bürger?“, bellte ich mit schneidender Stimme und sah diesem unrasierten Schrat in Legionärsrüstung fest in sein mürrisches Gesicht. Den Centurio herauszukehren, also meinen höheren Rang, hatte wenig Sinn, da ich ja in zivil unterwegs war. Für meinen militärischen Rang hatte ich keinerlei Beweis.
„Ich stelle hier die Fragen, Junge! Bist du dieser Caesar?“, knurrte der Optio und zog lautstark erneut eine große Portion Schleim hoch.
„Nein, ich bin Caesar“, sagte mein Freund in ruhigem Ton. Er hatte sich aus dem kurzen Wortgefecht herausgehalten.
Hoch aufgerichtet saß er im Sattel. Er trabte sofort ungerührt und gemächlich an mir vorbei auf den Offizier zu, der die Augenbrauen verblüfft hochzog, da sich sein Pferd bei Caesars Anblick von selbst und schnaubend einige Schritte zurückzog.
Das Gesicht des Optio zog immer weiter in die Länge.
Ein bewunderndes Raunen ging durch seine Truppe.
Caesars Persönlichkeit machte ohne viele Worte erheblich Eindruck und einige Legionäre hatten wohl sogar schon von ihm gehört.
Doch nicht der Anführer.
„Im Namen des Prokonsuls nehme ich dich fest! Leg’ deine Waffen ab. Das gilt auch für deinen Freund hier. Ich sag’ s nicht zweimal“, grunzte

der Optio und seine kurze Verblüffung machte einem abschätzigen Grinsen auf seinem bärtigen Antlitz Platz.
Caesar jedoch beachtete ihn gar nicht, ließ sein Pferd einfach an dem Mann vorbeitraben, seelenruhig gefolgt von mir, und wie von selbst öffnete sich ein respektvoller Korridor aus Legionären, den mein Freund und ich gleichmütig durchritten.
„Hörst Du schlecht? Ich sagte, du bist festgenommen!“, brüllte der Schrat, kniff die Augen zusammen und wendete wütend sein Reittier, während er sein Schwert zog und in kurzem Galopp von hinten auf Caesar zu preschte.
Ich bekam gar nicht mit, was mein Freund tat, um den Angriff abzuwehren. Jedenfalls zog er nicht einmal seine Waffe. Ich sah nur eine blitzartige Armbewegung Caesars, schließlich den Angreifer seitlich vom Pferd kippen und, sich schmerzhaft überschlagend, in den Staub stürzen. Er kam völlig perplex auf dem Rücken zu liegen.
Seine Waffe hatte er aus der Hand verloren.
Sofort sprang Caesar vom Pferd, zog gleichzeitig und in einer fließenden Bewegung sein Schwert und hielt dem am Boden liegenden Optio dessen scharfe Spitze unters Kinn.
Die Legionäre sahen dem Schauspiel, das nur wenige Wimpernschläge lang gedauert hatte, sprach- und tatenlos zu. Ebenso wie ich.
„Nun gut, ‚mein Junge‘, jetzt stelle **ich** dir ein paar Fragen“, knurrte Caesar kalt. „Wer schickt so einen ungehobelten, verdreckten Fall für die Straflegionen wie dich, um mir auf dieser Straße aufzulauern?“
Absolut regungslos verharrte der Geschlagene am Boden.
Er schwieg.
Sein Grinsen war längst einem überraschten, ängstlichen Blick gewichen.
„Rede, Mann!“, zischte Caesar und schob die Schwertspitze nachdrücklich Richtung Schlagader.
Erschrocken hielt der Soldat die Luft an.

„Prokonsul Gnaeus Pompeius Magnus, unser Oberkommandierender, schickt mich, dich zu ihm zu bringen“, presste er hervor. „Er hat mich beauftragt und... Bitte... töte mich nicht.“
„Du behauptest doch nicht etwa, Pompeius schickt jemanden wie dich, um Gaius Julius Caesar zu sich zu bitten? Das ist eine Beleidigung!“
Caesar presste missbilligend die Lippen aufeinander.
Der Optio schluckte schwer und gurgelte: „Und doch, Herr..., ist es so.“
Caesar hob angewidert eine Augenbraue und wandte sich nun den staunenden Legionären zu, die keinen Finger gerührt hatten, ihren Optio zu unterstützen und deren Haltung auf den Pferden sich nach den folgenden Worten meines Freundes veränderte, soldatisch straffte.
„Legionäre, wenn Gnaeus Pompeius Magnus mich sehen will, so werde ich seine freundliche Einladung sicher nicht ausschlagen!“, rief er ihnen zu, die Klinge seiner Waffe nach wie vor an der Schlagader des Optio. „Es ist sehr weise von ihm, tapfere Legionäre zu meinem Schutze und dem meines Begleiters, Centurio Manius Fabius Germanicus, zu entsenden! Lasst uns also nicht noch mehr Zeit verlieren!“
Damit nahm er sein Schwert von der Schlagader seines Gegners, schob es in die Scheide und schwang sich auf sein Reittier.
Caesar sah mir kurz und auffordernd in die Augen.
Ich verstand.
„Aufsitzen, Optio!“, befahl ich als ranghöchster anwesender Offizier so herrisch wie möglich. „Wie ist dein Name?“
„Tiberius Crotonus“, knurrte er, erhob sich mühsam und klopfte sich schlecht gelaunt den Staub aus der Rüstung.
„Das nennst du eine ordentliche Meldung, Tiberius Crotonus?“, bellte ich energisch und ließ durch einen leichten Druck meiner Schenkel mein Pferd direkt vor ihm aufsteigen.

Überrascht trat er einige Schritte zurück und sah mich devot an. Doch hinter der vorgeblichen Unterwürfigkeit lauerte der blanke Hass in seinen Augen.

Tiberius Crotonus stand stramm, grüßte mich militärisch.

„Optio Tiberius Crotonus, IV. Legion, III. Kohorte, III. Manipel, I. Centurie!"

„Na denn, Crotonus, bring uns zum Kommandanten der IV. Legion!", befahl ich. Er bestieg stumm sein Pferd und galoppierte uns voraus entlang des Weges, den er mit seiner kleinen Truppe gekommen war.

Er hatte eingesehen, dass er gegen Caesar vorerst verloren hatte, aber diese Einsicht machte ihn nicht weniger gefährlich.

Er würde sich rächen wollen für die Schmach vor den Augen seiner Legionäre. Wenn er die Gelegenheit dazu bekäme.

## POMPEIUS' HEERLAGER

Hispanien Citerior

Gnaeus Pompeius Magnus war eine der schillerndsten Figuren auf dem rutschigen Parkett der Obrigkeit Roms in diesen Jahren.

Der Mann galt als Chamäleon mit wenigen politischen Instinkten, dafür aber mit umso mehr militärisch-strategischem Talent.

Schon vor acht Jahren hatte er den Diktator Sulla mit einem Heer unterstützt und durfte nach Eroberungen in Afrika und Sizilien den Cognomen ‚Magnus'[114] annehmen.

---

114 Magnus = zu deutsch: „der Große"

Nach Sullas Tod revidierte er seine politischen Ambitionen und empfahl sich dem Senat als Heerführer. Er war dann mit dreißigtausend Legionären nach Hispanien entsandt worden, um Aufständische unter dem Römer Quintus Sertorius niederzuwerfen.
Sertorius hatte als Anführer der aufständischen Lusitanier[115] eine Art Gegensenat gegen Rom in einem Separatreich in Stellung gebracht.
Dies hatte Rom nicht dulden können.
Pompeius war äußerst beliebt im Volk und ich wusste, dass viele Bürger Roms in ihn die verzweifelte Hoffnung setzten, er würde nach seiner Rückkehr nach Rom die Korruption, Misswirtschaft und Ausbeutung in der Republik beenden. Allerdings gehörte ich nicht zu denen, die ihm das zutrauten, denn militärisches Genie war keine Garantie für politisches Geschick.
Auch Caesar war diesem Gedanken nicht besonders zugetan, auch wenn er Pompeius noch nie persönlich kennengelernt hatte. Ich vermutete, Julius hatte dabei auch sein eigenes Fortkommen im Blick, das ein erfolgreicher Pompeius möglicherweise hätte behindern können.
Nach einem weniger als zwei Stunden dauernden Ritt ins Landesinnere hinein erreichten wir Pompeius' Heerlager, welches von einem tiefen Graben und hohen Palisaden umschlossen war. Es wurde strengstens bewacht und wimmelte nur so vor schwer bewaffneten, martialisch dreinblickenden Legionären zwischen den ausladenden Zelten. Ich schätzte, dass hier die gesamte IV. Legion versammelt war, also gut fünftausend Mann.
Tiberius Crotonus begleitete uns mit tückischen Blicken, als wir von unseren Pferden stiegen und sie zum Füttern und Tränken an herbeieilende Diener übergaben.

---

115 heute: Portugiesen

Zwei gedrungene, stiernackige Legionäre begleiteten uns nun zu Pompeius, der uns in seinem Zelt erwartete, das größer war als alle anderen und vor dem uns weitere zwei Soldaten zackig grüßten und eintreten ließen.

Gnaeus Pompeius Magnus, zweiundvierzigjährig und breitschultrig, der Prototyp des römischen Offiziers, war seit gut drei Jahren Roms Statthalter in der Provinz Hispanien Citerior. Er saß an einem hölzernen Tisch, in eine edle, goldglänzende und üppig ornamentierte Rüstung gekleidet, und studierte mit Akribie eine Landkarte seiner Provinz.

Pompeius sah auf. Wache, kleine Äuglein blickten uns aus einem runden, großflächigen Gesicht mit einer etwas zu fleischigen Nase und einem recht schmalen Mund an.

In nur wenigen Augenblicken hatte er uns gemustert und offenbar für würdig befunden, mit ihm zu sprechen. Jede Höflichkeit ignorierend ließ er uns zappeln und vor seinem Tisch stehen.

„Ich habe von euch beiden gehört", sagte er militärisch streng und mit einer tiefen Stimme, ohne sich lange mit einer Begrüßung aufzuhalten. „Gaius Julius Caesar, wie ich annehme?"

Er sah meinem Freund erwartungsvoll und ein klein wenig bewundernd in die Augen, auch wenn er versuchte, dies zu verbergen. Caesars natürliche Autorität machte auch auf den berühmten Pompeius Eindruck.

Caesar erwiderte den Blick, bestätigte mit einem kaum sichtbaren Kopfnicken wortlos und musterte den berühmten Feldherren seinerseits. Ein interessantes Duell bahnte sich an. Zwei Persönlichkeiten, die sich noch nie begegnet waren, jede mit dem ihr eigenen Charisma, schienen Maß aneinander zu nehmen.

„Was führt euch ins diesseitige Hispanien?", fragte Pompeius knapp und sah nun mir fragend in die Augen.

„Centurio Manius Fabius Germanicus“, erwiderte ich und grüßte erst einmal vorschriftsmäßig. „Rein private Angelegenheiten führen uns nach Hispanien, Herr. Wir sind auf dem Weg in die Stadt Emporiae.“

„Privat, soso...“

Pompeius' Blick wanderte wieder zu Caesar, der meine Antwort lediglich mit einer leichten Handbewegung und noch immer wortlos bestätigte, was Pompeius mit einem dünnen Lächeln quittierte.

Der Feldherr nickte und schien zu überlegen, wie er mit diesen beiden jungen Kerlen, die vor ihm standen und in ihrer Gefährlichkeit bestimmt nicht zu unterschätzen waren, umgehen sollte.

Jedenfalls glaubte er uns kein Wort, das war klar.

„Setzt euch!“, befahl er schließlich und wies uns mit einem Wink zwei Hocker vor seinem Schreibtisch zu. „Ich habe von eurer Geschichte mit den Piraten letztes Jahr in Kleinasien gehört. Fantastische Leistung muss ich sagen. Aber was habt ihr ausgerechnet jetzt, in dieser angespannten militärischen Situation, in Hispanien zu suchen? Wen wollt ihr wirklich treffen?“

Caesar gab sich gelassen und ergriff mit undurchdringlicher Miene das Wort.

„Wie Centurio Germanicus schon sagte, unsere Anwesenheit ist rein privater Natur, verehrter Pompeius.“

Caesar hob nun leicht arrogant lächelnd das Kinn und fixierte sein Gegenüber wie die Schlange eine unvorsichtige Maus.

„Pompeius Magnus“, antwortete der Feldherr eindringlich und zog missbilligend eine Augenbraue hoch.

„Wie meinst du, Herr?“

„Er ist mit Pompeius Magnus anzusprechen.“

„Wer?“

„Pompeius Magnus, der Statthalter der Provinz Hispanien Citerior.“

Caesar und ich warfen uns einen schnellen, überraschten Blick zu.

Pompeius legte Wert auf die Anrede ‚Magnus', der Große, und sprach von sich selbst in der dritten Person.
Innerlich lächelte ich darüber.
Dieser eigentlich kluge Feldherr zeigte uns so bald eine offene Flanke seiner Psyche? Wurde der Mann allgemein überschätzt?
Ich begann zu überlegen, wie dies zu unserem Vorteil zu nutzen wäre.
Eine solche Überlegung hatte mein Freund wohl schon wieder verworfen, denn er formulierte völlig ungerührt und respektlos eine naheliegende Frage:
„Pompeius, wieso interessieren den Statthalter dieser Provinz höchstpersönlich zwei unwichtige römische Bürger, die sich auf der Durchreise befinden?"
Falsche Frage, falsche Anrede. Ich hatte es geahnt.
Caesar ignorierte den ‚Magnus' bewusst, sprach von Pompeius in der dritten Person und sah dem Angesprochenen dabei ungerührt in die Augen:
„Und wer hat ihn überhaupt informiert, dass Centurio Germanicus und ich uns in Hispanien aufhalten?"
Der Feldherr starrte den Frager für einen Moment überrascht an. Er war an die Untertanenmentalität der vielen Höflinge und Kriecher in seiner Umgebung gewöhnt. Offenbar war er außerstande, souverän wie ein wirklich großer Mann mit so wenig entgegengebrachtem Respekt umzugehen.
Pompeius Magnus setzte nun zu einem längeren Monolog an, den an dieser Stelle wiederzugeben ich mir erspare.
Er schwadronierte ausschweifend und in der dritten Person vom schwierigen Amt des Statthalters, dessen Macht, den schwierigen Verhältnissen in dieser Provinz, von römischen Verrätern um Sertorius und seinem bevorstehenden glorreichen Sieg und der Einheit der hispanischen Völker mit Rom.

Caesar und ich ließen ihn reden und schwiegen uns aus.
Ich beobachtete mit Interesse meinen Freund, der bewundernswert gleichmütig blieb. Ihm war weder eine Gefühlsregung anzumerken noch sein Desinteresse an Pompeius' wenig souveräner Rede.
Das Flügelschlagen dieses Berufssoldaten und Möchtegern-Politikers lief scheinbar an ihm ab wie Wasser.
Schließlich ging Pompeius mit geröteten Wangen die Puste aus.
„Ich versichere es dir, werter Pompeius Magnus", erwiderte er schließlich mit sonorer Stimme und sanftem Blick. „Unser Aufenthalt in Emporiae hat keinerlei politischen Aspekt, der den Plänen Roms für diese Provinz zuwiderlaufen könnte."
Pompeius schien nicht zu bemerken, wie Caesar sich mit diesem Satz alle Optionen, nach eigenem Gusto zu handeln, offenhielt. Egal, was wir unternehmen würden, es würde sich sowieso nie gegen die Interessen Roms richten. Unser Ziel war, gegen die sehr einflussreiche Gruppe von Verschwörern vorzugehen, zu der ich Pompeius vorerst nicht zählte.
Caesar erhob sich schweigend, wanderte überaus wichtig und mit dem gespielten Habitus eines Senators langsam durch das große Zelt, um letztlich wieder vor dem Tisch Platz zu nehmen, sich zurückzulehnen und über dem Bauch die gespreizten Finger an den Kuppen wie dozierend aneinanderzulegen.
„Verehrter Pompeius", begann er, erneut den ‚Magnus' ignorierend. „Du wusstest, dass und vor allem wann wir hispanischen Boden betreten würden. Du hast uns die berechtigte Frage nicht beantwortet, warum du uns zu dir gebeten hast. Ich darf also davon ausgehen, du wolltest lediglich den Männern deine Gastfreundschaft gewähren, die im vergangenen Jahr der Piraterie im östlichen Mare Internum einen deutlichen Schlag versetzt haben."

Caesars natürliche Ausstrahlung erfüllte spürbar den gesamten Raum. Ich beobachtete nun, wie sich Caesars Gesprächspartner bei dessen in unnachahmlicher Art vorgetragenen Gegenrede aufblies.
Pompeius hatte sich in seinem breiten Sitz zurückgelehnt, also durch die physische eine psychische Distanz zwischen uns geschaffen. Er lauschte Luft holend, mit großen Augen und mit errötendem Kopf den Worten meines Freundes.
„Wir sind deshalb sehr geehrt", ergänzte Caesar. „Mit deiner Erlaubnis möchten wir unsere Reise allerdings heute noch fortsetzen. Wir sind aber gern bereit, auf unserem Rückweg deine Gastfreundschaft erneut in Anspruch zu nehmen und dir über die Lage bezüglich der Piratenkrise umfassend Auskunft zu geben."
Erwartungsvoll, aber mit weiterhin sanftem Blick sah er den Feldherrn an, der sehr lange Augenblicke zurückgelehnt und absolut sprachlos sitzen blieb.
„Ihr dürft eure private Angelegenheit in Emporiae erledigen", verkündete er statt einer Antwort in harschem Befehlston. „Sollte mir jedoch zu Ohren kommen, dass ihr euch in die Politik dieser Provinz einmischt oder hier seid, um die falsche Seite zu unterstützen, werde ich euch inhaftieren und bestrafen lassen. Egal, welcher Familie in Rom ihr zugehörig seid und wie weit euer Einfluss reichen sollte."
Er sah uns nachdrücklich in die Augen.
„Glaubt mir, mein Einfluss reicht weiter. Ich lasse euch beobachten, darauf könnt ihr wetten."
Pompeius ließ seine Worte einen weiteren Augenblick lang wirken.
„Ich denke, ich habe mich deutlich ausgedrückt", knurrte er noch, bevor er uns rüde hinauskomplimentierte: „Und jetzt schert euch hinaus!"
Schon kurze Zeit später sprengten wir auf unseren Pferden durch das Tor des Lagers und ließen diesen Pompeius schnell hinter uns.

Caesar machte dabei ein langes Gesicht und ließ nun seinen Emotionen freien Lauf.
„Welch ein aufgeblasener Mensch“, sagte er und blickte mir durchdringend in die Augen, so wie er es immer tat, wenn ihm etwas auf den Nägeln brannte. „Halb Rom macht sich Hoffnungen, er wäre der Mann, die Zustände in der römischen Republik zu ändern. Ich fürchte, die Leute machen sich Illusionen. Er kann nur höchstens eine Säule Roms stabilisieren, vielleicht die des Militärs. Aber ansonsten...“
Er schüttelte missbilligend den Kopf.
„Er mag ein fantastischer Militärstratege sein“, stimmte ich seiner Analyse zu, „ein tapferer Soldat und das Vorbild für seine Truppen. Ein politisches Schwergewicht in Rom wird er nie sein. Er hat sich von dir recht flott ausmanövrieren lassen, ohne dass ihm ein Wort dazu eingefallen wäre.“
„Im Haifischbecken des Senats oder in der römischen Öffentlichkeit würde er schnell die Beute jedes halbwegs guten Redners. Aber auch hier dürfte er mithilfe gewisser Kreise überleben können. Mir macht allerdings mehr Sorgen, dass er wusste, dass wir kommen werden. Ob Cicero damit zu tun hat?“
Er sah mich fragend an. Ich zog die Schultern hoch, denn ich konnte mir ebenfalls keinen Reim darauf machen.
„Trotzdem halte ich Pompeius“, sagte ich in fester Überzeugung, „nach allem, was ich von ihm weiß, für einen grundehrlichen Mann, einen anständigen Soldaten. Ich glaube nicht, dass er als Heerführer ein Mitglied des ‚Societas Aeneae‘ ist.“
Caesar stimmte mir bedächtig nickend zu und blickte nachdenklich, ja melancholisch, über das Meer, denn die Straße nach Emporiae hatten wir nun wieder erreicht.

Ahnte er, wie vielschichtig seine Beziehung in einer ferneren Zukunft zu diesem Manne sein würde, den er eben kennen, aber auf den ersten Blick nicht unbedingt schätzen gelernt hatte.
Die Götter würden die Schicksale dieser beiden Römer von heute an in unglaublicher Weise miteinander verweben, in großen und kleinen Dingen, Verhängnissen, Freundschaften und Feindschaften. Von all dem Leiden und den Tränen in dieser tragischen Beziehung ahnte ich damals noch nichts.
Schweigend ritten wir geraume Zeit nebeneinander, bis der Abend dämmerte und wir uns eine sichtgeschützte Stelle für ein Nachtlager suchten. Morgen früh würden wir Emporiae, das Ziel unserer Reise, erreichen. Ich war jetzt schon gespannt, was uns dort erwartete.

## EMPORIAE

Quintus Sertorius galt im gesamten römischen Einflussbereich als Verräter. Er entstammte zwar einer uralten Ritterfamilie aus Nursia im Lande der Sabiner, diente sich unter den widrigsten Bedingungen bei Diktator Sulla ganz nach oben und war vor neun Jahren als Proprätor der Statthalter einer der hispanischen Provinzen geworden.
Schließlich hatte er aus unerfindlichen Gründen als Anführer der einheimischen Lusitanier Stellung gegen das offizielle Rom bezogen. Dabei hatte er gemeinsam mit dem flüchtigen Staatsbeamten Marcus Perperna Veiento eine Art Gegen-Senat aus dreihundert Römern aufgebaut. Der Mann kämpfte tapfer, aber sicher langfristig auf verlorenem Posten gegen den von Rom entsandten Gnaeus Pompeius Magnus. Rom konnte diese Sezession keinesfalls dulden.

Quintus Sertorius beobachtete die beiden jungen Römer von exponierter Stelle aus, die soeben durch das südwestliche Stadttor geritten kamen. Sie mussten es sein, denn die beiden waren ihm als gutaussehende junge Männer geschildert worden, der eine blond und nur wenig soldatisch, der andere dunkelhaarig mit einer auffälligen autoritären Ausstrahlung. Die beiden Neuankömmlinge entsprachen exakt diesem Bild.
„Das dürften Sie sein, Marcus Perperna", sagte er bedächtig den Kopf wiegend zu dem Manne, der mit zweifelnder Miene neben ihm stand. „Ja, ich bin ganz sicher, das sind dieser Caesar und sein Freund. Wie heißt der doch gleich? Jedenfalls ist uns Ihre Ankunft in Hispanien von unserem Informanten in Pompeius' Lager gemeldet worden."
„Und du glaubst tatsächlich, was man uns erzählt hat, dass sie unseren Zielen gefährlich werden könnten?", fragte Marcus Perperna Veiento und warf einen weiteren skeptischen Blick auf die beiden Männer unten auf der Straße.
„Das weißt du doch", antwortete Quintus Sertorius. „Ich habe die Nachrichten gelesen, die mich aus der Provinz Asia erreicht haben. Diese beiden jungen Männer haben den Gauner Iunius Iuncus ausgetrickst und den Piraten in Lykien und Pamphelien einen recht herben Schlag versetzt. Sie sind von wichtigen Leuten in Rom hierher entsandt worden und wie man mir berichtet hat, haben sie bereits mit Pompeius Magnus gesprochen."
Sein fragender Blick ging zu Marcus Perperna, dessen Miene sich nicht aufgehellt hatte.
„Ich weiß nicht recht, Konsul Sertorius." Er schwieg einen Moment. „Sie kehren in der Taverne dort unten ein."
Perperna Veiento drehte sich, immer noch skeptisch dreinblickend, zu der ausgesprochenen Schönheit um, die etwas abseitsgestanden hatte und bisher schweigsam geblieben war.
„Wie wirst du deinen Auftrag ausführen, Socius XIII?"

Die blonde Frau trat nach vorne und sah die beiden Freunde eben noch die Taverne betreten.
Trivia war einige Tage vor den beiden zusammen mit Socius III in Emporiae eingetroffen und hatte ihm versprochen, ihren Auftrag schnell und zur Zufriedenheit auszuführen. Die Verräter Sertorius und Perperna waren ihr ziemlich egal und so sah sie diese beiden Römer geringschätzig an und schwieg weiterhin. Sie hatte nicht vor, ihnen auf die Nase zu binden, auf welche Weise sie mit Caesar und Germanicus abrechnen würde.
„Nun gut“, nickte Quintus Sertorius wieder, ignorierte Trivia‘ s demonstrative Arroganz und blickte ihr sehr reserviert ins hübsche Antlitz. „Ich will, dass Perperna die Männer weiter beobachtet, bevor du deinen Auftrag vollziehst. Du wartest noch ein oder zwei Tage mit der Ausführung.“
Wie gern hätte er noch hinzugefügt ‚Ich traue ihm nämlich nicht, deinem Socius III’, aber er beließ es bei einem eindringlichen Blick.

Emporiae war im Grunde zweigeteilt.
Der Hafenbereich der Stadt, im äußersten nordöstlichen Zipfel Hispaniens[116] gelegen, war frei zugänglich. Das auf einer weiten, vom Meer her sanft ansteigenden Anhöhe weit oberhalb des Hafens gelegene ausgedehnte Forum mit dem Stadtsenat war von einer nahezu rechteckigen, in Südost-Nordwest-Neigung angelegten Stadtmauer umschlossen.
Wir ritten an diesem Morgen, der bereits große Hitze brachte, durch das an der südwestlichen Ecke der Stadtmauer angelegte, streng bewachte

116 in der heutigen katalanischen Provinz Gerona gelegen

Tor, nachdem wir das außerhalb, unweit des Tores, angelegte Amphitheater passiert hatten.
„Schau mal dort oben, Manius“, flüsterte Caesar mir zu. „Da, auf dem mittleren, halbhohen Haus. Man beobachtet uns. Lass dir aber nichts anmerken.“
Ich lugte vorsichtig in die von Julius angegebene Richtung und erkannte zwei Männer und eine blonde Frau, die sich alle Mühe gaben, unauffällig zu wirken. Mein Freund jedoch hatte die Späher mit seinem untrüglichen Instinkt bemerkt.
„Du hast recht, irgendwelche Leute beobachten uns. Haben wohl auf uns gewartet.“
„Ich wusste gar nicht, dass wir beide solche Berühmtheiten sind, dass sich jeder um uns reißt und händeringend auf uns wartet“, knurrte Caesar und verzog missbilligend das Gesicht.
Wer das wohl sein mochte?
Pompeius hatte uns schon die Ehre gegeben. Es konnten also nur dessen Gegenspieler, also Leute des Sezessionisten Quintus Sertorius sein.
Wir steuerten gemächlich durch das rege Treiben der Händler und Passanten, die schon so früh die Straßen der Stadt bevölkerten, die nächstgelegene Taverne an, um uns mit einem Getränk zu stärken und auch eine Kleinigkeit zu essen. Möglicherweise konnten wir hier sogar eine Möglichkeit zur Übernachtung finden.
Wir ignorierten die vom Wirt vor seiner Taverne aufgestellten Holzbänke, denn wir hatten ja kein Interesse daran, uns zur Schau zu stellen. Stattdessen betraten wir einen Schankraum, in dem sich ausschließlich Einheimische aufhielten, schwarzhaarige Männer mit hellem Teint, die uns misstrauisch, ja hasserfüllt musterten.
Ihre lauten, fröhlichen Gespräche waren sofort verstummt, als wir den Raum betreten hatten, obwohl wir als natürlich sofort erkennbare Römer sicher kaum ihre Sprache verstehen würden.

Ich brachte ein gewisses Verständnis für die knorrige Bedienung durch den hispanischen Gastwirt auf, der uns widerwillig Rindfleisch und Brot und einen großen Krug mit Fruchtsaft brachte.
Er würde sicher das Doppelte oder Dreifache von dem verlangen, was er Einheimische zahlen ließ. Schließlich galten die Römer hier als verhasste Besatzer, die die Machtspiele ihrer verschiedenen Führer auf hispanischem Territorium ausfochten. Womit die Leute tatsächlich nicht im Unrecht waren. Bald schickten sich die Einheimischen an, mit mürrischen Gesichtern das Lokal zu räumen.
„Gehen wir! Mir stinkt es hier zu sehr nach dreckigen Römern!“, rief einer lautstark in seiner Sprache, bevor ihm die restlichen hispanischen Gäste zustimmend folgten, bemüht, uns ‚dreckigen Römern‘ im Vorbeigehen möglichst nicht in die Augen zu sehen.
Caesar hatte die boshafte Bemerkung nicht verstanden. Ich schon, denn mir waren einige Brocken Hispanisch von meinem Privatlehrer beigebracht worden.
Tatsächlich hatten die Hispanier vor uns, insbesondere vor der natürlichen Autorität Caesars, wohl einfach nur Angst. Es war eine begründete Angst, denn schließlich tobte hier ein heftiger Krieg zwischen dem abtrünnigen Römer Sertorius und dem römischen Feldherren Pompeius, der die Ordnung in den iberischen Provinzen wiederherstellen sollte.
Eben biss ich herzhaft in mein Brot mit doppelter Fleischbelegung und Caesar steckte die Nase in seinen Becher mit Fruchtsaft, als ein weiterer Römer den Schankraum betrat. Er war etwa vierzig Jahre alt und recht gut gekleidet. Zielsicher steuerte er unseren Tisch an, an dem noch zwei leere Stühle standen, besetzte frech und grußlos einen der Plätze und musterte uns penetrant, ohne etwas zu sagen.
Ich erkannte ihn. Er war einer der Späher gewesen, die am Stadttor, oberhalb der Straße, auf uns gewartet hatten.

Wieso kam er nun allein?

Ich kaute seelenruhig weiter, obwohl ich innerlich die verschiedensten Möglichkeiten durchspielte, und sah ihm möglichst gelassen und ausdruckslos ins Gesicht. Dies hatte ich von Caesar gelernt, der gleichfalls wie immer seine undurchdringliche Maske aufgesetzt hatte.

„Aber natürlich darfst du dich zu uns setzen", sagte ich absichtlich mit vollem Mund und schluckte einen großen Bissen hinunter. „Auch wenn hier niemand ist, der dich darum gebeten hat."

Der Römer grinste mich spöttisch an und schwieg weiter.

„Nicht doch, Manius", mischte sich Caesar ein. „Wir sollten höflich bleiben, denn dir sitzt immerhin der einstige Prätor[117] Marcus Perperna Veiento gegenüber. Der ehemalige Statthalter von Sizilien ist vor drei Jahren nach einigen Skandalen in Richtung Hispanien geflohen. Ich kenne ihn flüchtig aus den ersten Tagen meiner Anwaltskanzlei. Er hat sich aktuell dem abtrünnigen Quintus Sertorius und dessen Lusitaniern angeschlossen."

„Wir haben euch in die Stadt reiten sehen", begann Veiento, „und wir haben uns gefragt, was ihr hier zu suchen habt."

„Private Angelegenheiten", antwortete ich kühl und biss erneut herzhaft in mein Brot.

Veiento lachte kehlig.

„Und diese privaten Angelegenheiten haben euch direkt in das Lager unseres Feindes Gnaeus Pompeius Magnus geführt. Ich könnte dies als feindliche Handlung auslegen und euch festnehmen lassen."

Ich war überrascht. Er hatte also Leute in der Umgebung von Pompeius platziert. Dumm schien dieser Mann nicht zu sein, auch wenn ich es für

---

117 Prätor: Stellvertreter der Konsuln, insbesondere für die Interpretation der Gesetze und die Rechtspflege verantwortlich; wurde jeweils für ein Jahr gewählt

dumm hielt, sich als Römer gegen Rom zu stellen und mit den Stämmen der Lusitanier zu verbünden.
„Reden wir nicht lange um den heißen Brei. Ich bin hier, um euch persönlich zu warnen. Euer Leben ist in Emporiae keine Sesterze wert."
„Ach, ist das so?", fragte Caesar nun und zog die Augenbrauen hoch. „Wer sollte uns denn ans Leder wollen? Zwei harmlosen Durchreisenden, die hier niemand kennt."
„Ihr müsst noch heute aus Emporiae abreisen und euch wieder auf euer Schiff begeben. Ihr seid hier nicht sicher", betonte Veiento nochmals nachdrücklich.
„Warum warnst du uns? Und vor wem?"
M. Perperna Veiento wand sich wie unter einer schweren Last und verzog das Gesicht.
„Ich bin nicht damit einverstanden, mit wem sich unser Anführer Quintus Sertorius verbündet. Mir passt die gesamte Richtung nicht, die ich für fatal halte und die uns in den Untergang führen wird. Aber ich will eine Gegenleistung von euch für meine Informationen."
„Und die wäre?", fragte Caesar kühl.
„Ich will einen Passierschein für Rom. Immunität vor der römischen Justiz. Ich will nach Hause, Caesar, einfach nur nach Hause."
„Und wie soll ich das für dich durchsetzen?"
„Also bitte", antwortete Veiento ungehalten. „Du bist Rechtsgelehrter und hast als Mitglied der Gens Julii Verbindungen bis nach ganz oben. Da muss es möglich sein, mir als reuigem Sünder Aufnahme in meiner geliebten Heimatstadt zu gewähren."
Julius Caesar hatte seine undurchdringliche, neutrale Miene nicht verändert. Weder seine Augen noch seine Körpersprache ließen es zu, seine Gedanken zu erraten.
„Gut", nickte er. „Wenn deine Informationen es wert sind, werde ich mich für dich verwenden und dir eine Aufenthaltsgenehmigung für Rom

besorgen. Ich denke, das dürfte nicht allzu schwierig werden. Wir sind also ganz Ohr..."

Veiento' s Miene heiterte sich immens auf und er sah sich kurz verstohlen wie ein Verschwörer um.

Der Schankraum war menschenleer.

Ich war nicht der Ansicht, dass es leicht werden würde, für den Verräter Veiento, der auch andere Delikte auf dem Kerbholz hatte, Immunität zu erreichen. Der Gerichtshof in Rom verstand bei Verrat keinen Spaß. Mein Freund wusste das genau, aber er brannte darauf, von Veiento zu hören, mit wem Sertorius sich zusammengetan hatte, auch wenn seine undurchdringlichen Züge noch nichts von der Spannung in seinem Inneren zeigten.

„Vor vier Tagen hat hier in Emporiae ein Treffen zwischen vier Parteien stattgefunden", begann Perperna grinsend. „Die erste Partei stellten Quintus Sertorius und ich, die Zweite ein hochrangiger Stammeshäuptling aus Germanien, ein Fürst namens Ariovist. Der Kerl war sehr schweigsam. Ich hatte das Gefühl, etwas stimmte nicht mit ihm."

Sein Grinsen wurde breiter, während mein Freund und ich uns lässig zurückgelehnt hatten. „Und jetzt kommt der für euch wichtigste Teil: Dritte Partei war ein hochrangiger Abgesandter des Königs Mithridates von Pontus."

Caesars lässige Kühle irritierte den Erzähler, besonders als Julius mit deutlichem Unglauben in der Stimme fragte: „Von König Mithridates? Du weißt doch, dass er Bithynien erneut überfallen hat und Rom sich erneut im Krieg mit Pontus befindet. Er will ein Bündnis mit Sertorius?"

Der Erzähler nickte eifrig.

„Ja, und es sieht nicht einmal besonders gut aus für Rom. Vierte Partei war ein Mann aus Rom. In den Vierzigern, aber schon grauhaarig, herrisches, gewandtes Auftreten, vielsprachig. Er nannte sich Socius III und schlug bei der Zusammenkunft mit einer Blondine im Schlepp auf. Eine absolut todbringende Blondine, eine Giftschlange, die er auf euch beide offiziell angesetzt hat, solltet ihr hier tatsächlich auftauchen und herumschnüffeln. Sie ist seine wandelnde Klinge, nennt sich selbst Trivia. Sehr passend."

Jetzt blieb mir die Spucke weg und ich erinnerte mich mit Schaudern an die letzten Worte des Sängers Eros kurz nach dem Beben in Tauromenium, eine Frau mit einem Messer hätte ihn auf dem Gewissen.

Caesar und ich sahen uns an.

Wir verstanden uns ohne Worte.

„Quintus Sertorius und die Lusitanier haben unter Vermittlung dieses Socius III ein Bündnis mit König Mithridates gegen Rom geschmiedet, meine Herren, welches die römischen Legionen in einen Krieg mit zwei Fronten zwingen und schwächen soll.

Der Germane, dieser Fürst Ariovist, liefert beiden Seiten die Waffen, die sie so dringend brauchen. Ihr wisst um die hohe Schmiedequalität germanischer Waffen. Sie sind seit fünfhundert Jahren legendär.

Dieser Verbrecher Socius III will daran verdienen, denn es ist klar, dass er Ariovists Waffen insgeheim auch an die dann stärker bedrängten römischen Legionen in Kleinasien und an Pompeius in Hispanien verkaufen wird - letztlich also an alle Seiten."

Für mich war dies alles absolut plausibel.

Man verdiente unermesslich, indem man **alle** Seiten belieferte, die Spirale des Krieges selbst nach oben weiterdrehte und so den Gewinn potenzierte.

„Die Teilnehmer sind alle abgereist. Ihr kommt also zu spät. Aber eure Freundin Trivia ist noch da."

Veiento grinste noch immer, denn in Caesars Gesicht spiegelten sich plötzlich die verschiedensten Emotionen und Gedanken wider.

„Ein Zweifrontenkrieg...“, murmelte er und massierte sich das Kinn. „Wenn Rom und unsere Legionen in Kleinasien davon keine Kenntnis bekommen, werden sie wegen fehlenden Nachschubs zurückgedrängt werden, denn Quintus Sertorius bindet seinerseits Pompeius' umfangreiche Legion hier in Spanien.“

Diese Informationen hatten seine undurchdringliche Maske herabfallen lassen wie eine Lawine von alpinen Berggipfeln. All das war so ungeheuerlich, dass sogar der so beherrsche, undurchsichtige Gaius Julius Caesar emotional überwältigt wurde.

„Das ist der Plan. Ich habe da aber noch etwas für euch“, fügte Marcus Perperna nickend hinzu und zog ein Papyrus unter seiner Tunika hervor. „Den ultimativen Beweis: Diese Schriftrolle ist ein Protokoll. Das Protokoll der Bündnisvereinbarung zwischen Sertorius und Mithridates. Ich habe es insgeheim mitschreiben lassen. Niemand weiß etwas davon. Nun bekommt ihr es. Ich verbürge mich für die Echtheit.“

Er reichte Caesar die Schriftrolle, der sie unverzüglich ausrollte und mit heißem Herzen las. Er blickte mich entsetzt an und reichte es mir.

Dieses Abkommen übertraf die Pläne des ‚Societas Aeneae‘ mit den kilikischen Piraten aus dem letzten Jahr bei Weitem!

Ob das Rom selbst dabei irreparablen Schaden nahm, wie vielen unschuldigen Menschen dies das Leben kosten würde, schien den Verschwörern gleichgültig zu sein.

Sie wurden gierig, ihre Unternehmungen und Pläne gewaltiger und hemmungsloser.

Socius III **musste** endlich aufgehalten werden.

M. Perperna Veiento las offenbar unsere Gedanken.

„Ihr solltet Emporiae sofort verlassen und euch in die Provinz Afrika Prokonsulensis[118] begeben, nach Karthago", fügte er seinen Ausführungen noch in überlegenem Ton hinzu. „Dorthin ist Socius III unterwegs und Trivia kann euch dort nicht erreichen. Und noch eines, verehrter Caesar: Ich werde auf meinen Passierschein warten. Ich will zurück nach Hause."

**RHEGIUM**

Auf dem Fabius-Anwesen, spätabends.

Die Wochen seit Manius' und Caesars Abreise waren für Gaius Fabius Maximus sehr inspirierend verlaufen. Die Geschäfte liefen fast von allein und er konnte sich seinen noch so jungen Gefühlen für Claudia hingeben.

Er hatte sich die letzten Monate bis über beide Ohren in sie verliebt, während sie bereits Pläne für eine gemeinsame Zukunft schmiedete.

Kurz vor Mitternacht machte es sich Manius' Vater bei einem Becher Wein gemütlich. Claudia war noch im Hause und sie lagen beide nebeneinander entspannt auf Kissen, sparten nicht an innigen Liebkosungen und plauderten.

Claudia wusste, dass sie ihren Gaius für immer gewonnen hatte und ließ ihrem Herzen und ihrer Liebe zu diesem doch viel älteren Mann freien Lauf.

Lange hatte sie mit ihrem Vater Lucius diskutiert, der dies alles sehr negativ und als Laune eines jungen Mädchens ansah. Als ‚erste

---

118 nordafrikanische Provinz, umfasst das heutige Tunesien und Libyen

aufflammende Liebe', deren Feuer ebenso schnell vergehen würde, wie es aufgeflammt war.
Es war ihr letztlich aber gelungen, unter Mithilfe ihrer sehr verständnisvollen Mutter, den Pater familias von der Ernsthaftigkeit ihrer Liebe zu seinem besten Freund zu überzeugen.
Und Gaius Fabius Maximus selbst hatte sich seit Jahren nicht mehr so wohl gefühlt, so jugendlich und voller Energie. Und auch seiner Herzdame strahlte das Glück aus ihren wunderschönen Augen.
Er hatte sich mit seinem Freund und zukünftigen Schwiegervater ausgesprochen und ausgesöhnt, der zuerst ernsthaft erwogen hatte, Gaius nach allen Regeln der Kunst und eigenhändig für die Verführung seiner einzigen Tochter zu verprügeln, ja, ihn auch entsprechend genital zu verstümmeln...
Lucius Claudius hatte aber letztlich doch erkannt, wie überaus reif und ehrenhaft sich Gaius Fabius verhielt. Denn Gaius hielt sich strikt an den uralten Brauch, die sehr junge Frau keinesfalls anzurühren, bis die Hochzeit nach römischem Ritus vollzogen war, auch wenn es beiden zugegebenermaßen schwerfiel.
Er sah dies als Schuldigkeit gegenüber dem ihm so wohl gesonnenen Schicksal und der physischen und mentalen Reinheit seiner so viel jüngeren, jungfräulichen Braut an.
„Dominus, bitte entschuldige die Störung zu so später Stunde, aber Besuch steht unten an der Pforte und will dich unbedingt sprechen", flüsterte der greise Hausdiener Septimus mit einer leichten Verbeugung. Septimus diente Gaius schon seit Jahrzehnten treu. Man sah im nun an, dass es ihm überaus peinlich war, seinen Herrn gerade jetzt zu belästigen.
„Besuch, Septimus? Um diese Zeit? Wer ist es denn?"
„Ein einzelner Reiter. Ich habe ihn nicht erkannt. Mein Augenlicht, Dominus..." Der Hausdiener verzog entschuldigend den Mund.

„Schon gut, mein Bester“, winkte Gaius verständnisvoll ab. „Hat er gesagt, was er um diese Zeit von mir will?“

„Er hat sich geweigert, den Wächtern seinen Namen zu sagen und sich furchtbar aufgeregt. So haben sie ihn erst einmal gewaltsam festgesetzt. Er möchte unbedingt und sofort mit dir sprechen. “

Gaius Fabius brummelte einige undeutliche Flüche und zu Claudia eine Entschuldigung, erhob sich und griff nach einer an der Wand befestigten Fackel.

So stapfte er, nachdem er sich einen Umhang um die Schultern geworfen hatte, es war noch recht kühl nachts, von Septimus in respektvollem Abstand gefolgt, hinunter zum Haupttor. Er sah schon von Weitem die im Lichtschein der Fackeln blitzenden und glänzenden Rüstungen der Torwächter, die heftig mit einem Mann diskutierten. Auch weiteres Wachpersonal war hinzugekommen, um zu sehen, ob Hilfe notwendig war.

„Was ist hier los?“, rief Gaius Fabius und hielt dem Besucher seine brennende Fackel vors Gesicht.

„**Du?**“, rief er verblüfft und seine Stirn legte sich in tiefe Falten, seine Augen wurden zu Schlitzen, bevor er den Wächtern befahl: „Lasst ihn herein! Der Mann ist Quintus Fabius Maximus! Mein Bruder!“

Mit einem überheblichen Lächeln schritt Quintus nun durch eine enge Gasse brummelnder, verärgerter Wächter auf seinen mürrisch dreinblickenden Bruder zu, nicht ohne ihnen breit grinsend zuzurufen, sie sollten schon einmal sein Pferd füttern und tränken. Er würde es später kontrollieren.

„Du musst dein Personal gründlicher aussuchen, Gaius. So etwas Unfreundliches... Nun denn, ich muss dich dringend sprechen, werter Bruder“, sagte er und eilte äußerst wichtig und mit angewinkelten Armen an Gaius vorbei in Richtung der Villa.

„Kann das nicht bis morgen früh warten?“, rief Gaius und sah ihm schlecht gelaunt nach. „Du hast dich seit Jahren nicht blicken lassen und markierst hier mitten in der Nacht den Breiten!?“

„Was sind denn das für lockere Sprüche, Brüderchen? Du bist doch sonst immer so steif!“

Damit schritt der Neuankömmling auf den Portikus des Hauses zu.

„Mein Anliegen duldet keinen Aufschub“, ergänzte er. „Nun bring mich schon ins Haus, mir wird es allmählich zu kalt hier draußen.“

Gaius‘ Verärgerung wuchs von Minute zu Minute.

Dieser Kerl, der leider sein Bruder war, hatte sich keinen Deut verändert. Quintus war noch immer derselbe eingebildete Wichtigtuer wie früher. Quintus und Gaius Fabius Maximus waren Söhne des in Rom als Lebemann verschrienen Quintus Fabius Maximus des Älteren. Darüber hinaus waren sie Enkel des Quintus Fabius Maximus Allbrogicus[119].

Der Name Fabius hatte in Rom viele Türen geöffnet und Quintus war sozusagen in die Fußstapfen seines leichtlebigen Vaters getreten, ganz im Gegensatz zu dem bodenständigen Gaius.

Diese beiden Fabius-Brüder, der zweitgeborene Gaius und der fünftgeborene Quintus, waren sich noch nie wirklich grün gewesen. Zu unterschiedlich waren ihr Denken und Handeln gewesen.

Während Gaius seinen Weg als Soldat und Geschäftsmann gegangen war, eine Familie gegründet hatte, war Quintus niemals Soldat gewesen und weder politisch noch kaufmännisch interessiert gewesen. Der Name Fabius und das dazugehörige Erbe ihres Vaters hatten ihn zu einem in Rom allseits beliebten Frauenversteher, ausschweifenden Trinker und Ausrichter der wildesten Orgien gemacht.

Im Grunde hatte er nie etwas Sinnvolles getan.

---

[119] Quintus Fabius Maximus Allbrogicus war ein berühmter Konsul des Jahres 121 vor Christus.

Trotz der äußerlichen Ähnlichkeit der beiden, dem blonden Haar und dem guten Aussehen, hatten sich die brüderlichen Gefühle immer in engen Grenzen gehalten. Umso überraschter war Gaius, ihn nun so unverhofft vor seiner Pforte wieder zu sehen.
Quintus durchschritt das um diese Zeit nur durch wenige Fackeln spärlich beleuchtete Atrium des Fabius-Anwesens und sah sich mit staunender Miene um. Der geschmackvoll verzierte, marmorne Brunnen in der Mitte des großen, säulenbewehrten Raumes und die schneeweißen Götterstatuen an den Seiten, die Gaius Fabius nach den Exzessen seines Sohnes hatte ersetzen lassen, entfalteten im zittrigen Licht der Fackeln eine faszinierende, mystische Atmosphäre, die jeden Besucher unwillkürlich in ihren Bann zog.
„Ich staune, welch wundervolles Anwesen du hier im Süden besitzt, lieber Bruder. Deine Geschäfte laufen offenbar ausgezeichnet. Eine blutjunge Geliebte sollst du ja auch haben, erzählt man sich..."
„Du solltest dich zurückhalten, Quintus", entgegnete Gaius Fabius knapp und wies ihm mit rotem Kopf den Weg in sein opulentes, mit feinstem Marmor und handgewebten Teppichen ausgelegtes Tablinum. Dort ließ Gaius die Fackel, die er noch immer mit sich führte, in eine Wandhalterung und sich selbst in seinen breiten, dick gepolsterten Sessel gleiten.
Schließlich bot er seinem Bruder den Besuchersessel vor dem Tisch aus edlen Hölzern an, verzichtete aber bewusst darauf, seinem Gast ein Getränk bringen zu lassen.
Quintus nickte gespielt ehrfurchtsvoll, zog seinen wärmenden Umhang von den Schultern und nahm Platz, bevor er tief durchatmete und fragte: „Wie lange haben wir uns nicht gesehen, lieber Gaius? Zehn Jahre? Fünfzehn?"

„Keiner von uns beiden hat den anderen vermisst, denke ich. Komm' deshalb bitte gleich zur Sache, Quintus. Was führt dich zu so später Stunde in mein Haus?"

„Nun gut", nickte Quintus scheinbar pikiert, bevor er fortfuhr. „Wie du willst."

Er atmete durch, tiefstes Bedauern schauspielernd, und sagte dann geradeheraus: „Dein Gast ist der Grund meines Besuchs, lieber Gaius."

Gaius Fabius Miene verdüsterte sich weiter. Er durchbohrte sein Gegenüber mit seinem Blick, während er misstrauisch fragte:

„Welcher Gast? Ich habe keine Gäste im Hause."

Wölfisch grinsend hielt Quintus dem harten Blick seines älteren Bruders stand, lachte kurz auf.

„Ich meine die ausländische Geisel, die dir dieser Caesar unrechtmäßig überlassen hat. Ich bin hier, um diese Geisel zurück in die Obhut Roms zu überführen."

Lioba!

Er war wegen Lioba hier!

Bei Pluto, für wen arbeitete er?

Blitzschnell suchte Gaius Fabius in Gedanken nach einer Strategie, wie er seinem Bruder in dieser heiklen Frage klug begegnen konnte.

Im Augenblick fiel ihm keine ein. Er lächelte also und bemühte sich um einen sanftmütigen, unverfänglichen Blick.

„In die Obhut Roms? Du solltest besser wieder gehen, Quintus. Sei versichert, ich habe keine ausländischen Geiseln in meinem Hause."

Quintus Fabius lachte erneut laut auf.

„Gaius, sei nicht dumm. Die Leute, die ich repräsentiere, sind mächtiger als Caesar und mächtiger als du. Solltest du dich weigern zu kooperieren, dürfte dies nicht ohne Konsequenzen für dich, vor allem aber deinen Sohn Manius bleiben, der gerade nach Hispanien Citerior unterwegs ist."

Gaius hatte den Ring am Finger seines Bruders entdeckt, den Ring mit der AE-Gravur, den Ring des ‚Societas Aeneae'.
Ihn verwunderte deshalb auch nicht, dass Quintus über Manius und sein wahres Reiseziel im Bilde war.
„Ich habe immer geahnt, dass du ein Taugenichts bist, der nur Unsinn im Kopf hat und das Geld unserer Familie verschwendet, Quintus. Nun allerdings bin ich gänzlich davon überzeugt. Hast du etwa auch die Medaille? Welche Nummer als Socius trägst du?"
Quintus' falsches Lächeln erstarb augenblicklich und er zeigte das unter seiner Tunika verborgene Medaille mit der Venusblume, dem Schwert und den Buchstaben AE.
„Du weißt ja, was dieses Symbol verkörpert, Gaius. Es bedeutet unbegrenzte Macht!"
Quintus' Augen begannen, unnatürlich zu leuchten.
Macht faszinierte ihn offenbar, die Möglichkeit, auf Menschen Druck ausüben zu können, sie zu manipulieren.
„Ich kenne die Geschichte mit Dolabella vom letzten Jahr und die Zusammenhänge mit dir ganz genau", fuhr er fort. „Ich weiß, was er dir angetan hat. Solltest du nicht auf mich eingehen wollen, werden wir den Behörden einen Schuldigen für den unaufgeklärten Mord an diesem hoch verdienten Mitglied der römischen Gesellschaft präsentieren. Rate mal, wer das sein wird."
Gaius zwang sich zur Ruhe und einem unverfänglichen Lächeln, als wüsste er nicht, wovon sein Bruder gerade sprach.
„Ich war sehr krank zu der Zeit, als Dolabella getötet wurde. Es gibt überhaupt keinen Zusammenhang."
„Du hattest das Motiv, die Beziehungen und das Geld, jemanden dafür zu bezahlen, die Misshandlungen Dolabellas an dir mit dem Tode zu bestrafen. Glaub mir, was an der Geschichte noch nicht passt, werden wir passend machen."

Damit erhob sich Quintus von seinem Sessel, warf sich auffällig arrogant seinen Umhang über und schritt zur Tür.

„Ich erwarte, dass du mir die Germanenprinzessin übergibst", sagte er noch, bevor er ohne ein weiteres Wort das Büro, das Haus und das Anwesen verließ.

Er ließ einen verblüfften und ratlosen Gaius Fabius zurück, der am Tisch, das Kinn auf die Fäuste gestützt, versuchte, diesen unverhofften Besuch zu begreifen und zu verdauen.

Gaius wurde plötzlich bewusst, dass sein Bruder weder Bedingungen noch Ort und Zeit für eine Auslieferung Liobas genannt hatte. Wie seltsam. Gaius zog die Augenbrauen zusammen. Eine innere Stimme ließ ihn, noch immer fassungslos, hinüber zu den Schlafgemächern gehen.

Claudia, der Verwunderung und Furcht ins Gesicht geschrieben waren, kam ihm soeben entgegen.

„Wer war das, Gaius?", fragte sie besorgt. „Ich habe mir Sorgen gemacht, weil du so lange fort warst."

„Das war mein Bruder."

Weiter um Fassung ringend, ging er, unsicher gefolgt von Claudia, auf das Gemach der Germanenprinzessin zu, öffnete vorsichtig die Tür und erschrak. Das Bett war zerwühlt und leer, das Fenster stand weit offen. Sofort wusste er, was die Stunde geschlagen hatte.

„Lioba!", brüllte er so laut durch das ganze Haus, dass Claudia vor Schreck zusammenzuckte. „Lioba!"

Wie versteinert stand er in der Tür des Zimmers, während die Angestellten und die Wächter, die durch seine Rufe geweckt oder alarmiert worden waren, aufgeregt schnatternd um ihn herumwuselten. Seine Geliebte stand verständnislos und betroffen vor ihm und griff unsicher nach seiner Hand.

„Sucht das Mädchen! Sucht mir Lioba!", bellte Gaius mit düsterer Miene durch sein Haus, doch er wusste, dass es dafür bereits zu spät war.

Er ahnte längst die Zusammenhänge, er hatte sich täuschen lassen. Die Prinzessin war geraubt worden, während er selbst mit dem Entführer ein Plauderstündchen unter Brüdern gehalten hatte.

Er hatte versagt.

Quintus' Besuch war Teil einer sehr gezielten Aktion gewesen, ein Ablenkungsmanöver. Gaius war überrumpelt worden und seine Wachen hatten ebenfalls vollständig versagt. Und sein Bruder hatte ihm absichtsvoll bewusst gemacht, wer Lioba geraubt hatte.

Wie wichtig musste ihm das gewesen sein ...?!

Gerade als Gaius die Wachen erneut wild gestikulierend durchs Haus scheuchte, betrat Marcus, sein Verwalter und Leiter der Wachmannschaft, verständnislos und mit nacktem Oberkörper, aber das Schwert in der Hand, das Atrium.

Mit Marcus hatte Gaius nun mehrere Hühnchen zu rupfen.

Caesar hatte Gaius Fabius das Leben des Mädchens anvertraut.

Gaius würde sich dieses Vertrauens würdig erweisen und seinen Bruder durch die Welt jagen, wenn es sein musste. Er schwor bei Jupiter: Caesar würde sich auf ihn verlassen können und Lioba bald wieder unversehrt in seiner Obhut sein.

Und Quintus Fabius Maximus mausetot – Bruder hin oder her!

## SÜDLICHES MARE INTERNUM[120]

Eine halbe Tagesreise vor Karthago

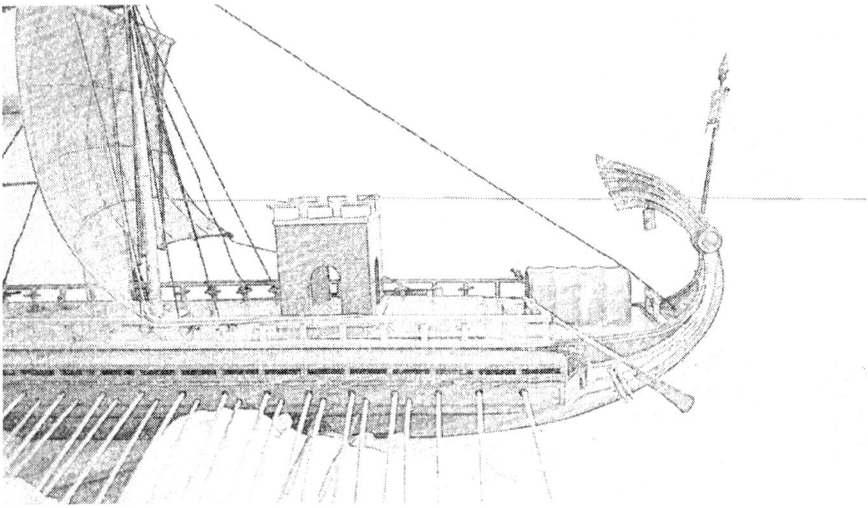

Ich stand schon seit Stunden tief in Gedanken versunken und allein an der Reling der ‚Imperium III', sah auf das ruhige Meer hinaus bis zum Horizont, der heute übergangslos in einen milchig blauen Himmel überging. Dabei ignorierte ich das hektische Treiben der Matrosen und Legionäre um mich herum.

Die einen hielten unter Anleitung meines Optio das Schiff auf Höchstgeschwindigkeit Richtung Karthago, hatten jeden brauchbaren Fetzen Segel gesetzt und die Remiges[121] auf maximale Leistung getrimmt. Die anderen bereiteten sich auf die bevorstehende kriegerische Auseinandersetzung vor.

---

120 lat. Mittelmeer

121 lat. Rudermannschaft

Ein Mann war in den Ausguck geschickt worden, um Ausschau nach der Küste der Provinz Afrika zu halten.
Wir hatten noch keinen Plan zum Angriff auf Karthago vorbereitet, denn Caesar war mit Kopfschmerzen und Schwindelanfällen in der Kajüte verschwunden.
Mein Gefährte hatte schlecht ausgesehen über den Tag, war konzentrationsschwach gewesen und die sonst so wache Stärke war aus seinen Augen verschwunden. Ich hatte ihn noch nie in dieser schlechten Form erlebt und machte mir ernsthaft Sorgen.
Er winkte jedoch nur ab.
Ich selbst hatte dadurch Gelegenheit, über die letzten Tage und das Protokoll des Perperna nachzudenken.
Gaius Julius Caesar hatte immer recht gehabt mit den bröckelnden Säulen Roms, an denen von allen Seiten die Meißel zum endgültigen Abbruch angesetzt worden waren.
Es war nun an uns, den Niedergang Roms zu bremsen und vielleicht sogar umzukehren. Jeder Römer mit Stolz hätte das getan. Es war wohl unser Schicksal... nein, ich weigerte mich, dieses Wort dafür zu verwenden.
Es war unsere Bestimmung, dem Treiben dieser Verschwörerbande ein Ende zu setzen. Das Emporiae-Protokoll hatte dafür einen unschätzbaren Wert.
„Centurio!“, rief mir der Mann im Ausguck zu. „Kriegsschiff voraus!“
Ich trat näher an die herrlichen Schnitzereien heran, mit denen der Bug meiner Galeere verziert war, schützte die Augen mit der Rechten und sah zum Horizont. Tatsächlich, das Segel eines Schiffes.
„Was ist das für ein Schiff?“, rief ich hinauf zum Ausguck, der einen Moment zur Antwort brauchte.
„Eine Trireme, Centurio. Ein römisches Großkampfschiff ähnlich dem unseren. Es hatte allem Anschein nach Kurs Karthago gesetzt, nimmt

allerdings nun Kurs auf uns und kreuzt leicht gegen den Wind. Sie haben uns wohl ebenfalls entdeckt."

„Die könnten unsere Mission verhindern wollen, Centurio. Wer weiß, warum die nach Karthago unterwegs sind. Sollen wir beidrehen und die Entfernung zu dieser Trireme vergrößern?", fragte Optio Sixtus Albinius, der nun besorgt neben mir aufgetaucht war und ebenfalls das andere Schiff beobachtete.

„Nein, Optio, wir sehen uns an, wer das ist. Wir sind ebenfalls ein schweres Kriegsschiff."

Ich kniff die Augen zu Schlitzen zusammen.

„Kampfstationen besetzten und die Centurie antreten lassen, Optio!", befahl ich, wandte mich um und ging in meine Kajüte, mich gleichfalls zu bewaffnen.

Wir näherten uns schnell der fremden Trireme, da der Wind für uns günstiger stand. Caesar hatte meine Kajüte aufgesucht, denn er hatte die Rufe des Ausgucks gehört und sich von seinem Lager erhoben.

Sein Gesicht wirkte fahl. Als wir schließlich gemeinsam an die Reling traten und er in die Ferne spähte, murmelte er leise: „Das ist die ‚Capua'. Das ist mein Schiff, mit dem ich nach Rhegium gekommen bin. Was tut sie hier?"

Ich befahl nun, den Alarmzustand zu beenden und die Ruder einzuziehen. Optio Sixtus Albinius ließ die Segel einholen, sodass sich die ‚Imperium III' von selbst verlangsamte und wir mit der Strömung und unserer Eigendynamik zur ‚Capua' längsseits gehen konnten, deren Trierarch seinerseits ein ähnliches Manöver durchführen ließ.

Es wurden Leinen zur jeweils anderen Seite geworfen, die Schiffe fest vertäut und unsererseits eine Enterbrücke zur ‚Capua' ausgefahren.

Längst hatte ich neben dem mürrisch dreinblickenden Centurio Decimus Tullia einen anderen Mann entdeckt: Hochgewachsen, blond und quasi das ältere Ebenbild meiner selbst. Es war mein Vater, der sich

eben anschickte, behände über die Enterbrücke zu laufen und zur ‚Imperium III' herüberzukommen.
Seine Reise war kein Ausflug, wie seine angespannte Miene verriet, und er hielt sich auch nicht lange mit Begrüßungsfloskeln auf, sondern forderte uns unverzüglich zu einer Besprechung unter Deck auf.
Wir folgten seiner Aufforderung verblüfft, während Vater bereits eilig die hölzerne Treppe in die Kommandantenkajüte hinabstieg.
Entsetzt erfuhren wir, dass die kleine Germanenprinzessin Lioba aus der Fabius-Villa geraubt worden war und mein Vater auf dem Wege war, sie zurückzuholen.
Er entschuldigte sich wieder und wieder bei meinem Freund, der sich jedoch äußerst verständnisvoll zeigte und meinte, sie diene dem ‚Societas Aeneae' als Druckmittel gegen ihren Vater. Fürst Ariovist spiele in der perfiden Inszenierung von Socius III nämlich die entscheidende Rolle.
Von unserer siegreichen Mission überzeugt fügte Caesar hinzu, wir sollten die Kleine nun gemeinsam befreien und dieses Vieh namens Socius III endlich zur Strecke bringen.
„Wobei ich dir deinen lieben Bruder gern überlasse, Gaius", ergänzte er. „Schau dir bitte an, was Manius und mir in Emporiae in die Hände gefallen ist."
Ich gab Vater einen kurzen Abriss der Geschehnisse in Hispanien. Perperna' s Protokoll, welches Caesar meinem Vater nun vorlegte, schlug bei ihm ein. Das Entsetzen über dieses Viererbündnis war ihm deutlich anzusehen.
„Glücklicherweise lief deine ‚Capua' zur richtigen Zeit wieder in Rhegium ein, lieber Julius", sagte mein Vater. „Repariert und einsatzfähig."
„Und wie hast du den ‚überaus hilfsbereiten' Mann dazu gebracht, für dich in Richtung Karthago auszulaufen?", grinste Caesar, der den sturen und unsensiblen Centurio der Capua bestens kannte.

„Klingende Münze“, lachte Vater und schlug mit der Handfläche auf den Tisch. „Auch dieser stiernackige Kopf hat seinen Preis. Aber dem Trierarchen und den Offizieren habe ich ebenfalls eine ordentliche Summe zukommen lassen. Ohne dass er es mitbekommen hätte...“
Wir drei lachten laut und nickten uns verstehend zu. Für eine angemessene Summe war jede Loyalität zu kaufen.
„Vater, wie bist du eigentlich darauf gekommen, dass Lioba ausgerechnet in Karthago festgehalten werden könnte?“, fragte ich interessiert, denn ich lag sicher nicht falsch in der Annahme, dass er uns bei Weitem noch nicht alles erzählt hatte.
„Cornelia, die Tochter Dolabellas, hat mir geholfen“, antwortete er und sein Blick wanderte zu mir. „Ich hatte keine Ahnung, wohin mein Bruder die Kleine verschleppt haben könnte. Meine Ermittlungen bezüglich meines Bruders liefen allesamt ins Leere. Cornelia kam zu mir herüber, da sie erfahren hatte, dass Lioba erneut geraubt worden war.
Lieber Julius, du hattest wohl in ihrem Beisein sehr detailliert geschildert, wie es dem Mädchen auf dem Sklavenmarkt ergangen war.
Das hat Cornelia mächtig aufgeregt. Sie wusste von ihrem Vater, dass der ‚Societas Aeneae‘ in den Ruinen der gefallenen Stadt Karthago einen umfangreichen Unterschlupf, eine geheime Kerkeranlage unterhält. Dort werden unliebsame Personen festgehalten. Manche lässt man dort auch für immer verschwinden.“
Vater setzte ein gespieltes, überlegenes Lächeln auf und zog seinerseits eine Schriftrolle unter seiner Tunika hervor.
„Nicht nur ihr habt Leute, die euch mit Informationen versorgen“, lachte er. „Cornelia hat mir diesen Lageplan aus dem Vermächtnis ihres Vaters übergeben, der uns sogar die geheimen Eingänge zur Kerkeranlage aufzeigt. Damit werden wir es schaffen.“
„So wird der Lump Dolabella postum und unfreiwillig zu unserem Helfer, seine eigenen Leute zu besiegen. Weiß Manius‘ Geliebte denn

auch, wer dieser verdammte Socius III ist?“, fragte Caesar. „Das ist immer noch die Frage aller Fragen.“
„Nein, leider nicht, Julius“, antwortete mein Vater kopfschüttelnd. Lächelnd wandte er sich speziell an mich: „Manius, ich habe mit dir ja schon über Cornelia gesprochen. Und das sage ich jetzt nicht aus Eigennutz wegen Claudia, wie du vielleicht denken magst. Aber ich bin dein Vater und sie ist voller Vertrauen zu mir gekommen. Cornelia ist niemals mit den Machenschaften Dolabellas einverstanden gewesen. Das hat sie mir glaubhaft versichert. Cornelia hat Charakter bewiesen und sie steht zu dir, egal was kommt. Sie liebt dich sehr. Auch das hat sie mir gesagt.“
„Ich weiß“, knurrte ich und sah still zu Boden. Vater hatte natürlich wieder einmal recht, das wusste ich. Und ich wusste, dass es Zeit war, das Richtige zu tun - wenn diese Sache hier vorbei war.
Caesar klopfte mir aufmunternd auf die Schulter und lächelte mich wie ein wohlmeinender Bruder an.
Längst war er wie ein Bruder für mich, mehr als nur ein Freund.
„Dein Vater hat recht, Manius.“
„Übrigens ist auch Lucius Claudius Benignus, mein guter alter Freund, an Bord der Capua“, sagte Vater. „Er wird uns ebenfalls beistehen, ist aber im Moment seekrank, der Arme. Ich werde ihn entsprechend unterrichten. Deshalb lasst uns jetzt gemeinsam unseren Angriff auf Socius III planen. Wir räuchern den Kerl und seine Bande aus. Lioba wartet auf Hilfe.“

# KAPITEL XI

## ‚FIAT IUSTITIA‘[122]

### KARTHAGO

Provinz Afrika Prokonsulensis

Diese Metropole an der Küste Nordafrikas, Hauptstadt der gleichnamigen See- und Handelsmacht, wurde vor Jahrhunderten zur direkten Konkurrentin Roms um die Macht.

Die Karthager, von uns Römern als „Punier“ bezeichnet, was entsprechend ihrer Abstammung von den nahöstlichen Phöniziern[123] abgeleitet war, trieben jahrhundertelang Handel in allen Häfen des Mare Internum. Mir hatte schon immer die Geschichte des Karthagers Hannibal imponiert, auf die ich als Junge in der Bibliothek meines Vaters gestoßen war. Der Heerführer war mit Elefanten über die Alpen gezogen und hatte Rom enorm bedrängt.

Zum Ende des letzten Punischen Krieges, vor über siebzig Jahren, hatten die Römer unter Scipio die einstmals herrliche Handelsstadt während der sechstägigen Eroberungsschlacht vollständig vernichtet. Zigtausend Karthager hatten sich Scipios Legionen ergeben und waren daraufhin unter schrecklichsten Umständen in die Sklaverei verkauft worden.

Das gern gebrauchte, geflügelte Wort von Cato dem Älteren „Ceterum censeo Carthaginem esse delendam“[124] war Wirklichkeit geworden.

---

[122] lat. ‚Es werde Gerechtigkeit‘

[123] Der Ursprung der Phönizier liegt in der Gegend des heutigen Libanon

[124] „Im Übrigen meine ich, dass Karthago zerstört werden muss.“

Die Vernichtung der Konkurrentin Karthago ist damals systematisch umgesetzt und die Stadt bis auf die Grundmauern geschliffen worden. Karthago war aus dem Leben der Menschen getilgt. Es existierte nur noch als fahle Erinnerung am Horizont der Geschichte.
Die verbliebenen unterirdischen Fundamente und Keller hatten sich die Verschwörer des ‚Societas Aeneae' offenbar bis heute nutzbar gemacht. Cornelias Plan zeigte uns, dass bestimmte Katakomben im ehemaligen Stadtzentrum, nördlich des Hafens, hoch auf einer steilen Anhöhe gelegen, zu geheimen Kerkern ausgebaut worden waren.
Hier vermuteten wir auch das Verlies, in dem man Lioba gefangen hielt. Ich stand nervös neben Gaius Julius Caesar am Bug meines Schiffes, als wir an diesem entscheidenden Tag frühmorgens mit der ‚Imperium III' vorsichtig und geradezu auf dem Präsentierteller in die sehr weitläufige nordafrikanische Bucht vor Karthago einfuhren, an deren westlicher Seite der frühere Hafen von Karthago gelegen, der zwar vollständig verwildert, aber nach wie vor gut zu erkennen gewesen war.
Niemand ließ sich blicken. Und doch wussten wir von Cornelia, dass eine Einsatzgruppe schwer bewaffneter Söldner in den Ruinen stationiert sein musste.
Ich sorgte mich um das Wohl meiner Männer, wusste ich doch nicht, was uns hier erwartete.
Unser Plan, die ‚Imperium III' in den alten Hafen Karthagos zu lenken, die ganze Aufmerksamkeit des Gegners auf uns zu ziehen und unsere gut einhundert Legionäre unter Führung von Caesar und mir bergauf stürmend Front gegen die Ruinenstadt auf dem Hochplateau machen zu lassen, sah zwar im ersten Moment ziemlich unklug aus, diente aber bestens zur Ablenkung des Feindes.
Socius III wusste hoffentlich nicht, dass sich die ‚Capua' im Dunkel der glücklicherweise mondlosen Nacht unter meines Vaters Führung, dicht

an der dem Hafen gegenüberliegenden Bucht entlang, an Karthago vorbei geschlichen hatte.
Unser gemeinsames Manko war allerdings, dass wir weder die Stärke noch die Aufstellung des Gegners kannten. Es war möglich, dass wir in eine Falle gerieten, die Socius III vorbereitet hatte.
Sicherlich war ihm längst zugetragen worden, dass uns diese Trivia in Emporiae nicht erwischt hatte, da wir den Rat Perpernas beherzigt hatten und fix auf unser Schiff zurückgekehrt waren.
Den Gegner auszukundschaften, so wie damals die Felsenfestung, hielten wir unter diesen Gegebenheiten für unmöglich. Uns lief einfach die Zeit davon, denn der Verschwörer durfte seine Pläne zum Zweifrontenkrieg gegen Rom auf keinen Fall weiter vorantreiben können.
Als wir im Morgengrauen in den völlig verwilderten, baumbestandenen, aber immer noch gut zugänglichen Hafen Karthagos einfuhren, fiel uns die Liburne auf, die sich dort bereits fest vertäut und ohne jegliches Wachpersonal befand.
Ich vermutete, dass dies das Schiff war, mit dem sich Quintus Fabius Maximus, mein Patruus[125], nach der Entführung Liobas aus Rhegium abgesetzt hatte. Auch er befand sich vermutlich noch hier.
Aber wo war die Mannschaft der Liburne geblieben?
Das Schiff wurde nicht einmal bewacht.
Ich hatte vorsorglich unsere hundertfünfzig Remiges bewaffnen lassen[126] und unter dem Kommando von Optio Albinius als Bewachung für das Schiff eingeteilt, damit mir sämtliche gut ausgebildeten Legionäre im

125 lat. für Onkel

126 die Rudermannschaften erhielten bei Dienstantritt auf Kriegsschiffen stets eine Grundausbildung an den Hieb- und Stichwaffen

Kampf zur Verfügung stehen konnten. Bei dieser Anzahl bewaffneter Männer an Bord wähnte ich die ‚Imperium III' halbwegs sicher.

Komplett gerüstet, mit abwehrbereit erhobenen Schilden und gezogenen Schwertern bahnten wir uns den Weg durch die alten Hafenkais, stiegen angespannt, hinter jedem Baum und jedem Strauch Angreifer vermutend, der steilen Anhöhe zum ehemaligen Herzen Karthagos hinauf.

Doch nichts passierte.

Natürlich vermuteten wir, dass wir beobachtet wurden und rechneten jeden Augenblick mit einem Angriff vom Hochplateau aus, doch mittlerweile auf halber Höhe angelangt, blieb für uns alles seltsam ruhig. Es herrschte eine unnatürliche Stille an diesem Hang.

Nur unsere Schritte auf dem steinigen Boden waren zu vernehmen.

Ich vermisste sorgenvoll das in diesen Breiten so typische Zirpen unzähliger Grillen im Morgenlicht. Kein Vogel ließ seine Stimme erklingen. Es herrschte die Stille einer toten, vor langer Zeit ermordeten Stadt.

„Julius, was hat das zu bedeuten?", flüsterte ich meinem Gefährten zu, der nur wenige Schritte neben mir die Anhöhe erklomm. „Haben wir uns geirrt? Hier scheint keine Seele zu sein."

„Ich weiß, was du meinst", raunte er mir leise zu. „Es ist viel zu still hier. Hoffentlich laufen wir nicht in eine..."

Ein lautes Zischen aus den unter uns gelegenen Hafenanlagen ließ uns entsetzt herumfahren. Unzählige Pfeile mit brennenden Spitzen rasten ohne Vorwarnung auf das Oberdeck und die Takelage der ‚Imperium III' zu und bohrten sich in Aufbauten, Masten und gereffte Segel, die Feuer fingen und lichterloh zu brennen begannen. Erschrockene Rufe und Flüche erklangen aus vielen Kehlen unserer Männer.

Unser Gegner hatte sich gemeldet und seinen ersten Angriff gegen uns an unserer schwächsten Stelle begonnen.

Nun mussten wir Legionäre, die bereits ein Stück den Hängen hinauf gegangen waren, mit Entsetzen zusehen, wie sich unsere Wachen mühten, die Pfeile zu entfernen und ins Hafenbecken zu werfen. Verzweifelt wurde versucht, die schnell aufflammenden Brände zu löschen. Doch eine zweite Welle Brandpfeile vereitelte alle ihre Bemühungen. So mancher Remigius wurde selbst von Brandpfeilen getroffen und lief schreiend als lebende Fackel über Deck.

Mich erfasste eine Art Schockzustand und ich sah mit offenem Mund zu, wie das Schiff, welches unter meiner Verantwortung unterwegs war, in unfassbarer Geschwindigkeit und vollständig bis an die Mastspitze von einem hellgelb und rot züngelnden, laut knisternden Flammenmeer eingehüllt wurde.

Die ‚Imperium III' wand sich schon nach wenigen Augenblicken im Todeskampf. Mir lief es eiskalt den Rücken hinunter, denn ich vernahm mit dem Knistern des Feuers und dem Knarren der unzähligen verbrennenden Holzbohlen und im langsamen Sinken des Schiffes den schrecklichen Todesschrei meiner stolzen, wunderschönen Galeere.

Mit stillem Grausen beobachteten wir von halber Anhöhe aus, wie sich unsere im Kampf Mann gegen Mann so ungeübten Ruderer an Land oder mit langen Sätzen ins Hafenbecken zu retten versuchten. Sie wurden sofort von kampfstarken Gegnern empfangen und niedergemacht oder noch im Wasser von tödlichen Pfeilen getroffen.

Wir waren außerstande, ihnen zu helfen.

Der Weg nach unten wäre für uns mittlerweile viel zu weit gewesen. Außerdem mussten wir nun auch mit dem Angriff vom Hochplateau rechnen. Wir würden in diesem Falle zwischen von zwei Seiten angreifenden, mutmaßlich überlegenen Einheiten des Gegners unweigerlich zermahlen. Wir mussten dem Gemetzel einer überlegenen Söldnertruppe an unserer Rudermannschaft tatenlos zusehen.

Ich sah meinen treuen Optio Sixtus Albinius gegen drei Gegner antreten und von drei Schwertern tödlich getroffen zu Boden gehen. Aus schlimmen Wunden blutend ließ er sein Leben.
Mir wurde nun klar, warum man uns weit hinauf zur Ruinenstadt hatte klettern lassen, ohne uns anzugreifen. Allerdings waren wir in keine Falle gegangen, wie ich zuerst gedacht hatte.
Nein, es war alles viel schlimmer!
Wie hatte ich nur so dumm sein und Caesars Plan meine Zustimmung geben können? Die ‚Imperium III' als Ablenkung herhalten zu lassen hatte doch schiefgehen müssen!
Wie eine Schlange die arme Maus beobachtete Caesar die schreckliche Szenerie. Unsere Blicke begegneten sich und ich verstand, so bitter dies auch für mich war. Ein Stich fuhr mir durchs Herz.
Ja, Caesar hatte von Anfang an darauf angelegt. Eiskaltes Kalkül hatte ihn mein Schiff opfern lassen, ohne es mir vorher zu erzählen.
„Du wirst ein neues Schiff bekommen, Manius", sagte er kalt. „Und eine neue Mannschaft."
Nichts weiter, nur diesen einen nüchternen Satz.
Das war es, was diesen jungen Mann, Gaius Julius Caesar, schon heute ausmachte und für mich so unbegreiflich war. Für höhere Ziele war er bereit, jedes Opfer zu akzeptieren und seinen Willen über diese Opfer hinweg bedingungslos durchzusetzen.
Er lebte und stritt als Tapferster unter Tapferen mitten unter uns. Dabei war ihm völlig egal, was andere darüber dachten, denn für ihn heiligte der Zweck in jedem Falle die Mittel. Aus ihm konnte in dieser Welt der Ränke, der Kämpfe und des massenhaften Todes ein wahrhaft ‚großer Mann' werden.
Was mir in diesem Moment unter Schock klarer denn je wurde.
„Nehmt eure Kampfposition ein, Männer!", rief Caesar unseren Leuten konzentriert und absolut ruhig zu, denn er wusste, dass nun auch ein

direkter Angriff auf unsere Truppe unmittelbar bevorstand. „Sie werden uns jeden Moment von oben angreifen!“

Niemand von uns war in der Lage gewesen, sich so ohne Weiteres dem grausamen Anblick unseres sterbenden, lichterloh in Flammen stehenden Schiffes zu entziehen. Nur er behielt klaren Kopf und gab die notwendigen Anweisungen, denn genau in diesem Moment nahm ein Schauer unzähliger Pfeile mit lautem Surren Kurs auf uns.

Wir hoben zum Schutze unsere Schilde und machten uns auf den Angriff eines überlegenen Feindes gefasst.

Einige warteten gebannt und mit glasigen Augen auf mein Angriffssignal.

Hier und da fanden die Pfeile ihren Weg durch unsere Schilde. Sie bohrten sich durch Arme, Beine und Körper einiger Kämpfer, deren Schmerzensschreie zu mir herüberdrangen.

Mein Blick fiel auf einen blutjungen Legionär, ein halbes Kind, der sich ängstlich hinter seinem Schild verkrochen hatte. Ich versuchte, zuversichtlich dreinzublicken und nickte ihm milde zu. Ein schmales Lächeln glitt über sein Gesicht, während ein Pfeil die Armierung seines Schildes durchschlug und sich ihm mitten durch den Kopf bohrte. Er kippte, fest mit seinem Schild verbunden, tot zur Seite.

Ich sah erwachsene Männer hinter ihren Schilden leise Gebete sprechen, andere kniffen angstvoll die Augen zu, aus denen bittere Tränen quollen. In mir kochte lediglich unbändiger Zorn hoch, Zorn auf den elenden Socius III, als ich mich im Schutze meines Schildes in die Höhe reckte und den Befehl zum Angriff aus meiner Kehle erschallen ließ.

**KARTHAGO**

Im Hinterland

„Herr, im Hafen von Karthago steht die ‚Imperium III' in Flammen und der Kampf an den seeseitigen Hängen des Hochplateaus hat begonnen. Unsere Anwesenheit dagegen scheint noch niemand bemerkt zu haben."
Der römische Späher stand ein klein wenig zu stramm, als er äußerst pflichtbewusst seine Nachricht überbrachte und Lucius Claudius Benignus unwillkürlich schmunzelte.
Gaius Fabius Maximus ließ derweil seinen prüfenden Blick über das riesige Feld von niederen Grundmauern schweifen, das noch immer die einstige Größe der wunderbaren Metropole Karthago bewies.
Weit südlich der Stadt war er unbemerkt mit den Legionären von der ‚Capua' an Land gegangen. Er hatte vor, in aller Ruhe und unbemerkt im Rücken der Söldnertruppe, die Socius III hier zusammengezogen hatte, aufzumarschieren.
Caesars Plan war perfekt gewesen und funktionierte wie am Schnürchen. Auch wenn diesem Plan leider Manius' Schiff zum Opfer gefallen war. Sein Junge hatte diese Möglichkeit leider nicht einmal erahnt, wusste Gaius Fabius. Jetzt hatte er den Plan sicher begriffen.
So war das eben, wenn es eine Schlacht zu gewinnen galt. Dieses Handwerk war eines der Härtesten und Manius musste lernen, die Folgen zu verdauen.
Gaius Fabius und sein Freund Lucius Claudius Benignus hatten den Truppen Anweisung gegeben zu warten, bis sie beide die Barbarenprinzessin gefunden und in Sicherheit gebracht hatten. Erst dann sollte der landseitige Großangriff unter Führung des überaus kriegserfahrenen Centurio Decimus Tullia beginnen.
Die beiden Männer schlichen im Schutze ihrer Schilde und einiger brüchiger Mauerreste Karthagos mit gezogenen Schwertern zum

Eingang des unterirdisch angelegten Verlies-Traktes hin, der auf Cornelias Plan konkret vermerkt war.

Sie erreichten ihn unbehelligt. Niemand war zu sehen, nur der Schlachtenlärm vom seeseitigen Hang östlich der Ruinenstadt war zu hören.

Vorsichtig tasteten sie sich weiter nach vorne, treppab und durch halbdunkle, nach Moder stinkende Gänge voller Rattenkötteln.

Gaius schlich voran, Lucius deckte ihre rückwärtige Flanke ab.

„Es ist eigenartig“, flüsterte Gaius seinem Freund zu. „Hier unten ist ja keine Seele. Das hatte ich eigentlich so nicht erwartet.“

„Versteh' ich auch nicht“, antwortete dieser und sah sich um.

Sie strebten weiter vorwärts, bis eine verschlossene Zellentür mit einem kleinen vergitterten Fenster Gaius' Aufmerksamkeit erregte und er hineinspähte.

„Da ist sie! Und sie lebt!“, flüsterte Gaius erregt. Im Grunde roch er förmlich die offene Falle. Aber nichts geschah, was ihn hätte hindern können, das junge Mädchen mitzunehmen.

„Lioba, ich bin es“, flüsterte er durch das vergitterte Fensterchen. „Wir sind hier, um dich zu retten. Wir werden dich mitnehmen.“

Gaius schob die drei Riegel zurück, die die Tür zu der Zelle von außen verschlossen, öffnete sie und trat ein.

Lioba saß im Halbdunkel einer schmutzigen Ecke des Verlieses. Sie sprang zwar auf bei Gaius‘ Worten, doch die Gefangene zeigte keine Überraschung, schon gar keine Freude. Stattdessen richtete sich ihr Blick an Gaius vorbei auf den zweiten Mann, der nun die Zelle betrat.

Lioba riss ihre Augen weit auf und schrie. Heiß brodelnder Hass gegen diesen Mann ließen ihren Körper zucken wie nach einem Blitzschlag!

Und Gaius Fabius Maximus erschrak. Die Erkenntnis des Unfassbaren reifte in ihm, noch bevor er sich umdrehen konnte.

Er spürte die Spitze eines Schwertes in seinem Rücken.

„Du solltest jetzt keinen Fehler machen, lieber Freund“, knurrte Socius III mit ruhiger Stimme und verlieh seiner Drohung Nachdruck, indem er die Schwertspitze noch etwas stärker in Gaius’ Rücken bohrte. „Bitte lass‘ dein Schwert fallen. Sofort. Und dann hebst du die Hände in die Höhe.“

Tausend Gedanken schwirrten durch Gaius Kopf. Verzweifelt suchte er einen Ausweg aus der Situation. Schließlich blieb er an einer Hoffnung hängen, einer vagen Möglichkeit, die er realistisch gesehen schon längst wieder verworfen hatte.

Leise klirrend schlug sein Gladius auf dem festgestampften Lehmboden der Zelle auf, während er die Hände hob und sich sein Blick mit dem Liobas traf. Nur ganz kurz. Sehr eindringlich.

„Es ist traurig, dass wir nun so weit gekommen sind“, sagte Socius III. „Ich habe versucht, diesen Augenblick zu vermeiden, aber...“

Gaius atmete tief durch. Er ließ dem Schock der Erkenntnis keinen Raum in seinen Gedanken, jetzt, da seine Befürchtung, die er lange als unmöglich verdrängt hatte, zur Gewissheit wurde.

„Irgendwie, tief in meinem Inneren, habe ich niemals wahrhaben wollen, dass du es sein könntest“, knurrte Gaius und straffte seine Haltung. „Auch wenn die Beschreibung des Socius III gut auf dich passte und du ständig auf Reisen warst. Solch ausgeprägte Niedertracht habe ich meinem besten Freund nicht zugetraut. Nun zweifle ich an meiner Menschenkenntnis.“

Lioba stand noch immer unbeweglich aber vor Hass gegen ihren Peiniger zitternd und bebend an derselben Stelle.

„Niedertracht?“, fragte Socius III und lachte kehlig. „Ohne mich wären dein Sohn und du doch längst tot! Ohne mein Eingreifen hätte Dolabella dich in jener Nacht zu Tode gepeitscht.“

Gaius grunzte verächtlich und schwieg.

„Glaub mir, Gaius, in Pergamum hätte ich unseren lieben Manius leicht erledigen können, als er vor mir in seinem Bett lag. Habe ich das vielleicht getan? Der eine Tag im Kerker dürfte sehr lehrreich für ihn gewesen sein. Er hat ihm sicher gutgetan."
Socius III lachte selbstgefällig.
Gaius Fabius lachte traurig und drehte sich leicht zu seinem Freund um, tat dabei einen Schritt nach links.
„Manius sieht das etwas anders. Er hat Socius III dafür Rache geschworen. Du hast zu viele Verbrechen begangen."
Socius III folgte Gaius, der einen weiteren Schritt nach links tat, und drückte weiterhin die Spitze seines Gladius in dessen Rücken.
„Auf der Akropolis von Pergamum bin ich lediglich vor euch geflohen und habe euch keines eurer wertvollen Härchen gekrümmt", erwiderte Lucius Claudius Benignus alias Socius III. „Ich habe euch geschont, wo ich nur konnte. Aber dein Sohn und du und dieser widerliche junge Geck Caesar, ihr wolltet ja einfach nicht lockerlassen und euch unbedingt in meine geschäftlichen Angelegenheiten einmischen."
„Geschäftlich...", höhnte Gaius und grunzte erneut. „Du hast Dolabella getötet, nicht wahr?"
„Es war unvermeidlich. Der Mann wurde für den Societas und auch für sich selbst zur Gefahr. Und sein Ableben wurde zu deiner Rettung vor einem Todfeind."
„Du hast seinen Platz als mein Todfeind eingenommen", stellte Gaius fest. „Wo ist der Unterschied?"
„Du irrst, Gaius", erwiderte Lucius Claudius Benignus alias Socius III in fester Überzeugung „Ich war und bin nicht dein Todfeind."
Sein Tonfall klang sogar glaubwürdig - wenn man einen Mörder wie ihn überhaupt als ‚glaubwürdig' betiteln wollte.

Gaius jedenfalls lachte auf. Nicht nur wegen der Worte des Mannes, den er bis vor wenigen Augenblicken als seinen Freund bezeichnet hatte. Er hatte durch seine Worte Lucius‘ volle Aufmerksamkeit gewonnen.

„Und Damis, der Piratenführer? Du hast ihn zu einem Bündel Menschenfleisch verarbeiten lassen."

„Ich dulde keinen Verrat an meinen Plänen. Er hat ein gutes Geschäft mit Coracesium absichtsvoll vereitelt. Aber nun habe ich andere Pläne, wie du ja weißt."

Gaius Fabius trat einen weiteren Schritt nach links und Lucius folgte ihm mit dem Schwert.

„Dein Mordauftrag für Gaius Julius Caesar war nicht erfolgreich."

„Den hat Dolabella zu verantworten. Ich war dagegen immer der Ansicht, wir sollten diesen jungen Mann für den ‚Societas‘ gewinnen. Dolabella hat seinen männlichen Geliebten auf Caesar gehetzt, der sogar mein Haus beschmutzt und Claudia bedroht hat. Er war ein pervertiertes Scheusal, sage ich dir, welches es mit Männlein, Weiblein und Tierlein trieb. Das kann er nun im Hades für alle Zeiten weiter tun."

„Das tust du natürlich nicht", höhnte Gaius Fabius provokativ und vollendete seine Kreisbewegung mit einem letzten Schritt, während ihm Lucius erneut folgte und die Spitze des Schwertes noch nachdrücklicher in Gaius‘ Rücken bohrte.

„Du weißt, dass ich anders bin!", erhob Socius III beleidigt die Stimme. „Wir kennen uns schon sehr lange! Und du liebst meine Tochter, die ich zu einem anständigen, liebevollen Menschen erzogen habe!"

„Ja, das hast du allerdings, Lucius. Aber was soll nun werden?"

Socius III alias Lucius Claudius Benignus atmete tief durch.

„Du und deine Leute lassen mir keine Wahl", sagte er nun und in seiner Stimme lang ein wenig Bedauern. „Deine Truppen werden vollständig aufgerieben, Gaius. Ich werde sie in den Tod führen. Caesar und eure Legionäre werden einfach von der Bildfläche verschwinden und kein

Hahn wird mehr nach ihnen krähen. Ich habe das alles bereits mit meinen Mitbrüdern in Rom besprochen. Schließlich habe ich als Socius III nur noch zwei Männer über mir. Leider werde ich dich, deinen Sohn und deinen süßen Schützling hier ebenfalls beseitigen müssen."

„Überleg' gut, was du tust, Lucius. Claudia wird nicht so einfach lockerlassen und meinen Tod hinnehmen. Sie wird Nachforschungen anstellen, sollte ich nicht wieder auftauchen. Wenn sie auf die Wahrheit stößt, wird es dir schlecht ergehen."

„Lass' einmal meine Tochter auch meine Sorge sein! Du hast doch nicht ernsthaft geglaubt, ich ließe so einen alten Kerl wie dich mein kleines Mädchen heiraten, mein einziges Kind!" Lucius Claudius Benignus lachte erneut, aber es klang bitter und bei Weitem nicht so überlegen wie noch eben.

Er zog von Gaius unbemerkt seinen langen Dolch unter der Rüstung hervor, um seinen Freund von oben herab, durch den Rücken, mit einem unverhofften tödlichen Stoß ins Herz schnell und möglichst schmerzfrei zu töten.

Zum ersten Mal in all den Jahren seines Aufstiegs zögerte er, einen Menschen zu töten. Seinen Freund. Ein brennender Schmerz durchfuhr seinen Leib und seine dunkle Seele, den er niemals zuvor verspürt hatte. Hatte er noch eine Wahl?

Lucius holte tief Luft, hob seine Faust, die das Messer umklammerte ...

Und der brennende Schmerz in seinem Innersten wurde zur metallenen Realität.

Lucius riss erschrocken die Augen auf. Ein gellender Wutschrei und ein schrecklicher Fluch in der Sprache des germanischen Suebenvolkes hallten durch die Zelle und die unterirdischen Gänge des Verlieses. Die

Spitze eines Kurzschwertes bohrte sich von hinten durch den Brustkorb von Socius III und trat nahe dem Herzen aus.
Lucius Claudius Benignus ließ das Schwert und den Dolch fallen und brach sterbend zusammen.
Gaius' letzte Hoffnung hatte sich erfüllt. Seine verbalen, emotionalen Ablenkungsmanöver für den Mörder, seine langsame Kreisbewegung, der Lucius ohne es zu registrieren gefolgt war, hatten Lioba aus dem Blickfeld genommen.
Und Lioba hatte reagiert.
Erst jetzt, nachdem der Blick des von ihr gerichteten Peinigers für immer gebrochen war, starrte Lioba mit furchtsam aufgerissenen Augen, zitternd und bebend, in Gaius Richtung.
Was, beim Jupiter, war soeben geschehen?
Gaius Fabius trat an Lucius' Leiche heran.
„Er ist tot. Es geht keine Gefahr mehr von ihm aus", sagte er, während ihm die kleine Prinzessin hemmungslos weinend in die Arme fiel. „Ja, lasse deinen Tränen freien Lauf, mein Kind. Es wird alles gut."
Gaius Fabius warf noch einen traurigen Blick auf den tot in seinem Blut liegenden Freund, der tatsächlich Socius III gewesen war. Ein Mann, den zu töten er vor Tagen noch mehrfach geschworen hatte.
„Alles in Ordnung, lieber Bruder?", fragte eine männliche Stimme mit einem zynischen Unterton. „Du hast ihn erledigt, bevor er dich erledigen konnte. Gute Arbeit!"
„**Du** hier?", knurrte Gaius wütend, schob die Prinzessin sanft von sich, bückte sich nach Lucius' Schwert und tat einen Schritt auf seinen Bruder Quintus Fabius Maximus zu. „Elender Kerl, ich werde dich...!"
„Gar nichts wirst du! Du wirst mich schön in Ruhe lassen, Gaius", knurrte Quintus und trat einen Schritt zurück. „Ich bin auf deiner Seite. Die Gruppe der Männer um Marcus Tullius Cicero, von denen dir

Manius bestimmt berichtet hat, hat mich in den ‚Societas Aeneae' eingeschleust. Ich bin einer von den Guten."
„Und diesen Unsinn soll ich dir glauben? Du hast Lioba geraubt, mich betrogen. Du bist ein verdammter Verbrecher."
„So etwas gehört eben dazu, wenn du ein glaubhaftes Mitglied des ‚Societas Aeneae' sein willst. Ich hatte den Auftrag und habe ihn selbstverständlich ausgeführt. Gaius, ich bin dein Bruder. Also glaub mir bitte."
„Und was soll jetzt deiner Meinung nach geschehen?"
„Lass' mich gehen, Gaius, damit ich weiterhin Teil des Societas sein kann. Bring die kleine Prinzessin in Sicherheit und mach' den Rest der Verbrecher hier unschädlich. Vertrau' mir bitte dieses eine Mal. Du solltest dich allerdings so langsam entscheiden, denn die Truppen um Manius und Caesar halten ohne Hilfe nicht mehr lange durch."

**KARTHAGO**

Im Hafengebiet

Die Schlacht hatte sich auch ins unterirdische Karthago ausgeweitet, welches trotz der römischen Vernichtung noch immer bestand. Caesar, mein Schiffs-Aquilifer Gracchus Cato und ich hatten verschiedene Gegner in die verborgenen Reste der einstigen Großstadt verfolgt.
Ich rang gerade mit diesem wahren Herkules, der offenbar der Anführer dieser Kampftruppe des Societas war, anderthalb Köpfe größer als ich und muskulös wie ein Bär ohne Fell.
Er hatte mich aus einem in tiefer Dunkelheit liegenden unterirdischen Gang heraus attackiert. Ich hatte mir dummerweise mein Schwert entreißen lassen und mir mangels Alternative einen Ringkampf mit

diesem überlegenen Gegner aufzwingen lassen. Ein grobes Missgeschick, welches mir das Schicksal augenblicklich zu berechnen gedachte, auch wenn ich es tatsächlich fertigbrachte, meinen Dolch zu ziehen.
Der Kerl packte mit der Linken sofort die Handwurzel meines dolchführenden Arms und presste sie zusammen. Vor Schmerz aufstöhnend verlor ich die Waffe wieder aus den Fingern. Gleichzeitig fuhr mir seine Rechte an die Gurgel und drückte mit aller Kraft meine Kehle zusammen. Ich bekam noch mit, dass er in seiner Sprache einige Worte oder Flüche zischte.
Während er mir die Atemluft nahm und mich würgte, wurde mir ziemlich schnell schwarz vor Augen. Ich begann, fürchterlich zu schwitzen.
Im Gegenzug seine Pranke an meiner Kehle zu packen und mich durch kraftvolles Drücken zu befreien, war ein ziemlich aussichtsloses Unterfangen. Der Druck meiner Hand verpuffte in den Muskelpaketen und Handgelenken dieses Mannes. Ich richtete bei diesem Herkules nichts aus. Trotz aller Anstrengung.
Todesangst überfiel mich.
Er schien mir geradezu den Kopf abreißen zu wollen. Knurrend hob er mich mit der Hand an meiner Kehle vom Boden ab, bis nur noch meine Zehenspitzen den Marmorboden berührten.
‚Atme! Lebe! Du musst dich befreien!'
Meine Gedanken überschlugen sich in Panik. Trotz Atemnot und stechender Schmerzen versuchte ich in aller Eile, mir eine Strategie zu überlegen. Eine Strategie? Mir schwanden doch bereits die Sinne.
‚Ja, das ist' s! Atme! Lebe! Deine Beine sind frei!'
Ich beugte das rechte Knie und stieß es mit letzter mir verbliebener Kraft nach oben. Ich traf!

Ich vernahm ein Geräusch wie zerreißendes Leder, als ich den empfindlichsten Punkt dieses Mannes traf, seine Hoden, und der Herkules von mir endlich wimmernd und grunzend abließ.
Mein Hals war frei, meine Rechte ebenfalls und ich stand wieder mit beiden Sohlen auf dem Boden. Ich versuchte, Atemluft in meine Lungen zu pumpen. Doch es gelang mir nicht. Ich massierte mir röchelnd den Hals, beugte mich vornüber und hustete Schleim aus den Bronchien.
Der riesige Kerl krümmt sich vor Schmerz, stand aber nach wie vor fest auf den Beinen. Mein Dolch war außer Reichweite.
An mein Schwert dachte ich gar nicht, kämpfte ich doch immer noch mit dem Gleichgewichtssinn. In meinem Magen rumorte es fürchterlich.
‚Gib ihm keine Chance mehr! Du musst etwas tun, ihn endgültig außer Gefecht setzen!'
Ich besann mich auf das, was ich in der Militärschule von Misenum gelernt hatte, damals als Offiziersanwärter, für den Nahkampf ohne Waffen. Ich setzte dem Söldner einen gestreckten Handkantenschlag genau an die Stelle zwischen Oberkiefer und unterem Nasenansatz.
Auf den Punkt!
Und noch einmal!
Mein zweiter Hieb traf dieselbe Stelle.
Herkules glotzte mich noch einen Moment lang mit weit aufgerissenen Augen an, als hätte ihn ein Blitz getroffen, hielt die Luft an und kippte ganz langsam zur Seite.
Ich hatte gewonnen!
Ich atmete erleichtert und tief durch. Der feindliche Krieger lag nun bewusstlos am Boden. Ein kurzes Stoßgebet an Mars und ich sah mich um. Eben erledigten Caesar und der Schiffs-Aquilifer Gracchus Cato mit gewaltigen Schwerthieben ihre letzten Gegner.
Caesar schien völlig unverletzt, obwohl er viele Gegner niedergerungen hatte. Cato hatte Schnittwunden an den Armen, war aber kampffähig.

Julius Caesars Sinne waren so geschärft wie sein Schwert rot vom Blut der getöteten Gegner.
„Wir müssen hier raus! Wo bleibt nur dein Vater mit unseren rückwärtigen Truppen? Irgendetwas muss schief gegangen sein und..."
Julius Caesar erstarrte, denn eine schneidende weibliche Stimme rief meinen Namen:
„Manius Fabius Germanicus!"
Ich drehte mich der Stimme zu und wurde einer Gestalt gewahr, die langsam aus dem Zwielicht der Kellergewölbe heraus materialisierte.
Eine außergewöhnlich schöne römische Frau in einer maßgearbeiteten Rüstung zog meinen Blick auf sich: ebenmäßige Gesichtszüge, faszinierende Augen und eine Traumfigur. Sie trat hervor, während sie ihre zwei Schwerter mit gestreckten Armen in Angriffsposition brachte.
Ich erkannte sie. Wir waren uns bereits kurz in Hispanien begegnet. Während unseres Rittes durch die Stadt Emporiae hatte ich sie auf einem der Dächer auf uns lauernd entdeckt.
„Wer bist du?", bellte ich zurück. „Was willst du von mir?"
„Ich bin Trivia! Ich hatte geglaubt, du wärst längst wie ein Köter verendet!", rief sie. „Aber nun begegnen wir uns doch! Im Kampf! Wie ich mir das immer gewünscht habe!"
„Warum wünschst du dir das?"
„Du hast meinen Gefährten ermordet, den großen Aeolus! Heute zahlst du den Preis dafür! Der Fährmann wartet bereits auf dich!"
Sie kam näher. Dabei zeigte ihre Miene keinerlei Hass. Im Gegenteil: Ein seltsam zufriedenes, erwartungsvolles Lächeln spielte um ihre wundervoll geschwungenen Lippen. Mit kaltem Blick aus ihren eisblauen Augen taxierte mich Trivia auf eine eher leichte Beute. Sie sah mich wahrscheinlich im Geiste bereits blutend zu ihren Füßen liegen.
„Aeolus war dein Gefährte? Nun, er hatte den Tod verdient!", erwiderte ich mit fester Stimme. „Er kam als Mörder einer Prinzessin und ihres

Kindes. Aeolus wurde von mir dafür gerichtet. Du wirst ihm heute folgen, Trivia!“

Ihre Sucht nach Rache für den Tod ihres Aeolus, damals in Nicomedia, musste ihr ständiger Begleiter geworden. sein Sie hatte sich in einen todbringenden Groll hineingetrauert. War eine solche Emotion ein Vorteil für mich, den ich vielleicht nutzen konnte? Ich wusste es nicht.

Caesar und ich verständigten uns wortlos. Der ruhige, Mut machende Blick aus seinen Augen sagte mir, dass dies mein entscheidender Kampf werden und er nur im Notfall eingreifen würde.

Ich musste sie töten, um vor weiteren Nachstellungen sicher zu sein, wusste ich. Hier und jetzt! Es war an mir, den finsteren Mächten des römischen Machtbereichs, den allmächtigen Verschwörern des ‚Societas Aeneae‘, diese gefährliche und verschlagene Mitstreiterin zu nehmen.

Caesars kurzes Nicken gab mir die notwendige Zuversicht.

Ich war absolut ruhig und hatte mich vollständig vom Würgegriff des Herkules erholt, der mir noch immer bewusstlos zu Füßen lag.

Ich atmete tief durch und fühlte mich mental gerüstet, die bevorstehende Prüfung zu bestehen. Mein Herz schlug einen gleichmäßigen Takt, meine Rechte schloss sich sicher um den Griff meines Kurzschwertes, das ich längst wiedergefunden und aufgehoben hatte. Konzentriert spannte ich die Muskeln an, atmete ein weiteres Mal tief durch und ging meiner Herausforderin drei Schritte entgegen.

Fühlte ich Furcht?

Nur ein vollkommener Idiot oder ein Selbstmörder hatte keine Furcht vor einem bevorstehenden Kampf auf Leben und Tod. Aber Angst ist immer ein schlechter Ratgeber. Vorsicht hingegen schärft die Sinne und bläst jeden Anflug von Leichtsinn oder unangebrachtem Todesmut für einen Nahkampf hinfort.

Ich spürte Vorsicht, nicht Furcht.

Gracchus Cato beugte sich derweil zur Leiche eines besiegten Gegners hinab, ergriff dessen Schwert, schleuderte es mir in meine zupackende Linke und zog sich zurück.

Auch das fremde Schwert fühlte sich gut an. Es sicher mit links zu führen, würde mir keine Schwierigkeiten bereiten.

Da stand sie: Goldene Locken umrahmten ein fein gezeichnetes Gesicht. Eine traumhafte Figur und sichtlich gut entwickelte, feste Brüste wurden von der maßgefertigten Kriegsrüstung sogar noch betont. Sie wirkte ausgesprochen weiblich und attraktiv. Daran änderte auch ihr martialisches Auftreten einer Amazone nichts.

Ich betrachtete meine Todfeindin und bedauerte für einen Augenblick lang, der Welt diese ausgesprochen schöne Frau nehmen zu müssen. Mir widerstrebe es schon immer, Frauen ein Leid anzutun. Doch der Blick in ihre kalten Augen ließ mich erkennen, dass ich es mit der derzeit effektivsten Tötungsmaschine des ‚Societas Aeneae' zu tun bekam.

Sie würde keine Gnade kennen.

Es galt, diese Frau zu vernichten. Unbedingt. Heute. Für immer. So wie damals ihren Gefährten Aeolus in Nicomedia.

All diese Gefühle, Wahrnehmungen und Gedanken schossen mir in nur wenigen Augenblicken durch den Kopf, denn meine Gegnerin sprang bereits auf mich zu, um den Kampf zu eröffnen.

Niemand sprach ein Wort.

Nur Trivia' s Keuchen drang an mein Ohr.

Sie focht mit außergewöhnlicher Härte. Jeden Hieb, jeden Stich führte sie mit kalter Präzision. Trivia hätte mich schon nach wenigen Augenblicken getötet, wäre ich nicht in der Lage gewesen, meine Schwerter verteidigend einzusetzen und gleichzeitig mindestens so hart zurückzuschlagen.

Wir schlugen uns, ohne dass sich eine Seite den entscheidenden Vorteil erkämpfen konnte. Vorsichtig prüfte ich die Situation, versuchte, sie und ihre Möglichkeiten einzuschätzen.
Ihre Art zu kämpfen war mir nicht neu. Trivia stand sicher auf den Füßen, war sehr beweglich und wendig. Kampferprobt. Sicherlich führte sie tägliche Übungseinheiten durch. Ihre Schwerthiebe führte sie mit ebensolcher Wucht aus, wie es ein männlicher Gegner getan hätte.
Der Unterschied lag im Einsatz ihrer muskulösen Beine und Füße.
Ich ging in ihre Falle: Sie drehte sich unverhofft auf einem Bein einmal um sich selbst, gewann dadurch den Schwung, mich mit gestecktem Bein und heftigem Tritt vor den Brustpanzer zu Fall zu bringen. Die Luft aus meinen Lungen pustend, strauchelte ich und drohte bereits, rücklings über einen der toten Gegner in meiner Nähe zu stürzen.
Glücklicherweise fand ich mein Gleichgewicht in dem Moment wieder, in dem sie versuchte, mich mit beiden Schwertern gleichzeitig zu attackieren. Mir gelang es gerade noch, ihrem Angriff mit einem kurzen Sprung zur Seite zu entkommen. Die Schneide der Waffe in ihrer Rechten glitt allerdings an meinem Brustpanzer ab und ritzte mir leicht die Haut am linken Unterarm. Ich stöhnte kurz auf. Diese kleine Verletzung konnte ich vernachlässigen.
Doch ihr heftiger Stoß in meine Richtung brachte Trivia auch sehr nah an meine Schwerter heran. Zu nah! Sie keuchte erschrocken, da sie erkannte, dass mir ein Erfolg versprechender Gegenangriff möglich wurde.
Ich schwang auch schon das Schwert in meiner Rechten und schlug zu. Ich traf ihr Gesicht und entstellte sie auf das Entsetzlichste.
Die Schneide des Gladius nahm Trivia das linke Augenlicht und durchtrennte ihr Gesicht, ihre Nase und ihren den Mund bis zum Kinn. Trivia‘ s schrecklicher Schmerzensschrei hallte durch das gesamte Gewölbe, als sich ihre Gesichtshaut spaltete.

Ich hingegen verlor keine Zeit, erfasste blitzschnell die Situation, konzentrierte all meine Muskelkraft auf meine beiden Schwerter und trennte meiner Todfeindin mit den zwei gezielt gesetzten Klingen in einem gewaltigen Hieb den Kopf vom Körper.
Trivia' s Leib sank in sich zusammen, neben ihren abgetrennten Kopf.
Der Sieg war mein, es war vollbracht!
Ich selbst ging nun erschöpft und schwer atmend auf die Knie.
Ich versuchte, meine wirren Gedanken zu ordnen, mich zu sammeln.
Mein Herz trommelte in wildem Stakkato. Der Schweiß rann in Strömen über meinen Körper, auch von meiner Stirn und brannte mir bald in den Augen.
Ich öffnete die Schnalle meines Helms unterm Kinn und zog ihn mir keuchend vom Kopf.
Meine Gefährten eilten bereits mit frohem Lächeln herbei und halfen mir auf die ziemlich wackeligen Beine. Gracchus Cato klopfte mir gratulierend auf die Schulter.
„Was für ein Kampf, Manius!", rief Caesar mit einem respektvollen Leuchten in den Augen. „Fantastische Leistung, mein Freund! Du bist ein wahrer Krieger!"
Selten hatte ich ihn so aufgekratzt erlebt, wie in diesem Augenblick, in dem er mir geradezu um den Hals fiel und mich lange umarmte. Er ließ seinen Gefühlen freien Lauf, während ich noch nicht wirklich begriff, was soeben geschehen war.
„Den Kerlen vom Societas dürfte der Darmausgang ganz schön bluten, wenn sie erfahren, dass ich einen weiteren bedeutenden Socius erledigt habe", murmelte ich scherzhaft und atmete tief durch.
„Verlass dich drauf", strahlte Caesar, klopfte mir aufmunternd auf die Schulter und reichte mir Trivia' s Medaillon. „Sie besaß den Rang eines Socius! Behalte es als Trophäe. Du hast heute die oberste Spitze ihrer Führungsriege dezimiert!"

Er lachte laut, denn offenbar zog sich mein Gesicht wieder extrem in die Länge, so wie immer, wenn ich mich vor Erstaunen nicht zu artikulieren wusste. Und schließlich stimmte ich befreit und glücklich, noch am Leben zu sein, in sein herzliches Lachen ein.

Die oberirdisch verbliebenen Kämpfer jubelten vor Freude, als die frischen Truppen von der ‚Capua' unter Führung meines Vaters und Centurio Decimus Tullia dem bisher überlegenen Feind landseitig in den Rücken fielen.

Viele unserer Männer waren inzwischen verwundet und gefallen, der Kampf war zu einem schrecklichen Gemetzel ausgeartet, wie ich es selten zu sehen bekommen hatte. Der Hang hinunter zum Hafen war mit Leichen übersät, die Erde blutgetränkt.

Entsetzlich schreiende Verwundete und Verstümmelte beider Seiten lagen über-, unter- und aufeinander, zwischen schrecklich zugerichteten Leichen.

Gaius Julius Caesar griff wieder in den Kampf ein, so wie ich ihn kannte. Mit zwei Schwertern in der Hand schlug er Finten, drehte und wendete sich, sprang in die Luft, nach links und rechts und mähte zähnefletschend und mit zusammengekniffenen Augen Gegner um Gegner nieder. Ohne ihn und seine fast übermenschliche Kampfkraft wäre die Schlacht längst für uns schon längst verloren gewesen. Denn wir sahen uns hoffnungslos unterlegen.

Immer wieder hatte ich ihn bewundernd beobachtet, diese Kampfmaschine aus Fleisch und Blut, die ihrerseits alle paar Augenblicke ihr Schwert durch die Haut, das Fleisch und die Knochen eines Gegners fahren ließ.

Caesar holte eben zu einem erneuten mächtigen Hieb aus.

Doch ich sah ihn nur noch mit aufgerissenen Augen innehalten und - es war unfassbar - auf das Heftigste zu Boden stürzen!

Sein Gegner hielt ebenfalls ziemlich verwundert inne, denn er begriff gar nicht, was soeben passiert war, hatte er doch diese lebende Kampfmaschine nicht einmal mit seinem Schwert touchiert. Auch kein anderer Gegner war in Reichweite gewesen.
Mitten im Abwehrkampf gegen einen bärenstarken Gegner hatte ich mit Entsetzen den heftigen Sturz meines Freundes aus den Augenwinkeln beobachtet. Ich stieß meinen Gegner, der eben noch einen Hieb gegen meinen Schild geführt hatte, nun mit einem unbändigen Wutschrei zur Seite.
Ich hatte geglaubt, meinen Augen nicht trauen zu können und befürchtete mittlerweile das schlimmste. Die Sorge um Julius Caesar beflügelte mich und verlieh mir zusätzliche unerwartete Kräfte.
Zähnefletschend und schwere Hiebe mit beiden Schwertern nach links und nach rechts austeilend, kämpfte ich mich durch die unter wütenden Schreien wild aufeinander einschlagenden Gestalten hin zu meinem völlig unbeweglich daliegenden Freund.
Auch mein Vater hatte den Sturz Caesars bemerkt und war sofort daran gegangen, sich zu ihm hinüberzuarbeiten.
Das alles dauerte nur wenige Wimpernschläge lang, doch kam es mir wie eine Ewigkeit vor.
Caesars Kampfgegner schien seine Verblüffung allmählich zu überwinden, und da er mich offenkundig noch nicht wahrgenommen hatte, schlug ich ihm sofort mit der Faust ins Gesicht. Der Mann torkelte nach hinten, in die Arme meines gerade eintreffenden Vaters, der ihn übernahm und vorerst einmal unschädlich machte.
„Sieh' nach Julius!", rief mein Vater mir zu und schickte sich an, die Feinde gekonnt abzuwehren, die sich uns zu nähern suchten.
Bange ging ich neben Caesar in die Hocke und untersuchte ihn vorsichtig auf schwere Verwundungen, doch ich fand keine, die diesen

katastrophalen Zusammmenbruch meines Freundes hätte bewirkt haben können.

„Was ist mit ihm? Er atmet nicht!“, rief ich Vater verzweifelt zu, der unsere Verteidigung vollständig übernommen hatte und sich keuchend und stöhnend schlug.

Caesar begann inzwischen, sich blau zu verfärben, soweit das unter der verschwitzten, blutbesudelten Haut überhaupt erkennbar war, was sicherlich an seinen Atemproblemen lag.

Was sollte ich tun?

Schlagartig verfiel sein Körper in heftigste Zuckungen, ja, er schlug um sich und versetzte mir ungewollt einen leichten Kinnhaken.

„Vater!“, rief ich entsetzt und versuchte - völlig sinnlos - meinen Freund zu beruhigen, der auch noch schrecklich zu schwitzen begann und mich mit aufgerissenen Augen anstarrte.

„Nimm ein Stück Holz und schiebe es ihm quer in den Mund!“, rief mir Vater keuchend zu, der eben sein Schwert in den Leib eines Hünen stieß, der daraufhin laut schreiend zu Boden sank. „Er könnte sich sonst.... die Zunge... abbeißen.“

Inzwischen hatte sich ein kleiner Ring blutiger Leichen um uns herum aufgetürmt. Ich blickte mich suchend um und rief zurück:

„Woher soll ich hier ein verdammtes Stück Holz nehmen?“

„Nimm den Knauf seines Dolches! Der... tut’ s auch!“, schrie Vater, während er Julius und mich gegen alle Angreifer schützte und die Kerle wieder und wieder hart zurückschlug.

Ich riss Julius’ Dolch aus der Scheide und schob den hölzernen Knauf mühsam zwischen seine Kiefer.

Inzwischen hatte er ekligen Schaum vor dem Mund.

Schier endlos schien mir die Zeit, die ich neben Julius Caesar kniete und entsetzt die Muskelzuckungen und Verrenkungen betrachtete, die sein Körper hervorzubringen in der Lage war.

Dann fiel Julius in eine tiefe Bewusstlosigkeit und lag ganz ruhig da. Ich prüfte seine Atmung und stellte beruhigt ein kräftig schlagendes Herz und eine regelmäßige Atmung fest.
Eben schien Vater den letzten feindlichen Kämpfer, der gegen unsere Stellung anrannte, getötet zu haben, als ich den Siegesschrei unserer Leute vernahm. Es war der herrlichste Ruf aus hundert Kehlen, den ich mir vorstellen konnte.
Wir waren siegreich gewesen!
Doch was war hier auf dem Schlachtfeld mit Julius Caesar geschehen?
Und wo war Socius III geblieben?

Den ganzen Tag und die darauffolgende Nacht hatten wir alle Hände voll zu tun gehabt, die Verwundeten zu versorgen und die unzähligen Toten dieser menschlichen Tragödie zu bergen.
Die wenigen noch lebenden feindlichen Söldner hatten wir erst einmal festgesetzt und in Ketten gelegt. Die Entscheidung über ihren Verbleib würden wir später treffen.
Gemächlichen Schrittes gingen Gaius Julius Caesar und ich frühmorgens, am zweiten Tag nach dem Kampf, über das weitläufige Plateau mit den imponierenden Gebäuderesten der einst quirligen Metropole Karthago. Sie war erneut zu einem blutigen Schlachtfeld geworden.
Wir rekapitulierten die vergangenen Ereignisse und beschlossen, noch am heutigen Tage die Rückreise nach Rhegium anzutreten.
Caesar war von einem Defectio epileptica[127] umgeworfen worden und hatte sich nach vielen Stunden der Bewusstlosigkeit und des

127 epileptischer Anfall

anschließenden Schlafs vollständig erholt von seiner Lagerstatt erhoben. Es war nicht sein erster Anfall gewesen, gestand er mir jetzt, weigerte sich aber, die Krankheit zu thematisieren.
Mit einer schroffen Handbewegung wischte er sie beiseite.
Ich war tief betrübt von der Tatsache gewesen, dass ausgerechnet Claudias geliebter Vater der Mann gewesen war, den wir als Socius III durch die römische Welt gejagt hatten.
Lucius Claudius Benignus hatte sich als der Mörder vieler Menschen und als skrupelloser, manipulierender Hauptverschwörer erwiesen, der an den Säulen unseres geliebten Roms zu rütteln vermocht hatte.
Vater hatte sein Lachen bei Weitem nicht wiedergefunden. Die schlimme Erkenntnis hatte ihn wie ein unverhoffter Schlag getroffen. Die Leiche von Lucius Claudius, seines vermeintlich besten Freundes, war mit den Leichen der vielen anderen Gefallenen außerhalb der Ruinenstadt verbrannt worden. Eine Rückführung in die Heimat hatte Vater ausgeschlossen - auch um eine durchweg positive Legendenbildung um Lucius Claudius zu ermöglichen.
Nur Caesar, mein Vater, Lioba, ich und mein Patruus[128] Quintus Fabius Maximus, der im Übrigen spurlos verschwunden war, wussten um die wahren Geschehnisse in den Ruinen Karthagos.
Wir hatten beschlossen, den Verbrecher Socius III als verschollen auszugeben und Lucius Claudius Benignus ein ehrenvolles Andenken als Freund und Kämpfer auf der Seite des Guten zu bewahren.
Niemals sollten seine Frau und seine Tochter Claudia erfahren, was er durch andere hatte tun lassen und auch eigenhändig verbrochen hatte.
Vater und ich hatten uns, was Claudia anging, ausgesprochen und zum Schluss gratulierte ich ihm sogar zu seinem neuen Glück.

---

128 lat. „Onkel“

Ich war in diesen Tagen wieder ein ganzes Stück reifer geworden.
Gaius Julius Caesar hatte das gar nicht nötig gehabt.
Er war bereits jetzt schon ein außergewöhnlicher Mann.
Zwar wohnte in ihm eine tückische Krankheit, die aber von je her wirklich großen Männern zugeschrieben worden war, den vom Glück begünstigten, den von den Göttern geliebten.
So standen Caesar und ich nun auf dem ehemaligen großen Hauptplatz im Herzen Karthagos und ließen unsere Blicke über den verwilderten Hafen, den einst die stolzesten Schiffe aus der ganzen Welt angesteuert hatten, die herrlich himmelblau schimmernde Bucht und die graublaue Bergkette weit im Hintergrund streichen. Eine gewaltige, im Sonnenlicht des Morgens wundersam leuchtende Nebelbank über der Bucht erzeugte einen geheimnisvollen, mystischen Zauber, dem auch ich mich nicht entziehen konnte.
„Wir sollten Karthago wieder aufbauen, Manius", sinnierte Julius, während er diesen faszinierenden Anblick sichtlich genoss. „Die einst wunderschöne Stadt in dieser Art und Weise zu vernichten, ist ein großer Fehler Scipios gewesen. Vielleicht können wir Karthago eines Tages neu errichten, sogar schöner, als es damals gewesen ist."
Ich wusste, dass in diesem Augenblick in ihm der Entschluss reifte, diese tote Stadt zu reanimieren. Doch ich ahnte nicht, dass dieser Traum in vielen Jahren von Caesar tatsächlich in Angriff genommen werden würde.

# EPILOG

## RHEGIUM

Es war der dreihundertzweiundachtzigste Tag nach dem Beginn meines Abenteuers. Da stand ich nun im fahlen Licht der Mondsichel auf der üppigen Veranda von Cornelias neuem Heim.

Ich blickte nachdenklich über die pechschwarzen Wasser der Meerenge und hinüber zum Ätna, über den sich die mit tausenden glitzernden Sternen angereicherte Schwärze des Nachthimmels spannte. Im Osten zeigten sich bereits erste blasse Streifen heller werdenden Morgenlichts.

Nach meiner glücklichen Heimkehr aus Karthago hatte mich Cornelia stürmisch, in der ihr eigenen emotionalen, aber sehr süßen Art begrüßt. Ich hatte endlich Gelegenheit gehabt, einer entzückten Frau meine Liebe zu gestehen und um ihre Hand anzuhalten. Ganz so, wie es mein Vater mir geraten hatte.

Auch Claudia hatte ich unverzüglich aufgesucht, ihr mein Beileid für den Verlust ihres Vaters überbracht. Trotz ihrer unendlichen Trauer war sie bereit gewesen, sich mit mir auszusprechen und unser Verhältnis ein für alle Mal zu klären. Sie liebte meinen Vater aus tiefstem Herzen und mit Leib und Seele, das war mir nun mehr als klar geworden.

Ich schwor mir, es trotz aller Gefühlsschwankungen, die sich bei mir nach wie vor regten, im Grunde war es nur verletzter Stolz gewesen, für immer zu akzeptieren.

Nicht nur ich hatte vorgehabt zu heiraten, sondern vor allem Claudia und mein Vater. So hatte sie laut gelacht, als ich scherzhaft bemerkte, ich müsse sie wohl zukünftig „Mutter“ nennen. Sie bestünde unbedingt auf dieser Anrede, hatte sie geantwortet und somit den letzten Rest des entstandenen Eises zwischen uns gebrochen.

Gestern war der Tag der Hochzeit zwischen Gaius Fabius Maximus und Claudia gewesen, einer Liebesheirat, die bei uns Römern nur sehr selten vorkam, da die Ehepartner für die Nachkommen von den Eltern auswählt wurden, wie es beliebte. Es ging bei den vermögenden Römern dabei um Geld, Macht und Einfluss der Familie, die zu sichern und zu mehren waren, nicht um etwas so profanes wie Liebe.

Gaius Fabius Maximus, meinem bis über beide Ohren verliebten Pater familias, war von den Göttern das Glück geschenkt worden, nicht nur reich zu sein, sondern auch von der Frau, die sich ihn als reifen Mann zur Heirat ausgewählt hatte, fast bis zur Raserei geliebt zu werden.

In den vergangenen Tagen hatte ich in Vaters Sinne mit dem älteren Bruder des toten Lucius Claudius Benignus, der nun für seine Nichte an deren Vaters statt Verantwortung übernahm, den üblichen Ehevertrag ausgehandelt. Neben mitgebrachten Gütern, der Aussteuer und mitgebrachten Sklaven, im Haushalt von Gaius Fabius ausgeschlossen, war darin auch das Vorgehen im Falle eines Scheiterns der Ehe klar geregelt. Schließlich verpflichtete sich der Patruus, seine Nichte zur Hochzeit freizugeben, mein Vater hingegen versprach, die Hochzeit vorzunehmen.

Vorgestern Abend hatte Claudia schließlich entsprechend dem uralten Ritual ihre Kleidung abgelegt und zusammen mit ihren Lieblingsspielsachen auf dem Altar der Hausgötter geopfert. So wurde symbolisch und entsprechend des römischen Brauchs Abschied von ihrer Kindheit genommen.

Sie schlüpfte in ihre Tunica recta, eine saumlose Tunika, die sie selbst aus gesponnenem Garn gewebt hatte, gürtete sich mit einem doppelten Wollgürtel, den sie verknotet hatte und der erst wieder von meinem Vater, wenn er schon ihr Ehemann war, in der Hochzeitsnacht geöffnet werden durfte.

So verbrachte Claudia ihre letzte Nacht im Hause Ihrer Eltern.

Am nächsten Tag stand sie vor ihrem Bräutigam, entsprechend dem Hochzeitsritual seit dem Hahnenschrei des Morgens nach dem römischen Ritual vorbereitet.

Dazu gehörte eine Ganzkörpermassage, die mit einer Lotion aus Bohnen, rotem Nitrum, Lupinensamen und Wurzeln durchzuführen war, als Mittel zur Betonung der naturgegebenen Reize der jungen Dame. Dem folgte das Frisieren und Schminken, das den hellen Teint erzeugte, den römische Frauen so liebten.

Mein Vater streifte selbstverständlich die weiße Toga über, Sinnbild freier römischer Bürger und männlicher Würde, während Claudia noch einen Flammeum[129] als Brautschleier trug. Als Symbol ihrer Fruchtbarkeit hatte seine Zukünftige einen Kranz aus selbst gepflückten Kräutern und Blumen im Haar, der sie besonders süß und begehrenswert erscheinen lassen sollte.

Im Atrium der Brauteltern standen zwei Sessel, die durch ein Ziegenfell verbunden waren, auf denen sie als Brautpaar platznahmen, um sich vor dem Altar und der Priesterin der Göttin Juno schließlich die Hand zum Schwur zu reichen.

Claudia sprach die Worte „Wo du bist, dort will ich auch sein.“.

Das Deductio in Domum[130] erfolgte in ausgelassener Stimmung durch die Straßen von Rhegium, bis Gaius Fabius Maximus seine junge Frau wie es die Tradition befahl über die mit Wolfsfett eingestrichene Türschwelle trug - und nicht strauchelte.

Somit stellten die Götter diese Ehe unter einen guten Stern. Wäre er gestürzt, hätte dies ein übles Licht auf die Zukunft der beiden geworfen. Nun badeten sie bereits einen ganzen Tag lang in ihrem Glück.

---

129 safranfarbener Überwurf

130 lat.: das Geleit des Brautpaares hin zum Hause des Bräutigams

Für nächste Woche war Cornelias und meine Hochzeit angesetzt, denn die Geburt unseres Kindes stand unmittelbar bevor.
Ich liebte diese junge Frau tatsächlich, anders als Claudia, aber diesmal kam meine Zuneigung aus tiefstem Herzen.
Cornelia gestand mir, schon immer in mich verliebt gewesen zu sein. Nur hätte ich es niemals bemerkt.
Vater meinte, das mit Claudia sei nur Schwärmerei gewesen, nun würde ich die wahre Liebe kennenlernen. Vielleicht hatte er recht.
Ich wusste, nun tat ich das Richtige.

Und Gaius Julius Caesar sollte mein Trauzeuge werden.

Meinem strebsamen, so ambivalenten Gefährten hatten die Gefangennahme und Kreuzigung der Seeräuber in Pergamum enorme Popularität eingebracht.
Es gelang ihm mit Beharrlichkeit und der für ihn typischen Gratwanderung zwischen Gewalt, Genie und Wahnsinn den Weg einzuschlagen, um den es ihm ausschließlich ging.
Die Nacht kurz vor Pergamum, als er sich mir am Lagerfeuer vielleicht ungewollt in abstoßendem Fanatismus, in einem schon jetzt tief in ihm verborgenen Machtwahn offenbart hatte, war nicht vergessen.
Auch wenn er sich mir schließlich bis heute als treuer Freund erwiesen hatte, so war ich fest entschlossen, ihn und seinen Weg im Auge zu behalten. Um Irrwege im Sinne Roms zu verhindern, wenn nötig.
Caesar würde in wenigen Tagen, gleich nach meiner Hochzeit, sein Schiff, die ‚Capua', besteigen, nach Kleinasien segeln und unsere Legionen im Kampf gegen König Mithridates' Truppen unterstützen. Er würde weitere Meriten sammeln können. Ich hoffte inständig, ihn bald wiedersehen zu können, meinen immer noch besten Freund.

Lioba war noch immer bei uns in Rhegium. Sie hing mittlerweile sehr an Vater und natürlich an Julius, ihren beiden Helden. Dem jungen Servius hatte sie letztlich vollends den Kopf verdreht, was seine kleine Schwester Sabina mit offenem Missfallen bedachte.
Julius Caesar hatte einen Boten nach Germanien geschickt, der Fürst Ariovist die Nachricht zu überbringen hatte, dass seine Tochter in Sicherheit und bald wieder in seine Obhut gelangen würde.
Die Pläne des ‚Societas Aeneae' waren in dieser Hinsicht durchkreuzt worden. Für uns alle was dies ein Grund zur Freude.
Das Emporiae-Protokoll, welches eine glückliche Fügung in unsere Hände gelegt hatte, blieb in Caesars Obhut. Uns war bewusst geworden, welch wichtiges Beweisstück es für die Zukunft sein, dass diese Papyrusrolle uns im weiteren Kampf zum Vorteil gereichen würde.

Heute Nacht schweiften meine Gedanken jedoch auch hinüber zu der unglücklichen Prinzessin Helena, die ihr Leben für ihren kleinen Sohn gelassen hatte.
Der kleine Gaius würde seine Mama niemals wiedersehen können und war von seinem Vater für immer mit einer mir unbekannten Identität ausgestattet worden. Er sprach nie über ihn. Wollte nie über ihn sprechen. Eines Tages, bemerkte er nur, werde sein Junge den Platz an seiner Seite einnehmen, der ihm gebühre.
Für einen Moment überwältigte mich eine endlose Traurigkeit, dass sich Helenas geweissagtes Schicksal doch und so schnell auf tragische Weise erfüllt hatte. Zu allem Überfluss hatte man mir den einsamen Tod von König Nicomedes IV. berichtet, der entweder den Mord an seiner über alles geliebten Helena nicht verwunden hatte oder gar selbst ermordet worden war. Jedenfalls würde das leidgeprüfte Bithynien nach den Siegen über König Mithridates von Pontus endgültig an Rom fallen, also in die Hände des unsäglichen Marcus Iunius Iuncus.

Auch die überaus reizvolle Adriana, einstmals Königin der Felsenfestung, war eine Frau gewesen, die auf fürchterliche Weise Leid ertragen, aber auch bewirkt hatte, die zur Mörderin geworden und letztlich spurlos verschwunden war. Ich hoffte, ihr nie wieder zu begegnen.

Damis, mein kilikischer Feind-Freund, auch über seinen Tod hinaus durch unsichtbare Bande mit mir verbunden, hatte den Spagat zwischen mörderischem Piratenleben, Familienglück und Ehrenhaftigkeit nicht überlebt. Er war selbst auf entsetzliche Art und Weise Opfer und seine Söhne zu Waisen geworden, die ich nun nach Kräften finanziell unterstützte. Ich würde die beiden Jungen niemals im Stich lassen.

Mein Vater und ich hatten unser Ziel erreicht, der „Venusblume" einen herben Schlag zu versetzen, die Geheimorganisation, die offensichtlich die Fundamente unserer heiligen Stadt Rom auszuhöhlen trachtete, für einen kurzen Moment zu schwächen.
Wir wussten allerdings: Der geheimnisvolle Socius III war zwar enttarnt und vernichtet worden, aber es würde sicher bald ein Nachfolger auftauchen, der das begonnene zerstörerische Werk fortzusetzen hatte.
Ich stützte mich mit beiden Armen auf die steinerne, im schwachen Morgenlicht schneeweiß schimmernde Verandabegrenzung und blickte nun vollends deprimiert hinaus aufs Meer.
Hatten wir trotz des Erfolgs gegen Socius III denn wirklich etwas erreicht?
Ließen sich in Zukunft weitere Erfolge gegen die Verschwörer erzielen?
Ich befürchtete, wir hatten nur einen sehr kurzlebigen Sieg erringen können, zu unbedeutend für den die römische Welt umspannenden Kraken namens ‚Societas Aeneae'.

Ein einsames Schiff verließ gerade, im ersten Schein des Morgens, den Hafen von Rhegium in Richtung Norden.

Ich sah der Trireme nach, als der Wind das schneeweiße Segel blähte und die Ruder die Wasseroberfläche aufwirbelten.

Tief in mir regte sich wieder dieser Funken, der Wunsch, an Bord eines Schiffes zu sein und neuen Abenteuern entgegenzusegeln.

Ich lächelte.

Cornelia...

Ich drehte mich um und blickte in ihr liebliches Gesicht. Sie schlief auf den hellen Laken unseres Bettes neben der Verandatür.

Sie hatte längst verstanden.

In wenigen Wochen würde ich ein neues Kommando antreten und mit einer mächtigen Kriegsgaleere in See stechen. Diese Abenteuerlust war ein Teil meines Lebens geworden, ebenso wie meine süße kleine Frau, die ich von Herzen liebte und die in wenigen Tagen unser erstes Kind erwartete.

„Manius“, hörte ich Cornelia verschlafen knurren. „Was tust du da draußen? Komm doch ins Bett.“

Ein letztes Mal sah ich der einsamen Trireme nach, die sich schon ein ganzes Stück entfernt hatte, lächelte wieder und begann in den weichen Armen meiner wahren Liebe diesen neuen wundervollen Tag.

**ENDE**

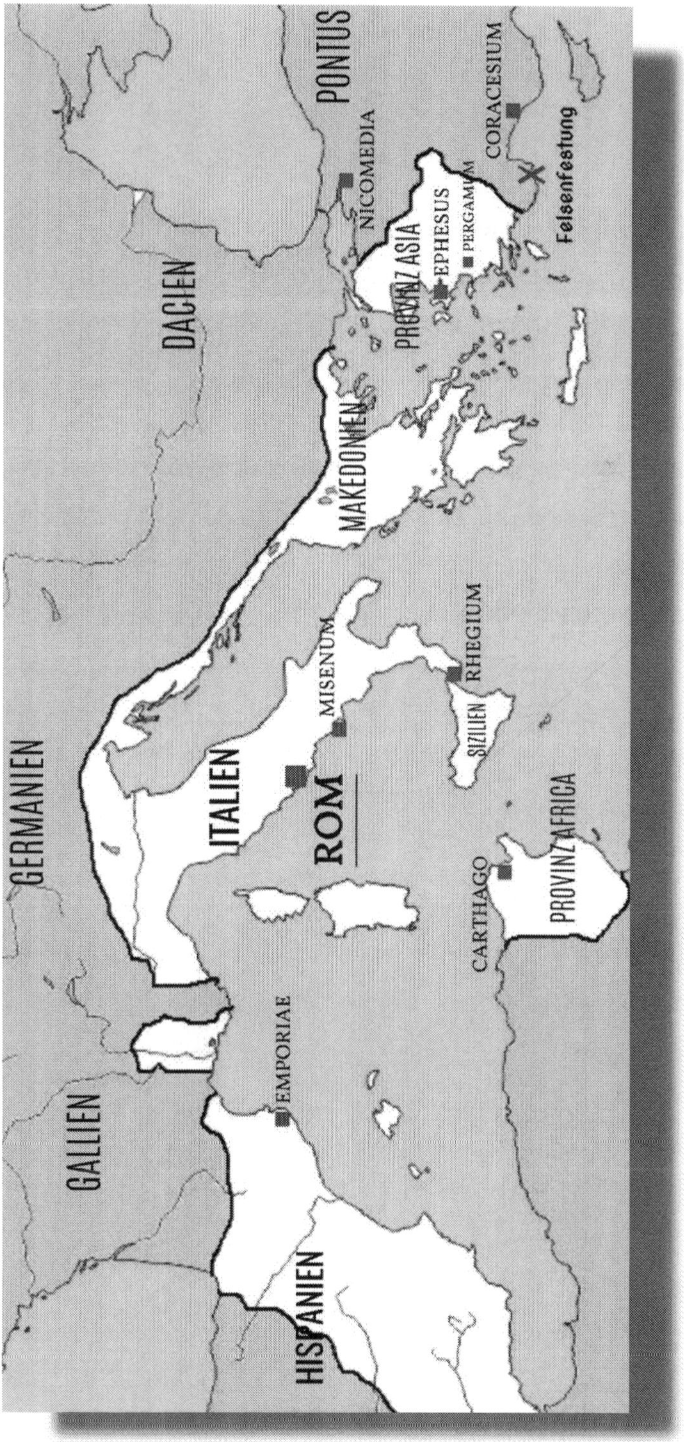
GERMANIEN
GALLIEN
HISPANIEN
DACIEN
PONTUS
NICOMEDIA
CORACESIUM
Felsenfestung
PROVINZ ASIA
EPHESUS
PERGAMUM
MAKEDONIEN
ITALIEN
ROM
MISENUM
RHEGIUM
SIZILIEN
PROVINZ AFRICA
CARTHAGO
EMPORIAE

## PERSONENVERZEICHNIS

### Wichtige Romanfiguren

**Manius Fabius Germanicus**

Hauptfigur des Romans, 20 Jahre junger Sohn eines reichen römischen Kaufmanns, geboren und aufgewachsen in Rhegium, südliches Italien.

**Gaius Fabius Maximus**

Vater von Manius, reicher verwitweter Mittvierziger und römischer Geschäftsmann, der dem Patriziergeschlecht der Fabier zugehörig ist.

**Lucius Claudius Benignus**

Freund und Nachbar von Gaius Fabius Maximus, Mittvierziger und römischer Geschäftsmann, importiert Sklaven aus den Provinzen, ist potenzieller Schwiegervater von Manius, der dem Patriziergeschlecht der Claudier zugehörig ist.

**Claudia**

20-jährige Tochter von Lucius Claudius Plautus und zeitweise Verlobte von Manius Fabius.

**Damis**

Kilikischer Verhandlungsführer, Piratenkommandant und Oberhaupt der lykischen Felsenfestung.

**Adriana**

Aufreizende ‚Königin' von Damis' Felsenfestung und Geliebte des Piratenchefs, die ihre Sexualität gern offen und offenherzig auslebt

**Cornelia Dolabella**

18-jährige Tochter von Gnaeus Cornelius Dolabella.

**Quintus Aurelius Plautus**

Legatus Classicus - Flottenlegat, Flottenpräfekt im Range eines heutigen Admirals mit Sitz in Misenum, Onkel mütterlicherseits von Gaius Julius Caesar und aus dem Hause der Aurelier.

**Gaius Varus Macro**

Centurio und Trierarchus, militärischer und nautischer Vorgesetzter von Manius Fabius Germanicus auf der ‚Imperium III'.

**Prinzessin Helena von Bithynien**

Tochter von König Nicomedes IV. von Bithynien.

**Aeolus (Socius XIII)**

Geheimnisumwitterter Auftragsmörder in den Diensten von Socius III.

**Trivia (Socius XIII)**

Gefährtin, Geliebte und Nachfolgerin von Aeolus

und: **Socius III**

Selbstständig agierende Führungsperson im Societas Aeneae, gerissener Bösewicht in der Romanstory und Hauptgegner der Helden des Romans

## Wichtige historische Realfiguren

Die folgenden Personen haben tatsächlich im Jahre 75 / 74 vor Christus gelebt und gewirkt, sind Teil der zeitgenössischen römischen Geschichte. Ihre Verwicklung in die Vorgänge, die der Roman beschreibt, ist teilweise fiktiv.

**Gaius Julius Caesar**

100 - 44 v. Chr., römischer Anwalt, Feldherr, Schriftsteller, Eroberer Galliens und Alleinherrscher über Rom, Begründer der Cäsaren-Herrschaft im Römischen Reich; Gelehrter und Wissenschaftler (siehe z. B. julianischer Kalender); siegreicher Gegenspieler vieler mächtiger Männer; Geliebter Kleopatras von Ägypten.

**Marcus Iunius Iuncus**

Einflussreicher Politiker, Statthalter der Provinz Asia im Jahre 75 v. Chr., leitete u. a. den Übergang des Königreiches Bithynien in den Status einer römischen Provinz ein.

**Nicomedes IV.**

König von Bithynien, Kleinasien, durch die Verwicklung in die Kriege Roms mit Pontus, dem Reiche König Mithridates', letztlich machtloser König von Roms Gnaden, auch in römischem Exil gewesen, vererbte sein Reich nach seinem Tode im Jahre 75 / 74 v. Chr. an die Römer. Sehr guter Freund von C. Julius Caesar aus der Zeit als Offizier unter Publius Servilius Vatia.

**Publius Servilius Vatia (Isauricus)**

134 – 44 v. Chr., mächtiger Volkstribun, Prätor, Konsul und Prokonsul von Kilikien im Kampf gegen die Piraten des östlichen Mittelmeeres.

Nach seinem Sieg über die Isauriker in 74 v. Chr. führte er den Namen Isauricus. Gaius Julius Caesar diente zeitweilig als Offizier unter ihm in Kilikien.

**Gnaeus Cornelius Dolabella**

Konsul des Jahres 81 v. Chr., einflussreicher Parteigänger des Diktators Sulla, Prokonsul in Griechenland, wurde vom jungen Rechtsanwalt Gaius Julius Caesar danach des Raubes und der Erpressung angeklagt.

**Marcus Tullius Cicero**

106 - 43 v. Chr, Rechtsanwalt, Redner, Staatsmann und Philosoph; in 74 v. Chr. Quästor in Sizilien, später Senator und Jahre danach zeitweise harter Gegner Caesars.

**Quintus Sertorius**

123 - 72 v. Chr, als Prätor Statthalter einer der hispanischen Provinzen, Führer der einheimischen Lusitanier gegen das offizielle Rom, kämpfte tapfer, aber langfristig auf verlorenem Posten gegen verschiedene von Rom entsandte Feldherren, auch Cn. Pompeius Magnus. Ermordet von Marcus Perperna.

**Gnaeus Pompeius Magnus**

106 - 48 v. Chr, Chamäleon mit wenigen politischen Instinkten, aber umso mehr militärischem Talent, durfte nach Eroberungen in Afrika und Sizilien den Cognomen Magnus annehmen. Seit 77 v. Chr mit 30.000 Legionären in Hispanien, um Aufständische unter dem Römer Quintus Sertorius niederzuwerfen. Später Teil des Triumvirates in Rom mit Caesar und Crassus, viel später Gegenspieler Caesars um die Macht.

## AUTOREN-KURZPORTRAIT

Uwe Rainer Kaufmann ist 1963 am Zusammenfluss von Rhein und Mosel geboren und aufgewachsen.
Nach einiger Zeit als Service-Techniker im In- und Ausland ist er seit vielen Jahren im Vertrieb technischer Qualitätsprodukte tätig.
Seine persönliche Leidenschaft aber ist das Schreiben spannender Romane. Uwe lebt heute am Niederrhein.

## Zwei Genres – ein Autor

History and Mystery. Zwei weitere erfolgreiche Bücher von Uwe Rainer Kaufmann stellen wir Ihnen auf den kommenden Seiten vor.
Weitere Infos, moderne Video-Buchtrailer und den Zugang zu den Bestellmöglichkeiten finden Sie unter:

**www.uwerainerkaufmann.com**

**71 vor Christus**. Der knallharte römische Centurio Tiberius Flavius Marcellus kämpft seit vielen Jahren tapfer in den Kriegen an den Außengrenzen des Römischen Imperiums. Aber seit einiger Zeit plagen ihn tiefe Zweifel an der Sinnhaftigkeit eines Krieges, der keine Sieger kennt.
Nach einer weiteren verlustreichen Schlacht gegen den tödlichsten Feind der Römer in Kleinasien reist Marcellus auf Einladung seines guten Freundes Marcus Tullius Cicero zurück nach Rom.

Der Heimaturlaub lässt ihm wenig Zeit, die Freuden der Metropole und die Spiele zu Ehren der Triumphatoren über den entlaufenen Gladiator Spartacus zu genießen. Ein bestialischer Frauenmord überschattet die pompösen Feierlichkeiten.
Marcellus' Freund Cicero, römischer Senator und nicht zuletzt Rechtsanwalt, übernimmt die Aufgabe, seinen jungen Mandanten als Mordverdächtigen vor der Rache der mächtigen Familie des Opfers zu beschützen. Die Suche nach dem wahren Mörder führt Marcellus und Cicero an ihre Grenzen...

Und wer ist die geheimnisvolle, faszinierende Antaura, die den leidenden Vater des nachts heimsucht, um ihn zu strafen...?

**1935**. Ein junger deutscher Student gelangt in Paris in den Besitz eines rätselhaften kristallenen Artefakts aus dem Atelier des antiken Bildhauers Thutmosis.

**2036**. Einhundert Jahre später befindet sich ein tödlicher kosmischer Wanderer aus den Tiefen des Alls, ein gewaltiger Asteroid, auf Kollisionskurs zur Erde. Im entstehenden Chaos wenige Tage und Stunden vor dem Impact befindet sich die junge Psychologin Leonie Trautmann, unterstützt von ihrem Onkel, dem vatikanischen Kardinal Nassau, auf der Suche nach dem seit Jahrzehnten spurlos verschwundenen Artefakt.
Leonie gerät dabei ins Visier gefährlicher, global vernetzter Okkultisten. Auch Wesen aus einer spirituellen Dimension melden ihren Besitzanspruch an.
Die atemlose Hatz quer durch Moskaus berühmtes Stadtbahn- und Metrosystem bringt Leonie einem Geheimnis näher, das tief in die Vergangenheit ihrer eigenen Familie reicht.
Im Apostolischen Palast beginnt für den jungen Papst aus Afrika zur selben Zeit die Konfrontation mit der luziferischen Inkarnation einer uralten Gewalt, die den Vatikan einst für Jahrhunderte im Schuld- und Zinssystem der Welt korrumpiert und zu enormer Macht geführt hat.

Folgen Sie Leonie in diesem neuen Mystery-Thriller bei der hitzigen Jagd quer durch das Europa des vierten Jahrzehnts! Gelingt es ihr, die kosmische Bedrohung doch noch abzuwenden.

Printed in Poland
by Amazon Fulfillment
Poland Sp. z o.o., Wrocław

24395299R00336